京極夏彦

講談社文庫

文庫版

鵼の碑

ぬえ いしぶみ

京極夏彦

講談社

○目録

文庫版

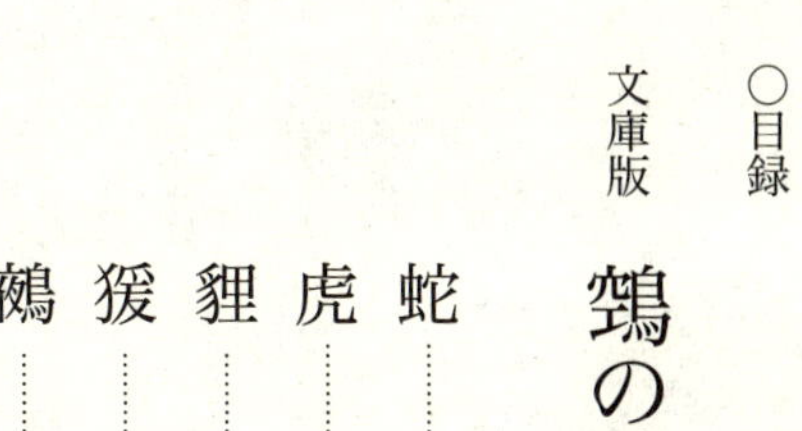

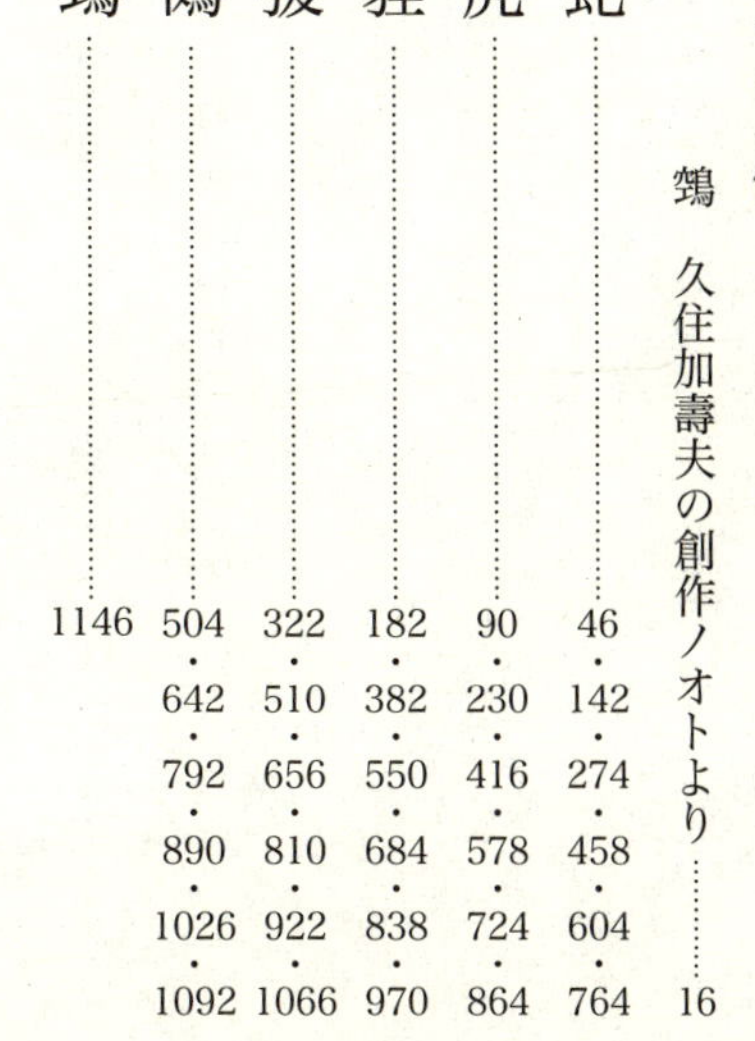

八千矛の　神の命は　八島國　妻枕きかねて
遠遠し　高志の國に
賢し女を　有りと聞かして
麗し女を　有りと聞こして
さ婚ひに　在立たし　婚ひに　在通はせ
太刀が緒も　いまだ解かずて
襲をも　いまだ解かねば　孃子の　寝すや板戸を
押そぶらひ　我が立たせれば
引こづらひ　我が立たせれば
青山に　鵼は鳴きぬ
さ野つ鳥　雉は響む　庭つ鳥　鷄は鳴くぬえ
うれたくも　鳴くなる鳥か
この鳥も　打ち止めこせね
いしたふや　海人馳使　事の　語り言も　こをば

——古事記（真福寺本）／上つ巻
太朝臣安萬侶（和銅五年）

［本居宣長校訂・訂正古訓古事記（享和三年）参照］

ひさかたの　天の川原に　ぬえ鳥の
　うら泣きましつ　すべなきまでに

柿本人麻呂

よしゑやし　直ならずとも　ぬえ鳥の
　うら泣き居りと　告げむ子もがも

柿本人麻呂

——萬葉集／巻十

伝・大伴家持編（天平宝字三年以降）

(前略)夜ふけ、人しづまつて、さまざまに世間をうかがひ見るほどに、日ごろ人の言ふにたがはず東三条の森のかたより、例のひとむら雲出で來たりて、御殿の上に五丈ばかりぞたなびきたる。雲のうちにあやしき、ものの姿あり。頼政、これを射損ずるものならば、世にあるべき身ともおぼえず。

南無帰命頂禮(なむきみやうちやうらい)、八幡大菩薩と心の底に祈念して、とがり矢を取つてつがひ、しばしかためて、ひやうど射る。手ごたへして、ふつつと立つ。やがて矢立ちながら南の小庭にどうど落つ。早太、つつと寄り、とつて押さへ、五刀(いつかたな)こそ刺したりけれ。そのとき、上下の人々、手々(てで)に火を出だし、これを御覧じけるに、かしらは猿(さる)、むくろは狸(たぬき)、尾は蛇(くちなは)、足、手は虎のすがたなり。鳴く聲は、鵺(ぬえ)にぞ似たりける。五海女(ごかいぢよ)といふものなり。(中略)さてこの變化(へんげ)のものをば、うつほ舟に入れて流されけるとぞ聞こえし。(中略)

また、去んぬる應保のころ、二条の院の御在位のときは、鵼という化鳥禁中に鳴いて、しばしば宸襟を悩ますことありき。先例をもつて、頼政を召されけり。ころは五月二十日あまりのまだ宵のことなるに、鵼ただ一聲おとづれて、二聲とも鳴かず。めざせども知らぬ闇ではあり、すがたかたちも見えざれば、矢つぼいづくとも定めがたし。頼政、はかりごとに、まづ大鏑をとつてつがひ、鵼の聲しつるところ、内裏のうへにぞ射あげたる。鏑の音におどろいて、虚空にしばしはひめいたり。二の矢を小鏑とつてつがひ、ふつと射切つて、鵼と鏑とならべてまへにぞ落したる。禁中ざざめいて、御感なのめならず、御衣をかづけさせ給ひけるに、そのときは大炊の御門の右大臣公能公、これを賜はり次いで、頼政にかつげさせ給ふとて、むかしの養由は雲のほかの雁を射にき。いまの頼政は、雨のうちの鵼を射たりとぞ感ぜられける。(後略)

——平家物語（百二十句本）／巻四・鵼

伝・信濃前司行長（延慶二年以前）

(前略)日ごろ人の申にたがはず、御悩の剋限に及で、東三条の森の方より、黒雲一村立來て、御殿の上にたなびいたり。頼政き(ッ)とみあげたれば、雲のなかにあやしき物の姿あり。これをゐそんずる物ならば、世にあるべしとはおもはざりけり。さりながらも矢と(ッ)てつがひ、南無八幡大菩薩と、心のうちに祈念して、よ(ッ)ぴいてひやうどゐる。手ごたへしてはたとあたる。ゑたりをうと矢さけびをこそしたりけれ。井の早太つ(ッ)とより、おつるところをと(ッ)ておさへて、つゞけさまに九かたなぞさいたりける。其時上下手々に火をともいて、これを御らんじみ給ふに、かしらは猿、むくろは狸、尾はくちなは、手足は虎の姿なり。なく聲鵺にぞにたりける、おそろしな(ン)どもをろか也。(中略)さてかの變化の物をば、うつほ舟にいれてながされるとぞ聞こえし。(中略)

去る應保のころほひ、二条院御在位の時、鵺といふ化鳥禁中にないて、しば〳〵宸襟をなやます事ありき。先例をも(ッ)て頼政をめされけり。ころはさ月廿日あまりの、まだよひの事なるに、鵺たゞ一聲おとづれて、二聲ともなかざりけり。目さす共しらぬやみではあり、すがたかたちもみえざれば、矢つぼをいづくともさだめがたし。頼政はかりことに、まづおほかぶらをと(ッ)てつがひ、鵺の聲しつる内裏のうへへぞいあげたる。鵺かぶらのをとにおどろいて、虚空にしばしひゝめいたり。二の矢に小鏑と(ッ)てつがひ、ひ(イ)ふつとゐき(ッ)て、鵺とかぶらとならべて前にぞおとしたる。(後略)

——平家物語(龍谷大学図書館蔵本)/巻四・鵺

伝・信濃前司行長(延慶二年以前)

高倉院御時。御殿の上に鵼の鳴けるを。あしき事なりとて。いかゞすべきといふ事にて有けるを。或人頼政に射させらるべきよし申ければ。さりなんとてめされて參りにけり。此由を仰らるゝに。畏て宣旨を承て。心の中におもひけるは。晝だにもちいさき鳥なれば得がたきを。五月の空闇深く雨さへふりていふばかりなし。我すでに弓箭の冥加つきにけりとおもひて。八幡大井を念じ奉りて。聲を尋ねて矢をはなつ。こたふるやうに覺えければ。よりてみるにあやまたずあたりにけり。天氣より始て人々感歎云ばかりなし。後德大寺の左大臣そのとき中納言にて祿をかけられけるにかくなん。（後略）

——十訓抄（じっきんせう）／源三位頼政（みなもとのさんみよりまさ）　射鵼事幷連歌事（ぬえをいることならびにれんがのこと）

作者未詳（建長四年）

さる程に、夢見て七日と申す夜は、内裏に伺候したりけり。夜半ばかりに及びて、南殿に鵺の聲して一つの鳥ひめき渡りたり。藤侍従秀方折節番にておはしけるが、殿上より高聲に、人や候ふ。人や候ふと召されけり。左衛門佐にて間近く候ひければ、清盛と答ふ。南殿に朝敵あり。罷り出でて搦めよと仰す。（中略）捕りて参らせばやと思ひければ、畏つて候とて、聲について躍りかかる處に、この鳥騒いで左衛門佐の左の袖の内に飛び入る。則ち捕りて参らせたり。叡覧あれば實に小さき鳥なり。何鳥といふ事を知し召さず。癖物なりとて御評定あり。能く能く見れば毛じゆうなり。毛じゆうとは鼠の唐名なり。か様の者までも皇居に懸念をなしけるにや。（後略）

――源平盛衰記／巻第一・清盛化鳥を捕る竝一族官位昇進附禿童竝王莽の事

（前略）例の如く東三条の森より黒雲一叢立渡り、御殿の上に引き覆はんとしければ、主上はほとほとと振ひ出でさせ給ひけり。頼政は黒雲とは見たれども、天は實に暗し、いづくを射るべしと矢所さだかならず。心中に、歸命頂禮八幡大菩薩、國家鎭守の明神。祖族歸敬の冥應におはしますと頼政頭を傾けて年久し。今勅命を蒙り、怪異を鎭めんとす。射はづしなば速かに命を捨つべし。氏人氏人たるべくは、深く守りとなりおはしませと、男山三度伏し拜み、心を靜めて能く見れば。黒雲大いに聳きて、御殿の上にうづまきたり。頼政、水破といふ矢を取つて番ひて、雲の眞中を志して能引いて兵と放つ。ひいと鳴く。かかる處に、黒雲頻りに騷いで、御殿の上を立ち、鵺の聲してひひなきて立つ所を見おほせて、二の矢に兵破といふ鏑を取つて番ひ、兵と射る。ひいふつと手答へして覺ゆるに、御殿の上をころころところびて、庭上に動と落つ。その時に、兵庫頭頼政、變化の者仕つたりや。仕つたりやと叫びければ、唱、つと寄りて、得たりや。得たりやとて懷きたり。貴賤上下。女房男房、上下に返し、堂上も堂下も、紙燭を出だし炬火をとぼしてこれを見る。早太寄りて繩を付け庭上に引きすゑたり。叡覽あるに癖物なり。頭は猿、背は虎、尾は狐、足は狸、音は鵺なり。實に希代の癖物なり。まことに禽獸もか樣の德を以て君を惱まし奉る事のありける事よ。不思議なりとぞ仰せける。（中略）かの變化の者をば清水寺の岡に埋められにけり。（後略）

――源平盛衰記／巻第十六・三位入道藝等の事

作者未詳（建長頃成立）

［参考源平盛衰記（水戸彰考館編纂）による］

鵺 音ハ空 俗ニ鵺 和名ハ沼江 倭名抄ニ唐韻ヲ載セテ云フ、鵺ハ恠鳥也。按、俗ニ、或ハ鵺ノ字ヲ用フ。此鳥、晝ハ伏レ夜ニ出ヅル故ニ然リ焉ト。白鵺 山海經ニ云フ、單張之山ニ鳥有リ。狀ハ雉ノ如シテ、而、文首、白翼、黃足アリ。名ヲ白鵺ト曰フ。

△按、今ノ世ニ、鵺ト稱スル者ハ恠鳥ニ非ズ。而、洛東及ビ處處深山ニ多ク之有リ。大ハ鳩ノ如、黃赤色ニ黑彪、鵄ニ似ル。晝ハ伏レ夜ニ出テ木ノ杪ニ啼ク。其觜ノ上ハ黑ク下ハ黃ナリ。鳴ケバ則チ後ノ竅之ニ應ズ。聲ハ休戲ト曰フガ如シ。脚ハ黃赤色也。

近衛院（仁平三年四月）ニ恠鳥有リ。毎夜鳴テ殿上ヲ度ル。人皆鵺ト謂フ。是自リ天皇疾有リ。醫禱驗無シ。是ニ於テ頼政ニ命ジテ之ヲ射サシム（頼政ハ源頼光之末、參河守頼綱之孫、兵庫ノ頭仲正之子。弓馬ヲ善クシ和歌之道ニ達ス）。頼政殿上ニ立テ之ヲ待ツ。時ニ恠鳥黑雲之間ニ鳴ク。頼政、其聲ヲ的ニ矢ヲ發チ、鵺ヲ雲ノ衢ニ於テ射落ス。鳥、悲鳴シテ殿上ニ落ツ。頼政之家臣（名ヲ猪ノ早太ト云フ）之ヲ刺殺ス。天皇大ニ悅、御劔及宮女ヲ（其女、名ヲ菖蒲ト云フ）賜フ。

——倭漢三才圖會／巻第四十四・山禽類
寺島良安（正徳二年以降）

（前略）

［問答 不合 詞］ ワキ なにと見申せどもさらに人間とは見え給はず候、いかなる者ぞ名を名のり候へ
シテ これは近衛の院の御宇に、頼政が矢先に掛かり、命を失ひし鵺と申す者の亡心にて候、頼政が矢先に掛かりし所を語つて聞かせ申すべし、跡を弔うてたまはり候へ ワキ さては鵺の亡心にて候ふか、その時の有様を語り候へ跡をばねんごろに弔ひ候ふべし

（中略）

［サシ 不合 強］ シテ 有験の高僧貴僧に仰せて、大法を修せられけれども、そのしるしさらになかりけり、地 ご悩は丑の刻ばかりにてありけるが、東三条の森のかたより、黒雲ひと叢立ち來つて、御殿の上に覆へば必ず怯え給ひけり、シテ すなはち公卿僉議あつて、地 定めて變化の者なるべし、武士に仰せて警固あるべしとて、源平両家の兵を選ぜられけるほどに、頼政を選み出だされたり。

〔クセ 強合〕地 頼政 その時は、兵庫の頭とぞ 申しける、頼みたる 郎等には、猪の早太、ただ一人 召し具したり、わが身は二重の 狩衣に、山鳥の尾にて 矧いだりける、尖り矢ふた筋、重籐の弓に 取り添へて、御殿の大床に 祗候して、ご悩の 刻限を、今や今やと 待ち居たり。さるほどに 案のごとく、黒雲ひと叢 立ち來り、御殿の上に 覆ひたり、頼政きっと 見上ぐれば、雲中に、怪しき者の 姿あり。シテ 矢取って うち番ひ、地 南無八幡大菩薩と、心中に 祈念して、よっ引きひょうど 放つ矢に、手應へして はたと當たる、得たりやおうと 矢叫びして、落つるところを 猪の早太、つっと寄りて 續けさまに、九刀ぞ 刺いたりける、さて火をともし よく見れば、頭は猿 尾は蛇、足手は虎の ごとくにて、鳴く聲鵺に 似たりけり、恐ろし なんども、おろかなる形 なりけり。

（中略）

〔掛ケ合 不合 強〕ワキ 不思議やな 目前に來る者を見れば、面は猿足手は虎、聞きしに變はらぬ變化の姿、あら恐ろしの有様やな。

〔（クリ）不合 強〕シテ さてもわれ 惡心外道の變化となつて、佛法王法の障りとならんと、王城 近く遍滿して

〔（サシ）不合 強〕シテ 東三条の林頭に暫らく飛行し、丑三つばかりの夜な夜なに、御殿の上に飛び下がれば

［中ノリ地］地すなはちご悩 頻りにて、玉體を悩まして、怯え–魂消らせ 給ふことも、わがなす業よと 怒りをなししに、思ひも–寄らざりし 頼政が、矢先に當たれば 變身失せて、落々–磊々と 地に倒れて、たちまちに 滅せしこと、思へば 頼政が、矢先よりは、君の–天罰を 當たりけるよと、今こそ思ひ 知られたれ、その時–主上 御感あって、獅子王と いふ御劍を、頼政に 下されけるを、宇治の–大臣 賜はりて、階を 下り給ふに、折節郭公 訪れければ、大臣取りあへず

［上ノ詠］シテほととぎす、名をも雲居に 上ぐるかなと。

［中ノリ地］シテ仰せられ ければ、地頼政–右の 膝を突いて、左の 袖を廣げ、月をすこし 目に掛けて、弓 張り月の、入るに まかせてと、仕り 御劍を賜はり、御前を 罷り歸れば、頼政は 名を上げて、われは–名を流す 空舟に、押し入れられて 淀川の、淀みつ–流れつ 行く末の、鵜殿も同じ 芦の屋の、浦曲の–浮き洲に 流れ留まって、朽ちながら 空舟の、月日も見えず 暗きより、暗き道にぞ 入りにける、遙かに照らせ 山の端の、遙かに照らせ、山の端の 月と共に、海月も 入りにけり、海月も共に 入りにけり。

——謡曲「鵺」

世阿彌（成立年代不詳）

［觀世流謡本（底本／觀世大夫元忠署名本・永禄七年）『日本古典文学大系 謡曲集上』岩波書店 校注に拠る］

鵺

久住加壽夫の創作ノオトより

朔の夜である。

何も見えない、朔の夜である。

暗い。梦い。瞑い。星さへもない。

それでもわたしは歩く。歩くよりない。凝乎としてゐると生きてゐることすら忘れてしまひさうになる。それ程に暗い。前に進んでゐると云ふより足を踏み出すことで生きてゐることを確認してゐる。何故なら自己が先に進んでゐると云ふことさへ判らなかつたからだ。前も後ろも、右も左も、暗い。行けども行けども何も見えない。

見えぬなら、何もないのと同じである。

何もない。何もないのなら前も後ろも右も左もあるまいものを。

それでも歩を進めるのは、進む先こそが前なのだと闇雲に思ひ込んでゐるからだ。さう思ひ込まなければ、自己も居なくなつてしまひさうだ。

輪郭が闇に溶けて、境界が曖昧になつて、やがて擴散する。さうなればこの無限の闇の中でわたしと云ふものが果たして存在出來るのか、怪しい。それは、怪しい。

確固たる己等と云ふものは、きつとない。自己等と云ふものは、肉骵と云ふ殼があるからこそ、そしてその殼から外には出られないからこそ、あるやうに思へるだけだらう。殼が破れてしまつたら漏れ出してしまふ。殼が消え失せてしまつたならば、こんなちつぽけな自我など一瞬にして消滅してしまふに違ひない。

いいや、それは言葉の上の誤魔化しだらう。肉骵に魂が宿つてゐると考へるのも、都合の良い方便だ。嘘なのだ。

この身骵は、わたしを入れる殼なんかではない。

この身骵こそがわたしなのである。わたしと身骵は同一であり不可分なのだ。身骵が消失してしまつたならば、このちつぽけな自我もまた同時に消え失せる。それだけのことだ。

もし何かが少しだけ殘つてゐたとしても。

それは身骵の殘滓のやうなもの。わたしの本質は、皮や肉や骨や腸にある。象も何もない、そんな儚げなものは幾程も保つまい。大海に眞水を垂らすやうなものである。

だから己を自に留めおくために身骵を動かす。

漆黑の闇が支配する虚空の中では動くしかないのだ。動けば、動いてゐるなら、その運動こそが自分だ。何處に進むものか、進んでゐるのかすら覺束ないのだけれど、それでも歩を進めるよりないのだ。

暗い。

朔の夜である。

新月は未(ま)だ見えない。

どれだけかうしてゐるのだらう。あの一ツ家から、どれだけ離れたのか。

あの、戸口から漏れる燈(あかり)の暖かい色は、今も眼の裏側に焼き付いてゐる。

宿を乞ふたが、斷られた。人を泊めてはならぬ決まりであると云ふ。その時は、こんなわたしでも人の形を保(たも)つてゐたのだ。それもこれも明かりがあつたからなのだ。

氣が弱くなる。心が折れさうになる。そんな喩へが意味を成さなくなる。何處までが自己なのか判らなくなるやうな闇の中では、もうわたしの氣持ちもわたしの心もない。かうして思考してゐるのは闇自躰ではないのか。わたしはもう、ないのではないか。

わたしは夜だ。わたしは、夜そのものだ。わたしはすつかり夜に乗つ取られてしまつた。

いいや、最初からさうだつたのだ。

ひい。

ひやう。

夜が鳴つた。

否、これはわたしが發した音ではない。

鳴つたのは夜だ。ならばわたしは夜ではない。

そしてわたしは、突然にわたしとしての輪郭を取り戻した。

頰(ほほ)に風が當たつたのだ。

さう、これは風の音だ。この悲しさうな、悲鳴のやうな音は、彼方(かなた)から渡つて來る風の音なのだ。夜が動いてゐる。わたしの動きとは無關係に夜が動いて、わたしに打ち當たる。

その風が、わたしと夜との境界をわたしに感じさせてくれた。さう、わたしにはまだ風を受け止める表面があるのだ。表面があるなら裡(うち)がある。わたしは夜ではなく、わたしだ。

彼方から届(とど)く風を受け止める。彼方は浄土か。それとも穢土(ゑど)か。いや。

海だ。

これは海風だ。頰に當たる風は冷たく、濕(しめ)つてゐる。

このひりひりするやうな感觸は、風が潮(しほ)を含んでゐる所爲(せゐ)なのだらう。乾き切つた夜の只中で頰の表面だけが濕つて感じられるのは、この風が水上を渡つて來た證據(しようこ)なのである。

ならば鼻腔を過(よ)ぎる匂ひは、磯の香(かをり)か。

やがてぞろぞろと足許に氣配が寄せては返す。その緩やかに律動するやうな氣配は、明らかにわたしとも、そしてわたしを取り巻く虚空とも異質なものだ。

お蔭でわたしは、より一層にわたしであることを意識することが出來た。

わたしには足があるぢやないか。腕も、體もあるぢやないか。

これは波だ。

朔の夜である。

何も見えない。

しかし、わたしは理解した。どうやらわたしは海岸に出たやうなのだ。

匂ひが、溫度が、膚の覺えが、音が、それを報せてくれた。一ツ家を離れ、森を過ぎ、荒れ地を越し、濱邉を歩き、わたしは海に出たのだ。波の音が心地良い。

寄り來る波は何處から來るか。暗闇の、その先の先にあるのは何か。

矢張り何も見えはしなかつた。

月のない夜には、海もまたただの夜なのだ。

でも、顏を向けたその先にはきつと水が湛へられてゐる。墨で塗り込めたやうに眞つ黑ではあるのだが、其處には慥かに水の、しかも海水の主張があつた。水の匂ひが水の音が水の氣配が寄せては返す。

脚先をそろりと差し出す。爪先が水を確認した。

間違ひなく海だ。わたしは、海水に爪先を浸してゐる。

何て冷たいのだらう。まるで今目覺めたかのやうだ。

わたしは再び歩き始める。

波打ち際を行くのだ。

脚先がひたひたに濡れそぼるやうな波打ち際を進むのだ。

さうしよう。行き止まるまで、このまま進まう。波に沿つて進まう。依然、目を閉ぢても變はりはない暗黑である。ならば閉ぢよう。さう。

目を閉ぢれば良いのだ。

さうすれば、海が見えるだらうか。音と匂ひと氣配とが頭の中に海の景色を形作るだらうか。わたしは、その幻の海の際に沿つて歩くのだ。思ひ描いた通りの世界の中にわたしはゐる。すう、と不安は掻き消えた。

ざざ。ざざ。ざざ。

波が足に寄せ、そして引く。水は凍て付くやうに冷たい。

ひい。

ひやう。

ひい。

風が頬に打ち當たり、そして散る。潮風もまた身を切る程に冷たい。その溫度差がわたしをわたしとして際立たせてくれる。

わたしには體溫がある。

わたしは生きて動いてゐる。

わたしは夜ではなく、夜の中にゐるわたしだ。

そのまま、暫く進んだ。

朔の夜である。

何處までも進まう。やがて夜は明けるだらう。夜が去つてしまへば、もうこんな心細い想ひをすることはない。海岸綫を行ける處まで行けば良い。

やがて得體の知れぬ氣配がわたしを阻んだ。行く手に何かがあつた。

あるやうに思つた。

打ち當たつてはいけないので、そろそろと愼重に足を踏み出す。兩手を前に翳す。指先が觸れる。見えはしない。光は罔い。それが何かは、觸つて確かめるよりない。

建造物であることは閒違ひなかつた。漁師の小屋か。しかし、こんな波打ち際に小屋など建てるものだらうか。では船着き場のやうなものか。棧橋か何かか。

いや。さうではないやうだつた。

わたしの指と掌は、闇に塗り込められてゐるそれを丁寧に探り出す。

木の感觸。材の形。板の滑らかさ。砂地から生えた太い柱。高い緣。欄干。

どうやらお堂のやうだつた。何を祀つたものか、祀り損ねた破れ堂か、そこまでは判らなかつたけれど、それは堂宇に違ひないのだつた。

手探りで回り込み、やがて足が段に當たつた。

體を屈め、そろそろと、手を突いて段を上る。

一段。二段。三段。

ざざ。ざざ。ざざ。

堂の背後から潮騒が聞こえる。

這ふやうにして上り切り、這つたまま扉を探り當てた。

「旅の者です」

誰も居ないのは判つてゐたが、わたしは聲を發した。

聲を出すことで自分自身に己の存在を知らしめたかつたのだ。

「わたしは諸國一見の旅の僧で御座います。佛道に歸依(きえ)したる世捨て人、いまだ修行の身なれども、明かりなき朔の夜歩きに難澁致してをります。今宵(こよひ)一晩、この堂宇にて夜露を凌(しの)がせて戴きたう御座いまする」

答へはない。

波の音だけが響く。

答へなどある譯はない。

堂宇に御座(おは)すのは、人ではない。

人ならぬものは神であらうと魔であらうと、人と言葉を交はすことなどない。

あつてはならない。

扉に摑まり、立ち上がつて、開けた。閂(かんぬき)などは掛かつていなかつたらしく、難なく扉は開いた。

朔の夜である。

勿論、何も見えはしない。

ただ己の肉の動きと、扉の重さと、きいと云ふやうな蝶番(てふつがひ)の軋(きし)る音が、それを報せてくれただけである。

わたしは、堂の中に這入(はひ)つた。

這入つた——筈だ。

何も見えはしないけれど、四方は壁で仕切られてゐる。

否。空氣が動いてゐる。

扉が開いてゐる所爲か。

わたしは軆を返し、再び扉に取り付ひて、静かに閉めた。そろそろと閉めたつもりだつたが、軋る音はより大きく、長く響いた。

朔の夜である。

裡も外も變はりのない闇である。

それでもわたしは落ち着きを取り戻した。

何も見えないことに變はりはなかつたが、床があり壁があり天井があるのだと思ふことで、わたしは細(ささ)やかな安堵を手に入れることが出來たやうだ。波の音は相變はらず聞こえてゐたけれど、頰に當たる刺激はない。

いや。風は、遮られたのではなく。

凪いでゐるのか。

圍はれてゐるから感じぬのではない。風は止んでゐるやうだ。

それに、どうやらこの堂は閉ぢてはゐない。空氣こそ動いてゐないが、潮の香りが、海の氣配が染み入つて來てゐるやうだ。海側に開口部があるのだらう。容赦なく鳴り續けてゐる潮騒もその窓から聞こえてゐるのだ。

ぎし。ぎし。

床が鳴る。

わたしはゆるりと、窓があると思しき方向に移動する。

障害物はない。

この堂の中には何もないのかもしれない。此處は天地四方が閉鎖されてゐるだけの、ただの闇なのだ。その闇が切り取られてゐて、その先にも。

闇が擴がつてゐる。

擴がつてゐるかどうかも判らないのだけれど。

わたしは床を鳴らし乍ら壁らしきものに辿り着き、窓を探つた。

格子らしきものに指先が觸れた。矢張り窓があるのだ。格子に取り付き、顔を押し付けて潮の香りを嗅いでみた。

朔の夜だから。

ざざ。ざざ。ざざ。

ひい。

ひやう。

この音は、風の音ではないのか。

空氣は殆ど動いてゐない。では、この悲鳴のやうな物哀しい音は何なのだらう。これは彼方から寄せ來る潮風が鳴らす音ではないのか。

ならば夜が泣いてゐるのか。

それとも彼岸から此岸に届く此の世のものならぬものの聲なのか。さうならば、聞こえてゐるのではない。それは聞こえてはならぬものである。

ひい。

ひやう。

氣配が象作る海にわたしは氣を遣る。

眼を凝らしたとて何も見えはしない。

視えぬものを觀ることは出來ぬ。それが視えぬのは見てはならぬからである。同様に聞こえぬものを聽くことは出來ぬ。それが聞こえぬのは聽いてはならぬからである。

視えぬものを觀、聞こえぬ音を聽くのは、人ならぬものである。さうでなければ。

亂れてゐるか。

狂ふてゐるか。

將(はた)また夜に己が滲(にじ)み出し、わたしの輪郭が緩んでしまつてゐる所爲だらう。慥(たし)かにこの瞑さはわたしを千千(ちぢ)に亂れさせわたしの正氣を歪(ゆが)ませる。

朔の夜だから。何も見えないのだから。

ぎち、ぎち、ぎち。

櫓(ろ)を漕ぐやうな音が近付いて來る。

舟かもしれない。するとこれは眞實(ほんたう)の音なのか。

あの、ひいひやうと云ふ音は船上の人の上げる悲鳴なのだらうか。

あの、千年萬年の孤獨を歎くかのやうな、無間地獄を逍遙(せうえう)する彷徨人(さまよひびと)の吐息のやうなこの聲は、誰かの泣き聲が風に乘つて屆けられてゐるものなのであらうか。

何がそんなに哀しいのか。

これ程哀しげな聲を上げなければならぬ程に辛いことなど、あるものだらうか。

移動する舟の氣配は窓の下で止まつた。

わたしは緩寬(ゆつくり)と瞼(まぶた)を下ろす。どうせ見えぬ。ならば見なければ良い。目を閉ぢれば、音と匂ひと氣配とが、海の景色を示してくれよう。

わたしは、眼を閉ぢた。

朔の夜なのに。

朦と、幻想の海原に小舟が浮かび上がつた。

舟の上には矢張り朦としたものが乗つてゐる。

人の形のやうに見えるのだけれども、人か如何かは判らない。男か女か、若いのか老いてゐるのか判らない。否、眞實其處に居るのか否かが判らない。

嘘か實か判らない。

此岸か彼岸かも判らない。

「有り難き御堂の裡に御座すのは、尊き佛者様に御座りませうや」

それは、さう云つた。

女の聲だつた。

ただ實際に音として聞こえてゐるのか如何かは大いに怪しかつた。もしかしたら頭の中で鳴つてゐるだけではないのか。幻聴ではないのか。錯覺ではないのか。

「お應へ願へませぬか。あなた様は尊き佛者様では御座りませぬか」

聞こえる。

わたしには女の聲が聞こえてゐる。

聞こえてゐる氣がするだけか。同じことだ。

空氣の振動でも心の振動でもこの闇の中では同じことだ。

さう思つた刹那。

朦朧とした影は女の象を結んだ。

「わたしは」

わたしは答へた。

「何方様かは存じ上げませぬが、わたしはただの世棄人。佛弟子の端くれでは御座いまするが、いまだ修行の成らぬ身で御座います。朔の夜の暗きに紛れ有り難き御堂とも知らず上がり込み、一夜の宿にせんとしてゐただけの不埒者。僧籍にありと雖も尊き者等では御座いませぬ」

おお、と女は喘ぐやうな聲を發した。

「矢張り、矢張り佛の道に歸依されたお方であられましたか」

朔の夜に女のやうなものは哀しげな聲を上げる。

「漸く、漸く會へました。あなた様が佛者様であるならば、ならば何卒、吾の願ひをばお聞き入れくださいませぬでせうか」

「願ひと仰せか」

「はい」

女のやうなものの朧げな姿が、わたしの閉ぢた眼の裏に焼き付くやうに浮き上がつた。

多分、人ではないだらう。

　朔の夜の中。

　わたしは問うた。

「お話を伺ふその前に、お聞かせください。御身は何方様でいらつしやいますか。このやうな刻限このやうな場所、しかも太陰も罔き朔の夜に、海上を漂うてをられまするとは」

　尋常ではない。

　それ以前に、人か。人ならぬものか。

　ならば何者か。

「お見受けしたところ海士人とも思へませぬが」

　見受けるどころか何も見えてはゐないのだ。見えてゐるやうな氣がしてゐるだけだ。しかし、もしこの女のやうなものが實在するのだとしても、土地の者とは思へない。

「さぞや怪しき者と、訝しげに思はれてをられませうなあ」

　女らしきものはさう云つた。

「吾は、此の世のものに非ず。而して彼の世のものにも非ず。中有を彷徨ひ何處にも行けず、肉なる身は持たず、形も持たず、消えることも出來ず、天地の間に留まりて、ただこの磯に蟠るもの」

　なる程。

「ならば死靈、亡魂の類であらせられませうか」

「扠」

如何でありませうと、それは云つた。

「吾に靈だの魂だのが、ありますものか如何か」

これは。

「わたしの物云ひが良くありませんでした。御身は生者ではありますまい」

生きてはおりませぬとそれは答へた。

死者か。

それならば。

「三界の六道、普く輪廻の理より逃れられるものでは御座いません。ただ迷ふことは御座いませう。御身は、迷はれてをらるるのでせうか」

「迷つてゐると申しますよりも」

囚はれてをりまするとそれは云つた。

「囚はれてをるとは」

「吾は」

そう、囚人に御座いまするとそれは云ふ。

「現世に執着がおありなのですか」

「朔の夜は」

朔の夜は。

光罔（な）き夜は、凡てが消える闇の夜、何の執着がありませうと、それは云ふ。

「眞如（しんによ）の月も今宵は照らさず。吾（わたくし）はただ虚空に浮いてゐるだけの亡心（ぼうしん）。未練も、執着も」

有りはしませぬとそれは云つた。

「果してさうで御座いませうか。欲界にあるもの、あつたものは、悉（ことごと）く未練執着を持つものでせう。愛だの情だの、聞こえの良い言葉に云ひ換へては己を騙してをりませうけれども、正法（しやうぼふ）に照らせばそれもまた執着。執着を棄て去ることから佛の道は始まりませう」

「執着で御座いまするか」

「左様に御座いまする。憚（はばか）り乍（なが）ら申し上げます。御身の願ひとは——佛法に縋（すが）り成佛せんと云ふことでは御座りませぬか」

これが死人であるならば、さうに違ひない。

弔つて欲しいのだ。佛弟子として弔つて貰ひたいのだらう。

「ならばこそ問ひませう。御身はご自身の執着に囚はれてをるのでは御座いませんか。それを斷ち切ることこそが、佛道に歸依する、また成佛に到る唯一の道かと存じます」

それは、暫く沈默した。

「慥（たし）かに執着はあるやもしれません。吾（わたくし）は、志（こころざし）半（なか）ばにして討たれし逆徒（ぎやくと）。吾（わたくし）は——吾（わたくし）はその昔、佛法王道に仇（あだ）なさんと欲したる、悪しきものに御座います」

「何と仰せか――」

「吾は王権に忤ひ、正道を呪ひ、帝に災禍を齎さんとするものでありました」

「天皇に弓を引かれたと仰せか」

「苦しめ、弑し奉らんと致しました」

「それは――何故。御身は帝に何か深き怨嗟や遺恨をお持ちであられるか」

「怨みなどは御座いませぬ。吾は唯、此の大地を、大地に暮らす衆生を、衆生の持ちたる善を、正しき行ひを、美しき暮らしを呪ふものに御座いました。だからこそ、それを護る佛道も、王道も、吾にとつてはただの妨げであつたので御座います。偏にそれを打ち破らんとしただけ」

「すると――」

御身は祟り神かと、わたしは問ふた。

「祟るものでも御座いませぬ。吾は、虐げられしものではないのです。瞋りも憤りも御座いません。吾は、謂はばこの國の闇。ただ禍を爲すがために生まれたるもの」

「そもそも」

人ではないと仰せかと、わたしは問ふた。

體の芯が。

ぞつとした。

朔の夜だから。

「人では御座いません。獸でも鳥でも御座いません。佛法を妨げるのは魔、甚だしき想ひは鬼、人を惑はすは怪、心を惱ますは妖。吾はそのどれでも御座いません。強いて申し上げるなら」

禍で御座いますとそれは云つた。

朔の夜に、光罔き夜に、わたしは禍そのものと向き合つてゐるのか。

禍を弔うて戴くことは叶ひませうかと、それは云ふ。

「吾は、六道のどの道にも進めぬ。天道人道は元より、畜生道餓鬼道修羅道にも行くこと能はず、剰へ地獄にさへも居場所がないので御座います」

「何故に――」

「吾は人に非ず獸に非ず、魔に非ず鬼に非ず、妖に非ず怪に非ず、況て神佛であらう筈もなく、そんな吾の往く道等、有る譯も御座いますまい」

「御身は何者でもない――と仰せか」

「世の人は、吾の頭を猴と謂ふ。吾の手足を虎と謂ふ。吾の胴を貍と謂ふ。吾の尾を蛇と謂ふ。吾の聲を鵺と謂ふ。吾は――」

そんなものでは御座いません。

それは、もう女の象ではなかつた。否、最初から形などなかつたのだらう。

女と思つてゐただけだ。だからさう見えてゐたのだらう。いいや。

見えてなどゐなかつたのだ。わたしは眼を閉ぢてゐるのだ。

開けたところで。

朔の闇は深い。

闇は云ふ。

「吾はその昔、御所の眞上を黒雲に乗り、夜な夜な暗天を飛び交ひて惡しき氣を撒き、穢れ病魔をば呼び込み、帝を惱ませ苦しめ奉りしもの。蟇目に搦められ鏑矢にて射落され、九度太刀を浴びせられ退治されたる——」

惡心外道の變化に御座いますと、それは云つた。

「御身に名はありませうか」

「吾は」

い、ぬえと呼ばれてをりませうとそれは云つた。

ぬえ。

それは——。

「世に禍を齎すだけの、他に何の意味もない、ただ惡しきもの。吾はさうしたもので御座います。元元形罔きもの。姿罔きもの。命罔きもの。それが」

それが吾とぬえは云ふ。

朔の夜に云ふ。

さうならば。

「御身が眞實さうしたものであるのであれば、それが何故(なにゆゑ)に迷ふのです。御身は何に囚はれてをらるるのです」

それが解(わか)らないので御座ゐますと鵼は云つた。

「吾(わたくし)は本來この三千世界にないものなのです。それが、如何(どう)して此處にあるので御座いませう。先(ま)づそれが解りませぬ」

解りませぬ解りませぬとぬえは云ふ。

「この先も吾(わたくし)は未來永劫この夜汐(よじほ)に浮かび磯に縛り付けられ、此處に留まらねばならないので御座いませうか。吾(わたくし)はいつたい何のために此處に居るので御座いませう。佛道王道に仇爲すために生じたるものが佛にお頼りするのは可笑(をか)しうも御座いませうけれど、吾(わたくし)にはもう」

あなた様の他に縋るものが御座りませぬと、鵼は泣いた。

ひい、ひやうと。

凄まじい聲で。

いいや。これは悲鳴ではない。風の音だ。

「ぬえよ」

朔の夜の闇に歪(ひづ)む禍よ。

「ぬえとは、夜の鳥と書きませう。鵺とは虎鶫、夜に啼く鳥のことに御座いまするぞ。しかし御身は鳥では御座いますまい」

「はい。鳥では御座いません」

「然らば何故に鵺の名はあるのです。御身は頭は猴、手足は虎、胴は狸、尾は蛇と謂はれてをるので御座いませう。さうならば、猴でも虎でも狸でも蛇でも良かつたのでは御座りませぬか。何故に鵺を名になされるか」

「吾は討伐されるまでは暗天の黒雲でしかなく、姿形は見えはしませぬ。ただ、聲のみは聞こえてゐたので御座いませう」

ひい、ひやうと。

「夜に啼く鳥は凶鳥と聞き及びます。ならば鵺もまた禍鳥。禍そのものである吾が、その啼き聲に似た聲を發したるが故、この名と成されたのでは御座いませぬか」

ひい。

ひやう。

「否――」

それは違ふ。

「思ひまするに、それなる聲音は御身の發したるものでは御座いますまい。御身は鏑矢に射られ、落ちたので御座いませう」

朔の夜は答へる。

「はい。射落とされたので御座います」

「その――」

ひい、ひやうと云ふ哀しげな音は。

「それは鏑矢の飛ぶ音です」

「吾（わたくし）の聲ではないと仰せか」

「形なきもの姿なきものは」

聲を出しませぬ。

「しかし吾（わたくし）はかうして」

「人ならぬものは」

人と言葉も交はせませぬ。

「そして――生なきものは」

殺せませぬ。

「し、しかし吾（わたくし）は――殺されたので御座います。鏑矢に射落とされ、九度（くたび）太刀をば浴びせられ、殺されたので御座いまする」

「御身の生は、殺されたからこそ出來たので御座いませう」

「何と仰せか」

「御身が在るのは殺められたからだと申し上げて居りまする。殺められたとされたから、殺められねばならなかつたから、殺められたその時に、御身の生も、姿も、何もかもが、遡つて創られたので御座いませう」

「吾は創られたものと仰せか」

「御身がなきものであるならば、屍もまた御座いますまい。それならば、御身の身體は最初から骸として出來上がつたもの。猴も虎も貍も蛇も、御身とは關はりなきもの。それは創られた繼ぎ接ぎの屍、御身の死骸ではありませぬぞ。ならば御身は、死んではゐない」

「吾は、吾は死んではをらぬと仰せか。しかし、それでも吾は」

「勿論生きてもをらぬでせう」

「死んでもをらず、生きてもをらず」

それでは。それでは。

「ないものは死なないので御座いますよ。死んだからこそ、ないものがあることにされてしまつた。在るものならば、屍が要る。屍が在るなら、生も有る。生有るものなら、聲も發しませう。然すれば名前も要りませう。名前が付けられたからこそ、御身は此處に居る。しかし、それは、嘘です」

「嘘。吾のこの名は、嘘なのですか」

「左様」

朔の夜よ。

「吾は」

「猴は猴、虎は虎、狸は狸、蛇は蛇。それは繼ぎ接ぎの作りもの。聲のみが御身の生の證し。而して夜の鳥と書く鵺は虎鶫の聲音。宜しいですか、ぬえは、空の鳥とも書くので御座いまするぞ。御身は空つぽ。空舟のやうに外側があるだけで、中身は何も罔いので御座います。鵼などと云ふものは」

居ないのです。

「吾は居ないので御座いますか」

「最初から、誰も居ない。何もない」

其處には何もない。

ひい。

ひやう。

一佛成　道觀　見法界。
草木國土悉皆成　佛。
有情　非情。
皆共成　佛道。

「もう」

居なくてもいいのだよ——と、わたしは心の中で云つた。
聲に出したのかもしれない。
同じことである。
朔の夜。何も見えない朔の夜。
見えなければないのと同じだ。
わたしはそつと、瞼(まぶた)を開ける。
何も見えはしない。
けれども。
間もなく夜は明くる。
夜が明ければ光が滿つる。
光は世界に色を差すだらう。
ならば世界は戻るだらう。
しかし。
それも見えるやうになると云ふだけ。
色(しき)は是空(これくう)也。
空は是色也。
あるのか、ないのか、あつてもなくても、それはいづれも同じことなのだ。

朔の夜だから。
わたしは窓らしきものから、空らしき場所を眺める。
見えぬけれども、新月は其處にあるのだらう。
晝間（ひるま）の星は見えぬ。しかし空に星はあるのだ。
罔（な）くとも在るが如し。
在りても罔きが如し。
さうしてわたしは、初めから居なかつた鵼の菩提を心静かに弔つた。
わたしとて。
同じなのだよ。
もう、逢へないけれど。

文庫版

鵼（ぬえ）の碑（いしぶみ）

時間が何らかの役割を果たしているという判断はすべて——。

鵼

◎鵼——

鵼は深山にすめる化鳥なり
源三位頼政
頭は猿
足手は虎
尾はくちなはのごとき異物を射おとせしに
なく聲の鵼に似たればとて
ぬえと名づけしならん

——今昔畫圖續百鬼／巻之下・明
鳥山石燕（安永八年）

蛇（一）

鳥だ。

久住加壽夫（くずみかずお）は朦朧（ぼんやり）と空を見上げている。

何だか遣り切れなくなって遠くに視軸（しじく）を飛ばしたその時、山の向こう、空の彼方に弧を描いて飛んで行く大きなものが見えたのだ。

飛んでいるのだから鳥なのだろう。ただ、思うにそれは、鳶（とび）だの鵙（もず）だの懸巣（かけす）だの、そんなものではないのだ。あんなに大きな鳥は見たことがない。きっと東京辺りには生息していない鳥なのだ。そもそも街中で見掛ける鳥で一番大きいのは鴉（からす）なのではないか。

あの禽（とり）は鴉なんかよりずっと大きい。

知らぬ処に知らぬものが未（ま）だ未（ま）だ居るものだ。

でも、久住は己がもの知らずだと感じている訳ではない。人より多くものを識（し）っているとは思わないし、何か突出して詳しい分野があると云う訳でもないのだが、久住は人並みの知識は持っているつもりでいる。仕事柄学ばねばならぬことは多いし、久住は学ぶことを厭（いと）う質（たち）でもない。

知った振りなどせず、知らぬことは知らぬと云えば良いのだし、知っている者に教えを乞うことが叶えばそれは益々(ますます)良い。日常生活に支障を来すことはない。それでも、人と云うのは所詮(しょせん)、手の届く範囲のものごとしか識(し)ることは出来ないのかもしれぬ。と、云うより。

知識と云う奴は思う程に役に立たないものなのかもしれない。

――実際、何の役にも立ってはいないか。

余り色のない景色の中で、久住は身を縮めた。

出がけに旅舎(ホテル)の闊係(ドアマン)が云っていた通り、寒い。

気温はかなり低いのだろう。大きく呼吸をする度に鼻先が白く濁(にご)る。

肚(はら)の裡(なか)に溜まった蟠(わだかま)りが漏れ出ているかのようである。

――いや。その考えは間違っている。

久住は思い直す。

知識が役に立たない筈はない。

自分が、単に知識を役立てることが出来ていないだけではないのか。

多分そうなのだ。久住は植物の名前や形も、それなりに識っているのである。だが道端の草花を見て、ああこれは何だあれは何だと思うことはない。花は色や形が皆違うからまだしも判るが、草はどれも草である。叢(くさむら)を見ても草が繁っているとしか思わない。樹木になるともっと判らない。幹(みき)を見ただけではまるで区別が付かない。

この辺りの杉並木は、それは見事なものである。延延と何処までも続いている。

何千本、何万本と生えているのに違いない。

その杉並木に一本、別の樹が交じっていたとしても、多分久住には判らないのだ。仮令違う樹だと気付いたとしても、それが何の樹か判別することは出来ないだろう。

余人はどうなのか久住には知る由もないが、久住の場合目の前にある現実と、頭の中にある知識とが即座に一致することが少ないのである。柏だ楓だ樫だ榎だと、名前だけなら幾らも知っているのだけれど、目の前にあるものが何なのか皆目判らないのだ。

意味がない。

名など知らずとも山に暮らす人達はそれが何なのか識っているのだ。人は、生きるのに必要なことだけを、きちんと識るものなのだ。そう云う風に出来ているのだ。

そうしてみると自分の人生には、樹も、鳥も、あまり必要ないものなのかもしれぬと久住は思ってしまう。

そう考えると、少し淋しい。

いや、淋しいと云うよりも、久住は悔しくなるのだ。こうして出歩くのも、その悔しさを紛らわすためなのだろうと思ったりもする。

——違うか。

昨日までは兎も角、今日に関してのみは違う。

久住がこんな場所を逍遥しているのはそんな理由からではない。単に宿を出たかっただけなのだ。しかも一刻も早く。彼女と顔を合わせる前に。

――逃げただけか。

久住は大きく溜め息を吐いた。

大きな蟠りが白い靄靄になった。

再び、遠方に大鳥が翔るのが見えた。

視軸を下ろす。天ばかり仰いでいた所為か頸の付け根が痛くなったのである。

淵の流れは清冽と云うより清廉だ。

晒された皮膚が痛く思える程に冷たい。足許の地べたも凍っている。

山山も、岩も森も雪化粧をしている。

綺麗だと思った。

雪は一昨夜、かなり降ったのだ。

でも雪国育ちの久住の目には、それが雪景色として映っている訳ではない。

山には樹樹が、岩が、地肌が覗いているからだ。

久住の故郷は北国である。ある時期を過ぎれば何もかも白一色で覆われてしまう。

他の色はない。雪融けを迎えれば地面も徐徐に見えてくるけれど、それは只管に汚らしいだけである。此処はそうではなかった。

まるで粉砂糖を振った高級な洋菓子か何かのようである。

美しく見える。正に雪化粧だ。

久住がこの地——日光（にっこう）を訪れたのはこれが初めてではない。

最初に来たのは去年の初夏で、その折は新緑が目に染みた。

その際も一週間ばかりは滞在したが、東照宮（とうしょうぐう）の入り口をちらりと観て華厳（けごん）の滝を遠目に眺めた程度で、名勝を満喫するようなことはしなかった。

物見遊山（ものみゆさん）で来た訳ではなかったから、それは仕方がないことではあったろう。

久住は、この度も観光で訪れている訳ではない。

ただ、先の予定を一切決めていないから、時間は幾らでも作れるのである。だから毎日こうして出歩いていられるのだ。もう十日になるが、見飽きることはない。

ただ、久住は山に分け入ることはしていない。

勿論（もちろん）、装備がないと云うのもある。登山と云う程大層なものでないとしても、山の方には足が向かないのであった。

どうも気後れしてしまっているのである。

日光の山山は、決して雄大ではない。どちらかと云うと荘厳（そうごん）である。豊かさや巨（おお）きさに感心するより先に、厳（おごそ）かさや強さを覚える。険（けわ）しいと云う程に聳（そび）え立ってはいないし、人の侵入を拒（こば）むような鋭さはないけれど、その懐の深さが凄みに繋がっている。

久住は思う。

日光の山は思うに久住を拒絶しないだろう。受け入れた上で厳しさを見せ付けてくれるに違いない。

——だからこそか。

それが気後れの理由なのである。厳しさを直視するのが厭なのだ。

意気地がないのである。だから見識も広がらぬのか。知識の使い道も見出せぬのか。

そう云うことかと、久住は思う。

一休みしようかと企み、腰掛けられるものはないかと見渡したが、相応しいものは何もなかった。道の片側は山で反対側は川である。その上、何処も彼処も融けた雪で濡れている。

詮方なく、歩を進めた。

漫ろ歩きをしつつ、対岸の岩肌を眺める。目を凝らすが何も見付けられない。

場所は間違っていないのだ。ならば何かある筈である。

今朝早く、フロントで弘法の投筆と云う旧跡があると聞いたのである。

岩肌に文字があるのだと云う。

弘法と云うのは弘法大師空海のことだろう。

慥かに、空海と云えば達筆能筆の代名詞の如く語られることが多い。その空海が、筆を投げ付けて岩に字を書いたのだ——と云う話だった。

能く解らなかった。筆を投げると云う状況が久住には先ず解らない。放り投げてしまったのでは字など書けまい。そうでなくとも、筆で岩に字が書けるものだろうか。それは墨を含ませれば何にでも書けるのだろうが、直ぐ消えると思う。紙や木と同じように、岩にも墨は染み入るものなのだろうか。

そんなことはないだろうと久住は思う。

雨でも降れば立ち処に流れてしまうだろうし、そうでなくとも何箇月も保つものではないだろう。況て水辺なのであるから、何もなくとも数日を俟たず消えてしまいはしないか。空海が正確に何年前の人なのかは知らないが、千年から昔の人ではあるだろう。凡そ残っているとは考えられない。

どうなっているのか観てみたくなった。否、それを言い訳にして宿を出ただけなのだが。憾満ヶ淵と云う処だと教えられた。

昔は寺やら東屋やらがあったらしいが、明治の終り頃に洪水で流されてしまったのだそうで、今は何もないと云う。寒いですよと云われたのだが、構わないと久住は答えた。

本当に何もなく、寒かった。

冷たい気を放ち続ける清流から、顔を逸らす。

渓流沿いの路の先へと視軸を向ける。

道に沿ってずらりと雪を被った石仏が並んでいる。幾つも幾つも並んでいる。

対岸にばかり気を向けていたから、全く目に入っていなかった。

これはこれで圧巻である。幾つあるものか。

十や二十ではない。凡そ数える気にはなれない数である。五十か六十か、もっとあるかと視軸を送って行くと、その先に人が立っていた。

見覚えのある人物だった。

表情までは汲めなかったが、草臥(くたび)れた茶色のコートを着た——お世辞にも風采の上がらない——男であった。あれは。

——慥(たし)か。

同じ旅舎に泊っている男だ。

猫背気味の男は久住には気付かず、ただ一心に石仏を眺めている。否、一体一体懸命に観察していると云うべきか。指を差したり、時に仏の頭を押さえたりもしている。

無為な感じである。

無為と云うなら久住の方も好(い)いだけ無為な訳であるし、他に人影もない以上無視するのもどうかと思い、久住は彼の方に歩を進めた。

眉根を寄せた険しげな目付きではあるのだが、頰は倦(う)み疲れたように弛緩している。どうにも声を掛け難(にく)い雰囲気ではあるのだけれど、此処(ここ)まで近寄ってしまってはもう如何(いかん)ともし難(がた)い。

「あの」

発声した途端、男は怯りと肩を窄め、眼を見開いて久住の方を向いた。

不機嫌だった訳ではないようである。

「どうも、お早うございます。失礼ですが、同宿の方でいらっしゃいますよね？　ロビーで数度お見掛けした気がするもので——」

男はああとかううとか云う、瞭然と聞き取れない言葉を発してから、身体を少しだけ傾けた。一瞬人違いだったかとも思ったのだが、そうではなくて、どうやらそれは肯定の意思表示だったらしい。

「ええと」

どうしたものかと思ったが、では左様ならとも云えない。

「私は——久住と云います。十日ばかり前から日光榎木津ホテルに逗留していて——」

男は何故か苦しそうに眉を顰めた。

怪訝に思ったと云うよりも、苦しそうだった。

久住は言葉を止めて、様子を窺った。何処か具合でも悪いのではないかと、本当に心配してしまったのである。

「わ——」

男は重そうな唇を半端に開けた。

そして、眼を伏せた。

どうにも不安定さを感じさせる風貌である。小柄で姿勢が悪い所為なのだろうが、どちらかと云えば武骨な面相なのに、不釣り合いに睫毛が濃く長い所為もある。

「私は、関口、関口巽と云います」

男——関口は、やっとそう云った。

その名前は——識っている。

音を聞いただけで文字面が浮かぶと云うことは文書で識ったのだ。しかもつい最近——いや、同姓同名かもしれないのだけれど。だが。

久住は直ぐに思い出した。

「もしかすると——いや、私の勘違いなら失礼。あなたは小説家の関口先生ではありませんか？」

目の前に居る男が久住の識る関口巽その人だとするならば、それは慥か昨年の夏世間を騒がせた新婦連続殺害事件の渦中の人、由良伯爵の友人と云うことで注目された人物——の筈である。久住も好奇心に駆られ、秋口に彼の著作を買って読んだのだ。何とも名状し難い不思議な味わいの小説だった。

そうしたことを云いかけた途端、関口は頰を強張らせ、更に躰を捩らせた。もしや厭なことを云ってしまったのかと、久住は身を固くした。

——拙かったか。

昨日から久住はこんな失敗ばかりしている。

云われたくない事柄、聞きたくない言葉を口走ってしまったのか、そもそも話し掛けられたくなかったのか、本当に人違いだったのか——と、瞬時に考えを巡らせ、面倒ごとになる前に謝って立ち去ってしまおうとした矢先に——。

「ど、どうもすいません」

先に頭を下げたのは関口の方だった。

「すいませんって」

「ぼ、僕——私は、その、あまり人と喋るのが、いや、快活に話すことが得手ではないのです。ですから、あの、気分を害されましたか」

もぞもぞと、不明瞭に、眼を伏せたまま、関口はそう云った。

「それは此方が申し上げることです」

久住はそう答えた。

「私こそ、不用意に話し掛けてしまって——もしや次作の構想を練られてでもいらっしゃったんでしょうか。思索に耽られていたとか」

関口は——。

笑った。多分、笑ったのだろう。

「箸にも棒にも掛からぬ三文文士ですから、そんな高尚なことはしません。僕は」

数えていたのですよと関口は云った。

「数える？」

「この石地蔵をです。地蔵——なのかな」

関口は傍らにある石仏の頭に手を遣った。

「数えて——いた？　この仏様をですか？」

それはまた酔狂なことである。久住は行く手に居並ぶそれを眺め、越し方のそれにも視軸を呉れた。

矢張り五十以上はある。

「すると、私は数えることを邪魔してしまったんでしょうか」

同じような形のものを無言で数えるのは、思いの外厄介なものだ。何処まで数えたか途中で判らなくなってしまうことはままある。途中で口を挟まれたりしたら、そこまでである。

そうではないですと関口は笑う。どうにも淋しそうに笑う。

「僕はもう、三度も数えているのですよ」

「三度も。それはまた——」

「これらは並地蔵と云うそうですが、化地蔵とも呼ばれているようなんです」

「化けるんですか？」

どうなんですかねと関口は苦笑いするように口を歪めた。

悪意がある訳ではなく、意思の伝達が巧く出来ないのだろう。

「有り難い地蔵尊なのでしょうから狐狸のように化けはしないでしょうが——これ、勘定する度に数が違うと云う謂い伝えがあるのです」

「数え間違う、と云うのですか？」

「いやあ。どうなんでしょう。一度目も二度目も七十四体でしたが、どうも違っているようにも思えましてね。僕は——」

どうも自分が信じられないと関口は云った。

その気持ちは解る。

「まあ、石地蔵が増えたり減ったりすることは現実にはあり得ないのでしょう。でも、心の中では実際の数など関係ないでしょう。この道は細く、カーブしているし、対岸には渡れないですから、全体を眺めることなど出来ません。未だある、未だ続くと云う気持ちがカウントを誤らせるのだ——と」

それは友人の言ですと関口は云った。

「その、お堂跡の方にも石塔なんかが並んでいるんですよ。ご覧になりませんでしたか」

久住は全く気付いていなかった。

堂跡とやらさえ、あったのかどうか判らない。

「石仏らしきものもあった気がします。それも勘定してしまう者が居るのかもしれない。それに、この辺は水害でかなりやられているようですから――明治の終わり頃にこの地蔵も何体か流されたりしているようです。だから実際、数は変わっているのでしょうね。元元は百地蔵だったそうです」

「なる程」

首が欠けているものや割れているものもある。

「そこまで判っていらっしゃるのに」

いや、化かされたい気もしていて――と、関口は羞じらうように云った。

「数える毎に数が違っていたなら、それは自分が酩酊していると云う証拠でしょう」

それから、関口はほぼ初めて久住の顔を見て、弁明するように続けた。

「僕はその、酒を飲んでいる訳ではなくて」

「いや、承知しています。こんな早い時間に酔っていると云うのなら、夜通し飲み続けていたか、早朝から飲み始めたかと云うことになる。もしそうだったとしても、こんなに寒くっちゃ酔いも醒めます」

実際、かなり身体は冷えている。

久住はコートの襟を立てて前を掻き合わせた。関口も直ぐに宿に戻る気配はなかった。少し歩きませんかと久住が誘うと、関口は無言で応じた。

渓流沿いに進む。

少し移動するだけで景観はみるみる変わった。それまで川岸はただの樹と草、そして普通の岩だったのだけれど、いつの間にか不思議な質感の、しかも奇妙な形の岩が重なり合い抱き合うようにして両岸を埋めている。久住の予想を上回る奇景であった。

溶岩ですよねと関口が云った。

「男体山（なんたいさん）から流れ込んだ溶岩を、この大谷川（だいやがわ）の水流が削り取ったんでしょう」

「ああ。そう——なんですかね」

考えてもみなかったが岩石にも種類はあるのだ。

流石（さすが）にお詳しいですねと久住は云った。

「私はどうもいけません。先程も反省していたところですよ。鳥でも樹でも、識っている名前と実物が一致しないんですよ。さっきも大きな鳥を見たんですが——」

大きな鳥だった。

「鳥だと云う以外、判らなかった」

関口は微笑（ほほえ）んだ。

「僕も同じですよ。樹木や鳥類の種類なんかはさっぱり判りません。菌類と岩は少しだけ判ります。でも判ったところで意味はないです」

「はあ」

「その鳥の種類が判ったところで、鳥があなたに感謝する訳ではないでしょう」

鳥は、飛んで行くだけだ。

「僕が識っていようがいまいが、石はそこにあるし草木は生えていますからね。僕が死んでしまったって、それは変わるもんじゃない。僕が識っていることの意味は、僕にしかないんですよ」

関口はまるで自嘲するかのようにそう云った。

そう云われてみれば、まあそうだろう。

「しかし関口さん。あなたの見識が何かを生み出すこともあるでしょう。現にあなたは小説を書かれているじゃないですか。私も読ませて戴きましたよ」

「読まれましたか」

関口は顎を引いて顔を下に向けた。困ったような顔だった。

小説はもの識らずでも書けますよと関口は云う。

「特に、僕の書くようなものは、子供にだって書けるものですよ。知識の多寡は関係ありません。他の小説家がどうかは知りませんが、僕に関して云うなら、寝言を書き付けたようなものですから」

「それはご謙遜でしょう。私は、それこそ上手く言葉には出来ませんが、お作を拝読し、その、得も云われぬ感慨を持った一人ですよ」

買って下さった方には申し訳ないけれどと、そこまで云って、関口は口籠った。

「受け取り方はそれぞれですから。そう、鳥は多分、僕のことなんか知らないでしょう。でも——そんなこととは無関係に、鳥は啼くでしょう。時に綺麗な声で啼く。鳥が啼くのは鳥だからで、人を喜ばそうと考えて啼く訳ではないです。でも、僕等はその声を綺麗だと思うでしょう」

「それと同じだと？」

「同じです。僕は鳥の如く啼くことが出来ない。代わりに駄文を書き付けている。鳥が鳥であるように僕は僕だと云う。それだけのことです」

達観していらっしゃると久住が云うと、能く叱られるんですよと関口は答えた。

「叱られる？」

「口の悪い友人がいるんですよ。僕の小説は童の日記程度のものだと。癪に障るから云い返してやりたくもなるんですが、聞くだにその通りで、反論の余地が全くない。只管反省するだけですよ」

関口は川面に目を遣った。

流れが急になって来たように思う。表面は緩慢だが、凹凸が激しいのだ。水の流れが岩を浸食したと云う関口の言葉は納得出来る。

「関口先生は、その——噂に聞く缶詰めと云う奴ですか」

多少気拙くなったのでそう尋ねてみた。とんでもないと関口は応える。

「缶詰めと云うのは流行作家だけがされるものですよ。出版社が他の会社からの連絡を断つために書き手を拉致するんです。僕なんか、お声の掛かる気配さえないですから。ただの現実逃避です」

――なる程。

同じようなものか。

それなら同じですよと云った。

「私も逃避しています。もう、十日も逃げ続けている。今日は特に」

本当に逃げたのだ。

「どうもね。意気地なしなんですな」

関口は尋き返すことをせず、ただ、そうですかと云って岩場に足を掛けて登り、際まで進むと自らの足許を見た。

「ああ、礎石も失われていますね」

「何です？」

気になっていたのですと云うと、関口は振り返って地蔵群の方を眺めた。

「此処には靈庇閣とか云う護摩壇があったらしいんですよ。矢張り山津波で流されてしまったと聞いたのですが、どんな具合か想像出来なかったんです」

「こんな処に——護摩壇ですか？」

久住は関口の横に立った。

足下にはどうどうと水が流れている。

「いや、此処は寺でも何でもない、ただの川筋ですよね。それは——祈禱所のようなものですか」

「いや、此処は寺ですよ。まあ何処から何処までが境内なのかは僕も知りませんが、並地蔵だって寺のものです。あっちにあったお堂の跡は、本堂だった処ですよ。何もかも流されてしまったんです」

全く気付かなかった。

「無常と云うのかなあ」

関口は屈んだ。

「あの、あっち側の岩の上には不動尊の像があったようです。此処から不動明王を拝んだのでしょう」

「像も流されたんですかね」

「ええ。今はほら」

関口は対岸の岩を指差した。

「あの梵字だけが残っています」

「梵字？」

能（よ）く見えなかった。

「書いてあるんですか？」

「岩ですからね。彫ってあるんです」

「彫って？」

そう云われれば模様のようなものが確認出来た。

だが、彫りも浅く、苔のようなものが生えているのか、汚れているのか、擦れてしまったのか、うっすらとしか見えなかった。

「梵字と云うと、梵語（サンスクリット）の文字のことですよね。悉曇（しったん）文字と云うべきなんですか。全く読めませんが」

何と書いてあるのですかと久住が問うと、関口は受け売りですがと断った上で、

「不動明王を表わす文字だそうです」

と答えた。

「真言と謂（い）うのがあるでしょう」

「はあ。あの呪文のようなお経のような」

「ええ。僕は一つも知らないが、仏様にはそれぞれ決まった真言がある。何でも長さによって大中小とあるそうですが、別に種子（しゅじ）真言と謂うのもあるんだそうです」

「しゅじ、と云うのは」

植物の種の意味だそうですと関口は云った。

「一音か、二音の短いもので——ア、とかウン、とか云うことでしょうね。その一音で或る神仏の凡（すべ）てを表わすんだそうですよ。凡てが内包されているからこそ、種なんですね。その種子真言に対応する梵字——一文字か二文字と云うことになるんでしょうけど、それがその神仏を象徴する文字と云うことになる」

「その文字が、ある仏様なり神様なりを表わしていると云うことですね」

そうですねえと関口は連れない返事をした。

「彼処（あそこ）に祀られていたのは不動明王で、不動明王の種子真言は、カン、マン、なんだそうです。あの岩は要は像の台座のようなものですよ。だからあの岩にはカンマンと云う文字が」

「かんまん？　ええと」

久住は目を凝らす。

奇岩に翻弄され、水流は複雑に渦（とどろ）を作り、飛沫（しぶき）が白く輝いている。ただの川だと思っていたのだが。

——淵か。

「では憾満ヶ淵と云うのは」

「此処ですよ」

「ああ」

場所を間違った訳ではなかったらしい。久住はどうやら、川を目にしただけで到着した気になり、川筋をうろちょろしていただけだったようだ。

――すると。

「私は憾満ヶ淵に弘法の投筆と云うものがあると聞いて見物がてらに出て来たんですが、それはもしかすると」

あの擦れた梵字のことなのだろうか。慥かに、岩に彫り付けてあるのなら何年何十年、何百年でも保つかもしれない。だが。

「筆を投げた――と聞いたんですが」

そうなんじゃないですかと関口は云った。

「いや、投げたのは筆ですよ？　鑿や鏨じゃないですよ。筆じゃ石は彫れないでしょう」

鑿を投げたって文字は彫れませんよと云って関口は笑った。

「もしあれが」

関口は指を差す。

「墨で書かれた文字だったとしても、筆を投げて書いたものではないでしょう」

その通りだろう。

それがどんなものであったとしても、放り投げただけで字や絵は書けない。

要するに創り話と云うことか。久住がそう云うと、創作と云うより伝説でしょうねと関口は答えた。

「彼処にちゃんと証拠があります。あの岩肌には文字がある。それは歴とした事実で、その事実に対する説明として謂い伝えがあるんですよ。それがどんなに奇妙な理由でも、あの文字がある以上は、伝説ですよ」

「伝説――ですか」

目を凝らしていると徐徐に文字が瞭然と見えるようになって来た。久住には文字と云うより模様、複雑な形のマークにしか見えなかったのだが。

「すると――まあ、どうやって刻み付けたのかは兎も角、あの模様はもう千年から彼処にあると云うことなんでしょうか」

「千年？」

関口は久住の方に顔を向けた。

「そんなに経ってはいないでしょう」

「いや、私の知るところでは、弘法大師と云うのは平安の頃の人ではなかったですか？　そうなら」

「ああ」

関口は歪んだ身体を不器用に曲げて向き直った。

「これも聞いた話ですが、このお寺——今はお地蔵さん以外何もないんですが——慥か慈雲寺と云ったかな。あの梵字は、この慈雲寺を建てた人が彫らせたんですよ。建てられたのは江戸時代の筈です」

「江戸時代ですか？　それじゃあ」

古くても三百年程度と云うところか。

「その、弘法大師と云うのも嘘ですか」

「嘘と云うのはどうでしょう。弘法大師は全国各地に伝説を残していますからね。それ程詳しくない僕でも、幾つも識っています。温泉が涌いたとか木が生えたとか、芋が石になったとか——まあ、それらを全部嘘と切って棄てるのは、余り」

関口は自信なげに語尾を濁した。

「そうですねえ。それは、まあ、信仰されているから、と云うようなことなんでしょうか」

文字が刻まれた岩は、大きく、滑らかである。

信仰なんでしょうかねえと関口は云う。

「少し違うように思うんですよ。宗教だの教派だの信仰だの——そんな言葉では補いきれない——補うと云うより表わせない、何と云うんでしょうねえ」

それは久住にも解らないではない。関口同様明文化することは出来ないのだが。

清廉な水は渦を巻いている。

「それに、弘法大師の宗旨は真言宗ですよ。此処に寺を造った人は家康をこの日光に祀った天海僧正のお弟子さんだそうですから、なら天台宗なんじゃないですかね」

「宗派も違うんですか？」

「はあ。慥か、晃海上人と云う人らしいです」

「晃海――ですか」

「ええ。其処の百地蔵も、同じく天海僧正の弟子達百人が寄進したものだそうです。親地蔵と呼ばれた一番大きな地蔵、これも洪水で失くなってしまったようですが、それを寄進した山順と云う僧侶が大変な能筆家で、その人にカンマンの梵字を書かせ、それを晃海上人があの岩肌に彫り付けさせた――と云うのが真実らしいですよ。ですから、彫ったのは石工かなんかじゃないんですかね」

弘法大師でもなければ筆を投げて書いた訳でもないのか。関口は淋しそうに笑った。

「弘法大師は空海ですから、間違えたんじゃないかと謂われているそうです」

「空海と晃海を、ですか」

それはあんまりですねと久住が云うと、関口はまた淵の方を向いて項垂れた。

「でも、それでいいのじゃないですか」

「いいですか？　時代も、宗派も違っていて、その上に人違いなんですよね？　しかも、筆を投げて書いたなんて、何もかも違ってるじゃないですか」

違ってないですと関口は云う。

「はあ？」

「昔のことは判りませんよ。記憶は変容するし、記録は不完全です。友人に史学を学んでいる若者がいますが、歴史家は常に史料を検討して、整合性のある事実を導き出そうと苦心惨憺していますよ。だから歴史は常に更新されて行く。定説は覆るものなんですよ」

「しかし明らかに違ってますよね？」

「違うと云っても空海も晃海も昔の人ですよ。僕はどちらにも会ったことがない。記録には残っているけれど、その記録だって本当なのかどうか、僕には確かめようがないですよ。どれだけ史実に沿った逸話であっても、巷説は巷説、稗史は稗史です。伝説と大きく違う訳ではないでしょう」

「しかし」

——それでは。

信じられるものが何もなくなってしまう。

久住がそう云うと、関口は対岸の梵字を指差した。

「あれは、あります。少なくとも僕には見える」

「自分の見たものは信じられると？」

それが一番信用出来ないですよと関口は自嘲するように云った。

「僕は自分の目も耳も信用してません。ただ、あれは現にあるじゃないですか。何年前からあるのか知りませんが、今もある。信じようが信じまいが、あるものはあるでしょう」

まあ、久住にも見えてはいる。

「なら晃海上人が石工に彫らせたのであっても、空海が筆を投げて彫ったのであっても、そんなに変わりないじゃないですか。いずれもそう謂われていると云うだけですよ」

寧ろ——と関口は眼を細めた。

睫毛が目立つ。

「この地にはあの岩の上に不動明王が顕現されると云う謂い伝えがあるんだそうですよ。その所為もあって、この淵の水音はカンマンカンマンと聞こえると云う話もあるそうです」

耳を澄ませてみたが、噪音しか聞こえなかった。

「それは錯覚——と云うことですか」

「さあ」

幻影でしょうし、幻聴でしょうと関口は云う。

「そうだとしても、空海の伝説も、晃海上人が梵字を彫らせたと云う話も、その幻影ありきなんだと思うんですよ、僕は。彼処に——」

何が見えたのでしょう。

何が見えたのだろうか。

「太古より――幾人もの人が何かを視てしまったんでしょうね、彼処に。夢か幻かは判りませんが、何か神聖な、畏怖すべきものが視えたんです」

幾ら凝視しても――其処には久住が名を知らぬ樹木と、草と、岩があるだけであった。

要するに、山――だ。

山は尊くて畏いものですよと関口は云う。

「人が敵うものじゃない。人は、大いなる山の神秘にただ平伏し祈るだけです。それこそ最も始原的な畏れ――信仰なんじゃないですかね」

――そうかもしれない。

樹の名前も草の種類も、あまり関係ないのか。

「なら――宗派も関係ないですか」

「ええ。この場所に関して云えば、後付けなのじゃないですかね。それに、どんなものでも、名前は後から付けられるものですよ」

はっとした。

その通りである。鷹も、鳶も、人間がそう名付けただけだ。名付けるずっと以前から、それは存在したのだろう。

大きな鳥――として。

いや、鳥ですらないのか。それは、ただ天空を行く何かでしかない。

それを鳥と名付け、鷹だ鳶だと仕分けしたのは、人だ。

名など付けずとも、それは居る。

だが。神仏となるとどうなのか。

神仏が居るのか居ないのか、久住は知らない。

居るのだとしても久住は見たことがない。

居ないものなら名付けようもないし、名だけがあるのだとしても、見えぬものであるのなら姿形は判るまい。

「でも、神秘体験は個人的なものですよね？」

幻視も幻聴も、余人に知れるものではない。何を見、何を聞いたかは、視た者聴いた者にしか判らない。

「まあ、信仰心も薄く、無味乾燥の人生を送っている私なんかには何も見えはしないんですが——そうした敬虔な心を持つ人人には同じものが視えるものなんでしょうか」

同じものは視えないでしょうと関口は云った。

「視えているものはそれぞれですよ。実際に其処には樹や岩しかないんですから。でも、不動明王と云う名前が与えられれば」

「同じになる？」

名が先にある、と云うことか。その名が規定するものが視えてしまうのか。

そうだとしても。

「いや——同じになることはありませんかね。一口に不動明王と云っても、思い描くお姿は人に依って違うものなのかな」

久住も正確な姿は知らない。持ち道具やら衣裳やらスタイルは細かく決まっているのだろうが。

それは構わない気がしますと関口は云った。

「神仏は様様なお姿で顕れるものだそうです。なら人に依って違って視えるのは当然のことですよ。視えたものを何と解釈するか、問題になるなら寧ろそちらじゃないですか。彼処にはお不動様が顕現されるんだと云う情報を、誰もが持っているとは限らないです」

「ああ」

「どんなものが視えたのかはあまり問題じゃないんです。どんなに大勢が視たとしても、どれだけ繰り返し顕現されたとしても、解釈がバラバラでは詮方ないでしょう。だって、彼処には何もないいんですし」

そう。久住には何も見えない。

「だからこそ、晃海上人は彼処に不動明王像を建てられたんでしょうし、あの梵字も刻ませた。像は流されてしまいましたが、字は残っています。岩に直接刻まれたから残ったんですよ。あれは——これからも、ずっと残るんでしょうねえ」

どのくらい保つものなんでしょうねと関口は誰にともなく問うた。

嘆いているかのようだった。

石に刻まれた文字。

遠い未来、いずれは摩滅するのだろうが、簡単に消えるものではあるまい。

「扠、少なくとも私達の寿命なんかよりはずっと永く保つんじゃないですかね。何万年も前の土器だの石器だのも、見付かる訳でしょう」

「何万年ですか――」

関口は遣り切れないと云う顔になった。

久住などには、文士の心中は量れない。

「形のないものも、ああやって石に刻み付ければ固定化する――と云うことですよね。そして何万年も保つ。あの字が読める人には、少なくともお不動様を思い描けると云う仕組みですね？」

「ああ――」

関口は更に悲しそうな顔をした。苦しいのを堪えているようにも見えた。

「――そうですね。此処に立った僕等が視るべきなのは、あの文字ではなくて、あの文字のある岩の上に顕現される、不動明王なのかもしれません」

どうどうと水音がする。

私には見えませんよと答えた。

「世俗の垢に塗れていますからね。日光に来てもう十日になりますが、陽明門を観ても立木観音に詣でても、珍しい綺麗だ、細工が上手だと思うだけですよ。ただの物見遊山です」

十日もいらっしゃるのですねと関口は云う。

「あのホテルは高価いのじゃないですか？　あなたは――」

関口の眸は途端に不審の色を浮かべる。

身許を怪しまれたのかと久住は思った。

久住が投宿しているホテルは決して安宿とは云えない。

それどころか高級の部類である。一泊二泊なら兎も角も長期連泊出来るとなると、かなりの金満家と云うことになるだろう。

だが。

私はブルジョワジーではありませんよと答えた。

「高等遊民なんかとは程遠い、庶民です。ただの貧乏な無名の物書きですから」

「文筆業――をしていらっしゃる？」

「いやいや、関口先生のような小説家ではありませんよ。私は、恥ずかし乍ら小さな劇団の座付き作家をしているんです」

戯曲を書かれるのですかと、小説家は感心したように云った。

取り敢えず間違ってはいない。

ただ戯曲を書くと云うもの謂いは、久住にとってピンと来るものではない。脚本――台本――否、単に筋書きと台詞を文章で纏めている、と云う認識しかないからだ。筋書きは合議で決めている。台詞も殆ど役者に合わせた当て書きである。何もかも劇団ありきなのであるから、久住は自分の作品とさえ思っていない。

説明するのは面倒そうだったから、そんな大層なものじゃないですとだけ答えた。

「関口さんは多分知らないでしょうが、劇団月晃と云う名の――まあ、地下演劇の部類ですよ。人数も私や裏方を含めても十名凸凹、無名の、喰うや喰わずの小劇団ですよ」

知らないでしょうねえと久住が云うと関口は申し訳ないと返した。知らなくて当然だと思う。

「まあ、うちのような弱小劇団に限らず、そこそこ大きな劇団だって青息吐息です。儲かる仕事じゃない。芝居なんかやってる人間は、みんな大差ないですよ。演劇で喰えてる人間なんか、ほんの一握りです。みんな日雇いやら何やら兼業でやってますからね。赤貧ですよ」

「いや、しかし」

「はあ、まあそれなら何で――と、お思いになるでしょうね。種明かしをするなら、うちの劇団にはパトロンがいるんです。鎌倉の素封家が資金援助をしてくれていましてね」

相撲で謂うところのタニマチと云う奴である。

「そう云う意味ではかなり恵まれてるんですよ、我が劇団は。あのホテルも、その素封家の定宿なんです。そうでなければ、私なんかには一泊も出来やしません。全額他人持ちです」

言葉を切ると水音だけが残る。

清流に耳を傾けていると、ただの噪音(ノイズ)に律動が生まれるような錯覚に囚われる。やがて節奏(リズム)まで感じられるようになった。

それでも、カンマンと聞こえはしない。

凡ては聞く者の内部の変化でしかない。水音自体が変化する訳ではないのである。久住がどう聞くかと云う問題なのだろう。

この清廉無雑な環境の中に神仏の霊威を見出す素養を、多分久住は持ち合わせていない。

関口はそれ以上何も尋いて来ない。

興味がないのだろう。

「それなら」

僕も同じですと関口は云った。

「あのホテルのオーナーは、僕の友人の兄なんですよ。別の友人が輪王寺(りんのうじ)の何とか云う処から調査の依頼を受けて、彼処に長逗留することになって、オーナーの弟も同行すると云うので——僕はその」

オマケですと関口は云った。

「僕は、出版社に缶詰めにされた訳でも、作品の構想を練っている訳でもないんですよ。友人達のご相伴に与っているだけの、ただの行楽、無償の観光旅行です」

「はあ」

つまりは羨ましいご身分と云う訳ですねと久住が云うと、とんでもないですよと云って関口は渋面を作った。

「宿賃は一銭も払わないんですから、たかりか泥棒と同じです。そう思うと気分転換どころか気が休まる暇もない。僕は結局、何処に行ってもこうやって狼狽えるだけの小心者なんです」

久住は思う。

この小説家は、どうにも自虐癖を持っているようである。

やさぐれている感じこそしないが、内省的で、且つ陰気である。精一杯愛想良くしているつもりなのだろうが、無理がある。

実のところ、久住自身も同じような傾向を持っているのだとは思う。

でもここまで顕著ではない。と——云うよりも、先に態度に表されてしまうと同じようには振る舞えなくなるものなのだ。

自虐合戦程見苦しいものはないと、久住は弁えている。

言葉を選んでいるうちに、あなたは合宿か何かですかと尋かれた。

「合宿？」

「いや、劇団の――」

申し訳ないと関口は何故か謝った。

「違いますよね」

「ええ、まあ違います。あんな大層な宿でそんなこと出来やしませんよ。人数も多いし、行楽地で稽古する意味もないですし。私一人です。私は」

軟禁されているのだ。

「書けないんですよ」

そう、書けないのだ。

「少し変わった試みをね、してみろと云われた。パトロンからです。そこで話し合って、新作を作ることになったんですがね」

全く駄目だった。

「まるで書けません。公演は夏の予定なので、日程的には未だ余裕があるんですが、下宿でアルバイトをし乍らでは埒が明かない。そこでパトロンがあの宿を周旋してくれた訳です」

「それじゃあ」

あなたの方が缶詰めにされている訳じゃないですかと云って、関口はその時多分、初めて本当に微笑んだ。

「いやいや、他社からの連絡云云なんてことはないですからね。気分転換と云う名の逃避です。一箇月を目処にして何とか纏めろと云う、それは有り難い話なんですが」

「駄目ですか」

「駄目ですねえ」

全く手に付かない。

「能楽に題材を採れと云うお題なんですが」

「能楽って、あの面を付けてやる能ですか」

「はあ」

「すると、郡虎彦の近代能のような――」

「いや」

そうなのだが、そうではないのだ。

郡虎彦は大正期の劇作家で、能楽を現代演劇に移植したり、ホフマンスタール風に翻案したりもしている人なのだが、久住の劇団のパトロンは、それがいたく気に入らないようなのである。郡虎彦の戯曲は書き上げるまでは読むなと云われた。

「能は筋書きでも設定でもない、と云うんですよ。純粋な概念を抽出して前衛的な演劇にしろ――と」

関口は眉根を寄せた。

意外に眉だけは濃い。

「そんなことを云われましてもねえ。ま、以前もあのホテルで書かされたことがあったんです。その時は露西亜（ロシア）の戯曲を翻案する仕事だった。翻訳ではなく翻案ですからね、設定も文化も時代も変えなくてはなりませんし、尚且つ劇団の個性に寄せなくてはならなかった」

「翻案と云うのは難しいのでしょうね。骨子は残さねばならない訳でしょう。自由には書けない」

「でも、それは云い換えれば基本線は決まっていると云うことで、そこは逆に変えられない訳ですからね。筋も台詞もシーンも最初からある訳で。ですから、そちらは何とかなったんですよ。だから、また何とかなるだろうと云う算段ですよ。でも、そう上手くは行かないですよ。先（ま）ず――能が解らない」

僕も観たことがありませんと関口は云う。

「私もね、高尚で難解なものかと、喰わず嫌いで敬遠していたんですが、どうも違うんですよ。慣れてしまえば寧（むし）ろ判り易いんですが――」

判る程に、解らなくなる。

「物語は判るんですが、その物語を舞台で演じることの意味が私には解らなかった。換骨奪胎（かんこつだったい）するにしても、何を換え何を奪えばいいのか摑めない。今の時代の演劇に創り変えるだけの、動機付けが出来ないんですよ」

似たようなものは作れる。

だが、それでは作り直す意味がない。

そもそも、能の仕組みと云うのが解らない。

純粋な概念と云われても、もう皆目見当が付かない。

「能は、完成してるんですよ。弄くりようがないんです。だから、元のままで充分なんですよ」

まあそうですよねと関口は力なく云う。

「ええ。しかも、話し合いで選んだ曲が『鵺』と云う曲でしてね。これ、どう解釈したものか、全く解らないんですよ」

「鵺?」

関口は妙な顔をした。

「そんなに有名な曲じゃないと思います」

「それはあの、大昔に御所の上空に現れたとか云う化鳥のことですか? 慥か、その、猿と虎と、何でしたか、狸だったか。後は——」

蛇でしたか。

蛇だ。

関口がもごもごと何か云うのを妨げるようにして久住は続けた。

「仰る通り、その鵼です。化け物ですよ」

「まあ、そうでしょうねえ」

「そんな継（つ）ぎ接（は）ぎの生き物は存在する訳がないですからね。いや、生き物かどうかも判らない。それなら未（ま）だ、河童（かっぱ）なんかの方が居そうですよね」

「まあ――」

生物としては破綻してますねと関口は云った。

「嵌合体（キメラ）と云うのはあるけれど、あれは動物にもあるものなのかなあ。ないでしょうね。希臘（ギリシャ）神話に登場する怪物なんかはそう云う感じですが」

「まさにそれです。それって」

化け物ですよねと云った。

「そう云うものをして世人は化け物と謂うのではないですか」

「まあ、僕は化け物の定義こそ知りませんが――化け物と規定したとしても、それに異議を唱える人は少ないでしょうね。そう云えば正体不明のものの喩えにされたりもしますね。鵼は」

「そうなんですよ。百歩譲ってそんな形の生き物が居たのだとして、それで鳥だと謂われても納得出来ないですよね」

鳥の要素は一つもない。

「飛ぶから鳥だと謂うんですかね。化け物なんだから空くらいは飛ぶでしょう。龍だって鬼だって飛ぶんじゃないかと思いますけど——鳥とは謂いませんよね？」

「まあそうですが」

——いや。

飛んでいるなら鳥なのか。

そうではないだろう。

化け物は、居ない。

居ないだろう。

万が一居るのだとしても、神仏と同じく形而下に存在するものではあるまい。

ならば。

飛んでいるのではなく、飛ぶとされている、いるだけではないのか。飛ぶものに名付けたのではなく、名付けたものが飛ぶと決められただけなのだ。

化け物なのだし。

「全く解らないです」

「僕は能の舞台は観たことがないんですが、筋書きなら少しは識っています。慥か、能には夢幻能と云う区分があるのじゃなかったですか？　それは人ではないものが登場するものだと、まあ浅薄な理解ではあるんですが」

「ええ。夢幻能には所謂幽霊や、精霊や妖物みたいなものまで主役を張りますから、化け物くらい出て来たっていいんですけど——能の『鵼』に出て来るのは、どうも化け物の幽霊なんですよ」

その段階で、もう判らない。

化け物はこの世のものではないのだろう。なら、そのまま出せばいいようにも思う。生きていないモノの幽霊と云うのは何だ。

関口は少し考え込んだ。

「幽霊はお化けとも謂いますよね。まあ、私の感覚が一般的なものかどうかは判らないんですが、どっちもお化けですよ。お化けがお化けになると云うのはどのような状態なのか、またどのような理屈なのか、どんなに考えても解らないんです」

「それは」

難問ですねえと云って、関口は腹でも痛いのかと尋きたくなるような顔をした。

「この場合、そこが肝だと思ったんですよ。まあ私なりに、夢幻能に対する理解と云うのはあったのですが、揺らいでしまった。違っていたのかもしれません。そんなですから全然書けないんですね。十日間、ただこうして散策しているだけですよ。逃避しに来た地で逃避している。話になりません」

「気持ちは解りますよ。僕も、いや、僕なんて、何から逃避しているのかすら判らないと云う為体ですからね——ああそうだ、同宿している友人がその手の話に矢鱈と詳しいので、紹介しましょう」

その手の話とは何かと問うと、化け物全般ですよと関口は答えた。

「化け物？」

「いや信仰だの呪だの——どうも上手く纏めることが出来ないんですが、そうですねえ、まあ能だの狂言だのも彼奴の範疇でしょう。慥か今日は午後から出掛けると云っていましたから、未だホテルに居るでしょう」

戻りませんかと関口は云った。

「かなり冷えて来ましたし。風邪をひきますよ」

「いや」

ホテルには——戻りたくない。

「その、私は実際、仕事から逃げているんですが」

それは間違いないのだが。

「そっちはまあ、残り二十日もありますからね、のらついていようが部屋に引き籠っていようが大差はない。本当のことを云えば、不出来だろうが何だろうが、今日辺りから書き出してみようかとも考えていたんですが」

でも。

「こんな朝っぱらからこんな処に来ているのは、また別の事情があるんです」

まさに――逃避である。

何か都合の悪いことでもあるのですかと問うて関口は不穏な表情になる。都合は――。悪い。

「何と云いますかね。実は、白状するなら、私はあのホテルの従業員から逃げて来たんですよ。顔を合わせたくなかったんです」

「それはまた――何故です」

「どうもねえ。申し上げ難いんですが、その人が」

人を殺したと云うのです――と久住は云った。

虎（一）

鳥だ。

何処か遠くで赤ん坊が泣いているのか——と思ったのだが、どうやらそれは鳥の啼き声らしかった。泣き乍ら上空に遠ざかって行く赤子など居るまい。

鳥に決まっている。

廊下の奥にある窓を何かが過った気もする。こんな街中にも鳥は居るのだ。

窓は換気のためか半分程開けられていて、その所為か廊下はかなり冷えている。

時代掛かっているのか、新しいのか判別が付かなかった。

色硝子が嵌まった扉は教会のステンドグラスめいていて古めかしい印象を抱かせるが、モダンといえばモダンでもあった。

建物自体は新しいのである。戦後に建てられたものだと思う。とは云え、わざと古めかしく造ったものとも思えない。それっぽいだけで伝統的な様式ではないのだ。床に敷かれた石の材質や色合いの所為だろうか。階段の手摺りや窓の形、照明器具や金具の意匠などがそう思わせるのかもしれない。

御厨冨美はそんなことを思った。

扉の色硝子には、これまた洒落ているのか時代掛かっているのか判らない書体で、七つの文字が記されている。

薔薇十字探偵社——。

何か由緒や謂れがある名称なのか、然もなくば巫山戯ているのか。将又恰好を付けようとして外してしまったものなのか。これも判然としない。

把手に指先を伸ばし、御厨は逡巡した。

意匠も名称も何もかもが胡散臭く感じられる。

かなり怪しい。

怪しいと感じたら一旦止めるのが一般的に正しい反応とされるのだろう。

だが、御厨はどちらかと云うと、そうした予感に対して無頓着に振る舞う傾向がある。

御厨は生来、楽天的な性格だ。そうした自覚はあるし、その素質が言動に強く影響していることは間違いない。ただ、それだけではないのだ。御厨のこれまでの人生は恵まれたものとは云い難い。それはその艱難を乗り切るために身に着けた、御厨一流の処世術と考えた方が良いのかもしれない。

不幸とは、理不尽なものなのである。

どれだけ慎重に対処したとしても、訪れる時は訪れる。

ならば疑心暗鬼になり、怯え惑い、打ち沈んで生きて行くよりも、負の感情を出来るだけ遮断して柳に風と生きた方がマシだと——御厨はいつの頃からかそちらの方に舵を切ったのだ。当然、そうしたところで不安や哀しみが消えてしまう訳ではない。ないけれど、そうでもしなければ生きて行けない。

度胸があるのか、鈍感なのか、見切っているのか自分でも判らない。

御厨は無造作に扉を開けた。

開けた途端にカランと鐘が鳴ったので御厨は後ろに飛び退いてしまった。

「何か御用ですか」

前屈みになって覗き込むと、応接セットのようなソファに顎の尖った男が座っていて、驚いた小動物のような顔になって此方を見ていた。

「おや？　漬物なら間に合ってますよ。お蔭様でこの間買わされたヤツがたっぷり残ってます」

「漬物？」

「まあ旨かったですけどね。そんなにゃあ喰いませんから」

いったい何処をどう観れば漬物売りに見えると云うのか。

漬物売りと云うのがどのような恰好をしているものなのか御厨は知らないが、少なくとも自分はそんな奇矯な出で立ちはしていない。

何処から見ても物売りには見えないと思う。

一般的な基準を逸脱する服装はしていない――と思う。

「あれ」

御厨は返答に窮してただ突っ立っていただけなのだが、男の方は目を泳がせて、

「つ――漬物屋さんじゃないんですか？」

と云った。

「あらら。この間来た人とは――違う人ですね。信州からやって来たと云う方じゃ」

「五反田から来ました」

おや失礼と云って男は立ち上がった。

「何か感じが似てたもので。いや、来るんですよ漬物売りが。こんな学生街の、しかも店舗や事務所なんかを廻っても売れないと思うんですがね。ありゃあ、そう思わせる手なんですよ。如何にも山出しの世間知らずを装って――」

「はあ」

「あ、実は先日、弥次馬でお人好しのうちの給仕が引っ掛かって、買っちゃったんですよねえ、ごっそりと。その時の人がまた来たのかと――」

「漬物売りって、どんな恰好なんですか？　樽か何か背負ってるんですか？」

御厨は問う。

何故に本来の目的を横に退けて、そんなどうでも好い話に自分から咬んで行くのか、それは御厨にも判らなかった。ただ一瞬、その話題は少しだけ面白そうだと思ってしまったことは間違いない。

「樽は背負ってないです」

男は間を空けずに反応した。

「一見、ごく普通のご婦人——と云うか長屋のおかみさんみたいな雰囲気で。こう、前掛けなんか締めて、何と云うのかなあ、所帯臭いと云いますか」

「私も所帯臭い——と云うことですよね」

男は一瞬口を開け、直ぐに閉じた。

「しょ、所帯臭いと云うのはですね、その、悪口の類いではなくてですね、まあ、商売っ気がないと云いますか、地に足が着いていると云いますか、生活感があると云いますか——あ」

語る程に取り返しがつかなくなると自分でも感じたものか、男は立ち上がるとすいませんと云って頭を下げた。御厨は別に肚を立てている訳ではなかった訳で、だから謝られても困るのだが。

男は下げた頭を半端に上げ、上目遣いで御厨を視ると、

「で——どんなご用で」

と尋いた。

いちいち用件を尋ねなければいけないと云うのはどうしたことだろう。この事務所を訪れるのは、依頼人よりも物売りの方が多いと云うことか。

「その、こちら探偵事務所なんですよね？」

「探偵事務所ですが、それが何か」

「依頼に――来たんですけど」

「は？」

「此処って、もしかしたら一見さんお断りだとか」

男は小刻みに顔を左右に振った。長い前髪が額に掛かって揺れた。

「め、滅相もない。探偵事務所のお客様は大抵一見ですって。お得意様なんざ居やしませんよ。居たらかなり変ですから。毎月身内が失踪するとか毎週亭主が浮気するとか周囲の人がみんな怪しいとか、珍しいですよそれは。大抵は一回こっきり。だってそうでしょう。探偵に依頼したいような不穏な出来事が身の周りに起きることなんか、然うあって堪るもんですか。一生に一回あれば十分ですから」

「はあ」

なら何故に怪訝な貌をするのか。

「いやその、弊社はですね、まあ看板も出しちゃいませんし、広告も打ってませんし、ビラも撒いてませんし、何と云いますかねえ、その」

どの手のご依頼で、と男は尋いた。

「どの手？」

「はあ。素行調査とか身許調査とか」

人を捜して戴きたいんですと云った。云い切る前に男は満面に笑みを浮かべた。

「そ、そうでしたかあ。それならそうと先に仰ってくださいよ。まあ失礼に次ぐ失礼、真に申し訳ない。そう云うご用件でしたら、何もそんな処に突っ立ってらっしゃらないで、裡へどうぞ」

別に好きこのんで立っていた訳ではない。

「さあ早く入ってドアを閉めて。寒いですから風邪をひいてしまいますよ。僕も冷えますし今日び医者代も莫迦にならんですよと、男は調子の好いことを云った。暖房が無駄になります」

云われるままにソファに座る。

男はにや付いて前髪を揺らした。鋏があれば切ってやりたい。御厨を育ててくれた叔父の家業は、床屋だったのだ。時節柄と云うのもあったのだろうが、大人でも子供でも額に掛かる髪は叔父の鋏ですぱっと切り落とされたものだ。

「すいません、今、給仕が出ているもので珈琲も紅茶も出せません」

お茶を飲みに来た訳ではない。

この男、愛想は良いのだがどうにも要領を得ないし、適当な感じだし、矢張り怪しい。
応対に困った御厨は、取り敢えず姓名を告げた。

「はあ。みくりや――さん。どう云う字を書きますか。あ、おん？　あ、御か。それに厨房の厨ですかあ。画数多いですね。あ、僕は益田と云います。利益の益に田無の田。名刺は作成中です。因みに」

どなたのご紹介ですかと益田は問うた。

「しょ、紹介状とか、要るんですか？」

「要りません要りません。ただ、今申し上げましたように弊社は看板もナシ、ビラ撒きもナシ、広告宣伝一切ナシ。ですから来る人ァ大抵誰かの周旋でして。どなたからお聞きになったかで、その」

「待遇が変わるとか？」

「そんな非道なこたァしないですよ。ただ、関わった事件が何かに依って、弊社の評価は大きく変わって来る訳でして――」

「評価が変わる、と云いますと？」

「いや、毀誉褒貶がある訳ではなくてですね、その扱う案件に拠って探偵術の方向性が違うと云いますか、その」

能く解らない。

黒川玉枝さんの紹介ですと云った。

「黒川？　ええと、聞き覚えが――あ、去年の。ええと、内縁の旦那さんを探してくれとか云う話でしたっけね。そうですね。あの、司さんが連れて来た看護婦さんか」

司と云う人を御厨は知らない。

「で、誰を捜しましょう」

「あなたが探偵さんなんですか？」

「いや――」

益田は視線を大きな机の方に向けた。紫檀の机の上には三角錐が置いてあり、何か文字が書かれている。ただ逆光なのでちゃんと読み取れなかった。

「探偵長は休暇中でして。僕は助手――と云いますか、まあ普通の探偵ですよ、探偵。失せ物やら調査やらは主に僕の専門ですからご心配なく」

迚も心配ですと御厨は云った。

「し――心配ですか。でしょうなあ」

「でしょうなあって」

「僕が依頼人でも僕が応対したらやや心配になります。しかし、そりゃ誤解です。僕は軽薄ですが、職務には誠実ですよ」

軽薄だと云う自覚はあるのか。

「それにですね、探偵長の方は人殺しだとか誘拐だとか、まあ僕等下下の者には手が出せない大事件ばかり扱ってまして、しかも調査とか探索などは一切しないんですわ」

「しない？」

しないんですと益田は云った。

「弊社の探偵長の探偵術は極めて特殊なものなんです。特殊過ぎて説明する気にもなりませんが——ただ、優秀ではあるんです。そこはこの僕が太鼓判を押します」

そんな手前味噌の太鼓判を鵜呑みにしろと云われても、ハイそうですかと納得することは出来ないと思う。

信じてない貌ですねえと益田は云った。

「いや、ここ数年の大事件難事件は殆ど弊社が解決してるんですよ。去年だと、箱根山の連続僧侶殺人事件に始まり、連続目潰し魔に絞殺魔事件、それから白樺湖の新婦殺害事件も大磯の連続毒殺事件だって弊社の探偵長の仕事です。遡れば、あの武蔵野のバラバラ事件だって逗子湾の生首事件だって——」

「こちらは人殺し専門なんですか？」

「とんでもない。ほら、伊豆の新興宗教絡みの大騒動があったでしょう。あれだって収めたのは我が探偵長ですし、町田の美術品窃盗団の検挙にも、赤坂の骨董品贋作事件にも協力してますし。通産官僚の汚職事件だって——」

「そう云えば、新聞で読みましたけど、慥か、あの招き猫強盗の――」

そりゃあ微妙でしてと益田は不明瞭に云った。

「ちゃんと解決はしましたけどね。と、云う訳でして、まあ、我が社は手放しで信用して戴いて結構です。どうぞ思う存分にご依頼ください」

「でも、私の依頼はそう云う大事件じゃあなくて」

「承知しています。その手の大事件は、まあ現在休暇中の探偵長の職分で。一般の探偵業務は全部僕が担当することになってますんで。僕は寧ろ、人殺し関係はご遠慮したい口ですから。僕はもう、迷い亀でも迷い虫でも、何でも捜しますよ。新聞には載りませんが実績があります」

「亀は迷いますか？」

「希有な例ですが迷いますね。でもその辺の探偵は亀なんか捜しませんし、捜しても見付けられやしません。斯様に捜索が得手なんですね、僕の場合。探偵長の方は手法も担当する事例も特殊ですが、僕の業務の方は極めて普通、極めて安心です」

益田は薄い唇を歪めて、笑った。

亀捜しも十分に特殊だと御厨は思うのだが。

益田は急に真顔に戻り、もしや帰ろうとしてます御厨さん、と問うた。半分くらいはそう思っていたし、腰もやや浮かせ気味ではあったから、素直にええまあと応えた。

「そう慌てて帰るこたぁありません。他所に行っても好いことなんかないです。廉いとこはいい加減で信用出来ませんしね、信頼性を気にするならどんどん高価になります。弊社は信頼出来て、料金もお手頃ですから。黒川さんの旦那さんだってちゃんと見付けましたから」

「黒川さんの件はどなたが担当されたんですか？」

　それも微妙ですねと益田は答えた。

「別件の方と大きく関わっていたんですわ。先程申し上げた伊豆の騒動に関連した事件だったんですよ。世の中ァ複雑怪奇ですよ、御厨さん。でもちゃんと見付けたんですからね、内縁の夫。と云うか、そもそもその人が――あの人は何と云ったかなあ」

「お名前は結構です。私、黒川さんのお相手のことは能く知らないんです。そう云えば、何か大きな事件に巻き込まれていたんだ――とか云ってましたけど。詳しくは聞きませんでしたし。ただ、これは小耳に挟んだことなんですけども、黒川さんが前に勤めていた個人病院で起きた事件も、こちらの探偵さんが手懸けられたんだとか」

「そりゃ久遠寺医院ですな。雑司ケ谷の」

「ご存じなんですね。そちらの事件は？」

「そっちは特殊案件なので僕は関係ないです。と云うより、その当時僕は探偵じゃなくて警察官でしたからね」

「警察の人だったんですか？」

「お蔭様で警察の人だったんです」

辞め検ならぬ辞め刑ですと益田は云ったが、何のことだか判らなかった。

「元公僕ですからね。信用度は一層に増すと云うものですよ。そうでしょう？　で、誰を捜します？」

いや——その軽薄な態度こそが信頼性をいちいち剝ぎ取っているのだと、御厨は強く思った。思ったのだが、何だか怪しさも半周してしまってどうでも良くなってしまったことは確実である。このままもたもたしていたのでは一周してまた怪しく思えてしまうだろう。だから思い切って云うことにした。

「勤め先の主人が失踪してしまったんです」

「お勤め先の。どちらにお勤めで」

益田は手帳を開いた。

「ええと、書き留めますが、仕事が済んだら破棄します。探偵には守秘義務がありますからね。個人情報は保護します。ほらこの通り、僕の帳面はびりびりです。全部破って、燃しますからね。この襤褸襤褸の帳面こそが、仕事の量と信用の証しです」

「はあ」

「で、どちらに」

「雑司ケ谷にある寒川薬局に勤めてます」

「薬屋さんですか」

「薬屋は薬屋なんですけど――お医者さんの処方箋通りにお薬を調合して、患者さんにお渡しするお仕事です」

「すると御厨さんは免状をお持ちの薬剤師さん――ってことですな、売り子さんなどではなく。で、その薬局の経営者の方が、失踪された？」

「経営者と云いますか」

寒川薬局は、元元久遠寺医院が経営する院外処方薬局だったのだそうである。しかし久遠寺医院の規模縮小に伴って、戦前には経営を分離、独立したのだと聞いている。暫くは専属だったそうだが、戦後になって久遠寺医院はほぼ産科に特化する形になったらしい。廃業も已むなしと思われたところを薬剤師として勤めていた寒川が買い取ったのである。

その後、近隣に出来た総合病院と提携して現在に至っている。つまり御厨の勤め先は寒川の薬局なのであり、寒川が経営していると云う感覚はない。

世間は狭いですなあと益田は云った。

「僕ァ(ぼか)一昨年の事件こそ知らないんですが、久遠寺医院の院長さんは能(よ)く識ってますよ。禿(は)げ上がった軽妙な感じのご老人ですよね」

「私、院長さんとは殆(ほとん)ど面識がないんです」

顔は何となく覚えている。だが言葉を交わしたことはないと思う。

「私が寒川薬局に勤め出して、割りと直ぐにその事件とかが起きて――」

事件の詳細は知らない。ただ、世間が騒いでいたのは能く知っている。久遠寺医院に対する誹謗中傷は囂しく、悪質な嫌がらせもあった。寒川薬局もとばっちりを受けて随分と迷惑したのだ。しかし寒川は久遠寺の院長には世話になったからと、事件のことは一切口にしなかった。尋くことも語ることも禁忌とされてしまったのだ。

そうした場合、余計に知りたくなるのが人情と云うものなのかもしれない。

だがその辺が鈍感に出来ている御厨は、外野からの情報も遮断した。

知っても詮ないことである。

「あっと云う間に久遠寺さんのとこは閉められてしまって、院長さんも居られなくなって」

「まあ、辛い事件だったんでしょうねえ」

また何処かで開業したいと云ってましたけどねえあの人、と益田は云った。

「はあ。そんな訳で院長先生のことは識らないんですけど、黒川さんは次の病院が決まるまで一箇月くらいうちを手伝ってくれていたんです。それで、今も連絡を取り合っていて」

益々世間は狭いですなあと益田はメモを取り乍ら云った。

「悪縁と云いますか腐れ縁と云いますかねえ。縁は異なものです。で、その寒川さん――」

「寒川秀巳と云います」

「ひ、で、みさんね」

「優秀の秀に十二支の巳です」

聞かれる前に云った。

「その秀巳さんですが、居なくなられてどのくらいですか」

「もう一月以上です」

「そりゃお困りですな。お店は」

「経理の人がいて、薬剤師も私の他にもう一人居るので、まあ何とか営ってます」

「何の連絡もない？」

「ないです」

「警察には？」

「一応、捜索願は出しに行きました」

「なる程。秀巳さんはお幾齢ですか」

「さあ。四十過ぎくらいじゃないですか」

「正確には判らんですか。と云うか捜索願はあなたが出されたんですか？　秀巳さん、ご家族は？」

「独身です」

「もしや独り暮らしですか。うーん」

拙いですかと問うと別に拙かァないですと益田は答えた。

「不惑過ぎの鰥夫が姿を消してもですね、そんなに緊急性はないですからね。これが子供さんだとかなら即刻大捜索になるんでしょうが——警察は腰が重かったんじゃないですか」

「一応、受け付けてはくださいましたけど」

「受け付けましたか。でもその後は梨の礫でしょう。そう云うもんなんですよ。基本的に捜索願ってのは家出人に対して出されるもんですからね、事件性がない限りは捜しません。自殺の虞れがあるとか拉致や誘拐の疑いがあるとか、遭難とか云うんなら、話はまた別なんですが——」

「でも、居なくなっちゃったんですから、事件に巻き込まれたとか、事故に遭ったとか、警察はそう考えないものなんでしょうか」

「場合に拠りますがねえ。受理したってことは事件性も視野の隅には入ってた、ってことなんでしょうけども。その前後、何かそれらしい出来事でもあったと云うんなら兎も角——何かあります？」

「ある、と思うんですけど」

御厨が思うに、それはあり過ぎる程ある。

ただ——寒川が犯罪に関わっていたとは思えないし、自分の意志で自発的に出掛けたことも間違いない。それでも、何かが起きていた——起きていることは確実だと思う。

詳しく聞きましょうと益田は身を乗り出した。

「はあ。上手には話せないんですけど、その、あちこち話が飛ぶので、順番に話していいですか？」

順番が好いですねえと益田は云った。

「寒川さんは、お父さんのことを調べていたようなんです」

寒川の父は二十年前に事故死している。

その件に就いて御厨は何度か寒川本人から詳しく聞かされている。ただ、細部まで明瞭に覚えているかと云われれば、それは甚だ怪しい。聞き流していたと云う訳ではないのだけれど、覚えようと思って聴いていた訳でもないからだ。

「二十年前と云えば昭和九年ですか」

「はあ。寒川さんのお父さんは、植物学者だったんだそうです。それで、旅先で植物採集か何かをしていて崖から墜ちたんだとか」

「転落死ですか。事故なんですね？」

「はあ」

「違うんですか？　つ、突き落とされたとか」

「そう云う訳じゃないようですし、寒川さんもそう思ってはいなかったようなんですけど、でも、それがどうにも怪しい感じだったみたいで――」

父の奇禍を報された寒川は、現地に急行した。

遺体は警察ではなく、村外れの診療所に安置されていたと云う。

頭が割れ、頸が折れ曲がった惨い有り様だったそうである。

「診療所？　それ、発見時は息があったとか云う話ですかね。でもその状態じゃなあ。考え難いか。変死なら普通、警察に運ぶんじゃないですか？　それとも警察署が現場から遠かったのかな？」

「さあ。能く知りませんけど、それって、変なんですよね？」

「変と云うか、まあ絶対にないってことじゃあないでしょうけどねえ」

「そうですか。でも、そもそも、怪我人と云うなら兎も角どう見ても亡くなってる人を診療所に運んだりするだろうかって、寒川さんは云ってました」

普通は通報ですなあと益田は云った。

「今なら救急、当時でも警察に」

「でも、発見した人はその診療所に運んだんだそうです。山だったら電話もないでしょうから、仕方がなかったのかもしれませんけど」

「発見者が運んだんですか？　ご遺体を？　それはなあ。まあ、動転してたのかもしれませんけど、それにしたってやや変ですね」

「でも寒川さん、その時はあんまり変だとも思わなかったようなんです。そう云うものなのかと思ったんだそうで」

「いや、ないことじゃあない訳ですし、そもそも頻繁に起きるような状況じゃないですからねえ。そんなもんかと思うでしょうなあ」

「私でもそう思っちゃうような気がします。でもそんなですから、先ず墜ちた場所が何処なのか判らなかったんだそうです」

「は？　発見者は？」

「診療所にご遺体を運び入れると直ぐに、さっと居なくなっちゃったんだとか」

「そりゃ慥かに怪しいなあ。普通は警察が来るまで居残るでしょうに。急いでたとか、何か事情があったにしても、身許と連絡先くらいは残すと思うけどなあ。だって死んでるんですよね？　怪我じゃなくて。そうなら、現場検証しなくっちゃ事故か事件かも判らんですしねえ」

「それって矢っ張り」

変なんですよねと繰り返し問うと変ですねと益田は鸚鵡返しに応えた。

「変と云うか、不自然な印象は拭えないですね」

「でも面倒なことに関わりたくないと云う人はいますよね？」

七割方はそうですと益田は云った。

「通報しても名乗らんです。でもですね、そうだったなら、最初から運びやしませんでしょう、死体」

「見過ごせなかったとか」

「いや、何度も云いますけど、怪我人なら話は別ですよ。でも頭が割れて頸が折れてて生きてる人はいませんからね。見ただけならまだしも、運んでるんだとしたら直に触ってる訳だし、確実に死んでることは判ってた訳でしょ」

それはそうだと思う。

「これ、縦んば事件だった場合、ですよ。その発見者と云うのが犯人で、犯行を隠蔽しようとしたと云う可能性もない訳じゃあないって話です。なら大いに問題ですよね。殺意のあるなしに拘らず亡くなってるんだし。そう云う――話で？」

違いますと云った。話の進め方や話し方が悪いのは重重承知しているが、益田と云う男はどうにも結論を急ぎきらいがあるようだ。

「事故なんです」

「何故判ったんです」

「警察が周辺を隈なく調べて、遺留品なんかから落ちた処が判ったんだと云う話でした。診療所から少し離れた崖だったとか」

「なる程。一応調べた訳だ。いや、それはまあ調べるでしょうな。殺人の疑いもあった訳だし、放ってはおかないか。でも、そうすると」

「ですから事故なんです」

警察は事故と断定したらしい。

「じゃあ現場も特定されて、警察に依る現場検証もちゃんとされて、その上で事件性はナシと云う結論が出されてる訳ですね？」

そう聞いている。しかし。

「問題はその後だったようです。亡くなったお父さんから、寒川さんに葉書が届いたんだとか」

「死人から！」

「じゃなくて」

それでは幽霊譚になってしまう。

怪談めいたものごとは御厨の最も苦手とするところである。

その葉書は、勿論生前に投函されたものだ。御厨も実物を見せて貰ったことがある。几帳面な細かい字が記された、黄ばんだ、古い葉書だった。

「寒川さんのお父さん、何かの調査団に加わってたようなんですね。何の調査なのかまでは知りませんけど。それで、亡くなる前日に、その葉書を投函されたようなんです」

「それが亡くなってから届いたと？」

「ええ、旅先のことですし、寒川さんも手続きだの何だかんだと時間を取られて――お骨にして、東京に戻ったら届いていた、と云うことらしいです」

「それはなあ」

益田は一瞬、暗い表情を見せた。

その僅かな暗さこそが目の前にいる男の本性であるように御厨には感じられた。

必要以上に軽佻浮薄な物腰は、その本性を覆い隠すための演技なのではないか。そうであるのなら強ち解らないでもない。御厨もまた、深くものを考えない——振りをすることで諸諸を韜晦し、何とか生きているようなところがあるからである。

何が書かれていたんですと益田は尋いた。

「正確には覚えていませんけど、その、調査の進み具合が捗捗しくないとか、後、何か厄介なものを発見してしまった、とか——」

そう。厄介なものなのだ。

「厄介なもの？　何です？」

「知りません。でも、寒川さんはそれを随分と気にされていて——寒川さんに拠れば、その厄介なものを調べるか為に行って、お父さんは崖から落ちたんじゃないか、と」

「そのお父さん、植物学者でいらっしゃったんですよね。じゃあ、その厄介なものってのも植物なんでしょうかね。崖っ縁とかにも生えてますよね、草とか、木とか」

知らない。

知る訳がない。だが。

「そうじゃない、と云ってました」

「違うんですか」

「そうなんですけど、先を急ぐと私が混乱しちゃうので、順番に話します。まあ、慎重な人だったようなんです、寒川さんのお父さん――」

足場の悪い崖に独りきりで、しかも夜の夜中に行くような危険な行動をとるとは到底思えないと、寒川は何度も云っていた。それに、寒川は遺体が発見された現場に案内された際も、下から見上げただけで崖そのものには登っていないのだと云う。事故と断定した警察の見解を信用していたのだ。

だから登っても詮ないことと考えたようだ。

見上げただけで危険だと云うことは直ぐに判ったそうである。その時点で、寒川はその厄介なものとやらの存在を知らなかったのである。

だが。

知ってしまった以上無関係とは思えない。とは云え、事故と結論が出ている以上、警察に報せてもどうなるものではないだろう。縦んば無関係でなかったのだとしても、断定したからには断定したなりの理由があった筈である。

其処に何かが存在していたのだとして、それがどんなものであろうとも、足を滑らせて落下したことに違いはない――と云うことだろう。

厄介と云う表現も曖昧なものだ。それは寒川の父にとって厄介だと云う意味でしかないのだろう。珍しい植物が生えていたのか、或いは別の何かだったのか——いずれにしろ寒川には、何があろうと警察の見解が変わるとは思えなかった——ようだ。

だから寒川は、逡巡し、熟慮した上で、葉書の内容も、届いたことすらも、警察には連絡しなかったのだそうである。

その時点では、もう済んだことだったのだ。

現場が遠方だったと云うこともあったかもしれない。

当時、寒川は未だ学生だった筈だ。経済的にどのような状態であったのかは知る由もないけれど、天涯孤独の身となって学業を全うすると云うのは、それなりに大変だったのではないか。戦争を挟み、戦後寒川は薬局の建て直しに奔走していたものと思われる。

経営が軌道に乗って、生活が安定し、漸く寒川秀巳は父の死の不審と向き合うことになったのだろう。

そうした寒川の心の動きは、勿論御厨の想像に過ぎない。

父の死に疑念を抱くに当って、何か契機となる出来ごとがあったのかもしれない。しかしそうであったとしても、御厨はその契機を知らない。

御厨が寒川と知り合ったのは、丁度その頃——寒川薬局が総合病院との提携を済ませた後のことなのだ。その時既に寒川は、父親の死に不審を感じていたのである。

「すると、寒川さんは十数年経ってから、矢っ張り妙だと思い直した、と云うことですかね」

「そうなるでしょうか」

寒川は三月に一度は父親の墓参に出向いていた。

生来信心深い性質なのかと思っていたがそうではなく、そうした習慣もその時期からのものであったらしい。

寒川はまた、ことあるごとに彼方此方に出掛けて調べものをしていた。役所に行くのか図書館に行くのか、時には書類の束を睨み付けて唸っていたこともあった。御厨はその姿を観て、経営が芳しくないため苦吟しているのだろうくらいに受け取っていたのだが、それは勘違いだったのだ。寒川は父親の死に様に想いを馳せ、頭を悩ませていたのである。

「ははあ」

益田は尖った顎を擦った。

「でも調べると云ってもですね、現地にも行かずに何をどう調べますかね。その辺の図書館で詳細な事故の記録が手に入るとも思えませんけどね」

「ええ。どうやら寒川さん、事故そのもののことではなくて、お父さんがその時何を為ていたのかを調べていたようなんです」

厄介なもの――。

それが何かを知りたかったのだろう。

「詳しくは判りませんけども、何でも公の――国か県か、そう云う処から依頼されて、何と云うんですか、植生と云うんですか。生えている木だとか草花の種類とか分布とか、そう云うことを調べていらしたんだそうです」

「国がそんなこと依頼しますかね？」

それは何とも云えない。寒川がそう説明してくれたと云うだけである。

それで何か判明したんですかと益田は尋いた。

「戦前の話ですよね。まあ公的な調査ならそれなりに記録は残ってるのかもしれませんけど」

「色色判ったようですけど、事故――と云うか、その厄介なものとの結び付きだけは解らなかったようなんです。それで」

去年の夏。

お盆だったのか、もう少し前だったか。

墓参りから帰った寒川は、やけに興奮していた。

「寒川さん、お父さんの墓前で、偶然、ある人に出会ったんだとか」

「ある人？」

「はあ。親類でも縁者でもないのに寒川さんのお父さんのお墓に詣でていた人――が、居たんだ、と云うことでした」

「親類でも縁者でもないって、それ、知らない人ってことじゃないですか？」

「知らない人だったそうです」

益田は細い眉を歪め、半分口を開けた。

「いやあ、幾らお盆だからって、知らない人のお墓に参るかなあ。そう云う趣味の御仁もいるんですかね。まあ、歴史上の有名人のお墓だったら、掃苔家なんかが参ったりもするんでしょうけども、この場合はそう云う訳でもないでしょうしねえ。もしやご先祖が凄い方だった？」

「お墓はお母さんが亡くなった時にお父さんが建てたんだと云ってましたから、ご両親しか入られてないと思います」

じゃあなあと云って益田は反っ繰り返った。

「何者ですか」

「慥か——下谷で仏師をされている方だとか」

「ブッシ？　仏師ってのは、あの、仏様彫ったりする人ですか？　それならまあ、お寺やお墓に居そうな気もしますけどもね。あくまで印象ですけど。まあ、だからと云って、それがどうして興奮する原因になりますか」

御厨は気付く。益田の合いの手は適当でいい加減に思えるし、一言も二言も多いのは確実なのだけれども、不思議に話の邪魔にはならない。余計なことを云いつつ肝心なことを聞き出そうとする、探偵の手法なのだろうか。

「これも細かいことは判らないんですけど、その人は寒川さんと同じように、或る昔の事件を探っている人だったようで」

「事件？」

「ええ。それで、その事件に寒川さんのお父さんが関わっているらしいと云うことを突き止めたんだそうです。でも既に亡くなられていたために、それでお墓に」

「それはどうかなあ」

そう云って益田は更に反り返った。

「墓は喋りませんよ、何も」

益田は握った手を突き出し手首を何度か捻（ひね）った。

どうやら墓石に柄杓（ひしゃく）で水を掛ける仕草であるようだった。

「水掛けたって何も白状しないですよ、お墓。それこそ霊媒でも喚（よ）んでこなくちゃ。ま、喚んで来たところで霊媒なんてものは大体インチキですしね。そもそも死人の霊を下ろすならお墓になんか行かんでもいい筈ですよ。いや、墓参りってのは、あれ死人から何か尋き出すんじゃなく、参る方が何か伝えに行く訳でしょう、供養の気持ちなり何なり。調べものの足しにゃならんでしょう。それでも——行きますかね、墓」

「私に尋かれても」

坊さんに話でも尋きに行った序（つい）でとかですかねえと云い、益田は今度は首を捻った。

「いや、すいません。僕ぁどうも話の腰を折る癖があるようなんですね。多少の自覚はあるんですけども。気を付けます。いやね、事件の調査となりますと、まあ本職なもので。それにしても」

何で仏師が事件の調査をしてるんですかと益田は尋いた。

「最近は探偵小説なんかも能く読まれてるようですから、素人探偵なんてえのも珍しかないんでしょうけども、仏師ってのはねえ。あんまり活発に人と会う商売じゃあないでしょ？　こう、鑿と槌を手にコツコツコツと——」

「その脱線がいけないんじゃないですか？」

あ、と云って益田は両手で口を押さえた。

「慥かに、これが腰折りですね。でもですね」

「ええ。仰ることは能く解りますけど、私は聞いた話をしているだけなので、何故そうなのかも、嘘か真実かさえも判りません」

「そうですよねえ」

申し訳ないと益田は前傾して頭を下げた。前髪が垂れた。矢張り切りたくなる。

「ただ、その」

「これ以上言い訳をされると、なんか一層深みに嵌まるような気がするんですけど」

仰せの通りと、益田はやや萎れた。

「で、因みにその方が探っていた事件と云うのが何なのかは、ご存じですか？」

「ご両親の事件――だとか」

寒川はそう云っていた。

その仏師と云う男の両親は、殺害されているのだそうだ。しかも、矢張り二十年前の昭和九年に。

「殺人事件ですかッ」

益田は頭を抱えた。

「個人で調査してたってことは、未解決か、或いは警察の出した結果に不審な点があると云うことですよねえ」

そうなのだろう。

「二十年前じゃ公訴時効も過ぎてますからねえ。今更犯人見付けても――って、そう云う問題じゃないのか。まあ自分の両親のことだったなら探りたくもなるんでしょうけどねえ」

益田は、先程一瞬だけ見せた、豪く陰鬱な表情になった。

そして、すいませんまた脱線しますと云った。

「こんなこと、初対面のあなたに云うこっちゃないですけどね。僕ァ人殺しが嫌いなんですわ」

益田はそう云った。

「まあ好きだって人も居ないんでしょうけどね。僕は先ず非力ですから、暴力沙汰は完全回避の態で貫き通すことにしてまして。痛いのも血を見るのも駄目です。それ以前に生死に関わる問題は僕にゃあ重過ぎるんです。お蔭様で器が小さいもんで、掬い切れないんですね」

「掬う？」

「ええ。まあ、僕自身、溢れちゃって収拾つかなくなりますから、そんなもんが関わっちゃ当事者の方も堪らんでしょう。ただでさえ深刻な話なんですから。だから警察辞めたようなところもあるんですけどね。なら何で探偵なんかしてるんだと云う話なんですが、まあ、目を瞑っても耳を塞いでも」

あるもんはあると益田は云った。

「消えてなくなるもんじゃないでしょう。なら――せめて見える処に聞こえる処に居ようかと。腰抜けで卑怯者なんですねえ、僕は。でも、まあ」

関わっちゃうんですよと益田は云った。

「去年なんか、のっけから目の前でお坊さんが何人も殺されましたからねえ。僕ァそれで刑事辞したんですが、さっきも云いましたけども、転職した後も身の周りは人殺し続きでしてね。もう物騒で仕様がないですよ。今だってほら、辻斬りが横行してるでしょうに。昨日も斬られたでしょう、世田谷かどっかで。そんなもんで、やや敏感になってます」

申し訳ないと益田はまた前髪を揺らした。

益田の云うことは、御厨にも何となくだが理解出来る気がした。

殺人事件、しかも被害者が肉親ともなれば、それは生半な出来ごとではあるまい。そこは想像に難くない。だが、それはつまり当事者でない御厨にとっては想像に過ぎないと云うことでもある。

寒川の失踪は、想像ではなく御厨が直面している現実なのだ。

今の御厨にとって、何より優先されるべきは寒川の行方であり安否なのである。

この場合、いずれが大ごとか、どちらが苛辣かと云う問題ではないだろう。それを比較することはナンセンスだと思う。殺人事件は、決して軽んじていいような出来ごとではなかろう。だが、御厨にとって寒川の失踪は、十分に重たい出来ごとなのだ。

だから。

そもそも、他人の懊悩を安易に抱え込んでしまうことに果たしてどれ程の意味があるのか御厨には判らない。

それが重たい事柄だから、余計に判らない。御厨がどれだけ同情したところで当事者には伝わらないし、伝わったところで何の手助けにもならない。解決に繋がる知見でも持っているなら話はまた違うのかもしれないが、御厨にそんな能力はないのである。

だから若干の背徳さはあるのだけれど、それでもその件とは関わりたくないと御厨は思っているのである。

会ったこともない人物の抱えているであろう問題など――それがどれ程深刻なものであったとしても、正直云ってどうでもいいと御厨は心の何処かで思っているのかもしれない。

益田が卑怯者で臆病者ならば、御厨も同じようなものなのだろうと、そうも思う。

「そんな訳ですから、僕ァ出来れば人殺しは敬遠したいと思っている次第です。その手の仕事は――」

益田は再び机の三角錐に目を遣った。

「探偵長の担当でして。僕の方は専らそれ以外の案件を受け持っていると云う次第です。それで、確認しますが、今回のご依頼はその殺人とは直接関係ない――訳ですよね？」

「はあ。直接はない、と思いますけども」

どうなのだろう。

とは云うものの。

「全く関係ないことはないんじゃないかと思いますけども。直接と云うのがどう云う意味なのか、能く解らないですし」

「いや、ですから例えば、その、失踪された寒川さんが犯人だったとか」

それはないだろう。

寒川は、どちらかと云えば墓前での邂逅を喜んでいたのだ。寒川が犯人だったなら、幾ら時効を迎えているとは云え、被害者の肉親と面会して心穏やかに過ごせるものだろうか。

それ以前に、犯人と喝破されたならその段階で先方の事件は解決――と云うことになるのではないのか。

そう云うと益田はそうですねえと煮え切らないような返事をした。

「そう、いや、その寒川さんの亡くなったお父さんが犯人だったとか――ですよ」

「それは何とも云えませんけど――それも考え難いように思いますけど」

「まあねえ。そうか。寒川さんのお父さんも、その仏師とか云う人のご両親が殺害されたのと同じ年に亡くなってるんですよね。しかも不審死なのか。そうだとすると寒川さんのお父さんも殺された――とか？　同じ犯人に？」

「私に尋かないでください」

寒川が父の死に疑念を抱いていたことは間違いないだろう。

しかし益田が云うような、単純な図式を思い描いていたとはどうしても思えない。

「判りませんけど、きっと違うと思います」

「違いますか。と、なると――犯人でもない被害者でもない、しかも亡くなってるんじゃあ関係しようがないって気がしますけどもねえ」

「その人――慥か、さ、ささ、笹村さんだったかな。そう、笹村さんと云う人らしいんですけど、殺されたお父さんの遺品のメモ帳を頼りに寒川さんのお父さんに行き着いたんだと云う話でした」

「メモですか」

益田は自分の手許に視軸を落とした。

「今、益田さんメモしてますよね」

「してますよ。もうあることないこと書きますからね。何が役立つか何処にヒントが隠れているか、凡人の僕なんかには解りませんからね」

「それ、そのまま読み上げて私に解りますか？」

「そのまま？」

益田は顔の前に手帳を広げた。

「いや、きちんと文章にしちゃあいませんよ。線引いたり囲んだり、ぐちゃぐちゃですからね。自分で読んでも――まあ解ると云えば解りますが、そりゃ僕が書いたからで。他人が読んだって単語しか判らんですよ。寒川とかササムラとか。墓参りとか。植物って――あ、学者を省略してますね」

「そうでしょう。そう云う状態だったんだそうですよ、笹村さんのお父さんのメモも」

「ははあ。解読が難しかったと。その笹村さんのお父さんって人は何をしていた人なんです？」

「何でも操觚者とか云うお仕事だったとか。私はそれがどんなお仕事なのか判らないんですけど」

「操觚者ですか？　そりゃ編集者とか記者とか、ものを書く仕事のことですね。報道関係とか。戦前だと——そうだなあ、今とは色色違うから、雑誌記者とか新聞記者とか、そう云う感じのご職業ですかね」

記者か。

それなら——何となく話は解る。

「寒川さんの話してくれたことですから、色色継ぎ接ぎなんですけど、笹村さんのお父さんと云う人は何かを調べていたと云うんですね」

「取材、と云うことでしょうかね」

「記者の人って、取材とかする訳ですよね？　それこそ調べたりしますよね」

まあ調べるでしょうねと益田は答えた。

「雑誌記者の知り合いなら居ますけど、報道するかしないかの差しかないと思いますよ、探偵と。事件記者だと、まあほぼ一緒ですね。することは」

「笹村さんのお父さんは、何か、大きな事件を調べていて、それで何かを突き止めて、それで」

「殺されたぁ？」

益田は裏返った声を上げた。

「どんな大事件ですか、それ」

知らない。

「だってあなた、裏社会の深ァい闇に首突ッ込んじゃったとか、国家的な陰謀を暴いちゃったとか、そのレヴェルですよ、それは。しかも殺害されたのはご両親だとか云ってませんでしたか？　本人だけでなくご家族も亡くなってる？」

「そうみたいです」

「大ごとだなあ。それ、勘違いや思い込みでないのなら、ありそうだけどあまりないって話ですよ。慥(たし)かに陰謀論の好きな人は、あれも陰謀これも陰謀と邪推しますしね、実際そう云う理由で殺されちゃった人も居るんでしょうよ。特に戦前なんかだとありそうですよ。でも本当にそうなら、そりゃ迷宮(おみや)入りしますよ。真実(マジ)なんですかその話は」

「そう聞きましたけど。かなり大きな事件を扱っていたんだろうと、寒川さんも云ってました」

「待って下さい」

益田は右手を開いて突き出し、掌を見せた。

「笹村さんのご両親と云うのは、その、国家的陰謀クラスの大事件とやらをつッ突(つ)いた所為(せい)で命を落としたんだと——まあ取り敢えずそれは事実だと仮定しましょう。真実(ホント)か虚構(ウソ)かは一旦こっちに置いておきます」

益田は大きなものを横に置く仕草をした。

「で、ですね。この場合は、その寒川さんのお父さんですか？　そのお父さんが関わっていたかもしれない事件と云うのも、ですな。その大事件ってことに――なりませんか？」

「なるんじゃないですか？」

あららと云って益田はまた前髪を揺らした。

「それは――どうなんでしょう。そうすると寒川さんのお父さんと云う人も、もしかしたら国家的陰謀や何かの関係者だったかもしれないと、そう云うことですか？」

「知りません」

「知らないんですか」

「その、一旦そっちに置いたものを戻してくださいよ。本当かどうかなんか判らないんですから。それ以前に、何が何だか判らないんですよ。笹村さんにも寒川さんにも。私は余計に判りませんよ」

そうですよねえと云って首を傾げ、益田は腕を組んだ。

「何もかも推測、何もかも想像ってことですか。それでもその、さ――笹村さんか。その人は寒川さんのお父さんがご両親の死に何か関係しているんだと確信を持った訳ですよね？　そうでなきゃ、お墓にまで行ったりしませんよね？」

「ですから」

メモ帳なのだ。

「さっき益田さんが云っていた通り、ごちゃごちゃと細かく書いてはあるけれど、解読することは出来なかったようなんです。確実に判るのは単語だけ」

「ああ」

益田は再び手帳に目を落とした。

「まあ、単語ですよ」

「どうです？　メモに記されてる単語で、判り易いものと云えば——矢っ張り固有名詞ですよね？　ほら、地名とか人名とか——」

「そうですねえ。僕のこのメモもそうですよ。これ第三者が目にして理解出来るのは——ほぼ人名だけでしょうかね」

「そうですよね」

寒川の話だと、笹村の父のメモも同じ状態だったらしい。笹村は特定出来そうな名詞から順に確定して行き、それらを繫げて何とか意味を解読しようとしたのだと云う。

だが最後まで判らなかったのが寒川だった。

「メモには寒川と云う固有名詞が複数記されていたようなんですよ。笹村と云う人は、最初は地名かと思ったようなんですけど——」

「まあ、慥かに寒川と云う苗字はそれ程平凡なものではないですね。そうは云っても極端に珍しいと云う訳でもないですしね。驚く程に少ないとも思えませんけどね」

その通りだと思う。

「まあ、人名だとしても、個人を特定することァ難しいんじゃないですか？　あ、もしや下の名前も書いてあったのかな？」

「ええ。そうみたいです。お父さんは寒川――英輔だったかな」

「えいすけさん」

「英語の英に、車偏のスケです」

「ははあ。英輔さんね。それもねえ、凡庸たァ云えないまでも、それ程変わった名前ちゅう訳でもないですなあ。寒川と組み合わせればかなり絞り込める感じですが、同姓同名の人が居ないとも云い切れない感じではありますなあ。御厨って姓の方が未だ珍しげな気がしますけどね、印象ですが」

「ええ。植物学者にそう云う名前の人が居たと云うようなところまでは調べて、あれこれ探り当てたようなんですけど――そうだったとして、他の固有名詞との関係と云うか、脈絡がどうしても見付けられなかったんだそうです。そんななので、特定には至らなかったらしくて――」

そうでしょうなあと益田は云った。

「どんな陰謀なのか――いや陰謀じゃないのかもしれませんけど、植物学者はそう云うもんに加担し難い商売ですからねえ」

「そのご意見に関しては能く解らないとしか云えないですけど——どうやら笹村さん、名前だけから辿って特定したと云う訳じゃないようなんですよ。組み合わせと云うか、何と云うか」

「それまた解りませんね」

「場所が問題だったんだ、と寒川さんは云ってましたけど」

「余計に解りませんな」

「はあ。日光なんです」

「ニッコウ？」

「栃木の日光です」

「はい？」

益田は予想を遥かに越えた驚き方をした。

「それって、日光を見ずして結構と云うなの日光ですか？　あの、ええと、東照宮とかがある、中禅寺湖とか華厳の滝とかがある、あの日光？」

「はあ。他にも日光があるなら判りませんけど、多分その日光です。それが何か？」

「いや、まあ、その」

益田は前髪を何度も掻き上げた。

「つ、続けてください。その日光が、どう関係して来る訳ですか、この場合」

「ですから、その、笹村さんのお父さんが調べていた事件だか何だかに、日光と云う土地が深く関わっていたらしくて、で、昭和九年当時の日光を調べていたら、植物学者寒川英輔の名前が」

「見付かったって云うんですか」

「ええ。実は、寒川さんのお父さんが国だか県だかから依頼されて植生を調査されていた場所と云うのは、日光だったんです。日光の山――」

「ツッ、つまり」

益田は妙に息を荒くした。

「亡くなった場所と云うのも日光なんですか?」

「ええ」

「日光の崖から落っこちた?」

「そうみたいですけど、何か都合が悪いですか?」

「都合ですか? いやその」

益田は無意味に前髪を掻き上げた。長い前髪は手を離すなりに垂れて来るから本当に無意味である。

「まあ、で。どうなりました」

「どうなったって?」

「いや、御厨さん、あなた、人を捜して欲しいと云うご依頼じゃなかったですか。今のところ二十年前の事故と、二十年前の殺人事件と、その二つが二十年経って交差したっつう話を聞かされただけなんですね、僕ァ。未だ誰も行方不明になってないです」

「ああ」

御厨は話下手である。

要点を要領良く他人に伝えることなど出来ない。だから順を追って語ろう語ろうと努力していたのであるが、益田にいい感じで混ぜ返された所為もあって、いつの間にかちゃんと話すこと自体が目的となってしまい、何故話しているのかを忘れかけていたのだ。

御厨自身、所期の目的を見失なっていたのである。

本題は——これから先だ。

「あの、ここまでは、宜しいですか？」

「宜しいと云えば宜しいんですけどね」

益田は手帳を繰った。

「どうもねえ。これ、ただの家出だとか、失踪事件ではないですよねえ、どう聞いても。特殊案件の匂いがぷんぷんしますよ。僕のメモにも、殺、と云う文字が四つもあります。何だか、聞くだに悪い予感しか涌いて来ないですよ僕には」

「そう——ですか」

「だって、取材した記者とその伴侶を殺してまで隠蔽したい何かが、背後に渦巻いている可能性がある訳でしょう。でもって不審な事故死。その二つが二十年後に交差して——で、その結果として行方不明事件が起きるって筋書きなんですよね？」

要約すればそうなるだろうか。

「となると、どうも二十年前の事件は避(さ)けて通れない感じですよね。関係ないならあなたも話さないでしょ？」

「ですから」

これまでの話は寒川の失踪に関する補足説明に過ぎないのだ。

「益田さんが警察が気に懸けるような事柄は何かあるか——と尋ねられたから、何かあると思うと申し上げて、説明してたんじゃないですか」

そうでしたねえと益田は残念そうに云った。

「あり過ぎって感じですけどねえ。で、この件、捜索願出した際に警察には伝えたんですか？」

「一応伝えましたけど、関係ないだろうと云われました」

関係ないのかなあと益田は顔を顰(しか)めた。

「その根拠は？　何か云われましたか？」

「二十年前に何があったにしろ、それは済んだことだろうって」

間に戦争も挟まってますしねえと益田は云った。

「真実恐ろしい陰謀があったんだとしても、まあ社会情勢は大きく変わってますからね。犯罪であろうと何であろうと、今も継続しているとは考えづらいか。まあ寒川さんですか、その方の失踪の動機となってはいたにしろ、過去の事件の所為(せい)でどうにかなったと考えるのも早計ですかねえ」

「警察はそう云ってましたが」

そうなのだろうか。

「で、その寒川さんは、仏師の——笹村さんとお墓で出会って、どうなさったんですか？　真(ま)逆(さか)、日光に行ったとか云わないでしょうね？」

行ったのだ。

笹村との邂逅は、寒川に一つの転機を齎(もたら)したのだろう。寒川の父の死に対する調査は、行き詰まっていたのだと思う。笹村と云う男は、その行き詰まりの壁に風穴を開けたと云うことになるだろうか。

墓参から戻った寒川の目は、何故か生き生きとして見えた。

そして寒川はそれまでにも増して旺盛に調べものを始めた。

秋口。

あれは去年の九月のことだった。

寒川は薬局を従業員に任せ、一月の休暇を取ると云い出した。そして二十年間足を向けなかった日光に出立したのだ。

「行きましたかあ。で、それっきり？」

「違います。寒川さんは、ちゃんと日光から戻って来ました。十月になる前だったと思います」

「帰って来たんですね？」

「ええ。戻って来て」

――碑だ。

――碑が燃えていた。

そう云っていた。

まるで意味が解りませんねと益田は云った。

そう、御厨にも判らなかったのだ。

「日光で何かを見付けたんじゃないかと思うんですけども。何でそう思ったのか明言出来ないんですけど、その時はそう思いました」

「見付けた？　いや、イシブミって、それ石碑やなんかのことですよね。石なら燃えないよなあ。まあ焼け石に水なんて諺もありますが、そりゃつまり焼けたって燃えないってことですよ、石は。何かの謎懸けですかねえ。比喩だとしても状況を思い描き難いなあ――」

何かの喩えなのかと御厨も思ったのだ。

「それ、私も気になったんで、寒川さんに尋いてみたんですけど、教えてはくれませんでした」

「隠したと云うことですか？」

「隠してると云うか、それは知らない方が好いことだからって」

「うわあ」

益田は帳面に書き付けた。

「それ、書くようなことですか？」

「大事なことですよあなた。そう云う何気ない一言が重要な鍵になることだってあるんですからね。そう云うのは大抵本音ですし。それにしたって知らない方が好いなんて、ヤな予感がグンと増す台詞ですねえ。それじゃあ、判らず終いですか」

「ええ」

寒川は薬局の仕事には戻らず、自室に籠り切りになった。それまでも仕事は従業員だけで回していたようなものだったから、業務に支障が出るようなことはなかったが、それまでにも増して寒川は寡黙になってしまい、全く顔を見せない日もあった。

一日中何かを考えているようだった。

「様子が変だったと？」

「変なのかと云われれば変なんでしょうけど、思い詰めているとか、深刻そうだとか、どこか怪訝(おか)しくなっちゃったとか――そう云う感じじゃなくて、ただ、そうですねえ、難しい懸賞の問題を解いているみたいな感じと云うか」

「はぁ？　懸賞の問題って、謎謎とかクイズとかそう云うもんですか？　日光にそう云うもんでもあったんですかね。その燃えてた――碑？　まあそれが何かの謎懸けだとしたら難しそうな問題ですけどねえ。石が燃えてるなんて、渡っちゃいけない橋渡れとか、屏風に描いた虎を捕まえろとか云うようなもんでしょうに」

「それ、頓智(とんち)ですよ」

一休(いっきゅう)さんですよと益田は云った。

「お蔭様で僕は禅宗のお坊さんには少少詳しいんですわ。ま、そんなこたァどうでもいいんですが、それで、他に何か云ってませんでしたか？」

「他にですか――」

云いたくないものを無理に云わせても良いことなどない。云いたいのに云えずに居る様子なら尋ねもするが、知らない方が良いとまで云われているのに重ねて問い詰めるような行いは、御厨の好むところではないのだ。だから何も尋ねなかった。

それが。

「そうですね、去年の、師走に入ったくらいだったと思うんですけど」

その日、寒川は昂ぶった様子で自室から出て来たのだった。喜んでいたとは思えなかったが、落ち込んでいた様子もなく、ただ息は荒く、眼は血走っていたと思う。

その時寒川は、落ち着きなく、無意味に薬局の中を歩き回った。思えば慥かに謎謎が解けたような貌をしていたように思う。何かを見付けたか、思い付いたかしたのだろうと、その時は思った。どうしたのか問うたが、明確な返答はなかった。

ただ寒川は、こう云ったのだ。

——父さんは。

——虎の尾を踏んだのかもしれない。

「と、虎の尾ですか？」

益田は帳面から顔を上げた。

「虎の尾を踏んだって、それは無茶苦茶危険なもの踏ん付けちゃった、って意味ですよね？」

益田は右手で自分の顔を撫でた。

「何だろう。僕の嫌な予感を溜めとく容れ物は、もう溢れそうですよ。そりゃつまり、寒川さんのお父さんは、恐ろしく危険な何かに触れちゃったお蔭で命を落とした——かもしれないって意味じゃないですか？」

「言葉の意味としてはそう云うことなんでしょうけど、別に、それでお父さんが命を落としたとは云ってませんでしたけど」

「いや、だって」

「それから暫く経って——」

暮れの二十九日だったと思う。

「うちは去年、その日が仕事納めだったのですが、寒川さん、すっかり旅支度を済ませていて。年末年始は旅行に行くって云うんです。それで、予定が瞭然しないし、年明けの仕事始めには間に合わないと思うと云うことで、合い鍵やら何やらを私達従業員に呉れて、書類やなんかも預けてくれて、細かい指示を出して、年始のお餅代だと云って臨時のお手当ても出してくれて、それで」

「それっきりですか？」

そうなのだ。

年が明け、仕事始めは四日だった。

薬局に寒川の姿はなかった。松が取れるくらいには帰って来るだろうと高を括っていたのだが、それはなかった。今日帰るか明日戻るかと待っているうちに一月も終わってしまったのだった。

「月が変わったので、従業員一同で相談して警察に行ったんです」

「その間、一度の連絡もなしですか」

「ないです」

「警察にしてみれば慥かに微妙な線ですねえ。踏み込んじゃうと恐ろしげな予感がたっぷりですが、表面的にはただの放蕩経営者ですよ。そりゃ、まあ受け付けても何もせんでしょうな。しかしねえ」

益田は手帳を睨んだ。

「行き先に心当たりはないですか？　まあ日光と考えるのが妥当なんでしょうけども。何も云ってませんでしたか」

「日光に行ったんだと思い込んでましたが」

違うのかもしれない。

「そうなら、虎の尾踏みに行ったってことになりませんか。虎児を取りに虎穴に入ったと云うか。尾っぽ踏まずに取れりゃいいですが、踏んじゃってて」

「捜して戴けますか」

饒舌を止めると益田は腕を組んだ。

「日光かあ。うーん、どうかなあ。実は――」

益田はまた前髪を揺らした。

蛇（二）

殺してしまったのだそうだ。

父親を。

真実なら、それは犯罪だ。

厭な話を聞いてしまったと久住は思う。

熟々聞かなければ良かったと思っている。

しかし耳に入れてしまったのだから、もう遅い。

聞いてしまった以上は放っておく訳にも行かないだろう。だが。引き受けるにも突き放すにも、重過ぎる。忘れることも出来ない。

関口は黙って蕎麦を啜っている。

昔のことは知らないが、日光はこの国が誇る風景地として、昭和九年に国立公園に指定された。今も外国人の避暑地として賑わっている。

だから、ただの田舎ではなく繁華な区域もそこそこある。宿も多いし飲食店もある。

ただ、外国人が多いこともあり、必ずしも大衆的な店が軒を並べている訳ではない。

懐具合が淋しいのはお互い様のようだったが、野郎二人で甘味屋に入ると云う訳にも行かず、関口と私は思案の末に暖簾を上げたばかりの蕎麦屋に入ったのである。

未だ午飯刻には早いのだが、蕎麦屋に入った以上蕎麦を喰わぬ訳には行かない。

関口はどんよりとした眼差しで丼を見詰め、それから顔を上げた。

「いつのことです」

「あ——聞いたのは昨夜です」

「そうではなくて。その人が」

小説家はおどおどと店内を見渡した。客など一人も居ない。店員も奥に引っ込んでいる。

「お父さんを、その」

「ああ」

云うまでもなく物騒な内容であるから、傍目を気にしたのだろう。

「最近のことではない——ようですが」

それは今現在の出来ごとではない。昔の話だと云う。久住は明確には確認していないのだが、十数年から前のことであるらしかった。

そう云った。

「そうすると、もしや未だ時効を迎えていない可能性もある訳ですか」

「あ、そうですね」

まるで思い至っていなかった。

「僕は法律には疎(うと)い方ですが、慥(たし)か殺人事件の公訴時効は十五年だったと思います。それを過ぎてしまえば、まあ刑事事件としては失効するんでしょうけど。民事はまた別なんでしょうけれど」

「そう――ですよね」

普通であれば自首を勧めるのが筋だ。

しかし、話は然(そ)う単純ではないのだ。

「未(ま)だ若い人ですからね。時効が十五年として、昭和十四年以前の出来ごとならば時効、と云うことですよね？」

そんなに前ではないと云う気がする。

――あの娘。

年齢(とし)は聞いていない。

落ち着いては見えるが、久住の値踏みでは精精(せいぜい)二十五六である。もう少し若いのかもしれない。勿論(もちろん)自信はない。久住は平素、女性の年齢のことなど考えたこともないからだ。

そもそも男だろうが女だろうが、他人の年齢などどうでも良いことである。目上とするか否かは年齢で決めることではないと久住は考えている。職歴の方がまだ気になる。然(さ)もなければ仕事が出来るかどうかだろうか。

尊敬出来る人物ならば、若年だろうと女性だろうと、目上だと思う。だから、あの娘は能く働く好ましい女性と云うだけでしかなく、年齢と云う属性は久住にとって埒外のものなのだ。

関口は箸を置いて、そんなに若い方なのですかと云った。

「それでは時効と云う程に昔のことじゃないんじゃないですか。十五年前は、十歳とかでしょう？」

「そうなんですけど——」

あの娘は——如何しているだろう。

普段通り真面目に働いているのだろうが、その心中を慮るに久住はやや気の毒になる。

「まあ、事情が事情ですから口にするのは憚られることなのでしょうが、その方はどう云う方なのですか？　男性ではない——のですか？」

「はい」

あの娘——桜田登和子は、日光榎木津ホテルに勤める、久住の部屋の担当メイドである。

そう告げると、関口は大いに驚いたようだった。

「じゃあ、僕も見知っている人なのかもしれないですね。僕の部屋係の娘さんは、迚もそんなことが出来そうな人じゃあなかったけれど」

「その人も同じですよ」

久住がそう云うと、ああ、それは誰しもそうなんでしょうね――と、関口は瞑い眼になって云った。

「人――殺しですか」

「ええ」

「しかしその人は何故あなたにそんなことを告白されたんですか。何か特別なご関係――いや、変な意味ではありません。例えば親類だとか、知り合いだとか、そう云う――」

「そうじゃないんです。渕でも云ったかもしれませんが、私は去年の五月にもこの日光を訪れ、あのホテルに滞在しているんです。その時が初対面で、今回が二度目ですよ」

「客と――メイドですよね。失礼ですが、そんな話をしますか。僕の客室係は研修を了えたばかりと云うお喋りで粗忽な娘さんで、あることないことそれは能く喋るのですが――それでも、凡そそんな深刻な話はしませんが」

「私が無理に聞き出したんです」

早計だった。

久住が昨年訪れた際、登和子はそれこそ未だ研修を了えたばかりの新人メイドだった。

生真面目そうだが要領は悪そうで、でも、明るい娘だった。

それが。

一年経って再訪してみると、登和子はがらりと変わってしまっていたのだった。

初めは成長した所為かと思った。仕事も如才なく熟すようになっていたし、勿論客の前では笑顔で、不機嫌な態度を執ったりすることもなく、気も利く。登和子はそれは立派なメイドになっていたのである。

だが。

瞳が。

——瞳が濁っていた。

「濁っていた？」

関口は厳しい表情を見せた。

「いや、濁っていたと云うのは適切な表現ではないかもしれませんね。そう、何か一枚膜が張っているような——そんな風に思えたんですよ。何かが、何かあまり良くないものがこの娘を膜一枚で現実から隔てている——そう感じたんですね」

それは淋しさとか、悲しさとか、そう云う判り易いものではないようにも感じた。

「それは世間と距離を置いているとか、そう云う意味でしょうか？」

「そうですねえ。世を憾んでいるのでもなく、儚んでいるのでもない。ただ、何とも云い表わし難い暗澹たる薄膜が一枚、彼女と現実の間に張り詰めている——と云いますか。まあ凡て私の主観なんですがね。どうにも暗いんですよ。顔付きも、言葉も覇気がなく、只管に暗い。それがどうしても気になってしまって。心配になったと云うか」

興味本位ではなかったかと問われれば、否と云い切る自信が久住にはない。

若いメイドから明朗さを奪った理由が何なのかを是が非でも知りたかった——そこのところは間違いないだろう。それが興味本位以外の何なのだと云われれば、久住に返す言葉はないのである。

だから問い質した。

尋ねるべきではなかったと、今は思う。

「昨夜、私は随分と思い上がっていたんだと思いますよ。どのような懊悩であれ、某か役に立つ助言なり手解きなりが自分には出来ると、その時私はそう思っていた。だから口の重い彼女を引き止めて、随分と執拗く尋いたんですよ。親切ごかして」

その結果がこの様である。

登和子の告白は、凡百意味で久住の許容し得る範囲を超えていたのだった。

助言など出来る訳もなかった。

話を聞き終わるまで、久住は多分、親切で物分かりの良い大人の貌をして、剰え微笑なり哀れみなりを浮かべていたのだと思う。

だが——。

久住は直ぐに、頰を引き攣らせることになった。

「何も云えませんでしたよ」

それは当然でしょうと関口は云った。

「詳細が判らないので軽軽しいことは云えないですが、どうであれ犯罪の告白、その上、選(よ)りによって殺人と云うのですから、いずれ即答出来るものではありませんよ。軽い話ではないと思いますが」

「ええ」

言葉を失(な)くしている久住の顔を暫(しばら)く無言で眺めた後、登和子は深深と礼をして去った。久住は告白の真偽を質すことすら出来なかった。

彼女が部屋から出て行った後、いの一番に久住が心に抱いた感想はと云えば――何と面倒な話を聞いてしまったのかと云う、極めて不人情で無責任なものだったのである。

そして久住は、然(さ)して時間を置かずに、それは恐ろしい自己嫌悪に襲われることとなったのだった。

「今になって思えば、あんなに執拗(しつこ)く問い質すべきではなかったんですよ、私は。彼女の方も話す気なんかなかったんでしょうから。親殺しと云えば大罪です。否、親でなかったとしても、殺人は軽からぬ罪だ。それを私は――」

勿論その時は親身になって悩みを聞こうとしていた訳であり、久住の中に悪意など微塵(みじん)もなかったのだ。それは間違いない。間違いはないが。

――恰好(かっこう)を付けたかっただけなのか。

自分は賢くて役に立つ人間なのだと、久住はあの娘に知らしめたかっただけなのかもしれない。そう思うと、穴があったら入りたいような心境になる。

「昨夜は混乱してしまって殆ど寝付けず、無駄な思案を重ねた。聞いてしまった以上、放ってはおけないとは思ったんですが」

彼女に掛ける言葉は久住の抽出しの中にはなかった。

考えは一向に纏まらず、気の利いた台詞一つ思い付きはしなかった。

久住は一晩中混乱し、未だ混乱し続けているのであった。そして結局、久住は逃げ出したのだ。

ホテルに留まっていたならば、必ずや登和子と顔を合わせることになる。

会えば、何か云わねばなるまい。

いや、云わねばならぬことなどないのかもしれないが、会って黙していたならば、それはそれで一つのメッセージとなってしまうことだろう。

それは——好ましくなかろう。

だからと云って、彼女を避けて宿の中を逃げ回ると云うのも変だ。

部屋に閉じ籠ったところで客室係である登和子はいつか必ず来る。係を替えてくれと頼んだりするのは更におかしい。

厄介だ。

厄介だから、忘れようとしたのだ。

だから久住は、用があるような振りをしてそそくさと外出することに決めたのだ。街の周りを漫ろ歩く程度で忘れられる筈はないと云うのに。

卑怯者だと思わぬでもない。

だが適当に配って良いような話ではなかろう。真摯に向き合うなら時間は必要だ。

久住の矮小な人生の中に相応しい対処法は見当たらない。一晩考えた程度では、何も見付からなかった。

だから彼女が出勤して来る前に宿を出てしまうしかなかったのだ。久住はこれまでも毎日ふらふらと出歩いてばかりいたのであるから、別段変わった行動ではなかった筈だ。

でも、何処に行こうと何を為ようと、久住は結局それに就いて考えてばかりいた。考えたくない面倒だと云う気持ち以上に、久住には考えるべきだ何かするべきだと云う強い思い込みがあったのだろう。

あの娘のために――。

否、本当にそれが自分の本心なのかどうか、久住には解らないのだ。

もしかしたら違うのかもしれない。久住は単にこのままでは恰好がつかないから逃げ回っているだけ――なのかもしれないのである。

そうならば、久住は卑怯な上に見栄っ張りの、愚者でしかないだろう。

「あの憾満ヶ淵に行ったのも、だから逃避なんですよ。いや、今あなたとこの蕎麦屋に居るのだって同じことです。私は、図らずも直面してしまった面倒ごとから逃げ回っているだけなんです」

「お気持ちは解りますが」

関口は箸を手にした。

多分、丼の中にもう蕎麦はない。あったとしても伸びている。

「旅舎に戻らない訳にはいかないでしょう。僕なんかはこのまま東京に帰ってしまったって構わないようなものですが、あなたには仕事があるのだし」

そう。

「仰る通り、時間稼ぎですよ。こうしている間に何か妙案が浮かぶかもしれぬと、そう云う姑息な考えもあったんでしょう。関口先生に話してしまったのだって、お知恵を拝借出来るかもしれないと云う下心があった――のかもしれない」

それは半ば真実だし、半ば世辞である。

他人に頼りたいと云う気持ちを久住が持っていたことは間違いない。だが目の前の人物に久住が何かを期待していたかと云えば、それは余りないのだった。関口が風采の上がらない自虐的な人物だから――と云う訳ではない。こんな状況を解消出来る第三者はそもそも居ないと久住は思う。

だから久住は、買い被るなとか自分には無理だとか云う後ろ向きな応酬を予測していたのだけれど、それは少し違った。

関口は箸を持ったままの姿勢で悩ましげに丼の中を見詰めて、

「何も云わなくて良いのじゃないですか」

と云った。

「彼女に会っても、ですか？」

「ええ。あなたは今、お知恵を拝借などと仰いましたが、実のところ僕には何も期待してはいらっしゃらないでしょう。彼女も同じなのじゃないでしょうか。慰めても叱ってても、どうなるものでもない」

「端から期待はしていないと？」

「期待と云うか、そもそも赤の他人であるあなたにはどうすることも出来ないお話――なのではありませんかね」

その通りである。

「仰せの通り、他人も他人――私は、ただ通り過ぎて行くだけの旅人ですからね。私は遠からずこの地を去る者なのであって、もう二度と訪れないかもしれない人間ですよ。でも、では彼女は」

「だからこそ――と云うことはないですか？」

「だからこそとは？」

「いや——別に、信頼しているとか親密だとか、そう云う関係性は隠しごとを打ち明ける理由にはならないと思うんですよ。寧ろその方が話し難いと云うこともある。特に重大な秘密の場合は、近しい者だからこそ明かせなかったりしませんか。関わりが薄い方が、秘事は語り易い」

「そうかもしれませんが」

「その女性は当然あなたが客だと識っている、つまり、自分の人生に深く関わらない人だと諒解している訳ですよね。ですから」

「だから私に語ったと？　え？　それとも、彼女が私を担いだ——とでも云うのですか？」

可能性はありますねと関口は云った。

久住の見るところ、登和子はそんなことをする娘ではない。元来、真面目な娘なのだと思う。それ以前に、客を揶うような余裕は、昨夜の登和子には見受けられなかったと思う。

そう告げると、あなたがそう感じたのならその通りなのでしょうと小説家は云った。

「誰かに伝えたくても、どうしても口に出来ないことと云うのはあるものですよ。その後のことをあれこれ考えてしまうからです。時に、取り返しのつかなくなることもある。通り過ぎて行くだけのあなただからこそ、真情を吐露出来た、と云うことはないですか？」

「それはつまり、そうだとするなら」

「そうだとしても、ですよ」

関口は出合ってから初めて明瞭に発音した。

「これは僕の経験から導き出したことですから、当てにはならないかもしれませんけれど」

そこで急に、関口は自信を失くしたかのように声のトーンを落とし、思う程に人は他人に期待しないものですよ、と続けた。

「僕も何かことある度に他者の期待に応えようと躍起になって踠くんですよ。でも大概は失敗る。そもそも僕の力量じゃ賄い切れないことをしようとしているんでしょう。でも、周囲はもっと冷静で、僕には無理だと知っているから、駄目で元元で、落胆されることなんかないです」

そうかもしれない。

「自分を過大に評価している訳ではないんです。駄目と解っていても、してしまう。そうせずにいられない時と云うのはありますよ」

関口は箸をぞんざいに卓に置くと、少し頸を曲げて遠くを眺めるようにした。そちらに何かがある訳ではない。ただ黒ずんだ布袋の置物が並んでいるだけである。

「一昨年の夏」

関口は云う。

懐かしそうに、云う。

「僕は、一人の女性を救おうとしたんです。それはもう必死でした。何としても彼女を救いたかった。でも駄目でした」

「その人は」

死にましたと関口は云った。

「僕は、誰の期待にも応えられなかった。自分の無能を呪った。でも、そうじゃなかったんですよ」

「そうじゃないと云うと——」

「ええ。その後、僕の周りでは忌まわしい出来ごとが続いて、大勢人が死んだ」

「死んだ？」

関口は一度何かを呑み込むようにして、大勢死にましたと、陰鬱な口調で云った。

眼が虚ろになっている。

「一昨年の武蔵野バラバラ事件で最後に亡くなったのは僕と浅からぬ縁のある人物です。逗子の事件で亡くなった作家と最後に食事をしたのも僕です。去年の始めの箱根の事件では目の前で何人もが亡くなり、伊豆では殺人事件の容疑者として逮捕された」

「それは——」

久住の予測が中たっているならば。

それらはいずれも世間を騒がせた大事件ばかりである。

祟られていると云う者までいますよと関口は悲しそうに笑った。

「関口先生がですか？　被害者の方ではなく？」

「ええ。祟られているなら僕でしょう。巻き込まれるのか引き寄せるのか、或いは僕が引き起こしているのか、あまりにも陰惨な出来ごとばかりでしたから。その度に、僕は同じような気持ちになった」

「責任を感じてしまったと云うことですか」

「責任と云う程に明確なものではないです。ただの自己嫌悪でしょうね。いつだって、僕は視野狭窄に陥って世間を見失い、ただ右往左往するだけでしたから。解決も収束も出来やしない。事態を好転させるどころか混乱させるだけだった。関わらない方が好いし、関わってしまったとしても何もしないでいた方がずっと良かった」

それは誰でもそうでしょうと私は云った。

「そう云うのは警察の仕事ですよ」

そうでもないですよと関口は答えた。

「いずれにしろ――僕は無能なんです。現実世界で起きる出来ごとに対しては、全く無力です。それは充分承知しています。でも――懲りないんですよ。ことあるごと、誰かの役に立ちたい、期待に応えたいと、繰り返し考えている自分が居る。去年の夏もそうでした。僕は大した縁もない、殆ど初対面の女性を護ろうとしたんです。でも、その人も」

矢張り死んでしまった——。

それは。

あの由良邸の事件のことだろうか。

久住は尋くことが出来なかった。でも多分、そうなのだろうと思った。しかし本当にそうなのだとすると、祟られていると云う評判も強ち外れてはいないのかもしれない。

「祟りと云うなら祟りなんでしょう」

関口は淋しそうに笑った。

「僕は考えました。そして、最近になって少しだけ解ったような気がするんですよ」

「解ったと云いますと——」

「僕に何かを期待しているのは誰でもない、僕自身なんですよ。最初の失敗を取り返そうとしているのか、それともそれが失敗だと思いたくないのか、それは判らないんですが、兎に角、何かを期待しているのは僕なんです。それだけのことです」

——ああ。

それは迚も能く解る気がした。

「誰かのためじゃなく、自分のためなんですよ。それって、或る種の自己正当化なんでしょうね。それを認めたくないから、他人のためなんだと無理矢理に思い込もうとする」

「無理矢理——ですか」

「だから背徳くも感じる。結果が出るのが怖い。怖いから先延ばしする。でも、それは幻想なんです」

「幻想――ですか」

「自分の中の己に対する期待めいたものをなくしてしまえば、もっと融通無碍に考えられるし、寧ろ闊達自在に振る舞えるんじゃないかと、この頃はそう思います。僕のようなこんな劣った人間には誰にも期待なんか寄せやしないんだし、ならば気張る意味なんかないだろうと――ああ、そう云ってしまうと如何にも卑屈な感じに聞こえるんですけど、だから何もしない、しなくて良いと云う意味ではないんですが」

「失敗して当然――と思えと云うことですか」

「それもそうなんですが、縦んば期待されていないのに何かを成し遂げることが叶ったならば、その時は期待値を越えたと云うことになりますよね？」

　そう云った関口は、暑くもないのにうっすらと汗ばんでいた。指先で額の汗を拭うようにして、申し訳ないと云った。

「長広舌は不得手なんです」

　関口はふう、と大きく息を吐いた。

「あなたも僕も、遅かれ早かれ旅舎に戻る。戻るよりないでしょう。いずれその人と顔は合わせることになるんですし」

そう。

関口の云う通りだろう。巧くやろう役に立とう感謝されようなどと云う下衆な欲を出すからこそ、立ち行かなくなるのかもしれない。久住が真実あの娘の心中を慮り、真実あの娘の将来を案じている者であったのなら、回答の出来不出来など二の次となるだろう。

だから登和子は関係ない。何もかも久住の尊厳の問題でしかないと云うことだろう。そしてこれも関口の云う通り、このまま逃げ続けることは久住には出来ないのである。旅舎には帰らざるを得ない。

ならば――。

関口は下を向いている。

久住が思うに、このやや屈折して見える小説家は精一杯久住のことを案じてくれて、したくもない自分語りまでしてくれたのだろう。計算ずくなのか偶偶こうなったのかは判らぬまでも、久住のことを心配するが故のことではある筈である。

この小説家は、陰気で取っ付き難くも見えるのだけれど、人は好いのだ。

お蔭で久住は、かなり踏ん切りがついたような気になっている。

あなたはご自分で思われているよりずっと周囲の期待に応えているようですよ、と久住は云った。

関口は口を曲げて笑い、冗談は止してくださいと答えた。

丁度午になったらしく、数名の客が入店して来た。それを契機にして蕎麦屋から出た。

付き合ってくれたお礼に蕎麦代を支払うと久住は云ったのだが、関口は執拗に固辞した。腰を屈めて手を振るその大袈裟な断り方が妙に滑稽で、久住は蕎麦を奢ることを直ぐに諦めざるを得なくなってしまった。

笑ってしまったのである。

どうやら久住は、この少少とっつき難い、しかも冴えない文士にいつの間にか好感を持ってしまったようである。

久住は、関口ともっと話したいと思った。気持ちの踏ん切りだけはついたものの、考えの方は相変わらず何ひとつ纏まっていない。ホテルに戻る前に少しでも情報を整理し、頭を冷やしておきたかったのだ。

とは云え、何か当てがあった訳ではない。結局二人で土産物屋の店頭を冷やかしたりし乍ら、日光の町中を彷徨することになった。

往来には食堂や土産物屋が軒を並べている。能く見れば紛乱してもいるし、綺麗とは云い難い古家や仕舞た屋も混じっている。それでも道幅がある所為か、高い建物がなく山山が際立って見える所為なのか、閉塞感のようなものは全くない。要所要所にある神社仏閣や山並みの荘厳さも相俟って、地域全体の印象は極めて整然とした美しいものだ。

正に神領である。

「十日程ほっつき歩いてみて思うんですが、この町は能くある寺の門前町なんかとは、また少し趣が違いますよね。どう違うのかと云われてしまうと困るんですが、神社とも寺ともつかぬ——何とも云えぬ落ち着きと云うか、美しさがある。矢張り太古からの信仰の地の風格なんでしょうかね」

そう云うと関口はそうでしょうかと云った。

「慥かに雰囲気はその通りなんですが、それは明治時代から外国人保養地として整備されていたからなのかもしれませんよ」

「はあ、そうなんでしょうか」

その見解は久住が考えてもみなかったものだ。

「僕も聞き齧っただけで詳しくはないですが、この日光は何度か荒廃しているんだそうですよ。その度に復興している訳ですが、元の形に戻っている訳ではないと思います」

「そうなんですか。私は昔からずっとこうなのかと思っていましたが——考えてみれば東照宮だって徳川家康の死後に出来たもんなんですよね」

「そうですね。何でも、この地は一時期、多くの僧坊が居並ぶ大規模な寺院街だったようですが、秀吉に領地の大半を没収されてしまったんだそうで、起死回生のために次の為政者である徳川と結んだんだとか何だとか——まあ、初代将軍をお祀りした訳ですから、蔑ろには出来ませんよね。改修も忠実にしますよ。でも、それもまあ明治維新までですよね」

「そうか」

幕府はなくなってしまったのだ。

「先ず神仏判然令でお寺と神社が分けられてしまう訳ですよね。寺の方は排仏毀釈の煽りで大いに荒れてしまったようですし、東照宮も徳川幕府と云う最大の庇護者を失って、一時期かなり廃れてしまったのだそうです」

「廃れているんですか？」

「昭和になって保存や復興運動が盛んになったことと、国立公園に指定されたこと、そして戦禍を免れたと云うこともあって、現在はまたこのように復興した訳ですけども——」

どうなんでしょうかと関口は云う。

「どうと云うと？」

「神域は護られているんでしょうか」

「どう云う意味でしょうか」

久住は立ち止まった。

関口は久住を追い越してとぼとぼと二三歩進んでから、止まった。

「勿論、建物は復元されたのでしょうし、何の問題もないようですが——もしかしたら風光地、景勝地として整えられただけなんじゃないかなと思って」

関口は何故か申し訳なさそうに続けた。

「無論、今も敬虔に信仰されている方は大勢いらっしゃるんでしょう。信仰がなくなった訳ではないんだけれども、例えば、外国の人には神も仏も、家康も、余り関係ないことのようにも思うんですよ、僕は。僕自身、いや、僕は外国旅行などしたことはないけれど、写真なんかで基督(キリスト)教の大聖堂などを覧(み)ても綺麗だなとか凄い細工だなと思うだけです。そこに信心はない」

それは久住にしても同じことである。

「此処を訪れる人の大半は、美しい景色と過ごし易い気候があればそれで好(い)いんですよ。建築物だって、仏像ですら、美術品扱いなんじゃないですか。外国の人でなくとも、日本人であっても、仏教徒でさえも、今はそうなんじゃないかと思えてしまう。当然、僕も含めてですが――」

そこで関口は遠く、男体山の方に視軸を向けた。

「いや――」

「何です?」

そうでもないのかなと小声で云って、関口は頬を緩めた。

「この地は、元を辿れば山岳宗教の修行場だったんでしたね。つまり、寺だの宮だのと云うのは、後から入って来たものなんです。どれだけ上書きされても根本は変わらないのかもしれない。ならば、観光で上書きされたって同じことですね。あの」

山山が本質なのかなあと、関口は独りごちた。

そうならば。

久住は、日光の本質に触れることなく、この神域をうろちょろしていたことになる。久住は山にだけは分け入っていないのだから。

「どんな動機で訪れたのだとしても、この地にあの山がある限りは同じことなのかもしれませんね。山は、何百年も何千年も前から、彼処に厳然としてある――訳ですから」

鳥が飛んでいた。

「関口さん」

久住は小説家の名を呼んだ。

「人を殺すと云うのは、大変なことですよね」

何と云う間の抜けた質問だろうか。

「はあ、誰にとって大変か、と云うことになるのでしょうが――そうだとしても、社会的にも倫理的にも、個人的にも、どんな局面に於ても大変でない筈はない――と、思いますが」

「ええ。そうですよね。殺された人、その遺族、関係者、誰にとっても、それは大変なことだと思いますよ。しかし、殺した本人にとっては、どうなんでしょうか」

「それは」

関口は眉を八の字にし、額に皺を寄せた。

「連続殺人事件と云うのがありますでしょう。そう云う人にとって、人殺しと云うのは大したことじゃないんでしょうか」

関口は苦しそうに一層顔を歪めた。

判りませんと関口は云った。

「ここ数年で、僕は多くの殺人者と関わって来ました。中には、今あなたが云ったような連続殺人犯もいました。でも彼等にとって、それがどの程度大変なことだったのか、それは他人である僕には判らない。その結果どうなるのかを考えれば大変でないとは思わないし、重大な犯罪であることは間違いのないことなんだけれど、行為自体は——」

何でもないことなのかもしれないですよと、関口は云った。

「そうですか。では」

忘れてしまうようなこともあるでしょうかと、久住は問うた。

「忘れて？」

「ええ。大したことがないのなら、忘れることもあるのかなと思って」

そう。

忘れていたのだ。彼女は。

関口は僅か考えて、それは違うと思いますと答えた。

「違う？　忘れないと云うことですか」

「いいえ。まあ、人の記憶はなくなってしまうものではないですから。忘れると云うのは見付からないと云うことだと思いますよ」

「見付からない――ですか」

「ええ。人の頭の中は、まあ見た目は整理してあるけれど、散らかってもいるんですよ。頭と云う部屋は有限です。でも一度持ち込んだものは二度と持ち出せない。だから人は一所懸命に整理し、分類し整頓する。でも、追い付かない。だから」

「見付からなくなる？」

「そうです。片付けるのが下手な人も居るし、上手な人だって何もかもを把握出来る訳じゃない。小さなものは、机の下や箪笥(たんす)の裏、抽出の奥なんかに紛れてしまう。でも、捜せば必ずあるんですよ。だから大したことがないから忘れると云う訳では」

「ない――と？　でも紛れてしまうんですよね。それが重大なことなら、幾ら散らかっていたって失くすことはないんじゃないんですか？」

逆ですよと久住は云った。

「慥(たし)かに重大なことと云うのは、何処かに紛れてしまうようなものではありません。しかしそれが堪(た)えられない程に重たいものである場合、人はそれをわざと、目に付かぬ処に隠してしまうことがあるんだと思うんですよ」

「隠す？　それは、意図的に忘れると云うことですか？　そんなこと出来ますか？」

忘れようとしたって、忘れられるものではないのではないか。

久住は、昨夜からずっと、つい先程まで、登和子の重大な告白に就いて考えまい考えまいとしていたのである。

しかしそれは一向に叶わなかった。

そう思えば思う程に、考えてしまっていたのだ。

意図的ではないんですよと関口は云う。

「無意識と云うか――いや、それは何だか浅薄な云い方なんですけどね。忘れたいと思うとか、忘れようと考えている状態と云うのは、それ、未だ厳然としてそれが認識されている状態なんですよね。あるからこそそう思う、考えてしまう訳で」

「まあ――そうですね」

「その重大さが、自分の許容出来る限界を超えてしまったような場合はもう、忘れようとか厭だとか辛いとか、そう云うことを感じたり考えたりする前に――何処かに格納されてしまうんですよ、きっと」

僕がそうでしたと関口は云った。

「僕は、それは重たい、大きな大きな荷物を部屋の中で見失っていたんですよ」

「それは」

都合の悪いことは記憶されないと云う意味でしょうかと問うた。

関口は何かを云いかけて一度呑み込み、それから都合が悪いと云うならそう云うことなんでしょうがと、歯切れの悪い答え方をした。

「慥かに都合が悪いことではあるのでしょうが——それは、所謂都合の悪いことじゃないんです。自我を脅かすような、己の存在を否定してしまうような——そう云う都合の悪さですよ。それは、世間体とか社会性とか、そう云うこととは余り関係なくて、感情ともやや開きがある。意識に上る前に、脳が拒否してしまうと云うか」

「そもそも認識されない、と云うことですか？」

「意識の表層に上って来ないと云う意味ではその通りですが、認識されていないのかと云えば、それは違うんでしょう。脳はきちんと認識しているんですよ。だからこそ隠すんです」

隠す——か。

「それは大きくて重くて、絶対に消えない。消えないからこそ隠すんですよ。そう云うことはあるんです。脳内のみならず現実にだってある。目の前にあるのに、見えない。だから」

だから。

「人を殺したと云うような重大なことを忘れてしまうことも——充分にあり得る、と云うことですか」

「あるかもしれないですね」

なる程。

殺人を重く受け止めているからこそ、忘却してしまう——と云うことは、あるのかもしれない。軽く受け止めていたのであれば、寧ろ忘れる程のこともないと云うことになるのだろう。

一般的な話ではないかもしれませんよと、関口は云った。

「僕自身、重大なことを忘れていたんですよ、ずっと。まあ、重大なことと云っても、それは僕にとって重大だと云うことで、普通の人には些細なことなのかもしれませんけどね。器の大きさは皆違いますからね。僕のようにあちこち傷んだり倦んだりしているような人間はそもそも気持ちを入れておく器の容量が少ないので、つまらないことでも溢れてしまう。それだけのことかもしれませんけど」

関口は笑った。

「人は色色ですからね。僕の場合、他の人にとっては大したことない出来ごとが、人生を歪める程の大ごとだったりするんですよ。その上、僕は頭の中の部屋が狭いんだと思う。収納場所がないから、そもそも普通の記憶が片付かない。整理も整頓も下手なので、いつも散らかっている。隠されたりすると、より見付け難いんですよ。だから、僕は基準にはなりません」

そうだとしても。

人殺しは誰にとっても大したことだろう。

それを些細なこととしてしまうような者も居るのだろうか。

勿論そう云う者も居るのだろう。否——居るに違いない。

でも、それは矢張り少数派なのだろうと久住は思う。

思いたいだけなのかもしれないのだけれど。

「いや、能く解りました。もう一つだけお尋きしても宜しいですか関口先生。それは——その、隠蔽された記憶が、失くなるものでないとするなら」

思い出すこともあるのか。

自己を否定してしまうばかりの衝撃があるからこそ、それは隠されるのだろう。

ならば——。

思い出しますよと関口は云った。

「そんな理由で隠蔽されてもですか」

「記憶自体は消えないんですから。それは、一生思い出さない人も居るのかもしれませんけども、気付いてしまえばお終いです」

「お終い？」

「ええ。うっかり紛失したとか、ごちゃごちゃしていて見付からないと云うのではなく、要は騙されているんですからね」

「騙されている？」

誰が誰に騙されていると云うのか。

「気持ちと云うか自我と云うか、僕自身を、僕の脳が騙しているんです。僕が駄目になってしまうから必死で隠している。でも、上手(じょうず)の手からも水は漏れます。そのイカサマが露見してしまえば、それは厳然として——現れるんですよ」

「そんな、自分が駄目になるから隠していたと云うのなら、露見してしまった後は一体どうなるんですか」

駄目になりますよと関口は力なく云って、のろのろと歩き出した。

「それじゃあ」

そんなことは。

思い出さない方が良い。

「でも、こればっかりは、どうしようもないことなんですよ。思い出そうとして思い出す訳じゃない。まるで——」

呪いが解けたかのように。

「厭でも思い出してしまうんですよ」

「何故——思い出してしまうんですか。思い出そうとはしない訳ですよね？」

「忘れているうちは、忘れていることすら自覚がないんですよ。そんなものを思い出そうとすることはないでしょう」

「何か大事なことを忘れているような気分になることはありますが——慥かに、そんな気がしたところで思い出す方法なんかないですね。それ、思い出そうとしても徒労に終わるだけです」

それは、忘れていることすら忘れているような記憶があることそのものが怖いんですよと関口は前を向いたまま云った。

「僕はそう思います。僕が思うに、我我は、記憶と云うものが生きて行く上で必要不可欠なものなんだと——脳に思い込まされているんじゃないでしょうかね」

「思い込まされている?」

そこは——能く判らない。

考えるまでもなく記憶は生きるために必要なものではないか。

記憶を失う病もあると聞くが、それは深刻な疾病だろうと思う。だからわざわざそう思い込ませる必要などない。それは自明の理ではないのか。

先を行く関口は久住に僅かばかり顔を向けた。

「実際、忘失は恐ろしいです。見聞きしたものごとが、学んだことが、自分の過去が、何もかも判らなくなってしまうなんて、怖いですよ。立っている地べたが抜けてしまうような心細さがあります。一方で、人は忘れることで何とか生きている——とも云えるんじゃないですか」

「は？」

「何もかも憶えていたのでは多分生きては行けませんよ。そんなに人の脳の処理能力は高くないですから。だから、整理して要らないものは奥に仕舞うんですよ。使うものだけを出し易い処に並べる。そうした作業を、人は意図的にしていると——思い込まされているんですよ」

「意図的じゃないんですか？」

多分違うんでしょうねと関口は云って、再び立ち止まった。

「それは意図的には出来ないんです」

「出来ませんか？」

「あなたがさっき云っていたように、幾ら忘れようとしたって、忘れられないものは忘れられないんですよ」

そうか。

その通りである。

「忘れる作業と云うのは、意識下で行われているんでしょう。でも、多くの人はそう思っていない。記憶を意識で統御（コントロール）していると、思い込んでいるんですよ。生きて行くために必要不可欠なものだと思い込まされているからこそ、それを統御しているのは自分なんだと思ってしまう」

「思って――ますね」

「だから統御出来ないと怖くなるんじゃないですか。本当に統御出来ているなら、憶えている筈のことが思い出せないなんてことはないですよね？」

「まあ、度忘れと云うのはありますよ」

「それ」

突然思い出したりしませんかと関口は云う。

「まあ、度忘れこそ何の前触れもなく思い出したりするものではありますが――」

「前触れはあるんです、きっと。どんな場合でも何か、必ず契機があるんですよ」

「そう――ですかね」

「ええ。どんなことでも何らかの外部的要因が意識下に働き掛けて思い出すんだと、僕は思います」

そんなものだろうか。

「外部的要因と云うのは、調べるとか、誰かに教えて貰うとか、そう云うことですか？」

そんなものだろう。度忘れを思い出す理由などあるだろうか。それは思い出したのではないですよねと関口は云う。

「調べたり教えられたりすることで、忘れていたことに紐付けられた別の記憶も思い出すから、全部自分で思い出したような気になるだけなんじゃないですか？」

まあ、そうなのだろうけれど。

「思い出す契機となるのは、色や匂いや音、刺激、そうした、意識の上では意味を成さないものなんだと思います。ただ、それを認めてしまうと意思で記憶を統御出来ていないことになってしまうので、その契機は無視されてしまうのじゃないですかね？」

それは、久住にも何となく判った。

「すると、その封印されている記憶も」

同じだと思いますと関口は云った。

「思うに、鍵があるんです」

「鍵――ですか」

「そう、鍵ですね。忘れている自覚がないと云うのは或る意味で厄介なんだと思います。自覚がないから用心もしない。何が扉を開ける鍵なのか、全く判らない。だから、拾ってしまうんですよ」

「鍵を――ですか？」

「そう。そうすると、望むと望まないとに拘らず扉は開き、隠されていた記憶は解き放たれる。そうなれば」

そこで関口は言葉を止め、首を少し曲げた。

その視軸の先を見る。

古びた写真館の前に、辻燈籠のようなものが設えられており、その向こうに男が一人立っていた。コートの襟を立てて写真館の店先を見詰めている。何処となく陰険そうな雰囲気の男だった。

お知り合いですかと久住が問うと、関口はいや似ているだけかもしれないと答えた。だが小説家の目はその男に釘付けになっている。気に懸けていることは一目瞭然である。

関口の視線に気付いたとも思えなかったが、男は突然コートの前を掻き合わせるようにしてそそくさと背を向け、去った。関口はその後ろ姿を更に目で追って、首を傾げた。

「何です？」

「いや――」

こんな処に居る筈はないと小声で云った後、勘違いだと思いますと関口は結んだ。

暫く沈黙があった。

関口は突如腰を屈め、眼を見開くと、慌てて取り繕った。

「ど、どうもすいません。それで――あの」

「ああ。いや、その」

思い出したら。

――お終いか。

そう云っていた。

お終いですかと久住が云うと、お終いでしょうと関口は云う。もう元通りには決してならないでしょうと云う。忘れることは難しいだろうと――云う。

そうなのか。ならば彼女は、桜田登和子は、どうなると云うのだろう。

否――。

「待って下さい。関口先生。あなたは先程、自分がそうだった、と仰いましたよね？　関口先生は鍵を開けられたのでしょう？　その、自我が崩壊するような出来ごとの記憶を思い出されたのではないのですか？」

関口は一度口を噤み、物腰に似合わぬ武骨な表情になってから、そうですと答えた。

「僕は――忌まわしい事件の只中で、図らずも禁断の記憶を呼び覚ましてしまった。それに就いては余り語りたくはないですが」

語りたくないことを聞き出そうとは思わない。

だが――。

「それでお終いだったのですか？」

「え？」

「いえ、関口先生は今、私の目の前にいらっしゃいますよね。私とこうして話している。お終いになってはいない――ですよね？　これは即ち、如何とも難い記憶を乗り越えることが出来た、と云うことではないのですか」

「え？」

関口はみるみる不安そうな顔付きになった。

母親から引き離された赤ん坊のようだった。

「の」

乗り越えてなどいませんと、関口は絞り出すように云った。

「お終いと云うのは、もう二度と忘れ去ることは出来なくなると云う意味です。記憶は、憾満ヶ淵に刻まれた梵字のようなものです。気付かなければないのと同じですが、気付けばそれまでだ。あれは、岩肌が摩滅するか、岩が砕け散るまで決して消えはしない。碑は、半永久的に残るんですよ。一度思い出してしまったら、どんなに辛くとも悲しくとも、人はその碑を抱えて生きて行くしかない。知らずに生きると云う楽園は失われてしまうんですよ。後は、ただ、堪えるだけです」

「堪えている――のですか」

「どうでしょうねえ」

関口は顔をくしゃくしゃにした。

「どうなんでしょう。僕は、こうして生きているのですから、何とかなってはいるのでしょうが――いいえ、そうじゃない」

生きているだけで精一杯ですよと関口は云う。

「本来、僕には自滅願望のようなものがある。生きること自体が辛い。息を吸って吐くだけで、後は流されるように生きているだけ――そう云う人間なんですよ、僕は。ですから、まあ」

「私にはそうは見えませんが」

「か、買い被りです」

「そうかもしれません。いや、きっと、そうなんでしょう。関口先生がどのような性質の方なのか、今日初めて口を利かせて戴いた私なんかには解りませんから。でも、結果的に関口先生は今、ちゃんと生きていらっしゃるように私には見えますよ」

関口は益々表情を歪めた。

「お伺いします。内容は兎も角、先生のお話に拠れば、その、禁断の記憶とやらが封印されたのは、それが先生の自我を脅かすような、先生の存在を否定してしまうような重大なことだったから――と云うことなんですよね？」

関口は眼を伏せた。

「そんなものが解き放たれてしまったのなら、その時先生の自我はどうなったのです？　存在は――否定されたのですか？　元元生きているだけで辛いなんてそんなに弱い人なんだったんなら、それこそ駄目になってしまう筈ではないですか？」

「ええ」

駄目になりましたと関口は答えた。

「でも――何とかなっている。先生はその、生涯消えない碑を抱えて、それでも」

ならば。

彼女に会って下さいと久住は云った。

「僕が？」

「お願いします先生。もう――どうにもならないのかもしれないし、お終いなのかもしれない。それでも私は何かしたい。手を貸して下さいませんか、関口先生」

先生は止してください――と関口は云った。

鳥だ。

鶏だって鳥でしょうよと木場は云った。

目の前ではぐつぐつと鶏肉が煮えているのだ。これは軍鶏ですよと、長門が云った。

「軍鶏ってなあ、あれ喧嘩っ早えだけの鶏じゃあねえのかい」

木場には違いが能く判らない。獰猛な鶏だくらいの認識である。喧嘩ばかりしているから肉が締まっているのだろうくらいに思っている。

軍鶏は軍鶏でしょうと長門は云う。

「まあ、鶏の一品種ではあるんでしょうが」

似てるじゃねえかと木場が云うと、先輩相変わらず乱暴だなあと云って青木が笑った。

「その分だと、鰻も泥鰌も区別がないんじゃないですか」

「煩瑣えよ。軍鶏だろうが鴨だろうが、鳥に違えはねえだろが。伊庭さんは鳥が嫌えなんだよ。そうなんでしょ？　こないだ、鳥は懲り懲りだと云ってたでしょうよ。能くこんな店に来たもんだね」

「肉は好いんだよ」

伊庭はそう答えた。

「俺が懲り懲りななあ、鳥の剝製だって。剝製ってのは肉がないんだよ。肉も臓物も抜いちまうだろうが。肉の方は好物だよ」

都合の良い話だぜと木場は云う。

「嫌うなら丸ごと嫌った方が楽だと思うがね」

「どう云う理屈だよ。お前さんは何だ、妙に細かい癖に色色と雑なんだよ、木場君。そっちこそ細かいなら細かい、雑なら雑に徹しろよ。しかしイソさんもこんなのと組んでたんじゃ散散だったろ。長い刑事生活最後の相棒がこの野郎じゃなあ」

「最後じゃねえでしょうよ。俺は去年のうちに飛ばされてんだから」

木場修太郎は、刑事である。

昨年の六月から警視庁麻布署刑事課に配属されているが、それまでは本庁刑事部刑事課に勤務していた。

本庁時代に組まされていた相棒が、刑事部最古参の老刑事、長門五十次であった。否、長門は相棒と云うより跳ねっ返りの木場に付けられたお目付け役だったと云った方が正しいかもしれない。

木場は本庁時代、ほぼ毎月のように問題を起こしていたのである。

木場にしてみれば事件のアタリが悪かっただけだと思っているのだが、生来のやや直情的で天邪鬼な性質が影響していないとは云い切れない。

それは自分でもそう思う。

「半年以上経ってるぞ。親爺さん、あの後も誰かと組んだんだろ」

修さんが最後の相棒ですよと長門は云った。

「夏より後は部屋も変わって、まあ閑職です。現場にも出ませんでしたからね。ほら、大磯の事件の時に駆り出されたのが最後ですよ。あの時も、まあお茶汲み爺みたいなもので」

長門は笑った。既にただの好好爺である。

老僕は、先月の半ばで退職しているのだ。

既に司法警察官ではない。

そう云えばあの際はお世話になりましたと、青木が頭を下げた。

青木文蔵は木場の後輩刑事である。

木場と一緒に服務規程違反行為をやらかして小松川署管轄の交番勤務に異動になったのだが、木場と違って去年のうちに本庁に戻っている。

優等生なのだ。

世話などした覚えはありませんよと云い、長門は笑って軍鶏を喰った。

「それより青木君、藤村さんは、お加減が悪いんですか。熱があるとか」

藤村と云うのは小松川署の老刑事で、交番勤務中に青木が眼を懸けて貰った人物であるらしい。長門とは古馴染みなのだそうだが、木場は面識がない。

「ああ、藤村さんはただの風邪です。それに寒いと脚の古傷が痛むんだそうで、大事を取って貰いました。本庁に戻った僕が名代と云うのも変な話なんですが、小松川署には長門さんとご縁のある者が居なかったものですから――」

「私等の世代は、かなり戦争で取られてしまいましたから。齢が齢だから徴兵された者はそう多くもないんですが、空襲でバタバタやられてしまったからねえ」

「ええ。藤村さんもそう云ってました。いや、実は藤村さんも署長から自主退職を促されていたようなんですがね。下の連中が引き止めたようです。それで、もう少し続けたいと云ったそうです」

人望があるなあと長門は云った。

「私なんかはお荷物でしたからねえ」

「いや、イソさんもここまで現役で踏ん張って来たんだから偉いものだよ。俺なんかとっとと辞めたからさ。まあただの糞爺も気楽でいいよ」

伊庭銀四郎も元刑事である。

戦前は長野の警察に奉職していたようだが、開戦を機に一度警察を辞め、戦後になって東京警視庁に再雇用されたと云う変わり種である。

三年ばかり前に一線を退いているが、木場は昨年の夏に知遇を得ている。

現役時代は眼力の伊庭銀と呼ばれていたらしい。

目筋が良いのと、目付きが悪いのと、睨み付けて自白わせるのが巧みだから付いた二つ名である。木場も本庁時代は鬼の木場修と呼ばれていたが、これは要するに容貌魁偉だと云うだけの悪口である。

一方、長門は仏のイソさんと呼ばれていた。こちらは物腰が優しげだから——と云う訳ではなく、殺人現場で念仏を唱えるから付いた渾名なのである。

後輩の木場はそう呼んだことなどないのだが。

中野の軍鶏鍋屋である。

軍鶏鍋屋と云うのだから長門の云う通り鶏ではなく軍鶏なのだろう。歯応えがあって中中旨い。

長門の退官に託つけた、細やかな宴である。

一応、本庁捜査一課の裡裡で簡単な送別会は行われたようなのだが、どうせ刑事部屋の隅で一杯飲んだ程度だろうと思う。公僕に旨い物を喰う余裕などないし、事件は刑事の都合など考慮してくれない。

だから改めて一席、と云う運びになったのだ。音頭をとったのは青木である。

それにしてもむさ苦しい集まりだとは思う。

いつまで経っても青二才めいている青木は兎も角も、もし予定通りその藤村と云う老刑事が参加していたならまるで老人会である。

その上、長門も伊庭も小さい。木場だけがでかい。

「この店は、慥かあの、私と修さんが組んだ最初の大事件に縁があるお店じゃあなかったですか」

長門が問うと青木は頭を掻いた。

「まあ、偶然――なんですが。そうです」

「おい、聞いてねえぞ。そりゃ何か、あの、一昨年の暮れの、黄金髑髏絡みの事件か？　ありゃ神奈川だろうよ」

「ほら、その時亡くなった宇多川さんと、関口さんが最後に会食したお店ですよ、此処は」

「あ？」

関口と云うのは軍隊時代の木場の上官である。上官とは云うものの、優柔不断で心の弱い小男で、まるで頼りにならなかった。今は小説を書いているようだが、木場は読んだことがない。売れているとも思えない。それなのにどう云う具合か復員後も縁があり、いまだに何だかんだと付き合いがある。のみならず、この座にいる全員が関口を識っている。

関口と云う男は、それはもう莫迦莫迦しいくらいに事件に巻き込まれる男なのである。好んで招き寄せているのか、然もなければ何かに祟られているとしか思えない。

「丁度、久保さんのお葬式があった日ですよ。僕も参列しましたから。そのお葬式の後に関口さん達は此処に来たんです。僕は式の途中で失礼したんですが――」

「久保って、あの武蔵野の事件で死んだ久保のことか？　おいおい、妙な店を選ぶんじゃねえよ。験が悪いじゃねえかよ」

殺人事件の関係者の葬式の日に別の事件で殺された被害者が最後に来た店――と云うことになる。

「二重三重に縁起が悪いじゃねえか。今日は親爺さんの門出を祝う日なんじゃねえのかよ」

私等には合ってますよと長門は笑った。

「幾人のご遺体とお付き合いしたか、もう勘定も出来ませんよ。お迎えが来て向こうに行ったら、どうなりますかねえ。叱られますかねえ」

「念仏唱えてたから礼を云われるんじゃねえか」

序でに煮えてる軍鶏にも唱えてやりゃあいいよと木場は憎まれ口を叩いた。

十分に味わって喰ってやるのが供養だろうがと伊庭は云う。

「地獄も極楽もねえぞ。喰って喰われて命繋いで、生き長らえてやがてくたばる。それだけだ。念仏ってな自分のために上げるんだろ。情けは人のためならずって謂うだろうが。なあイソさん」

伊庭は軍鶏を頬張る。

「はいはい。何であれ、こんな美味しいものを戴いたのはね、何年振りですか。独り暮らしの夕飯なんざ淋しいものですからね。お酒もね、刑事時代は落ち着いて飲めやしませんでしたからねえ」

「云うなァおい。俺も青木も現役ですよ」

「青木君は兎も角、木場君の方はサボタージュばかりじゃあねえか。真面目な刑事はそんなに鯨飲しないんだよ」

そう云い乍ら、伊庭は木場に酒を勧めた。受けると、ほら幾らでも飲むじゃないかなどと云う。まるで古狸の集会である。

「注ぐから飲むんですよ。それにしても今回の改変は随分ガタガタしたようだがね、現場はどのくらい残ったんですかね。俺はまた、てっきり自分も馘にされるもんだと思ってたんだがな」

先月の半ばに警察制度改正要綱が採択された。長門は、その改正に合わせて職を辞したのだ。木場は自分も本気で解雇されるものと思っていた。

それはないですよと青木が笑う。

「名称が変わる程度で現場の人員はほぼ変わりないんじゃないですか。国家地方警察が廃止されて道府県警になると云うだけですよ。国家警察本部の代わりに警察庁が出来るから、上の方は色色変わるんでしょうけど」

「それだよ。俺はよ、東京警視庁も他府県と合わせて東京都警になるもんだと思ってたんだがな。その方が判り易いだろ。大体、警察庁と警視庁ってのは紛（まぎ）らわしかあねえか？」

そこは色色あるんでしょうよと長門は云った。

「お偉いさんはお偉いさんで駆け引きがある。長いこと話し合っていたでしょう」

雲の上で誰が何をしようと、木場の知ったことではない。

「そうやって体裁を整えて、上手（うま）く運ぶのならいいじゃないですか。まあ、中央の指揮権を強めたかったんでしょうな。とは云え、仕組みが変わっても、捜査員の仕事は変わりませんよ。それに、人員をそっくり換えてしまったのじゃあ、治安は維持出来ませんよ」

「だって、親爺さんはお払い箱なんだろ」

別に制度改正されてなくたって私はお払い箱でしたよと云って長門はまた笑った。

「私もねえ、以前より何度も退官勧められてましたからね。最近じゃあ、部長や課長が交代する度に喚ばれて面談です。寧（むし）ろこんなよぼよぼになるまで置いて貰えたことの方が不思議ですよ」

長門がそう云うと、伊庭は苦笑いをした。

「木場君が今まで免職になってないと云う方が俺には不思議だよ。イソさんもこんなん相手に能（よ）く我慢したよ。俺は入れ違いに辞めて良かったぜ」

伊庭さんは警視庁には何年いらしたんですかと青木が問うた。

五年ぐらいかなあと伊庭は答えた。

「イソさんは何年粘った」

「四十年か、もっとか、そんなもんですか。能く覚えていませんよ。まあ、最初はねえ、築地の交番勤務でしたけど、築地署から本庁に引っ張って貰った時は、私も張り切ってましたよ。でも、十七年前に女房が死んでからは、まあ惰性です。仕事の他にやることもなかったですから」

刑事の女房ってのは不幸なものだよと伊庭が云った。

「青木君か。君も覚えておきな。かみさん貰うなら余ッ程大切にせにゃ。警察の仕事ってのは、そりゃ大事なもんだが、それでもな、恋女房泣かせてまでするような有り難いもんでもないぞ」

何故俺に云わねえんだよと木場が云うと、お前さんには関係ねえ話だろうがよと伊庭も憎まれ口を叩いた。

「あのな、お前さんは女に縁がねえってだけじゃなく、刑事の職まで失敗ろうってな勢いだろ。そんなもんに嫁娶りの心得は不要だよ。あのな、青木君。仕事をきっちりするのはいいが、仕事を取るか家庭を取るかってとこまで追い込んじゃあいけねえんだ。俺は家庭を持つ覚悟が足りなかったからな。気付いた時はもう遅かった。まあ、俺にしてもイソさんにしても、そう器用な性質じゃあねえからなあ」

銀さんは奥さんを大事にしてるように見えましたよと長門は云った。

「まあ家裡のことは外からは判らないですから、お気に障ったなら申し訳ないが、退職された時は羨ましく思いましたけどねえ。奥さんと二人で余生を過ごすんだと云ってたから。でも」

「直ぐ死んじまったからね」

「これからと云う時に、お辛かったでしょうなあ。私の方は、夫婦でいた期間も短かったから、添い遂げたと云う実感もなくてねえ。ただ、だらだらと刑事やって過ごしておりましたが、扠、これからはどうしたものですかねえ」

「辛気臭えなあ爺どもはよ」

木場はコップの酒を呷った。他の三人は猪口である。

「通夜じゃねえんだよ。俺は壮行会のつもりだったんだがな。どうするもこうするもねえだろ。好きにすりゃあいいんだよ。銭がねえのはお互い様で知ってるが、もう縛るもんもねえだろ。好きにしろ。やることがねえんなら、ぼうっとしてりゃいいんだろうがよ。退職した途端にがっくりして死んじまうようなのが多いからな。俺は親爺さんが死んだって念仏なんざ上げられねえよ」

念仏上げるな親爺さんの十八番じゃねえかと木場は云った。

もう唱えずに済みますかねえと云って、長門は杯を空けた。

もう聞きたかねえよと木場は云った。

「死骸さんは浮かばれるかもしれねえけどな、周囲が沈むじゃあねえかよ」

尤もだ――と、伊庭が笑う。

「ありゃあいつからしてたんだい。イソさんよ。俺なんかは筋金入りの無信心だから、刑事部屋の神棚拝んだことすらないんだが」

「私も、信仰こそ持ってますが、人一倍仏信心してると云う訳じゃあないんですけどね。親父が熱心な門徒で、まあ児童の時分からお経は聞かされて育ったんですよ。だから――そうですねえ――」

「矢っ張り奥方が亡くなった後からかい」

「いいや――もう少し前だねえ。ありゃ、震災で燃えた築地の本願寺を造り始めた頃ですから、昭和九年か、もう少し前かね。いや、そんなものかなあ」

「何でえ。随分と瞭然覚えてるじゃねえかよ親爺さん。そん時に何かあったのかい」

あの頃はあんまり楽しい時代じゃあなかったからと長門は云った。

「勿論、戦争中の方が辛かったけどもね。開戦するまでの十年くらいは、妙にひりひりしていて、神経が磨り減るような感じだったでしょう。何が正しいのか間違っているのか、良いことと悪いことの区別が難しかったから」

「そう云うもんはいつだってそうじゃねえのか」

「そうなんですけどね、修さん。例えばその頃、出版法が改正されて、レコードの検閲が始まった。民謡でも洋楽でも係員が聴いて、善くない歌詞があったりすると変えさせたり、発売禁止にしたりしたんですよ」

「善くねえ歌詞って何だよ」

「公序良俗に反するってことですよ」

「なら今だってそうじゃねえか。ＧＨＱだってやってただろうよ。カストリ雑誌なんざ全滅だぞ」

現在（いま）検閲は禁じられてますよと青木が云った。

「憲法二十一条は、検閲を禁止してますからね」

「そうなのか。だって今もありゃ駄目だこりゃ駄目だってあるじゃねえか。品のねえ雑誌なんかは摘発されてるだろ」

「猥褻図画頒布取締（わいせつとが）は刑法の範疇ですから警察の領分ですがね。まあ、それも含めて、検閲禁止の問題に関しては細かく議論されているんですよ。何かに規制を掛けるにしても、それが検閲に当たるのかどうか、今も話し合ってるんじゃないですか」

青木がそう云うと、話し合いこそが大事ですねえと長門が謡（うた）うように云った。

「その頃だって話し合いぐれえはしただろ」

それはそうなんですけどねえと長門は云う。

「まあ、その当時も議論はあったんでしょう。私や銀さんが習ったのは大日本帝国憲法ですからね。検閲は認められてた。それこそ明治の頃から検閲はしてたんです。で、官僚なのか学者なのか知りませんけども、話し合いをしたんでしょう」

「ならいいじゃねえか」

「ええ。その結果法改正がされて——その時は今と逆に厳しくなっちゃったんですなあ。だから出版や演劇台本なんかとは別に、レコード検閲もね」

「厳しくするったって、民謡とかなんだろ?」

民謡だから好いってもんでもないだろうよと伊庭は云った。

「俺の郷里でも、娘さんや子供にゃ聴かせられねえような唄があったぞ。爺どもが酔っ払うと大体品がなくなるもんだろ」

伊庭さんも十分爺だろうよと木場は云った。

「まあ、修さんの云う通り、検閲が廃止された今だって、何でもかんでも野放図に出していいなんてことはないですよ。明らかに、こりゃ公の場に出しちゃあいかんだろうと云うものは、ある」

そりゃそうだろうと木場は云った。

「いつの時代だってその辺で尻出しゃ捕まるよ」

お前さんは捕まえる方だろうと伊庭が云った。

「捕まえる方が尻なんか出したらどうすりゃいいんだよ。先ず俺が蹴るよ。ま、戦争の前は慥かに息苦しかったよ。その頃、青木君なんざ未だほんの子供だろ？」

「僕はそんなに若くないですよ。開戦の時はもう十七くらいになってました」

青木は頭を掻く。

「こいつはね、伊庭さん。これでも特攻崩れだ。零戦に乗ってたんですよ。童みてえな顔してるし行儀もいいけどな。そろそろ三十路だぜ」

そいつはお見逸れしたと、伊庭は眼を剝いた。

「ま、実際あの時代は、尻なんざ出さなくても出しそうな顔しただけで捕まってたな」

「お尻は兎も角――」

長門が続ける。

「駄目なものは駄目、それは取り締まりましょうと云うのは、筋が通ってるでしょう。でもね、じゃあ何が駄目で何が良いのか、それが問題なんですよ。明確な基準がない」

基準はあったんじゃないかと伊庭が云った。

「俺はその当時、検閲基準とか教えられたがな。能く覚えちゃあいないが――」

「皇室の尊厳を冒瀆している、とかでしょう」

「それだ。ええと――君主制を否認する言説とか、共産主義や無政府主義を煽動するものとか――まあ今思えばどうかと思うがなあ」

「ええ。まあそれはその時代の基準としてはね、そうしなきゃいかん理由もあったんでしょう。警察は内務省の警保局の管轄だったしねえ。内務省ってのはそりゃあ大きな官庁で、官庁の中の官庁でしたからねえ。地方行政も、土建も、神社だって内務省の所管だった訳ですから」

「神社もか。俺ァ——無知だな」

木場は何も知らなかった。別にうかうかと生きているつもりもないのだが、興味がないことにはとことん興味がない。聞いても覚えない。それでも困ることは余りないと云うところが問題なのだ。

「内務省がなくなった時は大騒ぎだったな。あれは七年前だったと思うが——まあ現場にゃ関係なかったけどもな。丁度新憲法発布と選挙で町場は大騒ぎだったたし、俺は闇屋の摘発してたしな」

それは木場もそうだった。

占領下ではあったが、慥かに異様な解放感もあったのだ。戦前の方が息苦しかったと云う長門の言葉は、単純で考えなしの木場にも解る。

「内務省が解体されて警保局もなくなり、代わりに国家警察本部が作られて、東京警視庁と国家地方警察と云う体制になり、その国家警察本部が今回廃止されて、代わりに出来るのが警察庁、と云うことでしょう。ざっくりした説明ですけど」

青木が云う。

木場はそれも初めて知った。

「警察庁は、神社関係ねえんだろうな」

関係ないでしょうと云って青木は笑った。

「でも元を辿りゃ内務省なんじゃねえか。前は関係あったんだろ？」

「ですから内務省は大きな省だったんですよ。その中に神社局と云うのがあったんです。警察を抱えてたのは警保局です。警保局と云うのは警務課、保安課、監獄課と――まあ、警察行政全般ですよね」

「ああ。特高もそうだよな」

「特高警察は保安課が統轄してた筈です」

東京警視庁特別高等警察部――国体護持に差し障りのある者を取り締まる、所謂秘密警察である。戦後廃止され、その代わりに設置されたのが警備課であり公安課なのだと木場は聞いていた。

「まあ特高がそのまま公安になった訳じゃないですけどね。特高の人員は戦後、ＧＨＱの人権指令で殆どが罷免され、公職を追放されたそうですし」

戻ってるようですけどねえと長門が云った。

「戻ってるって何処に？」

「内務省が解体された後に、追放されていた特高関係者の多くが復職したんだ――と聞いてますけどね。桜田門の公安課にも元特高の人が居るようですよ。独立した部署ですから判りませんが」

そもそも表沙汰にならない組織なのだから、実情は能く判らないのだ。木場も公安の男を一人識っているが、正直得体が知れないと云う印象しか持っていない。尤も、得体が知れないのは公安だからと云う訳ではなく、個人の資質の問題なのかもしれないのだが。

「それにね」

長門は続ける。

「先般改変が決まった新体制が施行されますと、道府県警の公安部は警察庁の指揮下に入ることになる訳ですよ。各警察の警備部のトップも警察庁警備部ですからねえ、警察庁は内務省警保局の再構築と云う見方も――一部じゃああるようですねえ。だから修さんの云うのも強ち外れちゃいないのかもしれません。まあ新憲法は青木さんの云う通り検閲を禁止してますし、思想犯だの不敬罪だののもうないですから、全く同じじゃあないですが」

「まあなあ」

「今は今の基準があって、それが好いか悪いか、どう解釈するかと、まあ話し合いは行われてる訳ですよ。そう云う意味じゃあ戦前だってそうだった訳ですけどもね。話し合いはしてたでしょう。ただねえ」

「基準が厳しかったとか、偏向してたとか云うことかい？」

伊庭が問うと、長門は首を傾げた。

「いや、能く能く考えますとね、基準自体はそんなに酷いものでもなかった、と云う気がしますよ」

「そうかな」

「そうでしょう。皇室を冒瀆しちゃいかん、と云うのもね、皇室に限らず、何だって冒瀆なんかしちゃあいかん訳だから。ただ、解釈には幅がある訳ですよ。結局、判断するのはそれぞれなんです。一体、何がどうあれば皇室を冒瀆したことになるのか、そこは曖昧なんですなあ」

まあそうだろうと木場も思う。

「だから意見は喰い違う」

「だから話し合うんじゃねえのか」

「話し合うと云ってもねえ、これは簡単に決められるものじゃあないですよ。理屈はそれぞれにある。どちらの云い分にも正義だの信念だのはあるんでしょう。と、云うかですね、双方とも、そんなに大きく違ってないこともある。中間もあれば、まるで違う意見もありますよ」

「そりゃそうだろうよ」

「でもね、これ、精査するのは難儀なことなんですよ。考えれば考える程、どれが正しいのか判らなくなってしまうから。最終的に判定するのは権力ですよ。警保局には警務課や保安課の他に図書課と云うのがあって、検閲はそこでしてた訳だけれども、係はね、これは良いこれは悪いと仕分けせにゃならんから。そうなればね、もう、単純化しなくちゃ判断出来ない。斜め上とか、少し手前とかは無視して、右か左か、です。二極化したところで一方を潰す、これが一番簡単で、解り易い。ありゃあ、いけない」

「いけねえか」

木場は理屈が嫌いだ。解り易いのを好む。

「色色な考えを集約して、納得ずくで最良の道を選ぶのじゃあなくて、右か左か振り切った形に極端に振り分けちゃあ、一方を潰すんですなあ。人を二つに分断するんですよ」

「能く解らねえがな」

「分断されてしまうと、話し合いも、歩み寄りもなくなって、意見が違う者同士の叩き合いになってしまうんですよ。そう云うものじゃあないと思うんだがねえ。でもそうやって単純な形に落とし込んで行くならね、やがてそう云うもんかと思っちまう。私はそれが何となく厭だったんですよ」

「念仏と関係ねえよ」

木場は長門の猪口に酒を注いだ。

「関係ないこともないんです。前にお話しましたかねえ、あの、死のう団の事件」

それは長門の口から聞いた。

「死のう死のうって自殺した頓狂な連中の事件だったたっけな。桜田門の前でもやらかしたんだろ。慥か親爺さんが保安室に運んだとか――」

そうだったのかいと伊庭が驚く。

「そりゃ十五年か十六年くらい前のことだよな」

「ええ。その発端となった事件がね、それよりも四五年前の――そう、あれは昭和八年でしたかねえ」

「ああ」

木場はそちらの方を能く覚えている。

勿論、昭和八年なら木場は十五六の臀の青い童であるから、直接知った訳ではない。長門から聞いた話を覚えているだけである。

慥か、逗子の山中で黒ずくめの怪しい連中が焚き火をして集会を開いていると云う通報があって、ひと騒ぎになったと云う事件だった筈である。

山中に居たのは死のう団こと日蓮会の教主とその側近達だった。その後、特高だか公安だかが介入して日蓮会を捜査したところ、テロを計画している事実が暴かれた――と云う話ではなかったか。

「あの頃はね、そう云うことに神経質だった。ひとのみち教団も徹底的にやられた。大本教もやられたでしょう。大本の場合は不敬が理由ですよ。不敬ってのは、それこそ皇室の尊厳を冒瀆してるってことなんでしょうけどね。こりゃ、私見ですが、陛下がお怒りになった訳じゃないのじゃないですか」

随分と大それたことを云うなあ親爺さん、と云うと、もう一般人ですから——と長門は答えた。

「誰に憚ることもないただの爺ですから。好き勝手云いますよ。ですから、まあ皇室の方方や、宮内省のご意向かどうかは判りゃせん——と、云うのは私の想像ですがね、いずれ国体にとって不都合だったことは間違いないんでしょうねえ」

「その、死のう団は暗殺やら破壊工作を企んでたって話だから解るがな、他のとこはどうなんだよ。別に悪さしてた訳じゃあねえんだろ？」

知りませんと長門は云った。

「神社局の意向もあったんでしょうが、何か違ったものを信仰すること自体、宜しくないと云えば宜しくなかったんじゃないですか。明治の頃は、仏教でさえ排斥されたんだし」

「神道一本槍にしろってか」

ならば木場なんかの方が不敬だったと思う。

そう云うと伊庭も、俺も同じだよと云った。

「まるで関心がなかったからな。一応、御真影の前じゃあ畏まってたし、不敬なことした覚えはないけどね、崇め奉っちゃいなかったよ」

「そうだねえ」

私もそうかもねえと云って、長門は杯を手に取り視軸を落とした。

「ただ、不敬なつもりなんかなくたって、不敬だと判断されれば不敬でしたから。ひとのみち教団の教祖も不敬罪になったけれども、あれ、戦後になって取り消しにされたんです」

「そりゃ仕方がねえよ。神様じゃなくなっちまったんだから」

長門は弄んでいた杯に口を付けた。

「私はね、修さん。信仰心こそあるが、宗教のことは解らんですよ。だからそれが好いもんなのか好くないもんなのかも判らん。そりゃ中にはね、悪事を働いてる教団もあるんでしょうが、それだって信者は正しいと信じてるんですよ」

「何をどんだけ信じてたって良し悪しの判断ぐれえ出来るんじゃねえか?」

「そうですか。だって、私達だって結局判断出来なくなったじゃないですか。先の戦争だって、まあ厭だと思う者だって多く居たんでしょうが、仕方がないと思ってたんじゃないですか。どんな真っ当な意見でも国体に不都合なら指弾された訳で」

そうか。

「そうだな」

「信者の人はね、肚の底から信じてるんだねえ。信じてるからこそ、自分の命まで断てる訳でしょう。自殺が出来るんだから人殺しも出来てしまうのかもしらん。勿論、そりゃ犯罪なんだから、断固として止めなきゃいかんし、必ず罰しなくちゃいかんです。行為はね、許されない。でもねえ、思想信条の方は裁けるのかと、その頃は随分と考えたんですよ」

そう云えば、狂信は恐ろしいとか何とか、長門は以前云っていたように思う。

「教義がどうの、宗派がどうの、そう云うのは珍紛漢（ちんぷんかん）で何も判らんです。刑事しかしてないから。でものべつ死体は目にするからね。死骸（ホトケ）さんは哀れだと思う。念仏まで唱えることはなくても、みんな手ぐらいは合わせるでしょう。何もしなくても黙禱くらいはする。しませんでしたかね？」

まあねと伊庭が答えた。

「死骸はもう人じゃあない、人の残骸だってのが俺の信条でね。でも、その人の生前には敬意を持たなくちゃならんと思うよ。だから、そう云う意味では粗略に扱うようなことはしなかったな。慥（たし）かに、無信心な俺でも黙礼くらいはしたよ」

僕も手は合わせますねと青木が云った。

木場はどうだろう。これまで気にしたことなどなかったが、片手で拝む真似くらいはしているように思う。

「私もおんなじだったんですよ。それ以前はね」

「死のう団の頃ってことかい？」

「逗子山中の一件は葉山署の管轄で、私等は一切関係なかったんですがね。内偵したのも捕まえたのも特高で、神奈川と日蓮会はかなり揉めてね。集団自殺に至るまでには、警察を告訴したりもして、何だか厭な感じでねえ」

血盟団事件もその時分かいと伊庭が問うた。

「あれはその前の年でしょう。犬養首相の暗殺と同じ年だから、昭和七年です。まあ、そう云う物騒な事件が重なったから、内務省も神経質になってたんですよ。だから拷問なんかもしたようで、神奈川の特高警察が逆に訴えられた。そんな紛乱のまま、年が明けて——だから、それが昭和九年ですか。あれは五月か六月か、殺人事件があったんですよ」

「死のう団絡みでかい？」

「いいえ。無関係でした。上野でね。現場は、上野公園の——あの、寛永寺の五重の塔と東照宮の間くらいのとこでしたね」

長門は顔を上に向け皺だらけの瞼を閉じた。

「被害者は三十歳ぐらいの男性で、撲殺だった。植え込みの中にこう、半裸で倒れていましてね、何だか可哀想に見えたから」

老いた元刑事は手にしていた箸を置くと、両手を合わせた。

「こう、拝んだんです」

元刑事の指は萎びていて、節榑立っており、皹もあるようだった。

——こんなに。

草臥れた指だっただろうか。

木場はこれまでに幾度もこの光景を目にしている筈だ。

とは云え改めて指に見入ったことなどなかった。

長門の顔すらまともに見た覚えがない。

長門は手を下ろした。

「別にね、取り分けその死骸さんに思い入れがあった訳じゃないんですよ。でも、その頃はね、妙に殺伐としていたし、さっき云ったようなことを悩んでいたんです、私」

「親爺さんが悩んでたのかい」

「今はもう、すっかり擂り切れてしまいましたけれども、その頃は未だね、血の気が多かった。そう若くもなかったですが、まあ若気の至りと云うところですよ。それでね、日蓮会の一件なんかが心にあったんでしょうかね、ふと考え込んでしまって、少し長めに拝んだんだと思いますねえ。するとね、そんな私を、睨んでるんですよ」

「誰が」

「特高ですよ」

「何で特高が親爺さんを睨むんだよ」

「被害者はどうも、何とか云う新興宗教の熱心な信者だったようでしてね。大した規模の宗派じゃあなかったんですが、それが悪いことに、その教祖が無政府主義を煽動するような過激な発信を繰り返していたようなんです。被害者も目立つ活動をしていたらしい。それでまあ、私もそこの信者なんじゃないかと疑ったようで」

「拝んだからかい」

「まあ、熱心に拝んでいるように見えたんでしょうね。実際そうだったのかもしれない」

「普通、念仏までは上げねえからな」

その時は上げてませんよと長門は云った。

「それに、その被害者が信心してたのは仏教系の新興宗教じゃあなかったんです。ですから念仏上げていたなら疑われたりしませんよ。で、まあ、それがねえ、私の習慣のそもそもの始まり――なんです」

「いや、解らねえ。親爺さん、あんたそれで目ェ付けられたってことだろ？　それで拝むのを止めたってなら解るがな。それで拝むようになったってのは解せねえよ。疑われた当て付けに嫌味ったらしく続けたってのか？　普通は止めねえか？」

「鈍いな木場君は」

それで拝むの止めちまったら余計怪しまれるじゃないかと伊庭が云った。

「その死骸だけ拝んでたってことになるだろ」

「ああ。まあそうか」

「はあ、その通りですよ。私、その後暫く目を付けられたようで、どうも監視されていたようなんですがね、だからまあ、他の被害者にも同じようにしたんですよ。いや、寧ろ長く拝んでやった。その、何と云ったかなあ、その宗派は。兎に角仏教系ではなかったんですよ。だからまあ、わざとね」

「念仏か」

「念仏じゃなく、正確には正信念仏偈ですな。まあ南無阿弥陀仏で終えるよりも長い方が好いかと思って、これ見よがしにね、唱えてやった。親父が唱えるので、門前の小僧宜しく覚えていたんですよ。それ以来、どうも、癖になってしまった」

「くだらねえ理由だなあ」

木場は少し呆れた。

「そんな理由だったのかよ。親爺さんあんた、それから二十年も、ずっと続けてたってことかい。莫迦らしいじゃねえか」

「まあ」

止める理由もないですしと長門は云った。

「つまらん理由で始めたこと程、続いちまうんだよ」

伊庭は云う。

「思い入れが強いとな、却って続かないのよ。何も考えてねえと止め時も判らないだろ。俺はイソさんは信心深いもんだと思い込んでたが、じゃあそうでもねえのか」

「親の命日も忘れがちですよ。流石に、女房の墓には参りますけどねえ。そこじゃあ念仏なんか唱えません」

「何だかほっとした。乾杯だ」

伊庭は木場に負けず劣らずの強面だが、今日はやけに楽しそうに笑う。

昨夏、初めて二人で飲んだ時の伊庭は、かなり荒れていた。現役時代に溜め込んでいた澱が噴き出したのだと木場は思った。その蟠りは、木場が伊庭と知り合う契機となったある事件の解決とともに、消え去ったのかもしれない。

木場がそんなことを云うと、消え去りやしねえよと伊庭はにや付いたまま答えた。

「今も引き摺ってはいるよ。この商売は何だかんだと引き摺るもんだろ」

楽しい仕事じゃあないしねえと長門が云う。

「すんなり解決するものばかりじゃないですし、長くやっていると迷宮入りも増えますしねえ」

「そうさなあ。俺も未解決事件に引っ掛かって長年燻ってた口だ。でもな、思えば、解決したって後があるからさ」

後とは何ですかと青木が尋いた。

「俺達は捕まえるまでが仕事だ。その後のことは検察と裁判所の領分だろ。そりゃ仕方がない。だからまあ、そうと割り切ってよ、きちんと調べてきちんと捕まえようと、そう努めるより他はないだろ。でもな、俺達が扱ってるのは人だ。俺達だって人だ。そう簡単に割り切れるもんじゃあないだろ。なあ、イソさんよ」

「そうですねえ。送検した後どうなるかまで、濃（こま）やかに気にしている暇は私等にはないですしね」

「事件は待ってくれないからな」

「ええ。気にしたところで判決に口を出せるもんでもない。信念を持って捕まえた犯人が不起訴になることもあるし、起訴されたとしても無罪になることだって、まるでない訳じゃあない。無罪にも色色ありますが、場合に依っては誤認逮捕なんてのもあるしね、なら真犯人（ほんボシ）は野放しですよ」

それはきついですねと青木が云う。

「冤罪の可能性と云うのは常にある訳で」

「ええ。冤罪を生み出そうなんて気は毛一筋程もないですし、体面だの成績だのも関係ないですよ。でも判決が出るまでは有罪と信じてる。信じていなければ、送検なんざ出来やしませんからねえ」

色色溜まりますねと長門は云った。

「もう溜まらねえよ。あんたはただの爺さんだ。溜まるなあ垢と借財ぐれえだろ」

「修さんはどうです」

長門は徳利を差し出した。

「俺か？　まあ、本店に居た時に搗ち合った事件は、どれもイカれた案件ばかりだったからな。解決したんだかしてねェんだか判らねえ。未解決より始末に悪いよ。でも——別に悔いはねえな」

不満は大いにある。

木場は基本的に勧善懲悪を好む傾向にある。

だがそれは木場の関わった事件には当て嵌まらない。

事件に関わる者の中には、完全な悪人も、完全な善人も居なかった。

その上、謎が解明されようが犯人が捕まろうが、読物や活動写真と違って現実の事件は終わらないのだ。ずるずると、ずっと続く。

物語の活劇のように、巨悪の首魁をバッサリと征伐してスカッと終わるようなことは、ない。

そう云う意味で木場は大いに不満である。

だからと云って何か悔恨や未練があるかと問われれば、答えは否である。

悔いがないと云うのは良いことですよと長門が云う。そうだなあと伊庭も云う。

「後悔ってなあな、木場君よ。ないに越したことはないんだよ。そう云うもんはな、まるで石に刻み付けたみたいに消えないからな。石がブッ壊れてしまうまで――つまり、死ぬまでずっと残るもんだ。幾ら擦ったって消えやしないし、覆い隠したってなくなりゃあしない」

そうだろうか。

「伊庭さんは去年の事件に肯理が付いてスッとしたんじゃねえんですか」

「慥かにお前さんのイカレた友達のお蔭で決着は付いたさ。胸の閊えも取れたよ。それだって刻まれたもんは消えてなくなりゃあしないよ。ただな、その碑を死ぬまで抱えて生きてく心持ちになれたってだけのことだ」

伊庭は鍋を掻き回し、もうないなあと云った。

〆の雑炊にしましょうと青木が云った。

やけに頰の赤い店員がやって来て慣れない感じで愛想を振り撒き乍ら飯だの卵だのを入れている。それを古狸どもが孫でも見るような目付きで眺めている。木場は飲み足りなかったので手酌でコップに酒を注いだ。

「未解決と云えばねえ」

長門が雑炊を喰い乍ら云った。

「妙な事件がありましたよ。さっきお話していて思い出した。いや、思い出したんじゃあなく、銀さんの云うようにどっかに刻まれてたんでしょうな」

「奇妙ってな、どう云う」

「ええ。あの、一昨年の黄金髑髏騒ぎも、奇妙な事件でしたけどもね」

「ありゃ奇妙じゃねえ、巫山戯(ふざけ)てンだよ」

慥(たし)かに、その事件は人知を超えた様相を呈していたのだが、蓋を開けてみればただの込み入った悪夢でしかなく、思い返すこともなかったから、木場は細部を忘れてしまった程である。

「まあ、そうですかね。未(ま)だ公判中ですが、どうも面倒な事案だと聞きました。私は全貌を知りませんからね、ただただ不思議な事件だとしか思えなかったがねえ」

不思議はねえとよ、と木場は云った。

伊庭も、青木も笑った。

「そうなんでしょうけどね。その」

長門は雑炊を啜(すす)り乍(なが)ら語り出した。

「そう、さっきお話した上野の事件ね。撲殺された新興宗教の信徒。その事件はまあ、実のところただの物盗りで、翌日には犯人を検挙しました。犯人は香具師(やし)でね、金品目当ての犯行でした。被害者が着てた服が欲しかったんだとか、それで身ぐるみ剝いだんですね。信仰も思想も無関係だったんです。でね、その直(す)ぐ後、一週間と経ってなかったんじゃなかったかなあ。また殺人(コロシ)ですよ」

「直ぐ後ってえと、親爺さんが特高に見張られて念仏唱え始めた事件――ってことか？」

「ええ、そうです、そうです。芝公園で人が死んでいると云う通報があった。所轄の警官が駆け付けてみると、死骸が三つです」

「三人殺されてたってことかい？」

「はいはい。こりゃ大ごとですよ」

三人ってな多いねと伊庭は云う。

「長野時代に強盗で一家皆殺しってのがあって、その時の被害者が三人だったが――それはまあ、押し込みだからね。火なんか付けられると被害者も多くなったりするもんだが――現場が公園となると、その手の弓偏じゃあねえか」

弓偏と云うのは刑事の隠語で、強姦、強盗など強の字の付く犯罪のことである。

「はい、物盗りって様子ではなかったですねえ。人通りがある場所でもなかったし。事故でもない。東照宮の裏手の方でしたけど」

「待てよ。そりゃその前の事件じゃねえのかよ。東照宮は上野じゃあねえか」

「いや、勿論芝の東照宮ですよ。増上寺の側じゃあなくて、ほら、あの古墳なんかがある方の――あるでしょう、東照宮。あの後ろの方に、樹が茂ってるでしょう」

「東照宮ってのは芝にもあるのか？」

木場には全く判らなかった。

芝公園は判る。何度か行っている。寺も大きいから何となく覚えはある。後は空襲で焼けた料亭の紅葉館ぐらいしか思い浮かばない。そもそも、東京に古墳があるのか。

東照宮は全国にありますよと青木が云った。

「そうなのか。ありゃあ上野と日光だけじゃあねえのかよ」

「栃木の日光と静岡の久能山が本山——お寺じゃないから本宮なのかな？　まあそう云うので、沢山あるようですよ。何たって、徳川家康を祀ったお宮なんですから」

「ああ」

家康は東照神君——神なのだ。東照宮と云うのは家康を神として祀っている場所、つまり神社なのだろう。木場はそこが解っていなかったのだ。家康は人だと思えばこそ、東照宮も墓のようなものだろうと思い込んでいたのである。墓ならば、そんなに何箇所にもあると云うのは怪訝しいだろう。徳川幕府最初の将軍は、ご一新まではこの国で一番偉かったのだと木場は改めて思った。

「そんなにあるのか」

「何百ってあるんじゃないですか？　僕は中禅寺さんじゃないから能くは知りませんけど」

青木はそう続けた。中禅寺と云うのは木場の友人の名前である。

家業は神主、生業は古本屋、副業は拝み屋と云う如何にも怪しげな男なのだが、木場を取り巻く厄介な知人友人の中では、極めてまともな方である。

ただ、理屈っぽくて弁が立つ。

そして、神社仏閣に異様に詳しいのだ。

「いや、俺は――上野の東照宮も寺の離れか、立派な墓だぐれえに思ってたんだよ。芝のはお稲荷さんかなんかだろうと思ってたんだろうな。判った。あの辺か」

あの辺ですよと長門は云う。

「まあ、駆け付けてみるとね、慥かに三人倒れていました。川の字に三人。男性が二人、女性が一人です」

「川の字だ？　親子連れで四畳半に寝てるんじゃねえんだぞ。殺人だったのかい？」

死んでましたよと長門は云った。

「右端の男の人はね、頭が割れていて、血が出ていた。鈍器で殴られたんでしょうか。残りの二人は刺殺だったんでしょうかねえ。腹部が血で染まっていたから――」

「何だよ。現場は能く覚えてる癖に、死因はあやふやだな。忘れたかい」

「死体検案してないんです」

「あ？」

「消えてしまった」

「何が」

ですから死体ですと長門は云った。

「寸暇待てよ。消えたってどう云うことだ？」

ですからなくなってしまったんですよと長門は答えた。

「なくなった？　死体がか？　いや、そりゃ怪訝しいだろう。被害者が目の前で煙のように消えたってのかい？　それともすうっと薄くなって失くなっちまったのか？」

「そうじゃないです」

「ならよ。伊庭さんが云ってた通り、死骸ってのはモノだよ。もう動かねえ。何かしねえ限りはどうにもならねえだろ」

「そうですねえ」

長門は碗を卓に置いた。

「ですから不思議だ、奇妙だと」

「あのなあ、それは何か、人が死んでると云う通報があって、現着してみたら死体がなかったと、そう云う話かよ。それなら解るよ。嘘か、勘違いじゃねえか。死んじゃいなくて酔漢が寝てただけとか、それなら能くあるぞ」

「それなら奇妙じゃないですね。発見したのは公園の清掃――塵芥拾いをしていた人で、最初に現場に到着したのは交番のお巡りさん。続いて所轄が到着し、私等が行ったのはその後です。私が現着した時も、ちゃんとありましたよ」

「死骸がか。死んでたか？」

「私も確認しました。拝んだんですからね。行き倒れじゃなく、明らかに殺人でしたよ。まあ、心中なのか喧嘩なのかと思ったんですが――例えば、一人を殺して二人は心中したとか二人殺して自殺したとか――まあ、ない訳じゃない。でも死体は綺麗に並べてありましたから、だから、もう一人居たんだろうと云うね」

「それでどうしてなくなるんだよ」

その場には何人居たんですかと青木が問うた。

「扠（さて）。芝愛宕（しばあたご）署の警官と捜査員が十人くらい居たかなあ。本庁からは私含めて四人。未（ま）だ発見者も居ました。それと、特高が何故か来てましてね。そりゃ私を見張ってたようなんだけども――」

「それで念仏唱えたのかい」

「そうです、そうです。まあ、手順通りに現場囲って出入りを止めて、それで、鑑識さんが来て写真なんか撮って――」

「それ、時間は」

「夕方――いや、もう私が着いた時は暗かったからね。午後八時近かったですね。だから発見されたのが、午後六時半か七時くらいですか」

「芝公園の奥だろ。暗（くれ）えな」

神社の名前は知らなくてもそう云うことは判る。

「まあ暗いですよ。街燈もない。で、写真撮って印付ければ、ご遺体は運び出しますでしょう」

当然である。

「係がこう、担架に乗せて、一人ずつ運び出したんですよ。どうでしたかね――撲殺されたらしい男性を先ず運んで、それから女性、残りの男性と、往復して運び出しましてね。それで、もう三体運び出してしまっているのに、また来るんですな」

「何が」

「ですから運ぶ係が。で、残りは何処ですか、なんぞと尋く。残りも何ももうないです。だからもう全部運びましたよ、なんて云ってね。後は遺留品なんか捜して、それでまあ所轄は初動捜査に入ってですね、聴き込みやらですよ。我我は一旦戻って指示を仰ぎましてね。芝愛宕署に捜査本部を置いて、明朝捜査会議をすることに――なったんですが」

翌朝、大騒ぎですよと長門は半分笑って云った。

「ご遺体がないと」

「はあ？」

何だそれは。

それは盗まれたってことかいと伊庭が云った。

「普通に考えればそうなりますね」

「意味が解らねえ。そんなもん誰が盗むよ。他殺体だろ？　犯人か？」

犯人だとしたら凄いことですねと青木が云った。

「まあ、死体がなくなれば犯行は――隠せます」

「莫迦なこと云うぜ。もう発見されて警察が来てるって話じゃねえのかよ。現場写真も撮ってるんだろ。そこいら中に捜査員がうろうろしてる最中じゃねえかよ。そんな処に犯人がのこのこやって来てだな、それだけでも異常な話だが、それで死骸持って行くなんて、そんな気の狂れた話があるかよ」

あったんだろと伊庭が云った。

「イソさんが嘘云ってどうなる」

「そうですけどね。そうだとしても、何だ、親爺さん、あんた耄碌しちまったんじゃねえのかよ。記憶違いとかじゃあねえのかい。古い話だろ？」

「ですから――昭和九年の、あれは慥か六月だったと思いますねえ。日にちまでは覚えてませんが」

「二十年も経ってるぞ。夢か何かだろ」

「そんな訳ないだろ。刻まれてたんだよ。俺だってこの間の事件はな、全く気にしてなかったから、何十年もの間思い出すこともなかったが――」

ちゃんと覚えてたじゃねえかと伊庭は云った。

「だがなあ。考え難いと思うがね、俺は。俺だってあんた達程の古狸じゃあねえが、それなりに場数は踏んでますぜ。幾ら戦前だからって、現場から死骸盗まれるなんて間抜けなことはねえでしょう」

捜査員全員、修さんの云うように思ってましたよと長門は云った。

「そんな莫迦なことはないと。まあね、警察の車両は公園の中までは入れないので、慥か日比谷通りに停めてたのかなあ。で、まあ係員は指示を待っていたんですな。で、運んでくれと云われて指示通りに行ったら、もう運んだと云われたと云う。運べと指示した所轄の刑事はね、伝えて、それで運びに来たもんだから別に変だと思っちゃいなかった」

「つまり、間に警察官に化けた誰か居たってことかい？　化けられるか？　制服があんだろ」

「でもねえ。そう思うよりないです。それ以外に正解はないと、まあ私も思いました。ただ本当ならこれ、大失態ですからね」

「そうだなあ。俺が思うに、誰も過失を認めなかったんじゃないかい。往往にして責任の擦り付け合いになる——と、まあ伝統的にそう云う駄目なとこがあるのは承知してるが」

「銀さんの仰る通りですよ。私等本庁組は、まあ現場に居て何してたんだと課長や部長に叱られただけでしたが、芝愛宕署の中はもう上を下への大騒ぎでねえ。云った云わない、やったやらないと」

「見苦しいな」

「いや、そんな風に云っちゃあ気の毒ですよ。さっき修さん、そんな間抜けなことは起こる訳がないと云ったでしょうに。みんなそう思ってたんだから」

　まあ――そうだろう。

「一応ね、夜のうちに聴き込みなんかは廻ってた訳ですが、それも殺人や死体遺棄に就いての聴き込みでしょう。泥棒が死体持って行くなんて思ってもいないですからね。現場も綺麗なもので、遺留品なんかはなかった。犯行現場は公園じゃあなかった。こうなるとねえ、手掛かりは皆無です」

「死骸がねえんじゃなあ。で、どうなった」

「そう、一週間位は侃侃諤諤とやってましたけどねえ。私等も喚ばれて、協力もしましたが兎に角捜査の進めようがないでしょう。身許を洗うことも死因を確かめることも出来ない」

「泥棒は追い掛けられるだろ」

「皆目。目撃者も何も居ないんです。強いて云うなら、その場にいた捜査員や鑑識が目撃者ですよ。でも、誰も何も覚えてないんです」

「おいおい。死体運んだ奴が部外者だったんじゃねえのかよ」

「そうだとしても、判らないですよ」

　判らないか。

「まあなあ。木場君よ。お前さん現場から遺体搬送する係の顔と名前、判るか？」

それは——どうだろう。

「それ以前に、自分とこの署員の顔と名前、全部覚えてるかい？　俺なんかは地方警察だったから規模も小さいんだろうが、それでも課が変わればもう判らなかったけどな。いや、係が違うだけで覚えられなかったぞ。異動もあるし」

「そりゃ俺だって識りませんよ。識ってたところで確認はしねえ。現場じゃあ、まあ現場を視ますからね。捜査員の顔なんか——」

見ない。

現場には警官も鑑識もぞろぞろ居るのだが、それは浄瑠璃や歌舞伎の黒子のようなものである。頭の中では居ないことにされている。

見ねえなと云った。

そこで女中が茶を運んで来た。木場は飲み足りなかったから卓上にある徳利を次次に手に取って、残った酒を自分のコップに注ぎ集めて、呷った。

「でも、顔は兎も角服で判らねえかなあ。警官は一目瞭然だし、捜査員は私服だろうが、当時だって作業員は私服じゃねえだろ。出動服着てた筈じゃあねえか？」

似た服だったとか、と青木が云った。

「例えば国民服だとか、国鉄の作業服——ナッパ服ですか。あれなんかだと紛らわしくないですか」

「そこいら辺中が国民服だらけになるには時期が未だ早えだろ。あれが出来たなあ開戦の直前だ。似た服だったとしても、予め用意しとかなきゃそうは化けられねえと思うがなあ」

「裏を返せば用意さえしておけば意外にバレないと云うことですよね？」

青木が云った。

「まあ用意しとけば何でもアリだがな」

「用意してたってことは、計画的な犯行だってことかい？」

伊庭が顰め面をした。

「そりゃどんな計画だ？　犯人の意図がまるで判らないぞ。一体、何がしたかったと云うんだ？　何か得でもあるか？　死体転がして警察に見せて、然る後に巧妙に持ち去るって、そりゃあ支離滅裂な行いだと思うがなあ。面白がってしたってのかい？」

慥かに、警察を揶うための計画——としか思えない。そうだとして。

「本物の死体を用意して——かい？」

あり得ない。

「それは考え難いがなあ。でもだな、そりゃ犯罪だったとしたら中中巧妙なもんだよイソさん。盲点だ。尤も現場から死骸盗み出さなきゃならんような理由は——皆目判らないがね」

「判らないんですよ。で、結局」

なかったことになったんだと思います、と長門は云った。

「そりゃねえだろ」

「でもね、何もないんですよ」

「だからってそのまんまは無責任じゃねえか？　死骸はあったんだろ」

「ありましたね」

「確実にあったんだよな？」

「ありましたよ。このね、しょぼついた自分の目を信じるなら、私も見ていますから。三つのご遺体の前で、正信念仏偈を唱えたんですよ、私はね。そうですよ。その時初めて唱えたんですから」

そうか。それなら覚えているか。

「勿論、そのまま投げ出した、なんてことはないですよ。どうしようもないから捜査を止めちゃったと云う訳じゃあないんです。そう、芝愛宕署の若い刑事が死体盗難を視野に入れて暫く捜査を続けていたようですが、全く何も出なかったようですねえ」

そうなると打つ手はないと長門は云った。

「盗んだなら、多分、自動車で運んだとしか思えませんでしたがね。不審な車を見た者もないし、痕跡も発見出来なかったようですなあ」

「だがな、親爺さん。殺人犯人が一番困るのが死体の始末——ってな、まあ俺達の常識だわな。死体さえなくしちまえば、殺人事件は成り立たねえ」

そうだよと伊庭が云う。

「どんなに状況証拠があったとしても、まあ死骸がなくっちゃあ具合は悪いさ。場合に依っちゃ立件すら難しい。だから持ってったんじゃないのか？」

「だからよ。持って行った後どうすんだよ。埋めるのか燃やすのか知らねえが、どうにかしなくっちゃいけねえだろ。それとも絶対に見付からないように死骸を始末する技術でも持ってたってのか？　なら最初からそうするだろう。公園が犯行現場じゃねえなら、わざわざそこに持ってって並べたってことになるじゃあねえかよ」

「なるな」

「そりゃ怪訝しいって。並べたってことは、そこに遺棄したってことじゃねえかよ。縦んば何か処理をしようとしている途中に見付かったんだとするわな。それで、警察が来ちまって策を講じて何とか持ち出したんだとして——だ。その後、死骸をどうするってんだよ。三つもあんだろ？」

三つありましたと長門は云った。

「その後、別の場所で似たような死体が出たなんてこともなかったです。まあ、管轄外の他府県で出たのなら警視庁じゃ判りませんけどね。縦割りは今に始まったことじゃあない。一応、関東近県の地方警察には問い合わせたようでしたけどねえ」

「消えちまったのか」

長門は最初からそう云っていたのだ。

「はい。三つの死体は、たった数時間だけこの世に存在した——幻の死体ってことです」

「幻なあ」

「まあ、本当に処置なしだったんだと思います。死体が消えたってことは事件が消えたってことですよ。犯人を捜すどころじゃあない。しかも場所がねえ。東照宮の裏手でしょう。だから、狸が化かしたんだろうなんて云う者も居りましたよ」

「何で——狸だよ」

家康だからだろと伊庭が云う。

「家康の渾名ァ狸親爺じゃないか」

「はン」

木場は鼻で嗤ってしまった。

「それこそくだらねえ故事付けじゃねえか。何が狸だよ。ま、昔話ならそう云う話もあるかもしれねえがな、化かされたって——笑い話にして済む話じゃあねえだろ。馬糞喰わされたとか、肥壺に浸かったとか、そう云うのだよ。笑えるのは」

「同感です。人が亡くなっているんですからね。でもねえ、まあさっき誰かが云っていたけれど、事件は待っちゃくれないから——」

「まあなあ」

「何だかんだと事件は起きますから、そちらが優先されてしまいますよ。私も直ぐ様別の事件を担当しました。強盗団なんかも横行していてね。そうこうしているうちに――情勢は益々キナ臭い感じになってねえ。先程お話したレコード検閲が始まったのもその夏だった。七年後には開戦ですから」

　防空演習だのし始めた年かいと伊庭が問うた。

「そうですそうです。何ともぎすぎすして忙しかった。だからどうでも好いなんてことはないんですけども、手の付けようがなかったんです」

　奇妙でしょうと長門は云った。

「それっきり――なんだな」

「ええ。殺人だったとしても既に時効です。死体は消えてそのままです。本気で化かされたような気もしたもんですけどね。或いは夢なのかとね。でも今思えば――鑑識の撮った写真はある筈ですがねえと長門は結んだ。

殺されたって誰がですかと、可児卓男が裏返った声を発した。誰もそんなこと云っちゃいないでしょうよと寺尾美樹子が即座に否定した。

「冨美ちゃんは探偵に依頼して来たって云ってるだけだから。その探偵が臆病風に吹かれて局長のお父さんも殺されたんじゃないかって怯え出したって話じゃないか。そこは笑うとこだよ。それがホントだとしたって二十年も前のことだよ。それなのにどうだい、その怖がりよう」

見てられないねえ情けないねえと云って、寺尾は眉根を寄せ頭を振った。口が悪い。四十過ぎに見えるが、未だ三十前である。

御厨の同僚——先輩の薬剤師だ。

可児は主に寒川薬局の経理と在庫管理を担当している男である。齢は四十五六だが、体格が貧弱なのと押しが弱い性格が影響しているのか、三十そこそこにしか見えない。本人もそこはかなり気にしているらしく、最近は顎髭などを蓄えているが、これは逆効果である。御厨には付け髭をした子供のように見える。

「僕は心配しとるだけです」

可児は何故か背筋を伸ばしてそう云った。

「さ、寒川さんにもしものことがあったら、どうするのですか。僕等は路頭に迷いますよ」

「あのね、心配してるってなら冨美ちゃんの方が余計心配してるのさ。寒川さんに何かあって路頭に迷うのは、可児さんじゃなくて冨美ちゃんじゃないかね。それに、仕事なら今だって何とか営ってるじゃないか。手伝いも居るし」

可児はいつも寺尾に遣り込められている。

「大体ね、縁起の悪いこと云うもんじゃないよ」

「そうじゃない。今はいい。でも、でもですよ寺尾さん。院外処方薬局なんて未だ未だ多くないんですから、商売にはならんですよ。それだけでは経営が成立せんので、寒川さんは苦労して薬種販売業の許可申請をして、一般医薬品販売業の登録を」

「小難しい」

「あのね寺尾さん。寒川さんにもしものことがあったら、登録は取り消されちゃうでしょう。うちは法人じゃないんだし。継承者なんか居ないじゃないですか」

「冨美ちゃんが居るだろ」

「未だ入籍してないじゃあないですか。なら一から遣り直しですよ」

「だから」

験の悪いことを云うんじゃないってと云って、寺尾は御厨の方をちらりと見た。

「そんなね、あんた冨美ちゃんの気持ちを考えて喋りな。死んだ死んだって」

死んでると思ったら探偵なんかに頼みに行くもんかいと云って、寺尾は豪快に笑い、それから御厨を見て御免御免と云った。

「あたしの方が傷付けてるかね？」

「いや、別に傷付いてないですし」

心配はしている。

それは確かなのだが、この場で誰が何を云おうと状況が変わるものではない。それに可児にしても寺尾にしても、悪意がないことは十分承知している。傷付く訳がない。

寺尾はどうせ客も来ないからいいよねなどと云いつつ、笊に載せた干し藷を出した。

「で、何。その探偵ってのは佳い男だった？」

「え？」

「玉枝ちゃんが云ってたじゃないか。チョイと見惚れる美男子だって。それに金持ちなんだろ？」

「その人は居なかったんですよ。何でも休暇中だとかで。代わりに居たのは、元刑事だとか云う、文学者崩れみたいな、探偵の――助手か何か」

残念だねえと寺尾は云った。

「あたしは玉枝ちゃんが云ってた雑誌買って読んだからね。何でも、ご存じ華族探偵、関西から来たインチキ霊感探偵を華麗に粉砕――とか書いてあったわ」

物好きだねえと云うと当然さと答えられた。

「あたしだって戦争未亡人だよ。玉の輿夢見るくらいは許されるだろ」

「玉の輿って――」

「そりゃね、あんたは不幸だよ冨美ちゃん。継母に追い出されて苦労して苦労してやっと結婚して子供が出来た途端に旦那兵隊に取られて、おまけに戦死だろ。折角授かった赤ちゃんも空襲でやられてさあ。聞くだに貰い泣きだよ。でもさ、今は寒川さんが居るじゃないさ」

「――居ませんよ」

必ず帰って来るってと寺尾は大声で云った。

「探偵なんかに頼まなくたって帰るさ」

「でも」

「でもって、あんたが居るじゃないのさ。あんた置いて消えることなんかないって」

絶対戻るよと寺尾は断言した。

寺尾は何でもズケズケと云う。それは時に神経に障るし悲しい気持ちにもさせる厳しい言の葉なのだけれど、嘘や憶測だけで発するものではない。そして必ず最後には持ち上げる。だから、悪気がないことだけは間違いないのだ。

「一方あたしにゃ何もないからね。家に居るのは足腰の弱った婆ちゃんだけだもの。萎んだまんま一生了えんなヤだよ。金持ちの美男子に見初められるくらいの夢見たって、罰は当らないじゃないか」

「特権階級の資本家でしょう」

そんなのは信用出来ないなと可児が呟く。

「何云ってるんだい。あんた、華族制度は廃止されたし財閥だって解体されたんだと云ってただろ。今金持ってるなら実力じゃないのかい？」

そんなことはないと云うようなことを可児はぼそぼそ云ったようなのだが、寺尾の豪快な笑い声に掻き消されてしまった。多分、可児のことだからそれなりの見識に基づく発言なのだろうが、下世話な寺尾に通じるものではない。

「でも、見たところそんな金持ちってことはないようでしたけど——」

「そうかい？　だって、聞けば持ちビルだってじゃないか。ビルヂング持ってるなら金持ちさ」

そう——なのかもしれない。

「貧乏なのはその助手だか子分だか云う留守番の男だろ。で、何なのさ。その貧乏な臆病者は引き受けてくれたのかい？」

引き受けてはくれたのだ。

「でも、圧倒的に情報が足りないんだとか。で、何か調べものをした後に、此処にも来るから、色色宜しくとか云ってたけど」

「此処に？　来るの？　何しにさ」

「だから調べにでしょ」

居ないよ寒川さんと寺尾は云う。

「居所捜してくれと頼んだんでしょ？　居ないとこを調べてどうするのさ。ねえ、可児さん」

「それは短絡だ寺尾君」

可児は無意味に算盤を手にした。

「失せ物尋ね人は先ず起点から探る——それは基本ですよ、基本」

また偉そうなこと云ってるようと寺尾はそっぽを向いた。

「犬じゃあるまいに、此処に来て寒川さんの匂いでも嗅いでくんくん捜しに行くっての？」

可児は酷く厭な顔をした。

「じゃあ当てずっぽうで捜すと云うんですか。そんな、八卦見じゃあるまいし、見付かる訳がない」

「そうじゃないさ。その手下はどうだか知らないけどね。そこの探偵は、何だか千里眼みたいな神通力があるようなことも書いてあったよ」

「それはねえ」

　益田の歯切れの悪い説明に依れば、それは霊術や魔法のようなものではないらしい。

　謂わば単なる体質なのだと、益田は説明した。

　薔薇十字探偵社の探偵長——榎木津礼二郎と云う人物は、好むと好まざるとに拘らず他人の記憶が見えてしまう体質なのだそうである。凡そ信じ難い話なのだが、本当なら大方のことは判ってしまうことになるだろう。ただ、その人は、その異能に頼って探偵をしている訳ではないのだ——と、益田は強調した。寧ろその体質に依って培われたと思しき奇矯な性格故に探偵をしているのだ——と云うのだが、それこそ御厨には理解の及ばぬ説明である。かなり変わった人物だと云うことだけは解ったのだが。

　何だか変な人らしいよと云った。見た目も良く家柄も良く、才能もありそれなりに財力もあるようなのだが、変わった人ではあるのだろう。

「変わり者かい」

　そんなもんは障害にならないねと寺尾は云った。

「それは何の障害なの。どうでもいいですけど、何でも他の従業員の方にも詳しく話を訊きたいし、それからこの店も、出来れば——寒川さんのお部屋なんかも少し調べてみたいって」

「本人の留守にかい？」

「だから出来れば、ですよ」

　まあ冨美ちゃんが可いって云えば平気なんじゃないのかいと寺尾は云った。

「奥さんみたいなもんだろ」

――それは。

そうなのだろうか。

これまでにも籍を入れようと云う話がなかった訳ではない。昨年の春にも話はした。断りはしなかったが許諾もしなかった。腰が引けていた。

断る理由はない。齢は十歳以上離れているが、御厨とて小娘ではない。否、決して若くはない。ただ寡婦であることや子供を失っていること、更には薄暗く時に過酷なこれまでの人生が、御厨に二の足を踏ませていたのだと思う。

寒川は初婚とは云え四十を過ぎた鰥である。三十を前にした寡婦を娶ったとしても、別段怪訝しな話ではない。それは、何度も云われたし、承知もしている。だからどことなく踏ん切りが付かなかったと云うよりない。

寺尾には、不幸癖が付いているんだと云われた。

そんな癖を付けた覚えはないし、そもそも御厨は自分をそんなに不幸だと思っていない。義母に虐待されていた時は辛かったが、家を追い出されることでそれは止んだ。

家を出てからも苦労はしたが、前夫と出会って苦労は和らいだ。その夫は戦争に取られてしまったが、そうした禍は御厨だけのものではない。銃後は誰もが辛かったのだ。

唯一悔いが残るとすれば、小さな命を護れなかったことである。

栄養失調で弱っていた娘は、東京大空襲の最中に死んだ。

爆撃でやられたのではない。背負って逃げ惑っている間に息絶えていたのだ。授乳しようと下ろした時、乳飲み子は既に動かなくなっていた。

深夜だと云うのに外は紅(あか)く燃えていて、轟轟(ごうごう)と熱い風が吹き荒れていた。死んでいることがどうしても理解出来ずに、御厨はその後数日、娘の死体を抱いて過ごしたのだ。

それは悲しかった。だが。

あの空襲で亡くなった人がどれ程居たのか御厨は知らない。十万人か、もっとか、数え切れない程の人が死んだのだろう。娘はその大勢の中の一人に過ぎない。御厨と同じように悲しんだ人は、矢張り数え切れない程居たに違いない。

だから。

自分だけが不幸だと思ったことはない。死んだ娘は哀れだし、思い出すと今も泪が出るけれど、だから不幸だなどとは思いたくない。

路頭に迷っていた御厨に救いの手を差し伸べてくれたのが寒川だった。出会いと云う程の大袈裟なものはなかった。ただ焼け野原に飢えて突っ立っていた御厨を訝(いぶか)しんだ寒川が声を掛けてくれたと云うだけのことである。

寒川は親切だった。

それが同情だったのか、哀れみだったのか、それは知らないしどうでも良いことである。

仕事の手が足りなかっただけかもしれない。

寒川の仕事を手伝うために——勿論寒川の全面的な援助を受けて——御厨は薬学の専門学校女子部に入学することが出来たし、五年前に始まった国家試験を受けることも出来たのだ。

夢のようだった。

敗戦からの八年余、だから御厨は幸福だった。子供のことを思うと胸が痛むし、空襲の夜の夢は今でも見るけれど、それでも不幸だとは思わない。

少なくとも——。

寒川が居なくなるまでは。

寺尾は夫婦同然だと云うのだが、御厨はそう考えてはいない。御厨が悪いのだ。求婚めいた話題が口の端に上る度、冗談めかして逸らかして来たのは他ならぬ御厨自身だからだ。

御厨はどうにも、そう云う局面で真面目になれない性質なのである。

そして、思うに寒川の方は深読みしてしまう性質なのだ。多分、御厨の心の傷が癒えていないと判断したのに違いない。だから御厨と寒川は、男と女と云うよりも、まるで庇い合う幼子のような関係でしかない。手を握ったことすらないのだ。

それでも寺尾の云うような仲なのだろうか。そもそも、本当にそうであるならば何も告げずに姿を消したりするものだろうか。一月以上連絡も何も入れずにいられるものだろうか。

そんなものかもしれないと、御厨は思ってもいるのだが。

　そんな権限は私にはないですと御厨が云うと、そう云う問題じゃあないと思うよと可児は云った。

「これは我我の生活に関わる問題だから。一歩間違えば路頭に迷ってしまうではないですか。寒川さんの安否は勿論心配だけれども、自分達の先行きだって同じくらい心配ですよ。実は、僕はね、寒川さんの机を少し調べました」

「勝手に入ったのかい」

「勝手って――僕はね、薬品の在庫管理にも責任があるんだよ。一粒一袋たりとも間違いがあっちゃならないんです。調合し損ねていたとか、売り間違えたとか、決して許されんのです。だから僕がいちいち確認してるんですよ。細かいとか神経質だとか云うけれど、帳簿との突き合わせは入念にしますよ」

「だから何だい」

「だから――暮れに預けられてた書類に欠けがあったから、捜しに入ったんだよ。その時にね、まあ」

「勝手に覧てるじゃないか」

「いいさ。覧たよ。手掛かりになりそうなものはないか、探したさ」

「あったのかい」

　君に云ったって判らないだろうさ寺尾君と可児は云う。

随分と莫迦にするねえと寺尾は返した。

「それで――」

御厨は問う。何となく気後(きおく)れしていて、寒川の机を具(つぶさ)に見ることはしていない。調べることと即ち疑うことに繋がると、そんな気もしていたからだ。

「――何か見付けたんですか可児さん」

「いや、御厨さん。見付けたと云えば見付けたけれども、それがどう関係して来るかは判らんです」

「判らないんじゃないかね」

寺尾は干し藷を食べ終わったようだ。

「判らなくて当然でしょうに。僕は数字のことしか解らんですよ。金銭出納と在庫管理が僕の仕事ですよ。だから、その――探偵か。探偵が来たら伝えますよ。連中は調べるのが商売でしょう」

「あんた、冨美ちゃんが戻るまで探偵なんか信用できん、ぼったくられるだけだとか嘯(うそぶ)いてたじゃないかい。宗旨替えかね」

「それは寺尾君が千里眼だの霊術だの愚にも付かないことばかり云っていたからですよ。そんな子供騙しの探偵は信用に値(あたい)しないだろうと云う話さ。違うんでしょ、御厨さん」

「さあ」

胡散臭かったことは事実である。

そこに客が来たので、話はそれまでになった。

御厨は目の前のことに没入してしまうと云う性質を持っているようである。色色な捉え方はあるのだろうが、御厨自身は良いことだと思うことにしている。この先の不安も、今までの不遇も、その瞬間は消えてしまっているからだ。

頭痛がする歯痛がすると云う、医者に行った方が良いような症状の客が数名訪れた。その後、ヒロポンを寄越せと云う老人がやって来て辟易した。

三年前に禁止されたと云っても聞き入れない。もう売っていないと云うと作れと云う。処方して売るのが薬屋だろう、判子まで持って来ているのに売れんとはけしからん、などと怒鳴る。埒が明かないので可児が出て来て懇切丁寧に覚醒剤取締法だの国際条約だのと解説したのだが理解してくれない。何でもいいから除倦覚醒の薬を寄越せと粘る。大変な剣幕だった所為か、いつも糸瓜水を買ってくれている近所のご婦人が顔を顰めて帰ってしまった。

あまり執拗いので、到頭寺尾の堪忍袋の緒が切れてしまった。寺尾は、齢取りゃ誰でも怠くなるもんだ、すっきりしたけりゃ早寝早起きして乾布摩擦でも水浴びでもするがいいと捲し立てて、老人を追い出した。老人は捨て台詞に二度と来るかと云い残したが、来なくて結構と寺尾は見得を切るように云った。それから、

「何処に行ったたって扱いはおんなじだよ」

と、追い討ちを掛けるように叫んだ。

硝子戸から顔を突き出した恰好のまま、寺尾は暫く固まっていた。

何を為ているのかと思って見ていると、あんた何だいなどと云う。

「ヒロポンは売らないよ。法律で禁止されたんだ」

「はあ？」

目を凝らすと、張り紙の向こうに困り顔の益田が立っていた。

「何故に僕が」

「いや、そんな顔してたからさ。昔の文士崩れみたいな髪形じゃないか。居たんだよ、前にあんたみたいなのが。ぞろっぺえ着流しで、何度も買いに来てたのさ」

「ぼ、僕は文学とは縁遠い人間ですよ。高尚なもんはからきしで。俗。俗の塊（かたまり）」

その人は探偵さんですと御厨は云った。

「探偵？　これが？」

「はあ、お蔭様で、これで探偵なんですよ。しかし中中荒っぽい薬屋さんですねえ」

「何だい。客でもない者に難癖付けられたんじゃあ堪（たま）らないよ。用があるなら早く入りなよ。営業妨害じゃないか」

寺尾は益田の腕を掴んで店内に引き込んだ。

荒っぽいですよミギさんと云った。

寺尾の名はミキコなのだが、本人の発音がどうしてもミギコに聞こえてしまうので、御厨はそう呼んでいるのである。寺尾は、あらそうだねと答えた。

「時機(タイミング)が悪いのさあんた」

「全然気にしちゃあいませんから平気です。こう云う扱いには極めて慣れてます。ああ、御厨さん、どうも」

「すいません、困ったお客さんが来ていたので」

「お察しします。お客と云うのは何を要求しても許されるんだてえ風潮には疑問を持ちますね。そんなこたあどうでもいいですが。あ、僕は薔薇十字探偵社の益田龍一(りゅういち)と申します」

益田は寺尾と可児に一度ずつ頭を下げた。

寺尾はふうんと云うと、閉店の札を提げカーテンを閉めた。

「未(ま)だ早くないですか」

「いいよ。病院はもう閉まるし、一般の客は閉まってたって大して困りゃしないよ」

「でも、未(ま)だ病院からの患者さんが来るかもしれないですよ」

「処方箋持って来る患者さんは、閉まってたら困るから戸くらい叩くさ。そしたら開けるから。それよりも探偵の方が大事だろうが」

ぶつくさ云い乍(なが)ら寺尾は丸椅子を出して益田を座らせ、自分の椅子を引き出してその真ん前に落ち着いた。

「で、何を訊きたいんだい？」

「あの」

「私ゃ寺尾。あっちは可児」

「蟹？　蟹さん――で？」

可能の可児童の児と可児は云った。

「君は多分間違っています。寺尾君の抑揚が先ず間違っているから。寒川薬局経理担当の可児です」

「はあ」

多分呆れている益田に向け、寺尾はほら早く訊きなと云って、それから前に乗り出した。探偵が珍しいのだろう。或いは、その玉の輿とやらの野望を諦めていないのか。

「お二人にあれこれお尋ねしたい気持ちは募る一方ですが、その前にご報告をさせてください」

益田は寺尾を軽く往なして、手帳を開いた。

「僕はですね、御厨さんが帰られた後、直ぐに下谷に行きまして、その仏師の笹村さんに就いて調べてみました。何と云っても、その人が寒川氏失踪の鍵を握っていることは間違いなさそうなので」

僕もそう思いますねと可児が云った。

「寒川さんの様子が怪訝しくなったのはその人に出会ってからですからね。大体、仏師なんて、そんな職業は今もあるんですか？」

そりゃありますよと益田は答えた。

「今だって仏像は作りますからね。古いものを修理したりもするでしょう。だから需要は幾らだってありますよ。仏様と云うのは、あれで中中どうして細かい決まりごとがあるようですからね。何とか菩薩とかんとか如来じゃ、まあポオズも持ち道具も違うんです。仏師でなくっちゃ、その辺の彫刻家や工務店で作るなァ無理です」

「なる程、それは道理ですな。仏師なんてものは奈良時代とか鎌倉時代の職業だと、勝手に思い込んでいた。いや僕はクリスチャンなものでね。仏像など皆同じに見える」

あたしは法華宗だよと寺尾は云った。

「拝むのは髭題目だ」

あなた方の宗旨はこの際関係ないんですけどねと云って益田は一度御厨に目を向けた。

「それで笹村さんは？」

「居ませんでした」

「居なかったのかい」

「偽名か、身分を詐称していたと云うことですね」

違いますと益田は間髪を容れずに否定した。

「まあ、怪しむ気持ちは解りますが、お二人ともかなり偏見と云いますか、先入観をお持ちのようなので誤解しないで戴きたいです。笹村——市雄さんは実在します。ちゃんと下谷にいらっしゃいました」

「だってあんた、居ないって」

「留守だったんですよ」

「莫迦らしい。何だいそりゃ」

「いや、ただの留守じゃあないんです。去年の秋頃からずっと留守。それがもし失踪だとするなら、まあ寒川さんよりも早くに失踪してたちゅうことになりますね」

益田はそこで言葉を切って、また御厨を見た。

「ほんとかい？　それまでは居たのかい？」

「ええ。ご近所の方方にも訊き込みをしましたからね。評判は悪くなかったですよ」

益田は手帳を捲る。

「笹村さん、仕事柄か長屋じゃなくて一軒家を借りてましてね、近所の人の話だと、越して来たのは三年くらい前だそうで——愛想も良くて、まあ好人物だったようですよ。腕も良かったようで、仕事の方も順調だったらしく、坊さんだの爺さんだのが引っ切りなしに依頼に来てて、家に居る限り鑿の音がしない日はなかったと——」

「家に居る限り？」

能く旅行に行ってたようなんですよと益田は説明した。

「仏像一体仕上げるごとに旅に出る——と云う感じだったようで。まあ、短くて三四日、長くても一週間程度だったようですが。出掛ける度に両隣に挨拶に来て、留守を頼んで行ってたそうで、まあ戻るとお土産を持って来ると云う。律義ですな」

だからそんな怪しい人じゃないですよと益田は弁護するように云った。

「なら関係ないのかね」

「そうは云ってないです。いいですか、何となく怪しいから全部そいつの所為だろうってのは、まあただの思い込みですから、それとこれとは別です」

「つったって、そんな三日に上げず旅行するなんて、今のご時世豪儀じゃあないか。庶民はね、旅行なんかにゃ行けないんだよ。旅行てえのは昔から特権階級のもんさ。うちの婆ちゃんなんか、旅行なんか生涯一度さ。しかも身延山詣でだよ。近いよ」

寺尾の入れた茶茶に江戸時代みたいな話ですなあと益田は感心した。

「まあ、仏師がどの程度儲かる商売なのかは判りません。それこそ腕次第、名人は儲かるのかもしれないですよ。笹村さんは景気の良い方だったんだと思われます。でもですね、三日に上げずってな訳には行かんのです。仏様の細工は細かいですから、そう簡単には出来ませんね。大きなものは何箇月も、半年一年も掛かるそうですから」

「ならそんなには行けないだろ。あんた、越して三年って云ってたじゃないか」

「小さなのはそんなに掛からないんですよ。一月程度で仕上がるのもある。笹村さんは、まあ念持仏ってんですか？　小さいの。それから仏壇に収める奴ね。そう云うのが得意だったようで――」

法華は仏像拝まないからねと寺尾は云い、僕達も偶像崇拝はしませんねと可児が続けた。

「ですからあなた方の信仰はどっか隅の方に置いておいて下さい。兎に角、笹村さんは平均すると二箇月に一度くらいは家を空けていたようです。お土産から想像するに、関東近郊の神社仏閣を廻ってたようですな。勉強の意味もあったんだろうと、右隣の婆ちゃんが云ってましたね。ええと、伊藤イネさんと云う――」

益田さんも要らない情報多くないですかと御厨が云うと、要るか要らんか判断するのは未だ早計ってもんですよと益田は答えた。

「イネさんが重要なキイマンだと云う可能性も、ない訳じゃあないんです。初動捜査の際に無関係だと切り捨てちゃった人が、犯人だったり被害者になったりすることはあるんですから。昨年の大磯の事件が将にそうだったんです」

それにね、と益田は前のめりになった。

「世の中のことは無関係なようでいて、どっかで関わり合っているもんなんです。風が吹けば桶屋が儲かるってのは、あれ事実ですよ。誰かが洟をかんだ所為で遠くの誰かが殺されるなんてことも、ない訳じゃあない。これも、昨年経験学習しました」

ならそのイネが怪しいのかいと寺尾が問う。

「だから判らない、と云ってるんです」

「なら名前まで報告することはないんじゃないですか？」

「いや——もしや、僕が報告した名前が皆さんに聞き覚えのある名前だったりしたらどうです。一気に怪しくなりますよ」

「それはそうですが——」

「うっかり聞き流していた無関係そうな名前が、無茶苦茶重要なものだったりしたんですって、この間の事件。それに身許をきちんと調査しなかったためにあらぬ嫌疑を掛けられたりもしましたよ僕は。無実の罪に問われるとこでした」

「何の罪だい」

「ど——泥棒です。窃盗罪。勿論、濡れ衣です。罠に掛かったんです。ですから大事なんですよ細かいことがと益田は云った。

「と——云う訳で笹村さんと云う仏師は確かに下谷に住まわれていました。ただ、周辺取材だけでは何なので、取り敢えず笹村さんの家に行って、まあ中も覗いて来ました」

「勝手にかい？　なら泥棒じゃないか」

「何を仰る。ちゃあんと大家さんに話は通しましたよ。笹村さんは両隣だけじゃなく、旅行の時には大家さんの——」

「鈴木かい。田中かい」

「違います。大柴金弥さんです。六十八歳。キンカ頭の良さそうな人でした。で、まあ笹村さんは旅行に行く前と、戻って直ぐ、この大柴さん処にも必ず挨拶に来ていたようですね。家賃も半年分先払いで滞納もなく、まあ優良な店子です。それがね、去年の秋口に――正確な日付は覚えてないと云うことでしたが、まあまた旅に出ると云って、やって来たと云うんですよ。妙なのは、その際に何故だか家賃も持って来たと云うんですな」

「何故だかって、何だい？」

「はあ。その前に半年分払ったのが、夏だったと云うんですよ。次の支払いまで未だ四箇月くらいある訳です。まあ、大家さんにしてみれば、早い分には困ることもないから受け取ったそうですがね。帳簿も控えも見せて貰いました」

「そりゃ妙だね。家賃なんてもんはあんた、滞めてなんぼだからさ。かッつかつが庶民の身上だよ」

「僕も偶に下宿代を払い忘れて叱られます。でも笹村さんは、凡そ十箇月分の家賃を先に支払ったと云うことになりますな」

　それっきりなのですかと御厨が問うと、それっきりだそうですと益田は云った。

「まあ、既に五箇月が経過し、ずっと留守が続いている訳ですが、家賃を貰っている手前大家さんもどうにも出来んと云う訳ですね」

「去年の秋と云えば、寒川さんが日光に出掛けた時期と云うことになりますけども」

そうそう気になりますねと益田は手帳を捲る。

「で、まあ、大家さんに、笹村さんがどちらに行かれたのか心当たりはないかとお尋ねしてみた訳ですよ。そしたらですね、大柴さん、笹村さんが挨拶に来た折りにですね、今度は何処に行かれるのかねぇと、尋かれたんだそうですな、幸いにも。すると笹村さん、栃木の方へ——と答えたそうで」

日光かなと可児が気色ばんだ。

「日光でしょ。栃木と云えば日光です」

「イヤイヤそんなことはないですよ。那須もあれば宇都宮もありますからねえ。行ったことはないですが。栃木の方ですからね、そっち方面ちゅうことで、栃木県ですらないかもしれない」

そんな詐欺じゃないんだからと可児が云う。

「と——その時点では思ったので、手掛かりを求めて家の中にも入れて貰った訳です。まあ信心深い祖母が危篤で、急ぎ念持仏を頼みたい、出先まで追い掛けてでも依頼したいと、こう、涙乍らに嘘を云いました」

酷い男だねえと寺尾が云う。

「探偵てえのはそう云う仕事なんですよ」

なら酷い仕事だよと寺尾は云った。

「そうなんですよ。まあ、怪しげなものは何もなくって、手掛かりも見付からなかった。造りかけの不動明王がありましたが。そこで引き下がっちゃ折角の嘘も水の泡で。なので、笹村さんが出掛ける直前に阿弥陀様を納品した人の処にも行きましたよ、僕は」

能く判りましたねと云うと、偶然ですねえと益田は答えた。

「実はそのお客さん、大柴さんが紹介した人だったんですねえ、これまた幸運にも。しかもこの薬局の近くにお住まいの方で。お仏壇に入れる阿弥陀如来を頼んだんだそうでして、まあ拝見しましたが良く出来てましたよ如来様。でまあ、その方――」

「名前云うんだろ」

「云いますよ。南池袋の喜田庄助さんですよ。お仏壇が焼夷弾で焦げちゃって、側は修繕してご位牌は作り直したものの、ご本尊が直せなくって、九年も空き家になってたんだそうですよ。で、旧友の大柴さんが、そんならうちの店子に好い仏師が居ると、周旋したんですな。で、仕上がり予定日より三日も早く持って来た。急ぎ仕事かと見てみると、これが大変出来が良い。喜田さん、すっかり気を良くしてしまって、笹村さんを家に上げてお茶なんか出して暫く話し込んだと云うんですよ。それが」

昨年の九月十五日のことだそうです――と益田は云った。

「九月十五日ですか」

「はあ。丁度映画の『君の名は』公開日で、お孫さんが騒いでいたから能く覚えていたんだそうで。それで、四方山話をする途中、笹村さんは、明日から旅行に行くんだと云ったと云う。何処へ行きなさるかと喜田さんは尋いたそうでして。そしたら」

「白状したかい」

「白状って――寺尾さん、あなた方は矢っ張り何かズレちゃいませんかねえ。まあ、結論から云うと日光――だったようですよ」

何だ日光なんじゃないかと可児が云った。

「君は何か、勿体を付けているのか？　何かの陽動作戦なのか？　この報告には何か裏があるのか」

「裏も表もありませんから。もし、僕が大家さんの処で納得していたら、どうなります」

「どうって」

「ですから行き先も曖昧、日付も曖昧なままだった訳ですよ。秋口に栃木の方に行ったらしいと、九月十六日に日光に出発したようだ、じゃあ、これ大違いですよ」

「それは違うけれども」

そこに到る道程を報告する必要はあるのかなと可児が大真面目で問うた。

「ありますよ。いいですか、こうしたことは経緯も大事なんです。僕は別に苦労話をして褒めて貰おうなんて思っちゃないですからね」

苦労した顔じゃないねと寺尾が云った。

「してるんですよ。御厨さん、寒川さんはその頃、日光に行かれてたんですよね」

「寒川さんが日光に行ったのは——」

瞭然（はっきり）とは覚えていない。

益田にも九月と伝えただけである。

「その一週間前ですな。九月九日水曜日。一箇月休みを取ると云って。でも結局二十一日には戻って来たんですよ。ただ、九月一杯は店に出て来なかったんですけどね」

可児が答えてくれた。

「なる程。すると寒川さんと笹村さんは、現地で合流した可能性も出て来る訳ですねえ」

「ま」

そう考えるのが妥当だろうねえと可児がそれらしいことを云った。

「しかしですね、笹村さんはそれっきり戻ってないんですよ。行きっ放（ぱな）し。未（ま）だ日光に居るのか、或いは——」

或いは何だいと寺尾が喰い付く。

「殺されちまったとでも云うのかいあんた」

「じゃ。じゃあ寒川さんが」

「犯人かい。それで逃げて」

「あなた達ねえ」

益田は頬を弛緩させた。

うんざりしたと云うことを頬で表現したのだと思う。

「どうしてそうなりますか。寒川さんは一度戻っているのでしょう?」

「だから罪を犯してさぁ。一度逃げ帰って」

そこまで云って寺尾は御厨の方を横目で見て、あれ御免ようと云った。

「そんな様子だったんですか? 寒川さんは」

可児と寺尾は顔を見合わせた。

「まあ、多少様子は変だったけどもね」

「判りません。僕には殺人者の知人は居ない」

はいはいはい、と云い乍ら益田は椅子から腰を上げて、中腰のまま何故そこに飾ってあるのか能く解らない人体模型の前まで進んで、くるりと身体を返した。

「そう云うことを訊きに来たんです僕は。御厨さんからは一通りお聞きしましたが、他の方の目に寒川さんの様子はどう映っていたのか、一度目の日光行きの前後、そして失踪されるまで――」

「まあ、お父上のことに関しては、最前より気にされてましたがね。僕も何度か聞いてますが――慥かに多少不自然な話には思えたけれども」

「多少、ですか」

「多少、でしょう。若くしてお父上を亡くされたのはお気の毒ですが、どんなに不自然であろうとも警察が事故死と判断したのであれば事故なんでしょ」

可児は顎髭を撫でた。

「それとも戦前の警察は信用出来ないと君は考えていますか？　それなら僕もそう思う。僕は何もしていないのに特高に拘束されたことがあるから」

活動家と間違われたんでしょと寺尾が云った。

「あんたなら、如何(いか)にもだ」

「失礼だな寺尾君。僕は決して帝国主義や全体主義に与(くみ)する者ではなかったし、そうした主義主張は一貫して持っていたけれど、決して無政府主義者や極左の活動家などではない。善良な一般市民だ」

「直(す)ぐに陰謀だとか云うじゃないさ」

「善良だからこそ疑いたくもなるんです。大体、昭和九年と云えば、小林多喜二(こばやしたきじ)が獄死した翌年じゃないですか。何かあったとしても不思議じゃない」

「カニさん。その辺のことはですね、此処でどれだけ推理しても議論しても、まるで意味のないことなんで。結論出ませんし」

「それはそうだが」

「ですからね、問題なのは寒川さんご自身が、お父さんの死に就いてどの程度疑問を抱かれていたのかと云うことで。今、カニさんが仰ったようなことをお考えだったのですかね」

君の発音は何か違うと可児は云う。

「蟹ではなくて可児ですからね。ですからね、寒川さんは疑ってはいたけども、多少、だったんだと思いますよ。少なくとも去年の夏までは。まあ、色色と調べてはいたようですけどもね。腑に落ちないと云えばまあそうなんでしょうから」

「なる程――」

「まあ、事故死なのだとしても、ご遺体を診療所まで運んで姿を消した発見者――と云うのは、慥(たし)かに不自然でしょう。裏を返せば」

変なのはそこだけなんですねえと可児は云う。

「だって、崖から転落して人が亡くなっていたとして、ですよ。それ、発見したら警察に通報しますよ普通。そこは二十年前でも一緒でしょう。遺体を苦労して診療所まで運んだりしませんよ。だからまあそこは変ですよ。変ですがね。しかし二十年も経ってるんだし、その誰だか判らない発見者を捜すのは無理でしょ。間に戦争を挟んでるんですよ。益田さん、あなたご専門でしょう。その発見者捜せと云われて見付けることが出来ますか？」

無理ですと益田は速攻で答えた。

「余程の偶然が味方してくれない限り無理です」

「一介の薬剤師にはもっと無理ですよ。寒川さんと云う人は、非常に常識的、且つ理性的な人ですからね、そこはもう最初から判っていて、つまり捨てていたと思いますねえ。とは云え、釈然としない気持ちは僕にも理解出来ます。だから彼は、長年放置していたお父上の、仕事を調べていたんです」

可児は机の抽出を開けて、書類のようなものを出した。

「これは僕が寒川さんの机から」

「あんた勝手に持ち出したのかい。全く油断も隙もないねえ。特高に目を付けられる筈さ」

「失礼な。ぼ、僕は非合法な行為をした訳ではないですよ。こ、これは、公序良俗に反する行いでもない。彼を捜すために」

「内輪揉めはご遠慮願います」

寺尾はぷいと横を向いた。可児は書類に視線を落とす。

「ええとですね、日光一帯は現在、国立公園に指定されている訳ですね。指定されたのは昭和九年の十二月四日。寒川さんの書き付けに拠れば寒川さんのお父上、寒川英輔博士は、その指定の前段階として集められた専門家に依る事前調査団の一員として日光に派遣されていた――らしいです」

「はあ」

益田は帳面に書き付けている。

「国立公園の調査団――ですか」

「内務省の肝煎で国立公園調査会と云うのが作られたんですなあ。今じゃあもう、日光と云えば日本でも指折りの観光地ですけどねえ。こうなるまでには紆余曲折があったようですねえ。一時期は廃れていたとか。僕は知りませんけどね。このメモにはそう書いてある。素人でも解りますね。徳川幕府が倒れ神仏分離令が出されたんですからね」

それが何と寺尾が問う。

「何って、日光東照宮ってのは家康を祀ってるんですよ。綺麗に整備されてたのは、幕府が全国の大名に金出させて修復させてたからでしょうに。それが倒されちゃったんですよ、新政府に。で、神社とお寺を分けて、まあお寺は迫害された訳だけれども、東照宮の場合はだね、神社と云っても祀られてるのは朝敵の始祖ですよ、始祖」

「能く解らないけどそうなのかい」

「そうなんですって。で、まあ復興運動のようなものは明治、大正と続けられていたようですがね、まあ外国人には人気があったようですが、国は手を入れなかったんだそうです。お金を出さんのですよ国は。それで、昭和になって漸くね、国立公園候補地となって、整備がなされようと――」

「その事前調査と云うことですか。うーん、その寒川博士がお亡くなりになった日付と云うのは判りますか?」

可児も寺尾も御厨に顔を向けた。

「寒川さんのお父さんのご命日は——六月二十五日だったと思います」

「はあ。すると亡くなって半年経たずに日光は国立公園に指定された、と云うことですね」

「そうなりますね」

「急じゃないですか。半年ぐらいで準備出来るもんですかね？」

君は矢っ張り判ってないと可児は云う。

「整備と云うのは、指定されて初めて行われるんですよ、益田君。寒川さんの調査したこのメモに拠れば、ですよ。栃木県に依る『日光國立公園施設計畫案』が纏められたのは、昭和十年、翌年ですよ。つまりですね、まあ国がやっと金を出すことを決めたから、県も重い腰を上げた——と云うことらしいですね。その、国に金を出させるため、根回しをするに当っての下調べ、と云うことじゃないのかと」

「遠回りですなあ。すると、その調査団を組織したのは国じゃあない？」

記録がないようですねと可児は書類を捲った。

「国が国立公園の制定を計画したのは昭和も早い段階でのことだったようですが——ええと国民の休養、運動、娯楽のための国立公園整備、とありますね。内務省が国立公園調査会を設立したのは、昭和五年のようです」

「その調査会のメンバーだった訳ではない？」

違ったようですねえと可児は云った。

「そちらはね、お国のやったことですし、まあ隠すようなことではないから記録もある。調査会と云うのは所謂識者で構成されていて、そこに寒川英輔の名はなかったようです」

「すると寒川英輔氏が参加した事前調査団と云うのを組織したのは国ではなくて——では栃木県？　それとも民間かなあ」

「それが——そのね、翌年に県から出された計画案と云うのにもお父上の名はなかったらしい。指定して貰うための根回しと、指定された後の速やかな計画立案のための下準備と、まあそう云うことなんでしょうからね。非公式ではないものの、公式でもなかった。県や市の何処かの課か、或いは日光再興を望む有志か、その両方が画策したのか、そこは能く判らないですね。事実、有志の民間団体はそれまでも独自に観光資源の原状復帰と保全のための活動に着手はしていたようですし——」

「能く判らん、と云うことですか」

「判らなかったんでしょう。ところが、その仏師」

「笹村さん」

その人が見付けたようですねえと云って可児はまた書類を捲った。

「ええと。日光山國立公園選定準備委員會名簿、と云うのを見付けて、そこに寒川英輔の名が連ねられていたんだ——と云うことです。その名簿自体はね、寒川さんも入手してない」

ですから主宰が何処なのかは判りませんなと可児は云った。

「ただ、名簿に載っていた人達の名前の写しはあります」

可児は紙を差し出した。益田が受け取る。

「はあ。朱墨で線が引いてありますけど」

「死亡されていた人でしょうね」

「はあ。随分と死んでますねえ。二十年前の段階でお年寄りだったんでしょうかね。学者さんってのはご老人だと云う印象がありますが、ただの印象ですけど。おや。線引いてない人のとこには書き込みがあるようですが――細かい字だなあ」

話を尋きに行ったんだよと寺尾が云った。

「そりゃ熱心にね、電話したり手紙書いたりしてたよ。で、いそいそと出掛けちゃあ、必ずがっかりして戻って来たから。ねえ冨美ちゃん」

「がっかり――してましたっけ」

「してたさ。あたしは事情を能く聞いてなかったからね、こりゃてっきり女だと思ってさ」

「女？」

御厨はそうしたことには極めて鈍感なのだ。

慥かに寒川は寺尾の云った通りの様子ではあったのだろうけれど、それを異性関係に結び付けたことは一度もない。そんな風に受け取るものなのか。

「いそいそと出掛けるんだものさ。それで振られて戻ってるのかと思ってね、だから云ってやったんだよ。あんたは冨美ちゃんって人が居るのに、何なんだい――って。そしたら会ってるのは爺さんばかりだって云うじゃないか。しかも耄碌してるのさみんな。何も覚えてないんだって云ってたよ」

「はあ、慥かにねえ。お年寄りは覚えてないんだろうなあ。記憶ニナシ、寒川ノ名ニ覺ヘアリト云フ程度、とか書いてますなあ」

「その横」

「へ？」

横を見てと可児が云う。

「案内人、と書いてませんか？」

「案内人？　あ、書いてますね。案内人居リシ覺へ有リト云フ、こっちは、日光山ニ精通セシ案内人有ト云フ、ははあ。案内人ねえ」

「名前も書いてありますよ」

「名前？　誰の名前ですか。あ、何かびっしりと書いてあるなあ。几帳面な字ですねえ。はあ、これかな。此方案内人ノ名ヲ記憶セリ。キ――キリヤマカンサク――これか」

「はい、それですよ。多分、最初の日光行きの目的の一つは、その人を捜しに行くことだったんではないかと、僕は思いますね」

「キリヤマって、桐山かな。霧山かな？」

　重要でしょと可児は云った。

「僕も今朝発見したんです。御厨君が探偵に依頼しに行くと云うのでね、少しでも足しになればと、見直していて見付けた」

「なる程。で、そのキリヤマさんは見付かったんですかね。日光から戻られた時、寒川さんは何か云っていませんでしたか？」

　聞いてないねと寺尾は云った。

「さっきも云ったけど、様子は変だったさ。何とも云い表しようがない感じだったよ。興奮してたのかねえ、あれは。ただ、そうだね、がっかりした感じじゃあなかったね」

　どうだいと寺尾は可児に尋ねた。

「そうですね。落胆していたと云うことはなかったかな。かと云って――解決したとか、謎が解けたとか、そう云う感じでもなかったな。別にスッキリしたと云うことはなくて、寧ろ謎が深まった――違うな。謎が増えた――いや」

　違いますねえと可児は大きな頭を傾けた。

「逆だな。それまで散漫だったものが纏まったと云うか、曖昧だったものが瞭然と見えたと云うか、そんな感じかな。何とも抽象的な云い方で申し訳ないが、具体的なことを聞かされていないので僕達には感想しかない訳でね」

「謎が解けた、と云うような印象はなかったと」

「僕に限って云えばそんな印象は持たなかった」

「なる程なる程。寺尾さんはどうです？　先程は、その罪を犯して逃げ帰ったと云うようなことを――」

「そりゃあんたが物騒なことを云ったからだよ。探偵ってのはそうやって何でもかんでも殺人だとかに結び付けるんだろ。直ぐに犯罪にしちまうじゃないかい。冨美ちゃんから話聞いて、臆病者の可児さんなんか震えてたんだからね」

僕は臆病ではないと可児は云った。

「ぼ――暴力的な行為を認めないと云う主義主張を持っているだけじゃないか」

「カニさんの主義主張もこの際、横に置いておいて貰えませんかね。寺尾さんも、今は寒川さんのことをお伺いしている訳ですからね。如何です？」

「そう云われてもねえ」

「いやいや。ええと、御厨さんのお話だと――」

――碑だ。

――碑が燃えていた。

「ああ」

可児が反応した。

「何か云ってましたね。まあ、そんなもんは燃えないでしょうと答えたんだけれども。碑と云えば文字などを彫り付けた石のことでしょう。あ、石であってもあんまり小さいものは碑とは呼ばないか。いずれにしても燃えんでしょう。石は」

「まあその辺の石ころに何か彫っても碑とは云いませんね。あんまり考えたことはなかったですが。すると、まあ墓石なんてのは碑の一種ですか」

一種でしょうと可児は云った。

「そうだとして、ですよ。大小関係なくそんなもんが燃えるってどう云うことですかね。どんなに熱したって石はぼうぼう燃えたりしないでしょ。赤く焼けてたってことですか？」

それなら焼けていたと云うでしょうねえと可児は云った。

「燃えると云うのは、矢張り炎が出ている状態じゃあないですか。それこそぼうぼうと」

「ぼうぼうってさあ。墓石が燃えるかい？　お墓に火が付くなんて聞いたことがないよ。あたしの母方の実家の檀那寺が火事になった時だって、墓は無事だったさ」

「まあ、意味は解らないまでも皆さんお聞きになっている訳ですね？」

ぶつぶつ云ってたからねえと寺尾は云った。益田は御厨に視軸を呉れた。

「御厨さんはお尋ねになったんですよね？」

「ええ。でも」

「諒解してます。聞かない方が好いと云われたんでしたよね。他の方は？」

あたしは尋いてないと寺尾が云った。

「尋き難かった。いや、隠してた訳じゃあないんだろうけど、話さないんだから語りたくないんだろうと思ってさ。話したくなりゃ自分から話すもんじゃないか。無理に尋き出すのは野暮だと思ってさ。配慮した訳さ。大人だから」

僕は尋きましたよ一応、と可児は云った。

「僕は大人として尋きました。ただね、まあ僕にも解らない、解らないから調べているんだと、まあそんなことを云ってましたけどねえ。上手に逸らかされたのかもしれない。まあ御厨君への回答の方が真情なんじゃないですか。僕なんかは所詮、ただの雇われ人だし」

僻みっぽいねえと寺尾が毒吐く。

「僻んではいない。僕は寒川さんの婚約者などではないと云う、事実を述べただけです」

「婚約者？　誰がですか」

益田は眼を円くした。

「御厨さんが？　寒川さんと？」

何だいあんた云わなかったのかいと顔を顰めて寺尾が睨んだ。御厨にしてみれば、それは関わりのないことだと思ったのだ。それに。

「婚約はしてないです」

「話はあったんだろ」

「お話があったと云うだけですよ。何も決めていないし、第一私はお返事してませんし。それ、今回のことと関係ないと思って」

「あるだろ。あんたが求婚を断ったから悲嘆に暮れて失踪しちまったのかもしれないじゃないか」

そんな感じじゃなかったよと可児が云う。

「御厨君とは普通に接してただろう、寒川さん。僕の見たところ妙な蟠りはなかったよ。寧ろ今はそれどころじゃあないと云う感じだったでしょうに。いや、そうだった」

あんたみたいな朴念仁に男女の機微が解るかねえと寺尾は云った。

「寺尾君、君ねえ」

「私――お断りはしてないです。ちゃんと返事はしてないんですけど。可児さんの云う通り色んなことが起きて有耶無耶になっちゃっただけで」

一応教えといて欲しかったとは思いますけどねと益田は云った。

「まあ、お二人の関係性は朧げに理解しました。それはまあ、追追にご本人からお伺いします。それよりも今はですね、日光から戻られた寒川さんに、何か失踪に繋がるような兆候がなかったかと云うことをお尋きしたいんですね、僕は」

「まあ、何かを考えたり調べたりはしていましたけどね。十月になったら一応、店に出るようにはなったんだけれども、外出も増えて、負担かけて悪いから賞与で補うなんて」

「賞与！」

羨ましいですなあと益田は云った。

「労働者としては当然の権利です。もしかするとあなた、労働に見合った報酬を得ていないですか」

「いや、まあ微妙に見合ってる気もしますから、そこはいいです。そうすると、寒川さんはその、恋愛にも仕事にも身が入っていなかった——と、そう云うことになりますか」

「身が入っていないと云いますかね。十一月の半ばくらいからは、もう、部屋に籠っているか、出掛けているかでしたよ。顔色も悪かったしねえ」

「何かを調べていたんですかね。御厨さんのお話ですと、懸賞のクイズを考えているような感じだったとか——」

「クイズって、判じ物みたいなののことかい？　あの『二十の扉』みたいなのかね」

「まあ謎謎ですよ」

もう少し深刻そうではありましたけどね、と可児は云う。

「まあ何か面倒な試験問題を解こうとしていた、と云うなら、まあそんな感じではあったけれど。いや多分そうなんですよ」

可児は別な紙の束を出した。

「あんた。また勝手にそんな——」

「だから、犯罪じゃないですよ。私事権の侵害でもないです。僕はね、寒川さんの身を案じているんですよ。そのための情報収集ですからね。御厨君に云われるならまだしも、寺尾君に兎や角言われる筋合いはないですから」

覧て下さいと云って可児は紙束を帳場の前の硝子ケエスの上に置いた。

「何か数字や記号が並んでるでしょう」

御厨も見たことのないものだった。慥かに、横書きの文字列が並んでいるようだった。こりゃ何ですと益田が妙な声を上げた。

「全然解りませんが」

「僕も解らんのです」

あんた数字は得手じゃあなかったのかいと寺尾が云った。

「僕は計算なら得意ですよ。仕事ですからね。加減乗除なら何のことはないですよ。記号が混じろうと四則演算の範疇なら何の問題もないです。ただ化学式となると、お二人の方がご専門なんじゃないですか？」

そうでもないよと寺尾は云う。

「あのね、あたし等はあるもんを調合するだけだもの。そりゃ、壜だの袋だのに書いてあるし、覧りゃ何だかは判るさ。でもそれだけだよ。学者じゃないんだから」

「化学式なんですか？」

御厨が問うと可児は腕を組んで、どうもねえ、と云った。

「違うようなんだ。物理学の式なのかもしれないけど、寒川さん畑違いでしょう」

益田は一番上の紙を一枚手に取ると大して覧もせずに丸っきり一つも判りませんねと即断した。

「僕は警察時代、出金伝票すら上手く書けずに経理課に叱られてましたからね。数字は不得手です。況てやアルファベットを足し引きするなんて、埒外ですな。何ですかこりゃ」

益田が差し出したので御厨も受け取って眺めてみた。

慥かに、数式だと云うことしか判らない。

「バツが付いてますよ」

並んだ数式の上に、大きなバツ印が付けられていた。そうなんだよねと可児は云う。

「間違いと云うことなのか、それとも計算済みと云うことなのか、計算してみたら違っていたのか、他のものにも付いてるんですなあ」

益田は御厨の方に向き直った。暗い顔付きになっている。

「何だか、段段僕の苦手な方向に進んで行く気がしますね、この案件は。他に何か、理解出来る言語で綴られた文言はない訳ですか、その書き付けに」

「ないね」

「返事が早いですよカニさん」

「住所だとか電話番号だとか、重要な事柄だとかですね、そう云うことは君と同じく手帳に書き付けていたんだと思うね。こりゃ、単なる計算用の紙なんでしょうな。藁半紙だし」

「じゃあ、寒川さんは失踪するまでずっと、その訳の判らん計算みたいなことをしてたんですかね」

「そうなんだろうね」

「計算は終わったんですかね。計算なのかどうかすら解りませんけど。慥か、十二月に入って直ぐくらいに興奮して部屋から出て来たとか」

それは知らない――と、可児と寺尾は声を揃えて云った。思えばその時は御厨しか居なかったかもしれない。

「それで、何ですか。虎の尾を踏んだ――と」

「虎の尾？」

そう。寒川はそう云っていたのだ。

その紙束お借りしますと益田は云った。

蛇（三）

それは蛇だわねとその娘は云った。

小さいが能く喋る。何処かで見たような顔なのだが、久住は思い出せない。見たと云っても絵か人形か、そう云うものだと思うのだが。

ホテルに戻った久住は、結局帳場を通らずに直接関口の部屋に入った。鍵も預けたままだから未だ外出していると云う態である。招き入れられたのか押し掛けたのか、その辺りは判然としない。関口は頻りにその何とか云う気難しい友人を紹介したがったのだ。そう云う問題なら自分よりもその男の方が適任だ、是非とも相談した方が良いと関口は熱心に勧めた。

一体、どう云う人物なのか。

一旦自分の部屋に寄ってくれないかと関口は久住を誘った。それが何故なのかは不明だったが、思うにその人物を紹介するためだったのだろう。

だが、その男は既に外出した後だったようだ。

午後には出掛けると云う話だったのだし、旅舎に戻った時点で既に午後三時にならんとしていたのであるから、居ないのは当たり前である。

ならば別に関口の部屋になど寄る理由はない気もしたのだが、ここで帳場に引き返すと云うのも妙な感じだったし、あまりホテル内をうろうろしたくもなかったから——久住は半ば済し崩し的に関口の部屋に入った。

そしてこの小柄なメイドは、先程関口が頼んだ珈琲を持って来てからずっと、喋り続けている。

何も尋ねてはいないのだが。

「絶対に蛇だわ。悪いけど」

メイド——奈美木セツはそう云った。

何に対して悪いのか、全く判らなかった。

道道聞かされた関口の説明に拠ればこのセツと云うメイドは兎に角お喋りなのだそうだ。その上に粗忽で色色と雑らしい。ただ、それは決して怠け者だとか投げ遣りだと云うことではなく、極めて勤勉かつ懸命にしていてもそうなってしまう、と云うことであるらしい。少少お節介で詮索好きと云う点を大目に見るならば、寧ろ親しみ易くて気の良い働き者ではある——のだそうだ。

要するにこの職種が向いていないのだ。

粗忽で雑でお節介で詮索好きなら、どんなに好人物でもホテルのメイドは務まるまい。まだ怠け者の方がマシな気がする。

今もセツは久住の顔を見るなり挨拶もしないうちにあら登和子さんが担当のお部屋の人が居るわと驚き、続けて自発的に登和子のことを語り出したのである。それは久住にしてみれば多少好都合ではあったのだが、一方で辟易したことも事実である。

関口は既に慣れているのか、ただ苦笑している。

「あの人、とっても好い人なの。あたしはほら、慣れないことは出来ない質だし、繊細だから能く転んだりもするでしょう」

「いや――そうなんだ」

知る訳がない。

「皆笑うのね。女中頭の栗山さんは怒るのね。睨むんだわ。浩江さんなんか、あたしとそんなに変わらない迂闊な人なのに、あたしを揶うんだわ。浩江さんって、三日に一度はお部屋を間違うでしょう」

それも知らない。

「なのにあたしが転ぶと囃し立てるんだもの。照子さんだって抓み喰いなんかして叱られたりもする癖に、大笑いするんだわあたしの失敗。でも登和子さんだけは親切。手も貸してくれるし、手伝ってもくれるわ」

「はあ」

「尤もあたしが入るまでは笑われてたのも叱られてたのも登和子さんなんだわ。だから」

気持ちは解るわねとセツはドアの前に立ったまま云った。

関口は苦笑を顔面に貼り付けた状態で、まあ座ればと云った。

「あら座っていいですか？　お客様のご要望なら堂堂と油が売れるわ」

失礼しますと云ってセツは椅子に座った。直ぐに戻らないとまた叱られるのではないかと案じたりもしたのだが、心配は要らないようだった。

「珈琲くらい振る舞いたいところだがカップは二人分しかないので我慢し賜え」

関口がそう云うとセツはあらお客さんは優しいわメイド想いの好い人ねと云った後、じゃあ水を戴くわ悪いけどと云うと、自分で持って来たコップに自分で持って来た水差しから水を注いで、一息に飲んだ。

「実際、メイドは奴隷か召使いだと思っているお客は多いの。特に日本人」

「日本人ですか？」

「日本人ね。特に偉ぶった人。金払った客なんだから何でも云うことを聞けって感じ。靴磨きだの按摩だのはサービス内容に含まれてないわ。洋式に馴れてないからって好き放題するし、御不浄なんかそれは酷い使い方して、穢いって怒るんだわ。もう最低なのね。外国の人はチップも呉れるし優しいわ」

「ちっぷ？」

云ってから心付けのことだと気付いた。

「ああ、あの」

「いいの。日本人で連泊するお客さんからは貰うなと云われているんだわ。呉れるなら黙って貰いますけど。後でオーナーさんに知られたら解雇されてしまうわ」

「それは大変だ」

「それはそうと——」

関口が不毛な会話を止めた。

「その、さ——くら田さん？　その人がどうだったと云うんだい？」

「どうだったって何です？」

「自分で云ったんじゃないかセッちゃん。君が入るまでは桜田さんが叱られ役だったとか」

「云ったかしら。云いましたね」

「私も聞きたい。私は一年前にも此処に泊ったんだが、そんなにその、そそっかしい風には見えなかったけどね、登和子さんは。まあ、研修了えて直ぐだったから要領はそんなに良くなかったけれど——」

その頃なら私は居ないわとセツは云った。

「未だ織作さん家に居た頃」

「織作って」

あの一家皆殺しの織作家だわとセツは云った。

「あたしはこのホテルに来るまでずっと睦子さんの後釜ばかりだったんだわ。睦子さんの居た家は大抵滅びるんだもの」

その睦子さんとは誰なのか。話の腰を折るのも何なので関口の方をそっと垣間見ると、関口は肩を窄めて妙な顔をしていた。知らないのだろう。

「兎に角その頃のことは知らないけど、あたしが来た頃の登和子さんは、み、そ、か、す、だったわ」

「味噌糟？」

「だから、最下層」

「苛められてた？」

「苛められてる訳じゃないわ。そんな陰湿なことはないのこの職場。基本的に善人ばかりだし仲は良いもの。けど、揶いの対象にはなるわ。新入りは特になりがち。今はあたしが対象なの」

セツさん一番新入りなんだと問うと、そうではないと云われた。どう云うことか。

「この間入った倫子さんは矢鱈と要領が良くて、何て云うの、火の消し処がない――」

それはもしや非の打ち所がないじゃないかいと関口が云った。

「そのトコロがないのよ。普通、人間には一つや二つや三つや四つは欠点があるものでしょう。倫子さんにはないわ。皺寄せずに敷布を掛けるわ」

「まあ僕の寝台は――皺皺（しわしわ）だね」

あたしが担当だものとセツは云う。

「別に手を抜いているんじゃないんだけど、何故かそうなってしまうのだわ。嫌がらせなんかでもないの。心からお持て成ししようと思っているのね。でもそうなってしまうの。お客さん、オーナーの身内の関係者でしょ？　だからそう云うお客に回されるんだわ、あたし」

大事な客じゃないと云う意味かいと云って関口は笑った。

「その桜田さんも――君と同じなのかい？」

セツは少し頬を膨らませて、登和子さんは違うわと云った。

「あの人は慎重で丁寧なんですッ。それでも、一寸（ちょいと）慎重過ぎるきらいはあるからねェ、人より少ォし時間が掛かるんだけど、仕事は丁寧なの。転ばないし皺もないわ」

「そうだね」

慥（たし）かに、そうした部分での不満はない。登和子の仕事は、そう云う意味でそつがない。

「じゃあ揶いようがないのじゃあないか？」

関口が問うと、違うの違うの違うんですとセツは早口で云った。

「だから蛇」

「蛇？」

「そう。蛇蛇。まあ、あたしでも揶うと思う。あれは。悪いけど」

「いや、こっちこそ悪いけど、全く話が解らないよセツさん。蛇が何だと云うんだい？」

怖がるのよと云って、セツは再びコップに水を注いで一息に飲んだ。

「登和子さんは蛇が嫌いなんだわ」

「普通、嫌いなものじゃないか？　いや、そりゃ人に依るんだろうし、蛇に罪はないんだろうけど、蛇だからね。好きだと云う人の方が少ないと思うけれども――」

どうですか関口さんと問うと、僕はどうも思わないなあと、実にあやふやな答えが返って来た。

「いやあ、私は嫌いですよ。ご婦人は余計に嫌いな人が多いのじゃないですか？　そもそも鬼魅が悪いし、咬むでしょう。毒もあるでしょう」

「毒蛇と云うのは、そんなに居ないみたいですけどね。命に関わる毒を持つ蛇は、飯匙倩と蝮くらいじゃないですか。縞蛇や山楝蛇なんかは、あまり咬まないようですし、毒もないのじゃなかったかなあ。まあ、でも――好ましいものではないかも」

「そんな生易しい嫌い方じゃなかったわ」

嫌いで嫌いで大嫌いだったのとセツは力説した。

「それはもう、滑稽な程に怖れていたんだもの。もう、にょろにょろしているものは凡て蛇なの。縄と云う縄、紐と云う紐が蛇に見えるんだわ。だから帯も締められないし紐も結べないのよね」

　セツは顔を顰めて、大変よと云った。

「それはまあ、本当ならば随分と不便なことだろうけれど——」

　去年訪れた時は何も気付かなかった。しかし、考えてみれば蛇に似たものなど、身の周りに然うはないのだ。そう云うと、そうでもないわとセツは云った。

「不便なの。あの人、腰紐が結べないのでこの仕事選んだんだわ。メイドって、洋装でしょう？」

「いやいや、腰紐が結べないって——幾ら何だってそんなことはないでしょう。ねえ、関口さん」

「さあ、どうですかね」

「どうですかねって、そうなんだもの。だから、触れないんだわ、紐に。紐なくして和装は無理ですもの。ねえ」

「いやあ、それは流石に大袈裟なんじゃないか？」

　童だってそんなことにはならないだろう。

　見間違えることくらいはあるかもしれないし、その時は驚くのだろうが、見れば判る。紐は動かない。

　あたしは嘘なんか云わないのと小柄な娘は不服そうに云った。何もかも小さいのだが、その不貞不貞しさは頼もしくもある。

「蛇っぽいものなら何を見たって怖がるの。触れもしないのだわ。最初は冗談か、話が盛られてるのかと思ったんだけど、本当だったんだわ。だからこそ揶われていたのね登和子さんは。そうじゃなかったら、喰いしん坊の照子さんやけだものが好きな浩江さんなんかの方がずっと変。ぼおっとしていると云うなら、桃代さんよね。あの人、人の居ない処では放心してるから」

「しかし、怖がっている者を笑うと云うのはどうかなあ。可哀想じゃないか？」

「でも、普通笑うわ。この」

セツは身体を捩って自分が締めている前掛けの腰の辺りを示した。

「この、後ろの」

「エプロンの紐かね？」

「そうそう。紐と云うより、これって細長い布じゃない？　平べったいんだから」

まあ正確には紐ではないだろう。細長く裁断した布を縫い合わせたものである。

「これを怖がるんだもの。この、本体の前掛けの部分が何かに隠れていたりすると、もう飛び上がってきゃあきゃあ云って怖がるんだわ、あの人。それって笑ってしまうでしょう？　幼児なら兎も角、大人だもの。そこまで怖がらないでしょう。地震とか雷とかじゃなくて、ただのエプロンだものねえ。まあ可哀想とか思う前に、可笑しいものねえ」

蛇には見えないけどなあと関口は云う。

一瞬ならば見えなくもない気がするが。

「それは、落ち着いて見てみて、蛇なんかじゃないと判っても、それでも駄目なのかね？」

「駄目ね」

「それはまたどうして」

落ち着いて見られないからとセツは云った。

「見なきゃ蛇か紐か判らないじゃない？　見られないのね怖いから。つまり」

永遠に怖いわとセツは云う。それは難儀だなあと関口が首を捻った。

「難儀なの。深刻だったわよゥ、本人は」

揶われるのが厭だったんでしょうかと尋くと、そうじゃないのよと云われた。

「苛めじゃないから。皆、仲は良いんですもの。登和子さんも気にしてなかったわ。だって彼女、自分が変だってこと知ってる訳だし。だから深刻なのはその変だってとこ。蛇」

蛇か。

「あたしは本人から相談されたものねえ。そりゃ誰だって変なのは治したいわ。あの人、それでお店とか馘になっているのだもの。和服が着られないんだし。もう、道に縄の切れ端が落ちていても震え上がるのね。困るでしょう？」

そんなことってあるものでしょうか――と、関口に問うと、ないとは云えないですよと返された。

「もう神経症のようなものでしょうけどね」

「あたしもそう云ったのね、登和子さんに。何とか恐怖症とか、そう云うものだって。病気みたいなものですよって」

セツさんはものを能く識っているなあと関口は感心したように云う。

「それは知っているわ。あたしはこう見えても家政婦歴が長いから、色色見ているし、聞いてもいるのね。耳年増って云うのかしら？」

「それを云うなら」

耳学問でしょうにと関口が云う。

「それだわ」

病なのか。

昨年、久住の世話をしてくれた際に、登和子はそんな病を抱えていたのか。全く気付かなかった。そう云うと関口は部屋を見渡し、まあ蛇っぽいものは客室には見当たりませんからねと云った。

慥かにそれっぽいものはない。帳幕止めも鎖だ。

「そうした方と云うのは、身の周りに怖がる対象がなければ普通に振る舞えるものなのですか？」

それはそうですよと関口は答える。

「恐怖の対象がなければ平気でしょう。何の問題もないんじゃないですか。逆に考えれば対象を遠避けるしか対処法がない、と云うことになるんだけれども——ですから、対象に依っては対処が難しくなるんですよ。日常生活で能く見掛けるものが怖い場合は厄介ですね。先端恐怖症なんかだと、鉛筆でも箸でも怖い訳だから。縄状のものは——まあ何処にでもあると云えばあるからなあ」

「それは、治らないものですか」

「どうでしょうね。高所恐怖症や閉所恐怖症なんかだと、徐徐に慣らして行くことが出来るんだ——と云うようなことを、以前主治医から聞きましたけどね。でも何処まで効果的なのか、それは判りませんね。この場合は——かなり特殊なケエスだから」

「そう云うのって」

何か契機があるのじゃないとセツは云う。ああと関口は生返事をする。

「そう云うケエスもあるみたいだけどね」

「あるって聞いたわ誰かに。だから原因がある筈だとも云ったんです、あたしは。登和子さんに。そう云うのって、そうなった理由が必ずあって、そこに気付けば治るとか云う話も聞いていたのね、あたしは。悪いけど」

悪かあないよと関口は云った。

「耳学問にしては能く識っているよ。そうしたこともあるそうだから」

「じゃあ」

治るんだわとセツは云った。

確実じゃないよと関口は云う。

「そう云う事例もある、と云うことさ」

「あるんじゃないの」

「あるけれどもね」

「だからあたし、思い出すように云ったわ」

「何をだい」

「だから蛇を嫌う理由ですって。あんなに嫌いって矢っ張り異常だわ悪いけど。必ず何かあるの、過去に。そうでなきゃあそこまで嫌わないもの。嫌い過ぎですから」

「それで？」

久住は少し身体を乗り出すようにした。

最初は蛇だ蛇だと云われても何のことだかまるで解らなかったが、慥かにそれは例のことと関連しているような——気もする。

「それだけですけど？」

「いや、君、登和子さんにそう云ったんだろう。彼女は何か答えなかったのかい」

このお客さんは弥次馬だわねえとセツは小さい眼を更に細めた。

「そんなこと、直ぐに思い出す訳ないじゃない。そうですよね？　尋かれてハイと思い出すようなことならとっくに気付いてません？」

それもそうなのだが。

「彼女、それっきり考え込んでしまったんだわ。私が云ったのは年が明ける前、そうねえ、まだ十一月くらいだったと思うけど、それからずっと登和子さんは沈んでいるの」

「それから？」

「そう。つまり、あたしが云いたかったのは、登和子さんに元気がないのはあたしの所為かもしれないと云うことと、そうだったとしてもあたしに悪気はないし、悪いこともしていないと云う、弁明がしたかった訳、あたしは。悪いのは、だから蛇」

「はあ」

久住が関口の顔を見ると、関口も久住の方を見ていた。

呆れているのか。

「だって登和子さん、お客さんの部屋を担当しているんでしょうに。本当はあんなに陰気な人じゃないんだわ。彼女のために云うけど」

それは承知していると云った。

「そうなの？　でも、暗いけれどもシーツはピンと張るのよ、あの人。不思議」

それは不思議だと関口は不明瞭に云った。

「それはそうと、彼女——桜田さんは、まあ直ぐに原因を思い付かなかったのだとして、何か云ってはいなかったかい？」

「何も思い当らないとか云っていたけれどねえ」

セツは天井と云うかシャンデリアのような照明器具を見上げ、暫くしてからそうそう、と云った。

「蛇って、ぬるぬるしてないですか？」

「はあ？」

「あたしは、ぬるぬるしてると思っていたんですよう、蛇は。そしたら登和子さん、それは鰻とかじゃないかって。蛇はガサガサしてるって云うんだわ」

どうですかねえと関口は久住に水を向けた。

「僕は蛇に触ったことはないですが、あれ、体表は鱗で覆われてて粘膜じゃないし、湿地にいることはあるけれど——ぬるぬるは慥かに鰻だなあ」

そう。蛇はぬるぬるなどしていない。

「私は北国育ちで、大きな蛇こそ見たことがないですが、地べたを掘って遊んでいて、赤い蛇を掘り出したことがある。地潜ですね。未だ子供でしたからね、摑んで振り回して、放り投げた」

残酷なことである。

「冷たかったですが、別にぬるぬるしてはいませんでしたね。感触は——能く憶えている」

二十年近く前のことだ。

そう云うのって憶えてるもんですよねとセツが云う。まあ、憶えてはいたのだが、久住は今の今まで忘れていたのだ。知識として蓄えられていた記憶ではない。蛇の表面はぬるぬるしていないと云う知識を私は持っていなかった。考えたこともない。

でも憶えてはいた訳で——。

「あたしは触ったことがないから憶えていようがないの。見た目の判断なのね。何か、ぬらぬら光ってるから。そう云う印象」

「これはそれこそ耳学問なんだが、その昔、蛇は虫扱いされていたそうだからね。セッちゃんは蚯蚓なんかと混同していたんじゃないか？」

「前にもそう云われたわ。実際、あたしは蚯蚓の方が嫌いだわ」

「云われたって誰に」

関口が問うと登和子さんよとセツは答えた。

「あの人、あんッなに蛇が嫌いな癖に、蛇がぬるぬるしていないと知っていたのね。そんなこと知らなくないですか、普通」

「どうかなあ」

蛇に触っているのだわとセツは云った。

「だってそんなことは小学校でも習わないし、ご本にも書かれていないと思うわ。もし書いてあったってそんな無駄知識は何の役にも立たないから憶えないでしょ。即ち実体験に違いないと思うのあたしは」

それ、絶対関係あると思うわとセツは大いに力説した。

「お客さんは何歳頃に蛇を振り回したんです？」

「え？　まあ、そうだなあ。七歳か八歳か、そんなものだと思うけど」

「それ以降も振り回してます？」

「そんな訳はないじゃないか。今はもう、鬼魅が悪くて触れないよ。一度だけだよ」

「そんな昔に、一度だけ触ったのに、憶えてるんでしょ？」

「まあそうなるね」

「登和子さんは触ったことなんかないと云ったわ」

「そんなに嫌いなら触らないだろう」

「だから触らなきゃ知らないと思うのよ。触ったことを忘れているのだわ」

「ああ――」

関口の話と一緒か。

忌まわしい記憶を何処かに隠したのか。

「セツさんはそれが原因だと？」

「さあ」

セツは小首を傾げた。

「そうだったらあたしが指摘した時点で治っていると思うのよあたし」

「いや、思い出してはいないんだろう？」

「そうねえ。あたし、難しいことは判らないんだわ耳学問だから。本人が触ってないと云い張るんだから思い出してないんじゃない？　触ったんだと思うけど」

身体的な感覚だけが記憶されていた、と云うことだろうか。いや、関口の話を勘案するなら、それ以外の記憶が封印されてしまったと云った方が良いのかもしれない。体験自体の記憶は隠蔽されてしまったが、触覚だけがそこから漏れていた——と云うことか。

そんなことがあるのだろうか。云い知れぬ不安が頭を擡(もた)げた。

「治ってたらあんなに暗い顔してないわ、登和子さん。人が変わったみたいだもの」

その人はそんなに変わってしまったのかいと関口が尋いた。

「それ以来、と云うことかね？」

「どうかしら。話をした後、少ししてからだったかしら。もしかしたらあたしは関係ないのかもしれないわ。関係ない方が気が楽だけど。でも、変わったことは間違いないの。口数も減って笑わなくなってからは、もう揶う人は居ないもの。弄(いじ)っても、笑えないからだと思うわ。だから今、専(もっぱ)ら揶われるのはあたしなのね」

「まあねえ」

口調も仕草も、凡そメイドとは思えない。関口が云っていた通り、悪人ではないし憎めない娘なのだが、粗忽で雑だ。メイドらしからぬメイドはきょろきょろと室内を見渡し、それからあら、と云った。

「え」

「あたし、どのくらい喋っているかしら」

「そうだなあ、もう彼れ此れ三十分近くは経つかなあ。珈琲も冷めてしまったし」

「どうしたね」

「ポ、ポットの中のは冷めてないわお客さん。それよりあたし、流石に油を売り過ぎだと思うの。栗山さんに叱られてしまうわ」

「叱られるかい」

「睨むんだわ」

セツは跳ねるように立ち上がった。

「戻ります。今日はその登和子さんがお休みなので手が足りないんです」

「休み？」

登和子さんは来ていないのかと問うと、病欠らしいのとセツは答えた。

「病気なのか――」

「だから最近暗かったのは体調不良の所為だったのかもしれないわ。ならあたしは無関係です」

セツは銀色の盆を手に取るとぺこりと辞儀をして退出した。

その後大きな音が聞こえた。

「転んだなあ」

関口はポットから珈琲を注ぎ乍ら云った。

「彼女は愉快な人なんだけれども、どうもこの職業には向いていないんじゃないかと思いますね。あんなに口が軽いのはいけないのじゃないだろうか」

それから小説家は私のカップを覗いた。私は口を付けていない。

「でも、まあ桜田さんですか、その人に就いては色色と判った訳だし、こう云う時には便利なんだけれど――そう云えば、彼女が今日欠勤していると云うことは、あなたはあんな早朝から外出する必要はなかったと云うことになりますね」

「それはそうなんですが」

久住の心中は穏やかではない。

彼女が仕事を休んだのは久住が無理矢理に例のことを聞き出したからではないのか。久住が興味本位で、しかも役に立てるぞと云う為たり顔で、彼女に不本意な告白をさせてしまったから――。

気にしていますかと関口は云った。

「ええ。大いに気にしています。それもまた、私の身勝手な、自意識過剰な反応なのかもしれないんですが」

「そうですねえ」

関口は灰皿を引き寄せ、自分の身体のあちこちをばたばたと触った。煙草を探しているのだろう。結局それは見付からず、姿勢の悪い小説家は手持無沙汰に両手を開いたり閉じたりしてから、膝の上に置いた。

「まあ桜田さんと云う女性が某(なにがし)か心に問題を抱えていたことは事実のようですけどもね。その、蛇恐怖症と過去の殺人にどんな因果関係があるのかは不明ですが――」

――蛇か。

「その蛇が関口さんの云う鍵だった、と云うことはありませんか」

関口は唸(うな)った。

「あなたとセッちゃんの話を聞く限り、無関係とも考え難(にく)いんでしょうけど、でも、早合点はいけませんよ。それ以前に、僕はあなたの話を未(ま)だ詳しく聞いていないですし」

「ああ」

そう云えばそうなのだが――。

「その前に、今のセツさんの話ですがね。実際のところ、そう云うことはありますか？」

「そう云うことと云うのは」

「いや――彼女が蛇恐怖症だったとして、その恐怖症が、過去の何らかの体験に端を発するものであると云う」

　可能性はあると思いますよと関口は答える。

「凡ての恐怖症が過去の体験に由来するとは到底云えないでしょうが、何度も云うようにそう云うケエスもあるとしか云えないですよ。何かの体験が原因となってそうした障碍を引き起こすことは、ない訳じゃあないでしょう」

「しかし、まあ私も、一度大道具の真似ごとをして梯子から落ちたことがありましてね、捻挫をしました。それ以降は梯子を使う時は多少怖く思うし、用心します。そう云う羹に懲りて膾を吹くと云うようなことはある訳ですけど、それとは違うものなんでしょうね」

「そうですねえ。怖いと知って、意識して避けているような場合は、恐怖症とは云いませんね。意識はしていなくとも深層が強く拒否するからこそ、病的な反応になる訳で――その場合怖がる理由は思い当たらない訳ですよ」

「ただ怖い？」

「そうですねえ。本当に理由がないか、意識されないかと云うことになるんでしょう。もし過去の体験が原因になっていたのだとしても、それは意識されない――と云うことでしょうねえ」

「そうした場合は、原因となる体験に思い至れば治るもんなんですか？　あの娘さんの云う通り」

「それはどうですかねえ」

関口は頭を抱えた。

「僕にはそう云うこともあるだろうとしか云えないですけども」

「治るんだとして、その治る仕組みが解らないんですけどね、私には」

関口は今度は腕を組んで、悩ましげな顔になって首を傾げた。

「そうですねえ。治ると云うか――まあ、セッちゃんの云う通りなんだとしても――例えばその桜田さんだって、蛇が好きになるとか、蛇を怖がらなくなるとか、そう云うことはないんですよ、きっと」

「そうなんでしょうか」

「病的に忌避することがなくなると云うだけのことです。あなたが梯子に昇る時に用心するのと同程度の怖がり方になると云うだけのことですよね」

なる程。

恐怖症は緩解するが怖いと云う気持ちが滅する訳ではない、と云うことか。

「そうだ」

尾籠（びろう）な話で申し訳ないですが――と前置きして関口は語り出した。

「僕の友人に釣り堀の番人をしている酔狂な男が居るんですが、この男がですね、牡蠣を喰うと必ず腹を毀していたんです。どんなに新鮮でも、火が通っていても、喰えば腹が痛くなる。僕なんかは体質かなと思っていたんだが、どうもそうじゃあない」

「はあ。体質なら一切喰えない筈ですからね」

ならば喰おうと思わないだろう。

「そう、現に喰って瀉している訳ですし、喰わず嫌いでもない訳ですよ。聞けば本人は至って牡蠣が好物なんだと云う。いや、好物なんですよ。喰いたい喰いたいと思っているからこそ、つい喰ってしまうんですよ。でも喰うとやられてしまう。まあ、その男が牡蠣を喰えなくっても別に何の支障もないんですけど、気になってあれこれ尋ねてみたところ、戦前は大丈夫だったと云うんですすね」

「すると十三四年前まで、と云うことですか」

「戦時中はそんなもの喰えませんからね。それで更に問い質してみたところ、彼は、どうも復員後、傷んだ牡蠣に中たって酷い下痢をして、死にかけていたと云うことが判明したんですよ。それが最初だった。それ以降駄目になってしまったようなんですね」

「いや、しかし、それはその時の牡蠣がいけなかったと云うだけではないんですか？」

「勿論そうでしょう。何せ食糧難の時代ですからね、到底まともな食材だったとは思えませんね。そんな高級品が口に入る時代じゃなかったでしょう」

久住は徴兵はされたが出兵はしていない。補充兵として戦地に移送される途中で事故に遭い、もたもたしているうちに終戦を迎えてしまったのだ。だから悲壮と云うより、惨めな想い出しかない。

「仰る通り、喰いもの自体がなかった時代ですからね、怪しいものも食べてましたよ。それでも食べてしまう程、好きだった、と云うことですか」

「好きだったのでしょうねえ。それに、彼は復員船の中でマラリヤを発症している。その際も生死の境を彷徨っているんですね。だから、相当体力も落ちていたんでしょう。それでも生きて帰ったものだから気が緩んでしまい、好物に目が眩んだのかもしれません。いずれにしろ、赤痢にでも罹ったかのような酷い下痢だったようで、十日も入院したそうですよ。入院費が払えなくて難儀したとか」

その人は。

そのことを忘れていたのですかと尋いた。

いやいやと関口は手を振った。

「とんでもない。ちゃんと憶えていましたよ。あなたの云うように、その時の牡蠣が腐っていたらしいと云うことも、認識していた。だから、それ以降はちゃんと食材を吟味して、食中毒など起こさぬよう人一倍鮮度やら衛生やらには気を付けるようになったと云う。何しろ死にかけていますからね。ところがどれだけ注意していても、牡蠣を喰うと」

「下痢するんですか？」

「ええ。大勢で喰っても一人だけ中たる。偶々風邪で体調が悪かったんだとか、腹を冷やしたんだろうとか、その都度それらしい理由を付けて納得していたようなんですが、どうも違う。牡蠣を喰えば、必ず瀉す。彼はそのうち牡蠣を喰わなくなってしまった」

「用心した、と云うことですか？」

「それもあるでしょうが、それだけ続くと好物とも思えなくなったんでしょうね。ところがですね、最初に死にかけた時以降にその症状が出ているんだと云うことに気付いた途端、けろっと治ってしまったんですよ。今は、普通に牡蠣を喰いますね」

「はあ。待ってください。忘れていた訳じゃあないんですよね？」

「入院までしたんですから簡単には忘れません。牡蠣が原因だったと云うことも、その牡蠣が傷んでいたんだ云うことも、憶えていましたね」

「では気付くも何もない気がしますが」

関連付けることが出来ていなかったんですよと関口は云った。

「関連付けると云うと？」

「考えてみてください。入院した時の彼はマラリヤからの病み上がりだったし、しかも牡蠣は腐っていたんです。しかしそれ以降、彼は食材を吟味していたし健康でもあった。牡蠣は新鮮、体調も万全、つまり条件がまるで違っていた訳ですよね」

「まあそうですが」

「ええ。ところがそれでも腹は毀すんです。自分の口に入る牡蠣だけが総て傷んでいるなんてことはない訳ですから、明らかに理由は別にあると考えた」

「それは正しい認識ですよね？」

「正しいでしょうね。だから、最初の一例だけは特殊な例だったんだと、彼はそう認識していた訳ですよ。つまりその体験とその後の症状を関連付けていなかった訳です」

「まあ、関係ないんでしょうし」

「ええ。関係ないです。でも、彼が平素意識していない、意識することが出来ない深層意識の方は、そうじゃなかった、と云うことです」

「そうじゃないと云うと？」

「多分、牡蠣を怖れた」

「怖れた？」

「ええ。彼の深層意識は牡蠣と胃腸障碍を直接的に結び付けてしまったんだと思います。余りにも過酷な体験が潜在的な恐怖として刻み込まれてしまった、と云うことでしょうか」

「頭では判っていても、自分の与り知らぬ心の奥底で恐怖を感じていた――と、云うことでしょうか」

感じてはいないんですと関口は云う。

「感じられはしないんです。意識の奥深くに刻印されてしまったと云いますか——その、深層意識の方に肉体が反応していたんでしょう。胃腸と云うのは精神的な負荷に弱いものですから」

　僕も直ぐに胃が痛くなると関口は腹を擦った。

「ですから、最初の体験に関連付けることで、その、普段は見えない部分の刻印に彼はやっと気付いた——と云うことでしょうね」

「気付くとどうなります」

「まあ、ケエスにも依るんでしょうが、彼の場合はその刻印が無効になったんだと思いますよ。何しろその刻印は、勘違いだったんですからね」

　牡蠣と云う食材全般と胃腸障碍は無関係でしょうと関口は云った。

「理性があるならそう考える。しかしその、深い部分に理性はないんですよ。しかしそこに気付くことで、何と云うんですかねえ。理性に依って或る程度は統御出来るように——なるんだろうなあ」

　関口は自信なげに首を左右に傾けた。

「理性で？　解りませんね」

「そこに気付かないうちは——まあ、どうにも出来ないんでしょうね。そこは、隠されている。暴かれないうちは永遠にそのままなんですよ」

さっきの話で云うなら——と関口は云った。

「さっきって、何の話です？」

「いや、忘れるとか思い出すとか云う話ですよ。意識の表面に現れている記憶を見失うことが忘れると云うことだとすれば、その記憶は最初から忘れられている」

それはどうだろう。

「最初から意識されないのなら、それは忘れると云うより最初からないのじゃないですか」

「いや、それでも、それはあるんです」

関口はそこだけやけに瞭然と云った。

「見聞きしたことや体験の総てが意識される訳じゃあないし、総てが明文化されて理路整然と記憶される訳でもないですよ。意識されなくたって何だか判らなくたって、取り敢えず記憶はされるんです。記憶って、もっとずっと胡乱なものなんだと——僕は思うんですよ」

「そうかもしれませんが——」

「そう、あなたは子供の頃触れた蛇の感触を憶えていたようですけど、それに就いては日頃から意識されていましたか？」

「はあ。いや」

憶えていることすら意識していなかった。

あやふやな感触を掌が憶えていただけである。

私は己の手を見た。

「別段意識はしていなかったし、言葉に置き換えたりもしていないいんじゃないですか？　でも、忘れてはいなかった――」

慥かにそうである。

憶えるつもりもなく、憶えていようとも思っておらず、最初から意識などしていないのに久住はそれを忘れていなかったのだ。勿論、明文化などしている筈もない。

「これは僕の意見ですから丸呑みで信じられても困るんですが――」

関口はより一層自信なげに私を見た。

「牡蠣の食感だとか、味だとか、匂いだとか、そうした感覚って、きちんと言語化することが出来ないものですよね？　死にかけた際の肉体的なダメージだとか、痛みや不快感、恐怖なんかも、同じじゃないですか？」

そうかもしれない。

味覚にしても、甘いとか辛いとかと云う曖昧な表現でしか表せない。しかし味と云うのはそんな簡単な言葉で云い表せるものではないだろう。

恐怖もそうだと思う。

言葉で掬えないものは、殊の外多い。

「そう云う、他人に明確に伝えられないようなものは自分にだって伝えられないんですよ」

「自分に伝える？」

「はい。言語化するってそう云うことですよね？」

「再認識すると云うことですか？」

最初からですよと関口は云った。

「最初から？」

「体験した時点で、既にきちんと意識されてはいないと思うんですよ。でも、ない訳じゃない。ちゃんとある。でも、何と云うか、それはずっと深い処で諒解されているだけで、きちんと意識されることはない――そうじゃないですかね」

「意識されない――記憶ですか？」

「彼の場合、その深い処で、牡蠣の味や食感と、死への恐怖なんかが、確りと、深く結合してしまったんじゃないかと思うんです」

「しかし――どうもややこしいです。整理が出来ません。何度も尋きますが、そのご友人は腹を毀して死にかけたと云うことを、ちゃんと意識し、記憶していた訳でしょう？」

「ええそうです。傷んだ食材を食べた所為で食中毒を起こし入院したと云うことは、ちゃんと記憶していました。でも彼は、牡蠣を食べたから死にかけたんだなんて認識は――していなかったんです。まあしないでしょう」

「ではその、深層意識の方にはそうした認識があったと云うことですか？」

　認識じゃないんでしょうねえと関口は何故か淋しそうに云った。

「それは、そこにあるだけなんですよ。手が届かないから、消すことも変えることも出来ない。意識されないんですからね、もう、それこそ」

　石に刻まれた文字のようなものですよと、関口は云った。

「彼の場合は、それが身体に影響を及ぼしていたんじゃないですかね。理性的に考えるならば、牡蠣と体調不良はイクォールで結ばれるものではないですよ。食中毒は一般的な牡蠣ではなく、傷んだ牡蠣に因って齎されたものに違いないんですから」

「それは、知識と云うか、論理と云うか、そう云う頭で理解されるものではなくて、肉体の記憶と云うことでしょうかね？」

　それは何とも云えませんと関口は云う。

「比喩としてならその通りでしょうけども」

「比喩なんですか？」

「そうじゃないですか。頭で考えるな、躰（からだ）で憶えろと人は能（よ）く謂いますが、それも比喩ですよ。知覚するのも思考するのも脳なんですから、記憶として知覚されるならそれは矢張り脳の領分ですよ。でも、知覚されない記憶もあると云うことです」

　そうか。

　筋肉や骨や臓物が憶えていると云い替えてしまうと、慥（たし）かに変である。

「手が勝手に動くとか謂いますが、それだって動けと命令しているのは脳です。ただ、ものを考える部位とは違う部位が命令しているんだと思いますけども。臓器なんかは不随意筋ですが、それだって各々勝手に動いている訳ではないですよ。それぞれが影響し合っているにしろ、それを一つの生きものに統合しているのは脳でしょうから。随意、不随意と云うのはあるんでしょうけど――」

不随意と云うのは意のままにならないと云うことだろう。

それでも統御はされているのだ。そうでなくては人は生きられないだろう。統御はしていても意のままにはならない、そうした領域があると云うことだろう。だが。そうなら。

統御しているのは、何者なのか。

意と云うものが果たして那辺にあるのか久住は判らなくなって来る。

意を持たぬ己があるのなら――意こそ己と思っていた者はどうなる。

こうして考えている久住が、久住そのものではないのだとしたら。もしくは久住そのものの一部に過ぎないのだとしたら――。

我思う以外にも我はありますかと久住は呟いた。

デカルトは僕には高潔過ぎますよと関口は繋ぐ。

「その、我思う故に我在りと云う命題にしても、単純過ぎて、僕は却って納得出来ないのですよ」

「単純――ですかね？」

久住は多分、半分も理解出来ていない。

「単純なんじゃないんですか。まあ――僕が一知半解なのかもしれないけれども、カントやフッセルルの批判を持ち出すまでもなく、それって、二元論的な考え方ではあると思うんですよ。我と、我以外とに分けるんですから」

久住は、そんな風に考えたことなど一度としてなかった。『方法序説』を読んだのは戦後直ぐのことで、久住はただ半端に感心しただけだった。

「命題と云うのは、疑う余地が全くない真理じゃないんですか？　そんなに批判がありますか？」

「僕は批判なんか出来ませんけどね。最近カントに気触れ始めた学友が居て、力説してくれた。結局能く解りませんでしたが。漱石なんかも、人間はこんな簡単なことしか思い付けない愚劣なもんなのだ――とか、作中でやや小莫迦にしてましたよね」

「それは慥か『吾輩は猫である』でしたか？」

面白く読んだが、その件をして小莫迦にしていると読み解くことはなかった。

「まあ、愚劣かどうかは置いておくとしても、単純ではあるんでしょう。でも僕は、その単純さこそが畏ろしいように思えて」

「恐ろしい？」

「デカルトは何もかもを疑う訳ですよね？　疑って疑って、凡てが虚偽だと否定してみたところで、疑っている自分が居ることは否定出来ないだろうと、まあ簡単に云えばそう云うことでしょう？　疑っている自分の存在を疑ってみたところで、矢張り疑っている主体はあるじゃないかと云うことですよね」

そんなだったような——気がする。

「今日、あなたに紹介しようとしていた例の僕の友人なんかも、能くデカルトめいたことを云うんだけれども、彼の場合は明らかに方便なんですよ。判り易くするためにわざと二元論的なもの云いをするんですね。奴はそれを真理だなんて微塵も思っていない。僕は、それが方便なんだと解った時に——自分が何を畏れていたのか解った気がしたんです」

「どう云うことでしょう？」

「疑うと云うことは、知っていると云うことですよね。知らなければ疑うことは出来ませんから」

「そうですか？」

いや、そうだろう。存在であれ概念であれ不可知なものは疑えなかろう。

「しかしこの世には」

知ることの出来ない領域と云うのが確実にあるんですよ、と関口は云った。

「知ることが出来ない領域——ですか」

「僕はそれを畏れているんです。いや、それを認識の埒外に置いて生きていることが怖いんですよ。デカルトのように切り捨てることが出来ない」

「いや――知ることが出来ないと云うのは」

どう云うことだ。

「人は、その領域に就いて考えることが出来ないんですよ。だから、考えないようにしている――違いますね。考えられないように出来ている、のかな」

そんな恐ろしいものがあるか。

あるでしょうと関口はもう空になっているカップを弄ぶ。

「そうですねえ、例えば、時間だって空間だって僕らには認識出来ないでしょう」

「いや、そうですか？」

そう――なのかもしれない。

「時計がなければ、あなたが感じる時間と僕の感じる時間は一致しないでしょう」

「まあ、主観的な時間と云うのは適当なものだとは思いますが、でも」

「でも、時間は一定に流れていますよね？　主体となる者毎に速度が違う訳じゃない」

「まあ――そうでしょうねえ。でも時計があればそれは知れますよ。知ることが出来ない訳じゃないでしょう」

「僕達が時計から知ることが出来るのは時間ではなく時計の針の移動距離です」

運動ですよ——と云って、関口は無駄に豪華な置き時計を指差した。

「まあ、時計がなくとも陽は沈むし星も動きますから、時間の経過は判りますよ。でも、それだって天体の運行を観測していると云うだけのことで、時間そのものを理解している訳ではないんじゃないですかね。僕は、時間とは何か、全く説明出来ないですよ」

そして関口は左手で額を拭った。

「時間は人の理解の外側にあるんです。変化だとか運動と云う概念を代入しなければ知ることすら出来ないし、図式化したり数値化したりしてみても、結局、何かに喩えなくては説明すら出来ない。それは結局、ものの喩えですよね？」

話が難しいですよと云った。

「はあ、実のところ僕はこう云う話は苦手です」

関口は額に皺を寄せ、今度は眼を擦った。

「そもそも話すのが苦手なんです。まあ件の饒舌な友人に感化されたのか、最近は話をする努力をしているんですけども——」

馴れないですと小説家は背を丸める。会話に馴れないのではなく伝え難いことを話しているだけだろう。こんな判り難い話はどんな能弁家でも判り易く話せはしまい。

「友人のように巧みな説明は無理です。奴は、量子力学だの、アインシュタインなんかまで引き合いに出して説明するんですが、僕には真似出来ない」

「その人は」

慥か化け物やら呪が専門だったのではないのか。

奴にとっては凡百言葉が呪なんですよと、関口は云った。

「反して、僕の言葉は全部寝言のようなものですから。僕の澱んだ内面が漏れ出しているだけです」

駄目ですねと、そこで関口は身体を窄ませた。

普通はそんなものですよと久住は云った。

「そうですね。僕は僕の言葉で語ります」

そう云って関口はポットを覗き、多分すっかり温くなっているのだろう珈琲をカップに注いだ。

「その、思う我と云うのは観測者と云うことですよね。我以外と云うのは観測対象です。デカルトの云うように、突き詰めれば世界はこの二つしかないと云うことならば、多分僕はもっと安心出来るんですよ。でも、観測者には絶対に観測出来ない領域があるんです。そうなると——途端に不安になる」

僕にとって世界は不安に満ちているんですと関口は云う。

「でも、そうなんですよ。それは厳然としてあるんです。あるのに、デカルトの如くそうした領域をスパッと切り捨ててしまうのが——畏いんです」

「いや、私はそんなこと今の今まで思ってみたこともなかったですが、知ることが出来ないものと云うのは――」

あるのだろう。

久住は時計に眼を遣った。硝子の表面が白く光っていて針が見えない。

久住も――不安になる。

「ええ。しかも不可知な領域と云うのは、何も外側にばかりあるものじゃないんですよ。此処にも、此処にもあるんですよ」

関口は自が顳顬と胸とを示した。

「脳味噌ってのは、どうやら何層かになってるらしいですよ。ものを考える、と云うか、認識し言語化するのは一番外側――そう単純な構造じゃあないんでしょうけど、取り敢えずはそうだと思ってください。で、内側に行く程に、それは動物の脳に近くなるらしい。本能だの何だのは、そっちの方が統御している」

素人のもの云いですよと関口は弁明する。

「心拍だの消化だのと云う生理機能は、だから外側の脳からは操作出来ない訳ですよ。深くなる程に不可侵、不可知になるんです。で――僕が思うに、先程の蛇の手触りだとか、牡蠣の食感だとか云う、言語化し難い記憶が刻まれているのは、外側の層じゃないのではないかと」

「ああ」

なる程。

「解剖学的に正確な話ではないです。何と云いますか、概念上のモデルと考えて下さい。実際の脳はそんな饅頭(まんじゅう)のような構造ではないと思うので――」

諒解していますと答えた。

「意識されるのは皮の処だけなんですよ。餡(あん)の部分は不可知領域なんです。そこにある記憶は、外から見ることが出来ない。どうにも出来ないんですよ」

記憶されているのに。

知ることも出来ない。

憶えていない訳ではない。忘れた訳でもない。でも意識されることもない――。

そう云うことか。

矢(や)っ張(ぱ)り駄目ですねと関口は萎(しお)れた。

「僕は説明が下手ですよ」

「いや、何とも失礼な云い方ですが、一番伝わりましたよ。呑み込みました」

「実を云うなら、この比喩も前に友人から聞いたものです。セツさんと同じで、耳学問ですよ」

関口は陰気に笑った。

「畏く――ないですか」

「何がです？」

「自分が自分だと認識出来るのは、皮の部分だけなんですよ。本質が餡の方なんだとしたら」

僕は誰ですかと関口は云った。

「本質の部分は知ることが出来ない。そこに刻まれている記憶には接続出来ない。のみならず記憶されていることさえ意識されないんです。でもない訳ではない。皮の薄い処から、偶(たま)に――透けて見えるだけなんです。そして、もしかしたら」

そちらの方が真実の僕なんです。

「なら、今こうして考え、思っている僕は何者なのだろうと、そう思うんですよ。思っているのは我ではないかもしれない。ならばどれだけ思っても」

我なんかない。

掻き乱す男である。いや、掻き乱れているのは関口自身なのだ。しかし、久住のような不安定な人間はこの男の抱える薄闇に簡単に引き込まれてしまうのだ。だから。

――いや、違う。

元元掻き乱れていたのは久住の方なのだ。関口は偶々(たまたま)出会った久住に同調してしまっただけではないのか。久住の不安を映し、吸収し、それを何とか鎮(しず)めようとしているだけなのではないか。

「その」

久住は云った。

「その、内側に刻まれた記憶を外側まで引っ張り出すことは出来ないんでしょうか」

皮が破れることはあるんですよと関口は云う。

「ただそれは――意思や思考とは無関係に起きることなんですよ」

外部的要因が意識下に働き掛けて。

意図的に出来ることではない。

関口が云っていたことである。

「そしてそれは、時に死ぬ程」

畏ろしい。

「恐ろしい――ですか」

「この上なく畏ろしいです。自分の識らない自分が立ち顕れるんですから、怖くない訳はないですよ」

自分の識らない自分か。

「何処かに紛れてしまった――忘れてしまった記憶じゃないんですよ。忘れた記憶は意識と云う部屋の何処かにあるし、見付からないだけで一度は認識している記憶です。皮を破って流れ出て来るのは、最初から識らない記憶なんです」

「忘れたものではない、と？」

「そうです」

関口の額には冷汗が浮いている。部屋は常温である。

「此処に戻る前に僕は、都合の悪い記憶は隠されると云いましたよね」

「ええ。ただ——そうですね、都合が悪いと云っても、ただの都合の悪さじゃなくて、己の存在を否定してしまうような都合の悪さだ、とも仰っていましたけども」

「ええ。そうしてみると、存在そのものを脅かすような記憶は見失うとか仕舞い込んでしまうとか云うのではなく、最初から隠されてしまうのじゃないか——と思うんですよ、僕は」

「その、餡の部分にですか？」

「そうです。恥ずかしいとか、体裁が悪いとか、悔しいとか、自尊心が傷付くだとか、その程度の都合の悪さと云うのは、意識の上で判断されるものなんじゃないですか。理性だの感情だのが決めるものでしょう。そんなものは箱に入れて蓋をしておけば済む。でも存在そのものに関わるような、もっと根源的な都合の悪さの場合はそうは行きません。それは理性も感情も関係なく、意識されない深い処で決めるものじゃないんですかね」

「つまり、先程の比喩で云うなら、部屋の中に仕舞い込んで見付からなくなる——忘れてしまう記憶ではなくて、そうしたものは最初から別の部屋に仕舞われてしまうと——いや、別の部屋と云う云い方は違っているのかもしれないですけれど」

部屋の中に部屋があるのか、隣の部屋なのか、いずれそんなことは言葉の上の問題なのだろうからどうでも好いことなのだろうが。

いずれ不可知なんですと関口は云う。

「不可知な場所に、知らない記憶が刻まれているんです。僕は——それが畏いんですよ。どんなに恐ろしい記憶が刻まれているのか、まるで判らないんですからね。それが、何かの拍子に突然現れる訳ですから」

怖い。

「しかも、それがどんなに悍ましい記憶であったとしても、意識されてしまった以上、意図的に制御しなくてはならなくなるんですよ」

無視は出来ないか。

そうか。それは、だが、つまり。

「裏を返せば、意識される領域に持ち込めさえすれば——理性や感情で統御出来ると云うことにもなりませんか？」

その通りですと関口は云った。

「統御出来ると云うより、対処せざるを得なくなるんです。寝耳に水ですし、そもそも対処し切れないような深刻な記憶だからこそ意識されていなかった訳ですから——」

対処出来なかったなら。

駄目になりますよと関口は云った。

「自我が——それが自我と呼べる程確固としたものなのかどうかは兎も角——意識されている自分と云うものが襤褸襤褸になります。僕はそうでした。幸い未だこうして人としての形を保っていられるんですが」

不安定ですよと関口は云った。

「まあ、釣り堀屋の親爺の場合なんかは平気だったんでしょうけどね。彼の場合は、牡蠣の食感も生理的な不調も、凡て認識されていた。不可知領域に刻まれた記憶の不具合は、その二つが結合していると云う勘違いだけです。僕達外部の者が指摘したことで彼の被膜は破れたんでしょう。でも、それで」

「立ち顕れたのは勘違い——ですか」

「ええ。潜在的な恐怖や不快感は消せなくとも、それさえ解消すれば対処は出来る、そう云うものだったんですよ。牡蠣を喰えば必ず下痢をするなんて認識は勘違いだと、理性で訂正することは容易いことですよ。だから、彼は治った」

「じゃあ登和子さんの場合は」

「それは何とも云えませんよ。蛇の件に関しては、現状どうなっているのかまるで判らないんですし」

そうか。

セツが云っていた通りなら、蛇恐怖症の原因は不明なのである。

「それ以前に、そう云う理不尽な反応——恐怖症や体調不良などに、必ず原因となる体験があると断言することは出来ないと思いますよ。セッちゃんの云うような確実な話ではないでしょう」

なる程、蛇恐怖症に関しては、原因となる記憶などない——と云う可能性もあるのか。

「しかし、その、釣り堀のお友達のような」

「彼の場合はそうだった、と云うだけです」

思い込みはいけないと能く友人に叱られるんですよと関口は虚ろな眼を細める。笑ったのだろう。

その友人とやらはあなたを叱ってばかりいるようですがと久住が云うと、正にその通りですよと云って、関口は今度は判り易い笑顔になった。

「癪に障らないでもないですが、逐一ご尤もなので返す言葉がないんです。まあ、釣り堀の親爺のような例もあるし、彼はそれで奇妙な状態から脱した訳ですから——満更嘘ッ八でもないと云うことぐらいは出来るんでしょうが」

「仮に原因となる記憶があったのだとしても、そこに思い至ったから確実に治ると云うものでもないと云うことですね」

仰せの通りですと関口は云った。

「のみならず——その呼び覚まされた殺人の記憶とやらと、蛇恐怖症との因果関係に至っては、全く不明としか云いようがないです」

そうなのだ。確かなのは、彼女が変わってしまったと云うことだけなのである。

「その桜田さんが、セツさんの助言で何かを掘り起こそうとしたことだけは確かなんでしょうが——そうだとしても不可知な領域に刻まれた記憶は本人が意図的に暴けるものではないと思います。何か——」

鍵——外部的要因か。蛇こそが鍵になった、と云うことはないのか。そうなら、それが殺人の記憶を呼び覚ましたのではなかったか。

彼女の前に立ち顕れたのは何だったのか。

久住はそして、更に深みに嵌まった。

猨（一）

鳥ですよ、と云った。

そうですかと云って面を上げ、中禅寺秋彦は意外そうな顔を見せた。感情の起伏が容貌に出ない男だと思っていたから、築山公宣はその表情を新鮮に感じた。

「勿論、私は輪王寺に招請されて来ている身ですから、東照宮の建造物は謂わば余所の家です。この恰好で勝手に建物に入り込むことは出来ませんし、周りをうろつくことも遠慮している次第で――」

築山は輪王寺の僧ではない。僧籍こそあるが住職でもない。

自分では学僧と位置付けているが、そんな身分はないのだ。

縁あって某寺院に拾われ、宝物殿で学芸員紛いのことをしていた身である。

昨年より輪王寺に委託されて文書の整理などをしている。

ただ――僧形ではあるのだ。

「ですから、細かく数えたりした訳ではないんですが、東照宮全体だと鳥類の彫刻は九百を越えて、千に届こうと云うくらいある筈ですよ」

感覚的には千を超えている。

「虫や魚なんかは十に満たぬ程度だろうし、それ以外の動物――架空の生き物も含めてですが――それはまあ、そうですねえ、六百体くらいじゃないですかね」

そうですか、と中禅寺は再び云った。既に表情は平素のそれに戻っている。

「絵画だと龍が多いように思っていたのだがね。彫り物も龍が多いと云う訳でもないのかな。尤も僕も具に観て回った訳ではないから、単なる印象なんだが――まあ、似たような飛竜や竜馬、息なんかが雑じっているから、そう云う印象になっただけなのかもしれない」

中禅寺は台帳に几帳面な文字を書き付け乍らそう云った。

中禅寺とは終戦後、東京で知り合った。

出会った時は教師だったようだが、今は古書店を営んでいる。

古典籍に限らず、和洋漢の書物に通暁し、研究者でも識らないような細かいことを実に能く識っている。本人は、自分は真の意味での信仰を持てない人間だと云うのだが、それでいて神職でもあると云う変わり種である。信仰云々は置いておいたとしても、古文書古記録の整理や鑑定に長けているため、臨時に助勢を頼んだのである。

細かい処は観てますなあと、仁礼将雄が呆れる。

「息と龍の違いなんかパッと見じゃ気が付かんですよ。私も聞くまで知りませんでしたからね。鼻の形が違うぐらいやないですか」

「息は髭がないからね。と――云うよりも、東照宮の彫刻群は我が国の神獣の受容の在り方を知る上ではかなり重要なものになると思うんだがね。決められた期間内にこれだけの種類と、これだけの量の彫刻が生産された例は、他にないだろうから――」

神獣受容と云うのは能く解りませんな、と仁礼は云う。

仁礼は築山の大学の後輩に当たる若者である。今は築山が師事していた史学科の教授の助手を務めている。専攻は古代の社会制度史だが、これが中中の秀才であり、古文書の扱いにも馴れているから、一月間の期限付きで手伝って貰っているのだ。

「受容も何も、そんなんは大陸の図や絵を参考にしただけと違うんですか。私は図像の方は専門外なんで適当な謂ですけど」

「勿論そうなんだが、例えば――そう、狛犬なんかは本邦の産だからね」

「高麗犬と云うくらいだから半島由来かと思ってましたけどね、朝鮮半島にもあんな犬は居らんですよね。あれは犬云うても獅子でしょ。鬣があるし、どう観ても獅子と違いますか。唐とは云えライオンの姿形じゃあないですから、矢張り大陸由来のもんじゃないんですか。獅子とも謂いますでしょ」

「厳密に云えば唐獅子は狛犬じゃあないよ。唐獅子はその名の通り中国由来だし、仏法を謹護すると謂われた印度獅子をモデルとした神獣だが、神域を護るものじゃないし、阿吽の差もない。狛犬も形はほぼ同じだが、阿形と吽形が対になっている」

「口の開け閉めですか」

「そうなんだが、狛犬と云うのはね、獅子じゃあなくて兕(じ)だと云う説もある。兕と云うのは一本角の牛——犀(さい)のような神獣なんだがね、『延喜式(えんぎしき)』なんかにもそれらしいことが書いてあるから、古くは本邦にも兕の像と云うのはあったのかもしれない。ただ、それをして狛犬は兕なんだとしてしまうのは短絡だし、同じく、虚実真贋を見分けると謂われる神獣の獬豸(かいち)なんかとの関係もないことはないだろうから凡そ丸吞みには出来ない説なのだけれど——兎(と)に角(かく)狛犬は、額に一本の角があるものなのだ」

「生えてますかね？　しかし、犬に角があるのはどうですかね。角ないでしょう犬」

「犬じゃなくて、狛犬は龍や麒麟なんかと同じ神獣なんだよ。ほら——東照宮の狛犬にだって角があるじゃないか」

ありましたかねえと仁礼は築山に問うた。

あったと思うよと答えた。

ただ、記憶は曖昧である。接接(まじまじ)と覧(み)たことはない。

「やがて獅子と狛犬が対になるのさ。有職故実(ゆうそくこじつ)の記録などを覧ると、獅子を左、狛犬を右に置くなどと書いてある。どっちが阿でどっちが吽か、厳密に決まっていた訳でもないようだが、獅子は獅子、狛犬は狛犬だったのだね」

角の記憶はないですなあと仁礼は手を止めて上を向いた。

「まあ、今は片側の角もなくなって、両方が獅子形になったんだよ。仁礼君の云うように犬なのに角があるのは変だと思ったのかもしれないが、それを云うなら獅子を犬と云うのはどうかとも思うがね。東照宮の狛犬にはちゃんと角がある」

今度覧（み）てみますわと仁礼は云った。

「後は――そうだね、貘（ばく）と象辺りは興味深いね。覧れば判るが、形は殆ど変わらない」

「実物は相当違いますけどねえ。貘の鼻は象みたいに長かないでしょう」

「本物の貘と象は色も形も大きさも全く違う生き物だけれども、いずれも日本には生息していない動物だからね。東照宮造営当時は神獣だ。君の云った通り大陸の図画でしか識ることが出来ないものだったんだね。象の方が耳が大きく、貘に鬣（たてがみ）があるくらいで、うっかりすると同じものに見えてしまう。そう云うものとして受容されていたと云うことだね」

「なる程、面白いですな」

「細かく覧ればもっと色色なことが判ると思うんだがね。今までは建築の装飾物として覧られていた訳で、宗教的解釈はされていただろうけども、そうした視点で観察されることはあまりなかっただろうからね。見落とされている処も多いだろうし――」

そう云った後、中禅寺は立ち上がり、棚から『慈眼堂經藏收納轉籍調書（じげんどうきょうぞうしゅうのうてんせきちょうしょ）』の一冊を抜き出して目を投じた。調書には別途索引巻があるのだが、中禅寺は十四冊もある調書のどの巻に何が記してあるのか、概（おおむ）ね覚えてしまったようだ。

これは、大正五年の調査を纏めたものである。

日光には大量の文書が保管されている。日光山中興の祖であり東照宮造営の立役者でもある慈眼大師南光坊天海の蔵書に加え、その生前没後に天海や徳川家宛てに寄贈された書物経典、日光の僧坊に元より収蔵されていた経典の類い――等である。

これらは天海僧正の墓所である慈眼堂の境内にある経蔵――通称天海蔵――に収められている。元は各所に分蔵されていたものが、三百年の歳月の間に纏められたものと考えられており、貴重な文献も数多く収められている。この天海蔵の目録は江戸期にも幾度か作成されているのだが、大正期になって改めて詳細な調査が行われたのだ。

天海蔵には幅が三尺、奥行き高さが一尺半ばかりの、倹飩型の桐箱が九十二箱収められており、その中には一万冊を超す蔵書が収められている。保存状態も極めて良い。

史料的価値も高いが、文化的価値も極めて高い。一級の文化財であり、国宝に指定されているものもある。

昨年――。

山内の天海蔵以外の場所――護法天堂の裏手土中から古い長持が発見された。四年前の文化財保護法制定に端を発する、山内整備の際に偶然見付かったものである。長持には紋も何も付いておらず、中には小振りな倹飩箱が七つ程入っていた。倹飩箱の中には古文書と経典らしきものが収められていた。

天海蔵の収蔵品とは違い状態は余り良くなかったが、かなり古いものではあったし、貴重なものである可能性もあった。

築山の仕事はその箱の中の書物の調査である。中禅寺と仁礼は築山が頼んだ助勢なのだ。

「整理番号二番の箱の中身はほぼ完了しました」

中禅寺が云った。

「残念乍(なが)ら目星(めぼし)いものはありませんでしたね。天海蔵にある内典(ないてん)の写本が殆(ほとん)どです。蔵書印もないですし揮毫(きごう)もありません。目録と重複しない内容のものが二冊ありますが勿論原本(オリジナル)ではない。一応安永(あんえい)期と元文(げんぶん)期の目録とも突き合わせをしなければいけないが——」

それは私が遣りますと仁礼が云った。

「ええと『慈眼堂蔵本目録(じげんどうぞうほんもくろく)』は一部編次方式が違うんでしたかね。ああ——この目録自体がもう文化財やから、気を遣いますなあ」

「扱いは丁寧にするに越したことはないが、本は読んでこその本だし、目録は使ってこその目録だからね。築山君の方はどうですか」

「こちらも同じ感じですね。もしかしたら『大般涅槃經集解(だいはつねはんぎょうしゅうげ)』の不足分でもあるかと思っていたんですが——まあ、ないでしょうな」

天海蔵に納められてるのは奈良(なら)時代のものでしょうにと仁礼は云った。

「国宝やないですか。再指定されたんでしょ」

「そうだなあ。失われたと云うなら兎も角、部分的に抜き出す意味もないからね。この七箱だけが別になっていた訳だから、分けられていたのなら分けられただけの理由があるんだろうし――」

寧ろその理由の方に興味がありますねと中禅寺は云う。

「しかし簗山君、未だ四箱も残っている。諦めるのは早いですよ。それにね、写本だから価値がないなんてことは全くないからね。誰がどの時代にどんな状況で書き写したのか、原本との異同はあるか、それは書き間違いか書き直しか――見る処は山のようにある。注釈や書き込みもある。実に興味深い」

まあそうですなあと仁礼が同意した。

「文化財だ国宝だと大事にするのは勿論良いことなんだけれどもね。本は読まれなくちゃ」

「私もそう思いますが、指定されたらそうはいかないですよ。寝しなに読むような真似は出来ませんしね。傷めてしまえば読めなくなりますよ」

「だから写したんですよ簗山君。今は複製技術が飛躍的に進歩したからいいけれど、昔は書写する以外に手段がないんです。これだってそうですよ」

中禅寺はグラシンで本を丁寧に包む。

「紙には寿命がありますからね。石に刻んだ文字ですら摩滅する。況んや紙に於てをや、です。天海蔵の収蔵書のように保存状態の良いものは、先ずないと云っていい」

「ええ。貴重な文化的財産ですよ」

「異論はないけれど、一方で文化財として封印してしまうなら、土に埋まっているのと変わりがないことだと僕は思うよ。せめて翻刻すべきだ。書物は文化財ともなり得るものだと云うだけで、美術品じゃない。建物も一緒ですよ。どのような装飾も美術品としてある訳じゃあない」

意味がある——と中禅寺は云う。

「隠喩暗喩と云うことじゃなく、呪術的な意味合いと云うことでもなく、その建物を使う者にとっての意味と云うことです。使われない建物は建物じゃないですからね。だから、彫刻にしろ意匠にしろ、建物の一部としてある以上は必ず住む者使う者との関わりはある」

建てた者の意図じゃなくてですかと仁礼が問う。

「建てた者にどんな意図があろうと、結局は使う者次第なんだと僕は思うよ。書物も、書き手の意図がどうであれ読む者次第で解釈は変わるだろう。同じことだよ」

「天海の意図は解らんですからな」

「目の前にいる君達の気持ちさえ判らないんだから何百年も前の人間の意図なんぞが簡単に知れるものか。だが、建物は人間より長く保つからね。今だって、門を潜ることも裡に入ることも出来るじゃないか。使っていた者の気持ちは察し易いだろう」

「そうですねえ。なら東照宮なんかは余計に覧とくべきですなあ」

仁礼はそう云ってから、築山さんは覧られないんですかと云って来た。

「いやいや、覧られない訳じゃないよ仁礼君。坊主だからって神社に出入り禁止な訳じゃないって。ただね、まあ遠慮と云うかなあ」

別に関係が宜しくないと云うことはないのでしょうと云い乍(なが)ら中禅寺は新しい倹飩箱の蓋を抜いた。

「そんな話は耳にしないが」

「いやいや、妙な誤解をされると困ってしまうんですが、勿論、関係は良好の筈です。ただ私は輪王寺に委託された余所(よそ)者、部外者ですから。一般の人が覧られる場所しか覧られないですよ」

頼めば見学させて貰えるとは思うのだが、どうも気が引けてしまうのである。

「彫刻にも絵画にも興味はあるんですがね。どうも気が引けてしまいましてね」

「中禅寺さんこそ頼めば何処でも入れて貰えるんやないですか。神職なんやし。彼方此方(あちこち)で秘祭の見学なんかされていそうですけど——」

「莫迦を云っちゃいけないよ仁礼君。僕の処は延喜式(えんぎしき)に倣(なら)えば無格社だ。今も神社庁の包括下にない泡沫(ほうまつ)神社だからね。一応階位は戴いているし、横の繋がりも多少はあるけれど、それも古本屋として付き合いがあると云うだけのことで、神社なら何処にでも顔が利くなんてことは、金輪際(こんりんざい)ないよ」

そう云って中禅寺は笑った。

「いや、仁礼君が疑うのも仕方がないことですよ中禅寺さん。私なんかは本山で修行中に実家の寺がなくなってしまったと云う宿無しの坊主ですから、伝手も何もないが、貴方は特殊なルートをお持ちじゃないですか。宗旨を問わずにお知り合いがいる。仏教界にも私なんかより明るいでしょう」

ややこしい奇縁腐れ縁があると云うだけのことですよと中禅寺は云う。

ややこしいと云うなら——。

日光山も、ややこしい。

輪王寺——こちらも正確には輪王寺と云う名の寺院がある訳ではなく山内の寺院群の総称なのだけれども——と、東照宮、そして二荒山神社は、隣接していると云うよりも同じ敷地内にある。だが、それぞれ全く別のものである。

元来一つであったものが明治の神仏判然令に拠って二社一寺に分けられてしまったのだ。

輪王寺は東照宮の神宮寺として成立した寺院ではない。それはつまり、神社主体の寺ではないと云うことだ。日光山は勝道が開山した山岳仏教の霊場である。いずれが主、いずれが従と云うことではなく、日光は最初から神仏習合の地であったのだ。東照宮の祀る東照大権現——徳川家康公——の権現と云う神号も、仏が仮に神の形を取って顕現されたと云う、本地垂迹の考え方に拠るものである。

神仏判然令は、神仏分離――神と仏をきっちりと分けよと云う太政官布告である。

日光の場合、分離は簡単ではなかった。

加えて、神仏判然令には排仏毀釈と云う予期せぬおまけが付いていた。神仏分離は、その名の通り神道と仏教を区別すると云うだけの意味しかなかったのだけれど、その法令に拠って分断された一部の者達には、区別すると排斥するの違いが判らなかったのである。

仏教寺院は大いに迫害を受けた。勿論それは築山の生まれる前のことだし、築山は仏教寺院側の云い分しか聞いていないのだから本当のところは判らない。だが、聞くところに依れば宮社のように大きな神社の近隣寺院はかなり攻撃を受けたそうである。

近隣どころか日光の二社一寺は同じ敷地にある。

分離して軋轢が生まれない方がどうかしている。

更にそれは、日光山全体が徳川幕府と云う唯一の庇護者を失った直後のことなのである。

抗う術はなかっただろう。

輪王寺と云う寺号は明暦元年に後水尾上皇より下賜されたものである。宮様から与えられた称号であるから、これは剝奪されることとなり、寺は旧称である満願寺を名乗るように命じられた。のみならず建物も移築せざるを得なくなり、本堂である三仏堂に到っては取り壊しを命じられたのだそうだ。三仏堂に祀られる三体の御仏は、それぞれ三柱の神に対応する本地仏であったからだろう。

しかし——では、神社となった東照宮が優遇されていたのかと云えば、そんなことは全くない。

当然、権現と云う呼称は禁じられた。従って二荒山権現新宮は二荒山神社に、東照大権現は東照宮とせざるを得なかった。

それに本来東照大権現は正一位の位階を与えられていた訳だから、そのまま官社となっても良さそうなものではあったのだが、社格は別格官幣社という低いものに定められてしまった。賊軍の祖を祀っているのであるから、これは詮方なかろう。

とは云うものの——様様な人人が声を上げ、日光山を護るために尽力したのだと聞く。その結果、三仏堂は取り壊しを免れ、元の景観を損ねない形で建て直すことが許されたし、寺の名称も輪王寺に戻された。東照宮の扱いも、戦後になって改められた。

それでも、神と仏は分けられてしまった。

矢張り今もそれなりに差し障りがあるものなのだろうか——と中禅寺は問うた。

そんなことはない。

「いや、分離しただけで、別に喧嘩している訳じゃあないですから、差し障りなんか全くないですが、今更一般として見学すると云うのも妙だし、入れない処もありますしね。私なんかが裡を見学させてくれとお願いするのも多少変な気がしますから」

僧形の築山が神域を得手勝手に徘徊することは好ましいことではないだろう。

それは偏に築山自身の判断なのであるが。それ以前に、僧衣など着なければ良いのだろうとも思うのだけれども。

今は祭祀行事の類いもそれぞれで行っておるんですかと仁礼が問うた。

「それはそうだよ。寺と神社なんだし」

「でも築山さん、神事と仏事は分立し得たとしても、元元の行事は仏式神式融合していたのと違いますか？」

「祭祀行事、儀式、日日の神事なんかは、簡単に変えられるものではないだろうから、そのままだと思うけどね。神社と寺院を分離させると云うこと以外に強い指示があったと云う話は聞いていないし、こちらは寺院だからね。変えようがない。それに私は仏者で神道には曚いからね――」

能く知らないのだ。

「輪王寺の僧でもないのだから東照宮のことは詳しく知らないんだよ。特に明治以前のこととなると皆目判らない。文献で識るだけだ。識っていたとしても山王一実神道の神ごとが他の神道とどの程度違うのかは判り兼ねるから――」

寺院から分離したとして、東照宮の祭祀に仏教色があること自体は已むを得ないことだと思う。

東照宮は山王一実神道の宮である。

山王一実神道は、日光に家康公を祀る際、その実行者の一人である南光坊天海が創り出した神道である。創り出したと云っても、一から創ったと云う訳ではない。それは伝教大師最澄が、自らが学んだ唐の天台山国清寺の例に倣い、日吉山王権現を比叡山延暦寺の地主神として祀ったことに始まる天台宗の山王神道を基盤として、教義を調えたものである。

いずれ、仏家が生み出したものではあるのだ。

築山が云い澱んでいるうちに中禅寺が答えた。

「山王一実神道は仏教神道ではあるけれど、神道ではあるんだから、そのままで良かった筈だよ。天台の考え方が根本にあるとは云え、元になった山王神道自体は伊勢神道の影響を受けているし、天海もそこは意識したようだ。その伊勢神道だって仏教の影響は受けている訳だしね」

「なら、他の神道とそう変わらんのですかね」

「吉田神道式で久能山に祀られた家康を天海はわざわざ山王一実式で祀り直している訳だから、違うのは違うのさ。問題は本地垂迹の考え方を基本に置くかどうか——と云うところだろうね」

この友人はこうしたことに詳しい。

ただ山王神道の扱いは叡山としても頭が痛いところではあったのだと思うけれどもね、と中禅寺は続けた。

「色色と盛り易い器ではあったんだ。戸隠の別当である乗因は、山王一実神道に忌部神道や修験道を取り込んだ一実霊宗神道を興し、これはそこそこ地域住民に支持されたようだけれども、道教色まで付けてしまい、結局叡山から異端と見做されて、乗因は島流しになっている。だから天海以降の山王神道は天台宗にとっても統御し難いもの――異質なものではあったんだ。そもそも、神道側としては本地垂迹自体認めないと云う立場もあった訳で――」

「そうですねえ。神仏分離は明治になって生まれたものではなかった――と、云うことですよね」

築山がそう云うと中禅寺は笑った。

「だからと云って権力が分離を命じるようなことはなかった訳だけれどもね。まあ――山王一実神道の場合、家康の神格化と云う大前提が一義的にあった訳だから、幕府として弾圧するようなことは出来ませんよ。一方で天台宗との関わりを鑑みれば、本地垂迹の考え方は捨てられない。どうしたって仏教神道ではある訳で、他の神道と相容れるものではないでしょう。結果的に江戸期全般を通じて、家康への崇敬の念は非常に高く保たれ、そこは成功したのだけれど、山王神道が他の教派を駆逐して広く一般に普及するようなことにはならなかったんですよ」

「ええ。教義としては受け入れられなかったと云うことでしょうね。そして、それは明治の神社神道と相容れるものでもなかったんですよね」

ああ、明治期の社格ですかと中禅寺は云った。

「ええ。別格官幣社と云うのは、社格で云えば国幣小社と同格か——それ以下の待遇なんですよ。菅原道真を祀る北野天満宮よりも、うんと下ですよ。明治期の東照宮は、府県社扱いだったんです」

菅公は天神ですからと云って中禅寺は笑う。

「一方、家康は東照大権現、位は高くとも神様としては新参ですよ。しかも、本地仏は薬師如来ですからね」

「本地仏の方は輪王寺が引き受けたんですがね。それでもいけなかったんでしょうね」

「本地仏を分離したところで、山王一実神道が本地垂迹に基づく神道であることに変わりはありませんよ。例えば——山王神道の主神である山王権現も、元は大山咋神であったものが天台宗が関わることで大物主神を呼び込むことになり、それに因って混乱が生じてしまった。そこで天海は、山王一実神道を設計する際に、それを天照大神に比定してしまった訳ですよね」

「ああ」

「呼び方は違っていても、お祀りしているのは天照大神だと云うことですよ。神明神社でもないのに天照大神を祀ると云うのはどうか。伊勢神宮としてもハイそうですかとは云い難いでしょう」

「それが拙かった、と」

「拙いと云うかねえ。これは、家康を天皇と同じように扱って貰おうと云う天海の企みだったのだろうけれども――天海はその上で、山王権現の本地仏を大日如来に設定した訳ですからね」

「まあ大日如来は密教の本尊、宇宙の真理、万物の慈母――ですから、皇室の祖先神と格を揃えようとするなら、当然そうなるでしょう」

「そうなんですがね、築山君、これ、見方に拠っては皇室の祖の本性は仏教の如来だと云っているのと変わりがないことになってしまうんですよ。幾ら尊くても、仏尊と云うのは立場を違えれば異国の神になってしまう訳ですからね。そこはどうですか」

そう――なるか。

「本邦に於ける本地垂迹思想の変遷や普及には紆余曲折がある訳だけれども、そもそも、本地という考え方自体、仏教が布教をする際に先行する他宗を取り込むために生み出されたものですからね。例えばヒンドゥー教の神神も天部として吸収されているでしょう。仏教上位の思想ではあるんですよ」

図式化すると判り易いですよと中禅寺は云う。

「天海の設計だと東照大権現は徳川家康であり、その正体は薬師如来。山王権現は天照大神であり、その正体は大日如来――と云うことになる」

そうして並べてしまうと、些か不敬であるような気にもなる。

そう云うと中禅寺は苦笑した。

「そう思うのは、築山君が現代人だからだと思うけれどもね。それをして不敬と考える者は江戸期には殆ど居なかった筈でね」

「それは先程も話に出た、山王一実神道の教義が広く徹底されなかったから——ですかね」

「そうだねえ。その証拠に」

何も付けず、ただ権現さんと謂う場合、何を指しますかねと中禅寺は問うた。

「それは——家康公ですね」

「そう、庶民の間では権現様と云う呼称が示す対象は家康その人なんだね。立山権現、羽黒権現と修験系は権現号を用いるし、春日権現など神宮寺を持つ社も権現号だ。他にも権現は沢山ある。権現と云うのは神仏が仮の姿を取って現れることなのであって、単独の神仏を示す言葉でもないし、況て特定の個人を示す言葉でもない」

「そう云えばそうですね。あまり変だと思ったことはなかったですが——」

「神号としては明神の方が古いですね。由緒ある神社の祭神は本来の神名では呼ばれず、社の名称に明神、大明神を付けた別名で呼ばれた。また、ある時期からは神ではないものを神に祀り上げる場合に明神号が与えられるようになりますから」

「そう云えば」

豊臣秀吉も豊国乃大明神として祀られてますねと仁礼が云った。

「そうだね。秀吉本人は八幡神として祀って貰いたかったようだけどね」

「八幡神は誉田別命——いや、応神天皇とも同定されますよね？　つまり人神の先達ゆうことですか」

「それもそうだろうが、八幡大菩薩とも謂うくらいだから八幡神は早い時期から神仏習合的な存在ではあったんだろうね。秀吉はどうやら仏法加護の神として祀られることを望んでいたきらいがある。秀吉を祀るために創建された豊国社にも神宮寺が併設されているから、明神号にも神仏習合的な色が付いていたと考えられる。そうすると、明神号と云うのは権現号と競合する神号でもある訳で——」

「慥かにそうですね。記録に拠れば、家康公が身罷られた際も、明神号にするか権現号にするかで揉めたとありますね」

「金地院崇伝が明神号を推したんでしたかね。天海は権現号を推した。ただ——」

「まあ、大明神になっても豊臣家は滅びましたからねえ。験を担ぎたくもなりますよねえ」

仁礼は複雑な表情を見せた。

仁礼は西の方の生まれであるから、太閤殿下に対して何か思うところがあるのかもしれない。一方中禅寺は表情一つ変えていない。

それどころか作業を続けている。

「豊臣家滅亡後、家康に依って大明神号は剝奪されているしね。秀吉は仏式で葬り直されて豊国社も廃絶になってしまった」

「そうですか？　今も豊国神社はありますよね？」

「あるよ。でも、社壇の再興が許されたのは維新後——明治になってからだよ。豊国神社は社殿こそ取り壊されなかったものの、江戸期を通じて修繕補修は認められなかったから、荒れ放題だった。再三の再建願いも取り下げられている。今の神社は徳川幕府瓦解後に再建されたものだね」

「そうでしたか。なら、明神号が採用されなかったんもそう云う先例があったからですかね？」

「勿論、前の為政者を祀った豊国社が一つの指針となったことは間違いないのだろうが、それよりも何よりも、明神号は吉田神道が仕切っていた——と云うところが大きいのじゃないかな。勿論、神号を与えるのは朝廷なんだがね」

豊国神社の遷宮を取り仕切ったのも吉田家だったしねと中禅寺は云った。

「天海としてはそこは退けたいところだろうね。何しろ吉田神道は反本地垂迹の立場だからね。神仏習合は認めても本地垂迹は認めないんだよ」

「は？　それ、そんな違いはないように思いますけどね。一般的には同じように捉えられてませんか」

「本地垂迹はね、本地が仏尊なんだよ。だから仏教ありき、仏教上位だ。一方で吉田神道の云う神仏習合は、基盤が神道だ」

根本に御座すのは神様なんだよと中禅寺は云う。

「吉田神道は唯一神道とも云うくらいだからね。吾国開闢以来唯一神道是也――が、吉田神道の立場なのであって、山王一実神道とは抜本的に立場が違うのだ。吉田神道もそれなりに儒仏の考え方を取り込んでいるんだけれど、儒教は神道を根に持つ枝葉であり、仏教はその先に付く果実だと謂う。同じ神仏習合と云っても、まるで逆だろう」

なる程――。

「慈眼大師はその点に難色を示したんですかね」

築山がそう云うと、中禅寺はそうとも云える、としか云えないですよと答えた。

「文献から汲めることは少ないですからね。凡ては推測に過ぎない。まあ理由は色色とあるんでしょうし、政治的な駆け引きもあったのでしょうけど、天海としては吉田家の云いなりになることだけは避けたかったんだろうと思いますよ。それに、その点に関して云えば、徳川家――否、幕府も同じ思いだったんでしょうし」

「それはどう云うことでしょうか。家康公は熱心な念仏者だったようだし、徳川幕府は本地垂迹――と云うよりも、仏教を庇護する立場だった、と云うことですか」

「違いますよ」

「では、吉田神道を認めなかった？」

「それも違います。徳川幕府は決して吉田家を蔑ろにしていた訳ではないですからね。幕末になって復古神道が盛んになり、明治政府に依って神祇官の制度が復活するまで、全国の神社は吉田家が統括していた訳ですから、寧ろ重用していたようなものですよ。ですから、まあ——云ってみれば」

幕府は神ごとなんかに興味はなかったと云うことでしょうねと中禅寺は云った。

「興味がない？」

「天海の思惑は兎も角も、徳川は政治をしただけですよ。教義も信仰もあまり関係ないと云うか、どうでも好かったんじゃないですか。朝廷が視野に入っていただけでしょうね」

「朝廷——ですか」

「ええ。だって朝廷の顔は立てて置かないと。そもそも東照大権現の神号だって、授けたのは朝廷ですよね？」

「そりゃあそうですよ。東照宮の文書にも、ちゃんと天皇詔旨と記してあります」

「そうでしょう。正一位の神格の贈位も、宮号の宣下も、朝廷なくして得られるものではないですね？」

「それは勿論その通りですが」

「帝を敵に回してしまったりしたら、そうした称号は得られませんからね。だから朝廷はあくまで上に置く。しかし吉田神道の下に付くことはしない。吉田家は管理下に置く。そう云うことですね」

「吉田家は下に、ですか」

「家康が久能山に葬られた際は吉田神道が仕切ったんでしたよね。その後、帝から大権現号と正一位を賜って、山王一実神道で日光に神柩を祀り直した訳でしょう」

「その通りです」

「朝廷の顔を立てつつも、その力を殺ぐと云うのが幕府のスタイルじゃないですか。権威だけは残すけれども、事実上の影響力はなくしてしまう——そのままじゃないですか」

慥かにそうである。

「幕府にしてみれば神社は二の次ですよ。本末制度を整えて仏教寺院を統制する方が政治の役に立つと考えたのでしょう。実際、仏教寺院の方が法脈や組織が明確で扱い易かったのでしょうし、武家社会を安定させるためには儒学の方が便利だった。人心を掌握するには仏教や儒教、道教などを利用したプロパガンダが効率的だったんですよ」

「なる程——」

これだけ長広舌を揮ってい乍ら、作業の手は全く止まっていない。喋りつつ読み書きが出来るのだから中禅寺も器用な男だと思う。

「しかし中禅寺さん」

暫く黙って作業を続けていた仁礼が口を開いた。

聞いてはいたのだ。築山に到っては半ば休んでいるようなものだったのだが。

「それをゆうなら吉田神道かて儒教やら仏教やら道教やらを取り入れとる訳やから、受け取る方としてはそう変わりないのと違いますか？」

「それは同じとは云い難いよ仁礼君。吉田神道は、どうであっても神道ベースなんだ。自らが奉じる神道を正当化するために、広がっていた他宗の使えるところを利用しただけだからね。基礎には必ず神道があって、そこは変わらない。その基礎の理念に抵触しない──と云うより、基礎を際立たせるのに都合の良い部分を他から援用しただけだ」

「幕府方の遣り方はそうやないんですか」

「違うと思うね。幕府は、この国の人人が本来持っていた心性、死生観のようなものをベースにして、その上に儒仏道の教えを配したんだ。そのために儒教も道教も、仏教さえも作り換えてしまった」

「作り換えた？」

「僕はそう思うけどね。既存の思想の好いとこ取りをするのではなくて、それ自体を都合の良い形に変質させる──させることを厭わない──かな」

それはどうですかねと築山は云った。

「徳川の世になって教義が大きく変わったと云うことはないでしょう。それは、まあ時代に依って変化してはいるのだけれど」

「いや、僧籍にある築山君を前にしてこんなことを云うのはどうかと思うが、そもそもこの国の仏教はこの国の人人の心性に対応するために調整され変更され続けているものじゃないですか？」

「まあ、どの宗派も本来の印度仏教とは大なり小なり違っていますがね、それはどの国の仏教に於てもそうじゃないんですか。布教の際に国柄に合わせて変質するのは、自然なことだと思いますが。それに、本邦の仏教各宗各派の成立は江戸幕府の創立よりもずっと古いですよ」

「そう、将にその通りです。当時、儒教、道教、仏教、いずれも、武家、公家、庶民を問わず、既にかなり浸透してはいた訳ですよ。しかし、それらに因ってこの国の人達の心性が大きく変わったのかと云えば、それは否と云うよりないと思いますが」

「そう――ですか？」

「そうでしょう。仏教はこの国に広く根付きましたが、輪廻、解脱と云う仏教の基本的な素地は正直ほぼ受け入れられていない。一方で、仏教とは決して相容れない筈の儒教、道教も仏教と同じようなものとして捉えられた。そして受け入れられる部分だけは受け入れているんですよ、大衆は」

「受け入れられる部分だけ——ですか」

「取捨選択しているのは布教する方ではなく布教される方——受け入れる方なんですよ。民族宗教的な出自を持つと謂われる神道だって、同じことですよ。体系化されたそれが生活者の心性に沿ったものなのかといえば、矢張り疑問は残るでしょう」

大方は現世利益ですわなあと仁礼は云った。

「ごく一部の熱心な信者を除けば、大多数は教義なんぞ知りませんしね。念仏誦えたり題目上げたりはしますけども——」

「そう。奉じて念じ、善行を積み勤勉を心掛け、足繁く寺社に通う——悪いことではないけれど、そこに教義はないでしょう。本地垂迹も反本地垂迹も関係ない。観音様だろうがお稲荷様だろうが、作法が違うだけで皆同じだからね。それが信心だと思っている。そして、それで好い——と云う形で浸透している訳だね」

「そう云う作り換えですか」

「そうですね。それぞれの宗派は、それぞれの考え方に基づいてきちんとした信仰体系を構築し、それに則った修行をし布教をしている。でも大衆の受け取り方は違うんですよ。教団としては——いや本来の宗教の在り方としては、これ、好ましくないですよね、築山君」

「まあ——」

正しくはないのだろうとは思う。

だが、そう云うものだろうと思わないでもない。それは偏に築山が信者――いや、衆生と向き合っていないからなのだろう。築山は僧としての修行はしたし、今もしている。教義を学んでもいる。いずれも真剣に取り組んでいる自負はある。だが、寺を持たぬ築山は檀家と向き合ったことがない。己の信仰が衆生を救うのだと云う具体的なイメージを、いまだ持ち得ていないのだ。

真の意味での信仰者たり得ないのは、中禅寺ではなく自分ではないかとも思う。

「一方で」

中禅寺は続ける。

「そうした人人に真の信仰を持って貰おうと考えるならどうでしょうね。それは、そんなに簡単なことではないでしょうね」

簡単じゃないですよと、何故か仁礼が答えた。

「この国に仏教が受け入れられるまでの艱難辛苦を思えばねえ。迫害されて、戦って、耐えて――それでも、実際にこの国が仏教国になったのかと云えば、そりゃまあ違うんでしょうし。どんだけ正法を説こうが真理を語ろうが、それはそれ、これはこれやないですか。勿論敬虔で真摯な信仰を持ち得た人も少なからず居るんやけども、国土全体を見渡せば、そう云う人は一握りですわ」

「幕府にしてみれば」

国全体でなくてはならなかったんだよと中禅寺は云った。

「至誠なる信者を一人でも多く増やしたいと云うのはどの宗教にしても同じことなのだろうけれど、政治はそれでは駄目なんだ。一部の熱心な信奉者と云うのは——寧ろ必要ないんだよ。つまりどれ程優れていようとも、どんなに霊験が灼かでも、特定の宗教は政治の役には立たない——と云うことでね」

「役に立ちませんかね」

「考えてもみ賜え。国中に、しかも短期間で同じ信仰を根付かせようとすると云うのは、それ、ほぼ不可能なことだよ」

それは——無理なことなのかもしれない。同じ仏教でもこれだけ多くの宗派があるのだ。傍目から見れば一枚岩に見えてしまう基督教にしても回教にしても、そう見えるのはちゃんと見ていないからで、解釈の違い理解の差は深刻な対立を生んでいると聞く。堅固で厳格な戒律や教義があればこそ、そしてそれを守ろうと云う摯実な信仰心があるからこそ、余計に対立は深まる。分断は時に国を分け、血を流す程の確執となるのだ。

「地道な布教活動は時間が掛かる。仮令他宗の良いところを組み入れたのだとしても、神道であれ仏教であれ儒教であれ、いずれかをベースに置こうとするなら、必ず啓蒙なり改宗なり、回心なりが必要になる。だからと云って為政者側の意向で国民全部を強制改宗と云うのは——これは無理な相談でね」

一人二人洗脳すると云うような話ではないからねと云って、中禅寺はほんの少しだけ厭そうな表情を見せた。

「民草をコントロールしようと企むのなら、強制と云うのは何よりの悪手なんですよ。声高に叫ぼうと頭を下げて懇願しようと、それは無理です。洗脳と云うのはそれぞれが自発的にそう考えるように仕向けることですからね、それは極めて難しい。長い時間をかけて積み上げられ、染み渡り、培われて来た素地はそう簡単に覆せるものではない。時代とともに徐徐に変わることはあっても、劇的に変えられるものではない。だからこそ幕府は」

「その素地をベースに置いたと云うことですか」

手間が省けるでしょうと中禅寺は云った。

「効率的かつ効果的だね。つまり、本来的な仏教や儒教の教義や思想は関係ない、と云うことです。幕府は大衆に受け入れられている部分だけを組み合わせて、道具として使ったんですよ」

「いや――しかし中禅寺さん、それは――何と云うかな。宗教家の側としてはどうなんですかね。為政者側からそう云う扱いをされると云うことは、それは、本質的な信仰とは――いや、まあしかし」

築山には能く判らない。

思うところはあるのだが纏めることが出来ない。

中禅寺はしかし、築山の意を汲んでくれたようだった。

「勿論、だからと云って各教団とも信仰の本質を捨ててしまうような必要はなかったんですよ。そうした変質は、方便と考えればいいだけのことです。それまでも布教のため救済のため、方便を使って調整して来たんですからね。でも幕府にしてみれば、その本質のところは重要ではなかったと云うことで」

「幕府は信仰の本質など、どうでも良かった——と云うことですか」

本質と云うより差異かなと中禅寺は云った。

「徳川幕府はどれか一つを選び取るようなことはしていないでしょう。国教として認められた宗派はない。強いていうなら儒学だが、これはあくまで儒学であって儒教ではないんですよ。信仰ではない」

そうですなあと仁礼は手を止めて腕を組んだ。

「儒者は孔子教の信者かと云えば、それは違いますからねえ。朱子学にしても陽明学にしても、宗教ではなく思想、学問ですな」

「そうだね。儒学の思想は幕藩体制の維持に大変都合が良いものだったんだろうし。一方で宗派を限定しない寺院統制は民の暮らしを押さえるのに大変に役に立った訳だしね。賢いと思う」

「慥かに、そうしてみると吉田神道なんかの儒仏取り入れ策とは違いますな」

「吉田神道は自らの信仰の正統性を担保する材料として他宗の教義の一部を援用したに過ぎなかった訳だからね。一方、徳川幕府は本来国中に深く染み渡っていた心性に見合った儒仏神の一部分だけを組み合わせて道具として使ったんだよ。どちらが有効な使い方なのかは火を見るよりも明らかだと思うね。幕府にしてみれば吉田神道だって道具の一つに過ぎなかった訳だし」

「なる程、役者が一枚上——と云うか、好き放題させているようで尻尾だけは確り押さえてるって具合で、あまり良い感じはせんですなあ。ただ、そうしてみると——天台僧にして山王一実神道の設計者である天海、禅僧の以心崇伝、そして儒者の林羅山と云う徳川家のブレイン三人は、持ち駒としては最適だった、ゆうことになりますな」

「まあ、後講釈ではあるけれど、そう云うことになるんだろうね。いずれ権勢の役に立った宗教はどれも生き長らえた訳だし、思惑通り公家の力は弱体化した。結果的に徳川の治世は二百数十年もの間安泰だった訳で——」

矢っ張りあまり良い気はせんですなあ、と仁礼は云った。

「要するに手駒として使えるなら何でも良かった、ゆうことになるやないですか。いや、何でも良いとゆうか——本地垂迹思想は寧ろ、使い勝手が良い考え方やった、ゆうことですよね。あ、いや」

この云い方は如何にもバチ当りな感じですねえと仁礼は頬を攣らせた。

「別に信仰自体を軽んじるつもりなんかは毛頭ない訳ですけどもね。とは云え場所が場所ですからね」

仁礼は辺りを見廻す。

此処は日光の——しかも東照宮のある——神域の裡ではあるのだ。

「まあ——でも、仁礼君の云う通りではあったんだと思うよ。これが別の国だったら、開祖を祀る山王一実神道を国教に制定したりしていたかもしれないのだが、そんなことはなかった訳でね。同様に、皇室の祖神を祀っているからと云って伊勢神道が優遇されたなんてこともない。幕府にしてみれば、本地垂迹だろうが反本地垂迹だろうが、大きな意味はなかったんじゃないか。だから将軍家でさえ、家康を祀っていると云うこと以外、この日光に意味を見出せてはいなかったんだと思う」

身も蓋もないですなあと仁礼は云った。

「新政府が重用した神社神道だって、単に天子様を担いだからそうなったと云うだけではなく、そうした施策に対抗しようと云う面もあったんじゃないかと思うけれどね。国学や、そこから生まれた復古神道なんかは、幕府が道具として使い得なかったものではあるしね。ただ——」

新政府はその辺の遣り方が著しく下手だったんだよなあと云って、中禅寺はそこで漸く作業の手を止めた。

「頭ごなしに強要するようなことしかしなかったからなあ。皇室の復権一つ取っても、元より帝が尊くないと考えていた者なんか一人も居なかったんだからね。要するに将軍は偉くない、旧幕時代は劣っていると誇示しただけだからね。効果的だったのは明治大帝の御巡幸くらいのものですよ。後は全部押し付けと禁止だからね。だから色色と引っ繰り返したくて、粗（あら）を探して蒸し返した結果が――」

神仏分離ですよと中禅寺は云う。

「あれは、排仏毀釈が目立ってしまったから仏教寺院ばかりが冷遇されたように思ってしまうんだけれども、神社側だって別に優遇された訳じゃない。一口に神道と云っても色色あるからね。新政府は、皇室を頂点に置く神社神道を機軸とすることに決め、他は全部切り捨てた。明治政府にしてみれば国家が推奨する神道に与（くみ）しないのなら、異端だよ」

「神道であってもですか？」

「それはそうだよ。凡ては統御されなければならなかったんだ。明治政府の公認神道――GHQ名付けるところの国家神道は、所謂（いわゆる）国教扱いだからね」

「ああ」

「大日本帝国憲法には信教の自由が明記されていたのだけれども、国家神道は宗教に非ずと云うのが最終的な政府の判断だからね」

そうなのだ。宗教では――ないのだ。

「民意に添っていないなら、閣議決定しようが法令を発布しようがどうにもならないんだけれどもねえ。だから、国家神道への崇敬は、義務に近い奨励——半強制だったのだよ。国家神道は国民の支柱であり教育の礎とされたんだ。だから教育勅語みたいなものまで出来たんだ」

それは最早国教でしょうと中禅寺は云う。

「慥か——GHQは国家神道を危険思想とまで云ったんじゃあなかったですか？　流石にその謂いに関しては違和感を持った訳ですけど」

「あれは民族の正統性や優位性を誇示し、それをして武力の行使を容認させる——解釈次第で容認させ得る——と云う側面をして危険だと評したんであって、神道や皇室を危険と見做した訳じゃあないですよ。ま、明治政府は何でもかんでも令を出せば従うと考えていたようだから、最終的には全国の神社の祭神の変更や一町村一社とする統廃合までさせたんですからね、困ったものですがね」

南方熊楠が怒ったやつですなと仁礼が云った。

「怒って当然だよ。そんな遣り方が上手く行く訳はないんだ。何度も云うが、そうしたことは強制出来るものじゃあないのだ。明治期の宗教統制は、結局この国の心性を変えるまでには及ばなかったが、一方で一部に熱狂的な信奉者を生んだ。その結果、今に大きな禍根を残した訳だが——」

神社側も大変だったんですなあと仁礼は云う。

「まあ、所謂教派神道――本地垂迹の立場を取る神社は面倒だったと思うけどね。山王神道系以外にも両部神道なんかもそうだろう。何処もそれなりに苦労はあったと思うよ。ま、東照宮の場合は特別に面倒だったとは思うけれども――」

そうでもなかったのかなと、中禅寺はこちらに顔を向けた。

築山はそれ程詳しくない。

「いや、面倒だったようですよ。ここの社格も下げられたし、一時期は七百社を数えた全国の東照宮も廃社になったり他の社に合祀されたりして数を減らし、現状は二百を切っているようですから」

「でも築山さん。同じ山王神道系でも、全国の山王社の総社である日吉大社の方は、慥か明治期も官幣大社やったのと違いましたか？　叡山の鎮守社にも拘らず、社格で云えば一番上やないですか」

仁礼が問う。

「そうなのか」

築山は、東照宮に就いてはそれなりに聞き識っているのだが、他の神社の事情には明るくない。

創建が古いからですかね、と仁礼が続ける。

「日吉大社は『古事記』に大山咋神、日枝の山に坐し——とあるのが初見ですよね。今の場所に移されたのも崇神七年と古いし、式内社やから、山王神道で同じ正一位の神格でも東照宮より社格が上になったんですかね？　でも考えてみれば、彼処は今でも山王権現さんと呼ばれてるくらいやし、日吉も以前はヒエと読んでいた訳でしょう。それに天台宗との関わりから測れば——考えように依っては本地垂迹の大本と云えなくもないんやないですか」

「それはそうなんだがね」

そこで中禅寺は帳面を付け終わったらしく、ばたんと表紙を閉じた。

「日吉大社と延暦寺との関係はそれなりに緊張感のあるものだったと思うよ」

「この日光とは違うと？」

「それはそうさ。本来、延暦寺と日吉社は別物だったんだからね。共通点があった訳でもない。比叡山と云うキイワード以外には何もなかったんだよ。日吉社は平安遷都以降は鬼門鎮護の社となっていた訳で、天台宗も結び付きが欲しかったんだろうし、神社側も叡山の庇護は欲しかったんだろうが——」

「結び付いてるやないですか。山王神道だって日吉社なくしては出来てないですよね？」

「それはそうなんだが、これは単に帰依したとか、援助する庇護すると云う話ではないからね。延暦寺の力が強くなればなる程に干渉は強くなった訳だし」

「それ、拙いですか？」

「本地垂迹を採ると云うことは、祭神そのものの解釈が変わってしまうと云うことでもある訳だからね。最澄は、日吉社――当時の日枝社を唐の天台山の鎮守神に見立てた訳だけれども、山王と云う名は山王元弼眞君から取ったもので、これは周の靈王の皇子を神格化した道教の神だ。日吉社にしてみれば何だそれは、と云う話ではあっただろうさ」

まあ関係ないですわなあと仁礼は云う。

「だから、上手くやっていた時代もあったんだろうけれども、不満がなかったかと云えばそれは大いにあったんだと思うよ。結構抵抗していたような節もあるし。神社側は本地垂迹を廃したいと訴えたりしたこともあった筈だ。神仏習合は止める、山王神道も止めると云い出したんだ。まあ負けたようだけど」

「負けたんですか」

「負けた。それは慥か延宝の頃のことだったと思うから、千年近く不満を溜めていたことになる。そんなだから、神仏判然令が出されると率先して仏教色を廃したんだね。祭神も、勿論天照大神なんかじゃなくて、大山咋神と後から勧請した大己貴神だ。それに加えて日吉大社の宮司は明治政府の神祇事務局　事務掛を拝命していたんだから、国家神道を推奨する側だよ。社格が高くなるのは当然だ」

「あら、そう云う事情でしたか」

仁礼は困ったような顔をこちらに向けた。

「そうした立場もあったからか、日吉社の宮司は吉田神道系の一団を組織して叡山に対し分離の強談判（こわだんぱん）に及んだと聞いている。それで大揉めに揉めて、折り合いが付くまでには暴力沙汰もあったようだ」

「暴力沙汰って、やくざやないんですから」

「そう違いはないさ。社殿に乗り込んで仏具経典を破壊したりもしたそうだから」

「殴り込みですか」

「これが排仏毀釈の契機となったんだと云う者も居るくらいだからね。生き残るために祭神を変えた神社もあるし、能（よ）く判らないままに合祀させられた祭神もある」

「寺も神社も、じゃあ良いところはないですなあ」

「まあ、唯一良かったことと云えば、副作用的に国宝保存法が出来たことくらいかなあ」

それは関係あるんですかと問うと中禅寺はあるでしょうと云った。

「そう云う暴力沙汰が頻発した上、左前になったり廃寺になったりした寺の多くが、壊されるよりマシだと寺宝やなんかを手放し始めたんですよ」

「まあ――そうだったようですが」

「で、まあ為政者側にもそりゃ罰当（バチあ）たりだと思う者も多く居た筈だと思うんだが――」

それまで敬っていたのだし、体制が変わったからもう有（あ）り難（がた）くないと思えと云うのは難しかろう。

「でも国が推奨する国家神道以外を崇めることはけしからんと云う立場もあるでしょう。だから取り敢えず古器旧物保存方を布告して調査を始めた。それが国宝保存法に引き継がれたんですよ。宗旨は兎も角、美術品や建物だけでも何とか残そうと思ったんでしょうね。その結果、多くの古社寺や宝物が国宝に指定され、保護されることになった訳で――」

そう云うことだったのか。

「日光にも随分国宝がありましたからね。まあ四年前の文化財保護法施行で国宝指定は一旦解除になり、改めて重要文化財と国宝に指定し直された訳ですが――」

その結果、築山は此処に居る訳だが。

「明治政府は民の真ん中にあるものを取り換えるべく躍起になった訳だが、結果生まれた軋轢を、側だけ残すことで何とか逃がそうとした訳ですよ」

徳川幕府とは或る意味正反対と云うことですかと仁礼は云う。

「そうだね。幕府は真ん中には手を付けず、外側に儒仏神をバランスよく配置して、それを操作することで大衆を誘導した訳だから、正反対だ。いずれ文明開化の後、この国の宗教界は大いに混迷していたんですよ。仏教教団は手足を捥がれ、教派神道各派は国家神道に組み伏せられた。普化宗は解体されたし、修験道だって、一部を除いて禁じられてしまったんですからね。でも、それで中心にあるものが劇的に変わったのかと云えば――」

それはない、のだろう。

「そうした紛乱を鑑みるに、こと宗教関係の政策に関して明治政府は失敗した――ゆうことになるんですかね」

「いやあ、失敗は認めないだろうなあ。それ以前に失敗とは思っていないだろう。廃藩置県や経済政策なんかは成功してるし、日清日露と云う成功体験もあるからね。実際、下の方に不具合はあっても上の方にとって悪いことはなかった訳だし」

「この前の戦争は負けたやないですか」

「その所為で負けたと考えている者は少ないよ。寧ろその逆だと強く考えている人達は、一定数居るんだろうけども――」

それは居るのだろう。

築山は戦中、非国民と罵られたことがある。取り立てて反戦の意思表示をした覚えはない。その時は単に、仏の道――と、謂うより当たり障りのない善行の在り方――を説いただけであった。しかし、国威発揚の妨げになる厭戦思想だと謂われた。慥かに不殺生戒を守ろうとするなら戦争は出来まい。

最初は戸惑ったが、彼等の目は真剣だった。

あの人達が敗戦後に転向したとは思えない。彼等は心の底からそう考えることが正しいと信じていたのだろう。それをして洗脳されているとするのなら、勿論それはそうなのだろうが――それを云うなら凡百宗教は洗脳なのである。

その考えに到った途端、築山に一切の口答えは出来なくなった。信仰とは、正しいか否かと云う問題ではなく、正しいと信じるか否かと云う問題なのである。

法に抵触しない限り、どのような信条信念も認められるべきだろう。縦んば違っていたとしても対話をし、理解を深め、双方が納得出来る道筋を模索する、それが民主主義と云うものだ。それはそうなのだが、それでも譲れないのが信仰である。同じ仏教、同じ基督教、同じ回教でも、派が違えば相容れないものなのである。それは、決して相容れないのだ。血も流される。

「その一定数の人達の心性は——変えることが出来た、ゆうことになるんですかね」

仁礼の問いに、それは違うよと中禅寺は答えた。

「彼等も何も変わっちゃいないのだ。基盤の部分は同じなのだよ。ただ、それまで外側を覆っていた儒仏神と云う拠り処以外に、より強固で都合の良い選択肢が出来た——と云うだけだろう」

「国家神道と云う選択肢ですな。しかし、もう国教扱いではなくなったやないですか」

「でもそれは名を変えて今も生きている。これはその時期国家推奨の新しい宗旨が作られたと云うだけのことで、それはそれで結構なことなんだが——問題なのはそれが大昔からこの国の支柱としてある伝統的なものだと思い込んでしまった人達が少なからず生まれてしまった——と云うことだろうなあ」

難しい問題ですなあと仁礼は云う。

「国学や復古神道が基礎にあると云うのも難儀ですなあ。解釈の問題でしょうが、或る意味正統なとこもあるし。何もかも違ってるとか云うなら、潰すことも無視することも出来るんでしょうけどねえ」

「そうだねえ」

中禅寺は一瞬表情を変えた。何故か迚(とて)も哀しそうに見えた。

「あれは必ずしも原初の信仰そのままの形と云う訳ではないし——一方で古ければ良い、古い方が正しいなんてこともない訳だけれど——由緒正しいと云うアッピールは効く人には効くからなあ」

「それは昔からですわ。どんな神社も寺も、由緒書き由来書きで正統を誇示するもんですからね。古代中世近世近代、いつの世も同じですわ」

「そうだけれども、更に一時的とは云え国家と云う保証書が付いてしまったからね。彼等にしてみればそれが通らない世の中の方が間違ってる——と云うことになる訳だよ」

そう、

彼等にしてみれば築山は間違っていたのだろう。

そして今も間違っているのだ。築山は自分が間違っているとは思わない。

でも——間違いと云われることに関して、強く否定することが出来ない。

ナショナリズムとの相性もいいですしねえと仁礼は云う。

「しかし、今でこそこの手の話を軽薄に口に出来ますがね、敗戦までは、口にも出せなかった――と、云うより、あまり考えませんでしたなあ。何だか夢から醒めたように思っとる人も多いのと違いますかね。醒めん人も居るんでしょうけど――ただ。そうしてみると何処かしら、私等も変わってるようにも思うんですけどね」

「民草の暮らし振りは大きく変わったからね。死生観など根幹の部分は兎も角、それを取り巻く心性は多少なりとも変容してはいるだろうな。ただこれは政治や制度とはあまり関係ないよ。単に身過ぎ世過ぎに合わせて変わったと云うだけだろう」

　勝手にね――と中禅寺は云った。

「人人の心性を変容させたと云うのであれば、大正時代の民力涵養運動なんかの影響の方が大きかったのじゃないかと思うよ」

「そうですか。あれは第一次大戦後の経営事業改善運動みたいなものやないんですか」

「いや、あれは大正デモクラシーの波に乗った裾野の暈けた社会運動のように捉えられがちなんだけれど、核の部分には確りしたイデオロギーがある。しかもあれで経済活動や地方自治の在り方は多少なりとも変わったからね。暮らしの仕組みが変われば生活慣習だって変えざるを得なくなるし、習慣が変われば心性もそれなりに変わって行くものだろう」

「頭ごなしの宗旨替えよりは効いた訳ですね」

「まあ、それでも根っこの部分は変わっていないと思うがね。いずれ上意下達で押し付けられた信仰なんかが広く一般に根付く訳はないんだよ。政治は宗教を変えられない。教団が権勢に擦り寄ることはあるが、宗教が制度に合わせて教義を変えたって人人の信仰を変えることは出来ない。沉て大衆の心性など然う然う変えられるものではないさ。国家権力なんかが介入したって――」

亀裂が生れるだけだと中禅寺は云った。

「国のために人が集められる訳じゃない。人が集まる処に国が出来るんだ。人が先だ。だから、寧ろ大衆の心性に合わせて宗教の方が変わるんだよ。その結果として、信仰は醸成されるんだ。仏教にしても基督教にしてもそうじゃないか。そうでしょう築山君」

「まあ――そうでしょうか」

どうにも心許ない返答しか出来ない。

築山は思う。

神仏と云うのは、本来的にあるものなのか、それとも創り出されるものなのか。

それは社会の在り様で如何様にも変わってしまうものなのか。正統を主張し合い、信者の数を競い合い、剰え制度が変われば貶められる、それは信仰なのか。切ったり張ったり曲げたり折ったりして変容して行く真理などあるのか。それともそれらは普く方便で、真の神仏は何処か中空にぽっかり浮いているとでも云うのだろうか。

ならば真理は、下界の衆愚を嗤っているのか嘆いているのか。如何せんそうした在り様が現実なのだとしても、ならば己の求道は何を見据えていれば良いのか。矢張り――。

人か。

そんなことを思った。中禅寺が、自分は真の信仰者たり得ないと云っていたその言葉の意味が、少し解った気がした。

仁礼の方は意に介していないようだった。

専門が違うし、そもそもこの青年は築山のような宗教者ではないのだ。彼は枠の中身ではなく、枠の仕組みこそを学問の対象としている。

「そうは云っても、戦後になって神祇院も廃止された訳だし、制度も法律も変わったんですから、多少は良くなったんやないんですか？　慥か、さっきの話に出た普化宗も、何年か前に宗教法人として復活したと聞きましたけどね」

それは多少は変わったよと築山は答えた。

戦後、内務省に依る神社管理はなくなった。明治期の社格制度は無効となり、伊勢神宮を除く凡ての神社は同格となった。代わって全国の神社を包括する宗教法人として神社本庁が創られたが、現在東照宮は別表神社――規模や歴史などを鑑み、人事などを独立して行える神社――扱いになっている筈である。神社本庁の完全な管理下にある訳ではない。

でも。

「だからと云って、一度分けられたものは元には戻せないからね。今更神仏混淆に戻しますと云ってもそう簡単には行かない。本地垂迹は堅持していても元通りにはならないさ」

政治は文化を壊すことは出来るんだよと、箱の中身を丁寧に並べ乍ら中禅寺は云う。

「文化は、恣にすることは難しいが、簡単に壊せるものだから。だから明治政府が文化財だけでも残そうとしたことは評価すべきだと思うよ」

「海外の場合、倒れた前王朝の文化は根刮ぎ消されたりしますからねえ。文物も徹底的に破壊されますし。明治維新は謂わば首の挿げ替えだから未だ良かったんですかね。そうしてみると東照宮なんか旧政権の象徴なんやから、破壊されてた可能性もない訳じゃないですな」

残されて何よりですよと仁礼は云った。

「それはそうなんだが、神事と仏事は分立出来たにしろ、建造物に関しては完全に切り分けることは難しかったようだよ。同じ敷地に建っているし、どちらに帰属するものか決められない建物もいまだ幾つか残っている。係争中だと聞いているが」

それは面倒ですねえと中禅寺は云った。

「ええ。そんな状況なので、部外者の私が妙な動きをすると双方に迷惑が掛かるのじゃないかと——勘繰ってしまうんです。止められてる訳じゃあないんですけどね。個人的には未曽有の建築物の横に居るんですから、具に観たいところなんですが」

「なる程。それで、君が遠慮がちにざっと観たところ、鳥が多かった——と」

「は？」

彫刻ですよ彫刻と中禅寺は云った。そう云えば東照宮の彫刻の話をしていたのだ。築山はどうも話題の変転に流されがちである。

「ああ、いや、ですから正確に勘定はしていないんですよ。一般参拝客として二度ばかり回りましたが後は外から眺める程度で――」

「築山君のスケール感や観察力、記憶力は信頼しているから間違いないと思いますよ。鳥は波や雲のように図案的に背景に配されたりもするし、鳳凰でも鶴でも雀でも、鳥は鳥だからね。応龍なんかも羽があるから遠目には鳥に見えるでしょうしね。そうしてみると慥かに鳥類は多いのかもしれないなあ。ところで信用した序でにお尋ねしますが、虎はどうだろう」

「虎ですか？」

「家康縁故の寺社には虎の意匠が施されていることがままあるんです。生まれ年の干支に因んだものと謂われるんだが、生まれ年の干支に対応する神仏を個人の守護仏、守護神とするのではなく、干支を表す動物が個人の象徴となると云うスタイルは然う多くはないのじゃないかと思う。だから気にはなっていたのですが」

「興味深くはありますがねえ」

古本屋さんが気にすることではないと思いますけどねと云って仁礼は笑った。

まったくだと云って中禅寺も笑った。釣られて築山も笑った。

「いや、家康公は慥(たし)かに寅年のお生まれですが、そうですね、虎はそれなりに居ますよ。表門の長押(なげし)の蟇股(かえるまた)の処だとか、五重の塔にも彫られている。ただ五重の塔の方は、虎と云うより十二支が揃っていたと思うので――虎に限ってと云う訳でもないですね。まあ虎、兎(うさぎ)、龍は東側――と云うか正面に配されていて、目立つんですが」

「ああ、二代秀忠(ひでただ)が卯年(うどし)、三代家光(いえみつ)が辰年(たつどし)、寅卯辰と続いていたから、五重の塔はそこを際立たせたのだ――とか」

「ええ、私もそう聞いています。でも――龍は確実に多いんですけど、兎や虎は、それ程目立って多くはないと思いますが。表門の虎だって対になっている片方は豹(ひょう)ですし」

「豹？」

「豹――ですね」

それは虎ですわと仁礼が云った。

「そうかい？　表門だし、ちゃんと観たと思うんだが。身体の模様が豹だよ」

「いやいや、慥か――その時代、豹は虎の雌(めす)だと考えられてたんやなかったですか？　縞(しま)が雄(おす)。斑(まだら)が雌。違いましたかね？」

その通りだねと中禅寺が云う。

「日本に虎は棲息してないからね」

「生物学的知識に乏しかった、と」

「そうじゃないよ。その時代、虎は龍や貘と同じく霊獣、神獣の類いだったと云うことさ」

「そうは云いますがね、東照宮が造られたのは家康の死後やないですか。古代でも中世でもなく近世ですよ。加藤清正の虎退治だって秀吉の朝鮮出兵の時やないですか。その当時、虎は動物でしょう。鉄砲で退治出来るなら動物なのと違いますか？」

「何を云うんだね。龍だって化け物だって武器で退治されるだろう。鬼だって腕を斬られたり首を落とされたりするじゃないか。そう云うものは刀や鉄砲で退治出来るものだよ」

「でも、虎は虎でしょうに。思うに、半島で実見しとる訳でしょう。大きな猫みたいな獣だと知ってたんやないですか？」

どうかなあ、と中禅寺は腕を組んだ。

「清正が退治した虎は軍馬を咥えて飛んで遁げるような恐ろしいものだよ。そんな生物はこの世に居ないだろうに」

「誇張されてるんでしょうに」

「誇張と云えば誇張なんだろうが、譚と云うのはそう云うものだよ仁礼君。海外には三十尺になんなんとする大蛇や五十貫を越える巨猿が居るが、この国にはそれに類する蛇や猿は居ないだろう。しかし人を一口で呑むような蟒蛇や人を攫う化け物狒狒なんかの譚は多いじゃないか。じゃあそれは何かの誇張なのかと云えば、そんなことはないだろう」

「まあ、本物の大猩猩は人を攫いませんし、蚺蛇もあまり人は呑まんですがね」

だからどっちもこの国には居ないんだよと中禅寺は云う。

「本邦の大型動物と云えば熊だが、熊を撃って豪傑だと謂われるなら猟師は皆豪傑になってしまうじゃないか。虎をただの動物だとしてしまうなら、清正の強さも半減してしまう。大きな猫なんぞと思われたのじゃ形なしだ。相手が霊物だからこそ豪傑譚が成立するし、語り伝えられもするのだよ」

なる程そうですなあと仁礼も首肯く。

「それじゃあその時期になっても未だ、虎は霊獣神獣の類だったゆうことですな」

「そう、そしてそう云う尺度で見るなら、豹は虎の雌でも良いと云うことになるね」

あれは番いだったのか。

「そうなら、まあ倍とは云いませんが、多少は数が増えますね。虎は、兎よりは多いでしょう。でも龍よりは全然少ない。目に付く場所に配されてはいますが、数が目立って多いとは云えないですね」

そうかと云いつつ中禅寺は箱の中身を丁寧に並べて行く。気が漫ろになっている訳でもない。一度に色色なことを考えることが出来る性質なのだろう。仁礼の方は既に店仕舞いに掛かっている。

「でも、山王と云えば猿やないんですか？ 八幡神は鳩、お稲荷さんは狐、山王さんの神使は猿やないですか。山王一実神道はまた違うんですか？」

「まあ猿の彫り物はあるけどねえ」

「ほら、東照宮と云えば左甚五郎。眠り猫に不見不言不聞の猿やないんですか。三猿と云うのは、あれ、伝教大師の発案と謂われてますけども――それも俗説なんですかね」

俗説だろうなあと中禅寺が答えた。

「不と猿の掛け詞になっているから、日本由来と考えたいところだが、他国にも同じような意匠はあるからね。正直なところは判らないよ。京都の東山に最澄作と伝えられる三猿像を納めた庚申堂があるけれど――考えてみれば、そう謂われているだけでそれを裏付けるような憑拠はないからなあ。天台の基本的な教えである『摩訶止観』にある空、仮、中の三諦をして三猿に宛てたのだと云う後講釈もあるけれど、些細とも呼応してないからね。庚申堂に祀られていることからも判る通り、三猿は庚申信仰と深く関わるものだ。青面金剛と並んで庚申講の本尊とされる。系統がまた別だ」

「じゃあ東照宮の三猿はどうなるんですかね。庚申講ゆうのは日待月待の行事みたいな不寝の講やないですか。あれは道教起源やないんですか」

難しいところさと中禅寺は軽く往なす。

「ただ、庚申信仰が広く浸透したその背後には天台教団の貌が覗くから、全く無関係と云うことはないだろうけどね。でも山王系だから、と云うことはないんじゃないか」

あれは神厩舎の彫刻ですからねと築山は云った。

「廐に猿は付きものでしょう。これも大陸由来なんだろうけれど、猿が馬の守り神と云う俗信は、民間にも根強くあるのでしょう」

「ああ、そう云えば斉天大聖孫悟空も天界の職は弼馬温、廐番でしたな――いや、そやったら、それで猿なんですか？」

「そうなんじゃないのかな。廐舎だから猿を配おうとしたのだけれど、折角だから、天台に肖って三猿にしようと――そう云うことなんじゃないかな」

中たっていると思いますよと中禅寺が継ぐ。

「慥かに山王神の神使は猿なんだけれど、あれはただ猿なのであって三猿じゃあないからね。山王の猿とするなら、子連れの雌猿か、烏帽子を被って鈴を持った神猿なんかを、鬼門除けに配すなり狛犬の代わりにするなりするだろう。神廐舎に置くなら山王の猿であることはないし、況て三猿である必要はない。三猿は矢張り庚申なんだろうし、東照宮と庚申の結び付きは表向き見え難いからね。意匠を担当した狩野探幽が天台の中興とも謂われる天海に忖度したのかもしれないね」

「いやあ、しかし世に知らぬ者のない程の傑作が忖度の産物と云うのはねえ」

「忖度と云うのは本来悪い意味の言葉じゃあないんだよ仁礼君。今は相手の立場を慮って行動を起こすと云う意味だけれども、元はただ相手の気持ちを推し量ると云うだけの意味だ」

まあ『詩経』にもある言葉ですわと仁礼は云う。

「信長に叡山を焼き討ちされて以降、天台宗は受難続きだったからね。家康公を祀るなんぞと云う巨大な計画に深く関わるなどと云うことは、信仰の拡大や教団の安定を図ろうとする天海にしてみれば千載一遇の好機だったろうから」

「権勢と結び付く——と云うより権勢を利用したゆう感じですな。まあ、中禅寺さんの云う通り、まともに布教しようと思うたら大変ですわ。為政者と結ばんと寺一つ建ちませんからね。それから、これも中禅寺さんの云う通り、大衆に寄って行かなあかんのでしょう。そこも古代からずっとそうですわ。外来宗教を根付かせるゆうのは大変なことですよ」

それは——そうなのだろう。築山も本邦に於ける仏教の受容史は一通り学んだから、それは判る。だが一方で築山は仏教者——僧でもあるのだ。

それまでずっと手許を凝視しながら話していた中禅寺は、す、と顔を上げて築山に顔を向けた。何かを見透かしたようだ。

「この作業部屋は換気には十分気を付けてくれていますが、明かりを取れるような窓がないでしょう」

古書肆は突然そう云った。

「はあ」

「外の明るさは判りませんね。今何刻なのか——我我は、あの壁掛け時計を見るしか知る術がない」

「しかし時計がなくたって時間は進みます。時計があるから時間がある訳ではない。寺も神社も、仏像も、あの時計と同じですよ」

意味が解りませんなと仁礼が云った。

「解らないかね。寺院社殿は人が建てたものだし仏像は人が作ったものだ。仏師が彫ったり鋳造したりした、木の塊、金属の塊に過ぎないね。皆がそれを拝む。でも人は木や金属を拝んでいる訳ではないだろう。仏像あっての信仰じゃあない。信仰あっての仏像じゃないか」

「まあそうですなあ」

「だからね、権力と結んで寺を建てたりするのは時計を作るのと同じことだし、衆生に寄り添って解釈を変えたりするのも時計の数字を読み易く書き直すような行いですよ、築山君」

「え——」

「時計なんかなくても時間は流れているけれど、人は時計がなければ時間が過ぎていることを忘れがちなんです。時計のお蔭で一分一秒まで能く判る。宗教は人が創ったものだけれども、人は人が創ったものを信仰している訳ではないですよ。人は信仰するために宗教を創るのです」

「ああ」

信仰が先ですかと云うと、中禅寺は更に云うなら人が先ですと答えた。

「まあ——そうですが」

「信仰は人が生きるための、生き易くするための方便です。先ずは人ありき、暮らしありきで当たり前なんですよ。間違った在り方ではない」

「人の暮らしに寄り添わん時計を押し付けるのが間違いゆうことですか」

「間違いと云うよりね、そう云うものは使う者が限られてしまうと云うことだよ。無理に神仏を選り分けたり祭神を記紀神話の神に差し替えたりしたところで、人は村外れの名もない祠に参るものさ。何が祀ってあるのか判らなくても、そこに何らかのご利益があると謂われている限りはね。幕府はそれを容認し、また利用した。明治政府はそれを認めなかったと云うだけだ。その結果、切り捨てられた御利益の受け皿として新興宗教が雨後の筍のように生えて来たじゃないか」

「なる程」

「だから築山君は戸惑うことなんか一切ないんですよ。山川草木悉有仏性、どのような形であろうとも仏性はあるのです。それはぽっかり宙に浮いているものではなく、僕達と云う存在そのものが仏――なのでしょう」

「そう――ですね」

「お経にはそう云うことが書いてあるんですよ。誰がいつ書き写したのかは未だ解らないけれど、この古い本にだって――」

中禅寺はそこで言葉を止めた。

「うん、この第三の箱は内典じゃなく外典ですね」

「外典？　外典の写本ですか？」

内典とは所謂経典、仏典である。外典とは外から齎された典籍、仏教と関わりのないものを指す。

「儒学関係ですか？」

「いや――待てよ」

中禅寺は倹飩箱の蓋を喰い入るように覧た。

「これは掠れているけれど――さる、と書いてあるのかなあ」

「猿なら山王関係じゃないんですか」

「いや――題簽も何もない。表紙に題も書いてないなあ。これは何だ？」

中禅寺は本を読み始めた。

「読みますか」

仁礼は築山の方を向いて苦笑した。

「この人、読み出すと止まらんでしょう。大掃除の畳の下の新聞みたいになりゃあせんですかね。もう今日は終わりのつもりだったんですがね」

「まあそろそろ終了時間だよ。便利な時計が報せてくれているじゃないか。中禅寺さんは読むのが早いから。それに申年に記されたとか云うのであれば、これはかなりの手掛かりだ」

「それはそうと簗山さん」

　山王の神使は何で猿なんですかね——と仁礼は問うた。

「最前も云いましたが、山王さんと云えば猿やないですか。まあ、じゃあ八幡は何故鳩なのかと尋かれても推論しか述べられないですがね」

「そりゃあ、比叡山には猿が多く棲息しているからじゃないのかな。山王権現——日吉大社と云うべきかな。彼処(あそこ)は元は日枝社、比叡の社な訳だから」

「猿は日本中に居ますやん」

「私は延暦寺には何度も行っているし、短期間ではあるけれど修行もしたからね。猿の数は多いよ。日吉大社がいつから猿を神使としているのかは知らないけれど、猿は叡山の開山よりも、日枝社の勧請よりも、ずっと前から居るだろう」

　数が多いからですかねえと仁礼は云う。

「しかし先程の話だと、同じ山王系でもこちら、山王一実神道の方じゃあ猿は神使と考えられていない訳でしょう？」

「まあなあ。神廐舎の猿は三猿ばかり話題になるのだけれど、十五六体はあったと思う。あれは人の一生を猿に托した続きものなんだ。一方でさっき話に出た虎は少なくとも各所に三十以上はあるし、兎も総数なら猿より多いと思う。ま、何度も云うが精査はしていないんだが、ただ猿が特別視されていることはないと思うよ」

「何ででしょうね」

「何でって」

「日光の山も猿は多いやないですか。比叡山とどっちが多いのか判りませんけど、山中に猿が居るやないですか。いろは坂でしたか、彼処なんか能く出ると聞きましたけど。多いでしょうに」

慥かに日光にも猿は多い。

「いやね、私が泊っとる民宿の親爺が、その昔、神様のお使いを見たとゆうんですわ」

「何だいそれは？」

光る猿だそうですと仁礼は云った。

「はあ？」

「いや、最前中禅寺さんもゆうてましたけどね、その辺の親爺には、山王神道も山王一実神道も区別ないんですわ。その親爺、もう七十くらいですけど、若い頃大津に住んでたらしくて、山王さんと云えば猿やろ、と思い込んでるんですな。で、私が輪王寺さんの関わりの仕事で来たんやとゆうたら、それやったら儂は神様見たでと、まあこう語る」

「ほう。で何だって？　光る？　猿が？」

「親爺さん、そうゆうてましたけどね。戦前のことらしいですが、どんな風に光るんかは聞きませんでしたけどね。ありゃ神神しい猿様じゃ、山王さんのお使いじゃあ、と」

幻覚だろうねと云うと幻覚でしょうと返された。

「それ以降、親爺さん猿を追い払うことが出来なくなったらしく、庭は荒れ放題、台所なんかも好き放題に荒らされるようですけどね。それでも有り難いことだと云って、玄関には三猿の置物飾ってましたな。実際、来歴も教養も関係ないんですわ。そんなものなんでしょうなあ」

返答に窮し、築山が適当な生返事をしようとしたその時、中禅寺が噫と声を上げた。

「何です？」

「これは慥かに——猴ですかね。三つ目の箱の中の半分は『西遊記』ですよ、築山君」

中禅寺はそう云った。

殺しがあったと云うのなら——。

必ず死体がある。死体が何処にもなければ殺人事件は成立しない。自白がなされようとも状況証拠があろうとも、立件は難しいだろう。確実な物的証拠があって、信用出来る目撃者も居て——そうした状況であったとしても、矢張り死体がなければ話にならない。公判の維持は難しいだろうと思う。

況て。

何処の誰かも判らないとなれば。

——何なんだ。

木場は長門から聞いた死体消失事件が気になっている。気になっていると云うより、ずっとそのことばかり考えている。そこまで間抜けな話は聞いたことがない。

どんな大胆な犯罪者だって、捜査員がぞろぞろと屯している只中から死骸を盗み出すなどと云う破天荒なことは為ないし、先ず考えない。証拠品を隠すとか足跡痕を消すとか云うなら兎も角——否、それだって無理だろう。考えられない。

おまけに消えた遺体は三体だと云う。

考えられるとするなら、警察関係者が関与していると云うケエスだけである。

——何のために。

想像が出来ない。

まあ、何か木場には思い付けないような特殊な理由があったのだとして——盗んだ後はどうすると云うのか。

殺人犯が何よりも頭を悩ませるのが遺体の処理である。遺体程扱い難いものはない。埋めるのも、焼くのも、簡単なことではない。バラバラにしたってなくなる訳でもない。殺していなくたって棄てれば罪になる。火葬も埋葬も許可が要る。好きこのんでそんな厄介なものを三つも抱え込んで、どうしようと云うのだ。

さっぱり解らない。

何か使い道があったと云うのか。

別なものに加工するか何かの実験に使うくらいしか思い付かない。想像力がない。木場は以前、他の事件でも同じようなことを考えた。

外れだったのだが。

そもそも木場は考えるのが嫌いなのだ。

だからと云って何も考えない訳ではない。

木場にとって考えると云うことは、歩き回って身体を使って痛い目に遭うことである。

そうやって得た何かが、木場の考えなのだ。ただ座って頭の中で情報を捏ね繰り回していても、間抜けな形になるだけだ。

本物の餅も、絵に描いた餅も、頭の中では同じだと、それは理解出来る。だが木場にとって絵に描いた餅は、絵なのだ。本物の餅だとて、手に取って喰ってみるまでは餅だと思えない。喰って腹に収めて、初めて餅だと知る。木場はそうした男である。

せめて新聞でもないかと資料室を探してみたりもしたが、記事どころか新聞自体がなかった。二十年も経っているのだから当たり前である。図書館にもないかもしれない。あったとして、そもそも記事になっていないのかもしれない。

——なってねえか。

事件として成立していないのだ。発表もしていないだろう。殺人事件があったらしいが判りませんとは発表出来なかろう。死体を盗まれましたとも云えまい。

どうにも腑に落ちない。

正直、どうでも好いことではある。頭から追い出せば済むことだ。何か事件でも起ればそちらに集中出来るかもしれぬと思うが、それでも気になるかもしれない。困ったことだ。

木場は悶悶とする。

茶でも飲もうかとも思うのだが湯を沸かすのが面倒臭い。

一番乗りだと部屋が寒い。外套も着たままである。せめて外套は脱ぐべきだろうと思い、脱いだはいいが掛けに行く気がしない。面倒だから椅子の背に掛けたところに、同僚の長谷川が現れた。

「何だい。早えな武士さん」

木場はこの刑事部屋ではそう呼ばれている。何処が武士なのか木場にはまるで解らない。

「そっちこそ早えじゃねえか。何かあったのか」

ないないと長谷川は手を振った。

「汚職だのストライキだの、世間様は騒がしいけども、幸い管内での強行犯は温順しいもんだよ」

麻布は平和かと云うと、長谷川はどうだかなあと謡うように云い乍ら席に就いて、煙草を咥えた。痩せぎすなのにいつも大きめの背広を着ている。油を付けて後ろに撫で付けた髪形は警察官とも思えない。亜米利加の歌手のようである。長谷川は煙草を咥えたまま、歯を剝いてにや付いた。

「あんた、また管轄違いの事件に首突っ込もうとしてるンじゃないのかい。次は懲戒じゃ済まんよ。良くっても離島の駐在だぜ。それこそ平和で好いだろけどな」

「煩瑣ェな。俺は地獄鍋の泥鰌じゃねえよ。然う然う何にでも首突っ込むかよ」

ありゃ本当に首突っ込むのかねえと長谷川は首を傾げた。

「湯が熱くなるから豆腐に逃げ込むって、豆腐の方も煮えてると思うがなあ。あの豆腐は後から入れるのかい」

「どうでも好いじゃねえかそんなこと。俺も泥鰌なんざ柳川ぐらいしか喰ったことがねえよ」

荒れてるなあと長谷川は云う。

「益々怪しいな。あんたが荒れてる時は要注意だと課長が云ってたぜ」

「注意って何だよ」

「まあそう青筋立てるなよ。あんたが本庁でどんな扱い受けてたかは知らんがな、飛ばされて来たんだから推して知るべしか。でも捜一の係長、ありゃお前さんを買ってるぞ」

「誉められた覚えはねえよ」

「莫迦。だってほぼ野放しじゃねえかよ。お小言は誰にだって垂れるんだよ。ただ、まあ服務規程ってなあるからさ。上の目もあるし、明らかな逸脱行為は庇えねえだろ。だから一線越えねえよう注意しとけって話だよ」

煽てられてるのか貶されてるのか判らねえよと木場は不貞腐れて云った。喜ぶべきところだぜえと長谷川は云う。

「係長はな、あれで苦労人よ。ただの叩き上げじゃねえんだな。若い頃は随分と跳ねっ返りだったようだし、彼処まで上がるのには相当の紆余曲折があったんだと思うぜ――」

麻布署捜査一係係長は近野と云う頑丈そうな男である。

図体も大きいし体も鍛えているようなので若く見えるが、既に五十の坂は越えている。

上ろうとする奴は大抵苦労するもんだろがと云った。最初から上に居る連中も、もっと上に行こうとするなら苦労するものだろう。苦労の質が違うだけである。

「苦労したくねえって野郎は、苦労しないために苦労をすんだよ。ぼおっと生きてる奴なんざ居ねえだろうがよ。そう云うなァ、死んじまうんだよ」

「まあな。あんたは出世しようなんて思ってないんだろうが、それでも苦労はしてるわな」

そう云うと長谷川はそれにしても寒いなおいと続けて手を擦り合わせた。

「で、今度は何だよ。所轄同士なら未だいいが、県跨ぎァ面倒になるから止せとか云ってたぞ。一品泥の時も贋作詐欺の時も、根回しやら始末書やら大変だったようだからな」

「誰が」

「だから係長だよ」

「俺はつまらねェ報告書適当に書いたら、いい加減にしろと怒鳴られただけだったぞ」

だからあんたの後始末はみんな係長がしてんだよと長谷川は云う。

そうだったとしても、別に恩義は感じない。木場が頼んだ訳ではない。

余計なお世話だと云った。

「俺は庇って欲しくなんかねえよ」

「常に切腹覚悟ってかよ」

流石は武士だ恐れ入ったなと小馬鹿にしているのか感心しているのか判別のつかない口調で云うと長谷川は煙草を揉み消した。

「で、今度は何しようってんだ。俺も一応相棒なんだから、教えろ」

「何でもねえよ。昨日、耄碌爺ィから聞いた与太話が気になってただけだよ。しかも二十年も前の話だぞ。首突っ込もうにも突っ込めねえよ」

未解決かいと問われたので事件化すらしてねえよと答えた。

「事件じゃねえんだよ。事件だとしても時効だ」

「益体もねえもん気にするなあ。参考までに尋いとくが、管轄は何処だよ」

何の参考だよと木場は云う。

「芝公園だってえから——芝愛宕署かな」

「芝愛宕？」

「何だよ。それだとどうだよ」

「二十年前って云ったよな。昭和——九年か」

「ならどうだってんだよ。今日は随分と絡むじゃねえか、ゲジよ」

木場は長谷川をゲジと呼ぶ。意味はない。そんな顔だと思うだけである。本人は蚰蜒由来と思っているようだが、木場は蚰蜒と百足の区別が付かないくらいそう云うものに興味がないから、取り立てて愚弄しているつもりもない。

長谷川は口吻を突き出して顔を歪めた。

「あ――ン、慥か係長はその頃、芝愛宕署に居た筈だけどな。聞いたことがあンぞ」

「近野さんが――な」

「所属は知らねえけど。二十年前ならもう制服じゃなかったと思うぞ。おっさん、内勤してたって話も聞かないし、強行犯一筋だぁみたいなこと云ってたから、なら何か知ってるかもなぁ」

だらしない口調でそう云うと長谷川は大きな欠伸をした。

長谷川がその大口を閉じる前に、どかどかと同僚達が部屋に入って来た。帳場が立っていない時の刑事どもは覇気がない。と――云うよりも、面がだらけている。挨拶も吠えているだけで何を云っているのか判らない。

そのオウとかヨウとか云う声が、お早う御座いますと云う言葉らしきものに変わった。

係長が――来たのか。

顔を上げ、眼を細めて見ると近野が外套を脱いでいるところだった。

近野は強面でこそないのだが、体格が良いので強そうに見える。柔道だの空手だのの有段者だそうだから実際に強いのだろう。大柄な係長は、五分刈りの胡麻塩頭を搔き乍ら悠然と木場の鼻先を通り過ぎる。挨拶くらいすべきだと思いはしたが、木場が捨て犬のような眼で見上げているうちに近野は席に着いてしまった。

係長は座るなり机の上に積んであった書類に眼を通し始めた。

気の利かない給仕の爺さんが茶を持って行く。よた付いた爺さんが視界から消えたので木場は立ち上がった。

長谷川が意味あり気な顔を向けたので無視した。

真ん前に立つと、近野は鼻の穴を膨らませて木場を見上げた。

「何だ。面倒臭い報告は聞きたくないぞ」

「報告じゃあないですよ。尋きてえことがあって」

ここは、普通ならお早う御座いますじゃないのかと云って近野は苦笑した。

「くだらねえ話なんで、早く済ませちまおうと挨拶を省いたんですよ」

「省くんじゃないよ。しかもくだらねえのかよ」

近野が何か小言を云い出す前に木場は透かさず係長芝愛宕署に居たんですかいと問うた。

「何だァ?」

「単刀直入が持ち味なんですよ」

「脈絡がないと云うんだよそう云うのは。順序立てて話せよ。そんなだから説明に時間が掛かるんじゃないのか」

「いや、先ずそっからなんですよ。そこ確認しとかねえと」

居たよと近野は答えた。

「居たけどさ、戦前の話だぞ。二十年から昔のことだよ。今はもう識った顔も居ない。だから何か融通利かせろとか云われても困るし、そもそも管轄外の事件に関わるなと、再三再四云ってるだろ。そう云う話なら即お断りだよ」

「先走らねえでくださいよ。尋きたいことがあると云ったじゃないですか。昨日ね、爺どもの集まりで妙な話を聞いたもんでね」

「慥か――本庁の長門さんな、お前が組んでた、あの小柄な。あの人が退官したんだろ。送別会だったとか」

「老人会ですよ。古狸の化かし合いみてえなもんでね。まあ、そこで爺が云うにゃ、二十年前に芝公園で死骸が消えちまったと――」

待て――と、近野は指を広げた右の掌を木場に向けた。

「お前、それは昭和九年の六月の件か」

「日付まで聞いちゃいねえですよ」

お前何を穿ってんだと近野は凄んだ。

「穿っちゃないですよ。聞いた、つってるじゃねえですか。俺は聞かされただけですよ。んで、係長がその頃、芝愛宕署勤務だったたっつうから――」

近野は突然立ち上がった。

木場は――怯んだ。

木場が怯むことなど滅多にない。熊だろうが戦車だろうが、何が向かって来ようと怖じ気付くことはない。近野は事実強いのだろうから、柔道の試合ならきっと負ける。でも喧嘩なら勝てる気がする。怯んだのは——気迫負けである。

「こら木場。寸暇来い」

近野は無表情のまま、少し顎を突き出して席を離れた。木場は仕方なくその後に続いた。長谷川が小馬鹿にでもするように勿怪顔を向ける。係長は事情聴取用の小部屋に入った。

「係長、何ですよ。俺取り調べるンですか」

「煩瑣い。座れ」

顎で示され、木場は着席した。

「何処まで聞いた」

「あ？」

「あ、じゃないんだよ。長門さんから聞かされたんだろ。何を何処まで聞いたか尋いてんだよ」

「まあ、その一通りは」

「その事件な、現場に臨場したなァ、俺だ。通報受けて警官が駆け付けて、次に現着したのは俺なんだよ。班長より先に着いたからな。本庁呼ぶように指示したのも俺だよ。死骸さんが三つだからな。大ごとだろ」

「まあ――そうですけど」

木場は奇遇過ぎる成り行きに少しだけ呆れた。

「いや、長門の爺さん、係長のことなんざ一言も口にしてなかったですがね。さっきの口振りだと面識があんでしょう。なら忘れてやがんのか――」

「莫迦」

近野は投げ遣りに云う。

「長門さんとはな、深い付き合いこそないが、あの事件以来二十年、ずっと賀状の遣り取りしてる仲だよ。だから俺があの時現場に居たことを忘れてる訳はないし、俺がお前の上司になったことだって知ってるよ。莫迦野郎だが宜しくご指導くださいと書いてあったぞ。当然知ってて云ったんだろ」

「どう云うことですよ」

「だからよ。お前は長門さんから何をどう聞いたんだ――と、さっきから尋いてるんじゃないかよ」

「いや――」

木場は聞いたことを聞いた通りに話した。

「そんだけですよ。係長、当事者ならみんな知ってんでしょうに。それとも爺さん、出鱈目でも並べてましたか。まあ、云っちゃ悪いが間抜けな話だ。本当なら大失態でしょう」

「失態じゃないよ」

「あ？　失態じゃねえって、こんなトンチキな話はねえと思いますがね。俺は不思議だとか何だとか云うなァ大嫌えだが、まあ妙ちきりんでしょう」

「不思議でも何でもないんだよ」

「解らねえ」

「解らねえのかよ」

近野は胸ポケットから煙草を出して咥えた。勧められたので木場も一本抜いた。抜いたはいいが、指に挟んで咥えるのを躊躇していると、近野は燐寸を滑らせて寄越した。

「その後の話は聞いたか」

「後って——事件化もしなかったから報道もされなかったと云ってましたけどね。一週間くらい紛乱してて、何だっけな。所轄の若い刑事が死体盗難事件だと云って暫く追っ掛けてたけど、何も出なかったとか——」

近野は灰皿を手に取って煙草を揉み消すと、その指で自分の鼻先を示した。

「俺だ」

「何が」

「だから、俺がその若い刑事だよ。俺だって昔は若かったんだよ。若いったって、もう三十路は過ぎてたが——長門さんよりは下だけどな」

「おいおい。冗談じゃねえんですか」

近野は真顔だった。

「ホントなんすか」

「長門さんもあの件は気にしてたからな。半年くらいは情報の交換もしてたよ。尤も本庁サイドからは何も出なかったがな。そう云う経緯があったから、賀状の遣り取りだって始まったんだ」

「糞。あッの狸親爺め——」

長門は木場の性質を見極め、こうなることを予測して情報を仕込んだのだろう。好好爺然としている癖に油断のならない爺である。

「俺を嵌めやがったのかい」

「そうじゃないよ。お前が自分から嵌まったんじゃないか、木場よ。お前が気にしないで聞き流してたらそれで終わりじゃないかよ。酒の席での無駄話なんて、普通はそんなもんだろうが」

お前が悪いと近野は云った。

「そこまで読んでるんすよあの爺」

「読まれるお前が莫迦だってことだろうが。それらしい餌ちらつかせりゃ直ぐに喰い付くんだ。腹っぺらしの鮒かお前は」

「なら何なんですよ」

近野は腕を組んだ。

「こいつはつまり——そう、お前を介した俺への伝言だろうな」

「何だよそりゃ」

木場は漸く煙草に火を点ける。

「俺は伝書鳩ですかい。伝言ってのは何すか。そんなもん直接云えばいいじゃねえか間怠っこしい。俺は鳥でも魚でもねえんですよ」

「直接は云えないだろうよ。俺はこれでも麻布署捜査一係の係長だぞ。二十年から前の、時効も疾うに過ぎた、事件化もしてねえ管轄違いの事件に、今更首突っ込めなんて云えるかよ莫迦」

「そりゃあ首突っ込めって伝言ですか」

「そうだろ。俺は慥かにずっと気になってたよ。長門さんもそうだったんだろ。でもどうしようもないわな。この期に及んで手も脚も出ない。でもな、壙がありゃ大概首突っ込む不良刑事なら」

「あのな係長。俺は穴熊や鼬でもねえんだよ。聞いてりゃ鳩だとか鮒だとか勝手なことばかり云ってますがね、そんなもんまるで化け物じゃねえか。俺は何者なんだよ」

「莫迦者だよ」

現に好きで首突っ込もうとしてるだろうがと近野は云った。

木場に返す言葉はない。

「まあ、そうですがね。でもさっき係長、不首尾もねえが謎も不思議もねえってようなことを云ってたじゃあねえですか。ならそんな長年気にすることもなかっただろうと思いますがね。だったら、この上俺が首突っ込んだってどうにもならねえでしょう」

ならんだろうなあと近野は云う。

「でもな、木場よ。俺はな、捜査員に手抜かりはなかったと云ったし、不思議なことなんざ起きてないとも云ったがな、謎がないとは云ってない」

「だから、意味が解らねえんだよ係長」

「そのまんまだがな」

木場は段段肚が立ってきた。

「係長、あんた等ァどうして素直に話が出来ねえんですよ。俺ァそう云う狸の化かし合いみてえなのは性に合わねえんだけどね」

「単純なら単純で、そのまま受け取れよ。お前が捻くれてるんだよ。いいか、現場から死体がなくなったのは、誰かが持って行ったからよな」

「当たり前でしょうよ」

「そんなもん、怪しまれずに持って行けるのは警察関係者だけだろ」

「ああ」

それは木場も考えた。

「そう云うことだよ」

「どう云うことですか」

特高が持ってったんだよと近野は云った。

「特高——って」

「他に答えはないよ。所轄でもない本庁でもないなら連中だ。現場には特高が居たんだ」

「それ——長門の爺さんを見張ってたんじゃないんですか」

長門はそう云っていた。

「それこそ引っ掛けだろ。ま、長門さんも実際目を付けられてたのかもしれんが、そうだとしても、あの時、特高は本庁より先に現着してた。と——云うより」

連中は最初から居たのじゃないかと思うと近野は云った。

「最初からって」

「だから何かしてたんだよ」

「何かって——死体並べてかい?」

「そこに予期せず人が来たんだよ」

「公園の清掃人と聞きましたがね」

「清掃人と云うより、バタ屋だよ。公園の管理者とは関係ない。紙屑を集めてたんだな。日比谷通りをこう、籠背負って、下向いてずっと歩いて来て、そのまんま公園に入っちまったんだ。屑と思ったら死体で、腰抜かして大声を上げたんだな」

「交番に駆け込んだ訳じゃあねえんですか」

ねえんだなあと近野は云う。

「もし、あのバタ屋——林と云ったかな。林がその場を離れていたら、きっとその時点で死体は消えていたと思う。林は腰を抜かして騒ぎ続けた。それを通行人が聞き付けて交番に通報したんだ。林は警官が駆け付けるまでずっと現場で喚いていた」

「難儀な野郎だな」

「その難儀な野郎のお蔭で死体が運び出せなかったんだ。多分——な」

「その屑拾いが居たから、ってことですか？　いや、だって、腰抜け一人でしょうに。三人も殺した犯人なら、そんなもんどうにでもなるでしょうよ。殺さなくたって殴り倒しちまえば——」

「だから一人じゃあなかったんだよ。喚き散らしたから弥次馬が集まって来ちまったんだな。だから通報もされたんだよ。俺が着いた時も、公園の入り口に五六人、現場の近くにも四五人居た」

「皆殺しにゃ出来ねえ数——ですね」

「だろ。程なくして警官がやって来て、俺達も到着した訳だから、手が出せなかったんだろう。繰り返すが俺が現着した時にもう連中は居たんだよ。所轄より先に特高に連絡が行くことなんざないよ。そもそもただの殺人事件に特高が出張るかよ」

それは慥かに――考え難い。

「それじゃあ」

「だからよ。仕方がないから急いで手を回したんだろう。そもそもどう云う手筈だったのかは知らんが、結局奴等は普通に遺体を搬送しただけなんだろうよ。ただ俺達には何も云わなかった、ってだけだ」

それだけの話だと近野は云った。

「不思議も何もないだろ」

「ねえですが」

そうだとすると。

「犯人は特高だてェんですか」

そんなこと知るかと近野は仰け反った。

「何度も云わせるなよ。初動捜査は手順通りだったし、不思議なことなんか起きてない。だが」

さっぱり解らないんだよと近野は今度は前屈みになった。

「特高の仕業だとして――だよ。何をしていたのか何がしたかったのか、まるで解らない訳だよ。殺したのか死んでたのか、隠蔽したのか、なら何を隠蔽したかったのか、それとも裏帳場でも立てたのか、全然見えて来ない。上の方もな、結局は沈黙だ。本庁の方はなかったことにしたようだった。勿論、俺は納得が行かないから穿ったし、彼方此方問い合わせもしたんだが、何処の部署も何一つ教えてくれなかった。知らない関係ないの一点張りだよ。塵一粒出て来やしない」

「で、諦めたんですか」

「諦めるか莫迦。三人も死んでんだ。能く判りませんで通るかよ。俺は徹底的に喰い付いたんだよ。でもって、まあ――飛ばされた」

木場は笑った。

「何処に」

「高尾の方のよ、山の駐在所だよ。戻るのに四年掛かったよ。その間も俺は長門さんなんかと連絡取っててな、こつこつ調べてはいたんだ」

「執拗えんだなあ」

「当たり前だ。でもまあ、戻って何年もしないうちに開戦でな」

「ああ」

「復員したら誰も居なかった」

「誰も？」

「若いのは軒並み戦死した。内地に居た奴は空襲でやられてたし、お偉い年寄り連中は引退して雲隠れだ。もう生きてないかもな。生き残ったのは、それこそ長門さんくらいだよ」

あの爺ィはしぶてえからなあと木場は云う。

「だから今、あの事件——事件じゃないか。あの変事を知ってるのは、俺と長門さんくらいなんだよ」

それで驚いたのか。

待ってろと云って近野は席を立った。

それ程待たされず係長は戻った。近野は草臥(くたび)れた封筒を机の上に置くと木場の前まで、滑らせて寄越した。相当に年代物である。変色し、縁はささくれている。

何だと問うと観ろと云う。

破れそうなので気を付けて中を覗いたのだが、案の定口の端が少し破けた。

「いいんだよ封筒なんかに意味はないから。出して観ろと云ってるんだ」

中にはこれまた煤(すす)けた写真が何枚か入っていた。

「こりゃ」

「現場写真だ」

「現場って——」

死体が写っている。

「鑑識からくすねたんだ。処分されちまいそうな気配だったからな。観ろよ。ちゃんと死体は三つ並んでるだろ。そりゃ夢でも幻でもなかったんだ」

慥かに屍は三体ある。壮年の男女と、やや年上の男性である。そちらは頸が折れている。

「顔だけでも判ってりゃ身許特定の役にでも立つかと思ったんだがな。どうもない。俺一人じゃ何も出来なかった」

まあ無理でしょうと云った。

「偉そうなこと云うじゃないか。お前はいつも一人働きだろうが」

「係長こそ、警察は組織だ、捜査は単独でするようなもんじゃねえと説教垂れるじゃねえですか。俺は逐一ご説ご尤もと聞いてるんですよ」

だから実体験を踏まえて注意してるんだよと近野は云った。

「で――」

木場は写真を手に取る。

「こんなもん俺に見せてどうしようってんです」

「どう思う」

「どうもこうも、こんな写真だけじゃ何も判りませんよ。大体、係長は現物観てるんでしょうに。どうだったんですよ。何かねえんですか」

「何かって」

「能く出来た作りものだったとか」

なら燃やしても壊しても始末は出来る。

そんな訳ないだろよと近野は不機嫌そうに云った。

「そんなものなら二十年も引き摺るかよ」

「引き摺ってんですか、未だ」

「当たり前だよ。俺はな、木場。有耶無耶ってのが大嫌いなんだよ。どうであれ、白黒付ける。それを信条に長年警官やってんだ。こんなもん、極め付きの有耶無耶じゃないかよ」

「気持ちは解りますがね。俺に喰って掛かったって仕様がねえでしょうよ。どっちにしたって現場臨場して耄碌してねえのは係長だけなんだから、何か感想なりねえのかと尋いてるんですよ」

「うん」

近野は写真を引き取って眺め、それから机の上に一枚を置いた。

「長門さんも云っただろうが、この二人は刺殺だ」

並んだ男女の死体である。

「検案してないから断言は出来ないが、観た通り出血がかなりある。女は腹を刺されて失血死、男は心臓一突きだな。こっちの」

もう一枚を横に置く。

「年配の男の方は頭蓋骨と頸椎の骨折だと思う。暗かったから他の部位に怪我やなんかがあるかどうか確認はしてないが、ほら、頸が曲がってるだろう」

「刺されちゃいねえんですね」

「頭は割れてたが、それ以外に出血はなかった。殴られたと云うよりも、直観的に転落死と云う感触を持ったがな。勿論印象に過ぎないが」

「この爺さんが二人を刺して、投身自殺でもしたって線は有得ますかね。あ、勿論死骸並べたのはまた別な野郎だったとして、ですよ」

「返り血のようなものはなかったと思う。二人刺してるんだし、正面から心臓ぶっ刺して抜きゃ、血ぐらい浴びるだろ」

「まあなあ。場合に依りますがね」

「慎重なこと云うじゃないか。まあそうだ。後、この男だけ汚れてた気がするな」

「汚れって」

こざっぱりとした身態ではあるが。

「髪の毛に草だか木だかが付いてたと思う。勿論地べたに寝かされてんだから、土でも泥でも付くんだろうが——こっちの男女の方はそう云う感じはしなかったと思う」

木場は目を凝らして観たが、そう云われればそうかと云う程度しか判らなかった。

「俺は莫迦なんで、予断を持つなと云われてもハイそうですねとは云えねえ性質なもんだから、つまらねえこと尋きますがね。それ、並んでて怪訝しかなかったですか」

「おかしいって――」

そりゃ怪訝しいよと近野は云った。

「死体さんが行儀良く並んでたんだぞ」

「そうじゃなくって。例えば、これが親子三人だったらどうですよ。親父とお袋と子供って取り合わせだったら、生きてようが死んでようが三人川の字に寝かされてようがどうだろうが、まあ変じゃあねえと思いますがね」

そう云う意味かと近野は云った。

それから置いた写真を手に取って、仏頂面で眺めた。

「二十年も経ってるからな。それに、こりゃ第一印象、つまり感想だ。確証なんかないぞ」

「そんなもなア期待しちゃいませんよ」

「そうかよ。パッと観て、この二人は夫婦じゃないか――と、俺は思った。思っただけだから違うかもしれない」

なる程。

「こっちのおっさんはどうです」

「他人に見えた。見えただけだ」

男女は余所行きの恰好に思える。

男は背広を着ているようだが、勤め人とも思えなかった。

「所持品は。背広にネエムなんかは」

なかったなと近野は答えた。

「財布もなかった。鞄も何もない。ポケットの中にも何もなかった——と思う。とは云え側観ただけだ。服脱がせて調べた訳じゃないから、何処かに何か隠し持っていたならそれは判らん。時間がなかった」

「まあ——先に写真撮るか」

「撮って直ぐに持ってかれた。運んだ連中は当時の警察の出動服着てたからな。関係者なんだよ」

「特高——ですか」

俺はそう思ってるよと近野は云った。

「来てた特高が誰なのかは——」

「知らない。俺は駆け出しの下っ端で、下等だ。連中は何だか知らないが高等だろ。しかも秘密だ。顔に見覚えはあったがな。本庁の長門さんも判らないと云ってた」

「見覚えはあったんですね？」

「あったように思ったんだよ」

　近野は腕を組み、下顎を突き出した。

「それで終いだ」

「終いって係長、爺さんの話だとあんた一人で掘ったそうじゃないですか。掘っても何も出なかったんですかい。徹底的に喰い付いたんでしょ」

　飛ばされたんだよと近野は云う。

「飛ばされたのは飛ばされるようなことを摑んだからじゃねえんですか」

「ん」

　近野は眼を円くした。ごつい男なのだが、目許だけは若干可愛らしい。

「それは——そうかもな」

「あのね、係長。俺は叱られたり飛ばされたりするのは慣れてんですよ。そりゃ素行が悪いからだ。そこんとこは判ってますよ。でもね、俺の素行が悪くなるのは、そうでもしなきゃ見付からねえようなことばかり穿るからでしょうよ」

　知ってるよと近野は云う。

「民間人囮に新興宗教に潜入して、他県で暴れたりするような莫迦刑事は叱られて当然じゃねえか」

「でも馘にゃなってねえ」

「それはお前」

係長も解雇されてねえと木場は云った。

「そのうえ出世してるじゃねえですか。決まり破れば叱られる。こりゃ当たり前だ。でもね、決まり破ると、都合の悪いことも見えるもんでしょう」

「都合の悪いことって何だよ」

「お偉いさんに取って都合の悪いことですよ。でも上も色色だ。下等な俺達とは違って、お偉い皆さんは互いに足引っ張り合うし、蹴落とそうともするでしょうよ。だから誰かに都合の悪いことは誰かには都合が良いことだったりすンですよ」

「だから何だよ」

「お偉い皆さんは明らさまなこたァしねえ。だから俺みてえな莫迦が見付けたことを駆け引きに使うんでしょうよ。それで処分が半端になンだ」

「半端——だな」

「俺だって普通なら懲戒解雇でしょうよ。それがただの降格異動だ。そりゃ伊豆の一件に旧内務省だの旧陸軍だの、面倒臭え泥縄が繋がってたからでしょうよ。そう云うのを煙たがってる連中と、そうでねえ連中と、ことなかれ主義の連中との間で駆け引きがあったんだ。俺が未だ司法警察官ななァ、政治的な判断って奴でしょうや。違いますか」

「知らねえよ。俺も下っ端だ」

「俺よりは上でしょう」

「お前に説教される覚えはねえよ」

「説教する柄じゃねえですよ。ただ、係長が何か面倒臭えことを掴んだのじゃねえかと、そう尋いてるんですよ」

近野は口をへの字に曲げて眉間に皺を立てた。

「掴んじまった――のかな。いや、あれは外れだと思ってたんだけどな」

「何を掴んだんです」

死骸の行方だよと近野は云った。

「行方ってあんた」

「そう思ったんだ。その日――昭和九年六月二十五日の夜中にな、八王子の北の多西村って処で、火事があったんだ。二人死んでる」

「それが？」

「焼死じゃなく刺殺だった。殺した後に火を付けたんだな。強盗放火殺人事件――と、判断された」

「で？」

「未解決だ。被害者は、慥か――新聞記者の、何と云ったかな。そう、笹村伴輔と――女房の澄代だ」

「新聞記者ですかい」

「新聞と云ってもな、大きな新聞社じゃない。明治時代に被害者の親父さんが興した——何だったかなあ。そう、一白新報（いっぱくしんぽう）とか云う当時で謂う小（こ）新聞だな。息子がそれを嗣いで、細細とやってたんだ。社員も一人だか二人だかで、発行部数も少ない」

「それが何ですよ。俺には何も判らねえがね」

「だからさ」

近野は不機嫌そうな顔を、木場に寄せた。

「一白新報ってのは政権に批判的な記事を載せてたんだよ。当然、特高は目を付けてた。しかも社員の話だと、その時笹村は、どうやらでかい事件（ヤマ）を追い掛けてたらしいのよ。汚職か何か判らんがな」

「まあ、ありそうな話ですがね」

「身代わりじゃねえか——と思ったのよ」

「誰が。誰の」

「芝公園の死体をな、自分の身代わりにしたのじゃないか——と、そう思ったんだって」

「その、笹村とか云う男がですかい？」

「そうだよ。お前も知ってるだろうが、変死体ってのは一日何体も出るだろ。その当時だって変わらないよ。でも消えた遺体に該当するようなものは他にはなかった。その、多西村の焼死体だけだよ。検案調書も見せて貰ったが、傷の部位も記憶と同じようなものだった」

「なる程な」

「そうだよ。あの時代はな、特高に捕まっちまったらもうお終いなんだよ。国策に反抗する輩（やから）は、責められてあることないこと自白（うた）わされる。白状しちまえば嘘でもでっち上げでも実刑だ。黙ってりゃ拷問されて殺されるんだよ。死んだろ、ほら」

「何とか多喜二ですかい」

　長門が云っていた。

「その多喜二だよ。だからな、身代わりを用意して逃げたのじゃねえかと——思ったんだがな」

「その笹村とかは生きてるってことですか？　死骸の身元の確認なんかは？」

「ああ。社員には検分して貰ったようだが、焼けちまったら判らないさ。で、笹村夫妻には事件当時十二歳くらいの息子と、生まれたばかりの娘が居たんだ。この二人はな、助かってる。何故助かったかと云えば、どう云う事情なのか、二人とも日光の知り合いに預けられてたって云うんだな」

「日光？　そりゃ栃木の日光ですか」

「だろうなあ。聞いた話だから能（よ）く知らん。親戚でも居たんだろうが、何だか都合が良い話じゃないかと思ったんだよ」

「少少捻（ひね）くれた発想じゃねえですか」

「そうでもないよ。遺体を自分達の身代わりにするためには焼いちまうのが一番だろ。そのためには火事にするよりない。だが、子供だの赤ん坊の死体は調達出来ない。だから子供だけ遠くに逃がしといたんじゃないかと、まあそう云う筋書きを考えたんだがな。けどな、木場。こりゃ——筋が違うよな」

「ねえこたァねえでしょ」

「いや、ないよ。だってよ、死骸を運んだのは特高なんだよ。それ以外に考えられない」

「まあなあ」

遺体の移動に関しては、他の選択肢はないように思う。

「だからよ。特高から逃れるために——って云う話なら、筋が違うだろ。運んだのが特高だとして、何で捕まえる方が協力すんだよ」

「いや」

もう一枚裏があるのではないか——木場がそう云うと、なら俺にはその裏の筋は読めないよと近野は答えた。

「内務省警保局の陰謀みたいな話になる訳だろ。そんなもん警官には暴けないよ。想像しか出来ないだろ。想像なら何でもありじゃないかよ。ま、特高絡みってだけで、十分に陰謀めいてるんだがな」

「それで引っ込んだんですかい」

「それで飛ばされたって云ってるじゃないか。俺は引っ込まなかったんだ。大体、死体は三つあったんだぞ。それが正解だったとしても、だ。ならよ、残りの一つは何処に行ったんだよ。そっちも出て来なきゃ整合性が取れないだろ。そんなもの、ただの妄想じゃないか」

それはそうである。

「陰謀だと云ってしまえば、全部陰謀で片付いちまうだろうが」

慥(たし)かに、何だか判らないけれど気に入らないことは何もかも陰謀だと云う者は多い。陰謀の多くは何の憑拠もない。解らないからこそ陰謀だと云う理屈である。

「だから俺は地道に嗅ぎ回ったんだがな。山流しになっちまえばもうお手上げだよ。山の駐在に出来ることなんざないよ。掘ったって燻(いぶ)したって狸ぐらいしか出て来ないんだから」

「狸なあ」

「だが、まあお前の云う通り俺が外れだと思ったその強盗放火事件が飛ばされた原因だと考えられないこともないよ。思えば管轄外の事件(ヤマ)に首突っ込むなとかなり絞られたからな」

他人ごとじゃあねえなあと云うと、煩瑣(うるさ)いよと返された。

「俺が叱られたんだからお前のことだって叱るんだよ。お叱りの申し送りだよ。あのな、木場」

お前休暇取れと近野は唐突に云った。

「あ？」

「休めと云ってるんだよ。有休にしてやるよ」

「何云ってんですよ。頭の螺子でも緩んだんじゃねえんですか。それともその話に興味持ったら懲罰されるってことですか」

「何で懲罰なんだよ。有休くれる優しい上司ってのはな、感謝されるもんなのじゃないのか？」

「意味が解らねえからですよ」

日光に行けと近野は云った。

「何で俺が日光に行かなきゃならないんですよ」

「お前に云われたら気になっちまったんだから仕様がないだろ。俺が行く訳行かないじゃないかよ。笹村の線を掘れと云ってるんだよ。陰謀だろうが何だろうが、もう時効だからいいだろ」

「二十年も経ってるんですよ。気は確かですか」

「あのな木場」

気が確かならお前なんかとっくに解雇してるよと近野は口を曲げて笑った。

虎（三）

それが虎なんですかと問うと、虎とは何ですとその青年は妙な顔をした。

精悍な造りの貌なのだが、眼と眼の間隔が詰まっているのと、眉尻がやや下がっている所為か、どちらかと云うと情けない顔付きに見える。益田は顎が尖っているが、この青年は鼻が尖っている。

御厨はどうしても上辺を観てしまう。

上辺で人は判断出来ないと先人は口を揃えて謂うし、それは尤もなことだと御厨も思うのだが、幾ら見詰めても睨んでも内面など見えはしないものだ。言葉にしても同じことで、どんなに深読みや裏読みをしたところで中たっているかどうかは判らないのだ。

どんな時も確かなのはそこにあるものの表層だけなのだ。

いや、時にそれすらも怪しいのである。見えている聞こえているからと云ってそのまま信じられるとは限らない。実際、何もかも鵜呑みで信じてしまうことは愚かなことだと御厨も思う。一知半解もあればまるで勘違いと云うこともある。欺かれることも裏切られることもある。詐術は巧妙だ。だから用心するに越したことはない。

しかしどんなに勘繰ったり疑ったりしたところで、御厨が辿り着けるところは高が知れている。だから御厨はいつも信じるような信じないような宙ぶらりんの辺りで漂うように生きている。

虎ってなあ何ですと、青年は御厨の横に座っている益田に向けて再度問うた。

益田は頬を攣らせ、まあこっちの話だからとお茶を濁した。

薔薇十字探偵社の応接である。

昨日益田は御厨を含む息の揃わない寒川薬局従業員三人から凡そ三時間に亘り必要なのか不要なのか判別の付かない談話を聞き取り、午後七時半に引き揚げた。

幸い益田が居る間に客は来なかったのだが、それから後片付けをしたので残業になってしまった。帰る際に益田は笹村の両親の事件に就いても、人伝てに調べていると云った。

明日の午過ぎには報告があると云うので御厨も同席したいと申し出たのだ。

御厨などが報告を聞いたところでどうなるものでもないと思うのだが、何となく知っていた方が好いような気がしたのだ。半分くらいは興味本位であったから、そう云う意味では不謹慎この上ないと自分でも思う。

後の半分は、ただ凝乎としていられなかっただけなのだが。

「虎だか獅子だか能く解りませんけどね、まあ笹村さんのお父上が記事にしようとしていたのは、どう考えても理化学研究所ですよ」

青年——鳥口と云う名であるらしい——は、そう云った。

益田の説明に拠れば、三流雑誌の記者だと云うことである。

「理化学研究所って——まあ僕ァ浅学無学のしがない探偵風情ですからね、詳しいことは知りませんけどね、ありゃあ立派な科学者が集まって小難しい研究をしている処じゃあなかったですか？」

まあそうですなと鳥口は云った。

「あれは国の機関ですか？　国を挙げて集めた訳でしょう。立派な学者を。ノーベル賞獲るような」

そりゃ違いますわと鳥口は答えた。

「ちょいと調べましたよ。ちょいとですから付け焼き刃ですけどね、民間です。最初はですね、財団法人です。設立時には政府も補助金を出したようですし、皇室もお金出したみたいですがね。まあ、かの澁澤榮一先生の肝煎だったようですからね、その辺に関しては抜かりなかったんでしょうが」

「澁澤榮一って、あの実業家の？」

「大実業家ですな」

鳥口はそう答えた。益田は知っていたようだが世間知らずの御厨はその人を知らない。有名な人物なのだろう。

　そもそも実業家とはどのような立場の人のことを謂うのかさえ、御厨は曖昧にしか判っていない。偉い人ですかと御厨が問うと、偉いでしょうなあと益田は云った。

「詳しかぁ知りませんけどね、維新前は将軍様の家来で、維新後は大蔵官僚になって、官僚辞めてからも明治大正を通じてこの国の経済界を牽引し、産業を支えた偉人だ――と、埼玉の友人に聞きました」

　埼玉出身なんですなと鳥口が云った。

「しかしね、鳥口君。何でその大実業家が研究団体なんか立ち上げるんです？　慥か澁澤榮一って、篤志家と云うか、慈善家だと云う話も聞きましたけどね、世のため人のためってことですか？」

　そこはそれと鳥口は云った。

「どこがどれです」

「まあ、大正時代でしょ。これからは科学だって風潮だったようですわ」

「そうなんですか？」

　御厨には実感がない。生まれる前のことなど判りはしない。鳥口は続けた。

「まあ、丁髷落としたくらいの時期はですな、こう、背伸びして欧米列強に追い付けって感じだったんでしょうが、日清戦争でうっかり勝って、日露戦争でも露西亜なんかと互角に闘えちゃったもんだから――ありゃあ天狗になったんですかな」

「テング？」

鳥口は尖った鼻を伸ばす仕草をした。

「増長したんでしょうなあ。日本と露西亜じゃ赤ん坊と栃錦ぐらい体格に差があるんすよ。それが五分に亘り合っただけでなく、続けてりゃ俄然勝ってたぞくらいに思ってたんでしょうな」

それが何なのと益田が問う。

「ですからね、そんな強いんだから、体格に差がなきゃ楽勝——ってことすよ。とは云うものの国土の広さは限られてる。侵略でもせん限り、広くはならんでしょう。資源もまあ、高が知れてます。石油が出る訳でもなし、鉄だって何だってカツカツですわ。でも、ここは無限でしょ」

鳥口は自分の顳顬を指で突いた。

「僕等のようなスカタンと違って、賢い人つうのは居るんですわ。だからまあ、そこで一踏ん張り、つうことですよ」

「能く判らんけどなあ」

「いや、調べた時にその当時の雑誌記事だの小説だのも斜めに読みましたけども、まあ大した自信ですわ。我が国の科学の発展は、列強に追い付くどころか列強をリイドするんだ、世界を圧倒するんだと云う鼻息で。そうなりゃエネルギイだって何だって作り放題だと」

「作れてないですよ」

作るつもりだったんでしょうと鳥口は云った。

「科学の発展は明るい未来を招く――って、まあそりゃそうなんでしょうし、実際、優秀な人は優秀ですからね」

「つまり国策だった訳ですね」

益田がそう云うと、鳥口は眉尻を下げ、それがねえと曖昧な返事をした。

「益田さん、知ってるか知らないか知りませんけどね、科学者ってのは、科学のことしか考えてないんです。思うに役に立つとか立たないとか、そりゃ二の次なんですわ」

そうなのかなあと益田は尖った顎を擦った。

「必要は発明の母とか云いませんか？」

「そりゃ使う方の言い分でしょうな。必ずしも必要とされてないもんも、ぽこぽこ発明されます。先ず発明があって、そん中から使えそうなもんが実用に転じるんですわ」

「そうかなあ」

「そうです。いいすか益田さん。慥かに、紙をちょきちょき切りたいと云う必要と云うか欲求があって初めて鋏は創られた――こりゃいいです。しかしですな、刃物なくして鋏は創れんでしょう。刃物ってのは紙より先に発明されてませんか？」

「知らんです」

「そうすか。いや、もっと云うなら、鋼の製錬法が発明されなくっちゃ刃物も鋏もない訳です。大昔の人は、別に紙を切りたくって鉱石を製錬して鉄を拵える方法を編み出した訳じゃないですよ。先ず鉄ありきじゃないですか？」

「そう云われるとそんな気もしますがね」

どうですと益田は御厨に振った。

どっちでもいいんじゃないですかと答えた。

関係ないことのように思う。

「そう云うこともあるだろうし、そうじゃないこともあるって気がしますけど」

「はあ。そう――なんですけどね、科学者の皆さんは残念乍ら使い道のことは念頭にないです。朝から晩まで、数式だののことを考えてますな」

「数式――ですか」

御厨は否応なしに寒川の残した紙類を想起してしまう。御厨の目に、あの書き付けは数字と記号の羅列にしか見えなかった訳だが、あれも賢い人が覧れば意味のあるものとして読めるのだろう。いや、鳥口の話に出て来る学者と呼ばれるような人人は、読み取れるだけでなく、何もない状態からあの膨大な数字と記号の洪水を選び組み合わせ、意味のあるものとして書き出してしまうのだろう。

凄いことだと思う。

御厨は手紙を書くのでさえ四苦八苦してしまうのだ。彼らの頭の中には、あの数字やら記号やらがきちんと秩序立った形で配置されているのに違いないのだ。整理整頓されていなければ、迚もあんなものは書けないだろう。

鳥口は続けた。

「いや、理研てぇのは、益田さんの云う通り、そう云う賢い科学者が寄って集って研究し捲る処な訳ですわ。研究ってなこれ、お金が掛かる訳でして。実験するには設備も要るし経費も掛かりますわ。腕組んでウンウンと唸ってるだけじゃあないすから。考えるだけで済むもんなら、何もでっかい研究所なんざ建てることたぁない訳で」

「そりゃそうでしょうねえ。何するにしても金は遣いますよ。ゲルマニュウムラジオ作るのだってそれなりに材料費は掛かるもんでしょ。それに実験つったって小難しい、面倒臭い実験でしょ。高価い器具だの機械だの使うんでしょうしね。資材だの電気代だの、馬鹿にゃなりませんでしょうな。しかし聞けば援助があった訳でしょ？　国やら、やんごとない処やらから」

そんなもんは直ぐになくなっちゃいますよと鳥口は云った。

「どんだけ原資があったって遣やあなくなりますからね。学者は遣う一方なんすから。延延とお金を無心することになる。一流の学者が雁首揃えて好き勝手に研究するんですから、お金は幾値あったって足りないんですよ。その辺から掻き集めて来たって焼け石に水」

「それもそうなんでしょうけどね。それこそ科学の発展は日本の未来だって話でしょ？　国策だったんじゃないんですか」

先の長い話は苦手なんでしょうなと鳥口は云う。

「政治をやってる方方は、どうにも目先のことの方に気が行く傾向があるようでして。十年後二十年後に実を結ぶなんてぇ気の長いもんにはあんまり興味が持てんのでしょうな。政権ってなァ、そんなに長かあ続きませんしね。即効性があるに越したこたぁないんで」

「じゃあ援助は打ち切りに？」

「と云うか足りない訳ですよ」

幾価(いくら)あっても足りないんすよ——と、鳥口は繰り返した。

「国策ったって、喰っても減らない食料だとか無限に尽きない燃料だとか、そう云うもんですとね、まあ力も金も注ぎ込むんでしょうけど。後はまあ、新型の爆弾だの軍艦だの飛行機だのですわ。そう云うなァ欲しかったんでしょう。当時、この国は戦争する気が満満だった訳ですから。でも、科学者の皆さんはそう云う——」

「実用品を作ってる訳じゃあない、と」

「そう云うことですわ。ま、可能性があったとすれば原子力くらいですよ。大正末から昭和の初め辺りまで、原子力は万能扱いだったようですしねえ」

「万能？」

御厨は原子力の何たるかを識らない。

だが原子爆弾が原子力を応用した爆弾であることくらいは判る。そしてそれが、信じられない程の威力で大勢の人を殺したことなら知っている。

「そう云う顔しますよねえ」

鳥口は泣きそうな顔になった。

「まあ今ならそうですよ。この国は原爆落とされたんですからね」

あんなもん落とされる前に止めときゃ良かったんですよ戦争——と益田が云った。

「僕が卑怯を信条にしたのだって、こないだの戦争が契機ですからね。僕だったら、勝てないと感じたら直ぐに降参、直ちに陳謝ですよ。それ以前に闘いませんよ。下手に出てたって成るものは成るし、どんだけ勇猛果敢に挑み掛かったって駄目なもんは駄目ですから。何が何でも勝つまで闘うって——精神論だけじゃ轡虫にすら勝てませんよ」

虫とはあんまり闘いませんよと御厨は云った。

「そうですけどね。腕に留まった蚊は叩き潰しますよね。あれだって精神論じゃ潰れんのです。止めて止めてと念じようが蚊は吸いますわ。血ィ吸われ放題です。この、蚊に対して圧倒的に強い掌てえもんがあるからこそ——」

蚊に対する掌が原爆だったんすよ——と云って鳥口はテーブルをパンと叩いた。

益田はその開かれた手の甲を見て、何度か首肯いた。

「ああ。まあドン、と来た訳ですからね。そうかもしれないですけどね。こっちは血もまともに吸えない瀕死の蚊だったんですよ。ほっといたってガタガタな死にかけの国を、あんな爆弾で潰すこたぁないですよ」

「そこは同意します。けどまあ、それだけ凄いもんではある訳でしょう。原子力は」

「凄いことは間違いないですが」

「いや、益田さん。あの戦争、日本が原爆持ってたらどうなってました？」

鳥口は眉尻を下げたまま、前髪の長い探偵に向けて尋いた。

考えたくもないですと益田は答えた。

「僕ァそもそも争いごとは嫌いなんです。暴力で相手を捩じ伏せるなんて、人としてどうですか」

「そりゃ諒解してますけどね。世の中、益田さんみたいな人ばかりじゃあないすからね。血の気が多い好戦親爺はごろごろ居ますよ。殴って来たら殴り返す、倍返しは当たり前――みたいな、頭に血が昇った人ってなあ、思いの外多いすから」

殴られたら謝るけどなあ僕はと益田は云った。

「と――云うかね鳥口君。先ず殴り掛かって来た段階で相手の方が間違ってるでしょ。暴力で服従させようってのは間違いですよ。でも間違ってるからって、殴り返したら同じことですからね」

「無抵抗すか？」

「抵抗はしますよ。殴り返さないだけ。とは云え一方的に殴られっ放しじゃ死んじゃいますから、先ずはどんな手を使っても殴るの止めさせないと。謝るのは手段です、手段。どっちが正しいかは、和解して後の話ですよ」

益田は前髪を揺らして力説した。

「ですから益田さんの意見を聞いてるんじゃないんですわ。そうじゃない人達の話すよ」

そうじゃない人達――。

御厨にはその人達の気持ちがどうしても理解出来ない。勿論、その人達には確固たる信念があるのだろうし、その信念を裏付けるだけの理屈もあるのだろうと思うのだけれど。そして、その理屈が信じるに足る正しいものであったのだとしても、それでも御厨は殺し合いで勝ちたいとは思わない。

「まあ、主義主張は横に置いといて、ここは仮定の話ですわ。この国が原爆持ってたら、戦局は変わってたでしょう？」

「まあねえ。最終的な勝敗は兎も角、戦況はかなり拗れていたんじゃないですか？」

難しいことは御厨には解らない。解ろうと努力したこともあったが最終的には解らなかったと云うよりない。だが、あの戦争が御厨から様様なものを奪ったことは間違いない。

勝っていた――と云う人も少なからず居るんすよと鳥口は云った。

「あんなもんなんかで勝ちたくないなあ」

「どんなもんでも勝ちゃ好いてぇ御仁も居らっしゃるんですってば。しかも、それなりに沢山。そう云う皆さんにとって、科学ってなあ立派な戦争の道具ですわ」

「なる程なあ。だから国も援助したと、そう云う訳かあ。しかし——学者さん達は思い通りにゃならなかったと、そう云うことですね？　原子力の研究はしなかった？」

「してました」

「してた？」

「ですから原子力は大正時代から夢の新エネルギイだったんですって。掘ったり燃したりせんでも飛行機も飛ばせる潜水艦も動かせる、おまけに病気も治しちゃうてえ万能ぶりで、そりゃあ大絶賛の持て囃されようで。根拠があるんだかないんだか、もう魔法みたいな扱いですよ。それ、研究せん方が変でしょう」

「じゃあそれが」

虎ですかと益田は云った。

「虎？　虎てえのは解りませんけど、まあ学者さんにしてみても原子力ってのは魅力的な分野だったんじゃないすか」

「いや、だからその、研究した訳でしょ？」

「ですから、してたんですって」

益田は御厨を一度ちらりと見て、なら間違いないですねと云った。

「そう云うことですか。いや、本気で原子力がそう云う素晴しいものだと思われてたんなら国だって放っておかんでしょう。まあ、何か頼むでしょうね秘密に」

「秘密すか？」

「秘密でしょ？」

どうして秘密なんすかと鳥口は妙な顔をした。

「いやいや、そこは秘密でしょうに。だって背後に居るのが政府か、軍部――と、なればですね」

「背後すか？」

「背後でしょうに。だから、その研究所は国策として秘密の兵器開発をしていたとか――そう云うことですよね？」

「兵器？」

「兵器かどうかは判らんですがね、何か秘密裏に軍部からとかの依頼を受けていたのであれば、そりゃあ最高の国家機密、秘密でしょうよ。兵器なんだとしたら、表沙汰にはしないでしょ。だって、そりゃ当然非人道的なもんですよ。何作ろうとしてたのかは知りませんけども、原子爆弾なんて最悪の爆弾じゃないですか。なら少なくともオープンに出来るもんじゃないでしょうに。だとしたら、笹村さんのお父さんはそれを暴こうとしたとか」

　鳥口は真ん中に寄った眼を屢叩いた。

「いやあ、益田さん、何か勘違いしてやしませんかね」

「だって、踏んだだけで殺されちゃうような虎の尾なんですよね？」

　それで虎なんすかあ——と、鳥口は感心したように云った。

「虎ってのは尾っぽ踏むと怒るんですかね？　まあそりゃどうでも好いですけど、いや、益田さん、暴くも何も、原子力研究ってなァ全然秘密じゃあないんですわ」

「違う？」

　そりゃあ違いますわい——と、奥の方から声がした。声の方に目を遣ると、盆の上に紅茶のポットとカップを載せた給仕のような男が立っていた。

　色白だが眉毛も濃く唇も厚い。短く刈り揃えた髪は、かなり癖毛のようである。あれでは櫛が通り難いだろうと御厨は思った。そんなところばかりが目に付く。

　給仕は御厨に紅茶を勧めた後、益田と鳥口の前にぞんざいにカップを置くと、自分も鳥口の隣に座った。給仕にしては随分と横柄な態度だと思うのだけれど、御厨が云うことではない。給仕ではないのかもしれないし。

　給仕は率先して紅茶を飲んで率先して発言した。

「何たって、うちの親父でさえ原子力に関しちゃあ一家言あった程で。その、理化学研究所ですか、そこの話もしてましたな」

「和寅さんのお父さんって——」

榎木津家で働いてるんですよねと益田が問うた。

「使用人ですわ。雑役夫ですな」

学のある使用人ですねえと鳥口が感心した。それから鳥口は、右手で口を押さえた。

「いや、しょ、職業差別じゃないすよ。そう受け取られたんだったら失言です、僕なんかは無知すからね、今回調べるまで殆ど知らなかったぐらいで。能くご存じだなあと」

カズトラと呼ばれた給仕はくくと鼻を鳴らして笑った。

「気にすることはないですわ。うちの親父は無学ですからな。小学校も出ちゃいない」

「はあ」

「御前様に拾われるまでは建具職人ですからな。学業より修業、学より腕の世界ですわ。私はそれでも少しだけ学校にゃ行ったんですがね、辞めましたから。もう親子二代で無学が自慢ですわ。で、その無学な職人の親父でさえ識ってたんですからな。秘密の訳ゃあない」

「識ってたって」

「うちの親父は、原子力ですかい？　放射能ですかい？　若い頃からその手の話が好きだったんで。今はどうか知りませんけどね。昔は能く話をしてましたからね。私も聞かされたですわ」

「親父さんの若い頃ってかなり昔じゃないですか」

「今年還暦ですからな。明治生まれですわ」

「じゃあ」

「じゃあってな、益田君。うちの親父は学こそないが小説なんかは読むんだ。家には『冒険世界』だとか『新青年』だとかがあって、私も読んだ」

ちゃんと載ってましたわいと云って、給仕っぽい男は胸を張った。

「何がですか。原子力なんか未だないでしょ？」

「何を云ってるんだね。ラヂュムに、その、何とかウムに、もっと凄い原子の力が発見されて、無限の猛力を――」

小説でしょと益田は云った。

「空想ですよね」

「空想では済まされんでしょうに。ほれ、私等が生まれる前くらいは、あのラヂュムですかい。あれが大人気だったそうですしな。親父も能く云ってましたわい。天然ラヂュム鉱泉は体に好いんだとか。これからは放射能で何でも治るようになる、医者要らずだし。薪も油も要らなくなるぞと」

「放射能って――浴びると病気になるんじゃないんですか？」

御厨が問うと、益田は正確には浴びるのは放射線ですねと云った。

そうなのか。

「放射能ってなァ、放射線を出す力があるっ、てェことだそうですよ。放射能を持つ物質が放射性物質で、そこから発生した放射線ってのは色んなものを通過するんですな。それが人体に」

「悪影響を及ぼすんですよね？」

御厨の常識ではそうである。

「原爆病とかって、豪く深刻なものなんじゃないんでしょうか。私、詳しくは識らないんですけど」

深刻ですよと益田が云った。

「原爆だの水爆だの、最悪の爆弾ですよ。百害あって一利なしです」

「そこんとこはそうなんでしょうけどな」

そりゃあ量の問題ですわとカズトラは云った。

「醤油だって酢だって大量に飲めば死ぬじゃないですかい。私もね、原子爆弾の肩持つようなつもりは毛頭ないですよ。でもありゃ人殺しの道具でしょうに。要するに醤油一斗一気飲みさせるようなもんなんじゃないんですかい」

微妙な喩えだなあと益田が顔を歪めた。

「要は量の問題だとでも云うんですか？」

「いやいや」

鳥口が半笑いで割って出た。

「放射線治療ってのは、まあ、あるんですわ。研究もされてるようですからね」

ほらみなさいとカズトラは益田を見下す。

「寅吉さんの雑な説明も強ち外れちゃあおらんのです。そう云う治療法ってなァあってです
ね、まあ各国で研究されてるんすよ。あのX線だって放射線ですよ」

「レントゲン——ですね」

そうすると。

この給仕っぽい人の云う通り慥かに量の問題なのかもしれない。だが少量でも体に良いと
は御厨には思えなかった。

それよりも、そもそもこの人の名前は何なのだ。気になって仕様がない。

同席するなら紹介くらいしてくれても良いと御厨は思う。

「日本人がX線写真撮影に成功したのはX線が発見された翌年だそうすから、こりゃあ矢っ
張り明治時代のことっすよ」

ほれご覧とカズトラだかトラキチだか云う男はもう一度胸を張った。

「X線ってなあ放射線すからね。つまりそんな頃からそっち方面の研究を熱心にしてる人っ
てのは日本にも居た訳で」

「今も居ると」

「ずっと居ます。昭和九年当時もですよ。いや、戦前の方が盛んだったような感じなんすけどね。公然と——と云うか寧ろ宣伝してたようなきらいもありますから」

「だからうちの親父も知ってたんだ」

「何をですか」

「だから、リケンリケンと云っておったですよ。そりゃ、その理化学研究所のことでしょうや。そこの何とか云う博士——何だったかな」

仁科博士じゃないすかと鳥口が云った。

「仁科芳雄博士。仁科博士の研究は、新聞なんかにも載ったし、かなり露出してましたからね。一種の目玉だったんでしょうな。まあ、国産サイクロトロンの完成者でもありますし」

益田はそれは何ですと問い、給仕はそれですそれとしたり顔で云った。

勿論御厨は何のことだか判らない。

知らんのですかと給仕が云う。

「人工ラヂユム生産機械じゃあないですかい。天然の鉱石なんか掘らんでも、放射能？　放射線かな。それを無限的に供給出来る夢の機械ですわ。これで日本も大躍進と、親父は喜んでましたぜ」

そんなもんあるんですかと益田が問うと、あるようなないような——と云って、鳥口は首を捻った。

「まあ寅吉さんの説明は相も変わらず雑ですが、当時の新聞にもそんなことが書いてあったんで、一般的にはそう云うもんだと思われてたのかも」

「どう云うもんですか実際は」

「正しくは、何だったかな。書いときました。放射性同位体製造用円形加速器――でしたかな。僕も付け焼き刃ですから詳しかァ知りませんが、こう、回すんですわ。高速で」

「何を？」

「何かです。そりゃ大変な速さで回す。すると、まあ出来るんですよ。何かが。放射性同位体――ってのが何なのか、僕ァ説明出来んですが」

ラヂユムじゃないのかなと給仕が云う。

「そんな綿菓子みたいな工程でラジュウムが出来ますか？　錬金術じゃないんですから」

錬金術だと書いてましたよと鳥口が云った。

「まあ出来るのはラジュウムそのものじゃあなくって、それと同等の――と云うか、まあその手のものなんでしょうけども。ですから、放射能――を持った何か、か。それが出来るんですな」

危ないでしょうにと益田は云った。

「そいつァ現在の感覚ですわ益田さん」

「そんなもんに現在も過去もないでしょうに」

「いや、その当時は夢のエネルギイだったんですからね。人類憧れの夢遂に実現——とか書いてましたし。ですから寅吉さんのお父っつぁんの感覚が異常だったたってこたァないです」

納得出来ないなあと云って益田は腕を組んだ。

「あんだけ悲惨な被害が出てるんですからね。爆発の被害だけでも相当なもんですけど、御厨さんの云う通り後が悪いでしょうに。原子力ってのは性質の悪いもんじゃないんですか」

だから使い方だろうと給仕が云う。

「あんなに破壊力が強いのだから、大したエネルギイになるんじゃないか」

「そりゃそうでしょうけど、動力云々よりも人体への影響が問題だ——と、云ってるんですよ。どんな形でもエネルギイとして使えば放射線が出るんでしょうに。その放射線ってのは何だか知らないけど生き物にゃ良くないんですよ。ねえ」

「だから量の問題じゃあないのかね」

「何に使ったんだとしたって、沢山使えば沢山出るでしょ。そんなもん、必ずおつりが来る便所みたいなもんじゃないですか。使えば使う程にお尻が汚れる」

益田さんの喩えも随分すよと鳥口が笑った。

「だってそうでしょうよ。それで——結局爆弾にしちゃってるんだし。爆撃で亡くなった人も被曝した人も、兵隊じゃないんですからね。善いとこなしですよ」

益田は顔を振って前髪を揺らした。

「いや、益田さんの云うこたァ解りますがね、それはそれで雑ですわ。どんなもんにも善い面と悪い面があるんですわ。善し悪しの釣り合いが取れないこともあるんですけどね。ですから、そこンとこは能く能く吟味せんといかんのですな。問題なのは、そのどっちかだけ取り上げて、どっちかに蓋をして、どうこうすることすよ」

「僕ぁそんなつもりはないですけどね」

「いやいや、僕が云うなぁ当時の報道ですわ。まあ、その当時は人体への悪影響もあんまり判ってなかったのかもしれませんけどね。ほぼ絶賛です。科学の進歩で明るい未来、その目玉商品が核反応を利用した原子力だったたんですよ」

「明るくないよ」

「明るくなると信じてたんですわ、そう云う報道しかされないから。まあ——人間つうのは馬鹿っすからね、自分に都合の良い話を信じるもんなんですわ。聞こえて来る話が良い話ばっかりだと、大半はそうかそうだろうと思っちゃうもんですよ。中にゃあ疑うような臍曲りも居ますがね、それにしたって疑ってるだけで、大勢を引っ繰り返すなあ難しい。相場の逆張りみたいなこととして恰好付けてると思われる。頭から否定すりゃ喧嘩になるし、喧嘩になりゃ多勢に無勢てぇことになる」

「世論は理屈じゃ動かないしなあ」

「理より情が勝るもんでしょ」

「新聞だのラジオだのが挙って好いぞ好いぞと云い続けりゃあ、その気になっちゃいますかね。一人一人は賢くとも大衆は愚かだからなあ」

「うちの親父が愚かだとでも云いますかい」

違いますよと鳥口は半笑いを浮かべた。

「それで普通だったって話じゃないすか。まあ、今はもう違うんでしょうけどね。何たって原爆落とされちゃったんですから」

情に訴えるに当っての実力行使は覿面ですよと益田は云う。

「しかも暴力ですからねえ――」

慥かにそれは御厨も思うのだ。

戦争は厭だ。酷い目に遭った。

添ったばかりの夫も生まれて間もない子供も戦争に取られた。家も街もみんな壊れた。食べるものも、着るものもなかった。辛くて、辛くて、幾度も幾度も、生きるのを止そうと思った。死にたかった訳ではなく生きて行くのが困難だと思ったのだ。

でも。

御厨は戦争そのものを厭うていたか。

辛かったことは間違いない。

でも、辛かったのは夫が死んだから、子供が死んだから、住む処も食べるものもなかったから——ではなかったか。夫が近くに居て、子供がすくすく育っていて、衣食住も人並みに確保出来ていたならば——仮令戦時下であったとしても——辛いと思っていただろうか。

勿論、元凶は戦争である。

戦争さえなければ御厨もこんな目には遭っていなかった筈だ。

それ以前に、国同士が争い、殺し合うようなことは、どんな高邁な、そして切実な理由があっても許されるものではないだろうと、御厨もそうは思う。

だが、御厨は戦争そのものを厭うていたのだろうか。

歓迎していなかったことは間違いないが、積極的に反戦の意志を持っていたのだろうか。

口に出さずとも、そう云う考えを持っていたか。

戦前は、慥かに息苦しい、不自由な世相だったと思う。

しかしそれも、今と較べるからそう思うのであって、そう云う空気の時代に生れてしまった者にとっては、それが常態だと思うよりなかった筈である。

実際御厨もそう思っていた。

その時期、どれだけの人が戦争は最悪の選択だと考えていたのだろう。御厨同様、あまり好ましいものと思ってはいなかったのかもしれない。それでもそれ程深刻に受け止めてはいなかったのではなかったか。

親達はお国のために奉仕することを良しとし、子供達は兵隊ごっこを愉しんでいた。相互監視は当たり前のことで、非国民を密告するのは多く近所の者だった。

凡て——善意で行っていたことだ。何にせよ、僅かな背徳さはあったにせよ、誰しも悪気なんか全くなかったのだと思う。それをして自らが戦争行為に加担していると自覚していた者は居ないだろう。自覚しつつも、厭厭していたと云う訳でも、無理矢理に強制されたのでもない筈だ。勿論、そうしなければ自らが非国民にされてしまうと云う幾許かの恐怖はあったにしろ。

そもそもこの国は、それまで戦争でまともに負けたことがなかったのだ。だからそれがどれ程悲惨なものか思い描くことが出来なかったに違いない。経験がないのだから、想像するのは難しい。

御厨もそうだった。

だから——新聞や雑誌やラジオの言葉を鵜呑みにしてしまったのだと思う。

開戦後もそうだ。

御厨は、自らの境遇を嘆きこそすれ、戦争自体を憎むことをしていなかったのではないかと思う。他の人も皆そうだったのだろう。

そうでなければ報道される戦況を目にし耳にし、一喜一憂などする訳がない。勝ったまた勝ったと喜んでいた小父さんや小母さんの嬉しそうな顔に、多分嘘はない。

戦争自体に疑問を持っていたのなら、仮令勝っても喜べないだろう。

でも、お年寄りも児童も、大本営発表を聞いて、満面に笑みを浮かべ万歳をして喜んでいたのだ。

後から聞いたところに依ると戦況の報道は嘘ばかりだったと云うことらしいのだが。

鯔の詰まり、国民が騙された——と云うことになるのだろうが、本来幾ら嘘を吐いても実際の戦局が好転するものではない訳で、つまり虚偽報道は本土に残った国民の士気を高揚させるために行われたと云うことなのだろう。それは即ち、国民の方もそう云う報道を何処かで望んでいた——と云うことでもあるのだと思う。

戦争を厭う者は、真偽を問わずそんな報道を望む訳がないのだ。

勝って嬉しいも負けて口惜しいもなく、ただ終戦の告知を望むのみだろう。

御厨自身どうだったかと云えば、何も考えていなかったとしか云い様がない。

悲しいとか苦しいとか困ったとか、そう云う感情がぐるぐる渦巻いていただけなのだ。国と国とがどう云う状態にあるのか、遠い戦地で何が行われているのか、そこで何人が命を失い、何人が死にかけているのか——そんなことに想いを馳せる余裕など、これっぽっちもなかったのだから。

本土爆撃が始まって、空襲を受けても猶、御厨は怖いとしか感じなかったのだ。戦争が厭だとか、戦争が悪いとは考えていなかったと思う。

そう思えるようになったのは敗戦後、そうした論調の言葉が耳に入るようになってから後のことである。

鈍いのだと云う自覚はある。

しかしそれに関して云うならば、御厨の知る限りは他の人人も大差なかったように思う。最初から戦争がいけないのだと云う認識を持てていたならどうだったろう。

勿論、御厨が反対したところで戦争が止むことなどない。

信念を持って反戦の意思表示をした人も、命懸けで反戦活動をしていた人も大勢居たのだと思うけれど、それでも戦争は終わらなかった。そうした人達の言葉も届いていた筈なのだけれども、耳を貸す者は居らず、彼等は排除された。

国民全部が反対していたとしたら、果たしてどうだったのだろう。それでも駄目だったのかもしれない。あの頃は戦争をするかどうか決めるのも、国民ではなかったのだろうし。

そうだとしても。

戦争は人にとっても国にとっても悪しきことなのだと、少なくともその可能性があるのだと云う知見を最初から持てていたならば——結果的に同じ目に遭っていたのだとしても、気持ちの落とし処はもう少し違っていただろうと御厨は思うのだ。

学び、考え、理解して、そして判断する。それは大事なことだと熟々思う。

だが。

学ぶ段階で情報が偏っていたなら。

考えないかもしれない。

考えるまでもないからである。

実際、考えなかったのだ。朝に陽が昇るかのように、当然のことと思っていたに違いない。

原子爆弾が落とされるまでは、ずっと。

だから御厨は己の不幸を戦争の所為にすることが出来ない。きちんと考えて、理解した上で判断していなかったからである。

原子力も一緒なのだろう。

誰しもが能く解っていない。

それなのに——だからこそ、素晴しいと謂われれば素晴しいと思い、駄目だと謂われれば駄目だと思う。

それだけなのではないか。

何も考えていない。

自分の日常とは掛け離れているからだ。

ちゃんと理解していれば、自分なりに自分の暮らしに引き寄せて、善し悪しの線引きも出来るだろうに。勿論、御厨だって原子力のことなんか何も知らない。放射能は怖い、害があると頭から思い込んでいるだけである。

原爆の衝撃（インパクト）は強烈でしたよと益田は云った。

「みんな目が醒めたでしょ」

「そうでもないすよ。まあ、どんだけ非人道的なものか判っても、大国は相変わらず核実験を続けてますしね、それ以前にこんな目に遭ってもですね、国内の原子力支持の声は衰えずにある訳ですわ」

平和利用だろうと給仕が云う。

「軍隊もないし戦争もせんのでっしょう」

「いや、何に使おうと漏れりゃ危ないって話ですよ和寅さん。どんだけ沢山利点（メリット）があったって、危険（リスク）が高いなら無視出来んでしょう」

危険（リスク）しか見ない人と利点（メリット）しか見ない人に分断されとりますなと鳥口が云った。

「両者に歩み寄りはないです。偉い人達は大抵推進派っつう印象っすけどね。こりゃ何か利権の香りがしますがね、利権に凡そ縁のなさそうな、こちらの寅吉さんのようなお方も根強く居る訳ですわ」

私にゃ何の得もないと給仕は云う。

「知ってます。つまりですね、それ程までに喧伝されていたっつうことですよ、原子力の利点は。秘密でも何でもない。それどころか大大的に知らされてた訳ですな」

「つまり虎の尾にはなり得ないと？」

鳥口は悩ましげな顔をした。

両目の間隔が狭いだけではなく、額も狭い。髪の毛も強そうだ。

「まあ、軍部なんかはあわよくば兵器化――ってのを期待もしてたんでしょうけどね。だから まあ、開発しようとはしてたんでしょうな、その仁科博士なんかが。でも、そのサイクロトロンが出来たのだって――ええと、昭和十二年ですよ。笹村氏が取材してたのは、昭和九年でしょう」

「だって研究はしてたんでしょ」

「してたでしょうけど、秘密じゃないッすよ」

「あ、そうか」

「それに結局、出来なかったんすわ、武器は。ご存じの通り、我が国は核兵器を作れなかったんすよ。ですから、どっちにしても暴くような陰謀はないですな」

「もし秘密裏に兵器開発をしていたんだとしても、当時の情勢を鑑みるに、露見しても困ることたぁないと？」

「そりゃ敵国に漏れちゃいかんでしょうがね。漏らせないのは研究データで研究成果じゃないんすよ。一方で、出来てもいないものを出来たと虚偽報道して牽制するちゅう策もあるですな。情報戦つうやつですよ。でもまあ、そりゃなかったんです。一方で理研には、別に理研産業団ってのがあって」

「コンツェルン？」

「はあ。これも件の澁澤さんが拵えたもんだそうですけどね。いいすか、あれこれ研究すると発見したり発明したりしますわなぁ。発明ってのはこれ、時にお金になる訳ですよ。ものによりますが」

「待てよ鳥口君。研究者ってのはそう云うことを考えずに研究するんじゃなかったの？」

「だから別口ですって。研究資金は常に足りなかった訳で——研究成果をお金に換えられれば、まあそれに越したこたァないでしょ」

「そうだろうけど」

益田は薄い唇を歪めて下の前歯を剝き出した。

「ほら、ヴィタミン球って知りませんかね。結核だかに効くとか何とか云う。ありゃ大正の終わりくらいから売ってますがね、あれが、そもそもらしいですわ」

肝油ですかと御厨が尋くと、それはまた違いますと云われた。

「ヴィタミンってのが何なのか無学な僕ァ知りませんが、そのヴィタミンの、AだかDだかを、こう、博士が抽出することに成功したんですな。これが体に良い。で、普通はね、製薬会社が造るんですわ。でも出来ちまったんだから売りゃあいいだろうと」

「売ったのかい」

「売ったんですよ。調べると、原価は一錠一銭くらいらしいですが、五六銭で売った」

暴利だなあと益田が云うと、技術料と云うか研究費が乗っかってるんすよと鳥口は答えた。

「料亭のご馳走は、板前の技術料やら席料やらが乗ってるから高価なんじゃないすか。同じです」

「同じかなあ。乗せ過ぎじゃあないかなあ」

「そりゃ買う方の心持ち次第でしょうな。これがバカ売れして、儲かった」

「売れたのかあ」

「売れたと云うか、未だ売ってるでしょ。その利鞘を研究費に補塡したんですわ。自給自足ですな。こりゃあイケるとと思ったんでしょうなあ」

誰がですかと問うと、澁澤さんでしょうかねと鳥口は答えた。

「でもって、まあゴムだとか、飛行機の部品だとか売れそうな発明を売ったらば、バカスカ儲かった訳ですよ。それでコンツェルンですわ。どのくらい儲かったかと云えば、まあGHQに解体されちゃう程に儲かった」

「あン？　財閥解体に引っ掛かったのかい？」

引っ掛かりましたねえと鳥口はにや付いた。

「三井住友を筆頭に、ずらりと並んだ十五財閥の一つが理研工業ですわ。それくらい儲かってたんですよ。あ、話は変わりますが——あの榎木津さんとこは引っ掛からなかったンすかねえ」

「うちの大将の親父殿は浮世離れしてる割に利に聡くって、機を見るに敏ですからね。解体政策が行使される前に色色と分割して、財閥は自主解体しちゃったようだよ。旧華族様とは思えない商才ですよ。子供にもさっさと生前分与して、以降経済的には関係なしにしちゃったようだし」

「あら。その話は聞きましたが」

「お兄さんはそのお金でホテル建てたんだから。弟の方はこのビルヂング造って、探偵ですよ探偵」

益田は部屋を見回して溜め息を吐いた。

「だから財閥財閥云ってるけど、実際には緩い企業グループなんだろうね。分割し始めたのは戦時中らしいからさ。軍需産業には一切関わってなかったらしいし、お父上は才覚がありますよ。解体政策の裏で寧ろ儲けたような話も聞きますからね」

むずかりたいですなあと鳥口は云った。

それを云うならあやかりたいだろうと御厨は思ったのだが、益田もトラキチも何も云わないので黙っていた。

「兎に角、戦前は自給自足的にあれこれ儲かってたんですよ、理研ってのは。昭和九年だと未だ儲かり捲りの時期でしょうな。笹村さんが目を付けたのは寧ろそこだったんじゃないかと思いますけどね」

「不正に儲けてたと？」

「いやいや。理研自体に不正があったと云うのじゃなくて、理研の利権に絡む汚職があったんじゃないかと――まあそれが調べた僕の感触ですがね」

汚職かあと益田は肩を窄めた。

「それは、虎の尾っぽになるかなあ」

だから何で虎なんですかと鳥口は云う。

「汚職を暴いたくらいで暗殺されるかなあ」

「暗殺すか？　ああ。笹村さんね。あれは暗殺じゃないでしょう。当時の報道だと強盗ですよ。火付け盗賊」

江戸時代じゃないんだよと益田は不服そうに云った。

「いつの時代だって火付けは火付けですよ。ま、笹村さんが営ってた一白新報ってのは、明治二十三年に亡くなった笹村さんのお父さん――笹村与次郎さんが立ち上げげた、俗に謂う小新聞ですな。ま、今でこそ新聞は皆新聞ですがね、明治の頃は小難しい大新聞と、下世話な小新聞に分かれてた。これ、創刊辺りから少し読んでみましたけど、これが中中に面白いんですわ」

「そんな昔の新聞が読めるんですか？」

御厨が問うと、読める処があるんですと鳥口は答えた。

「それが、地方のお化けの話なんかが載ってましてね。当時の報道ってのはそこそこいい加減で、特に地方の話なんざ出鱈目が多かったりしますが、割にちゃんと取材してて良い感じでした。で、大正八年に息子の伴輔さんが引き継ぐんですが、その後はやや体制批判的な記事が増えて来る」

　こりゃやや時流に逆らってますと鳥口は云う。

「自由だ、民権だ、戦争反対と囂しかった時代にお化けの話なんか載せててですよ、ロマンとデカダンの時代に政権批判をするんすからね」

　大正時代といえばデモクラシーじゃないですかいとトラキチが口を挟む。

「被差別民解放、男女平等、団結権、自由教育権の獲得——ですわ。そうでしょうや」

　それもお父上の入れ知恵ですかと益田が問うと給仕は胸を張って勿論ですよと答えた。

「まあ、正にそう云う記事ですよ。特に、差別問題に関しての舌鋒は鋭かったすね。そのまま、その路線で昭和に突入する訳ですがね、まあ昭和の初めってのは、ねえ」

「ああ」

　益田は下を向いた。

「言論統制だの思想弾圧だのあったでしょうに。当然当局から睨まれていたような節はあるんですな」

「それで暗殺かい？」

だから暗殺じゃないですよと鳥口は云う。

「そんなもん、始末したいなら捕まえて正正堂堂とやるでしょうよ。何人も捕まって、拷問されたり投獄されたりしてるでしょ。明治時代から検閲ってのはあったんすから。なくなったのは戦後。検閲なくなったって、僕等の出すようなカストリは公序良俗に反するもんですから、今も睨まれてますよ、ずっと。でも僕ァ暗殺されてませんよ」

そうかなあと益田は前髪を揺らした。

「何だか暗殺じゃないといけないみたいな感じっすよねえ。暗殺なら何か良いことありますか？」

逆だよと益田は云った。

「暗殺なんかじゃない方が良いに決まってるでしょうよ。それがただの強盗なら、多分、こちらの捜してる寒川さんのお父さんの事件とは無関係って可能性が高い訳で。なら、まあ多少は」

多少は何ですかと御厨は問うた。

「虎が小振りになるでしょ」

「全く判りませンなあ。まあ僕が判る必要はないんでしょうけどね。ただ、一つ云えることは、笹村伴輔さんと奥さんを殺した強盗は、未だ捕まってないと云うことですね。もう時効ですな」

結局振り出しに戻ったなあと益田は云う。

「しかし、そうすると、あれだなあ。その理化学研究所と寒川英輔博士を結ぶ線と云うのも見当たらない訳だよね。発明利権に絡む政治汚職と一介の植物学者は関係ないだろうからなあ」

寒川博士に就いても少しだけ調べましたけどね――と云って、鳥口は噤んだ口を横に広げて笑った。

「寒川博士は植物病理学が専門みたいですね」

「病理学？」

「植物学者といっても色色なんですわ。分類だの、育成だの。農学だって植物学すよ。寒川英輔さんは帝國大學農科大學の植物病理学講座で、その道の先達白井光太郎先生の指導を受けた――んだそうで」

病理学てえと草や木のお医者ってことですかいとトラキチが云った。

「まあ、ざっくりとはそうなんでしょうけど、お医者みたいに病気を治すと云うよりも、原因を探ったり性質を見極めたりするのじゃないですかな。その結果、まあ病気も治せるようになるんでしょうけども。寒川さんは、主に環境が植物に与える影響を研究されていたようですな」

「環境ってのは、日当たりとか気温とかそう云うもんかな」

「まあそれもざっくりそうなんでしょうが、土壌の成分だとか、水の成分だとか、細菌やら何やら、そうそう、放射線の影響なんかも研究されてたみたいですけどね。まあ、大学には勤めてなかったようですが、それなりの素封家だったようで、在野の碩学として学会誌なんかにも能く論文発表されてたようですがね。名を成す前に死んじゃったんです」

「素封家だったのかい？」

「まあその行方不明の人――息子さんですか。その人は殆ど財産相続出来てないと思いますけどね」

「何で」

「借財があったんでしょうな。さっきも云いましたが研究ってのは金が掛かるんですよ。パトロンが居なきゃお銭は出て行くだけ。減るのみ。英輔さんには研究で儲ける商才はなかったんでしょうな。ですから、まあ何とかやってたけども、結局は家屋敷を売ってとんとんくらいだったんじゃないすかね」

「それはそうだと思います」

御厨は聞いたことがある。

「標本だとか書物だとか、資料なんかは、売ればそれなりの額になったんだろうけど、散逸してしまっては意味がないから、大学か何処かの研究室に一括で寄贈したんだと云ってました。それでも暫く暮らしは立つくらい残ったから、まあ自分は恵まれている方なんだとか」

ほらねと鳥口は云った。

「そんだけ遣ってそんだけ残るんですから、まあ素封家と云うことですわ。収入(インカム)がないんだし」

いやいやと鳥口は首を振る。

「そんだけ遣ってって、どれだけ遣ってたか判らないだろうに」

「益田さんも知ってるでしょ、あの中禅寺さんのお友達の多々良(たたら)さん。あの人なんか、まあ学者じゃあないですが、お化けの研究家ですよ」

「あの肥えた人でしょ。菊池寛(きくちかん)のポンチ絵みたいな人。一二度会っただけですけど、まあ噂は能く聞きますよ」

「あの人だって、まあ働いてますよ。でも一文なしです。独身で住み込みで働いてて遊びもせんで一文なしって、どうすか」

「どうすかって」

「研究ってのは、要は遊んでるのと変わりないんですよ、世間的には。この国はもう拝金主義ですわ。利益を生まない行為は、押し並べて無駄だと謂われちゃうんですわ。研究ってのはね、そう云うもんです」

「そうかもしれないけど、そうすると、その理化学研究所ってのは上手くやってたと云うことでしょ」

「まあ、その研究成果をお金に換える仕組みを作った訳すからね、そう云うことですよ。ただ、学問だの研究ってのは、それそのものに価値のあるもんなんですよ。本来なら国なり何なりが資金提供するべきでしょ。それをしないから、何だかんだ自前でしなきゃならなくなるんすよ。でも、云った通り研究者ってのは研究のことで頭が一杯なんですって。理研の場合は最初から澁澤さんみたいな人が付いていたから良かったてえだけの話ですよ。寒川さんは資産喰い潰した訳ですけど、喰い潰す財力があるだけマシって話ですわ」

「なる程なあ。つまり、笹村氏が追及していたのは研究内容じゃなく、利権に群がって来た政治家やら何やらの方、ってことなんだね」

僕はそう思いますよと鳥口は云った。

「すると虎は政治関係ってことなのかなあ。寒川博士の、その日光の調査のことって、何か情報は出て来なかったのかい」

「日光山國立公園選定準備委員會に就いては殆ど記録がないんですわ。ただ時期的に国が組織した調査団ではないすね。息子さんが調べた通り、参加者は皆さんご高齢で、ご存命の方も少ないんすよ。なので記憶も微妙ですわ。でも日当は出たようですな。これ、珍しい紐付き調査ですからね、寒川先生も喜んで引き受けたんじゃないかと想像しますが」

「すると――」

益田は御厨に顔を向けた。

「矢張り日光に行ってみなくちゃいけないようですねえ。気乗りはしませんが。笹村さんも日光に行ったきりのようだし、その、何とか云う——」

　益田はメモを覧る。

「キリヤマカンサク——か。案内人。その人を捜してみますかねえ。鳥口君、引き続き何か判ったら報せてください。お礼は後程しますから」

「私も行きます」

　御厨はそう云った。

蛇（四）

その日の目覚めは最悪だった。

関口と別れてからも、久住は考えても仕方がないことを考え続けた。

勿論仕事など手に付くものではなかった。

結局、久住は万年筆に触れもしなかった。

食事中も入浴中も、久住は考え続けた。考えると云っても問題に対する解答を考察すると云うような建設的なものではなく、問題そのものを模索しているような、愚にも付かぬ思考の反復に過ぎなかったのだが。

ベッドに入ると関口と交わした数数の会話が思い起こされた。

ただ想起されるのは言葉の断片や切り取られた部分に過ぎず、それらが渾然一体となった心象のようなものでしかなかった。

そのあやふやな印象に、罪悪感とも責任感ともつかぬ云い知れぬ負い目のようなものが混在して来て、夢とも現とも判じようのない、何とも不気味な想念が次次に涌いて出ては、久住を嘖んだ。

眠れなかった訳ではないが、眠った気はしなかった。

何度も目が醒めて、ぐだぐだと転がっているうちに陽は高くなっていた。

疲労感が四肢に充満していた。

朝食をキャンセルし、紅茶だけ持って来てくれるよう帳場に頼んだ。

頼んでしまってから持って来るのは登和子なのだと気付き、久住は矢庭に緊張した。着替える必要もないのに慌ただしく着替えて、心の準備が整わぬうちに扉は叩かれた。

しかし、運んで来たのは眉が薄く色の白い、別のメイドだった。それとなく尋いてみたところ、登和子は今日も休みだと教えてくれた。

久住は脱力した。

熱い紅茶を流し込み、折角着替えた服を脱ぎ捨てて、久住はシャワーを浴びた。

少しは爽然するかと思ったのだが、どうにもならなかった。

暫く放心していたが、何とも居た堪れなくなって久住は部屋を出たのだった。

日光が外国人向け保養地としての道を歩み始めたのは最近のことではない。本邦最初の観光旅舎と謂われる日光金谷ホテルが現在の形に整えられたのは明治二十六年、その前身である金谷カッテージ・インが開業したのは明治六年のことだと云う。

日光榎木津ホテルが開業したのは僅か四年前、昭和二十五年のことだそうである。

この旅舎は当地では新参なのである。

だから、あちこち未だ新しい匂いがする。

造作は云うまでもなく洋風なのだが、意匠は和風だ。

番傘だの絵扇だのが飾られているし、要所要所には花が生けられている。古めかしい書画なども掛けられている。壺だの、仏像だの、衝立だの、屏風だの、何故此処に置いてあるのかと思う。本来の役割や機能とはまるで無関係な配置だと思う。

ただの飾りなのだろうが、もう何が何だか能く判らない。

和洋折衷と云うより、和装の洋館なのである。

装いの度が過ぎて、日本人の目には異国風に感じられてしまう程だ。

久住が何より奇矯に感じているのは、客室棟と食堂やロビーのある棟とを結ぶ、橋なのであった。

橋と云っても下に川が流れている訳でもないし、屋外でもない。建物の裡に太鼓橋が架けられているのである。

否、川もないのに架けると云う表現は戴けない。

これは、謂わばただの装飾的な廊下なのである。

どうやら深沙王堂前の神橋を模したものらしいのだが、近くに本物があるのに何故に模造品を設えねばならぬのか、久住には判らなかった。

橋を渡ればロビーである。

金色の擬宝珠を二三度軽く叩いて朱塗りの太鼓橋に足を掛けると——何か騒がしい声が響いて来た。

「話の判らない男だな君も——」

どうやら誰かが帳場に苦情を垂れているらしい。

日本人の客だろうか。

「僕は、つまらないと云っているのだが。ご不満はありませんかと頼んでもいないのに尋いて来たのは君の方じゃないか！」

長身の男が帳場の前に仁王立ちになっている。

腰に手を当て、如何にも威張っている風である。

「もしかしたら君はつまらないの意味を知らないのかね？　それとも何か、僕の愚かなアニは、つまらないとは満足だと云う意味だと従業員に教えているのかね？　それなら教え直してあげよう」

日本人ではないのかもしれない。

体格は外国人っぽいし、髪の色もやや明るい。

言葉遣いは——流暢ではあるが、抑揚が滅茶苦茶だ。

「つまらないとは退屈だと云う意味だ！」

その男は声高らかにそう云った。

「どうだ判ったかい」

「そ、それは承知しておりますですが」

「何だ承知していたのか。ならそう云いなさい。あんな愚かなアニの下で働こうなどと云う物好きだから何も知らないのかと思うじゃないか」

「はあ」

「僕のアニは、今年の初め僕に何と云ったか知っているかね？　久し振りに会ったと云うのに、だ。あの股下の短い馬鹿なアニは、正月なのに年始の挨拶も云わずに、何とこう云ったのだ」

男は腰から手を離し、脱力したように両手をぶらりとさせて、背を屈めると、奇妙な声色で、

「礼二郎ォ、何か好いことないかぁ」

と云った。それから元の姿勢に戻って、

「馬ッ鹿じゃないのかッ」

と叫んだ。

「これ程情けない年頭の辞があるとは流石の僕も思い付かなかったぞ。三千世界の何処を探したってあれ程腑抜けたアニにお目に掛かることはない！」

「あの、その御兄上様とは、その」

総一郎様のことで御座いますか——としどろもどろで答えたのは、帳場係ではなく総支配人だった。

「概ねそんな名前だったがそんなことはどうでもいいのだ。問題なのはそれがこの僕のアニだと云うことじゃないか。あのアニは、吹雪の日に亀を拾うような男なんだぞ！　普通拾うかね。亀を。それから仏蘭西の大統領に感化されてVサインをするようになったまではいいが、それを猫の頸に引っ掛けて高高と差し上げ、無茶苦茶に引っ掻かれて血だらけになっていると云うのに、笑い乍ら僕に向けてブイ、とほざいたんだ。いい歳して！　いいかね、ブイッ！——だ」

　思い出しただけで気が滅入ると云って男は悩ましげなポオズをとった。

「君はそんな馬鹿男の下僕として働いている訳だから憐れと思わないでもないが、そんなところは見習う必要はないのだ。聡明に働き賜えよ頼むから」

　申し訳御座いませんと総支配人は頭を下げた。

「で」

　頭を上げた支配人の頭上を見るようにして、男はそれだよそれと云った。

「君は庭球をするのか」

「は？」

「だから。その網を張った打球板で球を打ち合う遊戯のことだよ。知っているんだろ？」

「いや、勿論能く存じておりますが――あ、その、庭球場で御座いましたら、当館専用のものがですね」

「コートだけあったって庭球は出来ないと云うことくらい幾ら馬鹿なアニの手下でも知っていると思うがね。生憎僕の連れは二十年間走ったことがない男と下手投げでしかボールを投げられない猿男しかいないのだ。どんなに僕が俊敏でも自分が打った球を自分で打ち返すのは無理だし、出来てもそんなに面白くない！」

「いやその」

「君は出来るのじゃないかと尋いている」

「わッ、私めで御座いますか？　いやまあ、多少は嗜みますので御座いますけれども」

「なら相手をしなさい」

「は、いえその私めはその、あ、ええと、しょ、少少お待ち下さいませ」

支配人は幾分蒼褪めて、部下の名を呼び乍ら奥に引っ込んでしまった。男は両腕をだらりと弛緩させて身体を返し、橋を渡り切った処で呆然としていた久住の方に顔を向けた。

久住は――呆気にとられた。

その男は人形のように整った顔立ちだった。希臘彫刻の如しである。

眉はきりりと濃いが大きな眼の中の瞳の色は薄い。長身だし、日本人ではないのかもしれない。男は私の視線に気付いたのか、半眼になって訝しそうに此方を見た。

久住は慌てて顔を背け、ラウンジの方に進んだ。久住には負い目に感じることなど何一つないのだが、見蕩れていたことが恥ずかしかったのだ。

巨きな硝子の向こうは和風の庭園と、快晴の空である。

ラウンジには四五人の外国人が寛いでいた。

「呆れたでしょう」

斜め後ろから声がして、顔を向けると関口が立っていた。相変わらず冴えない表情である。

取り敢えず、お早う御座いますと間抜けな挨拶をした。

そんなに早くはない。

「騒がしくって申し訳ない。あれが僕の友人で、このホテルのオーナーの弟の、榎木津礼二郎です。それにしたって支配人もとんだ災難だなあ。昨日くらいまでは温順しかったんだけど——あ、別にあれは気が狂れている訳ではないのです。変なだけです。でもまあ、常にあの調子ですからね、一緒に居ると大変に迷惑します。ああ」

関口は視軸を帳場の方に向け、眉間に皺を寄せてどうする気だろうと呟いた。ちらりと見ると、丁度メイドと帳場係が宿泊客らしい外国人を何名か連れて戻って来たところだった。

外国人は女性二人と大柄な男性一人だった。

麗人は彼女達を一瞥すると多分喜びのゼスチュアなのだろう大振りな動作で歓迎の意を示し、支配人が口を開く前に大声で何か愉快そうに云った。

支配人はただおどおどしている。

何がどうなっているのか見当も付かないが、喧嘩でもされたら大ごとである。しかし、外国人三人は相好を崩してその言葉を受け、その上笑顔になった。

麗人もひと際大声で笑った。

「あれは、一応英語が喋れるんですよね」

関口は倦み疲れたような顔でそう云った。

自失している支配人とメイドを残し、麗人は男性外国人の肩をパンパン叩き乍ら正面玄関から四人並んで出て行ってしまった。

本当に、何がどうなっているのか。

「多分、あの人達と庭球をするんでしょうねえ。ううん、言葉もちゃんと通じているようだなあ。ま、あれは日本語の方が不自由かもしれないからなあ」

一体どのような人なのかと久住が問うと、一言、

「探偵です」

と云われた。

何が何だか判らなかった。

それから関口は丁度良かったと云い乍ら、窓から外れた隅の方を示した。

多少暗がりになったその席には男が一人座っていて、書類のようなものを読んでいた。

和装——のようである。

大正時代の文士のような出で立ちだ。

時代錯誤な男は、大層不機嫌そうである。

余程酷いことでもなければこんなに凶相にはなるまい。

久住の知人で、財布を落として困り果て、夜通し歩いて漸う家に帰り着いたところ自宅は火事で全焼しており、唖然としているところに借金取りがやって来た——と云う散散な目に遭った男が居たが、その時の彼は丁度こんな顔をしていた。

関口がそちらの方に行くので従った。

男はずっと手許の書類に目を投じていたが、関口が前に立つなり顔を私の方に向けて立ち上がると、

「初めまして。僕は中禅寺と云います。劇作家の久住さんでいらっしゃいますね」

と云った。何か云おうとしていたらしい関口は出鼻を挫かれて厭そうな顔をした。

「僕は東京の中野で古書店を営んでおります。古書肆です。さる筋から依頼を受け、古文書古記録の調査のために当ホテルに滞在しております。この知人が果たして僕に就いてどんな説明をしたのかは存じませんが、余り真にお受けにならないよう、お願い致します」

中禅寺と名乗った男は明瞭な発音で淀みなくそう云うと、ほんの僅か表情を和らげた。関口は益々顔面を歪めて、そのまま中禅寺の向かいに座った。

「おい。何とも酷い云い様じゃないか」

「何が酷いものか。それより君が先に座ると云うのはどうなんだ。先ずこちらに勧めるべきだろう」

久住さんさえ宜しければご同席下さいと云って中禅寺は関口の隣の席を示した。

「どうもこの関口君が何かを気にしてしまっているようで敵いません。この男は一度引っ掛かってしまうと蜿蜿と引き摺る性質なのです。あなたにしてみれば迷惑なことなのでしょうが――勿論、お時間があれば――なんですが」

「いや、時間は有り余る程にあるんですが、そちらこそ、宜しいのですか？」

忙しそうである。

「現場に入れるのは午後からですから、昼時までは空いています。関口君に至っては未来永劫空いているようなものです」

「おい京極堂」

京極堂と云うのはうちの店の名なのですと中禅寺は説明した。

「それより久住さん、今出川翁は、ご健勝でいらっしゃいますか」

「は」

はいと答えそうになって、私は直ぐに思い直し返事を止めた。

今出川と云うのは私の所属する劇団のパトロンの名である。

存在だけは関口に話したと思うが、名前までは告げていない筈だ。

それは誰だい——と関口が尋いた。

「それより君は何だってそう先回りするんだ。こちらとは初対面だろうに——」

「中禅寺さんは今出川氏を御存じなんですか」

久住は思わず問うてしまったのだが、図らずも関口の苦言を妨げるような時機になってしまった。中禅寺は一度関口に視軸をくれてから、面識はありませんが能く存じておりますと云った。

「いや、だからそれは」

「煩瑣いなあ。僕は久住さんと話しているんだから黙っていればいいじゃないか」

「そもそも、僕が紹介しようとしていたんじゃないか」

「もうご挨拶は済んでしまったよ。あのね、今出川広彬氏は昭和五年まで当時の宮内省で侍従職事務主管を務められていた方で、退職後は鎌倉に隠居されて演劇史のご研究をされている御仁だ」

「その方が——何なんだ？」

「今出川翁は戦前は主に演劇改良運動のご研究をなさっていたのだがね、戦争を挟んで研究意欲は益々旺盛となり、猿楽から能狂言、歌舞伎、新派、少女歌劇から大衆演劇、地下演劇までその視野を拡げられ、在野にあって尚、本邦演劇史の——」

「だからその人がさ」

中禅寺は片方の眉を吊り上げ、関口に刺のある視線を送った。

「あのね、未だ判らないかな君は。今出川翁はもうかなりのご高齢だが、現代演劇にも造詣が深く、殊更小劇団にはご執心なのだ。好意的に紹介するのみならず、援助も惜しまないので有名な方だ」

「ああ、その、こちらの劇団の――」

そうなんですかと関口が尋くので、ええまあと曖昧に答えた。関口は能く判ったなあと友を見た。

関口君、と云って中禅寺は眉間に皺を立てた。

「君の鈍さは筋金入りだね」

「何故だい。普通知らないだろう」

「あのね、今出川翁は、榎木津の母方の祖父に当たる御仁だよ」

「え？」

「忘れたのか。この間の騒動の時、榎木津に見合い話を持って来た欣一さんは、お孫さんだよ。いや、このホテルのオーナーの総一郎さんだってお孫さんなのだ。いやいやさっきそこで騒いでいたあれだってお孫さんだよ君。知らなかったのか」

知らなかったのだろう。

「あのね、このホテルの建っている土地を総一郎さんに譲ったのは、今出川翁だよ。此処は元元翁の別邸があった処なんだから。自分の土地に孫が建てたホテルなんだから定宿にもするだろう」

「そうなのかい」

「久住さんが泊られている部屋は、翁の専用室なのだよ。気付くだろう普通」

「いや、気付かないよ」

私も知りませんでしたと云った。

「他の部屋の造作は知りませんし、昨日関口さんのお部屋に伺った際も、まあ同じ造りでしたから――」

「特別仕様になっている訳ではないですからね。部屋は他の一等室と同じです。ただ、いつでも使えるように空けてあるのだそうです。此処は元は翁の別邸ですし、格安で譲ったらしいですから、これは総一郎さんの取り計らいなんでしょう」

久住さんは余程翁に気に入られているようですねと中禅寺は云った。

「はあ、そうなんでしょうか」

「中中あの部屋は使わせないようですよ。斯界の大物に頼まれるなりしない限りは。ですからかなり期待されているのではないですか。劇団月晃に――」

いや、あなたにかなと中禅寺は云った。

「私——なんぞは。箸にも棒にも掛からぬ半端者ですから、そんな」

「そうでなくては能楽の再構築なんぞと云う、面倒臭い上に難易度の高い宿題を出したりするものですか」

「はあ」

関口は何処まで話したのか。

小説家は何かを察したように首を横に振った。

「僕は大して話してないんですが、この男は一を聞いて十も二十も知るような厭な男なもので——」

「何を云っているんだね君は。一を聞いたら一、十を聞いたら十しか判らないだろうよ。君は久住さんに就いて、小劇団の座付き作家で、鎌倉のパトロンに能を題材にした現代演劇の台本を書くように云われ、このホテルに缶詰めにされている人だ——と、説明したんじゃないか。それだけでほぼ凡て判ると思うがなあ」

「劇団の名もパトロンの名までもかい」

「判るだろうに。識っているんだから」

「真逆、うちの劇団のことも御存じだったと？」

それは流石にどうだろう。

借りられる小屋も小さいし集客力もない。知名度は殆どない。

舞台を拝見したことはありませんと中禅寺は云った。

「でも僕は本屋ですからね、情報は幾らでも入って来ます。新聞に雑誌にチラシ、そして今出川翁の書いたものも読んでいましたから――」

慥かに今出川氏は何度かうちの劇団の公演を取り上げてくれている。

ただ、媒体は業界の者しか読まない謄写版刷りの冊子や、発行部数の少ない地方誌のようなものばかりである。

何でも読むのですよ此奴はと関口が下を向いたまま云った。文字は読むためにあるのだろうにと中禅寺は返した。

「だからと云って何でもかんでも憶えているのはどうかと云っているのさ」

「君は何にも憶えないからなあ」

まあ君の云う通りだよと関口は苦笑いをした。

そこで中禅寺は手を挙げて係の者を喚んだ。

「二〇五号の部屋付けで珈琲をもう一つ。それから紅茶――いや、ああ」

そこで中禅寺は私をちらと見た。

「朝お飲みになったのでしたら、別なものが宜しいですか。朝食代わりに軽食のようなものでも？」

「いや、待って下さい」

この男は——。

「いいえ、紅茶で好いです」

そう云った。

何でも決め付けるなあ君はと関口が云った。

「他人の分まで注文をする癖は直せよ」

「厭なら変えればいいじゃないか。決め付けている訳じゃないだろう。それに君は、味も判らない癖に珈琲ばかり飲むじゃあないか」

僕じゃないよと関口は云う。

「久住さんのことさ。何故に紅茶だと」

「だって君。君は昨夜、セツさんがすっかり片付けるのを忘れていた珈琲を僕に勧めたじゃないか。その時に何と云った？　温くなっているが誰も口を付けていないからと云ったんだぞ。温いどころか、冷えていたじゃないか」

「そうだが」

「つまり久住さんは飲んでいないのだろう。遠慮したのか、それともそんな気分じゃなかったのかと考えてもみたんだが、僕は今朝、紅茶を持って行くメイドの新田さんを見掛けたのだ」

「そんなの何処に持って行くか知れないだろう。沢山行き来している」

「あのな、新田さんはあのレプリカの橋を渡った後に階段を昇ったのだよ。つまり注文したのは二階の客だ。正月を越して二月は一年で一番客足の少ない時期だ。それでも一階の二等室は満室だが、本日の二階の泊まり客は四人しか居ない」

「そうなのか？」

「そうなんだよ。二階の客と云うのは即ち僕達のことじゃあないか。榎木津は寝ていた筈だし、僕は既に此処に居たんだ。君は馬鹿の一つ覚えのように珈琲ばかり頼むだろうに。そうすると、後あのフロアに泊っているのは久住さんだけ——と云うことになるじゃないか。考えるまでもない」

「でも、そうだ。それがどうして紅茶だと」

紅茶と珈琲はポットもカップも違うだろうにと中禅寺は厭そうに云った。

「本当に記憶しない男だなあ」

どうもすいませんねえ久住さんと、中禅寺は何故か久住に向けて謝った。関口は下を向いたまま、唇を尖らせた。

「君に謝られたりしちゃ僕の立場がないだろう。まあ、僕の頭の部屋は多分狭くて、その上散らかっているのだろうね。だから僕はすぐに物忘れをするんだ。仕方がないじゃないか」

関口は上目遣いに久住を見た。

昨日話していたことである。

何とも返事がし難かったから、はあとだけ答えた。

「僕は実際、若年性の健忘症じゃないかと思うくらいにものを忘れるんですよ。困ることも多い」

でも君はそれで救われてもいるじゃないかと中禅寺は云った。

「救われ――ますか？」

忘れると云うのは最大の救いですからねと中禅寺は云う。

「厭なことも恥ずかしいことも、悲しいことも辛いことも、まあ忘れてしまえばどうと云うことはない訳です。関口君のように恥の多い人生は、忘却することで均衡を保っているのですよ」

「酷い云われようだが、まあ合っているよ。君のように何でもかんでも憶えていたら僕は何分と保ちやしない。大体どうやったら君のように瑣末な、どうでも好いことまで憶えていられるものか――」

「記憶するのは簡単なことだよ。記憶しようとしなければいいのだ」

中禅寺はそう云った。

「何だと？」

「憶えようとしなければ善いと云っている」

「だから意味が判らないと云ってるんだよ」

「前にも云ったがね、人の頭と云うのは効率的に出来ているからね、余計なものは認識せんのだよ、そもそも。何もかも認識している訳じゃあない。昨日の僕と今日の僕の違いは、まあ着ているものの色や素材でしかない。それ以外は省かれている」

「まあそう云う話は聞いたよ。重複する情報は捨てられ、差異のみが認識されるとか云う話だろう」

関口は不服そうに返した。

「まあ正確には重複する情報は既にある記憶で補完されると云うことだろうけどね。それにね、捨てられる訳じゃあないのだ」

認識されないだけだよと中禅寺は云った。

「それからね、人間には見落としと云うものもあるのだよ関口君。差異として認識されないものは矢張り省かれてしまう。大体、何もかもを意識することなんか不可能だろう。僕らは必ず情報を選択して認識しているのだ。だがね、例えば、眼は閉じることが出来るが、耳を閉じることは出来ない」

「当たり前だよ。前にも何処かで聞いた」

「つまり――僕達には今、関口君のその発音の悪い相槌の他にも、君の後ろで談笑している英国人の会話やら、帳場で華厳の滝までの道を尋いている米国人の声やらも聞こえてはいるのだ」

関口は一度帳場の方に振り返って、いや聞こえないだろうにと云った。

「聞こえないのじゃなくて聞いていないのだよ。音としては聞こえているのだ。まあ外国語はちゃんと聞いたって理解出来ないことが多いのだろうが」

「なら意味がないじゃないか」

「だから認識されないのだよ」

「つまり――」

聞こえているけれども知覚されないと云うことでしょうかと私が云うと、正にその通りですねと中禅寺はやや表情を綻ばせて云った。

「その通りです。裏を返せば、知覚されていないだけで受容はされている――つまり記憶はある、と云うことですね」

「そんなの何だか判らない記憶じゃないか」

「そんなことはないよ。日本語なら判るだろうさ」

「聞き分けられないよ」

聞き分けてるんだよと中禅寺は云った。

「君は雑踏の中だろうが宴会の最中だろうが自分の悪口だけは聞き取るじゃないか。別に関口巽への罵詈雑言だけがひと際大声で語られている訳じゃあないだろう。他の物音と条件は同じだ」

「いやしかし、聞き取れなかったものはただの雑音じゃないか。残ったとしても雑音の記憶と云うことになるだろうに」

「そんなことはないさ」

そこで珈琲と紅茶が運ばれて来た。

「久住さん。どうもこちらの大先生は、昨日随分な演説をぶったようですね」

「いや」

教えを乞うただけですと云った。

「まあ、何を云ったのかは想像が付きますが――この関口君は、忘れるとか思い出せないとか、思い出したらお終いだとか、そう云うネガティブなことばかり云うのです。そうだったでしょう」

「ええ、まあ」

「本人が再三云っているように、この男の頭の中の意識することが出来る記憶の部屋とやらは、まあ狭くて散らかっているのでしょう。でも、それはこの関口大先生が他者より劣っているとか、駄目だとか云うことではありません。人間の造りなんてものは誰しも同じようなもので、そう違いがあるものでもないですからね。ただ」

この関口君はふた言目には卑屈なことを云うのですよと、陰気な癖に口跡の良い和服の男は意地悪そうに云った。

「それは或る種の防衛本能ですから気にしない方が良いのです。誰だって狭いんですよ、その頭の中の部屋とやらは。でも、その部屋の押入れは、限りなく広いんです。意識することがない記憶の格納場所は、意識されている記憶の部屋なんかよりも、ずっとずっと大きいんです。だから」

全部そっちに入れてしまえばいいんですよと中禅寺は云った。

「待てよ京極堂。それじゃあ意味がないんじゃないか？　知ることが出来ないじゃないか」

「どうして」

「いや——」

それは私もお尋きしたいですと、云った。

「昨日からそんな話ばかりしていて、私も多少なりとも混乱しているのですが」

「いや、多分久住さんの思考は」

関口君よりは整理されていると思いますよと古書肆が云う。小説家は横を向いた。

「いや、どうですかね。少しずつ整理して、私なりに理解しつつあると思ってはいるのですが——自信がないです。その、意識されない——と、云うのであればですね、何と云いますか、結局、忘れてしまうのと同じことじゃないんですかね？」

「そうでしょうか。最初から意識されていないのであれば忘れたとも思いません。思い出そうとすることもない。でも最初からない訳でもないし、また消失することもないんですよ」

でも無駄な記憶じゃないかと関口は云った。

「何故だい。無駄な記録がないように、無駄な記憶なんかあるものか。僕の古本の師匠は能く云っていたよ。無駄な本はない、本を無駄にする奴がいるだけなんだ——と。役に立たないのではなく、役立て方を知らないだけだろうに」

「役立てるって——どうやって役立てるのだ。そんな、知ることが出来ない記憶なんかは宝の持ち腐れだろう。そこは不可知領域じゃないか」

君は知覚したじゃないか、と中禅寺は云った。

関口は悪さが暴露た小児のような顔で黙った。

「不可知と云うのは知ることが出来ないと云う意味だろう？　ちゃんと知れているじゃないか。そうそう、久住さんもその昔、蛇を触ったことを思い出したと聞きましたが」

「そうですが——」

「それは、忘れていた訳ではない——即ち、記憶していたと云う自覚があった訳ではない記憶——ではないのですか？」

「はあ、その通りです。ですから、思い出したと云う表現は少し違うのかもしれませんが」

ほうら——と云って、中禅寺は関口を見る眼を細めた。

「ちゃんと記憶に接続出来てるじゃないか」

「いや、それはだから」

中禅寺は底意地の悪そうな顔になった。

「そうか。関口君のことだから、どうせ都合の悪いことは隠されるんだとか、生存を脅かすような恐ろしい記憶が封印されるのだとか、だから思い出したら死ぬ程怖いんだとか、そんな風に云ったんじゃあないのか？」

関口は口を噤み伏し目がちになって、云ったよと答えた。

「矢張りそうか。でもそれは違うよ、関口君。いいかい、都合の悪い記憶が隠されるのじゃなくて、都合の良い記憶だけが意識されるんだ」

「それじゃあ逆じゃないか」

「逆なのさ。生きて行くのに必要な記憶だけが残されるのだ。いや、生きて行くのに必要な記憶だけが選択されて、その結果として意識と云う反応が起きるのだ。君が部屋に喩えたものは、云うなれば店舗のショウケエスなんだよ」

「ショウケエス？」

「商品が陳列してあるんだよ。品揃えや品質が判るように陳列してあるのさ。魚屋だって宝石商だって、売りたいものや売れ筋のものは目立つ場所に置くし、新商品はどんと手前に置くだろう。でも、品物自体は倉庫にあるんだよ。仕舞ってある在庫品の量は陳列台より遥かに多いし、その中には陳列してないものも沢山あるのさ。中には不良品やら危険物やら、売りたくないものだってあるだろうさ」

存在に関わるような恐ろしい品物なんかわざわざ目立つ処に出しておく必要はないだろうと中禅寺は云う。

「だから蔵の奥に仕舞っておくと云うだけだよ。本来なら廃棄処分したいところなんだろうが生憎それは出来ないことになっている。仕方がないだろう」

「記憶は消えない――のですね」

「そうですね。見付からなくなるだけです。関口君の云う散らかった部屋と云うのは――まあ、ショウケエスの陳列の仕方が下手で、雑な店なんですよ。何を売っているのか店主も判らなくなっている」

片付け賜えと中禅寺は云った。

「しかし京極堂、その、蔵があったとしてだ。その蔵には簡単に出入り出来ないだろうと僕は云っているのだ。その蔵は閉じているのだろうに」

「蔵の錠前はね、大体開いてると思うよ」

「あん？」

中禅寺は笑った――ようだった。機嫌が悪い訳ではないのだ。

「鍵を掛けるとしたって掛けるのは店主だろう。なら鍵は店主が持ってるだろうさ。そもそも鍵なんか掛けなきゃ良いんだよ。手間が掛かるだけだろ。だから、まあ、扉が少少重たい程度だよ」

「そんな——簡単なものなんですか？」

「無意識領域だって自分ですからね。関口君などは陥りがちな勘違いですが、意識こそが自分だと考えることは、簡単ですが間違いですよ。意識なんてものは便宜的に立ち現れる反応に過ぎません。本質は意識されない方にあるんでしょう」

思わなくたって我はありますと中禅寺は云った。

「それは——」

「勿論、僕の云うのは哲学的思考のことではありません。思弁的な理解を否定するものでもない。ただの事実です。何かの拍子に思考することが出来なくなったとしても、それでも人は存在している訳ですから。そのまんまの意味です」

「待てよ京極堂」

関口は酷く不服そうに、ジャケットから紙巻き煙草の縒れた箱を出して、一本抜いた。

「君はまるで、昨日の僕と久住さんとの会話を聞いていたかのようだな」

「聞かなくたって判るよ。君はこの正月にまたぞろ大河内君に遣り込められていたじゃないか。彼はカントにも傾倒し始めたから、デカルト辺りで足踏みしている君は相当に苛められたのだろう」

「あの日君は議論に参加してなかったじゃないか」

僕は仕事をしていたんだよと中禅寺は云った。

「輪王寺から届いた史料を読んでいたんだ」

「それでも横で聞いていたのか君は」

「だから聞かなくたって判るよ。デカルトは思考と存在の相関で世界を識ることを基本に置くようなところがあるから、関わりの持てないものは不可知とするしかなくなるだろう。関口君のような性向の人間には怖く感じられることだろうと思ってね」

　事実関口は怖がっていたと思う。

「どうせ怖くないと云うんだろ、君は」

　怖いならその考えは捨てろよと中禅寺は云った。

「カントが何と云おうと、大河内君が何と云おうと、君の本質が拒否するならば、従うことなんかないんだよ、関口君。思弁的に導き出された命題なんてものは、いずれ批判に晒(さら)される。時に否定もされるんだから。無批判に信じるより寧(むし)ろ疑い、考えることの方が大事だからね。それが哲学の基本だろ。信じるのは神仏だけでいいんだよ」

「僕は哲学は苦手なんだ」

　これでも一応理系だからなと関口は云った。意外——だった。

「その割に云うことは文学的じゃあないか。まあ、君に倣って文学的比喩を続けるとするなら、だ。その蔵は大した手続きがなくたって開くんだ。其処には意識していない記憶が無尽蔵に収納されている。閲覧し放題だよ」

「だから——意識せずとも記憶は出来ると云うことですか」

そう問うと、意識せずとも記憶はされ
てしまうと云うことですと中禅寺は正した。

「自動的に？」

「そうですね。何かを憶えよう、忘れないでおこうと努力した場合、意識したことだけが切り出されて認識される訳でしょう。それは、まあ認識はされるんだけれども、保管場所が片付いていなければどこかに紛れてしまい兼ねない。つまり、忘れてしまうと云うことになります」

「それ以外は——」

「それ以外は凡て、まあ有無を云わさず蔵に直行するんですよ。そう、久住さんは——メモを取られますか？」

「まあ、大事な事柄は書き残しますが」

「要点をメモする場合、要点以外は余り憶えていないのじゃないですか？」

「そうですねえ。まあ、そうなりますね」

「聴き取りをしている段階で取捨選択をしている訳ですね。拾った情報を記録し、それ以外はその場で捨ててしまう訳でしょう」

そうなるだろう。

「その必要な情報は、憶えていますか？」

「え？　まあ文章なりにしている訳ですからね。大体は憶えていますが――まあ、忘れても困らないようにメモする訳で」

「文書化した段階でかなり情報は単純化されていますから、憶え易くはなるでしょうね。でも」

「ええ」

　メモした所為で安心してしまって忘れてしまうことも多いですねと久住は云った。

「そのメモを失くしてしまったらどうです？」

「あ、いや」

「何とか思い出そうとするんでしょうし、実際思い出すのでしょうが――思い出してもメモを覧るまで正しいかどうか気が気でないと云うようなことはありませんか？」

　ありますねと云った。

　記憶より記録に頼っている。

「同じことですよ。書き記さないまでも何かを憶えようとすると云う行為は、頭の中にメモするようなものです。つまり多くを捨てていると云うことですね。そして僅かに残したものもまた、見失ってしまうかもしれないのです。ですから、一部分に特化して憶えようなどと考える必要はないんですよ。そんなことしなくたって、何だ、その、蔵か。蔵に入れば嫌でも全部そこに保存されるんですから」

「おい京極堂。それじゃあ、誰しもが無尽蔵にものを憶えられると云うことになるじゃないか。そんな訳はないだろう。僕は――」

「君の物覚えが悪いのは承知しているよ。だが、それは君の性能が劣っているからじゃないんだよ、関口君。君は至って正常だ。ただ、すぐにとっ散らかすだけだって。ほら、君の部屋は雪絵（ゆきえ）さんがどれだけ片付けたって、一日と保（も）ちやしないだろうに。探し物だって極めて下手だ。目の前にあるものが見えてないからなあ。この間だって、君は其処の」

　中禅寺は中空を指差した。

「その本を取ってくれと頼んだらば、僕のこの指が示している一冊だけを視ないで、そんな本はないと云ったじゃないか」

「君の家は本だらけじゃないか」

「同じ本は一冊としてないよ。書名も云った」

「あの時も君はさっきのように何か読んでいただろう。見もしないで指差したのだ」

「だって指差した先にあっただろうに」

「あったけどな」

「君の目は僕が指差しているその一冊だけを認識しなかったのだ。君は肝心な本の周りの本の背表紙ばかり視ていたじゃないか。思い込みが激しいとそうなるのだよ。何度も云っているだろう」

「仰せの通り僕は片付け物や探し物が下手だよ。朝から晩まで分類して整理整頓してばかりいる君のような真似は到底出来ないよ。机の抽出も鞄の中も、序でに頭の中もぐちゃぐちゃだ。でも、そんなことを初対面の久住さんの前で開陳することはないじゃあないか。今の話に関係ないだろうに」

関係あるさと中禅寺は云う。

「蔵の中のものを凡て活用出来れば万能なんだろうが――君の云う通りそうは行かない。蔵を開けたとしてもね、蔵の中にはそりゃあもう沢山の棚が並んでいるのだ。棚にはずらっと数え切れない程の沢山の箱が積んである。その中から捜すことになる」

おいおいと云って、関口は咥えもせずにずっと指に挟んだままにしていた煙草を振った。

「そんなじゃあ到底見付かるまい。見付けるのに何年掛かるか知れたものじゃないぞ。必要な時に見付けられないのじゃあ、宝の持ち腐れに変わりはないじゃないか」

「そんなことはないさ。何処に何が収められているのか識っていれば、瞬時に見付かる」

「そんなもの識りようがないだろう。蔵の中の分類は、無意識の領域が自動的に行うんだろうが」

「それだって法則性は必ずあるし、それこそ考えれば判ることだろうさ。その法則性は恣意的には変えようがないのだから、一度判ってしまえばもう迷うことはないだろう」

「判ってしまえばって、そんな」

「判るさ。だからね、蔵の錠前だの扉の開け方なんぞを気にするよりも、どの棚に何があるのか、分類整理の法則性を識る方がずっと大事なんだよ、関口君」

「簡単に云うじゃないか」

「簡単だって。現に久住さんは、その蛇の手触りの記憶を呼び起こしているじゃないか」

そうなのでしょうと、中禅寺は私に問うた。

「呼び起こしたと云いますか——」

いや、それは決して思い出した訳ではない。

だからと云って憶えていた訳でもない。

慥(たし)かに、呼び起こしたとか呼び覚まされたと表現した方が、感覚としては近いかもしれない。

「うんうん頭を捻(ひね)って思い出した訳じゃないのですよね？　忘れてしまった記憶は散らかった狭い場所をあちこち捜さなくっちゃあ出て来ない訳だけれども、それは必要に応じて直ぐに呼び覚まされる記憶なんですからね、忘れてはいないんです」

その通り、忘れていたと云う感覚もなかった。

「関口君は、伊佐間(いさま)君の例を挙げたようだが——ああ、伊佐間と云うのは、牡蠣が喰えなくなっていた釣り堀屋の親爺の名前です。あれだって同じだよ」

「そうなのか？」

「そうだよ。あれはね、無意識が分類を間違えていただけだからね。牡蠣の食感なんかを入れるべき箱に、腹が痛くなるとか死にそうになるとか、そう云う別なものも入れてしまったんだろうさ」

「いや、そうなんだろうけど」

「普段はその棚のことは気にしていなかったから、気付かなかっただけだろう。僕等(ら)がやいのやいの云ったからね。蔵に入って棚の前に立ち、箱を覗いてみたらば——だ。おやこれは違っているぞと、そこで気付いたんだろう。まあ、一度間違ってしまうと癖になるようだから、今後も不安は残るだろうが、一応分類はし直されたのだ。治ったじゃないか」

「まあ、そうだ。そうだが」

「斯様(かよう)に蔵の中のものを見付け出すのは容易(たやす)いことなのだ。蔵の錠前は開いている。掛けてあっても直(す)ぐに開くんだよ。だがね——」

中禅寺は袂(たもと)を探って燐寸(マッチ)を出すと、煙草を弄(いら)っているだけの関口に渡した。

「蔵の中には、棚の他に箪笥(たんす)も何棹(さお)もあるのさ。抽出(ひきだし)に依っては鍵付きのものもあるだろうし、奥の方には金庫もある。しかも銀行の貸金庫のようにずらっとあるんだ。そう云うものを開ける時は、まあそれぞれの鍵が要るんだろうけどもね」

「鍵——」

それだ。

「あるじゃないか。鍵が」

「あるだろうよ。金庫だからね。そう云うもんには大概持ち出されたくないものが入ってるんだ。そうだろう」

「だからさ」

関口はそこでやっと煙草を咥(くわ)えて、燐寸(マッチ)を擦った。

中禅寺は自分の近くにあった煙草盆を関口の方に押して寄越した。

「僕が云っているのはその金庫のことだよ。その抽出や金庫の鍵は何処にあるんだよ。ないだろう」

持ってるだろうにと中禅寺は云った。

「持っていないよ」

「君も以前に開けたじゃないか」

「開けられなかったんだ、僕は」

関口は二三度ふかしただけで煙草を揉み消した。

「その鍵ですが」

それは普段は何処にあるのですかと問うた。

「と、云うより、それは誰が作るのでしょう」

自分で作るんですよと中禅寺は云った。

「自分で？」

「おいおい。自分と云ったって意識されない無意識の自分なんだろうに。そんなもの、識りようがないじゃないか。どうやって手に入れるんだ」

「いや、そうじゃないと思うよ関口君。金庫に入れるのはその無意識とやらなのかもしれないが、鍵を作って掛けるのは意識される自分自身だと思うがな」

「そうか？」

「だって――鍵は開けるためにあるんだぞ」

「何だって？」

「二度と開けないなら鍵なんか要らないよ。捨てられないんだとしても、何かで塗り固めるとか、釘で打ち付けるとか、そう云う風にしないかね？　鍵と云うのは、普段出し入れはしないけれども必要な時に出せるようにするための仕掛けだろう。金庫に入れるのは塵芥じゃなく、失くしてはいけない大事なものなんじゃないか？」

それは道理である。捨てられないからと云って屑や塵芥を金庫に入れることはない。

だが――。

鍵を掛けるのは自分だってと中禅寺は云う。

「だが、僕は鍵を持っていなかった」

「それは君、君が鍵を見失ったんだ」

　だから片付け賜えと中禅寺はもう一度云った。

「それこそ何処に置いたか忘れてしまったんだろうさ。君は自宅の鍵だって、二三度失くしているだろう。雪絵さんが法事で留守をした時、鍵を失くしたから泊めてくれと云って来たじゃないか」

「あれはもう何年も前のことじゃないか」

「何年前だって一緒だよ。正確には昭和二十五年の九月のことだよ。あの時、僕は君に何と云ったか憶えているかい」

　憶えているものかと関口は云った。

「君のことだから財布にでも入れているのじゃないかと云ったんだ。そしたら本当に財布の中にあったじゃないか。今日は独りだから失くしちゃいけないと思って入れたんだと云っていたぜ」

「そうだったかな」

　関口は横を向く。

「そうなんだよ。あの時、君の財布の中には君が受け取った初めての原稿料も入っていたんだ。あれやこれや入れたものだからパンパンに膨れていたじゃあないか。もし財布を落とすかしていたら、何もかも一度に失ってしまうところだったんだぞ。それと同じことをしているんだよ。君は」

「同じことって――」

「君は、作った鍵をすぐに失くすんだ。失くすのが怖いから鍵自体を何処かに仕舞う。時に鍵を別の金庫に入れる。その金庫の鍵をまた失くす。それがまた怖い――そんなことばかりしているから、何が何だか判らなくなるんじゃないか」

「ああ」

関口はそこで突然、得心が行ったと云う顔付きになった。

「あのね関口君。別に散らかっていること自体は障害にはならないんだよ。何処に何があるか判ってさえいれば、別に整然とさせる必要はない。ぐちゃぐちゃだって整理は出来ているんだから、それは混乱しているのではなく雑然としているだけ、見た目の問題なのだ。まあ整理が出来ないなら、せめて片付けるべきだと思うがな。整頓されていた方が捜し易いからね。でも整理も出来ない、整頓もしないとなると、物は失くなるよ。そんな性質だから」

面倒なことになるんだよと中禅寺は云う。

「面倒って」

「面倒だったじゃないか。君は外部の刺激で扉が開いたみたいな比喩を使うが、そりゃつまり、失くした鍵の在り処(あか)を第三者が云い当てたとか、鍵そのものを他人に示されてはたと思い出したとか、そう云うことだろうよ」

「要するに――忘れてるだけだと云うのか」

だから片付けろよと中禅寺は三度云った。

「整理するか整頓するかすればいいんだよ。両方するのが一番良いが、そこまでは期待しないよ。多少ショウケエスが散らかっていたって、何処に何があるのか把握していれば構いやしないのだ。縦んばどっちも出来なかったとしても、だ。鍵束の管理さえきちんとしていれば、まあ後はどうにでもなるさ」

「どうにでもなるのか」

「なるさ。金庫は鍵さえ失くさなければ使えるんだからね。便利だろう」

「便利だと？」

「便利だろうに。現実の金庫だって用途があるから創られたんだし。わざわざ不便にするものなど創らないだろうに」

「何だって？」

「判らない男だなあ。金庫に入れておけば安心だろう。そもそも最初から意識の表面に昇って来ない記憶は、忘れようがないのだし」

「記憶はそもそも消失しないんだろうに」

「だからさ、一度意識してしまったら失せ物になってしまうかもしれないだろう。散らかった部屋を捜すのは大変なんだよ。蔵の棚は簡単に覗けるんだから、持ち出して失くしてしまうこともある。だから用心のために金庫に入れるんじゃないのか？」

「現実のものはな」

「頭の中だって同じだよ。金庫には別に都合の悪い物が入れられる訳じゃないよ。金庫と云うのは、善し悪しに拘らず重要なものを格納して保管するための道具なんじゃないのかね」

「重要なもの――か」

関口は恐ろしく暗い目付きになった。

「金庫は頑丈だぜ。その上、鍵の管理が出来ていれば泥棒に入られたって困ることはないんだぞ」

「中禅寺さん、それは」

比喩ですかと尋くと比喩ですよと即答された。

「泥棒とは何の比喩です」

「ああ、他人の蔵の中に勝手に入ろうとする不心得な族(やから)のことです。まあ、大概は盗むのではなく、何か余計なものを置いて行ったり、箱の中身を入れ替えたりするだけですがね」

解りませんと云うと、関口がああと溜め息のような声を発した。

「催眠術のことか。そうだな？」

「まあね。去年、君は酷(ひど)い目に遭っただろう。洗脳なんぞと呼ばれるものも似たようなものさ。コソ泥か強盗か、そのくらいの差だよ。そんなものが侵入して来て、転がってる鍵でも見付けようものなら」

「いいよ。云うな。諒解したよ。君の云う通りだ。僕は——散散に蔵を荒らされたよ」

「荒らされただけじゃない、君は蔵にある筈のないものまでショウケエスに並べたんじゃないか。その結果どうなったんだ」

云うなよと関口は云った。

「平素からきちんと片付けていれば、余計なものが雑じればすぐ知れるじゃないか。だから片付けろと僕は再三再四云ってるんだよ。君に必要なのは、勤勉かつ念入りな整理整頓なんだよ」

「下手なんだよ片付けが。まあ、去年のことは何もかも思い出したくないことばかりだからね。それこそ金庫にでも入れて鍵を掛けて、その鍵を捨ててしまいたいくらいだ」

去年彼の身に一体何が起きたのか私には知る由もないのだが、関口は何だか豪く落胆している様子に見える。昨日も祟られているんだと云っていたけれど、事実面倒ごとが多かったのだろう。

そうすればいいんだよと中禅寺は云った。

「そうやって忘れよう忘れようと努力すると云うことは、より意識するってことだろうに。陳列ケエスの真ん中にでんと据えるんじゃなく、金庫に入れて蔵の奥にでも仕舞ってしまえよ。どうせ鍵は失くすんだから。君は忘れっぽいのだ。楽だろうに」

「まあなあ」

ほら、便利だし、救われてもいるだろうがと云って、そこで中禅寺は腰を浮かせた。

「何だよ」

「何だよじゃないよ。そろそろ時間切れだよ。僕は後三分ばかりしたら此処を出なくちゃあいけないんだよ。現場までは徒歩で二十五分強掛かるのだ。今日は先方が弁当を用意すると云っていたから、十一時三十分には到着しておきたいんだよ」

時計も見ずに何故判るのか。

私はそっと背後を確認してみたが、時間の判るようなものは何もなかった。

「おい」

しょぼくれた小説家は顔を上げた。

「それはないだろう京極堂。未だ本題に入っちゃいないんだよ。昨夜も散散説明したじゃないか。この久住さんの——」

君の説明だからなあと云い乍ら、中禅寺は卓上に出されていた書類だか古文書だかを手際よく纏めて風呂敷に包んだ。

「そのために久住さんを紹介したのじゃないか。君は例の件に就いては何も——」

「あのなあ関口君。君がつまらないことにいちいち引っ掛かるから、話が先に進まなかったんじゃないか。それに、今ぐだぐだ話していたことだって昨日の君たちの話題の内なんだろうに。脱線しているのは君だよ関口君」

　中禅寺はカップに残った珈琲を飲み干した。

「は、薄情だな君も。まるで識らないと云う訳じゃなし、何か一言くらいあったって」

「その案件に関しては」

　今の段階で僕がお役に立てる見込みはないと思います――と中禅寺は久住に向け云った。

「はあ」

「現状、僕は詳しい話を識りません。関口君の朧な記憶に拠った乏しい情報しか持っていない。しかも大変にデリケエトな問題のようですから、予め個人が特定出来るような情報は語らないでくれと云いました。この男はただでさえ説明が下手ですからね、より心許ないのですよ」

「あの」

「いや、昨日この関口君がぶち上げた演説の内容に就いては、先程から諄諄と申し上げている通り、気にする必要はありません。そうしたことはありますが、あるからと云って絶対あるとは限りません」

　そう云うこととは何だと関口が問う。

「だから関口君の文学的表現に拠るところの封印された記憶が外部からの刺激で甦るとか云う話のことだよ」

「それはある訳だろうが。その、金庫の」

だからそれはものの喩えだよと中禅寺は嫌そうに云った。

「関口君の説明は大きく外れちゃあいないが、極めて恣意的で一方的なのだ。僕はそう云う話をしたのじゃないか。恐ろしいとか不安だとか、そりゃただ君が感じた感想なのであって一般化できるもんじゃあないだろうに」

「いやあ」

「いやあじゃないよ。哲学的命題だって批判されるし科学知識だって更新される。宗教でさえ時代の趨勢に応じて教義の解釈を変更するのが時流だ。聞き齧った話を頑なに信じて、役に立つかと語彙もないのに必死で伝えたセツさんなんかは兎も角、最高学府を出ていて精神神経医学にも造詣が深い関口先生が、だよ。あやふやな文学的表現で困惑している人を惑わしてどうする——と、僕は云っているのだ。そうだろう」

「だから何だって云うのだい。僕はね、専門家じゃなくて」

ただの患者だと関口は云った。

中禅寺は眼を細めた。

「おい、今はもう通院していないんだから元患者だろう」

「そうだが、だから」

「だから何だい。緩解してからも主治医とは懇意にしているんだから、何だかんだと知識は豊富じゃないか。あのな、この」

中禅寺は人差し指で自分の顳顬(こめかみ)を叩いた。

「ここの研究なんか未(ま)だ始まったばかり、いいや始まってもいないぐらいのものだ。何にも判ってないんだよ。だから脳科学者と神経科学者は違うことを云うし、精神科の医者も異ったことを云う。フロイトの心理学を学んだ降旗(ふるはた)氏なんかは、また全然別なことを云うのだろうさ。だからね、それらしいことを思い付いて納得するのは別に構わないが、そんなもんを披瀝(ひれき)するのは君の小説の中だけにしておき賜えと云っているのだ」

「解ったよ。ただそれだけ立板に水で僕への罵詈讒謗(ばりざんぼう)を並べ立てる時間があるのなら、少しは、その」

「だから時間がないのだ」

関口は立ち上がろうとする中禅寺に手を伸ばしたが、古書肆は気にも留めず、横の椅子に畳んで置いてあったインバネスをひらりと纏った。

「僕は時間は正確にを信条にしているんだよ。特に仕事の時は前倒しが基本さ。僕は、君と違って、物心付いてから寝坊したことは一度もないのだ」

「だから、前倒しにしているんだろう？　遅刻しなけりゃいいじゃないか」

「関口君、頼むから君の未整理な人生に僕達を巻き込まないでくれないか。君は暇だから良いかもしれないが、僕も久住さんも仕事があるんだから」

「私は――」

中禅寺は手を翳して私の言葉を妨げた。

「では、久住さん。後日、台本の方のご相談には乗りましょう。もう一つの案件に関しましては――」

中禅寺は言葉を止め、訝しそうに私達を眺めた。

それからおや一分も過ぎてしまったと云った。

「君は首を突っ込むと抜かないからなあ」

懐中時計を見ると十一時六分だった。

「まあ――そうですね。例の釣り堀屋の親爺の蔵の箱に入れ間違いがあったように、金庫にだって別の記憶が入ってしまうこともあるんですよ。鍵を開けてみたら」

別なものが出て来るようなことだってあると思いますよと、中禅寺は云った。

「別なもの？」

「そうだねえ。そうだとして、その女の人は自分も識らない何かを金庫に入れていると云う可能性もあるような気がしますがね」

「意味が解らないよ。それはその――」

「燐寸は君に進呈するよ」

では失礼と云って中禅寺は私に向けて一礼し、すたすたと足早に玄関に向った。

鵺（一）

鳥を死者の魂に擬える文化は多いと聞く。

それは単純に天空を行く様からの連想なのだろうと思うのだけれど、一方で鳥は山に多く棲むものでもあるのだろうから、山と云うものも無関係ではないようにも思う。

山もまた、死者の魂が行き着く処として捉える文化圏はあるようである。

山は異界なのだ。一方、他界は海の彼方にあるのだと謂う話も聞く。

天国は空の上に、地獄は地の底にあると云うのが現代人の一般的な感覚なのかもしれないが、それは印象に過ぎないのだろう。そもそも、そんな場所はないのだ。それは観念の中にあるのだろうし、そうでなかったとしても次元の異る場所なのだろう。

天空や地底にそんな場所はない。現代人はそれを識っている。本当かどうかは確かめようもないけれど、識ってはいるのだ。この大地は珠であり、それは虚空に浮いている。上と云うのは珠から離れる方向のことでしかなく、下と云うのは珠の中心への向きでしかない。

天も地も、今や概念の中にしかない。

とは云え、識っているからと云って実感がある訳ではない。

物を落とした時、地球に吸い寄せられたとは思わないし、飛び上がったりした時に地球から遠ざかったとも思わない。

天は天、地は地である。

そうしてみると、その昔は山も、海も概念の中のものだったのかもしれない。今、山は標高の高い処に過ぎないし、海は窪地に溜った巨大な水溜りに過ぎない。だが以前は違っていたのだ。山は不可侵な部分を持った聖域でもあったのだろうし、海も対岸のない未知の領域だったのだろう。

山にしろ海にしろ空にしろ——人の行けない場所ではあったのだ。或いは行けない場所への入り口とするべきか。

鳥は——。

何処へでも行く。山の彼方にも。海の向こうにも。

天を翔(かけ)て。

少なくとも、引力に対してそれなりに抵抗する能力を持っていると云うだけでも、鳥は人より自由である。そして鳥は、人の行けない場所に。

——行くんだ。

都会と云う程大きな街で暮らしている訳ではないけれど、こうまで天然の際(きわ)が近い場所に居ることなどない。ただの鳥の啼き声が何処か違って聞こえるのはその所為(せい)だろうか。

緑川佳乃(みどりかわかの)は割れた窓硝子(まどガラス)の向こうを眺めつつそんなことを思う。

長い間放置されていた硝子は汚れていて、まるで磨(す)り硝子のような透け具合だ。朦(もう)と掠(かす)れていて、割れている処だけ景色が明瞭(クリア)だ。

視軸を室内に戻す。

扨(さて)、どうしたものかと、緑川は思案に暮れる。

手の付けようがない。と、云うより手を付ける意味がない。

医療器具は未(ま)だ使えるけれど、持ち出したところでどうなるものでもない。こんな旧式の器具を払い下げて喜ぶ医者など居ないだろう。

家具も同様である。否、家具こそ古い。装飾的なものはないから骨董的な価値は皆無だ。長椅子はへたっているし、椅子も机も朽ちかけている。寝台に到ってはただの台に過ぎない。古道具屋も買い取りはしない気がする。

放っておくしかないだろう。

――問題は。

棚に詰められた書類である。

このまま放置しておいて良いものなのか。

これだけ長い間誰も手を付けていないのだから機密書類と云うこともないのだろうが、内容はそこそこ不穏なものであるようにも思う。

尤も、緑川が覧たところで何が書かれているのかは能く判らない。まるで見当も付かないのかと云えばそんなことはないのだが、専門とは云い難い分野だから不明な箇所も多く、そこは類推するしかないことになる訳だから、結果的には判らないとしか云いようがない。しかも、半分くらいは物理学か何かの数式か計算値の表のようなもので、こちらはもう暗号のようなものである。

緑川は医者ではあるが、臨床医ではない。主に組織診断に携わる、所謂病理学者である。切り取られた組織を調べるのが仕事なのであり、物理学の数値など判じられる訳もないのだ。況て設計図だの見積書だのとなると、もうお手上げである。

どうしよう、と思う。価値が判らない。このまま手を付けずに去るべきなのだろう。気を利かせて燃やしたりしても——。

——判らないか。

遺品らしい遺品はない。残されていたのは若干の衣類と、筆記用具程度である。写真や手記の類いは今のところ見付かっていない。

カルテはあった。

少なく見積もっても十五六年分は残っている筈なのだが、異様に少ない。戦前の分は処分したのかと思ってざっと覧てみたが、一番古いものの日付は昭和八年になっていたし、亡くなる直前の日付が記されたカルテもあったから、これで全部なのだ。

患者が少なかったのだろう。

こんな、人の居ない場所だから。

足掛け二十一年もの間、この粗末な診療所で暮らしていたのだ。大叔父は。

また鳥が啼いた。

最後に会ったのは、十歳か、九歳か、そんなものだったろうか。その頃から大叔父はもう老人だったように思う。

白髪だったからだろうか。冷静に考えれば、当時大叔父は五十過ぎ、もしかしたら未だ四十代だったのかもしれない。老人と云うには早い。

緑川も、もう三十路を過ぎている。自覚はないけれど、当時の大叔父に近付いている。でも、緑川は齢を取ったと云う感覚をあまり持っていない。戦争を挟んでいるし、ただ懸命に学んでいたから、そんなことを考える暇がなかったと云うことなのか。

そうしてみると二十年などあっと云う間なのかもしれない。とは云え――。

こんな場所に一人きりで暮らしていても、そうなのだろうか。食事などはどうしていたのだろう。

鍋釜食器は一通り揃っていた。

しかし汚れてはいなかった。台所も綺麗なものである。大叔父が料理をしている姿など想像が出来ないが、一人暮らしだったのだろうから自炊はしていたのだろう。

――死期を悟ったと云うことか。

もしかしたら、衰えるにつれ食事を減らし、最期は断食でもしていたのだろうか。

まるで、話に聞くかたまり仏ではないか。仏教には徐徐に食事を減らして生きたまま仏になる修行があるのだと聞く。

医学的には餓死でしかないのだが。

いずれにしても、大叔父はこの粗末な小屋の中で息を引き取ったのである。身寄りがないと云うことで、役場で火葬にしたのだ。緑川が縁者だと知れたのはそのずっと後で、連絡が来たのはもう骨になって暫くしてからだった。

この土地で死んだなら。

また鳥が啼く。悲しげな声だ。

――鳥になったと云うことか。

――いや。

あの山に還ったのか。還ると云うのは変なのか。

そう思って割れた硝子の隙間に眼を遣ると。

男が覗き込んでいた。

猨（二）

殺したんですかと簗山が問うと、気の良さそうな老人は酷いよねえと云った。

「有り難い神様のお使いだから。そんなもの殺したりしちゃ罰が当るべよ。そんなことすっから、石山ン処の嘉助は零落れたのさ。女房にも逃げられて、最後は酔っ払って溝に嵌まって死んだんだから。あれは猿なんか撃ったからだよ」

仁礼が泊っている民宿小峯荘の玄関先である。仁礼の言葉通り、下駄箱の上には三猿の置き物が鎮座している。

小峯荘は簗山が寄宿している家と作業場がある輪王寺との中間にある。平素の朝は仁礼が民宿の前に立って待っているから、一緒に行く。

今日は行事の都合で作業開始が昼からになる。

通り掛かったが少しばかり早かったようで、仁礼の姿は見えなかった。

寄ってみたところ、仁礼は未だ用意が整っていないようだったから、それを待つ傍ら、簗山は民宿の親爺と世間話をしている。

「その人は猟師か何かだったんですか」

「そんな上等なものじゃないのよ。鉄砲撃ちの免状か何かは持ってたようだけども、元は大工。働かない大工さ。猿が家を荒らすからって怒ってさ」

「その――」

光る猿ですかと築山は問う。

「いや、猿は猿。ただの猿。猿がみんな光る訳じゃないから。荒らすのはただの猿よ。あれは大根だか何だか齧られて、怒ったんだ嘉助。そんで、鉄砲持ってね、こう飛び出した。猿なんてもんはあんた、すばしこいものだから。さっと逃げるさ。木立の中に紛れたらもうお終い。迚も鉄砲なんか中るもんじゃない。でもな」

居たんだよと親爺は眼を細め、神神しいものでも見るような顔になった。

「あの山王さんの神使がなあ。ありゃ、あんた、ただの猿じゃあないさ。光るんだから。神様のお使いは大根齧ったりせんでしょう。でも、光るから、目立つべ。夜だって見えるんだわ。だから、あの罰当たり、怒りに任せて撃ったんだべなあ。莫迦たれだ」

「で――」

「で、も何もねえさ。撃ち殺しちまったんだもの嘉助は。神使のお猿は大根齧ってもいねえのによ」

「その、猿は」

「猿は猿さ」

死んじまえばただの猿と親爺は云った。

「死んでも光ってたんですか」

「それは知らない。まあ光ってたんだろうけど、死んだらなあ。死骸だから。嘉助、ちゃんと埋めるなりすれば良かったんだろうけど、そのまま放っといたそうだから。神使をなあ」

親爺は下駄箱の上に視軸を移す。

どう見ても土産物屋で買ったとしか思えない、間の抜けた三猿の置き物である。掃除はあまりしていないらしく、かなり埃(ほこり)が溜っている。隣には苔(こけ)だか藻(も)だかが繁茂していて中の見えなくなった金魚鉢が置いてある。

「ほれ、猿は大事にせんといかんのよ。日光に居るなら特になあ。俺なんざ、こうやって朝晩拝むからね。戦渦にも巻き込まれんで、元気さ」

それはいつのことですと築山は問うた。

「いつってあんた——そうだなあ。もう二十年近くも前かなあ。そこまでは経たんかな。ああ、その猿買ったのがその暫(しばら)く後だから」

親爺はサンダルを突っ掛けて三和土(たたき)に降りると猿の置き物をぞんざいに摑んで裏を観た。

「昭和十三年だな。俺は何でも書いておくの。昭和十三年三月十二日と書いてある。嘉助が鉄砲撃ったのは、その半年ぐれえ前だべかなあ」

「では昭和十二年ですか。その頃から民宿を?」

してねえしてねえと親爺は手を振った。

「民宿なんてねえよ、その時分。戦後戦後。ちゃんとしたのは戦後だな。だって、旅館業法が出来たなあ、高高五六年前だろ。俺はもう直ぐに簡易宿所の申請したからね。それまではまあもぐり」

「法律もなかったんだから、もぐりはないのじゃないですか」

「いやあ、看板も出さん、宣伝もせん、だから。もぐりさね。まあ、その頃の俺は、嘉助とそんなに変わらんぐうたらだったから」

親爺――表札に拠れば小峯源助は框に座っていた築山の隣に腰を下ろした。

「小峯の家は代代百姓でね。まあ俺は大津から婿に来た、養子さね。で――まあ百姓苦手でさあ。その上、子も出来ねえでな。女房は三十年から前に死んで、ほれ、家は無駄に広かんべ。だから工事人だとか、行商だとかを偶に泊めておったんだわ」

ただ泊めただけと小峯は云う。

「それでお礼貰ってね。それ、楽だろ。何もせんのだし。まァ何もせんと云っても、嘉助の野郎なんかは朋輩組の仕事もせんし、兄貴分の云うことも聞かん破落戸だったけんど、俺はそんなことはなかったけどもね。気が弱えから。でも、畠仕事が厭でさ。ありゃ――そうよな、俺が神様の猿を観た三年がとこ前かなあ。大勢な、人足だとか兵隊さんが来てさ」

「兵隊？　軍人ですか」

「そう。何しに来たのか知らんけど、十五六人は来た。うちだけじゃなく、その辺の民家にも分散して沢山泊った。全部で四五十人は居たのでねえかな」

「何かあったのですか」

知らないねえと小峯は云う。

「今思えば、防空壕みたいなもの掘ったりしたんだべかね。いや、そんなこたねえか。時期的に防空壕には未(ま)だ早いかねえ」

「昭和十年より前、と云うことですよね」

憶えてねえなあと小峯は答えた。

「買ったものには日付書くんだけどね。その猿より三年以上前のことだと思うから、そうなるかなあ」

小峯は首を傾げる。

「でもまあ、俺のとこに一番多く泊ったんだわ。一週間ぐらいだったかね。思うに位の高い連中は旅舎(ホテル)だの旅館だのに泊ったんでねえのかな。そういう処(とこ)は高額(たけ)えから――だと思ったんだけども、それがあんた、何の持て成しもしねえのにさ、俺なんかにも礼金をたんとはずんで呉れたのさ。飯も出さなかったし、布団だって足りねえから借りて来た寄せ集めだったのによ。それでも随分呉れたさ。そんなもんで、ちょっとした小金持ちになったんだな。俺はまあ、それで、その気になったの」

「その気と云うと」

「だから、すっぱり百姓止めてさ。商人宿か何かやんべ、とさ。そう考えたの。でも、まあ迷ってもいてね。こう、思案していたらばな、そこに」

神様の猿が。

「居たのさ。そこだ。その、玄関の戸を開けてよ、そこに座っていたんだものさ。ああ、こりゃ権現様のお告げだべ、なんて勝手に思ってよ。幸先が良いと思っておったら、そしたらまあ嘉助がよ、その神様の猿さ撃ち殺しちまった訳。で、その直ぐ後にあれは駄目ンなったの。何箇月としないで死んだからね」

祟りだ祟りと小峯は云う。

「それで、まあ嘉助みてえな自堕落は良くねえと自戒したんだなあ、俺。で、心根を改めてさ。真面目にやんべと、その猿さ誂えて貰ってな。部屋も改装して、料理なんかも習ったりしてね。宿屋始める準備したんだけど——客なんか来るもんでねえさ」

宣伝しねえからと小峯は繰り返した。

「それに、あの頃は旅行だの観光だの云う時期でなかったから。ぼちぼち営ってるうちに開戦しちまってさ。だから、まあ戦後さ。ちゃんと登録もしたから。でも客は来ないねえ」

小峯は虚しそうに笑った。

「でもさ、俺が今、こうやって何とか生きてるのもこの」

小峯は下駄箱の上を示す。

「お猿のお蔭なんだよな」

「信仰していらっしゃる」

信仰って——と云って、小峯は破顔した。

「そんな大層なものじゃあないって。俺は女房の墓参りも行かねえもん。五十年から暮らしてるけども東照宮だって二三回しかお参りしてない。祭だ行事だとなれば働くけどね。それだけ。ただ若い頃と違ってさ、神様仏様は有り難えもんだ、真面目にせんと罰中るから、精進すんべと、そう思うようにはなった。まあ、それがこの」

猿のお蔭と小峯は云う。そして猿を拝んだ。

こう云うものなんだなと築山は感じた。

人を敬虔な気持ちにさせるものは、何であっても信仰の対象たり得るのだ。

鰯の頭も信心からなどと云う謂があるけれど、正にそれで好いのだろう。

仁礼は昨日、布教に必要なのは所詮現世利益なのだ——と云うようなことを云っていたけれど、大義名分だの権威だの由緒だのを寄り処にし、体系立てた複雑な教義を拵えるからこそ、そうした方便が必要になるのではないか。金が儲かるだの病気が治るだの頭が良くなるだの、そんな教えはないのだ。他の宗教のことは知らないが、少なくとも仏教にはない。

いや——。

ないけれど、ある。皆、そうしたことを願って寺社に参拝しているのだ。それはいけないことではない。願掛けは大昔からあるし、それを咎める者も居ない。それでいいのだ。でも。

小峯は光る猿と云う奇異なるものを目撃した瞬間に、何かしらの啓示を受けたのだろう。そして、この小峯と云う人は何かから救われたのだ。

救われたと云うのが大袈裟ならば、それを契機として、彼は少しだけ変わったのだ。聞く限り、それ以降暮らし向きが良くなったとか体の調子が良くなったとか、そうした劇的な変化はない。多分ほんの僅か心持ちが動いただけなのだろう。何も変わってはいないのだ。それでも彼の生活は変わった。

奇跡も秘蹟もない。功徳も救済もない。でも、これは立派な現世利益ではないのか。素朴で無垢な信心は、小理屈など付けずともそのまま現世の利益となる。否、現世の利益こそが、信心そのものなのである。

経文も祝詞も要らない。宗派も教義もない。

だから、動機であるその一瞬を持続させせんとして小峯は猿の置き物を買ったのだ。猿を祀り続けることで、この親爺は安寧を保っているのだろう。

築山は猿の置き物を見た。

お世辞にも良い出来とは云えない。

左甚五郎には遠く及ばないなあと云って、小峯は笑った。

「これはね、木彫りなんだけど、石屋が彫ってくれたんだね。俺は養子に来るまで、大津に居(お)ったんだけどもね、庚申塚(こうしんづか)があってさ。庚申講もやってたようでね」

「庚申講ですか」

庚申(かのえさる)の日に行う講のことである。

「そうそう。六十日に一度、夜明かしすんだよ。俺なんかは幼童(ガキ)だったから為(し)なかったけどな、大人は為てたんだ。で、何だか知らねえけど建てたんだな、庚申さんの碑をな」

「ああ」

講の節目節目——三十回毎(ごと)や年に七回庚申が巡って来る年など——に、石塔や石碑を建てると聞いた。

「三猿なのよ、あれも。山王さんのお使い猿なのかどうか俺は知らねけんども、まあ俺は猿に縁があるんだ。お猿様に護られているのだな」

小峯は庚申講に馴染みがあったと云うだけで、日吉大社の氏子と云う訳ではなかったようである。

「俺は最初、あれを作るつもりであったんだけどもね。石に彫り付けて碑にすれば、何百年でも保(も)つべし。でもさ」

俺の方は何百年も保(も)たねえからと小峯は云った。

「子供も居ねえし。代替わりがねえなら、俺が生きてる間保てばいいんだから、石なんぞ彫る必要はねえでしょ。引き継ぐ者が居ねえんだからさ。それで思案してたら、石屋が彫ってくれたんだわ。石と木じゃ勝手が違うだろうにのう」

佳い猿だべと小峯は云った。

愛嬌はある。だが荘厳さもないし霊妙な感じもない。仏像ではなく木彫りの猿なのだから当然ではあるのだが。それでもこの木像は信心の対象なのだ。

信者は小峯一人しか居ないのだが。

そこに仁礼が現れた。

「すいません、お待たせしました。未だ時間があるかと思って油断してたもんですから」

寝過ごしましたと云って仁礼は頭を掻いた。

「どうせ夜っぴて資料を読み込んだりしていたのだろう。随分と持ち込んでいるそうじゃないか」

箱三つも送って来たから驚いたよと小峯は苦笑いをした。

「重たいし。住み付かれるかと思ったべよ」

「私、他に為ることないんですわ。夜は空いてますしね」

「まんず真面目な人だわ。俺なんか、あんたぐれえの頃ァ日が暮れてから家に居た例がねえよ」

「電燈代は別に請求してください」

そこまで吝嗇でねえと云って親爺は笑った。

仁礼は機知に富み人当たりも良い青年ではあるのだが、この齢で勉学研究に人生を賭しているようなところがある。朴念仁でこそないのだが、酒も飲まないし夜遊びにも行かない。

「築山さんの仰る通り、明け方まで文書読んでましてね。夢中になって、そのまま眠ってしまったんですわ。起きたら眼鏡がなくなっとって、もう大慌てですわ」

「あったのかい」

問うまでもなく仁礼は眼鏡をしている。

「これが、何故だか火鉢の灰の中に突き立っとったんですわ。寝惚けて自分でやったんや思うんですけどね。洗うのが大変で。随分と待たせてしまいましたわ」

「何、私が早く来過ぎたんだ。どうもイレギュラーな行事進行に慣れないところがあってね。でも、こちらの旦那さんに色色お話を伺えたから」

「こんだ話ならなんぼでもするわ」

親爺は笑い乍ら框に上がって、いってらっしゃいと云った。慥かにそろそろ出なければ時間に遅れてしまう。

外は薄曇りで、少し肌寒い。

「親爺さん――」

猿の話をしたのと違いますかと仁礼が云った。

「した――と云うか聞き出したようなものだが」

「私はもう三度聞きましたよ。来て六日ですから二日に一度は聞いてる勘定ですわ。あの、ヨシなんたら云う、鉄砲で猿撃った人のこととか」

「石山嘉助」

能(よ)く憶えてますなあと仁礼は感心した。

「今聞いたばかりだよ」

「私なんか最初から聞く気がないですから右から左ですわ。三度通過しても何も残りませんわ。大体猿が光るなんて幻覚か妄想やないですか」

そうだろうか。

「本当に観たのじゃないかな」

「猿、光りますか」

「光らないとは思うんだが――光らないものが光ったからこそ、印象に残ったのじゃないのか。そうでなければ十何年も憶えていないだろう」

「でも光りませんて、猿。そもそもどの部分がどう光るのか、想像が出来ませんわ。螢(ほたる)と違うんですからね。お猿の尻は赤いだけですて。まあ、眼くらいは光るんかもしれませんけども、そんなん猫かて光りますやん」

それは築山もそう思う。聞いた感じからは、全体がぼうと光るように思っていたのだが。

矢張り想像出来ませんなあと仁礼は云った。

時間丁度に到着したと思ったのだが、応接室には既に中禅寺が待ち構えていた。テーブルの上には弁当が三つと、薬罐、茶碗が並べられていた。待ちましたかと問うと、二十八分前に着いたと云う。時計を見れば十一時五十九分だった。

「午のお約束でしたから丁度ですよ。僕は三十分前に着くつもりだったのですが、二分も遅れてしまった。僕の中に於て、遅刻したのは僕自身です」

妙な理屈ですねと云うと仁礼が笑った。

「寝坊したのは私ですからね。築山さんを十五分以上待たせたんですわ。築山さん、そのまま来てたら十五分前には着いてたやないですか」

私が悪いですと仁礼は云った。

「だから別に、誰も悪いとは云っていないじゃないか。僕は早く来るつもりだったんだから、迷惑したなら築山君だろう。それより、折角寺が弁当を用意して呉れたのだから、食べましょう。食べ終わったら即開始と云うことで――」

仕事が為たくて仕様がないのですなあこの人はと云って仁礼は席に着いた。

「まあ、私は宿のご主人から面白い話を聞くことが出来たからね、迷惑なんかしてはいないよ」

面白いですかと仁礼は妙な顔をした。

「まあ、聞いて思うところもあったからね」

築山は信仰に就いて思いを巡らせたのだ。

「いや、猿の話ですよ。親爺の妄言やと思いますがねえ。どうです中禅寺さん、猿は光りますかね」

「光り方にも拠るだろうけどもなあ」

中禅寺は箸を置いて薬罐から茶を注いだ。

「光らんですよ。猫みたいに眼が光るんなら解りますけど」

眼は光らないだろうと中禅寺は云う。

「夜に猫の瞳が光るのは網膜と脈絡膜の間に輝膜があるからだよ。猫は夜行性だからね。角膜を通って来た僅かな光を輝膜で跳ね返し、網膜に送り返して増幅して画像を補強しているのだな」

「はあ。その膜は猿にはないですか」

「眼鏡猿のような原猿類にはあったと思うが、日本猿だろう。ないだろうなあ」

「なら光りませんよ。考えられるとすれば、静電気とかですかな」

「静電気なあ。それも猫だろ。それだって撫でた時にばちっと光るだけで、ぼうっと光り続けている訳じゃないだろう。山野の猿が静電気で光ると云うのは考え難いと思うよ」

矢張り幻覚ですなと仁礼は云う。

「自然界で光るものなんて、然(そ)うは居らんでしょうに。それこそ螢か、光蘚(ひかりごけ)か――後は海のものやないですか。螢烏賊(ほたるいか)とか提燈鮟鱇(ちょうちんあんこう)とか。後――電気水母(でんきくらげ)云うのは光りますかね」

あれは刺されると電気に当たったように痛いのだろうと云った。

「ショックの方ですか」

「仁礼君の云う通り、深海の生き物には光るものがまま居るようだがね。提燈鮟鱇は、共生関係にある発光細菌(バクテリア)が光るんだ。どうして細菌が光るのかは詳しく解らないらしいよ。発光する器官を持っているのは、それこそ螢と螢烏賊くらいじゃないか。それだって、体全体が光る訳じゃあないよ」

「そうでしょう。神仏でもあるまいし」

神仏だって光らんよと中禅寺は云う。

「光りませんか」

「あれは後光だろ」

云われてみれば――そうである。

「神仏は光らないだろう。顕現される際に光が差し込んだとか辺りが光に包まれたとか謂うけれど、仏様が光ってる訳じゃないと思うがな」

「考えてみれば」

神仏もどんな風に光るんか想像出来ませんなあと仁礼は云った。

「当たり前のように思ってましたけど、電球やないんですからねえ」

「仁礼君の云う通り自然界で光るものなんか然うないんだよ。太陽だの月だの、天体くらいだろう。炎は明るいが光っているとは云わないだろう。あれは燃えているのだ。後は――稲光くらいかなあ。まあ、菩薩の身体は光を発すると記してある場合もあるけれど、それは本来、光を伴うと云う意味なのじゃないかと思うけどね。後光は差すものだろ」

「御来迎は――あれは、そうか。御仏が紫雲に乗っていらっしゃることでしたっけね」

「御来光と混同されてしまっているんだよ。御来光と云うのは山頂から望む日の出のことだろう。山頂で日の出を背後にして立つと、誰でも大層に神神しく観えるものなのだ。それにしたって立っている本体は景影だろう。光っちゃいない」

正に後の光、と云うことか。

「本体が発光するのなら後光は要らないことになるじゃないか。不動明王のように火焔に包まれた図像もあるけれど、あれだって本体が光っていたのじゃ火は霞んでしまうよ。自ら発光してると云うイメージは、絵画などに触発されて後世出来上がったものじゃないのかなあ。絵に描いてしまえば後光なんだか本体が光っているのか区別はないし、清浄で荘厳な描き方を心掛けるなら、まあ光っているような感じに描くのだろうし」

実際想像出来ませんわと仁礼は云う。

「電球だの螢光燈だの、ああゆうもんが発明されましたから、今じゃまあそんなに奇異に思いませんけども、そうでなけりゃ想像するのも難しい感じですわな。全身に毛の生えた猿が光るとなると、まあ今でも想像出来んですわ」

慥かに、毛先が光るのか毛全体が光るのか、それとも皮膚が光るのか、能く判らない。

「猿ねえ」

中禅寺は天井を見た。弁当は喰い終わっている。

「東北の方ではね、齢経りし動物は経立と云うものになると謂う。猿も勿論なる。猿の経立は——要は化け物なんだけれども、中には光物を操るのが居るんだと聞いた。自分が光る訳じゃあないけども」

「光物を操ると云うのはどう云う状態ですか」

「そうだなあ。夜な夜な怪しい光が出て、その光を辿って行くと猿の経立が居た——と、そう云うことじゃないか。猿はその光を自由自在にコントロール出来るのじゃないかね。まあ退治されるんだが」

「光じゃあ攻撃能力ないのと違いますか。眩しいだけですよ。目眩しくらいにしかなりませんわ。操るなら炎やないんですかね。いや、火やッたら猿も焦げてまいますわな」

「経立は体表が鎧のように硬くなっているから平気なのかもしれないけれど、火なら矢張り光るとは云わないだろうさ」

「燃えてる――と云いますわなあ」

「まあ、陽の光だの炎だの、そう云うものは陽火とされる。これは熱を伴うと云うことだろう。一方で怪しい火と云うのは陰火だね」

「鬼火とか狐火のことですね」

「まあ――そうだね。陽火陰火と云うのは自然科学的な分類ではないから、甚だいい加減なものだし、陰火の中には球電現象のようなものも含まれるようだから一概には云えないのだけれど――陰火の多くは冷光と考えていいように思う」

「冷やし珈琲のことではないですな」

築山は何のことだか判らなかったが、中禅寺は珍しくやけに楽しそうに笑った。

「冷たい光と書くレイコーだね。螢の光みたいな生物発光は化学反応なんだろうが、あれは熱を伴わないだろう。そう云う熱くない光のことだね」

「螢烏賊もそうですかね」

「そうだが、螢や螢烏賊は陰火とは云わないよ」

「まあ、そうですなあ」

「螢は螢であって、別に怪しくないからね。まあ冷光ではあるんだが陰火じゃないよ。しかし陰火と謂っても、球電なんかは要は雷なんだから、熱も出すし、何かに引火してしまえば普通の火なんだけどね。とは云え、稲妻は青白いだろう。陰火は青白いものなんだ」

「螢は——青いこともないですからな。海の中で光る奴はまあ青や緑やないですか」

「青くても熱くはないんですね」

炎は温度が高い方が青くなるでしょうと築山が云うと、陰火なんだから逆なんやないですかと仁礼が続けた。

「逆と云うよりも、燃えてないんだ。光るだけ。燃焼している訳じゃないんだよ。そうだなあ。生物発光じゃなくて、判り易いところだと——燐光かな」

「ああ、燐。そう云えば燐は人魂だの鬼火だのの正体だと謂いますね」

仁礼がそう云うと、中禅寺は片眉を吊り上げて妙な顔をした。

「それはなあ——」

「違いましたか？」

「違うと云うかね。人骨に含まれている燐が染み出して燃えるのだ——と云う理屈なんだろうが、これは、そう云うこともあるかもしれない——としか云いようがないんだけれどもね。怪しい火が燈ったとして、それが何なのかは見た人が決める訳だし。何かの見間違いかもしれないし、プラズマなのかもしれない。ただ、燐と云う漢字にはそもそも人魂と云う意味があったようだから」

「光るからそんなことになったんですかな」

「いやいや、燐は光るのではなく、燃えるんだ」

中禅寺は弁当の空き箱を片付けると、茶を注ぎ乍ら云った。

「白燐は、空気中では四十数度で自然発火するのだよ。不純物が混じっている黄燐でも六十度くらいで燃える。あれは——燃えているんだ」

「でも今、燐光云うたやないですか」

「本来は燐が燃える火のことをそう呼んだのだと思うけれど、現在燐光と謂えば燐を燃やした火のことではなくて、概ね冷光のことなんだよ」

「ややこしいですなあ」

「ややこしいんだよ。まあ、当たった光を蓄えて自ら発光する物質——と云うのがあるのだね。そう云うものは燃えている訳ではない。熱くない光、冷光だね。光を蓄えることが出来る蓄光物質は、大きく二つに分けられる。光が当たっている間だけ発光するものを螢光、光を当てるのを止めた後も長く光り続けるものを燐光と云うようだね」

「螢光って、螢光燈の螢光ですな」

仁礼は天井を見上げる。

「螢光燈は熱くなりますよね」

「あれは放電している部分が熱を持つんだ。螢光燈と云うのは、電子放射物質から放出された熱電子によって発生した紫外光を、塗布した螢光物質で可視光線化しているんだ。見えてる光自体は冷光だよ」

「そうか。こいつは硝子管の中にその螢光物質とやらを塗って、それに紫外光とゆう目に見えん光を当てて光らせてるゆうことですな。じゃあ螢光燈は世が世なら陰火に分類されててもいいようなもんな訳ですな。いや、すると——燐光ゆうのは」

仁礼は弁当を喰い終わったらしい。

一番口数の少ない築山が一番喰うのが遅い。

「ああ」

仁礼が左腕を上げた。

「外国の腕時計で暗くなっても文字盤が光るのがありますな。あれですかね」

「そうだね。文字の処に蓄光物質の塗料を塗っているのだろう。一般的には夜光塗料と呼ぶようだけれども」

「はいはい、夜光塗料ね。あれが燐光ですか。慥かにあれは青白いですなあ」

夜光塗料を猿に塗れば夜でも光るだろうねと中禅寺は云った。

「猿に塗りますか」

「普通は塗らないね。塗る意味がないから。塗ったところで面白くも何ともないし、塗る理由も思い付かないな。それに、塗ったら塗ったで、どんな理由があったって動物虐待だよそれは」

「まあペンキ塗ったって虐待ですわな」

「ペンキでも問題だがなあ。夜光塗料の原料になるのは硫化亜鉛だ。それ自体は兎も角、夜光塗料と云うのはね、硫化亜鉛の持つ、放射線を浴びせると発光する——と云う性質を利用して造られた顔料だからねえ」

「放射——線ですか」

「そう。放射性物質であるラジウムが配合されているんだよ、夜光塗料には。光だって放射線だって電磁波だ。蛍光管に塗布されている蛍光物質が紫外光を蓄えて発光するのと原理は一緒だね。蛍光管の紫外光は管に充たされた水銀が放電に反応して発する訳だが、蛍光塗料の場合、ラジウムは常に放射線を発している訳だから」

「夜でもずっと発光する訳ですか」

「そう。でもね、放射線だからなあ。仁礼君はラジウム・ガアルズ訴訟と云うのを知らないか？」

「バスガアルしか識りませんな。築山さんは知ってますか」

「識らないなあ」

築山は漸く弁当を食べ終わる。

「三十年くらい前のことだがね。軍用夜光時計の生産工場で働いていた女工が打ち揃ってラジウム中毒になったんだ」

「中毒！」

「中毒と謂うが、要は被曝に依る健康被害さ。詳しくは僕も知らないけれど、体調不良のみならず、癌を発症したりもしたようだね。これは夜光塗料を塗布する際に、筆先を嘗めて整えるように指導していた所為もあるようだね。ラジウムを含む顔料を嘗めるんだから、まあこりゃ問題だ。嘗めずとも手作業だし、低線量被曝はする」

「そんな危険なことを許していたんですか」

「危険と云うけれどもね、築山君。当時ラジウムは人体に無害だと考えられていたんだ。いや、寧ろ健康に良いと考える向きもあったようでね」

「放射線がですか――」

「まあ、原爆投下以降、爆弾の破壊力もさることと乍ら放射線に因る健康被害も深刻なものだと云うのが世界的な常識になった訳だけれども――唯一の被爆国である我が国だって、大戦前はそんなこと全く考えてなかったんですよ」

それもそうだと思う。

築山とて、あの史上最悪の大惨事が齎されるまでは、原子力に悪感情を持ってはいなかったのだ。勿論、原子爆弾と云う兵器が開発されていることは聞き識っていた。でもそれは単に、完成すれば凄い威力の爆弾になる――と云う程度の捉え方だったたと思う。放射線に因る悪影響がこれだけ深刻なものだと思っていたかと問えば、答えは否である。

「そう――かもしれませんね」

そうですかと仁礼は驚いたように云った。

「体に良いとは思えんけども」

「勿論良くないよ。夜光塗料だって、今は放射線を出さないものが開発されている筈だと思うよ。低線量だって健康被害は出るからね。晩発性障碍が多いようだから判り難かったんだろうが、使い始めて随分経つからね。因果関係も解明され始めているのだ。放射線治療だって、研究が進んで使い方次第では有効だと判ったからこそある訳だし――しかし、昭和の初めくらいじゃかなり事情が違っていたんだよ。その人がその猿を目撃したのはいつのことだい？」

「昭和十年くらいのことやと思いますけど」

「それなら未だ原子力は錬金術のように持て囃されていた時期だよ。理研の仁科博士がサイクロトロンを完成させたのが昭和十二年のことだから。まあ仁礼君なんかは幼児だな。僕や築山君だって大人じゃあないが」

「サイクロトロンって、何でしたかね」

「人工ラジウム精製装置――と、当時は宣伝していたようだね」

「ああ。でも人工て――ラジウム作れますか？」

造れないよと中禅寺は即答した。

「ラジウムに似た性質の元素を作るだけだ」

「似たって、どう云うことですか」

「専門的な理屈を説明するのは面倒だし、僕は専門家じゃあないからそもそも不理解があるかもしれないがね、物質の原子核を変質させることで地上にはない新しい放射性元素を作り出す装置——と云う触れ込みだったと思うよ。それをして、人工ラジウムと称していたんだね。実験に使ったのは塩だったようだが」

「塩が放射能を持つんですか」

「持つんだろうな。放射性ナトリウムと云うことだね。これをね、植物に与えたり、剰え人間に飲ませたりもしていたんだ」

「し、死にませんか」

「死ななかったようだが、その後どうなったのか僕は知らない。人に飲ませて、放射線測定器が反応するかどうか確認したりする公開実験なんかをしていたようだよ。新聞には人間ラヂウムだの放射人間なんて見出しで出ていたと思う」

無茶ですなあと仁礼が云った。

「と云うか、その時分から新聞読んでましたか」

「そんな昔じゃないよ。公開実験が行われたのは昭和十三年以降の筈だし、なら記事が載ったのは十四五年前だろ。仁礼君だって十は越してる。新聞くらい読んでいただろうに」

読んでましたなあと云って仁礼は首を竦めた。

仁礼は、ことあるごとに中禅寺のことを恰も書痴の如く評して揶う。

だが、そう云う仁礼も全く負けてはいないのだ。仁礼の方がやや専門分野に特化していると云うだけのことで、実のところそう違いはない。本の虫と云う名には寧ろ仁礼の方が相応しいのではないかと築山は思う。仁礼の凡そ若者らしくない物腰は今に始まったことではないようだから、多分幼い頃から学徒然とした子供だったのだろう。

「そちら方面は興味なかったんですわ。戦前も戦中も気が滅入る記事ばかりだったやないですか。あまり信用も出来ませんでしたし」

「まあいずれ、そんな時代だからね。体に悪いと云う認識はなかっただろう。ペンキを塗るような感覚だったんだとは思うけれどもね。山猿に塗る莫迦は居ないだろう。悪戯だとしても胡乱だろ」

慥かに、偶然目にした者が訝しがるだけのことである。だが――。

「何であれ、それであの親爺さんは人生の軌道修正が出来たと云うことになるんだから、悪戯であれ何であれ、どんな意図があったとしても瓢箪から駒だよ。誰が何のために為たのかは知らないが、良かったじゃないか」

築山は本心からそう思ったのだが、中禅寺は何かに引っ掛かったのか、怪訝そうな表情を見せた。

仁礼は引き攣ったような笑みを浮かべ、私は幻覚やと思いますよと云った。

築山が食べ終わるのを待っていたかのように中禅寺は弁当の箱を集め、丁寧に重ねた。

「ああ、それは私が――」

受け取って築山が廊下に出ようとしたところ、ドアが開いた。

開けたのはこの建物の管理――と云うか雑用全般――を受け持っている、安田と云うご婦人だった。

「あら驚いた。新しいお茶をと思ってね」

安田は薬罐を掲げた。

「先生方、漏れ聞こえてしまったけども、もしか小峯の源さんの話ィしとったんじゃないかね？」

「小峯――あ、ああそうですが」

別に立ち聞きしてた訳じゃないんよと初老の婦人は顔をくしゃくしゃにして云った。

「聞こえただけ。猿が光る話でしょう。もう、耳に胼胝が出来る程聞いてるから。あたしゃな。いえねえ、あの源さんってのは死んだ亭主の飲み友達だったのさ、若い頃。二十年くらい前だけどね。源さんと、もう一人、死んだ」

「石山さんですか」

「そうそう。石山さん。能く識ってるね先生。突然ぽっくり死んだんだあれは」

安田は弁当の空箱を受け取ると、廊下に出されている折畳みテーブルの上に置いた。

「何でも溝に嵌まって亡くなったとか」

「源さんが喋ったんだね。あの人はそう云うんだけどさあ、どうかねえ。まあ、溝ン中で死んではいたんだけどねえ」

「違うんですか」

「それは判然とは判らないですけどねえ」

安田は失礼しますようと声を掛けて、応接部屋に入った。

「あの当時のこの辺の評判じゃあ、殺されたんじゃないかって噂してましたけどねえ」

中禅寺がご馳走さまでしたと云い、仁礼はぺこりと頭を下げた。

「おやご丁寧にねえ。でもあたしが買った弁当でも作った弁当でもないからね、寺務職さんに云ってくださいよ。さあ熱いお茶どうぞ。冷めたのは持って行きますからね」

茶を受け取った仁礼は、それにしても物騒な話ですなあと云った。

「何がですか」

「殺されたって」

噂噂と安田は云った。

「ろくでなしだったからねえ、嘉さんは。まあ、うちの宿六だって大差なかったし、源さんだってあの頃は駄目だったさ。それから、田端っつったっけねえ、四人でさ、遊び回ってねえ。鼻抓みさ。だから悪い噂も立つよねえ」

語り乍ら安田は薬罐を置くと、布巾で手際良くテーブルの上を拭く。

「そのね、田端さんは女、嘉さんは博打、うちのと源さんは酒ね。まあ、嘉さんなんかはお金で揉めることも多かったから。何か良くないこと為てたんでしょうよう。だからそんな噂がねえ」

「小峯さんは石山さんが亡くなったので改心したと云ってましたけどね」

「改心——かねえ。結局、畑売っちまったしね。まあ田端さんも、嘉さんが死んだ翌年だったか、死んじゃったからね。首吊ったと聞いたけど、そっちも殺されたんじゃないか、ってね。噂噂」

「おやおや。じゃあご主人は」

「あたしの？　ありゃ主人なんて立派なもんじゃないけどね。ありゃ、肝臓やられて死んだの。開戦前だから十三年前。嘉さんが死んだのはそれより四五年がとこ前さ。その直ぐ後に田端さんが首吊って、それで源さん怖くなっちゃったのだろうねえ」

「二人亡くなってるんですか。じゃあその田端と云う人も光る猿を殺したんですか？」

「さあ。いや、殺したのは嘉さんだと云う話だけどね。どうだかね。一緒に見たんだったかね。うちのは見てないね」

「一緒に、ですか」

小峯は一人で見たようだが。

「両方続けて死んじゃったから、知らんですねえ。でも源さん、お猿の祟りだとか云ってねえ。恐がってさあ。うちのは遊び相手が居なくなっちゃったもんだから、もう一人で浴びる程飲んでさ、それでやられたの肝臓。でもお猿は光らないからね。瓦斯燈じゃあるまいしどうせ酔っ払って幻でも見たんでしょうよ。だから先生方、源さんの云うことなんか真に受けちゃ駄目ですよう」

学のあるお方は却って無学者に騙されるもんですからねえ——と笑い乍ら云って、安田は引き揚げて行った。

「だそうです」

仁礼がにや付く。

「あれが極く普通の反応やないですか。阿呆なことゆうな、が正しいですわ。ある程度真面目に検討してたんが阿呆みたいですわ」

「そうだなあ。しかし、そうだとしたら」

仮令幻覚であってもご利益はあるのだ。

そう云うと、信仰の動機としては至極真っ当なものですよと中禅寺は云った。

「奇跡は改宗したり帰依したりする動機になる」

「奇跡て——猿やないですか」

「猿だろうが何だろうが起きないものは起きないんだよ仁礼君」

この世には不思議なことなど何もないのだよ、と中禅寺は云った。

「ないですか」

「ないよ。奇跡と云うのは起り得ないことなんだろう。でも起ってしまった以上、それは起り得ないことじゃあないだろうに」

「起きてますからねえ」

「それは単に体験者や目撃者にとって何故起きたのか、どうなっているのか判らない——と云うだけのものだよ。それは慥かに、人智を超えたものごとではあるだろうさ。でも、そう云う場合はそのまま解りません——とするのが正しい在り方なんだろうし、解らないのが嫌なら、解るまで考え続けるべきだ——と僕は思うが、どうかな」

「正論ですなあ」

「ところが、人と云うのは中中そういう正しい在り方を選べないものでね。多くの人は、理解不能のものを真っ直ぐに見据えて、解らないと云いたくないものらしいね」

「知ったか振りしますかね」

「そう云う愚か者は論外だね。一番多いのが、目を瞑ってしまう人さ。解らないと云うことを棚に上げてしまう。勘違いだ見間違いだ幻覚だ嘘だと、まあどれも対象と向き合わずに解決してしまおうとする捉え方ではあるだろう。まあ、大方の場合はそれで好いんだ」

好いんですかと築山は問うた。

「そりゃ好いだろう。魚が空を飛んでいようが馬が喋ろうが、そんなことはその人の生活に大きな変化を齎すようなものじゃないからね。妙な理屈を付けて訳知り顔で知ったか振りをするより、ずっと好ましいだろうさ。でもね、そうも行かないことだってある。目を瞑ることが出来ない場合、人は遜って見上げるか、驕り昂ぶって見下げるかするのさ」

能く解りませんなと仁礼が云った。

「上を見たり下を見たりして目を逸らしますか」

「そうだね。例えば、理解不能のものごとの背後に超越者を見据えて理解した場合、どんな変梃なことであっても、それ即ち神仏の御業と云うことになるじゃないか。それこそ奇跡だ霊験だと云う理解だろう。理屈抜きで、正に有り難いことだ」

「はあ、神前仏前では額突きますなあ」

見上げとりますなあと仁礼は云う。

「一方で、背後に狐狸妖怪なんかを見た場合はどうだろう」

「まあけだもの、化け物ですからなあ。恐がる嫌がるで、見上げちゃいませんな」

恐がらず嫌がらずさと中禅寺は云う。

「本気で恐がってたらそんなものの所為なんかにしないよ。獣は狩れるし化け物は退治出来る。そう云うものは怖いものを怖くなくする、見下して安心するために用意されるものなのだ」

「お化け、恐がりますけどねえ」

「祟めはしないだろ」

「まあ、しません」

そう云うものは出るまでの間が怖いのだと中禅寺は云った。

「だから出会ったことがない者は恐がるんだ。出会うかもしれないと思うからだろうね。怖いのは化け物そのものじゃなくて譚(はなし)の方なんだよ。怪談は怖いものさ」

「お化けそのものは怖くないですか」

居ないからなあと中禅寺は云った。

身も蓋もない。

「まあ、最近では居ることを前提にした無粋な心霊譚なんかもあるからね。でも」

居ないからなあと中禅寺は繰り返す。

「居ません――わなあ」

仁礼は築山の方に顔を向けて苦笑した。

「居ないだろ。居ないけれども居ることにしておくと云う文化的なお約束が反故(ほご)になってしまったんだから、困ったものさ。怪談と云うのは居るか居ないか判らない虚実皮膜で語られるものなのであって、恐がらせるため居ることを前提に据えて語るなんて、単なる悪趣味な与太だよ」

「お化けが居る――って話じゃいかんゆうことですか」

いかんだろうと中禅寺は云う。

「居るか居ないかは受け手が判断することだろうし、容易には判断出来ないからこそ怖いのじゃないか。そんなもんを押し付けちゃいけないだろう。また押し付けられた前提を無批判に信用して恐がるなんて云うのも、これは思考停止だろう。だからと云って心霊科学のような誤った考えを巡らされても困る訳だがね」

中禅寺さんそう云うの嫌がりますなあと仁礼は頬を攣らせる。

「お化けやら怪談やら好きな癖に」

「好きだからこそ迷惑だと云っているんだよ。その小峯さんのような受け取り方の方が数万倍健全だと思うよ」

「まあそうかもしれませんな。光る猿も見下せばその経立とやらになる、ゆうことですな」

「経立なら退治しても良いだろう。大体そうした化け物はね、小心な人ばかりではなく、或る意味傲慢で不心得な者が見る」

「ははあ。見下す訳ですからなあ」

「自分は何でも識っている、自分は間違っていないと思えばこそ、識らないことや納得出来ないことに出会すと化け物の所為にするのさ。己を弁えた人はそんな風には考えない。でも解らないものは解らないんだからね」

「弁えた人は遜る、と」

「遜ると云うよりも、敬虔にならざるを得ないのだよ。そうなると」

「神仏ですか」

「神使と思ったなら敬うだろうさ。そうしたお約束は人に敬虔さを教えてくれるものでもあるのさ。心霊科学なんてものからは、そんなものは学び取れないだろう」

小峯さんは敬虔さを学んだようですねと築山が云うと、正論を好む癖にどうにも臍曲りな古書肆はまあそうですねえと煮え切らない返事をした。

「心持ちが良くなったのであれば、それが何であっても何よりですよ――でも」

どうして光ったのかなと中禅寺は小声で続けた。

「未だそんなこと云いますか。猿ですよ。猿は光りませんて。さっき安田のおばちゃんもゆうてはったやないですか。幻覚です幻覚」

「そうかな。小峰さんが見た光る猿は幻覚なんだとしても――だ。しかしその、亡くなった嘉助と云う人も光る猿は見ているのじゃないのかね？　神秘体験と云うのは普く個人的なものだ。同じ幻覚を別の人物が見るものかな。まあ、情報を得ることで伝播するようなこともままあるけれど――」

ならそうなんですよと仁礼は云う。

「猿は猿でしょう。そんな、ハヌマーンや孫悟空やないんですからね」

「それだ」

中禅寺は立ち上がった。

「何がそれですか？　孫悟空かて光りませんよ」

「そうじゃないよ。僕等はこんな無駄話をしている場合ではないじゃないか」

中禅寺は湯飲みを置いて作業室に向かった。

「ああ、鍵を開けますよ」

築山は慌てて跡を追った。

「そうだ、築山君。天海蔵に収蔵されている西遊記は、世徳堂の『新刻出像官板大字西遊記』だったね？」

「いや、私はそこまで詳しく憶えていませんよ。外典のことは能く判りません。西遊記があることは識っていますが――」

「――それが何か」

築山は中禅寺の前に出て作業室の解錠をした。

「いや、僕の識る限りでは『新刻出像官板大字西遊記』は古い。多分日本最古だと思う。いや、詳しく調べた訳ではないが、本国でもそうなのじゃないかな」

中禅寺は作業室に入ると、足早に隅の洗面台まで進んで、手を洗った。

築山はその背中に語りかける。

「それって原典、ってことですか」

「そうじゃない。まあ西遊記と云うのは誰かが一から創作したものではないからね。本国では魯迅が主張した呉承恩著者説が浸透しているようだが、異論も多い。元になる先行テキストも確認出来るようだし、エピソードにも仏教説話や亜細亜各地の伝説などが取り入れられている。うんと古い絵画や彫刻なども沢山残っているからね」

「元は『大唐西域記』ではないんですね。あれ、慥か貞観の成立やないですか。古いですよ」

「勿論、玄奘三蔵の取経伝説は基底にあるんだろうけども、内容はほぼ一致しないし、史実とも違うから下敷きと云うことでもないね」

「そうですなあ。実在の玄奘が読んだら腰を抜かしますな。地理的にも無茶苦茶やし」

「玄奘に限らず坊さんの取経伝説と云うのは各地に多くあったからね」

混ざってますかと手を洗い乍ら仁礼が問う。

「西遊記は亜細亜の伝説や説話の百貨店みたいなものだからね。テキストとしては南宋時代に成立したと謂われる『大唐三藏取經詩話』なんかの影響の方が強いのじゃないかな。散逸しているから内容は判らないし、想像だけれど。そもそもは口碑の寄せ集めと、それに基づく演劇が元にあったのじゃないのかな」

「演劇ですか」

「そうだと思うけどなあ。西遊雑劇(さいゆうざつげき)なんかは、小説が成立するよりずっと古いんだし。孫悟空の原型になったと思しき猴行者(こうぎょうじゃ)だって、謂わば当時の人気キャラクターだからね」

「猿は人気ありますなあ」

「あるね。日本じゃ悪役が多いけども」

「柿を喰うても婿に入っても殺されますわ、猿」

「そう、本邦じゃ大体退治されるね。退治されなくとも昔話や神話での猿はトリックスター的な役回りが多いからね。そしてそれは本邦に限ったことではない。ハヌマーンが活躍するラーマーヤナの影響だってある訳だし。孫悟空ひとつ取ったってそうなんだから、西遊記全体を見渡すなら、まあ寄せ集めの嵌合体(かんごうたい)ではあるんだよ。そう云う意味では、作者を個人に特定することは難しいと思うがなあ。いずれにしても、そうした諸諸の要素が小説と云う形で纏められた、そのほぼ最初の形が、天海蔵にある『新刻出像官板大字西遊記』なんだろうと、僕はまあ考えている訳で」

「それは解りましたが、それだと何か——」

築山が問うと、中禅寺は倹飩箱に手を添えた。

「これがその写本なんだとするならば——だ。つまりこれは、日本で一番古い西遊記の写本と云うことになるのじゃないか？　僕の想像通りなら、だが」

「はあ」

「大体ね、写経は兎も角、絵入りの版本、しかも小説を書き写すと云うのはねえ。昨日見たところじゃ絵は写してなかったけれども——何でこんなものを写したのかなあ。天海蔵に『新刻出像官板大字西遊記』が収められたのはいつなんだろう。本自体は古いけれど、収められたのはずっと後——当然江戸期と云うことになるんだろうけども」

築山は目録を確認する。

「寸暇待ってください」

「ええと、西遊記は十巻本一本と、二十巻本二本が確認されてますね。共に万暦刊本のようですが——十巻本の方がその『新刻出像官板大字西遊記』のようですね。ええと、一部に進上観泉坊と記されているようですが」

「観泉坊ゆうたら延暦寺の境内にある坊やなかったですかね」

そうだろうなあと中禅寺は云った。

「それだけじゃ寄贈年代は判らないかもなあ。それに、原本と比較しないと、どの本を筆写したのか特定も出来ないか。しかしこれは、この能く判らない一連の書群の年代特定をする鍵になるかもしれないなあ。大した根拠はないのだが——」

中禅寺は腕を組んで沈思した。

「築山君、此処は——泊まり込んだりしても良いものだろうか」

「泊まり込みますか」

仁礼は呆れたような声を上げた。

「まあ、安田さんに云えば——一応、私も立ち会わないとならんでしょうが」

「場合に依ってはお願いするかもしれない。二人は通常の作業を進めてください」

中禅寺は少し愉しそうにそう云った。

貍（三）

狸に化かされたとしか思えない。

木場はそう思っている。いや、それしか考えていない。死体消失の件は、どれだけ考えても考える意味がない。判らないからだ。何故そんな見当も付かぬことのために自分はこんな場所に居るのか。

木場は滅多に旅行をしない。

先ず旅の楽しさと云うのが解らない。

知らぬ場所に行くと云うこと自体は、嫌いでも好きでもない。珍しいものや面白いものが観られるのなら、まあそれはそれで好い。

しかし木場は、乗り物に乗って移動することを好まないのである。移動している間、何をしていいのか判らないからだ。

歩いて移動するのは構わない。

その場合、移動は即ち歩く行為そのものである。

歩いているのだから他のことを為る意味がない。

自動車やオートバイも、自分で運転している分には構わない。運転と云う行為こそが移動である。

しかし、それ以外の乗り物はどうもいけない。

電車にしろ汽車にしろ、乗れば座っているだけである。何も為ることがないのだ。

移動しているだけなのだから、まあ何も為ないのが当たり前なのだろう。しかし、何も為ない時間と云うのが木場にはどうにも許容出来ないのだった。

無為である。

乗車している間と云うのは本を読むか弁当を喰うか、精精それぐらいしか出来ることはない訳だけれども、読書であれ食事であれ、寝転がるなり机に向かうなりそれぞれに相応しい姿勢と云うのがあると思うのだ。移動中に致すことではなかろう。効率的なのかもしれないが、性に合わない。

長距離移動と云う立派な運動をしているにも拘らず、自分は何もしていない――その辺が何だか木場と云う捻くれた男の理屈に合致しないのである。

木場は、日光に来ている。

旅支度も何もしていない。出勤する時と同じ格好で、荷物もない。

近野に明日にでも直ぐに行けと云われたから、言葉通りに来ただけである。

朝起きた時は署に行くつもりだったのだ。途中で思い出して行き先を変えたのである。

考えてみればその時点で一度下宿に戻るべきだったかとも思うが、戻ったところで着替える訳でもなし、荷物も替えの下穿きくらいのものであるから、大差はなかっただろう。

全財産を常時携行している木場にとって――つまり貯金も余財も何一つ持たない貧乏人にとって、下宿は寝る場所以外の何ものでもない。それこそ時間の無駄である。

日光の地に降り立ちぐるりを見回してみたが、何の感興も涌かなかった。

知らない土地に来たと云う感覚さえもない。

多少、風景が見慣れないと云うだけだ。町は町である。

そもそも、木場は物見遊山とか行楽と云う概念が能く解らないのである。その辺りは極めて鈍感なのだ。愉しむと云うのであれば、映画でも観た方がずっと良い。映画ならば移動せずとも何処にでも行ける。その上、取り敢えず写真の中では何かが起きている。我慢して遠くまで来たところで――。

見慣れないだけだ。

何も起きてはいない。

そもそも来てはみたけれど木場には何の算段もない。

当てもない。宿も決めていない。

日光行きに関しては、どれだけ経費を遣っても近野個人が全額負担すると云う約束なのだが、そもそも木場の懐には遣う程の余力がないのだ。

木場は能く暴走すると謂われるのだが、それは結果的にそうなると云うだけのことで、暴走したくてしている訳でもないし、暴走しようと思っている訳でもない。況て云われて出来るものではあるまい。

大体何が起きたのか、起きていないのか、それさえ判らないのだ。突っ走りようもない。

木場は単純で莫迦なので、何であれ敵らしきものが見えれば向かって行くが、それが見えなければ呆けてしまうだけである。

そもそも日光と云う土地が遺体消失事件と関係あるとも思えない。現場と云うなら先ず芝公園にでも行くべきだろうと思わないでもない。近野が飛ばされた理由が何処だかの新聞屋の焼死に行き着いた所為なのだと仮定した時に、やっと細い細い線が繋がるだけなのである。それも、火事の日、偶々子供が預けられていて助かったのは不自然だと云う、その程度のことでしかない。その子供の預け先が日光だっただけである。

――どんだけ迂遠なんだよ。

関係があるとは到底思えない。

「俺は何でこんな処に居ンだよ」

木場は声に出して一人ごちた。

外套の内ポケットを探る。破れかけの古い封筒を引っ張り出す。三つの死骸が写った古写真が入った封筒である。何かがあったのだと云う、多分唯一無二の証拠である。

——違うな。

近野がそう云っているだけだ。これが、その二十年前の椿事の現場写真なのかどうか、木場は確かめる術を持たない。写っているものも本物の死体ではなく、良く出来た作り物なのかもしれない。

疑い出せば切りがない。

今のところ、こんな手の込んだ真似までして木場を誑かしたところで誰も得をしないし何の意味もないと云う——ただその一点だけが何かがあったことを信じる理由となっている。もし凡てが嘘っ八だったとするなら、それこそ狸に化かされたのと変わらない。木場は狸惑わしでこんな栃木くんだりまでやって来たことになる。

——それにしても。

どうしたものか。

封筒を裏返す。

桐山勘作——。

近野が書き付けた文字である。漢字は合ってるかどうか判らないと係長は云った。笹村夫婦が子供を預けた人物だそうである。名前と、日光在住と云うことしか判らない——と云うことだった。新聞社の社員が、夫婦の会話を耳にし、憶えていただけであるらしい。

——心許ねえ。

本当だとしても二十年も前のことだ。戦争を挟んでいる訳だし、生きているかどうかなど知れたものではない。生きていたとしても、日光に住み続けて居る証しはない。

これでは暴走しようにも何処に向かって走ればいいのか判らない。

取り敢えず喰い逸れた昼飯でも喰うか、それとも役所か警察署にでも行くべきか、木場は迷った。

所持金はそんなにない。

馴染みの店なら掛け売りもしてくれるが、こんな場所では無理である。贅沢は疎か、幾日滞在出来るのか、まともに帰れるかどうかさえ怪しい。

それ以前に何をすれば良いのか。

日暮れまでそう時間もない。兎に角落ち着く先を決めておくべきだろうと考え、漫ろ歩きで宿を物色した。出来るだけ廉く、目立たない処が良い。

だが、場末の田舎町と違い、そこは流石に外国人も多く訪れる風景地であるから、木場好みの汚い宿は見当たらなかった。

裏道に入る。

木場は所謂刑事の勘などと云うものは全く信用していないが、長年胡散臭い場所にばかり出入りし続けたことで培われた己の嗅覚のようなものは或る程度信用している。

町と云うのは、どんなに綺麗に装っていても、何処か歪んでいるものだ。

町は人が造るものなのだろうが、地べたの方は人が創ったものではない。盛っても均して も削っても掘っても、それは結局のところ上辺の小細工でしかない。道を造るのも家を建て るのも、舗装だの護岸だのも、それは地べたに化粧するのと変わらないだろう。

どんなに塗りたくったって眼鼻口の場所が変わる訳ではない。眼を眼として綺麗に見せよ うと隈取りしたり睫毛を増やしたりするのなら未だ良い。不出来でも眼は眼だ。だが眼のあ る場所に無理に口を作れば、どれだけ巧妙に作ったとしてもそれは変だろう。町と云うのは そうしたものだと思う。

樹が生える草が生えると云うのとは違う。どれだけ地の利を生かして造ろうとも、先ず自 然界に直線などないのだから不自然ではあるだろう。そもそも町と云うのは不自然なものな のだ。

だから歪む。そして歪みに吸い寄せられるように歪んだもの――駄目なものが集まる。

悪いことではない。

そうした駄目なものが集まる駄目な場所は、町と云う不自然な人工物の瓦斯抜きのような 役割を持っているのだ。表側の体面を綺麗に保つためには腐った裏側が要る。木場はそう思 う。

ただ、駄目なものは時に悪いものに成り代わることがある。駄目だからだろう。それは取 り締まらなければならない。法律に抵触するような場合は摘発すべきだろう。

一方で、法に触れないのであれば、駄目であっても構わない——と、木場は思う。

悪いものごとは必要ない。

必要悪などと云うものを木場は認めない。悪いことが必要だと云うのであれば、それは必要とする土台が間違っていると云うことだろう。明確な線引きは莫迦な木場などには出来ないけれど、悪いものは悪い。そんなものは要らない。

しかし、駄目なものは——きっと必要なのだ。

否、木場は寧ろ駄目なものを好む性質なのかもしれない——とさえ思う。それは所詮、自分が駄目だからなのだ。きっとそうなのだ。

駄目だから駄目な場所が判るのだ、俺は狸に化かされて栃木くんだりまで来てしまう程の大莫迦なのだと、半ば自棄になってろくに周りも見ずに歩き続けているうちに、木場は本当にうらぶれた路地裏に入り込んでいた。

こうなると東京も日光もあまり変わりはない。

こうなって漸く人心地付くのだから、お里が知れると云うものである。熟々野卑に出来上がっているのだ。

所期の目的すら忘れて、木場は燻んだ家並を眺める。狭くて見通しの悪い道である。店舗らしい建物もあるにはあるが、商売っ気はなさそうである。看板も出ているのだか出ていないのだか、注意しないと判らない。

そこに。

突然、喧騒の塊(かたまり)のような気配が押し寄せ——角から何かが飛び出して来た。一瞬目を疑ったが、若い女だった。血相を変えている。と、云うより物凄い勢いで駆けて来る。

——逃げている。

木場がその辺りを認識した時、既に女は木場に打ち当る寸前で、慌てて体を横にした時点でもう擦れ違っていた。そのまま後ろを振り向くと、女は木場が少し前に通り越した家に勢い良く飛び込むところだった。

刹那(せつな)呆然とし、ゆるゆる視軸を上げると、女が飛び込んだ建物の小屋根の上には古くて汚い木の看板が乗っかっており、そこには旅籠(はたご)と記されているようだった。

——商人宿か。

見過ごしていたのだ。どう見ても安宿である。

——あれは。

あの宿の客なのか。それとも。

そこで木場はもう一度体を返した。今の女が追われていたのなら、必ず追っ手が来る。

顔を向けると同時に男が角を曲がって走り出て来た。

木場の姿を確認すると、男は止まった。

——こいつ。

知った顔だ。

考えを巡らせようとする前に男は早足で木場の目の前まで寄って来た。

襟巻きで顔半分が隠れているが――。

見覚えがある。舶来製らしき色の入った小振りな眼鏡。その奥の、切れ長の凶暴な眼。

「てめえ」

郷嶋(さとじま)。こいつは公安の郷嶋郡治(ぐんじ)――蠍(さそり)と謂われる腕利きの公安刑事だ。

「てめえか」

「お前、警視庁の――いや、今は所轄か。慥(たし)か木場とか云う戯(おど)け者だな」

戯けてるんだよと木場は云った。

「それより何でてめえなんかが此処に居る」

「その言葉はそっくり返すよ。おい木場よ。今、女が来なかったか」

「女は」

木場は背後に顔を向ける。

「凄え勢いで――行っちまったよ。何だよ。あれは何だ、共産主義工作員(アカ)か。それとも」

「知った口利くんじゃねえよ。俺はもう警察じゃあないんだ。お前こそ何を嗅ぎ回ってるんだよ」

「警察じゃねえ？」

警察法改正に先駆けて異動になったのか。

否――。

「警視庁でも、警察でさえねえのかよ。なら」

「お前に教える義理はない。それより」

「女はもうどっか行っちまったよ。そんな、警察でもねえもんが若い女の尻追っ掛けるってな、納得行かねえな」

「お前を納得させる義理はないよ」

「そうは行かねえよ。こっちは未だ司法警察官だからな。管轄外であろうと休暇中であろうと、逃げる女の尻追っ掛けてるような野郎は見過ごせねえよ」

木場は凄んだ。

木場の面は、怖い。大抵の相手は、目の前で凄めば躊ぐ。だが蠍には効かない。

「勘違いするな。あの女は監視対象じゃない。俺が劣情を抱いて追い掛けているのでもないよ」

「逃げてたじゃねえかよ」

「慥かに俺はあの女を捜してたよ。訊きたいことがあったからな。でも行方が判らなかったんだ。今日漸く見付けて跡を追ったら、あの女、華厳の滝で」

飛び降りようとしたんだよと郷嶋は云った。

「飛び降りるって――自殺かよ」

「他に何があるんだよ。だから止めた。話訊く前に死なれちゃ敵わないからな。そしたら逃げた」

面が怖えんだよと木場は云う。

「殺されると思ったんじゃねえか」

「なら逃げないだろうよ。あの女は――死にたがってるんだからな。線路に飛び込もうとしたり川に身投げしようとしたり、俺は今日だけで三度止めたんだぞ」

「珍しく善行を施してるじゃねえか」

「冗談じゃないぞ。その度に振り切られて、結局此処まで来たんだからな」

郷嶋は伸び上がって木場の背後を見ようとした。

木場は肩を怒らせて郷嶋の視界を遮る。

「もう追っ掛けても間にあわねえよ。それにしても天下の公安さんが、たかが女一人抑えられねえと云うなァお粗末じゃねえかよ」

「被疑者や監視対象なら抑えるよ。保護対象でも何とかするさ。ただ、あの女はただの参考人――いや参考人になるかもしれないだけの女なんだよ。強制は出来ないだろうが」

「あんた、公調に引き抜かれたのか」

郷嶋はむっとした。

「公安さんと呼んでも否定しなかったじゃねえかよ。それでいて、警察は関係ねえってンなら、後は公安調査庁か鉄道公安官ぐれえしかねえだろ。あんたが国鉄に抜かれることはねえだろからな。あんた、特高絡みだって噂もあったしな」

「俺は特高とは関係ない」

「なら旧内務省かよ。公調ってのは、内務省調査局の流れだって話じゃねえか。いずれ、桜の代紋から五三の桐紋に乗り換えたんだろ。まあ——どうでもいいけどな」

「どうでもいいなら探るんじゃねえよ。面倒臭え犬だなお前も。そっちこそ日光で何を嗅ぎ回ってるんだよ」

「だから俺は有給取って観光だよ」

「古新聞読むか映画観るぐらいしか趣味のないお前が旅行するとは思えないな。お前の元上官もうろうろしてるし、何を企んでるんだよ」

「元上官って——関口か？　関口が居るのかよ」

上官と云うなら軍隊時代だ。なら関口しか居ないだろう。死ぬ程頼りない、正に無能な上官だった。

一昨日見掛けたよと郷嶋は云った。

「繁華街を歩いてたぞ。多分、あの中野の男も来ているんだろうな」

「京極堂がか？　いや待てよ。俺は知らねえよ。俺はさっき到着したばかりだって」

「何でもいいが」

余計なことに首突っ込むんじゃねえぞと蠍は気色ばんだ。

「俺の仕事に咬んで来るような真似だけは為ないでくれ。お前の縁者どもは知らなくていいことばかり穿るからな。この間の大磯の——青木だって、あれはお前の舎弟だろ」

「人を筋者みてえに語るんじゃねえよ。兎に角俺は何も関係ねえよ。あんたこそ、堅気の娘追い掛け回すようなみっともねえことすンじゃねえよ。蠍の二つ名が泣くじゃねえかよ」

仕事のためならみっともないことでも何でもするんだよと捨て科白のように云うと、郷嶋は木場を押し退け、女を追うように足早に去った。

木場はその背中を見えなくなるまで眺めて、それから女が飛び込んだ商人宿の前まで戻った。

公安調査庁は二年前に創設された。警察の公安とどう違うのか、何をするための役所なのか、木場は知らない。諜報活動は行うものの、令状の請求や行使は出来ないのだと聞いている。逮捕することは出来ないのだ。

——あの女。

少し離れないと屋根看板は見えない。

実際商売をする気は殆どないようである。

硝子戸から覗き込むと、帳場のようなものがあって、頭の禿げた親爺が一人座っていた。

見回すと、表札くらいの古びた板切れに宿と記してあり、その下に小さく田貫屋と記されていた。

——またタヌキかよ。

いずれ宿に違いはないらしい。

木場は戸を開けて、土間に踏み込んだ。

「御免よ。部屋ァあるかい」

「そりゃあるさ。宿屋だから」

「部屋ァ空いてるかと尋いてンだよ。もっと云うなら、そりゃ泊まれるかと云う意味なんだがな」

「宿代出しゃ狸でも猿でも泊めるよ。飯は出ないがな。布団と便所はあるぞ」

「布団と便所がありゃ十分じゃねえかよ。留置場よりましだろ」

「おいおい」

意外に若そうな親爺は口をひん曲げて木場を見上げた。

「札付きだの与太者は泊めたくないなあ。これ以上面倒ごとに巻き込まれるのは厭だから」

「面倒ごとってのはさっきの女か」

「おいおい。あんた」

警察だよと云って木場は帳面を出した。

持って行けと近野が云ったのだ。有休中に持っていて良いものなのかどうか戸惑ったのだが、上司がそう云うのだから良いのだろう。ただ、出来るだけ遣うなよとも云われた。とは云え警察手帳など携行していたところで、こう云う場面でしか使い道はないのである。

親爺は一度のけ反(ぞ)り、それではッと、妙な声を上げた。

「あ、あの」

「あのじゃねえだろ。俺はさっきの娘とは関係ねえよ。どんな事情かも知らねえ。ただ泊めて欲しいんだよ。いつまでかは判らねえが、宿代はちゃんと払う。縦(よ)んば足りなくても身許は確(しっか)りしてるだろうと云う、こりゃ証明だよ。親方ァ日の丸だぞ」

「と、泊めるのは構いませんですよ。うちは宿屋ですから。と云うか泊まって下さい。宿代も勉強させて戴きますですよ。で、その何か、あの」

「だから何でもないって」

考えてみれば刑事が仕事で宿屋に泊まることはあまりないのだ。大事件で管轄外に駆り出されたとしても、宿など取らない。出張と云うのは然(そ)うあるものではないのだし、泊まる時もわざわざ身分を明かしはしない。

木場は親爺の横に横柄に座って宿代は幾価(いくら)か問うた。思ったよりずっと廉(やす)かったから、前渡しで二日分を支払った。懐は寒くなったが、まあ根無し草で居るよりは良い。

日が暮れてしまえば凍える。

親爺は受け取りを書くから宿帳を書けと云う。署の経費にする訳もないから領収書など要らなかったのだが、木場はこうした紙類を集めるのが何故か好きなので貰うことにした。

「こんな宿でも宿帳付けるか」

「警察から指導されてますからね。いや、あんた警察じゃないですか」

「係が違うんだよ」

そんなもんですかねえと親爺は云う。

「親爺さんとこは田貫屋ってんだろ。田貫ってな苗字か」

「そこですよ。あたしゃ田上（たのうえ）。此処始めたな祖父（じい）さんで、それが貫三郎（かんざぶろう）てえ名前で。タノカンと呼ばれてたんだそうでね。で、田貫屋（たのかんや）が本当。でも誰もそう呼ばないし、今はタヌキですわ」

勘違いされても仕方ないけどねえと田上は云う。

「もう、どうでも良くなっちまってさ。旦那が云う通り、こんな宿ですし」

「気に障ったかい」

「障りゃしません。事実だし。まあ、祖父さんは外国人目当てに宿屋始めたんでしょうけどね、来る訳はないんですよ。異国から商用で来る人なんざ居ませんから。保養所だの旅舎（ホテル）だのがどんどん出来て、そっちに泊まりますよ。金持ちだから。こんな宿に泊まるのは貧乏人か訳ありですよ」

「貧乏人な」

おやお気に障りましたかと親爺は返した。

「障らねえよ。事実だからな。それより、さっきの娘も、その訳ありかよ」

「気になりますか」

「まあな。一応、警察だしな」

「係が違うんじゃないんですかね」

「どっちかと云えばそっちの係だ、俺は。悪党をお縄にするのがお役目よ。それにしたってありゃ随分と血相変えてたぞ。あの遁げッ振りは尋常じゃねえ。悪漢に追われてるとかじゃねえのか」

「あの娘さんはねえ。大きな声じゃ云えませんけどね。少ォし」

心を病んでるようでねえ、と田上は本当に小声で言った。

「病気かよ。俺はまた足抜け女郎か山賊に追われた町娘かと思ったぞ」

いつの時代ですよと親父は云った。

「そりゃ流行りの、何だ、ノイローゼってやつか」

「そう云う洒落た言葉は知りません。旦那、そこの大通りにある仏具屋。寛永堂って名前の店、知りませんか」

知る訳がない。

さっき来たばかりだよと答えた。

「知りませんか。まあ、古い仏具屋で、うちの仏壇なんかもそこでね、まあ誂えて貰ったらしいですけどもね。そんなだから、まあ付き合いはない訳じゃない。そこの、遠縁の娘さんですよ。親御さん早くに亡くされて、病気の婆様と幼い弟だか妹だかを抱えてね、頑張ってたらしいですけどねえ。婆様が遂にいけなくなって」

「死んだのかい」

「未だですな。あの、駅の近くのね、小橋病院ってとこに担ぎ込まれて、入院してるようですわ。もう長くないだろうって話ですけどね。でね、その寛永堂に小さい子預けて、当面の入院費なんかを渡して、それででですな」

「能く解らねえな。何処にも遁げる理由がねえじゃねえか」

あたしだって解りませンよと田上は云った。

「解らんから心の疾なんでしょ。どうもね、あの娘さんは強い希死念慮を抱いている——んだそうでね」

「何だそりゃ」

死にたがってるんですよと親爺は云って、領収書を呉れた。

「死にてえだ？　解らねえなあ」

「だからあたしにも解りませんて。そう云われたんですよ。連れて来た人に」

「連れて来られたのかよ」

「寛永堂に出入りをしてる仏師さんですな。何でもね、店の裏で首縊ろうとしてる処を見付けて、それでもう慌てて止めてね、まあ宥めたり賺したりしたようですがね、家に戻すと独りになるし、危ないでしょう。でも寛永堂さんもねえ。それでなくても子供預かって貰ってるし、ってんで」

「薄情な仏壇屋だな。娘一人ぐれえ餓鬼と一緒に寝かせりゃいいだろ」

娘の方が厭がるんですよと田上は答えた。

「どうしても出て行く、出て行って死ぬと云うんだそうで。何だか知りませんがこの家には居られない、弟妹にも親類にも、顔向けが出来ないんだとか何とか——兎にも角にも怪訝しくなってるんでしょうや。それでその仏師さんがね、なら近くの」

田上は帳場の脇に置いてある置き物を指差した。

小振りな狸である。

「こりゃ何年か前に天皇陛下が滋賀の信楽を行幸された折に歓迎のために沿道に並べられたと云う信楽焼の狸の一つですわ。そんなこたァどうでもいいですがね、この、タヌキ屋ですわ、近くと云えばね。ここに連れて来て、暫く頼むってさ。まあ旦那と一緒で前払い。しかも十日分も。しかも色付けてくれてさ。様子が変だから見ててくれと——」

見てねえじゃねえか親爺と木場は云った。

「いや、あたしだって四六時中見張ってる訳にはいかんですよ。寄合もあるし、飯だって喰います。便所も行くでしょ。夜は寝ますよ」

「寝てたか」

「寝ますさ」

「親爺さん、ここはあんた独りか」

「連れ合いは去年死んでね。子供は東京。立派な男寡（おとこやもめ）ですな。こんな店じゃ女中も雇えない。つうか、要らんし」

手が足りている感じはしないが、要らないと云えば要らない気もした。

「独り者だろうが夜になりゃ寝ます。でもって、起きたら居なくてね。一応、寛永堂には報せたけどもさ。どうしようもないからねえ。警察に云ったところでねえ、幼児じゃないんだし。だからあたしはこうやって、ずっと待ってた。捜しに出たりして留守中に戻って来ちゃ困るから」

「なる程な。で」

「さっきさ。まあ帰って来て一安心ですよ。早速寛永堂に報せようと思っていたら、旦那が来た」

なら早く報せろと云った。心配しているだろう。

親爺が腰を上げたので、その前に部屋を教えろと云った。

「どの部屋に入ればいいんだよ。教えてくれれば勝手に行くよ」

「そうも行かないですよ。娘さんはね、一階のそこの部屋だ」

親爺は覗き込むように廊下の左側を見た。

「静かだなあ。窓から出たりしてないだろうね」

「少なくとも俺が来てからはそんな気配はしなかったぞ」

物音は一切聞こえて来なかった。

「まあ窓の外は隣の家で、隙間ァ狭い。窓から逃げ出すのは難しかろうと思いますがね。首吊るような鴨居もないしね。造りが雑だからこの建物は。それに、あたしが寝起きしてるのはその、奥の隣の部屋だからね。気に懸けるにも好都合かなと思ったんだがね。寝ちまったら判らん。何も気付かなかった」

「熟睡したかよ」

「寝付きはいいんです。寝起きは悪いですが。あ、旦那は二階にしてくださいな。間違いがあっちゃいかんからね」

間違いってのは何だよと云う。

「俺が寝込み襲うとでも云うのかよ」

「そうは云わんけどもね。間違えて戸を開けっちまうようなことはあるでしょうよ。旅舎と違って鍵なんかないんだから」

「間違わねえよ」

「目印も何にもないから間違うんですよ。このあたしが間違うんだから太鼓判ですよ。何度客の部屋の襖開けたか。それにね、あの娘さんは神経病んでるんですからね。旦那みたいなおっかないのが顔を覗かせたりしたならば、まァたどうにかなっちまうでしょうに。でもそれ、一階と二階ならさ」

親爺は大儀そうに立ち上がって、一度ウンと腰を伸ばし、どうぞ上がってと云った。

「靴箱はないからね。盗まれるのが厭ならば部屋に持って入ってくださいな。そのまんま畳に置かれると汚れるから新聞敷くなら――」

「俺の靴盗む奴なんか居ねえよ」

履き古しのドタ靴である。穴が空いていないと云うだけで、見た目はほぼ塵芥だ。

帳場の脇の階段を上る。正に商人宿である。

「此処は明治に創業したんだろ」

「創業って程大袈裟なもんじゃあないです」

「つったって五十年がとこ経ってんだろ。親爺さんとこは代代日光に住んでるのか」

「代代って、名家じゃないから何代目だか知りやしませんけどね。昔っからでしょうな。死んだ祖父は御一新の時に子供だったそうでしてね、幕軍を応援してたとかしてないとか。土地柄そうなるかね」

「なら」

桐山って名前に聞き憶えねえかいと問うた。親爺は廊下で立ち止まり、

「どんな字？」

と尋き返した。

知らないよと云うと、じゃあ判らんねとあっさり云われた。

「字が判れば判るのかよ」

「狭い田舎だと云ってもですね、そこそこ広いですよ日光だって。山の集落じゃないんだから。ですからね、みんな親戚だとか村中友達だとかなんてことはないです。でも祭だの何だのあるしね。朋輩組だとか、そう云うのもあるから。付き合いのない他の地域の連中だって名簿なんかは覧たりするしね。キリヤマなんてのはこの辺りでは聞かない名前だけども、名簿で目にしたことなら」

「あるのかよ」

「だからどんな漢字ですね。目で憶えてるんだから音で聞いてもね」

「木偏に同じか、もしかしたら夜霧朝霧の霧かもしれねえ。他にもキリって字はあるか。山は山だろ」

「知らんな」

殆ど間を置かずに親爺はそう答えてから、襖を開けた。

「旦那はこちらね。向いの部屋は、その仏師の人が使ってるから。間違えないで。旦那は北側」

八畳くらいの何もない部屋だった。押し入れも床の間もない。隅に布団が畳んである。後は火鉢があるだけだった。

「寛永堂から戻ったら火入れますから。寒かったら布団でも被っててくださいよ」

「仏師も——居るのかい」

今は留守と親爺は答えた。

「昨日は帰らなかったですな」

「住んでるみてえな云い分じゃねえか」

「住んでるのはあたしだけ。まあ、あの人は年に何回か来て、連泊するんですわ。長い時は半月くらい居るかね。仏師が日光なんかで何為てるのか知らんけどもね、もうずっと先からそうだね。うちは日光で一番廉いからね。あ、便所は一階。娘さんがまた遁げたりしちゃ困るから錠前かって行くけんど、直ぐ戻るから。宜しく頼みますわ」

親爺はどたどたと階段を降りた。

木場は襖を閉めず、暫く立っていた。

この脚の下にさっきの娘が居るのだろう。

郷嶋は何を探っているのか。かなり気になった。

雲を摑むような死体消失事件と違って、こちらは手の届く処にある目に見える事件——事件とは限らないのだが——である。しかも首を突っ込んでくれと云わんばかりの展開でもある。

此処が東京で、狸に仕込まれた妙な案件に関わっていなかったならば、間違いなく今頃木場は階下の女の処へ行っている——と、思う。

例えば。蕎麦を喰うために家を出たはいいが、蕎麦屋が何処にあるのかさえ知れず、一方で目の前には定食屋が店を開けているとして——そこで定食を喰ってしまえば蕎麦屋に行く気は失せるだろう。況て、元より蕎麦が喰いたい訳ではないのである。

蕎麦を喰って来いと命じられただけなのだ。

——駄目だな。

二兎を追う者は何とやらと、故事にある通りである。

手を出し易いからと云って形振り構わず手を付けていたら、結局何も成し遂げられぬ。

成し遂げる意味も解らないのだが。

部屋に入って襖を閉める。

閉めたところで気温に変わりはない。親爺の云った通り、室内は冷え切っていた。布団でも被れと云われたが、先ず外套を脱ぐ気にならない。外套を着たまま布団を被ると云うのは如何にも間抜けだ。誰も見ていないからと云って、そんな滑稽なことは為たくない。

直ぐ帰ると云ったのに親爺は中中帰って来なかった。座るにしても落ち着かないので、木場は部屋の中をのそのそと歩き回った。

これも十分に滑稽である。

煙草でも喫おうかと思ったのだが、内ポケットは空だった。近野が呉れた封筒があるだけである。そう云えば煙草を切らしているから駅に降りたら買おうと考えていたのだった。

「何なんだよ」

木場は畳を蹴った。

微かに反応があった――ような気がした。

――下に。

居るんだ。女が。

気になる。

死にたがる女。そしてそれは、公調に追われている女でもある。

何があったのか。何を知っているのか。何が起きているのか。何も、何も判らない。

こう云うのを鴉の如しと云うのだろう。

木場は一度閉めた襖を開け、階下に気を向けた。

音はしない。

廊下に出て階段まで進む。

矢張り何の気配もない。一歩、脚を下ろす。

そのまま少しだけ同じ姿勢で固まっていたが、結局木場は階下まで降りた。

帳場の横に立って廊下に目を遣る。

女が——立っていた。

虎（四）

その日の朝は冷え込みが厳しかった。

御厨は、車中で殆ど口を利かなかった。

一方で益田は能く喋った。静寂と云うか、沈黙が苦手なのだろう。日光に滞在中だと云う益田の上司――探偵長の話も散散聞かされたが、理解出来なかった。

益田は多分、話が巧い。でも、何だか面白可笑しく語られれば語られる程、現実の話とは思えなくなって行く。凡そ真剣には聞けなかった。

御厨はと云えば、この電車に寒川も乗ったのだろうとか、もしかしたらこの座席に座ったのではないかとか、そんなことばかり考えていたのだ。

普段、そんなことは考えもしない。御厨が感傷的になることなど、平素は殆どないのだ。今まで瞭然と自覚したことなどなかったのだけれど、自分は寒川のことが好きなんだろうなと、御厨は朦朧と思った。

こんな状況で――。

何だか莫迦みたいだなと思う。

日光と云う処がどんな処なのか、御厨は何も識らない。指折りの風景地だと聞くが、そもそも旅行をしたことがないから、比較の仕様がない。

「サテどうしようかなあ」

益田は着くなり情けないことを云う。

「写真も何もないですからねえ」

「写真があれば違いますか？」

そりゃ大違いですと益田は大袈裟に云った。

「名札付けて歩いてるような人はそんなに居ないですよ。付けてたって、いちいち見ないでしょ。だから町を行く殆ど凡ての人の名前を僕等は識らない。それはつまり、道行く人に寒川さん見ませんでしたかと尋いたところで判る人は居ないってことです」

「そうですねえ」

「一方、顔隠して歩いている人っつうのもあんまり居ない訳ですね。つまり、顔くらいは見ているんですね、町を行く人でも」

「まあ、そうですけど」

「疎覚えでも憶えてますよ、見てれば。で、顔を憶えていたとして、ですよ。言葉じゃどんだけ説明したって判別付かんのですよ。僕ァ御厨さんから何度となく寒川さんの特徴聞きましたけど、正直に云えばまるで判りません。道で擦れ違っても判らないと思いますよ」

説明下手なんですと御厨は云った。

「御厨さんが下手なんじゃなく、大抵そんなもんなんですって。眼が四つだとか顔色が緑だとか、そのくらい目立つ特徴がなきゃ、特定は無理。背が高いとか低いとか、太った痩せたも主観ですからね。子供から見りゃみんな背が高い。相撲取りばかりの中に居りゃ大概は小柄ですよ」

「お相撲さん見たことないです」

大きいですよと益田は答えた。

「僕ァ不動岩を直に見たことがありますがね。首が痛くなりました。あの人は何尺あるのかなあ。イヤ、そんなことはどうでもいいんですよ。あなたが話の腰を折ってどうするんですか。兎に角、だから写真は強いんです。この人見ませんでしたか——と見せればいいんですからね」

益田は左右を見回す。

「人は一杯居ますねえ」

似顔絵でも描いて貰えませんかと云うので無理だと答えた。

「取り敢えず宿を当たるしかないですな。寒川さんが未だ日光に居るのかどうかは判りませんが、いずれ何処かの宿を利用している、或いは利用していたことだけは間違いないですからね。手掛かりはそれしかないですよ。同時に我我の宿も決めなくちゃなりませんし——」

それなりに長逗留だったようですから基本安宿ですよねと益田は云うが、そうとも限らないだろうと御厨は思う。

寒川の性格ならそれなりの宿に泊まるような気がする。贅沢を好む男ではないが、衛生的でない場所は嫌う。

そう云った。

「高価い処は泊まれませんなあ。まあ、経費になりますから請求させて戴きますけど」

「泊まらないと判らないんですか」

そんなこたァありませんよと云って、益田は内ポケットを探った。

「今日日、変装したり身分を偽ったりしてコソコソ調べ回るのは時代遅れだ、と悟った訳です、僕は。去年、世田谷の一品泥事件では酷い目に遭いましたから。そこで、名刺を作りましてね。出来ました」

「はあ」

「大磯へ調査に行った時なんかも、探偵と身暴露した後の方が情報が集め易かったりもしましてね」

益田は名刺入れから一枚抜いて差し出した。

薔薇十字探偵社・主任探偵／益田龍一と記されていた。

「主任――なんですか」

「これから社員が増えるようなことがあれば、まあ僕が先輩ですからね。最早主任のようなものですね。そこに電話すればちゃんと和寅さんが出ますし。手紙だって電信だって届くでしょ。これで信用も増すと云うことで」

「だから何なんです？」

「客を装ったり売れない行商人に身を窶したりせんでも、普通に探偵ですと云って堂堂と調査出来ると云うことですよ。まあ、お宅に泊まると云った方が口は軽くなるでしょうけどもね」

「でも、何処に泊まったのか判らないんですよ。伝票も受け取りもなかったし」

「真面目な人なんですなあ。経費扱いになってりゃねえ。ううん」

頼りない。

「そうだ。警察に——行ってみますかね」

「何処の警察ですか。私は寒川さんのお父さんが事故に遭った現場が何処なのか、知りませんよ」

「そうですけどね。でも、ええと——ああ、機構改革があったからもう栃木県警なのか。日光署ってのはあるんだろうけど——いや、いいんですよ。その辺の交番で」

「交番ですか？　でも、そんな駅前交番なんかで二十年も前の事故のことが判るものなんですか？」

「そんなことはどうでもいいんですよ。絶対に判らんでしょうし、判ったとしたって民間人にゃ簡単に教えちゃあくれませんからね」

「じゃあ」

「あのね御厨さん」

少し前を歩いていた益田は、前髪を揺らして振り返った。

「あなたの依頼は寒川さんの無事の確認でしょ」

「無事の確認です」

「でしょ。寒川さんのお父さんの事故の真相が知りたい訳じゃないですね？」

「ええ、まあ」

「で、寒川さんはお父さんの事故の真相を、多分調べていらした訳ですよね。なら、どうしますかね」

「どうって」

「思うに、寒川さん、二十年前に日光の警察と接触はしてるんですよ。変死ですからね。事情も聞かれたでしょうし。後始末もある。ただ、日光警察署に行かれたかどうかは、判らない。交番もですね、統廃合されたり新設されたりしてますよ。現場には当然行かれてるんでしょうけど、戦前ですからね。行政区分も住所表記も変わっている可能性があるし、交通手段も違ってます。その場合、どうしますかね」

「ああ――お巡りさんに――尋きますか」

尋きますよ尋くでしょうそう云うもんですと益田はにこやかに云った。

「寒川さんと同じことを為ましょう。警察法の改正が目前に控えてますから、やや不安ですが、現場職員がみんな異動になってるなんてこたァありません。寒川さんが何か尋ねたんなら、そのお巡りさんは寒川さんに会ってますよね。上手くその警官に会えたなら、薄くとも小さくとも手掛かりにはなりますね」

ぺらぺら喋り乍ら益田は出鱈目に歩を進め、交番を見付けると足早になった。御厨は不安になる。

警察は――怖い。悪事を働いていなくても捕まるような気がしてしまう。そんなことは決してないと解っているのだが、どうしても――怖い。制服が兵隊を、兵隊が戦禍を思い出させるのかもしれない。

完全な濡れ衣だと思う。

益田の肩越しに覗くと、お坊さんのような人が居た。

頭を剃っているのかと思ったのだが、そうではないようだった。太い黒縁の眼鏡を掛けていて、眉尻が下がっている。眼は優しそうだが鼻は尖っていて何処となく外国の人っぽい。

「どうかしましたかぁ」

やけに声が高い。

益田の横に出て見てみると制服を着ている。僧ではなく警官なのだ。その上に未だ若いのだ。能く観れば鬢や後頭部には髪があった。

「あの、お尋ねしたいことが」

「道？　何処に行かれますか」

「道じゃなくてですね、人を捜してまして」

「何て云うお宅ですか。地図覧ますからね」

「いえ、その、お宅と云うか行方がですね」

益田がそう云うと、警官は一層に眉尻を下げた。

「行方？　不明ってことですか？」

「ですから、居場所が判れば苦労はない訳で」

「それでしたら捜索願を出して戴かないとね」

「出したんですよ」

「署の方にですか」

「目白警察署に行きました」

御厨はそう答えた。

「目白って何処です？　え？　東京の？」

今度は眉根が寄って、警官の顔は如何にも困ったを絵に描いたような貌になった。

「あのね、ここは日光駅前交番ですよ。そんな目白だか目黒だか」

「聞いてください」

聞いてますすよと警官は云った。

「行方不明の人がこちらに来た可能性があるんですよ。僕はですね、こう云うものです」

益田は恭しく名刺を差し出した。

「主任探偵——ですか」

「主任です。こちらは行方不明の人の婚約者です」

「え」

まあ、間違いではないのだろう。

「その行方不明者ですが、こちらの交番で何か尋ねたのではないかと推理しまして、それでお尋ねしている次第です」

「いやあ。そんなのはなあ」

「名前は寒川秀巳さん。写真はないです」

「道尋く人は自分の名前なんか云わんでしょ」

「云わんでしょうが、その人はただ道を尋いたのではなく、二十年前にこの日光近辺で起きた事故のことを調べていたと思われるんですね」

「二十年前って——本官は未だ七八歳ですよ？」

若いのだ。矢張り。

「いや、僕だってそんなもんですよ。あなた――ええと植野(うえの)さん。植野巡査。あなたが知ってるとかそう云うことではなく、あなたにその手のことを尋ねた人は居なかったかと、そう尋いているんです」

植野巡査は交番の天井を見た。

「ああなる程。そっちかあ――」

いつのことですかねえと巡査は云った。

「そんな人が来たような気もしますね。ええと」

「最初は去年の秋ですね。交番を訪ねたならその時じゃないかと思いますけど」

「秋ですかぁ。秋と云っても――待ってくださいよう。そう云えばねえ」

植野巡査は大学ノオトのようなものを捲(めく)った。

「ええとねえ。交番には毎日色んな人が来ますからねえ。去年去年と。本官は事件性がありそうなものや何かは個人的に帳面に付けてるんです。後後捜査の役に立つかも、と云う配慮ですが、事件そのものがないですから、今まで役に立ったことは――あ」

手が止まった。

「これ何だっけな」

「何か書いてある！」

「そりゃ書いてるでしょ。帳面なんだし。何だ、日付は――九月の九日、夕方五時十五分ですね」

「それです。寒川さんが日光に出発したのって、九月九日だったでしょ、御厨さん」

憶えていなかった。

その頃だとは思うのだが。

「カニさんがそう云ってましたよ。僕だってメモしてますからね。僕のメモ帳は役に立ちますよ」

益田は既に見慣れたメモ帳を開いた。

「間違いない。それです。何が書いてあります？」

「いや、書くのはことある毎に書きますからね。その日に限ったことじゃないですよ。役には立ちませんけどね――って、汚い字だなあ。本官の字なんですけどね。ええ、あ。片仮名か。キソヤ。キリヤ、マカソ」

「キリヤマカンサクでしょ？」

能く判りましたねえと云って植野は眼鏡の奥の眼を円くした。

「識ってますからね。判ります。何て書いてあるんですよ植野さん」

「寸暇待ってくださいよ。急かすなあ探偵さん。はいはい。思い出しました。こざっぱりとした身形の男性でしたね。四十歳くらいかなあ」

間違いなくそれですと益田が云う。

「ええと――この、キリヤマと云う人の家は判りませんよね、と云う尋ね方でしたね。教えてくださいでも判りませんか、でもなく。判りませんよね、です。判らないこと前提」

「それ、何か意味ありますか」

大ありですよと警官は云う。

「行き先が判っていて道が判らない、これはね、教えますよ親切にね。警察官ですから。でも、行き先が判らないとなると、これはねえ。教えられないこともある。個人の情報と云うんですすか。本官は公僕ですから住民台帳から何から持ってますけど、誰にでも教えられるってものじゃあない。その辺を弁えている――と云うことですね、この尋き方は」

「はあ」

「つまり、それなりに一般常識のある方、と判断致しましたな、本官は」

「で？」

「で、も何も。教えませんでした」

「あらら。素直に引き下がりましたか？」

「引き下がるも何も、そんな名前の住民は本官の識り得る中には居ませんでしたから。判らんものは教えようがないでしょう」

「そう云うことですか」

「でも、そうですね、管轄外にお住まいなのかもしれませんし、戸主でないと云う場合もありますからねえ。慥か、日光に長く住まわれているお年寄りの筈だと云ってたと思うんですがね。なら亡くなってるかもしれないでしょう。ですからそう云いましたね」

「それで終り、ですか」

植野はまた上を向いた。眉尻が更に下がっていて完全に八の字になっている。

「あ」

「何です」

「この人、もう一度来ましたよ。年末くらいだったかなあ。年明けてなかったよな——」

「き、来ましたか。矢っ張り行き先日光でしたよ御厨さん！」

益田は興奮した——のだろう。

「そうそう。慥かですね、警察署の場所を尋いたんだ今度は。それは当然教えました」

「警察署？　日光警察署ですか」

「まあ、そんなに遠くない。直ぐ其処ですから。それで、まあ——そうそう、探していた人は見付かったんだとか」

「キリヤマが！」

「そんなに興奮しないでくださいよ益田さん」

御厨は前のめりになった益田の外套の裾を引いた。

「興奮するでしょ。確実に近付いてるじゃないですか、寒川さんに。しかし警察署なんかに行ってどうする気だったのかなあ」

「昔世話になった刑事だか警官に会いたいと云うようなことを云っていましたねえ。名前聞きましたが本官は知らなかったから、もう退職された方じゃないかと思いますねえ、ええと書いてないかな」

「書いてて欲しいですよ」

植野は帳面を捲る。

「十二月――三十日ですね。年末だなあ。はいはい木暮さん。下の名前と課は不明。そう云う刑事は知りません。それから巡査の――こ、小島か。小鳥に見えるな。この人も知りません」

「その二人に用があると？」

「そこまでは知りません。聞いてないから。十九年前――年が明けたからもう二十年前ですか。お父さんの件で世話になったとか何とか。本官は知らないと云うと、なら署の方で尋いてみると云う――そう云う運びですね」

「じゃあ僕等も尋きますよ。日光警察署の道を教えてください」

「まあ教えますけど――本官の帳面には後日の書き込みがありますね。それはいい？」

「良くないです」

「でしょうな。ええと——小島——元い、小島巡査は出征して戦死、とあります。木暮さんは小来川村に在住——ですなあ。これ、教えていいのかな」

「寒川さんには教えたんですか？」

「いや、署から木暮さんに連絡して、教えていいかどうか確認したんですね、でまあ、許諾を得たんでしょうな」

　正しい判断ですねと益田は云った。

「こう見えても、僕も元は国家地方警察に奉職してたんですね。神奈川県本部。いやあ、その辺の配慮は大切ですよねえ」

「そう——ですな」

「しかし、オコロ——何です？　まあ他所者には聞き馴れない地名ですが、どう云う字を書きますか」

「ああ。おころがわね。こう——」

　益田は交番の中に踏み込んで、地図を覧た。

「何処です？　見当たりませんね」

「いやいや——あ。でも。もう住所表記とか変わってるんだよなあ。地名の方はどうなったんだっけなあ。でも未だ新しい地図刷ってないんですわ。だから、こっちの地図には——いや、ついこの間、合併したんですよ」

「木暮さんが？」

「何を云ってるんですあなた。日光町と小来川村ですよ。町村合併。十日くらい前のことですよ。もう、此処は日光市です」

恐れ入りましたと益田は云った。

「なる程。其処は既に日光の領地と云う訳だ。栄えてますねえ。じゃあ市内ではあるんですね。ならそんなに遠くないんですね」

「まあ、此処からは多少行き難いですがね。市内と云ってもそこそこ広いですからね。寧ろ今市の方が近いくらいだよなあ」

「今市って隣ですよねえ」

益田は壁の地図を示した。

「ないですよ」

此処、此処と植野は地図を示す。

「この辺りが小来川ね。この辺が村の中心。割に広いですよ」

「ああ、これですか。小さいに来るに川で、おころがわ！　想像もしませんでしたねえ、この字は」

益田は前髪を揺らして感心した。

「いやあ、色色勉強になります。で、寒川さんはその後は」

「その後のことは知りませんよ。その人、それきり此処には来てないですからなあ。署から直接行かれたんじゃないですか、木暮さんの処に。この後日の書き込みは、年が明けてから署の人に聞いたもんですから。気になったんですね、本官も。忘れてましたけど」

「ああそうですか。いやあ、参考になった。どうも有り難う御座います植野巡査。ものの序でにお尋きしますがね、この辺に廉めの宿はありませんか」

「宿は幾らもありますがね。廉いのねえ。何処が廉いのかなあ。云っておきますけど正確な金額は把握してませんよ。本官も」

植野はいちいち地図で示し乍ら、二三軒の宿を益田に教えた。

益田は大袈裟に相槌を打ち乍ら例のメモ帳に書き記した。

その間、御厨はポストのように突っ立っていた。

道行く人の視線が多少気になったが、どうせ自分なんかに注目する人は誰も居ないだろうと思った。

益田は慇懃に何度も礼をしてから、薄い唇を歪めて嬉しそうに出て来た。

「さあ、取り敢えず宿泊場所を決めましょう、御厨さん。三軒ばかり見繕って貰いましたから、お好みでどうぞ。あなたが金主なので」

「随分ご機嫌が好いですけど」

そりゃあ大収穫ですわと益田は云った。

「そう――ですか？」

「そうでしょうよ。いいですか、先ず寒川さんは去年の暮れにこの日光に来ていた。それが確定しました。今までは単なる憶測だった訳ですからね。間違いなく来てるでしょ」

「そうですか。それ、寒川さんなんですか。笹村さんだとか」

最初に訪ねた日付が違いますと益田は云う。

「笹村さんが日光に旅立ったと思われるのは寒川さんより一週間ばかり後のことですよ。それにキリヤマの件がありますからね」

「キリヤマさん――でも、お巡りさんは知らないって云ってましたよね」

「いえ。あのお巡りさんが知らないってだけですよ。寒川さんはその後、独自でカンサクに行き着いているようじゃないですか。見付けたって報告に来た訳でしょ。薬局の経営者に行き着けるんですから、主任探偵である僕に行き着けないこたァないですよ。探偵は探すのが仕事ですから」

そうなのだろうか。

「しかもです。その後、寒川さんはその、木暮とか云う元刑事にも会いに行っている訳ですよ。つまり何らかの進展があった、つうことですよね」

「そう云うことになりますか？」

なるでしょうにと益田は断定する。

「ええと、カンサクに会って、その後にその、何ですか、燃える碑だかを見て一旦戻り、何だかんだ調べものをして、その結果年末にまた日光に来て、今度はその木暮さんに面会している——そう云う運びになる訳でしょ？」

「ええと」

そうなるのだろう。混乱している。

「何ごともですね、整理と整頓が必要だ——と、こりゃある人から口煩く云われてることでして。筋道通さないでいると簡単なことも難問になります。寒川さんが木暮さんにいつ会ったのかは判りませんが、今のところそれが最後の足跡になる訳で、なら、木暮さんに会いましょう。会って話を尋きます」

「でも住所教えてくれなかったじゃないですか」

益田は薄い唇を曲げて笑った。

「何です？」

「その辺、探偵に抜かりはないですよ。しかしですね、その、ころころ村とかえのころ村とか云う処だと云うことは聞き出せた訳です。しかも、思うに今市方面なんでしょうよ。そこまで絞り込めたなら、その辺に行って村人に尋けば良いんですよ。木暮はいずこ、木暮はいずや——と」

益田は眼の上に手を翳して、何かを捜すような仕草をした。

「着いて早早にこんなに進展があるたァ思いませんでしたよ。こりゃ幸先が好いですよ、御厨さん」

　御厨は――何だか気後れしてしまった。

　益田は既に達成感のようなものを感じているようである。

　だが、御厨には何も感じられない。

　かと云って不安を感じている訳でもないし、取り分け悲観もしていない。ただ、直接寒川の顔を見るまでは、何の感慨も持てないと云うだけである。

　淋しいのだろう。

　益田さん、何だか詐欺師みたいですよと云った。

「さ、詐欺って人聞きが悪いなあ」

「だって普通なら教えて貰えないようなことを、舌先三寸で聞き出した――って感じでしたよ」

「聴き取りの技巧だと云って欲しいなあ。こそこそしてるとこそ泥に間違われて、堂堂と当たれば詐欺じゃあ立つ瀬がないですよ」

　堂堂としていたようにも見えなかったけれど。

　益田は探偵稼業は損だなあなどとぼやいたが、探偵と云う職種ではなく益田個人の問題なのではないかと御厨は思う。

何ごとにつけても逗留するのは駅の傍が良いと益田が云うので、一番駅に近い宿に決めた。御厨はこう云う場合は殆ど悩まない。宿の善し悪しなど観ただけで判る訳もないのだし。

旅荘富岡と云う宿だった。

交渉は益田がしてくれた。

「夕食はナシの素泊まりにしちゃいました。何処に行くかいつ帰れるか判らんですから。まあ、喰いもの屋はその辺に掃いて捨てる程ありますし。僕の部屋はお向いですから」

「はあ」

為すがまま、である。

「御厨さん、疲れてるでしょうから今日はゆっくり休んでください。僕ァこれから、カンサクに就いて探って来ますから」

「探るってどうするんです」

「無闇矢鱈に訊き回るだけです。ですからあまり収穫は望めません。徒労感は確実に得られますね」

「私は」

素人には無理ですよと益田は云う。

「いや——まあ寒川さんはやられたんでしょうけどね、あなたまでやることはないでしょう。明日、朝一番でそのオコロガワとかに行きましょう。そちらは同行してください」

「やることないですけど」

「まあ、暇なら散策でもしてください。風景地ですからねえ。夜には戻りますが、お腹が空いたならお好きに晩ご飯を済ませてくれていいです。待つことはありません。湯葉が旨いと聞きました」

「ゆば――食べたことないです」

ならば存分に食べてくださいと益田は調子の良いことを云った。

「まあ、あまりにも徒労感が強いようなら早めに切り上げて戻るかもしれませんし、戻った際に晩ご飯前だったらご一緒しますが。僕のことは一切気に懸けずに居てくださって結構です」

益田は前髪を揺らして宿を出て行った。

間抜けに突っ立って見送っていると、背後から仲居に、お連れさんはお出掛けですかねと声を掛けられた。

「はあ。そのようです」

「つまらんことお尋きしますがねえ、まあお客様のこと詮索しちゃいかんのですが――日光へはどう云うご用でお出でなさったかね」

「ええと――今の人は仕事です。私は――そうですね、おまけです」

お仕事ですかねと云って仲居は玄関の方を見た。

「いえね、さっきお連れさんが、年末年始に知り合いが日光に来ているんだけれど、此処に泊まったのじゃないかなあなんて、気安く尋くもんだから」

「はあ」

「そう云うことはねえ、教えられないですから、ただ笑って誤魔化したんですけどもねえ」

すいませんと御厨は頭を下げた。

「そう云う人なんです」

「いやいや、お客さんに謝られるようなことじゃないんですよ。でも、そのねえ、気分を害したのじゃないかと、心配になって」

害してませんと御厨は答える。

「多分、そう云うことに慣れてると思います。いつもあんな感じみたいですから――」

その知り合いと云うのは、自分が捜している人物なのだと――御厨は云えなかった。

それでもし、寒川がこの宿に泊まったと判ったりしたら。

それでこの現状がどうにかなることもないのだろうけれど。

何だか気が保たなくなりそうな予感がした。

部屋に戻って暫し呆然とした。

考えてみれば、御厨の日常で何も為ない時間と云うのは殆どない。

普段なら未だ薬局に居る。

帰り道で買い物をして、帰ったら食事の支度をして、食べて、それから諸事をこなし、銭湯に行って、それから寝る。休日は掃除だの洗濯だのをする。

そうした諸諸が、多分御厨の日常を作り上げているのだ。料理をしている時は料理のことしか考えないし、掃除をしている時は掃除のことしか考えていない。余計なことを考える隙間はあまりない。二つのことを同時に考えたりは出来ない。

でも。

では何も為ることがなければ何も考えないのかと云えば、そんなことはない。何も考えないと云うのは、忘我の状態と云うことなのだろうが、そんな風になることはない。

だから要らないことを考えてしまうのだろう。要らないことなのかどうか、そこのところは判らないのだけれど。若い娘でもあるまいに、と自分では思うのだが。

とは云うものの、若い頃から御厨はずっとこうだったようにも思う。

苦手な呆然状態を、それでも小一時間は続けただろうか。着替えるなり荷物整理をするなり、何か為ていれば良かったのだが、何も為なかった。

座卓の上に出された茶も冷めている。

冷めた茶を飲んで、窓の外を観る。それまで景色すら観ていなかったのだ。町並みと、山が見えた。

——山だ。

山は。

遠い。そう云えば、日常生活で遠景を見ることはない気がする。この世は広いのだと思える瞬間は殆どない。

落ち着くけれど、何だか儚(はかな)い気持ちになる。

この儚さの正体が知りたい。

御厨は何故か、そう思った。

みるみる陽が落ちて行く。時計を見れば既に五時を過ぎている。迚(とて)も半端な時間だ。到着したのが何時だったのか、既に記憶が判然としない。車中で駅弁を食べたから、午後だったのだろうとは思うけれども。

何だか、色色なことが曖昧になっている。それでいて、儚げで、淋しい。こう云う感傷めいた気分を旅情と呼ぶのだろうか。

いずれにしてもこのまま呆け続けている訳には行くまいと思い、御厨は思い切って外套を着ると廊下に出た。帳場の番頭のような人に食事をして来ると告げ、履物を出して貰って外に出た。

それなりに寒い。

外食の習慣がないから戸惑ってしまう。

宿の前に立って、取り敢えず駅の方を眺めた。

流石は行楽地である。それなりに人出はあるようだった。東京も人は多いけれども、歩き様と云うか動き方と云うか、何かが違っている。

暫く眺めていると、とぼとぼと歩いて来る益田の姿が目に入って来た。如何にも徒労感が滲み出ているから、矢張り大した収穫はなかったのだ。

少し、ほっとする。

冴えない上に調子だけは良い探偵の姿を見て安心するのだから、どうかしているとは思う。その探偵を少し離れた背後から見詰めている若い女を――。

御厨は見た。

蛇（五）

迚も冷えていた。

山際の村外れは既に人家も疎らである。建物と建物の間には雪に紛れた枯れ草が戦いでいる。景観からして寒寒しかった。

幸い晴天で、気温自体はそれ程低くないと思うのだが、遮るものがないので風が身に沁みる。寒さも一入と云った感じである。

姿勢の悪い関口はオーバーの襟から食み出した襟巻きに半分顔を埋めている。お蔭で言葉が聞き取り難い。そもそも瞭然と喋らないし、声も通らないのである。今も何か云っているが曇ってしまって能く判らない。聞き返すのも失礼な気がするので、生返事ばかりになる。

小説家はまたもごもごと何かを云っている。

まるで聞き取れなかったので仕方なく何ですかと問うと、関口は襟巻きを緩めた。

「いや、あのセッちゃんの云うことですから、本当かどうかと、まあ——」

「そう、ですねえ——」

山が近い。

土地勘が全くないので、何処に向っているのか久住には能く判っていない。

セツの説明が悪い訳ではなく、久住達が間違っている可能性だってある。

関口のことはどうか知らないが、久住は本来、方向感覚が未発達なのだ。地図が読めない訳ではないのだが、久住はどうも東西南北ではなく指標と道筋だけで位置関係を理解している節がある。

勿論、陽が昇る方が東で沈む方が西だと云うことくらいのことは心得ているのだが、いちいち陽を観たり影を観たりしたことはない。目標物から目標物へ移動するだけである。

だから。あの山が男体山なのか女峰山なのか、久住には判らない。

まるで違う山なのかもしれない。

関口は山を見上げる。

「方角は合っていると思うんですが、これ以上進んでも、山ですよね」

「慥か、何とか云う精銅所までは行かないんだ。と云っていましたよね？　で、裏見滝の方だと」

「正確には何か裏っぽい名前の滝——と云ってましたけどね、セッちゃんは。ならまあ、白糸滝ではないんでしょうけど」

なら北西だよなあと関口は云った。精銅所と云うのは日光電気精銅所のことですよねと久住は答えた。位置の捉え方が噛み合わない。

「矢っ張り支配人に尋くべきだったでしょうか」

「いや、教えてくれないでしょう。従業員の住所なんか。客室係が休んでいるからって見舞いに行く客なんか居ないですよ——」

昨夜、中禅寺は戻らなかった。

昨日——二人でラウンジに取り残された久住と関口は、暫くは気拙い感じでほぼ黙っていたのだが、そのうちに関口の厄介な病歴——鬱病だと本人は云った——の話になり、更に話題は彼の奇妙な友人達にまで及んだのだった。中禅寺の人と態に関しては、実際に会っているのだからまだ納得出来たのだけれど、ホテルのオーナーの弟とやらの話は、何だか奇矯過ぎて久住には殆ど理解することが出来なかった。

その後、私達はラウンジで軽食を摂った。

どうにも尻の据わりが悪かった。

折角揃えて束ねた書類の山が綴じる寸前にばらけてしまったような、そんな気分だった。

それは関口も同じだったようで、不安定な小説家はかなり登和子の件を気に懸けている様子だった。

ならば久住の所為である。

しかし、当の登和子が居ないのだから、どうしようもなかった。

決着の付けようもない。

そして——どちらが云い出したことかは判らないのだが、明日も登和子が休んでいたなら見舞いがてら登和子の許を訪れてみよう、と云うことになったのだった。今にして思えば常識的な行動ではないようにも思えるが、そもそも常識的な話ではないのだ。

登和子の住まいはセツに尋いた。

「やや非常識でしたかねえ」

考えるまでもない。

云われてみればそうですねえと関口は云う。

「まあ、セッちゃんは何の疑問も持たず、寧ろそれは好いことね——なんて云っていたけども。宜しく伝えろとか、土産に餅か饅頭でも買って行けとまで云ってましたしね」

和菓子を買った。

「乗せられたかなあ。あの子のことだから、道順も適当な説明だったのかもしれないですしね。悪い子ではないんだが、色色と雑なんだよなあ」

「雑なのは私達も一緒ですね」

それだけの情報でほいほい出掛けて来ると云うのは、迂闊の内であろう。

「セツさん自身行ったことはないと云っていた訳ですから、責めることは出来ませんよ」

山颪が吹くんですねと云って関口は再び襟巻きに顔を潜らせた。

「清瀧寺の辺りの方が人家が沢山あったようですけど、そっちじゃないのかなあ」

関口はもごもごとそう云って振り返る。その方角にその寺はあるのか。視軸をそちらに向けると、石の棒のようなものが道端に立っていた。

「ああ、道標ですねえ」

関口は石に歩み寄り、石地蔵の頭を撫でた時のように天辺に触れた。

「この辺は——と云うか、この地方が他より多いと云うことはないんでしょうけど、石碑や石の道標を能く見掛ける気がします。石地蔵や石の道祖神も目に付くし——でも、読めないですねえ」

これは道標べなのですかと問うと、そうでしょうねえと関口は答えた。

横に立って屈み込むと慥かに文字が彫り付けられている。

「うーん、擦れて読めないのじゃなく、僕に読む素養がないのですね。久住さんはどうですか」

全く判らない。平仮名のようなのだが。ああ、裏は読めると関口が云った。

「漢字の方がまだ判る。ええと——寶——寶暦二年ですね。寶暦って」

まあ二百年前ですねと云った。

「じゃあ役には立たないですねえ」

屈み込んでいた関口は立ち上がり、どうしたものかなと云い乍ら煙草を一本咥えた。例に依って咥えるだけで火を着けない。

「二百年前の道標ですか。もう道も、町もすっかり様変わりしているんでしょうけど、未だ何かを示しているんでしょうね」

少し妙な気になる。

引き返すかどうするか迷っているうちに、来し方から近付いて来る人影があることに気付く。頬被りの上に菅笠、藁蓑を纏って大八車を引いている。五十絡みの男性である。

関口は咥えていた煙草を指に挟んで、口から放した。

「ああ、あの人に尋いてみましょうか。あの様子なら、多分この近在にお住まいの方でしょう」

既に万策尽きた感はあったから、それも良いかと思ったのだが、如何せん男の歩みは酷く鈍かった。間の悪い時間を堪えていると、久住達の視線に気付いたのか男の方から声を掛けて来た。

「あんた等、何かいね」

見るからに他所者然とした男二人組が並んで眺めていたのだから、不審に思わぬ訳もない。

関口は必要以上に慌てふためいて、煙草を持った手を揺すった。明らかに挙動不審である。

妙に勘繰られても困るので、久住は一歩前に出た。

「道に迷っているのです」

「はあ？」

男は能く陽に焼けた顔をひん曲げた。

「迷うもなんも、この辺は道があんまりねえ。そっから先は人も住んでねえわ。俺の家はそれ」

男は顎で一軒の民家を示した。

「そこだが、村のどん詰まりだぁな。そっちの」

続いて反対側の家を示す。

「其処の家が村の終わり。何処に行こうってのか知らねえけんど、その先にはもう何もねえど」

村が続いているように——久住には見える。

「その先でもう山になる、と云うことですか」

「山っちゃ山だけどなあ。昔は村があったが、もうない。なくなった」

男は大八車の曳き手を上げて、笠を少し持ち上げると、冷えるなあと云った。

「何処から来たの」

「え？　と、東京です」

「そうかな。で、何処まで行くの」

「じ、実はですね、その。桜田さんのお宅に」

「桜田？　桜田って——」

男は人差し指で鼻の頭を掻いた。

「桜田なあ。清瀧の人かい？　この村にゃ――」

ああ、と男は短く叫んで、ぽんと手を打った。

「そんだそんだ。あれ、浅田の婆さんのとこの二人目ン婿が、思えばそんな苗字であったかなぁ」

「二人目のお婿さんですか？」

「おう。前の婿が――あれは何と云ったかな。田山だか山田だか――あ、田端田端。それは俺と同じ仕事だったから。それが、支那事変の時分におッ死んでなあ。まだ子も小さかったから、再婚したんだわ、妙子ちゃんがな。その再婚相手が桜田とか云う名前だったと思ったが――」

もう先に死んだで、と男は云った。

「そ、その」

「いやあ、戦時中さ」

「何がですか？」

「だから、その桜田何某が死んだのがさ。終戦前には死んだから、もう十年くらい経つべかなあ。だから行ったたって無駄だべ。死んでる」

「いや、娘さんが居るでしょう？」

「娘？　居るさ。瘤付きで再婚して、それから二人生まれたかんな。都合三人だな。一人は男。まあ、あんな時代によ、婆さんと妙ちゃんと幼子三人遺されて、難儀だったべなと思うけどもなあ、暮らし向きが。婆さんが倒れて、妙ちゃんも病み付いてよ、去年——いや、ありゃ一昨年か、死んじまったしな」

憐れだなあと男は云った。

「あの、その娘さんですよ。上の娘さん。桜田登和子さんと仰るのじゃないですか？」

「はあ？」

男はまた顔をひん曲げた。

「だって上の子は前の亭主の子だべ？　あ、いやそうでねえな。籍入れれば苗字は変わるかの？」

変わるでしょうねえと関口が云った。

「ならそうだなあ。登和子って名前だ。ありゃ慥か今市の五郎さんが付けたんでなかったかな」

「誰です？」

「いや、違うな。名付け親ぁ婆さんの親類の仏具屋の方の悟朗さんだわ。ま、それも去年死んだが」

「いや、そのですね、私達は、その登和子さんの家にですね」

「だから其処だ」

男は村の終わりの家を指差した。

「は？」

「其処。だけんど、今は誰も居ねえべな。寝た切りだった婆さんが三日前の夜に愈々危なくなって、何処ぞの病院に連れてったそうだかんな。俺ぁ丁度留守してたがの、これ」

男は大八車を叩いた。

「うちの嬶が、これ貸した。これに乗せて、うちの惣領と次男が曳いて運んだんだから」

「そうなんですか？」

久住は関口の顔を見たが、関口も口を半開きにして久住を見ていた。

「下の子等も一緒に行った。いや、一番下の男の子は、年明けからもう仏具屋に預けてたんだったかな？　家裡のことだし、その辺は能く知らねえが、どっちにしろ行ったきり戻った様子はねえど」

「そうだったんですか」

登和子が身体を毀した訳ではなかったのか。

「だから留守。だと思うけどな」

男は曳き手を潜ってすたすたと登和子の家と思しき建物に近寄り、登和ちゃん、登和ちゃんと二度呼んで、それから玄関をがたがた揺らした。

「留守だな。わざわざ東京から来たってのに無駄足だなあ」

さぞや残念なことだべなと云って、男は歯を剝いて笑った。

「家さ寄ってくか。寒いし」

茶でも振る舞うべと男は云って、大八車に手を掛けた。

久住と関口が自己紹介をすると、男は徳山丑松と名乗った。

家は結構広く、広い板間は仕事場も兼ねているようだった。

「俺ぁ平膳の漆塗りが渡世だ。この辺じゃこう云うもんを作るんだな。戦前からずっとこれ。下駄なんかもやるよ。浅田の婆さん家の先の婿もね、同じ渡世だったのさ。腕は良かったけどね、どうしたもんだか、厭ンなっちまったのかねえ」

仕事が厭になったのですかと問うと、色色だなあと丑松は答えた。

「まあ、此処いらはさ、町場からは少ォし離れておるで、さっきみたいにガラガラ運んで来て、塗ってさ、そんでまた納品すんのにガラガラ運ぶ訳だ。まあ、手間賃は廉いのに手間は掛かるんだから、面倒ちゃあ面倒だ。数熟さなきゃ喰えねえしなあ。それなのに、しょぼいのさ、近頃ァ」

「はあ、それで――」

その、色色厭になった婿と云うのが登和子の実父と云うことになるのだろう。

ならば――。

ほれ寒いから早くお茶持って来う、と丑松が呼ぶと、奥から困ったような顔のご婦人が急須やら湯飲みやらを載せた大きな盆を持って現れた。

「何を叫ぶかなこの宿六は。機仕事の切りが悪かったんだってば。おやマァいらっしゃいまし。で、こちらあ誰だ？」

「東京からござった学士様だ」

自己紹介の折り、久住も関口も物書きだと称したのだが、丑松は何か勘違いしたようである。関口は小声でもごもごご否定したようだったが、無視された。

「おやま、何の用でいらっしゃったかね」

「ナニ、ほれ、浅田の婆様ンとこの登和ちゃんに用があって来られたそうだがな」

「あんれまあ。そりゃ無駄足だったねえ。ありゃあ暫く帰らんじゃろ。だってあんた――」

徳山夫人は丑松の横にちょこんと座り、お茶を淹れてくれた。

「気の毒にさあ。婆ちゃん、あれはもう危ねえんでねえかなあ。妾が見た時は、もう顔の色が土みてえだったもの」

「長患いだかンなあ。妙ちゃんが先に逝っちまってがっくり来たんかのう」

「がっくりもなんも、妙子さん亡くなる前からお頭の方も少ォし耄けておったよ。去年の暮れ辺りからはあんた、何くっ喋ってんだか判んなくなったって云ってたでしょう、登和ちゃん」

そうだったかいのうと丑松は素っ気なく云った。

「あ、こらァ、俺(おら)の古女房で滋子(しげこ)ですわ。そんでお前、婆さんは何処に連れてった。町の仏具屋まで連れてった訳ではあんめえ？」

「仏具は未(ま)だ気が早いって」

「そうでなくてさ。親類でねえか」

「何で死にかけを親戚の家に運ぶかね。運ぶなら病院でしょうが。息止まったってお医者には診(み)せるもんさね。ほれ、山田さん家(ち)のご隠居、あれ、もう死んでるってのに病院連れてったでしょうに。ほれ何とか証明書」

「死亡証明書か？」

「それ貰わんと、勝手には葬式出来んものさ」

「だって滋子。死んだんでねえべ」

「だからぁ。先(ま)ずはお医者だって。たってね、この辺りは往診に来てくれるお医者なんか居ないんだから。ねえ」

夫婦の会話に入り込めずにいた久住は、話を振られたので透かさずに割り込んだ。

「ど——何処の病院でしょう」

「扠(さて)ねえ」

何処まで行ったのかいねえと云って夫人は玄関の方を眺めた。

「お前、今、病院って云ったでねえか」

「そら病院だろうさ。病人なんだから。そんでも病院ったって町にゃ幾らもあるだろが」

「息子どもが運んだんだべ。何処さ行ったか聞いてねえのか」

そんなん聞いちゃないよと云って夫人は丑松の膝を叩いた。

「何だってお向かいの婆ちゃんの入院先をいちいち報告するかね。二人とも帰るなり疲れて寝たわ」

朝が早え(はえ)からなあと丑松は云った。

一緒に住んでるのに顔見ねえ日もあるんだよと丑松は云った。

「俺(おら)ァ割に宵ッ張り(よいっぱり)だもんでね、朝ァあんまり得手じゃねえのさ。うちの息子どもはね、まあ俺(おら)の商売継ぐつもりだったんだがね、この仕事も先細りでさあ。親子三人で引き受ける程発注はねぇの。だからまあ、建築関係のね」

土工じゃ土工と夫人が云う。

「ナァにが建築関係かね。穴掘ったり土埋めたりするだけじゃねえの。あんなもんは仕込めば猿にだって出来るんだわ」

丑松は戯け(おど)顔をこちらに向け、こいつ自分の息子を猿扱いだと云って苦笑した。

「猿ァ穴掘ったり埋めたりなんかしねべ。穴掘んのは狸かなんかだ。しかも工事は水辺だろうが。川っ縁(ぺり)の穴から出て来んな、蛇かなんかだって」

そんなもんは何だっていいわと夫人はまた亭主の膝を叩いた。

「だからさ。昌夫（まさお）も忠夫（ただお）も当分帰らんと、妾はそう云ってるんだわ。だから判らんて」

「そうかな。今度の現場ァ何処だい。遠いのか。どのぐれえ掛かる」

「知らんけど、足利（あしかが）の方じゃないのかい」

半月くらい泊まり込みだってよう、と夫人は云った。

「半月も戻られないのですか」

「飯場に泊まり込み。ほれ、渡良瀬川（わたらせがわ）のさ」

「はあ」

そう云われても能（よ）く判らない。関口の方に顔を向けると、歪（いびつ）な姿勢で畏まっていた小説家は、護岸工事ですかと不明瞭に云った。

「何てえの。あ、砂防砂防。砂防工事ってのゝ、ずっとやってんだわ。あれ、川筋全部やるのかねえ。もう何年になるかいね。明治の頃からしてんのじゃないかね」

そんなにですかと云うと、丑松は違う違う、馬鹿なこと云うんでねえよと答えた。

「そらあ、明治の頃からすったもんだしてたけんどな、工事が始まったのはほれ、こないだの台風。なんとか云う、ほれ、洒落た」

キャサリン台風ですかと関口が云った。

七年前のカスリーン台風のことだろう。

そうならば、関東を中心に相当大きな被害を齎した大型台風のことである。久住も被害を受けた。

千人を超す死者を出した大災害だったと記憶している。

利根川も荒川も破堤し、その頃金町に住んでいた久住も家財の多くを駄目にした。櫻堤が決壊したため葛飾区や江戸川区の一部も水没したのだ。

昭和二十二年の秋の台風ですかと念を押した。

「それさ。亜米利加人ってのは何で野分なんぞに名前付けるかね。それ、女の名前だべ」

「そう――ですね」

「その辺りが判んねえんだなあ。名前付けてどうすんだ。聞いたところに拠ればアメちゃんは飛行機にも名前付けるとか云うしな。飛行機なんかは判らねえでもねえけど、雨と風だかんなあ。あれ、日本で云えば、節子台風とかマチ子台風とか云うようなもんだべ。ま、うちの嬶は台風みてえなもんだけんどもな」

滋子夫人は今度は音がする程勢い良く亭主の膝を叩いた。

「痛ッ。ほれ、滋子台風だ」

夫人がもう一度手を上げたので丑松は首を竦めて止め止めと云った。夫人は一度歯を剝いて手を下ろした。それだと思います――と関口は云った。

「それ？」

「今、徳山さん、奥さんに叩くのを止めるように頼まれましたよね。そうしたら奥さんは手を止めたでしょう」

「そらまあ、宿六の悪態はいつものことだし」

「ですから名前を付けて人に擬らえることで、台風に治まってくれと頼むと云うか——」

「台風は頼んだって止まらねえべ」

「ですから、そう云う気になると云うか、気休めと云いますか——そうですね、治まらなくても恨み言の一つくらいは云える訳ですし」

「ああ、ま、慥かに名前がなければ文句も云い難いけどな。そのために名前なんぞ付けるかなあ。いや実際、そのカスリだか、キャスリだかか？　あれは酷かったからなあ」

「私の下宿も水浸しになりました。この——」

話が何処に行くのか全く見えなかったので、久住は軌道を修正した。

但し、そもそも何の話だったのか既に判らなくなりつつあったのだが。

「この辺りも被害に遭ったんですか？」

「あん？　この辺は山ちゃあ山だから洪水にはならんけどもね。雨と風。うちも屋根が飛ぶかと思ったからな。でも、川っ縁は大変さ。ここ一帯の川は直ぐに氾濫すんのさ」

「そう云えば、明治の頃にもこの近在で大きな水害があったとか」

関口から聞いたことである。

「そうだなあ。ま、この近郊は元元治水が良くねえようだがね。大谷川やら鬼怒川やらはどうなのか判らねえけんど、渡良瀬川の氾濫が増え始めたなぁ明治の頃からだと聞くね」

「明治の頃――から？」

ほれ、と丑松は土間の方を指差した。

「何です」

「だから。銅」

「銅って――」

鉱毒ですかと関口が問うた。

なる程、丑松はその何とか云う精銅所の方角を示しているのか――と思ったのだが、どうやらそれは違うようだった。

「足尾さ。足尾銅山な」

「はあ」

示したのは足尾の方角なのだろう。

関口は背を丸めたまま丑松の方を向いた。

「しかし、うろ覚えですが足尾の銅は江戸も早い時期から掘られているのではなかったですか？　鉱毒問題が顕在化したのは明治の頃なのかもしれませんが、水害も明治の頃からと云うのは――」

「いや、俺もそんな昔のことは知らんけどもさ、ほれ、明治になって民間が掘るようになったべ？」

「ああ。民間企業に払い下げられたんでしたか」

「んだ。それまではほれ、多分、人足が手でもってこつこつ掘ってたんだろ。銅ってのがどんな風に埋まってるのかは判らんけどもな、昔は機械なんかねえべ。それがまあ」

近代化つうのかね——と、丑松は少し照れたように云った。

思うに、普段使わない類いの言葉なのだろう。

「知らねえけども、今は機械で掘るんだべ。親父から聞いたところに拠れば、銅はもう掘り尽くしたと思ってたようだな、国は。だから手放したんだ。でも払い下げた後になって、そりゃあまあ大した鉱脈が見付かったようでよ、だから、まあ、掘って掘って——掘り捲ったんだな」

「最盛期は国内の銅の総産出量の四分の一を足尾銅山が担っていた、と聞きましたが。これも——うろ覚えなんですが」

関口さん詳しいですねと云うと、いやそうでもないですよと云って口籠り、結局関口は下を向いた。

「そう云うことは知らねえけどな、俺。何が悪いのかも詳しくは知らねえんだが、それからのことらしいな、騒ぎは。まあ、俺が生れた頃にゃもう騒いでたんだけどさ」

ううん、と関口は唸った。

「それは、あの――」

関口は多分、鉱毒問題に関して一家言持っているのだと思う。だから何か云いたいことがあったのだろう。だが内気そうな小説家は結局語尾を濁し目を泳がせて、押し黙った。

足尾銅山の問題は久住も少しは識っている。

但し、久住の場合はそうしたことが過去にあったと云う知識を持っていたと云うだけのことで、現在進行形の事件として認識していた訳ではない。

況て、今現在滞在しているこの日光の地が、その問題の地のすぐ傍――否、問題の地そのものであるなどとは思ってもいなかった。

この辺りのことなのだ。

関口は間を空けて、鉱毒は――とだけ云った。

「毒なあ。毒ったって、その、蛇の毒みたいなもんじゃないんだろうよ。ただ掘るだけで毒が涌いて出ンのか、掘るために何かすっと毒が出ンのか、掘った後に何かして毒ゥ出すのかね？　まあ、毒ってんだから、体にゃ良くねえんだろうけどな。その毒が川を流れて、田圃だの畑だのに悪さをすんだろ？」

「人体にも影響があったのでしょう」

さてなあと丑松は首を傾げた。

「聞く話はさ、立ち退きだ補償だ工事だって話ばかしだかンな。此処だって地元と云やぁ地元なんだけんども、俺達はその辺実感なくってなあ。困ってる人は大勢居てさ、原因が銅山だってなら、肚も立つし、何とかしろとは思うけどもね。でも俺なんかは直接の害がないと云えば、ないんだなあ。ま、木だの何だのが枯れてるのを見ればさ、ああ、こりゃいかんなと思うけどね」

「枯れてるんですか」

「枯れてたね。行ってみれば判るがの、銅掘ってる辺りはもう草一本生えてねえのさ。土肌が剝き出しンなってて、もう荒れ地だかんな。ありゃその毒が土に染み込むのかね？」

関口は苦いものでも嚙んだような顔をした。

「土壌汚染のことはどうなっているのか判りませんけど、銅を精錬する際に出る鉱烟――煙は、植物にはかなり悪いようですね」

「そうだべ。もうもうと煙が出てっからな。明治の頃のことは知らんが、聞くところに拠れば村が三つばかし廃村になったそうだから。煙で」

煙害で廃村ですかと云うと、四六時中煙くっちゃ暮らせねえだろうと丑松は云った。

「人ァ逃げ出せても木や草は動けねえもの。枯れるわ。それだけでなくッて、伐るから。樹をさ。ばッさばッさ伐ったみてえだし。燃料にすんだか足場でも組むのか、ま、何かに使うんだろうけんどな」

山火事もあるしのう、と滋子夫人が云った。

「山火事ですか？」

「妾が覚えてるだけで三回はあったよ」

「そんなだから、上の方は禿山になっててさ、それで何と云うのかな。地べたがさ。地面の下？」

「地盤――ですか？」

「何だか知らねえが、こう、脆くなるんだか緩くなるんだか、少量っとの雨でも崩れるようになったんだな。上流の方がやられると、下にも色色流れるかんな。毒も土砂も。それが徐徐に広がった――」

んだと、思う――と丑松は云った。

「本当のところは俺なんかには判らんのだけどな。利根川の方まで障りがあるんだそうだから。そりゃあ騒ぐさね。毒なんかなくたって、土砂が流れりゃ田畑も駄目ンならあ。そんなだから、もう何十年も揉めてんだよ」

交渉は大変なようですねと関口は云った。

「渡良瀬川ってのはね、あれ、足尾の皇海山辺りから流れ出してんだな。だから渡良瀬川の川っ縁は、もう相当やられてる訳さ」

なる程――。

葉も幹もそうだが、特に根は水を溜める。樹木の数が減れば、雨水は何処にも溜まらず、総て土中に染み入って、そのまま流れ出すことになる。

当然、地盤は緩くなるだろう。

だからさ、と丑松は云った。

「だからこないだみたいな台風が来ると、もう駄目さ。それで、工事することになったんだが、暫く続けて来たろが、大きな台風。毎年さ。あれであっちこっち崩れてさ。直す尻からやられたのよ。ありゃあ銅山が金出してんだろ？」

どうかねえと夫人は云う。

「去年だか、示談になったのならないのと云ってたじゃないか。もう金を出す気はないんだろ。明治の頃から掘ったり埋めたりしてんだからね。国が出してんのか会社が出してんのか知らないけど、日当も下がったとか云ってたからね。結局、市だの町だのがやってるんじゃないのかい？」

「そうかい。吝嗇だな。それにしてもあの工事はいつまで続くんだ？　いつまで経っても出来上がらねえじゃねえか」

その方が良いだろと夫人は云う。

「やってるうちは取り敢えず息子どもも稼ぎになんだから。終わっちまったら職に溢れっちまうじゃないかね」

それだってお前——と云いかけて、丑松は私と関口に気付き、ああすまんね、と云った。

「何の話だっけね」

「はあ、登和子さんのお婆さんの入院先の」

「ああ、だからそりゃ判らんなあ。息子共(ガキ)は帰らんし。連絡も取れんし。まあ、日光の町場の病院だろうけどね。この辺にはねえんだ病院。前は——その先に、診療所が一軒あったんだけんど」

　丑松はまた違う方角を顎で示した。

　久住の拙(つたな)い方向感覚が正しければ、それは丑松自身がこの先には何もないと云った方角である。

「その——先ですか？　隣村とか」

　隣は山だと丑松は云う。

「さっきも云ったが、その先は何もねえって。建物だけは残ってるけんど、誰も住んじゃねえのさ」

「そんな処に診療所が？」

　妙な話である。

「そうなあ。でもその診療所ももうねぇから。ホントにここが村外れになっちまったな。先生も死んじまったし」

「死んだ？」

どうも、死ぬとか死んだとか聞くと反応してしまう。

意識の表面には上ってこなくとも、久住は登和子の言葉をずっと反芻していたようだ。

「医者の不養生さ」

丑松は空になった湯飲みを夫人に差し出した。

「もう先から患ってたんだあの先生は。診療所だってずっと開店休業でな。でも、慥か浅田の婆さんがおっ倒れた時は、最初は彼処に行ったべ？」

近ェかんねえと夫人は答える。

「どっちが病人か判らん感じだったたって、それこそ登和ちゃんが云ってたわいな。ほれ、婆ちゃんが寝たきりンなった後、妙ちゃんもその後倒れてさ。そん時もあの先生喚んだでしょうに。一昨年。もうよたよたのヨボヨボだったけどさ。間に合わなくッて、妙ちゃんは死んじまったけども、あの先生だって息も絶え絶えだったわね。それが――生きてるの見た最後じゃないかね」

お前は丈夫だからなあと云って丑松は自が女房を呆れたように見た。

「お前みてぇなのばっかりだったら、お医者はおまんま喰い上げだ。お前、生まれてこの方一度も病気してねえべ」

「悪いかい」

「その」

関口が夫婦の会話に割って入る。

「この家より奥はもう何もない——と、云うお話でしたよね？」

「ねえべな」

「残っている建物と云うのは」

「空家だな。廃屋だ。あれ、いつだったかな嬶ちゃん。もう二十年から経つべな」

昭和八年か九年くらいだろうかねえと夫人は答えた。

「んだべ。その時期にな、こっから先の住人は、みんな引っ越したんだ。この辺は尾巳って集落だったたんだがな。そうだなあ、それまでは三十戸か、四十戸くらいはあったと思うけどな、この先にも」

「引っ越した？　一度にですか？」

「一度だね」

関口は顔を顰めた、妙な表情である。

「それはまた——どうしてですか？　立ち退きを強いられたとか？」

「立ち退き——じゃあねえかな」

「足尾の鉱毒絡みで強制退去させられたような話は聞きますが」

そりゃ谷中村だべと丑松は云った。

「彼処はまあ、そう云う感じだったようだな。田畑廉(やす)く買い叩いて、最後は無理矢理に引っ越しさせられたと云う話だがね。なら酷(むご)い話さね。藤岡(ふじおか)に移った者(もん)は、今でも根に持っておるようだしな。もう代替わりしとるだろうになあ。生まれ育った土地を奪われるなぁ、酷なこったよ。でも、此処いらはそう云うのたぁ」

違うねえと丑松は謡うように云う。

「なあ」

細君は大きく首肯(うなず)いた。

「全然違うさね」

「はあ。いえ、そんな一度に三十軒も四十軒もが住んでる土地を離れるなんて、そんなにあることじゃないですよね。その――それこそ堰堤(ダム)が出来るとか、そう云う特殊な事情がない限り――」

谷中村は水溜まりンなったがなと丑松は云った。

「遊水池ってのかな。もう村ァ跡形もねえ。でもそこの先は何にも出来てねえべ？」

観る限りは村が続いていた――ように思えた。

「谷中村たぁ全然違うよ。谷中村ァさ、その、鉱毒か？　それで、もう作物は出来ねえ土地だって決められて、雀の涙ぐれえの金で畑盗られてさ。それから犬の子みたいに追われた訳さ。でもって水溜まりにされちまった。何だ？　強制か。強制立ち退きだな。でも」

「その先は——違う？」

「好きで出てったのさ。売っ払ったんだよ。立ち退きじゃねえもの。ありゃ——俺が未だ二十歳そこそこの頃だったけんどな」

「何云ってんだい。二十五だろ。もう妾は嫁に来てたじゃないかね。まったくさ、あン時に売ってりゃ今頃こんな村っ外れに住んじゃないよ」

「矢張りその、鉱山会社に売ったんですか？」

馬鹿こくでねえと丑松は口吻を突き出す。

関口に対して云ったのか、夫人に対して云ったのかは判らなかった。

「こんなとこ、鉱山会社が買い取ったって何の得もねえだろ。精銅所だってもっと便利なとこに作ったんだから。買い取ったのは——ありゃ何処だったんだべ？　いい額出したんだこれが」

「高額く買い取ったんですか？」

「高額かったねえ。地べた売ったことなんかねえから相場なんて知らんが、越してった連中はみんな何処ぞにでけえ家建てて大名暮らしだと聞いたな」

「丑松さんは売らなかったんですか？　矢張り、先祖代代住み慣れた土地は金に換えられないと？」

馬鹿こくでねえと丑松はもう一度云った。

「先祖も糸瓜もねえわい。この家買ったな、俺の親父だ。金貰えるなら直ぐに売る。今なら二束三文でも売るわい。あの時も、なあ」

売るねと細君が応じる。

「あん時だってもう、売りたくて売りたくてね。お向かいだってそうさ。浅田の婆様もずっと悔やみごと云っておったものさぁ」

「浅田さん——も、売らなかった訳ですよね？」

久住が問うと、丑松夫妻は顔を見合わせて共に小鼻を膨らませた。

「あんなあ、先生方。売らなかったんじゃあなくてな、買ってくれなかったんだものさ。その、買いに来た連中がな——」

丑松は腰を浮かせ、人差し指を下に向け、線を引くようにした。

「こっからこっちは買うってよ。線引きは丁度、俺ン家と隣の境だわ。浅田ン家も外れ。そう云やあの頃、登和ちゃんが生まれたばっかでな。あの、死んだ前の婿がよ、ぶうぶう文句垂れてたわ」

時期的にはそう——なるのか。

「幾価貰ったんだかな、連中。買いに来たのは、ありゃ、役人でもねえし、会社員でもねえし、何だか能く判らん連中だったよなあ？」

軍人さんも居たけどねと細君が云った。

「軍人？」

兵隊なんか居たかと丑松は問う。

「居たよゥ。憲兵みたいなのが立ってただろ、自動車の横ちょに。あれは軍人だろ。ま、あの金主みたいのを連れて来ただけなんだろうけどね。ほれ、お向かいの横の空き地でやったじゃないか」

「説明会な。そりゃ覚えてる。林檎箱みたいなのの上に立ってぺちゃくちゃ喋ってたろ、ちんちくりんの眼鏡が。そんで、こっから」

丑松はまた中空に線を引く。

「あっちの者は用がないから帰って良しって云いくさるのさ。こっからって、そのこ、こ、は隣だものさ。俺と向かいの婿はさ、隣でやってるんだから、聞くだけ聞かせろって云ったんだがな」

「聞かれたんですか？」

「聞かなきゃ良かったよ。その時分はさ、俺なんざ一月稼いだって十円かそこらだった頃だべ。それが慥か――そうだ、一坪五千円から出すなんて云いやがったんだよ。いいか、五千円だよ。こっから――」

そっちはよと丑松は繰り返した。

余程悔しかったのだろうか。

久住には当時の貨幣価値の知識などないし、況て漆塗り職人の月収の相場など全く判らないから、金額を口にされても何ひとつピンと来ない。

何なんだよな、と丑松は過去に向けて悪態を吐く。

「一町から離れてるってなら兎も角、直ぐ其処だぞ。後二軒ぐれえ吝嗇吝嗇すんなてえ話だよ。一軒あたりの額少し削ったって、平気じゃあねえか。なあ」

「そうさ」

「あの——」

愚痴が始まりそうになるのを関口が止めた。

「それは慥かに破格と云う気もしますが。昭和十年だと、銀座の一等地でも一坪一万円くらいだったと思います」

「だべ」

「この辺の家はそれなりに広いですから」

「百坪で五十万だもの」

現在だと幾価くらいになるんでしょうかと小声で問うと、百五十万くらいかなあと関口は応えた。

「地価の高騰は更に激しいですからね。今じゃ百五十万あっても、銀座の土地なんか一坪も買えないですけどね。当時にすると大金ですね」

商品管理用にRFタグを利用しています
小さいお子さまなどの誤飲防止にご留意ください

006487D1400CB200031EBB93

RFタグは「家庭系一般廃棄物」の扱いとなります
廃棄方法は、お住まいの自治体の規則に従ってください　TP

RFID

久住の感覚では、今でも五十万円と云う額面は大金——と云う印象なのだが。

正直、手にしたことは疎か目にしたこともない。

「だべ。だから、谷中村とは違うんだ。追い出された訳でも取り上げられた訳でもねえのさ。実際、生まれ育った土地を棄てンなァ、辛えのかもしれねえがね」

お金では買えないものと云うのはありますからねと云うと、そんなものはねえさと丑松は即座に答えた。

「あったとしても——だよ先生方。金で買えねェもんじゃ、飯は喰えねえのだよ。掛け替えのねェもんを売っ払っても空いた腹を膨らませねェと」

死ンじまうものさ。

「況てな、この辺の者は農家じゃねえから、地べたに執着もねェのさ。代代住んでる者も少ねェ。みんな、どっかから流れて来て村外れに溜まった連中とその子孫だもの。大した未練はねえの。大金の方が大事に決まってるべ」

それはそうなのかもしれない。

久住もそれ程地縁に執着はない。

丑松の云うように、土地そのものと密接に関わる生活をしていたのならまた話は別なのだろうが、浮き草暮らしの私にしてみれば、拘泥すべきは寧ろ人との縁なのである。

そう云う暮らし振りはあると思う。

そう云う人達にとって家を手放すことや、共同体を見限ることは、名を棄て実を取ると云うような大袈裟な問題ではないのだ。

背に腹は替えられぬと云う程に背と腹に違いはないのだ。

土地と共に生きて来た人達には決して判らないことなのかもしれない、とは思う。

彼等の目には、それは魂を切り売りする守銭奴の如きに映るのかもしれない。

でも。

久住は丑松の家の煤けた梁を見上げた。

「それで――」

関口が問う。

「買収した土地には何が出来たのです？」

丑松と細君は、揃って眼を円(まる)くし、ぽかんとした顔になった。

「何も」

「何も？」

何もなかったべと丑松は云う。

「そうなんですけど――いや、三十軒としても、当時のお金で一千万円以上出したことになるのじゃないですか？　大金ですよ。その買い取った人は。そんな巨額の出資をして手に入れた訳ですよね？　それで、何をしたんです？」

丑松は首を傾げた。

「知らねえ。全く判らねえ。うちは外されちまったから、胸糞悪くて気にもしてなかったわい。ま、暫くしてから診療所だけは出来たんだがな。病院が遠いから便利と云えば便利だったんだけんど、うちはほれ、丈夫だから。女房が台風だから」

「それだけですか？」

「それだけだねえ。ま、出来たってもな、あの診療所は誰かの家を改装しただけだったと思うけどな」

あれは野鍛冶(のかじ)だよと夫人が答えた。

「ほれ、あったろう鍛冶屋、慥(たし)か及川(おいかわ)とか云うたかね。あのろくでなしの息子が居た」

「居たなあ。そう云えば。そのな、鍛冶屋が診療所になったんだ。建て直したんじゃなくて裡(なか)を直したんだな。他より広かったんだろな」

「広かないだろさ。一番広いってなら、ほら、あれ、いッち番奥のあれ」

「ん。ああ？　いや、お前、幾ら広(ひれ)えからって彼処は駄目だろが。何云ってんだお前」

何かあるのですかと関口が尋いた。

「まあな。古い屋敷があるんだわい。その先ずっと行ったどん詰まりに。まあ、この集落の続きっていう訳じゃあなくて、少ォし離れてんだがな。そっから先はもう山だで——そらあ古い建物でな」

僧坊か何かですかと関口が問うた。

「あれはお寺の建物じゃねえと思うなあ。そうなのかもしれねえけど、この辺りには寺、ねえしな。大昔にはあったのかもしれねえけどな。判らんね。つっても百姓屋でもねえし、まあ屋敷。ありゃあ古いんでねえかなあ。それこそ、明治維新より前から建ってるんでねえかなあ。もっと古いかもしんねえ」

丑松はそこで上を向いた。

「そう云や、彼処(あそこ)はどうしたんだっけな」

「どうしたって何サ」

「いや、買い取りン時よ。空家だろ」

空家じゃないよと細君は云った。

「住んでたのじゃないかい」

「誰が。莫迦こくんでねえ。何年此処で暮らしてんだお前。彼処はな、俺(おら)が児童(ガキ)の時から誰も住んでねえわ」

「嘘ばっかり云うんじゃないよこの宿六は。妾が嫁に来た頃は人が住んでおったわいな。その後だって人は居たって」

「そんなこたねえ」

丑松は顰(しか)め面で細君を睨(にら)んだ。

「住んでた一家が皆殺しになったんだ。住んでる訳ねえよ」

「み、皆殺し？」

昔の話だよと丑松は大袈裟に手を振って云った。

「昔昔の大昔。俺の生れる前の話――」

噂噂と細君は云う。

「そんなん、噂だろうさ。何か、良くない噂はあったんよ、詳しくは識らんけども。死んだとか、殺されたとか――」

「殺された？」

「だから、能くある噂話さ。ああ云う鬼魅の悪い処には、何かあんでっしょうに、話が。首縊ったぁだの井戸に身ぃ投げただの」

噂ではねえと丑松が云う。

「あの屋敷はな、本当に一家全員皆殺しにされたんだって。ただ、大昔のことだわ。だから俺が子供の頃には空家で――」

住んでたってばと細君は丑松の膝を叩いた。

「痛え。誰がだ」

「何と云ったかねえ。名前は忘れたけどもさ。通いのお手伝いが居ったでっしょうが。タミだかタマだか――珠子ちゃんだったかねえ。居たのさ、妾が嫁に来た頃に」

「居たかなあ」

丑松は口をへの字にした。

「居たの。通ってたんだよ。何の因果か化け物屋敷のおさんどんだって、泣きそうな顔して通ってたものさ」

「化け物屋敷？」

「慥かにそう呼んでたがのう。人が居たら化け物屋敷なん呼ばねえよ。だから無人だったのじゃねえか？」

「違うって。そりゃ変な音がしたからなのさ」

「変な音？」

「あんたこそ何年此処に住んでるンさ。ほれ、山の方から夜な夜な啜り泣きだか唸り声だかがするって——噂さ」

聞いたことがあるんですかと尋くと、何となくと云われた。

「何となく？」

「声かどうか知らんけど、何かは聞こえてたさ。あの屋敷の方からさ。あんたも聞いたろうに。いつだったか——」

丑松は暫く考えて、ありゃ地鳴りだと云った。

「地鳴り？」

「そうよ。だってよ、俺が聞いたのは、慥かこっから先が売れた後だぞ。いつ空家になったのかは判らんが、買い取りの後ァ確実に誰も住んでなかったろう」

「莫ッ迦だねえこの人。誰も住んでなくたって音がするから――」

化け物屋敷なんじゃないかと細君は云った。

殺されたようなもんだなと、その老人は云った。

その感覚は緑川には解らなかった。

だからどう云う意味でしょうかと問うた。

「俺はね、山育ちで丈夫だから、此処の先生に診て貰ったことなんかはねえが、まあ話だけなら何度もした。真面目な人だな」

「そうですね。私は大叔父の記憶をそれ程多く持っていませんが、笑っている大叔父と云うのは想像出来ません」

いつも物静かで、紳士的で、大叔父からは何故かインクの匂いがした。

「俺は無学だが、それでも大層学のある人だと云うことは判ったよ。ただのお医者じゃねえのだろ」

「医者と云うより、大叔父は研究者だったんだと思います。何を専門にしていたのかは識りませんが」

研究者なあと老人は顔を顰めた。

「偉い学士様だな。それがこんな僻処（へきしょ）によ、好きで来た訳じゃねえのだろ」

判りませんと緑川は答えた。

「ただ栃木に行くことになった――とだけ、聞かされた覚えがあります。二十年も前のことですし、私は子供でしたから、仕事で行くのだと思っただけです」

大叔父は元元は理化学研究所に在籍していたのだと思う。

しかし二十年前のその時点で、大叔父は研究所を辞めている――と云うことになるのか。

現在と違い、当時の理化学研究所は大コンツェルンである。

研究資金も潤沢にあった筈で、科学者の楽園と呼ばれていた時期に当たる。

これまで考えたこともなかったが、大叔父はその好条件を棒に振って、この侘（わ）びしい診療所に来たことになる。

何か――あったのだろう。

「俺が本人から聞いた話じゃな、前の職場の何とか云う人と反（そ）りが合わなかったと云ってたな。人柄がどうとか云うんじゃなくて、その――学問的な見解だかが相容（あいい）れねえと云うことらしくてな。その人が進めている研究だかが――何と云ったかなあ。この国のためにならねえとか、世界のためにならねえとか、そんなことを云ってた」

「何の――ことでしょうね」

まるで判らない。

「だから其処をおン出て、その何たら云う研究が危ねえもんだ、良くねえもんだと証明したくて、此処に来たんだと――まあ、能く解らねえのさ。俺は無学だからな。尤も話したって一つも理解出来ねえ俺のような爺だから話してもくれたんだろうが」

話し相手なんざ居ねえからと老人は云った。

「俺だって同じよ。俺は山暮らしだから村の連中とは疎遠だ。だから――そうよな。戦後になってからは、何箇月か置きに顔出してたんだよ」

「そう――ですか」

「秘密の何とかだと云ってたからな。まあ、虎穴に入らずんば虎児を得ずの心持ちだったんだが」

穴に虎は居なかったそうだ。

「余計に――解りませんね」

何の比喩だろう。

「そう云ってたんだ、あんたの大叔父さんは。でもな、これは一種の裏切り行為だから、元の場所には戻れねえし、他の道も閉ざされたとか」

「裏切り――ですか」

理研に対する背信行為と云うことだろうか。

大叔父は此処で。

——何を為ていたのだろう。

「まあ——戦中はな、番人みてえに此処で何やらを守っていたらしいぞ、あんたの大叔父さんは。戦後はもう惰性だと云ってた。何もかも、もう何の意味もないものだからどうでも好いが、今更此処を去る気もしねえと云ってたよ」

何かを諦めてたんだよと老人は云った。

「何だか判らねえが、何かのために引っ張って来られて、それが頓挫したんだか失敗したんだかしたんだと思うぜ。だからみんな引き揚げちまった」

「引き揚げた——と云うと？」

「最初はな、大勢居た。此処が出来る前には、何十人も人足が入って何か為てた。俺は、それで気になって様子見に来たりしてたんだよ。でもまあ、そんなに大人数が来たのは最初だけでな。それでも常時五六人は居たと思うけどな」

「この診療所にですか？」

「いやいや。人が居たなァ、もっとずっと奥の、山の方の屋敷だ。昔から化け物屋敷とか呼ばれてた、古い家だな。此処は、元は野鍛冶の小屋でよ。俺も刃物打ち直して貰ったりしに来てた」

「鍛冶屋ですか」

「腕の悪い野鍛冶でよ。今は何処で何を為てるのか知らんがね」

うか」

「この一帯――と云うより、この先は、じゃあ、立ち退きになった、と云うことなんでしょうか」

元はただの村だったなあと老人は云った。

「俺は村人じゃあねえから、どう云う経緯（いきさつ）だったのかは知らん。奥の屋敷に居た連中が出入りすンのも人が寝静まった刻限だったから、まあ隠れて何か為（し）てたんだろうな。住んでたのかどうかも判らん。暮らしてたのはここの先生だけだ。この小屋ァかなり村寄りだ。この診療所は、目眩（めくらま）しか、謂わば村境の番小屋みてえなもんだったんだろよ」

「そう――なんですか？　秘密の」

事業か。研究か。開発か。

緑川は自分には読み取れない書類の山を見る。

あれは――何だ。

「何を為てたのかは知らねえよ。此処の先生もちゃんと教えちゃくれなかったし、聞いたところで俺には解らなかったろうけどな。国なのか軍なのか、会社か何かなのか、どっかが金出して、あの時期何かは為てたんだ」

薄薄感付いてはいたものの、大叔父はただの村医者ではなかった――と云うことだ。

あの不可解な紙の束も、推して知るべしと云うことになる。

推し量っても珍紛漢紛（ちんぷんかんぷん）ではあるのだが。

「そのうち戦争が始まってな。俺なんかは山暮らしだから何が何だか判らなかったし、暮らし向きも変わらなかったが――そうだなあ、敵さんの飛行機がこの」

老人は天井を指差す。

「日光の空ァ飛んだのは見た。その辺りだったかなあ。奥の屋敷から人影が消えてよ。敗戦の前ぐらいには空っぽになって、此処の先生だけが残った。押し付けられたんだか投げ出さなかったんだか、それは聞いてねえ」

そして諦めたのか。

何を諦めたのだろう。研究を、か。立身出世や富貴蓄財と云った俗な望みは大叔父の欲するところではなかった筈だ。

逝く前に会いたかったとは思う。

緑川が今の仕事を志したのも、大叔父の影響が大きい。縁は薄いものだったが、存在は沁みていた。

梯子を外されたんだろうと老人は云った。

「何か、何か成し遂げるつもりだったんだ。此処の先生はよ。でもそれは叶わなかった。そのためにこんな、鳥も通わねえような処に流されてよ、それで――死んじまったんだ。だからさ」

殺されたようなもの――ですかと緑川が呟くとその通りだよと老人は云った。

「そうじゃねえか」

「ええ。でも、鳥は能く啼きますよ」

大叔父のことを想うと息が詰まりそうになる気がしたので、話の矛先を変えた。

「まあな。昼間啼く鳥はいいさ。でもな、夜啼く鳥は悲しいもんだぜ。一度、先生に鳥のことを尋ねられたことがあってな」

「大叔父が、ですか？」

「おう。鳥に詳しくねえとか云ってたが」

「余り識らなかったでしょうね。専門外の分野に関しては、興味がなかった人だと思いますから」

「ああ。夜にな、ひいひいと悲鳴のような声が聞こえるんだと云う」

「ひいひい、ですか？」

「それが物悲しくて遣り切れねえと云うんだな」

――物悲しかった？

そうなのか。大叔父は物悲しかったのか。

でも。

「夜に啼く鳥って、梟くらいしか思い付きませんけど、梟はそんな声じゃないですよね」

鵺だよと老人は云う。

「ヌエですか」

「他の呼び方もあるンだろうが、識らねえ。雀(すずめ)よりはでかい。鵯(ひよどり)ぐれえかな。虎みてえな模様だ」

「縞(しま)なんですか？」

「ああ。縞じゃねえな。斑(まだら)だ。尤(もっと)も俺は虎を見たことがねえから、能く判らねえがな。あれは、雪の間はどっかに行ってるんだがな、春になると——夜中に啼く。ひいひい、ひいひょうと、そりゃあ」

哀しくて淋しいぜ。

こんな処で、たった独りで。

夜中に——。

「淋しかったんでしょうか」

「さあなあ。俺はずっと独りだ。女房は早くに死んだし、娘が居たんだが、もう、ずっと先(せん)から離れて暮らしてる。二十年は経つな。もっとかな」

「それは淋しいですね」

そうでもねえよと老人は云った。

「なあに、独りっ切りで何十年も山で暮らしてるからな。淋しいとか侘びしいとか、そう云う気持ちも摩(す)り切れちまって——いや、そんなものは最初からねえ」

「ありませんか」

「あっても解らねえな。山で生まれて山で死ぬんだから、もうお山の一部みてえなものでなあ。鳥でも虫でも獣でも、みんなそうだろう。虫や獣はいちいち淋しいの哀しいのとは云わねえよ。生まれて、生きて、死ぬだけだものよ。山じゃそうだよ」

それは——解らないでもない。

医学を学んでいると、ふと生と死の境目が判らなくなることがある。顕微鏡で組織を覗いたりしていると、命が那辺にあるのか見失うことがある。

人の部分は、慥かに生きている。

でも人は部分で生きている訳ではない。

全体で人なのだ。細胞は細胞でしかなく、人間とは云えない。

しかし細胞も生きている。ただ人の細胞は、大変な勢いで死んで行くものだ。そして同じ勢いで生まれる。凡そ三箇月程で人間の細胞はそっくり入れ替わってしまう。

それでも、人は人のままなのだ。

別人になる訳ではない。

——山も同じなのか。

死んで、生きて、それでも山なのだ。

山は永遠に山なのだ。

山で生きてるならいいのさと老人は云った。

「でもな、此処の先生は町から来たんだろ。町から来たのじゃ、辛かったのじゃねえか。そう、此処の先生、家族は」

「ええ。大叔父は独身でした」

「独り身か。連れ合いに死に別れた訳じゃあねえのかい。最初見た時ゃ、あんたが娘さんなのかと思ったがな」

「大叔父は、私の祖父の弟なんです。でも祖父は早くに亡くなっていますし、私の父も早世しているので、今では血縁があるのは私だけですね」

「そうか。まあ、血の繫がりなんてどうでもいいがな。想い出がありゃそれでいいさ」

——想い出か。

実は、そんなにはないのだ。

一緒に過ごした時間はそう長くない。

濃い想い出はない。大叔父の記憶はどれも淡くて、薄い。

「同居していた訳ではないですからね。それでも私が幼い頃は年に数度、私の家に顔を出してくれていたんですが——」

「そうかい」

ならあんたのことを思い出していたのかもなあと云って、老人は遠い目をした。

「それ程の縁じゃなかったんですけどね」

大叔父の方がどう思っていたのかは、判らない。

「縁なんてそんなもンだぜ」

老人はそう云った。

「そう――でしょうか」

「一度しか会わねえってのに生涯忘れられねえ相手も居るし、毎日会ってたって掠りもしねえ奴も居るだろ」

「それは居ます」

「俺は、此処の先生とはそれこそ縁もゆかりもねえし、一つも重なる処がねえ。肚ァ割って話したこともねえし、飲み明かしたこともねえさ。でも、何だろうなあ」

老人は遠くを見る。

「大叔父さんってのは立派な学者さんなんだろ。俺は、マタギだぜ」

「マタギ――ですか。それは猟師と云うことでしょうか。狩猟を生業にしていらっしゃるんですか」

「生業ってのとは違うかな」

職業ではないと云うことだろうか。

ならば、生き方と云うような意味か。

「俺は、日光権現から日本中の山の獣を獲って良しと云うお墨付きを貰った、日光派のマタギ——ま、あんた達の言葉で云うなら猟師なんだろうな。そう云う自覚はねえけども」

「仕事じゃないと云うことでしょうか」

「さあなあ。昔っからずっとこうだからな。生まれた時から俺はマタギだ。四民平等になっても変わらねえ。戦争に負けたって変わらねえ。戸籍だって、あるんだかどうだか知らねえよ。此処の先生とは大違いだろ。でもな、そんなに違うのに、あんたの大叔父さんとは」

まあ友達だったよと老人は云った。

「戦局が怪しくなってからだから、まあ十年に足りねえぐれえの付き合いだ。付き合いったって、こうやって顔出すだけでよ、口利くのも、こんなに話したりしなかった。話題もねえしな」

大叔父は元より社交的な人間ではない。

口数も少なかったと思う。

「でもなあ」

老人は天井を見上げる。

「死んじまったら——淋しい気がするぜ」

礼を云うべきなのかと緑川は思う。

世界中で大叔父の死を悼(いた)んでくれる人は、多分この老人一人だろう。

「まあ、死に目には会えなかったんだがな。別に、具合が悪いようなことも云ってなかったんだ。元気には見えなかったがよ。で――暫く振りに来た時にはもう蛻の殻でな。どうしたのかと思ってたんだ。何処か旅行にでも出掛けたのか、それとも故郷にでも帰ったかと思ってた。でも、そん時ゃもう西向いてたってことだよな。亡骸を役場か何かが持ってっちまった後だったんだな」

亡くなったのは去年の夏前だそうですと緑川は告げた。

正確な命日は判らない。

連絡が来たのは秋を過ぎていた。

仕事の都合がつかず、何だかんだで結局は年を越してしまったのだ。

「そうかい。まあ、仮令間に合ってても俺に出来ることなんざねえからな。どうしようもなかったろうけどもな。もう――骨か」

「はい」

「墓は」

「祖父の墓は青森にあります。早く家を出た大叔父が、青森を故郷と思っていたのかどうかは判りませんが――其処に」

青森は遠いなと老人は云った。

「来週にでも納骨に行こうと思っています。済んだらお報せしますよ。でも――」

報せようがねえだろうけどなと老人は云う。

「お名前を——伺っても宜しいですか」

桐山寛作(かんさく)だよ、と——老人は答えた。

猨（三）

猿の夢を見た。

と——築山は思う。

思うが、能く判らない。

昨日は猿の話ばかりしていたからそんな夢を見たのだと思うが、そもそも築山は日本猿を接接と観たことがない。叡山の猿は近付いて来ることがなかった。日光の猿は人に寄って来ると聞くが、山に分け入ったことがない築山には近寄られた経験がない。

子供の頃は尻尾があるものと勘違いしていた。洋猿と混同していたのだろう。

だから夢の中の猿は、猿ではあるのだが何だか判らないものでもあった。細部を識らないから正確に再現出来ていないのだろう。

それは、単に人のような形をしたけだものでしかなかったと思う。

顔は東照宮の三猿のような作りだったが、身体は猫や犬のような形で、矢張り尻尾が付いていたようにも思う。虎や豹のような模様があったようにも思うから、それはもう猿ではない。

その猿のようなもの
が何を為たのかはまるで憶えていない。

あまり気分の良い夢でなかったとは思うのだが。夢の中の築山はその猿を嫌悪しつつ、何故か崇め敬わねばならないとも思っていて、結果扱いに困り逃げ惑っていた――ような、そんな気分が覚醒後も残っていた。

起こしてくれたのは安田だった。

築山は応接の長椅子で寝ていたのである。

昨日中禅寺は予想通りと云うか何と云うか、泊まり込みで作業をしたいと云い出した。のみならず比較のため天海蔵の西遊記を閲覧したいと云った。

扨どうしたものかと思った。中禅寺を信用しない訳ではないのだが、国宝だの重要文化財だのを責任者の立ち会いもなく開陳する訳にはいかない。

と――思ったのだが。

どう云う訳か、施設への泊まり込みも閲覧も許されてしまった。かの書肆が、そもそも輪王寺の僧とも東照宮の神職とも交流のある人物だと云うことは知っていたのだが、どうも築山などより信用はあるらしかった。

別室が用意され、寺務職に依って貴重な文書が運び込まれた。

一応手伝いを申し出たのだが丁寧に断られた。慥かに外典の比較照合などは複数で行うより中禅寺に一任してしまった方が早くて正確だろう。

検証が終わったら即座に通常作業に戻るので他の箱の調査を進めて欲しいと云い残し、中禅寺は西遊記の入った倹飩箱を持って部屋に籠ってしまった。

　調査は体面上は十七時までとなっている。後片付けをしたり切りが悪かったりするので、概ね一時間か一時間半は遅くなってしまう。その時点で既に十八時近かったので、取り敢えず仁礼を帰した。

　中禅寺は申し訳ないから君も帰って休んでくれと云った。

　慥かに築山が居ても役には立たぬのだが、そうは云っても中禅寺を招聘したのは築山なのだし、後は宜しく——と帰る訳にも行くまいと思った。

　差し入れに出前を取り、一緒に夕食を済ませた。

　それでも——どうにも帰ってしまうのは気が引けたので、安田に頼んで合鍵を預からせて貰い、独りで作業を続けることにした。

　切りが良いところで引き揚げるつもりでいたのだが、気が付けば帰りそびれ、応接室で寝てしまったのである。念のため早くから施錠しておいて良かったことになる。

　安田は築山の頰に跡が付いていると云って大いに笑った。築山は猿のようなものの夢から醒め切っていなかったので、大いに戸惑った。

「起こしちゃったかねえ先生。あんたも泊まってるとは思わなくってさ。結構早く来ちゃったから、悪かったねえ」

「いいえ。その」

時計を見ると未だ六時である。

「それはいいんですが――早いですね」

「ほら、あの和服の先生。夜食くらい出せば良かったと思ってさあ。せめて早めに来ようと思って。握り飯持って来たんだわ」

これは自分で握ったのと安田は云って、茶を淹れてくれた。

「あの先生は未ンだ働いておるのかね」

「ああ。私は二時くらいまで作業していて、彼の様子を見に出て来たんだが――その時は未だ煌々と明りが付いていた。僕は結局、その後この椅子で寝てしまったんだが――」

中禅寺の居る部屋の方を見た。

見計らったようにドアが開いて、中禅寺が顔を出した。

「築山君。起きましたか――」

見た目はあまり変わりがない。

帰って休めば良かったのにと云い乍ら、中禅寺は部屋から出て来た。

「帰ったのかと思って見れば寝ているから起こしませんでした。ああ安田さん。ご迷惑をお掛けします」

「先生は徹夜かいね。平気かね」

「慣れていますから。築山君、君は今日はもう戻った方がいいよ。作業は未だ暫く続くんだから」

「いや、だって僕は寝ていたんですよ」

「三時間半くらいしか寝ていないじゃないか。帰って風呂にでも入って休み給え。大体、深夜二時まで作業したなら、夕食の時間を勘定から抜いても丁度八時間働いたことになるだろう。今日の労働分はもう終わっているよ」

「まあそうですが——中禅寺さんは」

「僕は好きで為ているようなものですからね。この続きは五時以降にします。今日の通常作業の方は仁礼君と二人で進めておきますよ」

「そっちの、西遊記の方は」

「ああ」

中禅寺はやや表情を固くした。

「当然ですが一晩では終わりませんでした。世徳堂本は一晩限りのお約束なのでもうお戻ししますが、別の伝手もあるので。ですから検証にはもう少し掛かりますね。時間外で進めることにしますよ」

「今日も夜業するつもりですか」

出来れば帰りたいところですねと云って中禅寺は笑った。

「丈夫だねえこの人は。丈夫ってか、元から疲れたような顔しちょるから見た目も変わらんわ」

安田はげたげたと大いに笑って、中禅寺に茶と握り飯を勧めた。

「それに較べて築山先生は駄目さ。こちらの先生の云う通り一度家さ帰(け)った方が良いよ。眼が真っ赤だし。頬(ほっ)ぺたが畦道(あぜみち)みたいになっとるしね。まあこんなとこで半端に寝たりしたらば、却(かえ)って疲れてしまうわ」

安田は長椅子をぱんぱん叩いた。

「それにしても」

こんな早朝から炊き出ししてくださったのですかと中禅寺は握り飯を頬張り乍(なが)ら云う。

「申し訳ありません」

「何、妾(あたし)は何にもすることねえから。天涯孤独だしねえ。寺務職さんの温情でこうして暮らしとるだけだから――」

孫は戦死したと聞いている。息子夫婦も東京大空襲で亡くなったらしい。東京なんぞに行くもんでねえと云うのが、この老婦の口癖である。

「先(ま)ンず有(あ)り難(がた)い話だよ。それにね、何だか昨日は寝付きが悪くって、ただでさえ朝早いのに直(す)ぐ目が醒めちまってさあ。ほれ」

溜(たま)り漬(づ)け喰いなさいと云って安田は中禅寺に漬物を勧めた。

「築山先生、聞いてるだろ。最近、この辺に変な男が出るって」

「出る?」

「おや聞いてないかね。先生とこ下宿の辺りには出ないかな」

「だから出るって何です?」

築山の下宿と云うのは賄い付きの所謂下宿ではない。短期契約で部屋を借りていると云うだけであるから、大家と顔を合わせることも、口を利くことも少ない。挨拶程度しかしない。

怪しい男と安田は云う。

「怪しいの。怪しいのさ。そんなの、ただの噂だと思ってたんだけどねえ、隣の兼田の爺さんも見たと云うもんだから。何だか気味が悪くってさあ。居るんじゃないかと思ったら気になって、早っくに目が醒めてまったんだわ」

「何ですかそれは」

「まあ、軒下だのね、溝だの、拝むんだって」

能く——解らない。

「拝むって何ですか。門付けか何かですか。この日光でですか?」

「この日光でさ」

寺と神社ばかりの土地でそんなことをするか。

「お金せびる訳じゃないみたいだから、そう云うのとは違うみたいだけどねえ。何だろ、こう、地べたに座ったり屈んだりしてさ、顔も地べたにくっ付けて、けだもんが匂いでも嗅ぐみたいにしてたりするそうだよ。それから壁に引っ付いてたり、こそこそ何か為てるんだそうだよ」

男ですかと問うと男男。男さと答えて安田は漬物を齧った。

「若かない。でも、年寄りでもないようだけど。その辺が気持ち悪いだろ。これで坊さんか山伏みたいな格好でもしてればさ、まあ何か怪しくても儀式かなんかだろうと思うけどもさあ。地味な外套着た勤め人みたいな風体だって云うからね」

「ほう」

何を為ているのでしょうねえと中禅寺は云う。

「だからさあ。こう、土下座するみたいに額突いたりしてるんだから、拝んでるんじゃないのかい。他に考え付かんからねえ」

「それは、いつ頃から」

「妾ン家の辺りは二三日前から」

「他の場所にも出るんですか、その男」

「出るさ。兼田の爺さんの話だとね、一週間か十日くらい前には見掛けた者が居るって話」

「安田さんお住まいの辺りで？」

「まあ日光ン中だろうけどさ」

「日光町全域——と云うことですか」

「サテねえ。土地の者（もん）じゃないなら当然どっかから流れて来たんだろうけどね。兼田の爺さんは他の土地のことなんざ知りようがないしね。昨日、爺さん処（とこ）の納屋の裏手のね、土手で拝んでたらしいからさ。もう妾ン処（とこ）の目と鼻の先さ。まあ日暮れから夜明けまでの間に出るってから、何だか気持ち悪いでしょう。仮令（たとえ）壁越しだって、寝てる間に知らん男に拝まれたりするのは厭だろうさ」

「まあ——」

本当に拝んでいたのであれば、余り気分が良いものではないだろうとは思うが。しかし。

「実害は——ないのですね」

「だから拝まれるのは厭でしょう。勝手に」

「そうですが、その、空巣だとか、その——窃視（のぞき）だとか、建物を傷付けるとか、そう云う害ですよ。何か目的があるんでしょうし」

そんなものは害じゃないものと安田は云う。

「盗まれるようなものなんか何もないしさ、覗かれたって困ることはないからね。婆さんだから。襤褸（ぼろ）屋の軒下傷付けられたって別にいいの。借家だし。でもあんた、呪いとか、そう云うのは厭でしょう」

　ああ。

「だって考えてもみなさいよ。知らん人が家の外に居るってだけでもう、不気味じゃないかね。誰とも知らない赤の他人がさ、壁の外で悪い念を送ってたりしてたら、そりゃもう気持ち悪いよ。借家の壁は薄いから。するのは気配だけだろ。だから目が醒めちゃってねえ。飯炊いたの」

　何でしょうねそれはと問うと、中禅寺は顎に手を当てて、興味深いですねと答えた。

　そして、

「安田さん。それは、逆かもしれませんよ」

　と云った。

「逆って――何ですよう」

「呪っているのではなく、祝っているのかもしれない、と云うことですね」

「何のお祝いさ。禧いことなんかないけどね」

「ですからその男は、その家に、其処に住む人に幸あれ――と、祈っているのかもしれない」

「そんなことないだろ。だって――家ばかりじゃなくて、溝だの地べただの」

「それを云うなら、地べたや溝を呪うと云う方が変じゃないですか？」

「そりゃ変だけど」

　じゃあ何だって云うのさ先生と、安田は問う。

「そうですね。五体投地のようなことをしているのでしょう。もしかしたら大地の穢れを祓い、悪しきものを清め、地霊を鎮めている――のかもしれませんね。そうだとしたら、どうです」

「どうですって、まあ」

気色は悪いけどもそんなに厭でもないかねと安田は云った。

「そんな姿勢を取っているのであれば、その方が自然でしょう。ならば軒先や門前でも同じことを為ているのじゃないですか。呪詛を送っているのではなく、祝福している――災厄を祓おうとしている。そう考えた方が自然ですよ」

「無料でかい？」

好きで為ているのでしょうからと中禅寺は中禅寺にしては適当なことを云った。

「趣味かいね」

「そうでしょう。ですから、本当に築山君の云うような害がないと云うのであれば、気にされることはないと思いますよ」

「ない――ですかねえ」

「軒先で幸せを祈られたところで困ることはないでしょう。それでも心配ならば警察に連絡した方が好いですね。悪念を発していなかったとしても、不審者ではある。まあ、赤の他人に勝手に幸せを祈られると云うのも、お厭と云えばお厭でしょうから」

「ああ。いや」

それはそんなに厭でもないねえと安田は云った。

「まあ、こちらの先生の云う通りなら、そりゃ正月の縁起物みたいなもんだろ。獅子舞だの猿回しだのだって、ありゃ勝手にお祝いしてくれんだ。でもあれはご祝儀出さなきゃいけないけど、こっちは無料だしねえ」

効くかねと安田は云った。

いつの間にか呪いの疑惑は晴れて、すっかり祝われているような気になっている。

「猿回しは観ていて面白い立派な芸ですが、元は呪術です。しかしそれで家家に幸福が訪れるかと云えば——それはないですね」

ないのかいと云い、安田は拍子抜けしたような顔になった。

「ないですよ。祝われて気分が良くなると云うだけでしょう。同じように呪いだって気分が悪くなるだけです。気にしなければ変わりませんね」

「あら。そうだね」

「祝っているとするなら、少なくとも気分だけは良くなりますよ。まあ、空巣強盗などにはお気を付け戴きたいところですが」

「そうかい祝っているかねえ」

安田は軽く笑みを浮かべている。呪いの疑惑は払拭されてしまったらしい。

握り飯を喰い終り、茶も飲み終わると七時を過ぎていた。

「扠(さて)――仁礼君が来るまでは、西遊記の方を続けるとします。築山君は一度下宿に戻ってください」

「はあ」

正直に云うなら、肉体は休養を求めている。

「中禅寺さんの言葉は怖いですね。そうしなければいけない気になる」

「妙なことは云わないでくれますか。僕はそうした方が良いと云うことか、当人がそうしたいと思っているだろうと云うことを告げるだけですよ」

「そこが怖いと云うんですよ」

築山はそう云って笑った。

「私の気持ちが見透かされている。自分でも気付いていない、自分の知らない自分のことまで見透かされている――そんな気がしましてね」

それじゃあ占術師か霊術家じゃないですかと中禅寺も笑った。

「僕がその手のものは歯牙にも掛けない、身も蓋もない無信心者だと――君は誰よりも知っているのだろうに」

知っている。

以前。

とある迷妄の徒に関わり難渋していた築山を救ってくれたのが中禅寺であった。

その際中禅寺は、その合理に貫かれた言の葉で迷信妄信の類いを塵一つ残さず一掃してしまったのだった。

この古書肆は、信仰は尊ぶが、非合理は一切認めない。

人一倍怪奇耽奇を好む癖に、亡魂妖魅は退けてしまう。

特に占い霊感の類いは徹底的に粉砕する。

当たり前——のことなのだろうが。

「だから怖いと云ってるんですよ。神通力（じんずうりき）で見抜いたとか神仏のお告げだとか云われたのなら、私だって信じやしません。それがどんなに中（あ）たっていたとしたって、まぐれかいかさまでしょうからね。でも中禅寺さんは違うじゃないですか」

「違いますよ」

「色色と気遣ってくれているんでしょうけどね。実際、あなたの言葉は色色と云い当てていますから云う通りにした方が良いんですよ。だから誘導に従った方が身のためで——」

「まるで僕が口先で人を操っているような云い方ですねえ」

中禅寺は苦笑いをした。

「いや、気を悪くしないでください。いずれあなたは悪い方に誘導したりしないでしょう。ほら——安田さんだって何の確証もないのに安心してしまったし」

安田さんは良い人ですねと中禅寺は云う。

「善良な人が徒に不安を覚えたりするのは好ましいことではありませんよ。そもそも精神衛生上良くないでしょう。しかし――」

何なんだろうなあと中禅寺は首を傾げた。

「何だろうって――その拝む人ですか？　云ってたじゃないですか。その、趣味で幸福を」

「そんな人は」

余り居ないと思いますよと中禅寺は云った。

「築山君は仏教者だから、そうした古の聖人やら尊い修行者やらのことを能く識っているでしょう。だからそれ程奇異な感触はないのだろうが、それは余り一般的な感覚ではないと思いますよ。純粋に他者の幸福を祈るような崇高な人は――まあ、この昭和の時代には少ないでしょうね。その人は特別な装束を身に着けている訳でもないようですし、宗教者とも思えないですよ。そうだとしたら、まあ奇矯な不審者には違いないでしょう。何を――為ているのか」

「それは――酷いじゃないですか」

安田さんすっかり信じ込んでいましたよと築山が云うと、何を信じるかを選択するのは常に自分自身ですよと中禅寺は云った。

「そう――ですが。じゃあ、出鱈目を云ったと云うことですか？」

「出鱈目ではありませんよ。そう云う捉え方も出来る——と云ったまでです。実際可能性はない訳じゃない。でも、その可能性はかなり低いですよ。とは云うものの、それは見ず知らずの人や土地を呪い歩く人と同じくらいの確率でしょうがね」

「ああ」

「同じくらいの確率だと云うのに、あのご婦人は呪いの方を無根拠に信じていたんです。それはどうなのかなあ。同じ確率ならば、呪い説を採るより祝い説を採る方がずっと好いでしょう」

「それは——そうですね」

多分どっちも間違いですと中禅寺は云う。

「善良な人程、そうした良くない話を無根拠に信じがちですからね。それは、余り良いことじゃあないでしょう。去年神奈川近辺で起きた連続毒殺事件なんかも、陰謀めいたバイアスが掛かってしまって、後始末が面倒でした」

何故に古書肆がそんな事件の後始末をしなければならないのか、そこは能く判らない。だがこの男は何故かそうしたことをさせられることが多いようなのである。

「真実陰謀があったとするなら、暴くのは並大抵のことではないですよ。一般人に簡単に見透かされてしまうような悪事は、凡そ陰謀とは云い難いでしょう。陰謀にしてはお粗末過ぎます」

隠されているから悪事とも限りませんしねと云って、中禅寺は煙草に火を着けた。

「人と云うのは、自分に都合の良いことだけを見聞きしがちだし、都合の良いことだけを信じがちなものです。まあ——それで良いんですけれどね」

「良くないと云う云い様ですね」

「いや、良いんですよ。ただ——善良な人と云うのは、善良であるが故に、それではいけないんだと何処かで思ってしまっている。不要な罪悪感を抱いているんです。同時に、世の中そう都合が良いことばかりの筈がないと識ってもいる。知性があればある程、そうした不安は頭を擡(もた)げるものです。そうした心性の隙間に囁(ささや)くんですよ。悪魔(メフィストフェレス)が——」

お前の知らないことを教えてやる——。

「隠された真実を見せてやる、とね。まあ、大方は妄想かいい加減な当て推量か、然(さ)もなくば詐欺のようなものですがね。そうであったとしても、何しろ判断材料がない。判らないんですからね」

「信じ——ますかね」

普通は一蹴しますと中禅寺は云った。

「何たって嘘臭いですからね。信じません。しかし、善良な人と云うのは、善良であればある程、万が一、もしかしたらと思ってしまうんですよ」

「そうですかね」

「そのようですね。世の中、善良だから優遇されるなんてことはないでしょう。寧ろその逆で、善良な人はそうでない人に利用されたりもするし、そうでなくとも利他的な思考や行動を執ることが多いですから、まあ損得で云えば損をすることが多くなるでしょう」

「報われない、と云うことですか」

「そうでないなら、仏様だってわざわざ世の理は因果応報であるから善心を心掛け善行を施すべし――なんて、衆生を教化したりしないでしょう。地獄極楽なんて方便も用意されていませんよ。そうしたものを用意してやらないと、報われないと感じる人が一定数居るからこそ、そんなことを云う訳で」

身も蓋もありませんねと云うと、そう云う性質なんですと云って中禅寺は笑った。

「一方で、宗教に帰依していなくたって根っから善良な人と云うのも多く居るんですよ」

それはそうかもしれない。

築山は性善説に与する者ではない。

しかし性悪説を支持する訳でもない。

それは両方正しい。光る猿を撃ち殺して零落れた石山嘉助も、光る猿を崇めて立ち直った小峯源助も、大きな違いはない。どうでも好い些細な選択肢があって、そのどちらを選んだかの差でしかないのだ。

石山が悪で小峯が善などと云うことは、多分ない。

「人は、不遇感のようなものに支配されるとどんどん良くない方に足を踏み入れてしまうものなのですが、善なる人はその辺も能く識っている。しかし今云ったように善人程不遇だったりしますからね。そこを補正するために、自分より不遇な人は沢山居るのだと、まあ考えるんです」

「下を見る、と云うことですね」

「ええ。それは或る意味で事実でしょうし、それで何かが保てるのなら構わないんですけどね。でも行き過ぎると——これも良くないのですよ」

「そう——ですか」

人を見下げるようになると云うことかと問うと、そんなことはありませんよと中禅寺は云った。

「自分が上だと思いたい訳ではないんです。そう云う——まるで猿の如くに人の上に乗って優越感を得ようとするような輩は、まあ善人と云うより愚か者ですからね。善人はあくまで謙虚なんですよ」

「謙虚であるのなら良いのではないですか。そうなら自分より不幸な人に対しても慈愛の心を以て接するのでしょうし」

「ええ。しかし、当人も別に充たされている訳ではないんですよ」

善人だから充たされている——と云うことはないか。

「でも善人は、善人故に充たされていると思い込もうとする。その結果、しなくても良い我慢をするようなことにもなる。不当な扱いを受けても甘んじて受け入れてしまったりするんです。そうした世過ぎを送っていると、まあ本来守られるべき人権が蹂躙されていても気付かなくなったり、当然主張していい権利を主張しなくなったりし兼ねない。自らの権利に対して鈍感になりますから」

「自分はまだマシだ——と思っているからですか」

「そうですね。真面目に生きている民草が飢えるなら、それは国政の力が及ばないか間違っていると云うことなんですから、これは明らかに政治の責任でしょう。貧しき者虐げられし者は声を上げよ——と云うことになる。しかしそうした善人は、自分は貧しき者虐げられし者ではない、と考えてしまうんですよ」

「ああ。なる程」

「上ばかり見て不平不満を述べるだけと云うのも困りものですが、下ばかり見て堪えようとし続けるのも間違っているでしょう。他者と較べることに意味はありませんからね。周りを見て自分を上げたり下げたりしているだけで、本来的な充足と云う点には目が行っていない」

「そうですねえ。信仰と云うのは、本来的にそう云う在り方こそが不幸なのだ、と教えるもの——であった筈ですからねえ」

君は真面目ですねえと中禅寺は云った。意味は能く解らなかった。

「驕り昂ぶった人は自らの不遇を制度や政治の所為にしがちです。そう云う人は自らが招き寄せた事態まで誰かの所為にしてしまったりしますね。一方で謙虚な人は中中他者に目を向けない。本来、自分の責任ではないような事態までもを引き受けてしまいがちです。対処出来なくても目を瞑って諦めてしまう。でも、どんなに目を背けようと」

理不尽は理不尽でしょうと中禅寺は云った。

「下を見るだけでは納得出来ないことだって沢山ありますよ。でも、主張もせず我慢してしまう。善人だからですよ。それでも、限界と云うものはあるんです。限界を迎えてしまっても、そうした人は何故か体制を批判しない傾向にある。かと云って自己責任で済ませられるようなことではない。誰の所為でもない、でも自分の所為でもない——そうした歪みに、悪魔の囁きは能く沁みるんですよ」

「判る——気もします」

「不幸なのはあなたの所為じゃない。あなたが不遇なのだとしたら、その背後にはこんな秘密があるからなのですよ——と、実しやかに語られると、まあそう思ってしまうものなんですよ。そうした悪しきものごとは、過去に於いては化物妖物の所為にされていたものなんですがね。今はもう通用しなくなっています。そうしたものごとは、まあ頭の良くない陰謀めいた言説に導かれ、理解し難い隠れた存在の所為にされてしまう。事象の原因の仕分けが出来ていないから、そう云うことになるんですけど」

「色色と整理出来ていないと云うことですね」

「そうですねえ。何であれ、責任の所在と云うのは明確にすべきなんでしょうがね。曖昧なものごとも多いですからね。判らないものは判らないとしておくべきなんでしょうが、そうも行かないのが人と云うものですよ。明確であっても気持ちの持って行きようがないものごとと云うのも多いですしね」

昔は妖怪(おばけ)で済んだものなんですがねと中禅寺は繰り返した。

「いずれにしても判らないものは判らないと云うだけなのであって、別に悪いこととは限らないでしょう。しかし善良な人程、悪いことだと云われると信じてしまいがちだ、と云うことですよ」

「まあ、慥(たし)かに安田さんはまるで疑っていませんでしたね。呪っているんだと。考えるまでもなく、それも突飛な解釈だと思いますが――」

「突飛な方が信じ易いですからね」

「そうですか？」

「陰謀論と同じですよ。謎に対する解答があまりにも普通であるような場合、普通であるが故に嘘臭く感じてしまうものなんですよ。そんな当たり前のことが判らなかった自分――と云うのが先(ま)ず許せないんでしょうし、どんな場合も、隠された真相と云うのは目を見張る程に驚愕(ワンダー)的なものだと思いたいと云うのもあるんでしょう」

そんなことはないんですよと中禅寺は云う。

「この世では、起るべくして起ることしか起きないし、起り得ないことは何がどうしたって起きないんですからね。どれだけ複雑怪奇な事象に糊塗されていたとしても、真相などと云うものは常に当たり前で、つまらないものです。どうしても驚愕の真相を欲すると云うのであれば、探偵小説でも読むしかないと思いますよ」

そうかもしれない。

「そうすると、その拝む男と云うのも」

さあどうでしょうと中禅寺は即答した。

「どれだけ奇矯に見えても、為るだけの理由があるんでしょう。それが判らないだけで。本来であればその謎を解き明かし、その上で判断自体は安田さん自身に委ねると云うのが正しい在り方なんでしょうがね。情報が少な過ぎて正解を導き出すことが出来ないですから。ならば、せめて過ごし易くする選択肢もあるぞと、そう示しただけです」

慥かに、中禅寺は何一つ断言してはいない。

本人の云う通り、選択肢を示しただけである。

呪うも祝うも同じことですからと古書肆は云う。

「騙した訳でもありません」

「そうですねえ」

でも、矢張り築山はこの饒舌な友人が少しだけ怖い。人柄を信頼しているからこそ普通に付合えると云うだけのことである。

「じゃあ僕は孫悟空に戻ります」

中禅寺は煙草を揉み消し、立ち上がった。

「あ——すいません無駄話をしてしまって。それではお言葉に甘えて、今日のところは下宿に戻らせて貰います。帰りがけに仁礼君の処に寄って事情を伝えますよ。ただ、このままと云う訳にも行かないので、夕方には顔を出しますから」

真面目ですねえ築山君は、とまた同じことを云って中禅寺は片手を挙げ、部屋に入ってしまった。

築山は直ぐに立ち上がれず、暫し呆然とした。

その後、重い腰を上げて一度作業室に戻り、外套を取ってから安田に合い鍵を返し、建物を出た。

外の空気は清澄で冷たく、鼻の奥が少し痛くなった。何だか、未だ猿の夢の続きを見ているような不可解な気分になる。それ程無理をしたつもりはないのだが、矢張り疲労が溜っているのかもしれない。

一度振り返る。

東照宮が見えた。

無心で暫く歩いた。本当に何も考えていなかったと思う。幾度か小道に入る。小峯荘に寄らなければなるまい。

間もなく八時にならんと云う刻限である。仁礼は兎(と)も角(かく)、小峯は起きているだろう。平時は八時四十分丁度に前を通って、仁礼を拾うのだ。

角をもう一つ横道に入ると小峯荘が見える。

そう思ったその時――妙な声が聞こえた。

下ばかり見て歩いていた築山は顔を上げて、角を曲がった。

小峯が竹竿のようなものを振り上げているのが見えた。

声を張り上げているようだが、何を云っているのかは判らなかった。小峯の前には腰を抜かし後ろ手で身体を支えた男が見えた。

「こ、小峯さん」

一体何がどうなっているのか即座には判断出来ず築山は取り敢えず駆け寄った。

「小峯さん、どうしました」

「あ――あ、こりゃ先生か。良いところに来てくだすったわ。こそ泥だ。こいつは空巣狙いだべ。ふん縛っておくから警察喚(よ)んでくれんか」

「違います。私は」

「何が違うか。他人(ひと)の家の前で這(は)い蹲(つくば)ってよ、何か細工してたんだべ」

這い蹲る——。

「そんなことはありません。私はただ」

「ただ何だ。何やらごそごそ怪しげなこと為ておったでねえか。何を為てたンだ」

「それは——」

男は口籠った。

見れば、きちんとした身態の紳士である。外套も上等そうだし、その下に覗く背広も、それなりの仕立てのようだ。革靴も履き古しには見えない。

ただ、膝や袖口が酷く汚れている。

這い蹲っていたと云うのだから、汚れもするだろう。春先の地面は湿っている。雪が溶けて泥濘んでいる処もある。

「先生、其処の三軒先の鈴木さん家には電話があンから、警察を」

男は遁げようとしたのか、腰を上げた。小峯は手にした物干し竿を振り上げた。

攻撃を避けようと男が手を翳す。

その手には、奇妙なものが握られていた。何だか判らないが、集音器か何かのように見えた。

「小峯さん、落ち着いてください。兎に角、乱暴は止しましょう」

「こそ泥に乱暴しないで誰にするかね」

「こそ泥だとしたって暴力はいかんですよ。この人はあなたに抵抗したんですか？」

「抵抗って――玄関開けたら這い蹲っておったから、怒鳴って、そしたら遁げようとしたから」

「そんな竿で打擲したんですか？」

「これは偶々持っておったんだよ。たった一回しかぶってねえよ」

「一回打ったのですか」

「泥棒だもの」

「判らないでしょう。泥棒じゃなかったらどうするんですよ。弁明は聞いたんですか」

「いやあ。弁明の余地はねえかと」

小峯は竿を下ろした。

「事情も聞かずに殴ったんですか。それじゃあ盗み食いした猿と間違えて神使を撃ち殺した石山さんと変わらないじゃないですか」

「そうだがなあ」

「あなたもあなたですよ。戸口に赤の他人が蹲っていたら大抵は不審に――」

この男。

安田の云っていた男か。

この人は泥棒ではないと思いますよと築山は云った。

小峯は鼻の上に皺を寄せて、どうしてと小声で云った。

「あなたでしょう。あなた、彼方此方でそうやって不審な行動を取られているようじゃないですか。噂になっていますよ」

「噂――そう――なんですか」

腰を浮かせていた男は、力が抜けたように地べたに座り込んだ。

「ええ。何かを拝んでいるとか誰かを呪っているとか、妙な話になっています。一体何を為ているんですか。それよりも、あなた一体誰なんです?」

「私は」

寒川と云いますと、男は答えた。

貍（四）

その日は、思うに最悪だった。

木場はここ数年ろくな目に遭っていない。身の危険に晒（さら）されることも幾度となくあった。それでいて労（いたわ）られることもなく、誉められることもなく、厳しく叱咤されて、査問会議に掛けられたり降格させられたりもした。

それは良い。

凡（すべ）て身から出た錆（さび）だからだ。

叱られるには叱られるなりの理由がある。木場には身に覚えがある訳だから、これは仕方がない。危険な目に遭ったり厭な思いをしたりするのも、為（し）たくて為ていることである。

でも。

今回は違う。日光入りは、表向き木場自身が望んで為ていることと云う体（てい）になってはいるが、それは違う。狸爺どもの策略に乗っかったと云うだけのことだ。どうでもいいような薄い動機で、当てもなくやって来てしまい、木場は途方に暮れていたのだ。

途方に暮れてはいたのだが。

だからと云って何の関係もない、いかれた娘の話を聞かされる謂われはない。

木場はそもそも異性と口を利くのが苦手なのである。商売女となら何の衒いもなく話が出来る。客か、もしくは刑事として接するからだ。しかしそうした肩書きを外してしまうとからきし駄目である。ならば。

——そうか。

参考人か容疑者だと思えば平気なのだ——と、そう思ったのだが、どうしても実感が涌かなかった。どうにも、ぬるぬると正体の判らないものばかり摑まされているような気になってしまい、木場の機嫌は益々悪くなった。

「で——その、お前の親父さんが死んだのはいつのことなんだよ」

「父が亡くなったのは十年前——あ、そうじゃないです」

「何が」

「私が実父を殺したのは、十六年前のこと——だと思います」

「時効だ」

関係ないですと娘は云った。それはそうなのだろう。法律で裁かれたいと云うような話ではない。そこは解る。

「それでお前さんは幾歳なんだよ」

娘は下を向いて、昭和七年生まれですと云った。

「二十二――くらいか。おい待てよ。なら十六年前は七つじゃねえかよ」

「六つだったと思います」

「こら。六つの児童（ガキ）が人殺しなんか出来るかよ。精精（せいぜい）蟻（あり）ンこ潰すぐらいだろうがよ」

――いや。

可能か不可能かと云う話であれば、それは可能なのである。刃物であれ鈍器であれ、殺傷力のある凶器を用いれば非力な者でも人は殺せる。よちよち歩きの幼児とて、大きな事故を引き起こすこともあるのだから。過失だろうが偶然だろうが、それで命を失う者が出ると云うことは十分にあり得る。

――だが。

事故は矢張り事故なのだ。

勿論、仮令（たとえ）事故だったとしても、自分の所為（せい）で誰かが死んだと云うような過去があったなら、それは大きな瑕（きず）になるだろうとは思う。我が身に置き換えて考えてみれば、子供だったのだから気にしないだとか、責任能力がなかったのだから構わないだろうとか、そんな風に簡単に割り切ることは出来ないと思う。がさつで単純な木場でさえそうなのだから、多感な年頃の娘には堪（た）えられないことなのかもしれない。とは云うものの。

木場は乱暴な物言いをしたことを少し悔いた。

「まあ、その、何だ。どう云う事情があったのかは知らねえがな、そう云うことは」

気にするな——とは云えない。そうした瑕は石に彫り付けた模様のようなものである。擦(こす)ろうが墨で塗ろうが消えるものではないだろう。木場は結局何も云えなくなった。

だから——厭なのだ。

娘は沈黙を責めるでもなく、ただ下を向いているだけである。

木場は帳場の方を気にする。親爺——田上は、どうやら既にこの面倒な娘はお前に任せたと云う気持ちでいるのである。

二階から降りた木場が部屋を出ようとした娘と鉢合わせした、その直後に親爺は戻った。勘違いされても困ると思ったのだが、どうも親爺は娘がまた逃げ出そうとしたのを木場が阻止したものと受け取ったらしかった。田上は、たった今仏具屋に安心しろと云って来たばかりなんだから、お願いだから温順(おとな)しく部屋に居ておくれと慌(あわただ)しく云った。

それから階段下で立ち竦(すく)んでいた木場を見て、そうだこの人は東京の警察の人だそうだから何でも相談しろと適当なことを口走り、木場に向けて、あんた部屋が暖まるまでこの娘さんと一緒に居ておくれ、そうすりゃあ安心だと更に適当なことを云って、娘と木場を部屋に押し込めてしまったのだ。

木場が強く抵抗しなかったのは多少興味が涌いていたからだ——と思うのだが、木場が興味を持ったのは、公調絡みと知ったからなのであって、娘の身上などには一欠片(ひとかけら)の興味もなかったのである。

しかし娘——桜田登和子の話は何処を取っても公安調査庁が関わるような内容ではなかった。木場が警察官だと知った瞬間、登和子は何故か観念したような表情になった。

第一声は捕まえてください、だった。扨何を語るかと思えば、父親を殺したと云う。しかも大昔のことだと云う。

その結果が、この居た堪れない不自然な状況なのであった。

「何だ、その——事故か、何かの間違いでもあったか、そう云うことかい」

何とつまらない返しなのだろうと木場は自分でも思う。しかし登和子は頸を横に振った。

「殺したんです。私は人殺しなんです」

「だがなあ」

六歳である。先ず以てそんな子供が殺意など抱くのかと云う問題はあるだろう。

——いや。それも。

ないとは云えまい。

「人殺しなのに、それをずっと忘れて、何年も、のうのうと生きて来たんです、私。そんなこと、許されることではないですよね」

「いや——」

この娘は時効と云うものを知らない。しかも現行法では未成年の犯罪が成人のそれとは異る扱いを受けるのだと云うことも、知らない。

しかし、そんなことは関係がないのだろう。

仮令社会的にどうであろうとも、人の心は罪刑法定主義に支配されるものではない。人を殺めたと云う事実があるなら、それは簡単に消えるものではないだろう。

木場は従軍している。

木場の撃った弾で死んだ敵兵も居ただろう。いや確実に居た。ならば命を奪った相手が何処の誰だか知らないと云うだけで、木場も人殺しである。だが木場はそれを棚に上げて生きている。戦争だったのだから仕方がないと云う、理由になるのかならないのか判らないような弁明を衝立のようにして、見ない振りをして生きている。

しかし、見ない振りが出来ない者も居るのだ。終戦後、堪え切れずに自死した者まで居ると聞く。

だから軽はずみに断定は出来ない。そうしたものに男女の差があるのか、老若の差があるのか木場は知らないし、そうした差異など関係なく人それぞれだろうとは思うのだが――どう見ても目の前の娘は弱弱しくて、そんな重たい瑕が刻まれた碑を抱えて普通に暮らして行けるようには見えなかった。

「自分が許せねえってこと――だよな」

「実の父を殺したのですから、世間も、法律も、何もかも許してはくれないのではないですか」

そんなことはねえよと木場は云った。

そして横を向いた。

遁げ出すことが難しい窓を見る。

「俺はな、刑事だ。何人も人殺しを捕まえたぜ。捕まえた奴はみんな生きてる。法の裁きを受けてる」

「裁かれて——死刑になるのではないですか」

「どうかな。まあ、罪は罪だ。人殺しの罪は軽くはねえさ。相応の償いはすることになるだろうが、死刑なんてのはザラにあるものじゃあねえよ」

「そう——なのですか」

「あんた死にたがってるようだがな。つまり、自分で自分を死刑にしようってことだろ。そりゃ、考え(かんげ)違え(ちげ)だと俺は思うぜ。聞きゃあ、幼い弟妹(きょうだい)が居るって話じゃねえかよ。仏壇屋だか仏具屋だかに預けてんだろ。あんたが死んじまったらどうするんだよ」

自分の語る科白(せりふ)ではないと木場は思う。

何を諭(さと)しているのか。

「寛永堂さんのご先代は祖母の甥なんです。ですから、母の従兄弟です」

「だから何なんだよ」

「ですから」

「だから何だってンだ。あんたの弟だか妹だかとその仏壇屋は血縁が遠いってのか？　血の繋がりなんて関係ねえだろよ。そんなこと云うなら、実姉のあんたが面倒みねえでどうすンだよ」

「寛永堂さんはそんな薄情な方ではないです。弟妹も養子に取ろうかと云ってくれていて」

「なら何なンだよ」

「ですから——そんな善い人達の中に、こんな、私のような」

「人殺しかよ。何度も云うがな、慥（たし）かに殺人は重罪だが、それだって、その」

上手に云えない。

「あんた。六歳で父親殺せるか。いいや、気持ちの問題じゃねえ。六つの児童（ガキ）が、どうやって——殺したよ」

そこだろう。

木場に訊けるのは先ずそこだ。気持ちだの何だのは後で良い。凡てはそれからだ。

「頸を絞めました」

「子供がか？　無理だろうよ。六歳児の手は小せえぞ。しかも非力だ。話にならねえよ」

「帯——だったと思います」

「帯か」

それなら不可能ではないか。

後ろから頸に回して体重を掛ければ――いや、そう上手く行くものだろうか。行くこともあるのかもしれないが――。

「いや――だったと思います、ってのが何ともな」

――そうだ。

木場はそこで気付いた。取り調べだと思えば良いのだ。そう思えば気拙い思いをすることはない。何であれこの娘は人を殺したのだと自供しているのだから、それを信じるならば被疑者のようなものではあるだろう。

但し、殺人事件そのものは確認されていない。死体もないのに犯人だけが居る訳で――これは本当に狸に化かされているようなものである。木場は化かされ続けているのだ。

こんなのばかりじゃねえかと木場は一人ごちた。

「あんたが犯人だと云うならな、そんな曖昧な話し方じゃ納得出来ねえよ。幾ら昔のことだとしても」

「博多帯(はかたおび)でした」

「博多帯だと？」

「寝ている父の頸に巻き付けて」

「寝ている？　眠ってたって起きるだろ」

酔っていたのだと思いますと登和子は云った。

「泥酔して寝入ってたってことか。で、じゃああんたは巫山戯てその博多帯を父親の頸に巻き付け、それで何かの加減で誤って——ってことかな」

違いますと登和子は即答した。

「帯を巻き付けたのは母だと思います」

「母——ってことは、待てよ。どう云うことだ」

「母が——母が父を殺そうとしていたんです。私はそれを手伝ったんです」

「何だと？」

「父は——外に女の人を——何て云うんですか」

「浮気してたってことか」

「浮気と云うか、そのお妾さんと云うか」

好い身分だなと云った。

「愛人囲ってたってことだな。豪儀じゃねえか」

「そんな——家は貧乏でした。実父は漆塗りの職人だった祖父の弟子だと聞いています。私は祖父の顔を知らないのですが——実父も初めのうちは真面目な人だったと云うのですけれど、その頃は仕事が余りなくて、何と云うのですか、段段と」

「喰うに困って世を拗ねたってのか。それで女に溺れたってことか。児童だった癖に大人の事情を能く知ってるじゃねえか」

「後から聞きました」

木場は横目で登和子を盗み見るように観た。

「それで」

「ええ。その――女の人のことが露見して」

「あんたの母親が嫉妬したって云うのかよ」

登和子は小首を傾げた。

「そう――ではないんです」

「じゃあ何なんだよ。さっきから聞いてりゃ解らねえことばかり――」

いや。

木場はまた黙った。

それは木場が木場の狭い常識だけで判断しているからだ。

それもこれも未だ木場が割り切っていないからである。普段は、取り調べにしても事情聴取にしてもこんな風には訊かない。

「すまねえな」

登和子はより一層下を向いた。

「つい――な。先走っちまうんだよ。どう違うのか、教えてくれ。浮気亭主に焼餅妬いて刃傷沙汰ってのはな、多いのよ。それで殺しちまうようなのも居るんだ。世の中には」

「母は、今思えば嫉妬もしたのでしょうけど、堪えていたんです。悲しそうにはしていましたが。でも父は、開き直ると云うか――その女の人のことが知れてしまってからは、もう仕事もしないでお酒ばかり飲んで――乱暴を働くようになったんです。私も殴られました。母はそれが堪えられなかったんだと思います」

「乱暴なあ。そんな五つ六つの子供まで殴るか」

「はい。それまでは優しかったように思うのですけれど、何せ幼かったので――と、云うよりも、父は私を責めたんです」

「何で」

「その女の人のことを母に教えたのが私だったからだ――と、思います」

「あんた、愛人に会ったのか」

「未だ小さかったので、そう云う関係だとは思っていなかったでしょうが、姿形は憶えていますから必ず会っているんです。そして私は母に話したんだと思うんです。ですから私の」

　そりゃ違うと木場は云った。

「何であれ悪いのは親父じゃねえか。それであんたに当たるのは筋違いだよ」

「でもその結果――父は――と云うか、母は」

「まあなあ。でもよ」

　いや。未だ心情を汲む段階ではない。

「いや、一旦動機は置いとくよ。で、あんたの母親が酔って暴れて寝ちまった親父さんの頸に博多帯を回したって云うんだな？」

「はい」

そうに違いないんですと登和子は云った。

「違いねえ？」

「ええ。私――眠っていたんです。広い家ではありませんから、酔った父の横で寝ていたんです。それで、真夜中にふと目が醒めて、そしたら」

蛇が居た。

「蛇？」

眉はひしゃげ、眼は吊り上がり、口は歪み――。

「ええ、蛇のような貌になった母でした。私、ずっと忘れていたんですが、今は在り在りと思い出せます。母は」

何かを握り締めていた。

それは博多帯の端だった。帯の先は父親の頸に巻き付いていた。

「――と、思います。いいえ、間違いなく巻き付いていたんです。反対側の端が、蒲団の上から畳の上にだらりと延びていて、それが、丁度手の届く処にあったんです。ですから、私はそれを」

摑んだ。そうしなければいけないように、登和子は思ったのだと云う。

引いてッ――。

母はそう云ったらしい。

「母の顔は、それは恐かった。蛇だったから。暴れる父も怖かったけれど。そんな母の方がもっと怖かったです。そんな母は厭でした。可哀想でした」

あれは――。

嫉妬に狂った蛇の顔だ。母はその時蛇になった。

優しい大好きな母は、怖い怖い蛇になった。

厭で厭で厭で。

怖くて怖くて。

蛇だ蛇だ。執念深い、蛇の顔だ。

「思い返せば、私は父のことを憎んでいた訳ではないし、嫌っていた訳でもなかったんですよ。寧ろ好きだったんですが――」

その瞬間に。

もう、好きじゃなくなった。

優しい母をこんなにも恐ろしいものに変えてしまう父は――嫌いだ。厭うべきだ。

そう思ったから。

幼かった登和子は帯を握る手に力を籠め、思い切り、力一杯引っ張ったのだと云う。

引いてッ、引くのォ——。

「父は」

「待てよ。悪いが、寸暇（ちょっと）待ってくれ」

木場はやや混乱している。

腹が空（す）いている所為かもしれない。

矢張り関わるべきではなかったか。

——それは。

あり得ないことではない。

だが。六つの子供とその母親が、父であり伴侶である男の頸を——。

何だか、異様に悍（おぞま）しい。気持ちの整理が付かない。そうかい、とは云えない。お前が悪いとも云えない。大変だったなとも云えない。恐かったかとか悲しかったかとか、そう云う声掛けも出来ない。勿論良かったななどと云えることではない。

それが事実だったとして、犯罪なのかどうかも判らない。犯罪だとしても裁くことは出来ないだろう。裁けないとしても——聞いている木場の気持ちの落とし処がない。

——いや。

また罠に嵌まっている。

心情を汲むからそうなるのだ。

「細かく憶えてるのかい。酷なことを訊くようだがな。大事なことだぜ」

「憶えている――と云うか、思い出したんです。でも、思い出したと云うことは憶えていたと云うことなんでしょうけれど」

「生きてたか」

「え？」

「あんたがその帯だかを引っ張った時、親父さんは生きてたか、と訊いてるんだよ。どんなに酔っ払ってたって頸絞めりゃ苦しいからな、必ず暴れる。睡眠薬嚥まされてたとか、全身麻酔を掛けられてたとか――それだって生きてりゃ動くよ。どうだ。憶えてねえか」

「はい」

登和子は天井を見上げた。

地味だが整った顔立ちの娘である。出会った時は形振り構わず走っていたし、その後も死にたがっているとかいかれているとかばかり聞かされたものだから、木場はかなりの偏見を以てこの娘を見ていたようである。色眼鏡を外して見れば何処にでも居る普通の娘である。

いや、多少おっとりしてはいるけれど、齢の割に確りした、綺麗な娘なのである。

「動いてはいなかったかもしれません」

「そうだろ」

「そうだろ――と云うのは」

「あのな」

木場は両手を前に出した。

「俺はこんながさつな刑事だから気を遣った云い方は出来ねえぞ。いいか、寝てる奴の頸絞めようとするならな、こう――」

木場は頸を絞める身振りを示す。

「回す訳だろ。頭ァ持ち上げねえと縄でも紐でも掛けられねえ。その段階でまあ、起きる奴は起きちまう。そこんとこ上手くやったとして、だ。紐の端を放しちまうってのは、考え難(にく)いことだと思うぞ。そのまま――こう」

絞める。

動作を続け乍(なが)ら、木場は登和子に視線を送る。

嫌がるかと思いきや、登和子は喰い入るように木場の小芝居を観ていた。

「素早く絞めなくちゃ、失敗(しくじ)るぜ」

「しくじるって」

「だからよ。俺はあんたの両親を知らねえから断言こそ出来ねえが――酔ってようが寝てようが、親父さんは男だろ。そんな、帯だか縄だか掛けられたって、その気になりゃ振り払えるって。気付けば必ず抵抗するよ」

登和子は中空を見詰めている。考えている。

「いいか、いきなり頸に紐巻かれてな、喜ぶ奴ァ少ないぜ。じゃれあってンなら兎も角、確実に巻いた奴には殺意があるんだ。余程のことがねえ限り、人は殺されても好いなんて思わねえ。振り解こうとする。だからそうなる前にこう」

木場は拳に力を入れる。左右に開く。

「直ぐに絞めるさ。いいか、息が詰まったって人はころっと死ぬ訳じゃあねえ。苦しくなればもっと暴れる。なら、だ」

「なら――」

「帯の端があんたの目の前にあったってのは」

納得出来ねえなと木場は云った。

「どちらか一方を固定するかでもしねえ限り、両端持ってねえと頸は絞められねえよ。放すなら絞め終わった後だ。つまり」

「ええ」

登和子は少し困ったような顔になった。

「多分、私が帯を引っ張った時、父はもう息絶えていたのかもしれません。そう――思います」

「なら」

いや。それは余り関係ないのか。

死体の頸に巻かれた帯を子供が引っ張ったところで何の罪にもならない。だが、そんなことはどうでも好いのだ。そもそも六歳だったなら、何をしたところで罪になる訳もないのだし。結局、心情の問題なのか。ならば木場は——。

——待て。

「あのな、登和子——さんよ。あんたのことは解った。解らねえが、まあ解った。だがな」

「母のこと——ですか」

「そうだよ。丸ごと信じるならあんたの母親は殺人犯と云うことになる。その」

母は一昨年亡くなりましたと登和子は云った。

「一昨年なのか」

「父が死んだ後、母は再婚して、それで弟と妹が生まれたんですが、その再婚相手——私の二人目の父は疾がちで、戦時中に亡くなりました。祖母も病み付いていたので、母は女手一つで——」

「おいおい。祖母ってのは今、入院してるとか云う人のことか。同居——してたんだな」

「ええ」

「待てよ。あんたが、そんなに広い家じゃねえと云ったな。その祖母さんの部屋は別か?」

「祖母はずっと、仏間で寝起きしていました」

「仏間か。それは離れか何か――じゃねえな」

「そんなものはありません。間仕切りはしてありますが、戸も襖もないです」

「襖も――ねえのか」

「ええ。仏間は、畳敷きになっていると云うだけです。祖母以外は、作業場も兼ねた、広い板間で寝ていて」

「そこが犯行――現場だな」

登和子は首肯いた。

「そうかい。となると、だ。あんたの母親は、自分の親と娘が寝てる真横で亭主の頸絞めたってことになっちまうぞ。いや――待てよ」

そう云うことじゃない。

「その婆さんだがな。今は相当に容体が悪いようだが、その頃から病み付いてたのか」

「その頃は元気だった――筈です」

「そうかい。親父さんを――」

殺した時、とは云い難かった。

「親父さんが死んだ時、じゃあその婆さんは？」

「ああ」

登和子はまた天井を見た。

「その時の祖母のことは全く憶えていません」

「留守だったと云うことはねえか」

家人の留守を狙って犯行に及んだ――と云うことは考えられる。

「祖母が泊まり掛けで出掛けるようなことはなかった――と思いますが」

「じゃあ居たんだな」

「居た――と思います」

「居たなら――気付くんじゃねえか」

襖もないなら隣室とさえ云えまい。なら全く異変に気が付かないと云うのは考え難いように思う。子供が目を覚ましたのだ。年寄りならば余計に起きるものなのではないか。

登和子は当惑しているように見えた。

「さっきも云ったがな、絞殺ってのは時間が掛かるんだよ。苦しむし暴れる。呻き声くらいは出す。出さなくたってじたばたするから尋常ならぬ気配はするさ。だからあんたも目が醒めたんだと思うぞ」

「それはそうなんだと思います」

「だったら婆さんだって気付くだろうよ。でも、そうだったならあんたの祖母は、娘と孫が婿の頸絞めてるのを黙って観ていたってことになるぞ」

それは狂気だ。

そうでないのなら。

登和子は唇を噛んでいる。

「共犯――ってことだな」

答えない。だがこれは考えるまでもないことであったかもしれない。

誰にも気付かれずに犯行を行い得たとしても、必ず死体は残るのだ。

死体は――普通は――消えてなくなったりしない。朝になれば確実に発覚する。娘や親が起きて来る前に始末することが出来なければ犯行は知れる。そんなことは不可能だろう。隠すことは容易ではない。先ず、移動させることが難儀だと思う。

「家族ぐるみの犯行、と云うことになるかい」

登和子は下を向いた。

「まあいい。解った。じゃあ次の疑問だ。あのな登和子さんよ。戦前と云っても高高十六年前だ。死因が確定して死亡診断書が書かれなきゃ、火葬も埋葬も出来ねえんだぞ。不審な人死にがありゃな、警察が来る。絞殺ってのは十分に不審だ。不審と云うより、確実な他殺だぜ。でも」

事件化してねえなと木場は云った。

「怪訝しいな」

「父は納屋で首を吊っていたんです」

「偽装したってことか」

判りませんと登和子は答える。

「見ていません。そう云われ、それを信じていました。ずっと――十六年。尤も、自殺したんだと明確に聞いたのは暫く後のことでしたけど」

「忘れていた、と云ったな」

「はい。父を殺したことだけ、完全に忘れていました。信じては戴けないでしょうが」

「いや。そう云うこたァあるんだ」

あんたは殺してないと思うがな――と続けようと思ったのだが、止めた。息の根を止めたのが誰であろうが、それは関係ないのだ。

「俺は小難しいこたァ解らねえが、まあ、あるんだよそう云うことは。だがな、そうだとして、だ。あんたがその時の記憶を失くしていることを、あんたの母親と祖母は知っていたのか？」

「え？」

登和子は突然不安に襲われた――ように見えた。

「あのな、そんなことはな、顔観たって判りやしねえんだよ。尋かなきゃ知れねえし、尋いたら――尋いた時点で暴露ちまうだろうがよ」

「それは――」

「あのな、あの夜お父ちゃんの頸絞めたこと憶えてるかい――と、尋けるかって話だよ。気取(けど)られねえように尋けたとしたって、あんたが本当のこと答えるかどうかは定かじゃねえんだぞ。違うかい」

「そう――ですね」

「そんなあやふやな状態のまま、十六年だか過ごして来たって云うのかよ。あんたは忘れてたのかもしれねえが、あんたの母親も、婆さんだって忘れちゃいなかった筈だぞ。それとも何か。三人揃って忘れちまったってのかい」

「それは」

「子供だったあんたがショックで記憶を失くす、そこまではいいだろうよ。あることだ。でも、実行犯に事後共犯の二人も一斉に記憶失くすか？　そこまで都合の良いこたァ――ねえと思うがね」

登和子は悩ましげに眉を顰(ひそ)めると、右手を額に当てた。

「あんたの母親がどんな人だったのか、俺は知らねえよ。でもなあ登和子さんよ。親父の頸絞めたのが本当にあんたの母親だとして、その時は激情に駆られてたんだろうからな、目を覚ましたあんたに帯引けくらいは云ったかもしれねえ。でもな」

　でも。

　その後だ。

「俺は子供も居ねえし、こんな男だからよ。親子の情なんてもなァ量れねえし、それこそ人それぞれだろうとも思うけどな。それでもな、もし、自分（てめえ）が人ォ殺して、年端も行かねえ児童（ガキ）にその片棒担がせるような真似したとしたら」

謝るぜと木場は云った。

「謝る？」

「ああ。人殺しなんてものはな、まともな状態で出来るもんじゃねえ。出来る奴も居るようだが、まあ多くは難しいだろよ。でもな、そう云う瞬間ってのはあるのよ。俺だって、公僕だってえのに、後一歩で殺しそうになったことがあるぜ。だけどそりゃその瞬間だけだ。それを過ぎれば、戻る」

木場は人差指に力を入れた。

ある男に向けて拳銃を構えたあの日のことを思い出したからだ。

あの日。

「戻ったら、もう出来ねえよ」

だから。

「あんたの母親は、ことが済んだ後、一体どうしたんだ。婆さんと二人で親父さんの死骸を納屋に吊しに行ったのか。あんたを残して」

「それは——」

「そんなことするか。あんた六歳だったんだろ。恐かったのじゃねえのかよ。泣かなかったのか」

憶えていませんと登和子は云った。

「殺すところは思い出したのに、その先は思い出してねえのか。それはよ」

思い出したのじゃねえのじゃないか——と、木場は云った。

「どう云うことでしょう」

「解らねえよ。俺はな、そんなに賢くねえ。あんたの話はな、聞いてる分にはそうかと思うさ。突飛だし陰惨だし、ありそうもねえ話なんだが、そう云うこともあるんだろうよ。でもな、矢っ張り——変だよ」

「変——ですか。そうなんでしょうけど」

「あんたが変だと思ってるところは変じゃねえんだよ。それ以外のとこだよ。あのな、子供に人殺し手伝わせておいて、何の手も講じないで十何年も心安けく過ごせるか？　再婚して子供産んで、安穏と暮らして行けるもんなのか。しかも同居してる婆さんは共犯なんだろうよ。母親にそんな素振りはあったのか？」

登和子は口を押さえた。

「葬式の記憶はあるか」

「え——」

「最初の親父さんの葬式だよ」

「それが——二度目の、義父の葬式の記憶と混じってしまっているようで」

「あんた、親父さんを殺した時——いいや、その博多帯だかを引っ張ったと云う記憶しか戻ってねえンじゃねえか。それは戻った記憶なのかよ」

「でも、私、ずっと帯や紐が触れなくて、見るのも怖くて、その」

登和子は首を左右に振った。

「その時のことを思い出してからは、触れるようになったんです。それまでは帯も紐も、縄も、そう云うものが怖くて、指一本触れられなくて、なので和装も出来なくて」

「恐かったのは何故だよ。親父さんのことを思い出してた訳じゃあねえんだよな。それは忘れてたんだから」

「それは——蛇に」

「蛇？」

「そう云う形のものはみんな蛇に見えて」

ならば蛇が恐かったんだろと木場は云った。

「でも、あの夜のことを思い出したら」

「思い出してねえよ」

「え——」

「帯引いた後のことも、親父さんの葬式さえ思い出せてねえんだろ。それは思い出せないんじゃなくって、知らねえんじゃねえのか」

「いえ、だって」

「慥(たし)かに、父親の頸絞めたなんて忌まわしい記憶はよ、封印されて然りなんだろうぜ。それは俺もそう思うよ。でも、親父さんが亡くなったことそれ自体はちゃんと認識してた訳だよな？　そうなら、葬式の記憶まで消しちまうってのは、却って変な気がするけどな」

「それは、記憶を封印したとかそう云うことじゃなくて、単に私が幼かったから記憶が定かでなくなっているだけ――じゃないんでしょうか」

「そうかもしれねえ。でもあんた、帯引っ張ったことを思い出すまでは、親父さんは首吊ったんだと信じてたんだろ？」

　登和子は首肯(うなず)いた。

「十六年間、父親は自殺したんだと、疑ってなかったんだよな。それも――俺には何だか変に思えるんだけどな」

「それは、ですから」

「母親と婆さんが偽装したってか。でもな、あんたの話を信じるなら、あんたはその現場に居たってことになるんだぞ。思い出せてないってことは偽装工作にあんたは関わってなかったってことなんだろうけどな、そうだとしても、だ。そんな嘘、信じるかな」

「それは――」

信じた方が都合良かったのじゃないでしょうかと登和子は力なく云った。

「その、忘れるために」

「上書きするのに丁度良かったって云うのか。まあそうかもな。まあ、あんたの方はそうかもしれねえけどな。嘘吐く方はどうだ。あんたが本当に現場で帯引っ張ってたんなら、そんなわざとらしい嘘吹き込むか？　もう一度云うけどな、あんたがその時の記憶を失ってるってことを、おっ母さんも婆ちゃんも知りようがねえんだぞ。それとも、口裏合わせるとでも思ったってのかよ。六つの子供が」

そう。これが登和子の単独犯だったのならば、また話は別だ。子供の罪を隠蔽するために祖母と母が偽装工作をし、犯人である子供本人にもその虚偽の事実を徹底する――それなら辻褄は合う。

だが、それはない。六歳の登和子が単独で父親を殺害することはまず不可能だろう。登和子は博多帯の一端を握って引っ張っただけなのだ。

そうだとすると。

木場は考えるのが苦手だ。

理屈を捏ね回すのも好きではない。

だが、ここ数年で考えを整理する術は学んだ。

この娘は、嘘は云っていないのだ。

幾度も自死しようと試みたことからも、その思い出した忌まわしい記憶が真実だと信じ込んでいることだけは間違いない。十六年前、父親に何かあったことも事実なのだろう。

でも。

「あんた、誰かに何か良くねえことを刷り込まれたんじゃねえのかよ」

木場はそう云った。

「刷り込まれる——って、どう云うことです？」

記憶やら過去やらを勝手に書き換えたり掏り替えたりする奴が居るんだよ、と木場は云った。

「そんな」

「嘘臭え話だけどな。でもよ、あんたの話と同程度の嘘臭さだとは思うぜ。一つのことだけずっと忘れてて、それを思い出した途端に怖かったものが怖くなくなる——なんて、まあ普通は本当かよと思うだろうな。それが通るなら」

俺の話だって通るよと木場は云った。

実際、昨年木場が首を突っ込んだ事件では、そうしたことが頻繁に起きていたのだ。

「じゃあ——」

私は私はと繰り返して、登和子は幾度も首を震わせた。

「そうだよな。自分の乗った舟がよ、カチカチ山の狸が乗った泥舟だったみてえな気になるわな。でもな登和子さんよ。人の乗ってる舟なんてのはな、多かれ少なかれ泥舟に毛が生えたようなもんだぜ」

俺もこの娘も泥舟に乗った狸だ。

「でも——それでは」

「不安か。そうだろうな。ならよ、そうだ。他に思い出したことはねえのか。その帯を握って引いたことを思い出した時によ」

「それは」

登和子は眸を動かしている。

考えているのか。

「その——父の」

「浮気相手か」

「その人の顔や姿を——日傘を差していて、綺麗な着物を着ていて、色の白い、派手な柄の和服を着た、迚も艶やかな感じの」

「それは帯を引っ張った記憶と一緒に思い出したのか？」

「一緒と云うか、突然にその人のことを思い出したので、それが」

「引き鉄になったってことか」

「私、その人があんまり綺麗だったから、いつも見蕩れていて——人目を憚ると云うか、母が留守の時なんかに来て——それは間違いなくて——え？」

この記憶も嘘の記憶なんですかと云った登和子の眸は一回り小さく萎んだ。

「待て待て。何もかも嘘じゃねえ。その女の記憶で思い出したのは外見だけか？」

「いいえ。そう、父の言葉を」

——母ちゃんには言うなよ。

——菓子を遣るから黙っていろよ。

——内証だぞ。指切りだぞ。約束破ると。

——蛇が来るぞ。

「蛇かよ」

「父の声——だと思いました。でも、慥かに、考えてみれば亡父の声なんか覚えてないんです。なら」

「早合点するなよ。そう云うなァ、何もかも嘘なんかじゃあねえんだよ。能くは知らねえがな。何か一つこう、ズレるとな、ボタン掛け違えたみてえにズレてって、その、同じ記憶でも別もんになっちまうんだ。上手く説明出来ねえけどな」

登和子は首を傾げた。

語っている木場自身が能く解っていない。

「そうだな。じゃあ、その女のことを思い出したのは何でだ。何か契機はあったのか。似た女を見掛けたとか、浮気亭主の話を耳にしたとか」

登和子は額に手を当てて畳の三寸ばかり上を見詰めた。

「去年の――秋過ぎくらいでしたか――蛇が怖くて困ると云う話を、職場の同僚にしたんです。それで、原因が判れば治ると云うような話を聞いて――でも半信半疑で、それで――」

登和子はそこで顔を上げた。

「倫子さんだ」

「誰だそりゃ」

「その人も同僚です。そう、倫子さんの匂い袋の香りを嗅いで――」

「匂い袋？」

「そうです。あれ、何と云う名だったかしら。そう、龍脳です。そう云う名の香料で、それが」

それがあの女の匂いと。

「同じだったってのか」

「そう――だと思ったんです。それで、いや、でも何ででしょう。その時、私は慥かにその女の人の容姿を思い浮かべて、父の言葉らしきものも思い出したんですけど――同時に思い出したのはそう、それは帯だと思って蛇を掴んでしまったような記憶だったんです」

「なる程な」

　――その辺か。

　それが何を意味するのかは全く解らないが、きっと答えはその辺にあると木場は無根拠に思った。そもそも木場は問いが何なのかすらも解っていないのだけれど。

「それで――多分、それが蛇嫌いの原因なんじゃないかと思ったんです。考えてみればそれより前、五歳くらいまでは私、和装が平気だったんです。つまり帯も紐も触れたんです。その女の人の記憶と云うのは間違いなく前の父が生きていた頃――と云うより亡くなる直前のものでしょうから、その蛇を握ったような憶えもその頃のことなんだろうと」

「それ以降蛇が怖くなったと考えたんだな」

「ええ。それで、原因が判れば蛇が怖いのも治ると云われていたのを思い出して、ならもしかしたら治っているんじゃないかと――それで箪笥を開けて、そこに入っていた博多帯を」

「摑んだのか」

「摑みました。それまでは見ただけで怖くなって竦(すく)んでいたんですけど、摑めたんです。これで治ったと思ったんですが、でも――」

「帯を摑んだ途端に、父親殺しを思い出したか」

　登和子は返事とも云えないような返事をした。完全に混乱しているようだった。

　何かある。何かが隠されている。

郷嶋――。

「そうだ。あんた、今日人相の悪い男に追い掛けられていただろ。彼奴は何か云ってなかったか」

苦悶していた登和子は、急にぽかんとしたような顔になって木場を見た。

「遁げて来たじゃねえかよ。そこんとこの露地」

「ああ」

「俺は露地塞ぐように突っ立ってただろ。こんな――珍しい貌でも憶えてねえか」

木場は己の顔を指で示した。すいませんと登和子は頭を下げた。

「謝るこたあねえじゃねえかよ。此処の主人から聞いたんだがよ。あんた、仏壇屋で首吊り損ねたと聞いた。身投げもしようとしたんだろ？」

生きていてはいけないと思ったんですと登和子は云う。

「私、年末からずっと、父を殺してしまったことばかり考えていて――でも丁度同じ頃、祖母の容体が悪化してしまって、看病と仕事で一杯一杯だったんです。祖母を入院させて、それで、弟と妹も預かって貰って、一息吐いたら何だかすっかり気が抜けてしまって、そしたら、また、あの帯を引いた時の感覚が涌き上がって来て、怖くて悲しくて辛くて、どうしても生きていちゃいけないような気になってしまって――それで、華厳の滝に」

早まったなあと木場は云った。

「いいか。殺人も自殺も基本は変わらねえんだと俺は思う。考えるだけなら誰だって考えるのよ。でも実行するかどうかは別だ。いずれ気の迷いってなあるんだ。でも死んじまったらそれまでだぜ」

登和子は顎を引いた。

どうやら死ぬ気は失せているようだった。

「そう――なんでしょうね。でも、その時はどうしても死ななくちゃと思っていて――滝の上の方まで登ろうとしたら、あの人が突然現れて」

「で？」

「はい。あの人――飛び降りようとした私を押さえ付けて――多分私、かなり様子が変だったんだとは思うんですけど、でも、偶然止めてくれた訳じゃなかったんです」

間違いなく尾行している。ここ数日登和子は祖母の入院に掛かり切りになっていたようだから、郷嶋は登和子が独りになるのを待っていたのだろう。

「姓名を訊かれて、答えたら、それなら死んだ父親に就いて訊きたいって――当然、病死した養父のことだろうと思ったんですけど、でも、それは違っていて――桜田じゃなくて田端だって。田端勲のことを教えろって。私は、その田端勲を殺してしまったことばかり考えていたんですから、もう怖くなってしまって」

「遁げたか」

「ええ。でも、ずっと追って来るんです。警察の人なら手帳かなんかを見せるんでしょうけど、そう云うこともなくて、何より――実父のことを訊きたいと云うんですから、それはもう、あのことしかないだろうと思ってしまって。そしたらもう、死のう、死ぬしかない、と思ってしまったんです」

「ふん」

郷嶋は何度も命を助けたとか云っていた。だが同時にこの娘を追い詰めていたのもあの男なのだ。だが、そうすると公安調査庁が探っているのは登和子の死んだ実父――と云うことになるか。

「あんたの実の親父さんってのは、その漆塗りの職人だったんだな?」

「そうです。栗山村(くりやまむら)なんかで作った平膳(ひらぜん)やお盆の仕上げをしていたのだと聞いています。祖父の代からそうだったようです。刷毛(はけ)や壺なんかは、未(ま)だ納屋にあると思いますけど」

そんな男が公安の調査対象になるだろうか。

「職人なあ」

「尤(もっと)も、殺した――死ぬ――前の一年か二年は全く仕事を為(し)ていなかったようです。お向かいさんが同じ漆塗りの職人さんで、聞けば戦争が始まる十年くらい前から仕事が徐徐に減ってはいたようなんですけど、それにしても働いてなかったと云っていました。お蔭で仕事が回って来て少し助かったと」

「しかし働かねえでどうやって喰ってたんだ」

それは判りませんと登和子は答えた。

「祖母と母が紬織りの仕事をして、何とか暮らしていたんだと思いますけど」

そうなると余計に郷嶋が追い掛ける理由が判らなくなる。

「でもなあ。その揚げ句、外に女囲って、開き直って飲んだくれて乱暴かよ。まあろくなもんじゃねえな。あんた、乱暴されたことは憶えてたのか」

登和子は再び下を向く。

「それは憶えています。でも、優しくしてくれたような覚えもあって、朧げですけど、そっちの記憶の方が多いようにも思います。そんなに嫌っていたとも思えません」

「なら」

矢っ張り殺してねえんだよと、木場は無根拠に断言した。

「え――」

「当て推量だがな。もしかしたら死んでさえいねえ可能性もあるような気がするぞ」

「そんな。それは――だって母は、再婚してるんですよ」

そうなのだが。何かあるとしたらその辺ではないのか。

「ん――そうだ。その入院してる婆さん。婆さんは生き証人じゃねえのか。婆さんに――いや、危篤なのか。喋れねえか」

「それ以前に、祖母はもう何年も前から」

「おい。耄けてるのか」

「はい。年末に一度、堪えられなくなって、その気が違いそうになって――それで実父のことを訊いてみたんです。そしたら」

――猿が光るべ。

――あんなことしちゃいけねンだ。

――妙子も男運が悪いわ。

――光るんだ。

「猿だ？」

「ええ。全く解りませんでした。ただ、厭だ厭だと云うばかりで」

「いや、まあ、それはなあ。猿が？　光るって、どう云うことだろうな」

さあ、と云って登和子は首を傾げた。最初に向き合った時と表情がまるで違っている。

「あのな、登和子さんよ。俺はまあ、本来別な用事でこんな処まで来たんだがな、ろくな用事じゃあねえ。乗り掛かった船だ。少しばかり調べてみる」

「調べるって――」

「先ずは役所だよ。あんたの親父さんのことをもう少し調べてみる。死んでるなら、まあ戦前のことだから何とも云えねえが、死亡診断書書いた医者だって生きてるかもしれねえし」

そんなこと調べられるんですかと登和子が尋くので、木場は警察手帳を出した。

「まあ、多少は役に立つんだよ。だからな、死ぬのは少し待てよ。婆さんだって長くねえんだろ。縁起でもねえこと云うが、葬式くらい出してやれよ」

はい、と登和子は答えた。

暫くは大丈夫そうである。

「で――だ。その代わりと云っちゃ何だがな、あんた日光地元だろ。あのな、キリヤマって名前に聞き覚えねえか。然もなきゃ、笹村――か」

「笹村――ですか」

例の龍脳の匂い袋の持ち主の名前が笹村倫子さんですが――と、登和子は云った。

迚(とて)も落ち着く場所だった。

東京は紛乱(ごみごみ)しているが便利だ。便利だが遠くがない。目の前のものと手の届くものだけで出来ているからだ。遠くに目を投じる必要がないのだ。

御厨はそう思う。

日光には遠くがあった。山がある。でも、山に手は届かない。綺麗だけれど、眺めるだけだ。風景地と云うのはそう云うものなのだろう。

この村は、その、手の届かない遠くに、手が届くような感じがするのだ。景色(みため)と生活(くらし)が乖離していない。取り分け美しくはないのかもしれないが、汚くはない。少なくとも都会の薄(うす)穢(ぎたな)さはない。居心地が良い処だと御厨は感じた。

そう云うと、益田は田舎は何処もこんなもんですよと、気乗りのしないことを云った。

木暮と云う人の住み処は、直(す)ぐに判明した。これは、謂わば益田の思惑通りと云うことになる訳だから、例に依って主任探偵は興奮したりはしゃいだりするもの――と思っていたのだが、昨日と打って変わって益田はどうにも冴えない様子なのであった。

昨日。

御厨は戻って来た益田と夕食を摂った。

昨夕の益田は、何一つ収穫がなかった割に機嫌が良かった。探偵は、どうせだから探偵長の兄上とやらが経営している旅舎（ホテル）にでも行ってみましょう、知り合いだからきっと勉強してくれますなどと調子の良いことを嘯（うそぶ）いたが、聞けば高級な洋食レストランらしいので、断った。

高級なのだ。もし定額で請求されたら困るし、その可能性は高いと思ったからだ。

結局、湯葉も食べずに廉い定食を食べた。

御厨はそんなことより益田の背後から、かの探偵を見詰めていた女性のことが気になったのだが、益田は全く意に介していないようだった。

尾行していたように見えたのだが。

栃木に知り合いは居ないし、況（ま）して若い女性なんぞに縁はありません、寧（むし）ろ縁が欲しいですよと、益田は幾分愉しそうに、饒舌に語った。頼り甲斐があるのかないのか、矢張り判らなかった。

それが。

今日は一転して腰が引けている。

どうしたんですかと問うと、苦手なんですよと探偵は答えた。

「何がです?」

「何がって――その、木暮元刑事ですか? その人ですよ。まあ、かなり有名なようですよね。この辺じゃ」

「有名で良かったじゃないですか。お住まいも直ぐに判ったじゃないですか。流石主任探偵ですよ」

有名になってるその理由が問題なんですよ、と益田は云った。

「地元の名士だとか、お祭で目立つ人だとか、そう云うのなら歓迎なんですけどね。どうもその」

「何です?」

「ほら。こないだ鳥口君が云ってたでしょう。その、何と云いますか、戦争したがるような人。鷹派と云うか強硬派と云うか。国粋主義と云うか。日本万歳的な。その手合いらしいんですよね」

「それが――苦手なんですか」

「僕ァ多分、左派じゃないですが、絶対に右派じゃないんです。その、派、と云うのがどうもなあ。別にそう云う思想信条がある訳じゃないですからね。鳩派と云うよりただの鳩ですよ。徹底的に暴力が嫌いなんです。お蔭様で腰抜けの卑怯者ですからね」

「それは」

解るのだが。

「喧嘩になっちゃいます？」

「ですから喧嘩しないんですよ僕は。探偵ですからね、話は相手に合わせますよ。魚屋さん相手なら徹底的に魚の話題に特化しますし、夢見る乙女が相手ならふわふわ夢の中の話ばかりしますから。性犯罪も苦手分野ですが、まあその辺は下ネタで誤魔化せるからまだいいです。でもねえ」

戦争反対なんですよと益田は云った。

「賛美されてもハイそうですかと云い難いです」

「そんなの私だってそうですけど」

「同調する振りするだけでも、こう、疲弊してしまう訳ですね。しかしその辺上手くやらないと、下手すると門前払いされますからね」

「はあ」

難儀なものである。

別に政治的な話を聞きに行く訳でもあるまいにとは思う。どうも益田と云う男は余計な先読みをして自ら出鼻を挫くような性質があるように感じる。

そこ曲がった処ですと益田が指差した。

鳥が啼いている。

「ああ、ありゃなあ。何とも、その」

益田の残念そうな顔からその視線の先に目を向けると、異様な一軒屋が建っていた。

何だか刺刺しい。生け垣に竹矢来が取り回されている。

屋根瓦の上には鬼だか鍾馗様だか判らない像のようなものが幾つも乗せられている。角が生えているのか槍を持っているのか遠目には判らないけれど、兎に角尖っている。

門柱の代わりに立てられている石の柱には、八紘爲宇と彫り付けられていた。

祝日でもないのに日の丸も掲げられている。

「まあ――有名になりますわなあ。でもこれ、一宇じゃないんだなあ」

「どう云う意味なんですか？」

「僕は知りません。何か好ましくないから使っちゃならんとGHQが禁止した言葉だった筈ですよ。一文字違ってますけども。そんなに意味は違わないんじゃないですか」

そう云い乍ら益田は石柱に半身を隠すようにして中を覗いた。結局こそこそしている。

御厨も益田の後ろから覗き込んだ。

表札には木暮元太郎と記してあった。

「元太郎さんかあ」

益田は一層卑屈な感じに首を竦め、小声で行きますと云った。抜き足差し足で、まるで泥棒である。

呼び鈴を押すべく、益田が手を翳した途端に戸が半分ばかり開いた。

「何か御用ですかな」

低い嗄れ声だが、張りがある。

戸口から突き出された顔は、強面――ではあるだろう。眩しそうに細められた眼としゃくれた顎。短く刈り込まれた頭髪は真っ白だが、太い眉毛は黒黒としている。和装で、綿入れを着込んでいる。

益田は後ろに飛び退いて、気を付けの姿勢になった。ぶつかるかと思ったので御厨も慌てて後ろに下がった。

「こっ木暮さんの」

「僕が木暮ですが、あなたは」

「ぼ、僕はその、ま、益田と云います」

そこで名刺ではないのかと御厨は思ったが、益田は直立不動のまま固まっている。

「こ木暮さんはも元刑事でいらっしゃる」

「ああ。その通りです」

「き奇遇です。ぼ僕も元国家地方警察にほ奉職しておりました者でその」

「ああ」

木暮はそこで戸を全開にした。

「どうも何か勘違いをされておるようですなあ。僕はね、国粋主義者ではないです。世に謂う右翼思想の持ち主でもない。そうしたことに一家言持っている者ではあるが——戦争行為には反対だ」

「そ、そうなので」

益田は背後の石柱を気にする。

「ああ、それか。まあ仕方がないな」

「仕方がないとは」

「いや、戦前はね、まあ僕も、もっとずうっと過激だったんだ。そんなもの建てて意気がっていた。だがなあ、引き際と云うのは難しいものでね。それに別に転向したと云う訳ではないからね。撤去することもなかろうと、放ってある」

「はあ。しかし八紘一宇って——進駐軍に何か云われなかったですか」

八紘爲宇だよと木暮は云った。

「一字違っているからね。一宇と云うのは、慥か田中智學の造語だ。元は『日本書紀』の一文を要約したもので、こっちがまあ本来ですよ。八紘と云うのは八方に延びる綱、つまり世界の隅隅までを繋ぐ綱だね。宇は、まあ大きな屋根の意かな。屋根の下を宇内と謂うでしょう」

はいと益田は畏まる。

「だからね、これはまあこの世界に生きる人は凡(すべ)て一つ屋根の下に暮らす家族のようなものだ――と」

「そ、そんな良い意味でしたか」

木暮は細めた眼を一層に細くした。

「解釈次第でしょう。亜米利加(アメリカ)さんが戦後その文言を問題視したのは、大日本帝國が侵略スロオガンに仕立てたからですよ。大東亜共栄圏(だいとうあきょうえいけん)構想に利用したんだな。世界を一家と為(な)したとして、その家長はこの国だ、と云うことでしょう。それじゃあ世界征服だ。大意は近いけれど、侵略の旗印にするのは一種の曲解だと僕は思うけどね」

「はあ」

「でも、そうじゃあないんだなあ」

木暮は腰に手を当てて石塔を眺めた。

「とは云うものの――今となってみるとね」

「な、何か」

「倩(つらつら)考えるに、そもそも家父長制のような考え方自体が間違っておるような気もして来てね。そう云うものが根底にあるから、何だかんだと解釈が曲がるのじゃないかとも思うようになってね」

「ま、曲がりますか」

「退職してもう長いから、色色と考える時間が出来ましてな。家族も居らんし、朝から晩まで考えておるのですよ。仕事もない訳だから。益体もないことだがね。そうすると、まあ一字でも為字でもそう変わらんのかとも思うが――でも、そもそも」

あの連中は漢字など読めんよと木暮は云った。

「だから、まあこのように放置してあるんだ。それよりも――何のご用かな」

「あ、あのですね。実を申しますと伺いたいこ、ことが」

「だから、そう硬くならんでくれ。僕は、こう云う小難しくて面倒な繰り言を述べると云う癖はあるけれど、それだけです。ただの年寄りです。連れ合いも子も居らんから、多少偏屈なだけだ」

あんたらはご夫婦かと尋かれた。益田は寸暇間を開けて、探偵と依頼人ですと答えた。

「探偵？」

「僕は行方不明のこちらの婚約者を捜している探偵なんです。すいません」

木暮は厳しげな表情で益田を一瞥し、別に謝ることではなかろうにと云った。外見が気難しく見えるだけで、実はそうでもないのだと御厨は判じた。

益田はそこで漸く名刺を出そうとしたのだが、木暮は手を翳して止め、用があるなら取り敢えず上がりなさい。寒いからと、家裡に導いた。

慥かに身体は冷えていた。

かと云って家の中が暖かかったのかと云えばそんなこともないのだった。

通されたのは広い板間で、中央に囲炉裏が切られていたが、それでも深深と冷えていた。囲炉裏に火が入っているのかどうかも判らなかった。神棚だか仏壇だか判らない立派な祭壇があって、その上には御真影——天皇陛下の肖像が掲げられている。

何処に座ったものか判らなかったので、御厨は取り敢えず入り口の横の隅に座った。

益田は所在なげに立っている。

暫くすると盆を持った木暮が入って来て、まあどうぞと囲炉裏の傍に座布団を並べた。盆の上に載った湯飲みからはもうもうと湯気が上がっている。矢張り寒いのである。

「独り住まいなので何のお構いも出来んがね」

「ど、どうぞお構いなく。こちらこそ手土産も何も持って来ませんで上がり込んだりして」

それこそ構わんよと云って、木暮は笑った。矢張り、それ程気難しい人と云う訳ではないのだ。

益田は改めて名刺を出し恭しく差し出した。

「探偵なあ。警察でもないのに探偵をなさるご商売ですか」

「ええ、まあ。警察を辞めてまでもそんな仕事をしておりまして——あ、俗に謂う私立探偵と云う奴です。ほら、あの明智小五郎なんかと一緒」

その人を知りませんと木暮は云った。

「その人も警察関係の方ですかな？」

「そうではないんですが——まあ、調査したり捜索したりする仕事です。それで、こちらは僕の依頼人の御厨冨美さんです。実はこの方の婚約者の行方を捜しておりますのですね、僕は」

「ほう。それで——どうして僕の処なんかに？　まあ、もうお判りだろうが、僕は村の者からも変わり者と思われておってね。嫌われておるとまでは思わんが、訪ねてくる者は殆ど居ないのですよ。用がないから」

「ええ、その」

「僕はね」

木暮は板間に置いた益田の名刺に一瞥をくれた。

「益田——君か。誤解のないように改めてお断りしておくがね、さっきも云った通り、僕は国粋主義者じゃあない。戦争賛美者でもない。世間の区分と云うのは雑なものだから概ね一緒くたにされるし、村の者も多く誤解しておるから、君もそう云う先入観を持ったのだろうが——」

「はあ」

「仕方がないとも思うがね。僕はね、簡単に云うとね、祖父の代からの、筋金入りの尊王攘夷主義者なのですよ」

「へえ？」

「時代錯誤な――と思ったろうね。まあ、この昭和の世に攘夷と云う考え方は、攘夷と云う言葉も含めて相応しいものではないと、それは承知しています。僕は外国が悪いとは思わんし、外国の人や文化を見下したりするのはいかんことだと思う。まあ同時に見下されるのも敵わんがね」

「まあ、はあ」

「武力や財力を以て国や文化を蹂躙されるようなことはあってはならんだろう。僕の攘夷と云うのは排外論ではなく、そう云う意味です。異国人を異国人だからと云う理由で排撃しようなどとは思っておりませんわ。尊王と云うのは、まあ構わんだろう。思想信条の自由は保障されておるんでしょう」

「はあ。さっきからハアとかヘエしか相槌が打てないことが我乍ら情けないと思いますけども――今の世の中、誰が何方様を尊敬していても、まあ構わんでしょう。と」

思いますと益田は語尾を弱弱しく結んだ。

「そうなのだがね。尊王尊王と云うと、倒幕派だったと思われてしまうんだな」

「あら。そうではない？」

「日光と云うのはね、まあ徳川の聖地です。家康公をお祀りしているんだから。僕の祖父はね、日光奉行所で同心をしていた。謂わば幕府方です」

「そうですよ――ね」

「いや、益田君。その辺が雑なのだね、世間は。親幕藩も佐幕派も、天子様を蔑ろにしようと考えていた訳ではないよ。徳川方は朝敵とされてしまった訳だけれども、それは薩長が天子様を神輿に担いだ所為だからで、別に幕府方だからと云って朝廷を滅ぼそうと思っていた者など居ないよ」

「はあ。そう云われてみればそうですね。僕は幕末史に詳しくない凡夫ですから、まあ、慥かに単純な対立軸としてしか考えてませんでしたなあ」

そうでしょうと木暮は云った。

「でもな、僕の祖父は日光奉行新庄右近将監様の命に依り、鳥羽伏見の戦いで敗走した幕府方の兵の日光入りを阻止すると云うお役に就いていたのだね。その話をすると、皆変だと云う。敗残兵だろうが脱走兵だろうが、幕府方なら匿うのが本当だろうと云うのだなあ。慥かに連中の多くはこの日光を拠点の一つとしてそのまま会津まで北上しようとしていた訳だから、旧幕軍の後押しをするのならそうなるだろうがね。でもね、日光奉行所は幕府の命でこの日光を護っていたのであって、薩長と戦っていた訳ではないのだな」

「いやあ、そうでしたかあ」

益田は頰を攣らせて御厨を盗み見た。

辟易しているようだ。

「そもそも旧幕府からは徳川慶喜謹慎故にその趣旨遵守すべしと通達が来ていたんだな。つまり、将軍自らが温順しく恭順の姿勢を示しておるのだから家臣のお前達もそれに倣えと云うことだ。幕府の命に従っただけで決して薩長方に与した訳ではない。それにね、この日光には慥かに東照神君家康公がお祀りされているが、勝道上人がこのお山を開いたのは天平神護二年、歴史の区分では奈良時代だよ。その後も源頼朝が帰依し、鎌倉幕府滅亡後も」

「あの」

「ああ」

木暮は額に皺を寄せ、そこを右手でぴたりと叩いた。

「すまんすまん。人が来るのは久し振りなんで、つい勝手に喋ってしまってな。普段は一日口を利かんのですよ。この間来た人にも散散語って、まあ呆れられた」

「この間――っていつですか」

「年明け――くらいだね。こんなに間を開けずに人が訪ねて来るなんて珍しいことだね」

そうですか年明けですかと益田は気色ばんだ。

「実はですね、こちらの婚約者の方が木暮さんの処に来たのじゃないかと――そう思ってお訪ねしたんですよ。来ませんでしたかね？　寒川秀巳さんと云う男性なのですが」

「ああ、寒川さん」

来たと木暮は云った。

「来ましたか。ご記憶にある！」

「僕はもう七十超してるけどね、未だ耄けてはいないですよ。その、正月に来て呆れた客と云うのが寒川さんだよ。ちゃんと憶えてる」

「み、御厨さん」

益田は御厨に顔を向けた。

前髪が揺れる。

「こちら、今のところ最後の目撃者ですよ」

「最後って」

「あ。そう云う意味ではないです。最後は今後も更新されて、いずれは本人に——ああ、すいません木暮さん、それ、正確にはいつのことですか」

「正月の四日だったかな。いや、その前に、去年の大晦日——いや大晦日の前日かな。駐在が来て、僕を訪ねたいと云う人が居るが、住所を教えても良いかと日光署から連絡があったと云う。そんなもの幾ら教えても構わんが、まあ幾ら独居老人でも正月くらいは祝うからと答えたんだな」

「それで三箇日は外したと」

「そう。酒を持って来た」

木暮は祭壇を示した。

　風呂敷で包んだ一升瓶が置いてあった。

「僕はあんまり呑まんので、未だ開けていない。警察を辞めてから、酒はめっきり弱くなってね」

「はあ。で――その寒川さんですが、その、現在所在不明で、連絡が取れないんですよ。何か、その」

「神戸に行くと云っていたな」

「こ、神戸ですか」

「そうそう。何でも大事な用があるとか。そう、依頼していた何とか云う機械が入荷しただか完成しただかして、それを取りに行くんだと云っていたね」

「機械――ですか」

「ああ。横文字の名前を云っておったが、それは憶えておらんね。耄けてはいないが、明治生まれだからね。そこはもう、憶えられない」

　機械って何でしょうと益田が小声で問うた。

　御厨に判る訳もない。小首を傾げることで答えた。

「すると、もう日光には」

　いやいや、と木暮は開いた掌を向けて益田の言葉を止めた。

「寒川君は日光に居ると思うよ」

「は？　今もですか？」

「まあ、何処に止宿しておるかまでは僕も知らんがね、日光には居ると思う。寒川君がそう云っておったから」

「神戸から——戻ると」

そう云っていたなと木暮は云った。益田は御厨の方に顔を向け、薄い唇を歪めた。

多分笑ったのだろうと思うが、引き攣っている。

「居ますかぁ。日光に」

「居るのじゃないかなあ。今は交通が便利になったから、神戸なんてそう遠くはないのじゃないか。翌日には行くと云っていたけれど、一度東京に戻ったりは——」

していませんと御厨は答えた。

「なら、余程のことがない限り、先月のうちには日光に戻っとるんじゃないかね。彼は日光でやることがあるんだ——と思う。そのために僕の処に来たんだろうし」

「なる程なる程。それなら僕も捜し甲斐がありますが——そのやることがある、と云うのは？」

「そうだねえ。それは、まあ——君達は、どの程度その」

二十年前の事件のことですかと益田が云った。

「そう。知っておるのかね」

「まあ、詳しく識っているとは云い難いですが、寒川さんからこちらの御厨さんが漏れ聞いた――程度のことは識ってますね。で、木暮さんがその時の対応をされた刑事さんだったんじゃないか、と云うのは、まあ当て推量ですが」

「そうか」

木暮は腕を組んだ。眼を閉じて沈思しているように見える。

「あなたは、彼の許嫁ですか」

御厨は刹那何のことか解らず、理解した後にもごもごと能く判らない返事をした。

「大事な人にも何も云わずにおると云うのは、彼なりの理由があるのかもしれんがね。ええと、ます――」

木暮は再び板の間の名刺を確認した。

「益田君のお察しの通り、僕は彼の父親の事故死を担当した刑事です。担当と云うのは変なのだが」

「事故――なんですよね。警察の判断は」

「事故だからね」

木暮は即断した。

「まあ、いいだろう。二十年も経っておる。寒川君のお父さんは、間違いなく崖から転落して亡くなったんだ。突き落とされたのでもない」

「そうですか」

「現場検証をしたのは僕だ。足を滑らせ、滑落して、途中で放り出されるような格好になって、樹木や岩に何度も打ち当たったんだな。足跡は一人分しかなかったし、このように」

木暮は座ったまま後ろにのけ反った。

「背中側から落ちている」

「押した第三者の足跡痕はない、と」

「それ以前に、こう――彼の目の前には大きな碑があってね。彼と碑の間は何寸も空いていないから人など入れない。その碑の裏側を確認しようと回り込んで、足を滑らせたとしか思えない」

「ただね」

「はあ。では事故――でしょうなあ」

「聞いてます。どう見ても亡くなってるようにしか見えないご遺体を誰かが病院に運び込んだ――と云う話ですね。寒川さんもそこを訝しがっていたようですが」

「うむ」

木暮は腕を組んだ。

「最初はね、疑っていなかったようだ。彼は慥か あの頃は未だ学生だったんだと記憶しているが」

「疑いませんて。身内が旅先で亡くなるなんて然うあることじゃないです。事故で亡くなることだって多かないですよ。あったとしたらそりゃ大抵初めてのことでしょうし、なら、どう云う対応をされるのか、どう対処したら良いのかなんて判らんです。不審に思いようがないです」

「そうだね。君の云う通りだ。でも、そうしたことに比較的慣れてる僕等警察が、まあ奇妙だと思っていたからね。何かは感じたかもしれん」

「奇妙――ですよね。まあ普通は病院に運んだりしないで通報しますよね。救急か警察か」

「通報したんだよ」

「あ？」

「通報はあったんだ。寒川氏が転落した崖はね、村からは離れておる。いや、村の外れではあるのだけれど、人が住んでいない場所でね。当然、人通りのある場所ではない。で――あるにも拘らず、沢に人が倒れている、死んでいるようだ、崖から落ちたのではないかと云う通報があったんだ」

「そうなんですか？」

「そうなんだ。通報を受けたのは小島君と云う若い巡査で――あれは卒配したばかりだったんじゃないかな。その地域の派出所勤務だった。残念なことに先の戦争で徴兵されて、戦死してしまったがね」

寒川が捜していたと云うもう一人の警官だろう。

「報せて来たのは近隣の村の者だった——と思うがそこの記憶は定かじゃないな」

「通報者は不明ですか」

「いや、小島君は知っていたのかもしれないが。どうかな。村の者なら誰なのか判った筈だし、そうでなくても一応身許は質すだろう。でも」

木暮は眸が見えなくなる程に眼を細めた。

「そうだねえ。結局、その辺はどうでも良くなってしまったんだな」

「まあ殺人事件でなかったなら、通報したのが誰であれ、あんまり関係ないすね」

「それはその通りだがね。しかし、通報された段階では事件なのか事故なのか、何も判らないだろう。それに人が死んでいるかもしれないと聞いて放っておく訳にはいかんさ。だから小島君は急いで現場に急行したんだ。だが」

「だが——何です。そん時はもう誰かが病院へ持ってっちゃってたとか？」

「そうじゃないんだよ」

既に死体はなかったのだと云う。小島巡査はその辺り一帯を隈なく見回ったようだが、それらしい跡はあるものの、何もなかった。

「それじゃあどうすることも出来んからね。怪我人も死体も見当たらない。なら誤報か、嘘か、無事だったのか、そう思うよりない。それで一旦その話はお終いになったのだな」

「お。お終いって」

　木暮は三度益田の名刺を見た。

「君も警官だったんだろ。益田君。そう云うことが起きたとして、君ならどうするかね」

「まあ、そうですねえ」

　益田は尖った顎を突き出した。それから、

「それで――お終いですね」

　と答えた。

「仰せの通り、どうしようもないです。見間違ったか揶(から)われたかと、そう判断しますね」

「そうだろう。で、翌日さ」

　死体が帰って来たのは――。

「何と云いました？」

「死体が帰って来た、と云った」

「何処からですか」

　それは判らないと木暮は云った。

「君が云っている誰かが病院に運び込んだ――と云うのはそのことだな。病院じゃなく、診療所だがね。寒川氏が転落した崖から、まあ――一番近くにある、小さな診療所だ。設備はそこそこ整っているが、まあ医者が一人居るだけの、小屋だね」

待ってください待ってくださいと益田は繰り返し云った。

「ええと、そのご遺体が病院だか診療所だかに運び込まれたのは、じゃあ死後――」

「少なくとも一日近くは経過していた筈だね。通報があったのは――寸暇待っておくれ」

木暮は立ち上がり、祭壇から何かを手に取って元の場所に座った。古い帳面のようなものだった。

「寒川君が来た時に出して、そのままなんだ」

木暮は眼を更に細めた。

「派出所に通報があったのが六月二十五日の正午くらいだな。で、遺体が診療所に搬入されたのが、翌二十六日の午前四時三十分から四十分くらい。死亡推定時刻は、まあ二十五日の朝、遅くとも午前中だろうと云うことだね。遺体の状態からの目視判断だからその程度までしか判らない」

「いや、それは」

「変だろ」

「変と云うか、犯罪じゃないですか」

「そうだとして、何と云う罪かな。死体遺棄――ではない。死体損壊でもない。勿論殺人でもない。転落時に負ったと思われる傷の他に、外傷はなかったんだよ」

「ホントですか。転落時は虫の息だったのを、拉致して殺したとか」

「そうならその場で止めを刺して、後は放っておけばいいだろうと思うがね」

「じゃあ——転落時は元気だったのに、どこか連れてって殴り殺したとか」

「だから、それならどうして現場から連れ去ったものをまた持って帰って来たんだね？　事故に見せ掛けるためかな」

「そうですよ」

「でもねえ。見りゃ判るが」

　木暮は遠くを見るようにした。

「あの崖から転落して無事と云うのはなあ」

「じゃあ落ちてないとか。実際にはどこか別の場所で殺してですね」

「通報者はどうなるね」

「そりゃ、一味なんじゃ。口裏を」

「口裏合ってないだろ。口裏合わせるなら、殺して棄ててから通報する。何かの行き違いで時間が前後してしまったのだとしても、それで診療所に運び込む意味が解らん。現場に遺棄したなら、まあ小島君の見落としと云うことになるだろうけどね」

　そうだなあ、と益田は体を揺らせた。

「例えば死因が違うとか、その、まあ毒を——解剖してないんですよね？」

「毒？　毒をどうする」

「いやあ、まあ単なる思い付きです。去年毒絡みの事件に振り回されたもので。しかし、何であれ、何かあるでしょう。何だか判りませんけども。本気でサッパリ判りません」

「判らんのです。云ってみれば、これは——転落した死体を近くの診療所までゆっくり運んだ、と云うだけのこと、じゃないか？」

「ゆっくりって——そんなに遠いんですか」

「二十分か三十分で着く距離だな。地図上では三町くらいしか離れてない」

「そりゃ変でしょう」

だから変だと云っているんですよ、と木暮は云った。

そうなのだ。

「すると、転落したのは一日前、なんですね？」

「何の一日前ですか。亡くなったのは転落した日ですよ。死体が出て来たのが翌日と云うだけのことでしょう。これが殺人なら初動捜査に支障を来すことになるんだけれども、事故ですからね。当然、事故が起きたのは前日と云うことで捜査しましたな」

「問題——ないのか」

「問題はあるがどうしようもない。ただ小島君からの報告もあったから、現場の崖を捜索した。そしたら鞄だの何だのが出て来たんだな。被害者のものでした。それで身許が特定出来たんで、ご遺族——秀巳君か。彼に連絡を取ったんだな」

「小島さん、最初に遺留品を見落としていた――訳ではないですね、それは」

「ないね。彼はあくまで死体を捜しただけ。死体はなかったんだからね。木の途中に引っ掛かってるものなんか、見ちゃいないでしょう」

「うーん」

益田は腕を組んだ。

「そうすると」

御厨は云う。

「寒川さんのお父さんは、夜中に崖に登ったのではない――と云うことですか？　寒川さんは、人一倍慎重だったお父さんが、真夜中にそんな足場の悪い処に行くのは妙だと云っていたので――」

そう云っていたよと木暮は答えた。

「寒川氏の足取りは、亡くなった前日の夜八時くらいまでは拾えた。一方、遺体が搬入されたのは午前三時四時で、それは伝わってるからね。まあ夜中に登ったと云うことになってしまったんだがね。それは違うんだ」

「説明しなかったんですか」

「説明は上から止められた」

「な、な何でです」

「事件性はないのだから、ご遺族を混乱させるな、と云うことだったがね。まあその段階でご遺体は診療所にあった訳でね」

「警察に移送はしなかったんですね」

「事故と判断されたからね。警察署にはご遺体を保管するような設備もないしね。まあ暑くなるには未だ早かったが、もう七月も近かったし、腐敗の心配もあったから、大きな病院の霊安室に移そうかとも考えたんだが、幸い身許確認が早く出来て、ご遺族も急いで来てくれると云うからね。そのままが良いと云うことになった。そこでね、運び込まれたのは未明のことだと、多分医者から伝わったんだ。それで妙な具合にはなったんだがね」

妙な具合ではあるが、困ることもない。困ることはないが、変であることに違いはない。

どうなっているんですかと益田は問うた。

「こんな収まりの悪い話はないですよね？」

「そこだなあ」

木暮も腕を組んだ。

「まあ結論から云えば、だ。遺体を診療所に運び込んだのは、特高警察だと思われる」

「と」

トッコー、と益田は鶏のような声を上げた。

「い、愈々虎の尾ッぽくなって来ちゃいました」

木暮は濃い眉を顰(ひそ)め、眼を細めた。

「そうとしか思えないな、僕には。当時は未(ま)だ県警察も国家警察もなかったから、此処は栃木県警察部の日光署さ。指揮系統も今とは違う。それが、死体が運び込まれた日、東京の特高が何人か署に来ていたんだよ。特高かどうか確認した訳じゃないが、多分間違いないね」

「東京から、と云うのは」

「乗って来た自動車の登録番号板(ナンバープレート)で判るさ。一体何ごとだと思ったからね。東京からでも警視庁の訳はないと思った。そんな越境捜査するような事件(ヤマ)はなかったからね。上の連中が波風を立てるなと云うようなことを云ったのだって、まあ特高からそうしろと云う指示があったのか、或いは何かを察して過剰な忖度(そんたく)をしたか、そんなところでしょう」

「すると、崖からおっこった寒川博士の死体を特高がこっそり持ってって、一日寝かせて返して来たってことなんでしょうか？」

「そこだね。僕は、寧(むし)ろ盗まれた死体を特高が隠密裏に取り返したのじゃないかと考えたんだが」

死体盗みますかと益田は云う。

「宝の在(あ)り処(か)を示した地図が背中に刺青(いれずみ)で彫られてた——とかくらいしか盗む理由思い付きませんけどね。そんな『少年クラブ』の冒険小説みたいな夢物語は、まあないでしょ」

「うん」

木暮は眼を閉じた。

「寒川君——息子さんの方だな。彼が正月に来た時に、葉書が届いたと云う話を聞いたのだが、それはご存じかな」

「はいはい。寒川博士が亡くなる前日に投函したと云う葉書ですね。ええと」

「厄介なもの——です」

御厨が答えた。頭の中で寒川の声が鳴った。

——昨日、厄介な物を発見した。

——此れは大いに厄介である。

その文言が書かれた葉書を、御厨は目にこそしたが読んではいない。内容は話に聞いただけである。だから寒川の声でそれは聞こえる。

「そうらしいですな。彼は此処に来た時にもその葉書を持っていたよ。厄介なものとはまた瞭然(はっきり)とせんもの云いだがね。考えるに、その崖上の碑か、その辺りにある何かなんじゃないか——と考えてもいいように僕は思う。どうだろう」

「碑ですか。それって」

益田は御厨に顔を向ける。

「燃えていたとか云う碑のことじゃないですかね」

「燃えていた——な」

そう云っていたね、と木暮は云った。

「石は燃えんし、光ることもないがね」

「そう――ですよね」

普通はね、と木暮は云った。

それから一度背後の祭壇の方に顔を向け、礼を尽くすかのように顎を引いた。

「益田君。君はこの日本が原爆を造っていたと云う噂を聞いたことがあるかね」

老いた元刑事は唐突にそう云った。

「ま、またその話ですか」

「また？」

「いえ、まあその――この国でもかなり昔から原子力の研究がされていた、と云う話をつい最近散散聞かされたもんですから。で――まあ原爆が出来てりゃ先の大戦でも勝っていたとか、そう云う話ですか」

そりゃ無理筋だなと木暮は云った。

「先ず原料のウランがないからね。原爆が造られていたとか出来ていたとか、そう云う噂だけはあるけども、どれも根も葉もないものだし、出来ていたって勝てた筈もないと僕は思うなあ。負けた理由は他にあるだろう。兵器の威力の問題じゃないよ」

「はあ」

「しかしね益田君。研究はされていたんだ。陸軍の二号研究、海軍のF研究、共に原子爆弾を造るための計画だったそうだ。まあ、頓挫したのだが」

「そ、それが何か」

益田は苦い汁でも飲まされたような顔になった。

「チェレンコフ光と云うのを知っておるかね」

「まるで知りません」

「僕はねえ、古い人間だから、さっきも云った通り横文字は苦手だし、物理学の知識もないから、甚だいい加減だがね。放射能だか放射線だか、そう云うものと関係した光なんだそうだ。これはね、青白い。丁度、幽霊が出て来る時の陰火のような感じなのかな」

「いや、待ってくださいよ。原子力とこの話は関係ないですよね？　ないと云って欲しいです」

木暮はもう一度腕を組んだ。

「寒川君のお父上は植物学者だったそうだね」

そのようです、と御厨が答えた。

「植物病理学者と聞きましたけど」

「そうそう。寒川君もそう云っておったね。環境が植物に与える影響なんかを研究しておったとか」

「はあ。これもまた聞きですが放射線の影響なんかも調べていたとか――って」

虎ですと益田は云った。

「君は時に解らんことを云うな。その、寒川博士が見付けた厄介なもの、息子の寒川君が観たと云う燃える石碑――それでね、僕はまあ当時から抱いていた疑惑のようなものをね、半ば確信した」

「確信しないで欲しいです」

「何故だね」

「それ、かなり危ない話じゃないんですかね」

「大変に」

木暮は振り返った。

「僕はね、何度も云うが尊王を礎としておる。だがね、益田君。歴史を顧みるに、政府であれ幕府であれ、真の意味で尊王たり得た政権があったかね」

「は？」

「徳川幕府は帝を排斥したりはしなかった。名目上は持ち上げていただろう。だが、それは矢張り名目上なんだよ。旧幕時代の朝廷は蔑ろにされていたとしか思えん。じゃあ新政府はどうか。慥かに帝を頂点に置いたことは間違いない。だが、結局担いだだけだよ。自分達のいいように利用したとしか僕には思えない。揚げ句が、この戦争だ」

「まあ、それで、その」

「原子爆弾はね、多分造れなかった。造ったって戦争に勝てたとは思えない。だがね——誰かが何かを造ってはいたんだ。この」

日光で、と木暮は云った。

「何を造るって云うんですか木暮先輩。真逆(まさか)、この日光の山にウラニュウムの鉱脈があるとでも云うんじゃあないでしょうね？」

「そんなものはないだろう。だが、何とか云う博士が何とか云う機械を造ったのだろう。理化学研究所の」

「ええと、仁科博士でしたっけ」

益田は確認するかのように御厨に視軸を向けたのだが、当然御厨が憶えている訳もない。

鳥口がそんな名前を云っていたようにも思うが。

「そうだ。陸軍の二号研究は仁科の二だそうだ。あのね、寒川博士が亡くなる前の年だったかな。人足が大勢この日光にやって来てね、何かをした」

「何かって何です」

「判らん。判れば話すよ。機械やら材料やらを大量に搬入してね」

「何処にです？」

「博士が転落した崖下の対岸辺りさ」

「村外れで人が居ないと云ってませんでした？」

「人払いがされてたんだよ。その辺り一帯は買収されて、住民は全員移住させられていたんだ。だから人は居なかった。村ではなくなってたんだ」

「誰がそんなこと」

「軍部――だと思うがね」

「軍――って」

「陸軍だと思うが――秘密だった。僕なんかは何も聞かされていなかった。僕はね、たかが県の警察部の捜査員だからね。この辺は自殺は多いけども、都会のように殺人事件なんかそんなにない。泥棒追い掛けたり酔漢（トラ）捕まえたりするぐらいだ。そんな大きな話は耳に入らんから。でも、移住させられた者に話は聞いたからね。来たのは軍人だったようだ」

「本当ですか？　しかし、そんな村ァ買い占めたなら記録が残っているでしょうに」

「民間企業が買ったと云う態（てい）になっていたよ。僕もね、戦後になって色色と調べてみたんだよ。ニ号研究だってF研究だって、探らなくちゃ、あることも知らなかったからね」

「その計画の一環なんですか」

まったく別だと思うと木暮は云った。

「別――なんですか」

「時期が早いから」

「早いと云うと」

「陸軍がニ号研究を始めたのは昭和十六年のことらしい。海軍が京大を巻き込んでF研究を開始したのは、もっと遅い。亜米利加さんのマンハッタン計画だって、実際には開戦後に発動したもんだろう。しかしね、その土地買収が行われたのは、実に、昭和八年のことだからね」

「はあ。その、何とかと云う機械——何でしたっけね？　御厨さん」

「さ、がついたと思います」

「さ、さ」

木暮は帳面を捲った。

「サイクロトロン、ですか。どう云う機械か僕も知らないが、日本ではその仁科博士が最初に作ったとされていますな。それが昭和十二年のことのようです。研究や開発はもっと早くからしておったのだろうけどもね」

「それよりも早いんですか」

「だから、先に造ろうとしておったのではないかと僕は思うんだ」

「先って——理研よりも先に完成させる、と云うことですか？　何の意味があるんです？　まあ早いに越したことはないような気もしますけど、お話を信じるなら主導しているのは陸軍じゃないですか。競争させようとでも？」

「益田君。所属や立場が一緒だからと云って、何もかも一枚岩と云うことはないよ。僕は天皇制は支持する立場だが、明治政府の遣り方も、今の政府の遣り方も認めない。戦争だって認めんよ。寧ろ陛下に開戦の決断をさせた政府や軍部が無能だと思っておるのだ」

「そうでしょうけどもねえ。非現実的な話じゃないですかねえ」

「土地の買収も機材の搬入も事実だよ。そして寒川氏も亡くなっている。特高らしき連中の姿も見え隠れしておる。それは現実だ」

「まあ——そうですが。木暮先輩のお言葉を信じたとして、その意図と云いますか、目的と云いますかね、それが判らんのですが」

「叛乱——クーデターの準備だ、と思うておったのだ。僕はね。帝都不祥事件が起きたのは昭和十一年だったろう」

「二・二六事件ですか」

「今はそう呼ぶのかな。あれは帝国陸軍の皇道派が起こしたのだろう。北一輝なんかの影響があったのだろうがね。僕は、まあ彼の論の一部には賛成するが、全面的には認められないな。君側の奸を排して天皇親政の国を造るなんて謳っておったがね、遣り方が悪い。そもそも、昭和維新なんぞと謳ったのが気に喰わないな。あんなことをしたって世の中が新しくなる訳がないでしょう。寧ろ復古じゃないか。それで維新なんぞと標榜するのは、どうかね」

　脱線してますよと益田は小声で云った。

かなり場慣れして来たようで、探偵は馴れ馴れしくなっている。

「ああ、失礼。だからね、陸軍と云っても色色だったのだよ。民間企業と結託したらしい形跡もあるから皇道派ではないだろうが、統制派がすることでもない。もっと質が悪い連中じゃないか」

「質がねえ」

「そう、君、これもあまり知られてはおらんことだがね、この日光は、宮内省が開戦前に選定した非常時に於ける皇太后の避難先だったんだ。御用邸と云えば那須や葉山を思い浮かべるだろうがね。日光にも田母沢御用邸があったんです。そこはね、僕の祖父の朋輩だった日光同心の小林と云う銀行家の別邸があった処でね。明治に造られて、大正天皇のご静養の地となった。其処が有事の避難先となったんですな。皇太后様は避難されなかったが、昭和十九年には東宮様がお移りになられ、学習院のご学友も金谷ホテルに疎開となった」

日光とはそう云う場所なんですよと、木暮は低い嗄れ声で云った。

どう云う場所なのか御厨には判らなかった。

「あれはいつのことだったかなあ。敗戦の色が濃くなった時分、仙台なんかも爆撃されて、この日光の空にもB29が飛んだ。御用邸から半里ばかりの処に精銅所があったから、これは爆撃され兼ねない。危ないね。だから皇太子様は日光湯元に移られた。其処なら精銅所から十里は離れておるからね」

「いや、それは解りましたがね、先輩」

「うん。話が回り道をしておることは承知しています。結論から云えばね、僕はその何者かは、陛下を害し奉ろうとしていたのではないか——と、そう怪しんでいたのだね」

「それ」

物凄い飛躍だと思いますけどと益田は云った。

「いや、気を悪くしないでください。頭から否定するような気もありませんし、馬鹿にしている訳じゃないですから。ただ、それは突飛過ぎると思いますよ僕は」

「僕もそう思う」

「でしょう。まあ実際、御用邸はあったんでしょうし皇太子様も疎開されていたんでしょうけども、陛下がいらした訳じゃないんでしょう。まあ戦時下ではなかったとして、御用邸を襲うと云うのなら那須だって葉山だっていい訳ですし、先ずは皇居じゃないんですか？　何故日光なんです。しかも、何ですか、そのサイクロ何とか。それは別に、武器じゃないんでしょう。そもそもどうして陸軍が」

その通りだと木暮は云った。

「解ります。益田君の云う通りだと僕も思う。それでもね、どうしても拭い切れない。少なくとも、あの旧尾巳村の一画で原子力に関わる研究なり何なりが行われていたことは、間違いないと思う」

「百歩譲ってそうだとしても、です。それが陛下を害し奉るため——と云うのが、理解出来んです」

「うん」

木暮は大きく首肯いた。

「正にそうだろうね」

「じゃあ」

「僕はね、戦争を終わらせるため——だったのじゃないかと考えていた」

「それは変じゃないですか。そもそもその村の買収は昭和八年とかでしょう。未だ始まってないですよ戦争。来るべき戦争に備えて——始まる前から終わらせることを考えてたとでも云うんですか。しかもこの国の天辺を排除する形で？　何だか破綻していませんかね。それに、原子爆弾は造れないって木暮さんご自身が仰ったじゃないですか」

「云いましたな。爆弾は造れない。でも、他のものは出来る。広島や長崎の悲惨な現実を見れば判るように、放射線と云うのは深刻な健康被害を齎すもんじゃないのですか」

「そっち——ですか？」

「そうじゃないんですかな。恰も、御所の上に黒雲を伴って夜な夜な現れ、帝の健康を害し奉った」

鵼のように。

「寒川博士はそれに気付いたと？」

「それは判りませんな。気付いたのだとして、彼は事故で亡くなった訳でしょう。ただ、遺体が一旦持ち出されたのも、その辺に理由があるんじゃないかとは思います。例えば被曝していたとしたら——まあ、それでどうすると云う話ではあるんだが、判りませんよ」

「ううん」

益田は腕を組んで唸（うな）った。

「そう云うお話を、お正月にやって来た寒川秀巳さんにもされたんですか、木暮さんは」

しましたと木暮は答えた。

「納得していた。彼には彼なりに思うところがあったのでしょう。その、神戸で受け取る機械と云うのもね、お父さんの遺品の中に、ある筈なのになかったものだ——と、云っていた」

「全く、一つも解りませんね」

益田は泣きそうな顔を御厨に向けた。

蛇（六）

溶けかかった雪が再び凍って、地表が押し固めた欠氷（かきごおり）のようになっている。ざくざくと歩く度（たび）に何かを踏み壊すような音がした。

左右に家屋は在るが、皆廃屋である。窓硝子（ガラス）は割れているし、土壁は崩れ、板は朽（く）ちている。屋根に孔（あな）が開いている家まである。凡（およ）そ人が暮らせる態（てい）ではなかった。

久住は関口と二人で丑松云うところの何もない場所を歩いている。

好天とは云い難い。

中禅寺は昨日も戻らなかった。

もう三日も泊まり込みで作業を続けているようである。尤（もっと）も、久住は中禅寺が何を為（し）ているのかを判っていない。

一昨日。

丑松夫婦との無駄話は、気付けば一時間以上に及んでいたのだった。流石に気が引けたので、登和子の見舞いに買った菓子折りを渡して辞した。その後、関口は市内の目ぼしい病院を当たってみようかと提案して来たのだが、止（や）めた。

慥（たし）かに、幾ら数が多いと云っても地方都市の病院の数はそれ程多くはないだろう。東京とは様子が違う。

しかし、それはどうなのかと久住は思ったのだった。何軒か回れば当る可能性はある。場合に依っては登和子に遭（あ）えるかもしれない。でも。

――会ってどうする。

話すことなどない。そもそも登和子は旅舎（ホテル）の従業員で、久住はただの客なのだ。仕事を休んでいるからと云って客が捜し回って会うと云うのは常軌を逸してはいまいか。

そもそも、思い返せば久住は登和子から逃げ回っていたのであるし。

話すことがないからだ。

その日はそのまま旅舎に戻り、部屋で独り夕食を摂って、寝た。台本を書こうと一二時間机に向かったのだが、ただ苦悶しただけで全く進まなかったのである。

昨日は昨日で、久住は生まれて初めて庭球（テニス）と云うものをさせられた。午（ひる）までぐずぐずと過ごし、原稿用紙を睨んでいても埒（らち）が明かないのでロビーに降りると、そこであの変わった男に捕まったのだ。

榎木津礼二郎――この旅舎の経営者の弟なのだと云う。つまり、久住の劇団の支援者の外孫、と云うことになる。

関口の話ではこの麗人は探偵なのだと云う。

その関口は既に捕まっていた。

――キミはこのサルの友達なのか！

探偵は久住の顔を視るなりそう叫んだ。

――サルの友はヘビなのか。そうかあ。

そう云い乍ら探偵は大股で近付いて来た。

――ヘビと云うよりトリかなあ。

意味不明だ。だが近くで観ても整った顔立ちの男ではあった。

榎木津は馬鹿だなあキミもと云いつつ久住の肩を摑んでゆさゆさと揺すり、そして、こんな猿と付合うと祟りがあるから僕と遊ぶのだと、より一層に意味不明なことを云ったのだった。どうやら、庭球の相手をしてくれていた外国人が帰ってしまって探偵は退屈していたらしい。しかし関口は頑なに遊戯の相手を拒んでいるのだった。下手なのだ。

結局、二対一で庭球をすることになった。なったと云うより強制された。関口は聴き取り難い言葉で抗議を続けたが何の効果もなく、結局は従った。どうもこの冴えない小説家に拒否と云う選択肢はないようだった。況て久住に於てをや、である。

半日付き合わされて、へとへとになった。連日これでは堪らないから、今日は二人揃って外出しようと夜のうちに決めておいたのだ。

寒い。

無為の極みですねえと関口が云った。

「無為――ですか」

「無為でも、出て来て正解です。久住さんは、もうあの男にマークされてしまいましたからね。僕が居なければ必ず標的にされます。一人で逃げるのは気が引けたもので――」

破天荒な人ですねえと云うと、動いたり喋ったりしなければ善い人なんですがと関口は答えた。

「生きているので動くし喋りますからね。結局、昨日のように半日使役され、その間罵倒と嘲笑を受け続けるんですから敵いません」

「まあ、そうですが」

久住は、強ち悪い気はしていない。走ったり転んだり笑われたり誹られたりしている間は何も考えていなかった。その間は登和子のことも、戯曲のことも忘れていた。

榎木津の高笑いしか記憶に残っていない。

何故、この場所を再訪したのかは判らない。

関口にも判らないだろう。そもそも一昨日この旧尾巳村を訪ねたのは登和子の住居を探していたからであり、それが何処かは判明したのである。

登和子に会おうと思って来た訳ではない。

多分、彼女は今日も家には居ないだろうと、久住は何故かそう思っていた。

どうしても会いたいのなら彼女が現在居るのであろう病院を探すのが順当なのだろうと思う。だがその気はなかった。一応、登和子の家だと教わった建物の前で声を掛けてもみたのだが、案の定留守のようだった。

そのために来たのなら、帰る。

でも久住も関口も登和子に会うために来た訳ではないのだった。だから戻ることをせず人気のない行き止まりのような土地を徘徊しているのだ。久住にも関口にも無人の廃村を彷徨わねばならぬ理由は何もないのだが。

結局巻き込んでしまったようで何だか申し訳ないと云うと、関口はそれは違いますと答えた。

「榎木津の魔手から逃れるために来たのじゃあないですか。あれは僕の友人ですから」

そう云って関口は僅かに笑った。

「それにこの先に行ってみようとあなたを誘ったのは、僕の方ですよ」

「そうですが——」

鳥でも飛んでいないかと見上げてみたが、空は白く濁っているだけだった。

町中よりも気温は低いのだろうか。

丑松の家も暖かくはなかった。

そもそも暖を取ると云う名目で寄せて貰ったように思うのだが、暖房めいたものは何もなく、天井の高い土間は正直冷えていたのだ。それでもここまで寒くはなかったと思う。屋内の気温はそれでも外気よりは暖かかったのだ。茶が効いていたのかもしれない。

今日は一段と寒く感じる。身が縮む程である。

——もう。

登和子には会えないだろう。

久住は何処かでそう思っている。それは会いたくないと云う気持ち故なのか、それとも会いたいと云う想いの裏返しなのか、久住には判らない。寂寥感とも、喪失感とも違う。久住は淋しい訳でも何かを失った訳でもないのである。ただ、そうした寂寞とした感情に、この朽ちた景観は能く合うものだった。

「それにしても、どう云うことなんでしょうね。買い取っておいて、そのまま放置と云うのは」

「うん。利用価値があると見越して青田買いのようなことをしておいて、結局は見込み違いで放置、みたいなことは、ままある話のようですよ。多少気になるのは、買ったのが何者なのか能く判らないと云うことですよ。軍人のような人が居たと、丑松さんの奥さんが云ってたでしょう」

「軍部が買ったんでしょうか」

さあ、と関口は曇った声で答えた。

「何だか不穏な気になりますよね。しかしもうこの国に軍隊はないんですからね。当時の軍部が買い上げたのだとしたら——どうなるんでしょう。国有地と云うことでしょうかね」

それはどうかなあと小説家は云う。

「僕は去年」

消えた村を捜しに行ったんですと関口は云った。

「消えた——と云いますと、廃村とか、町村合併とかそう云う」

「そう云うのじゃないんです。本当に消えてしまったんですよ、其処は」

物理的にですかと問うと、関口は何をして物理的と云うのかなあと、強張ったような笑みを浮かべて遠くを見た。

「堰堤に沈んだとか、山崩れで埋まったと云うことをして物理的とするのであれば、勿論違います。でも心理的と云ってしまうと、錯覚だとか錯誤と思われてしまいますからね」

そうではないのかと問うと、そうではないんですよねと云って、関口は口吻を突き出し眉を顰めた。

「巧く説明出来ませんが、厳然として在るのになくなってしまうものと云うのは、あるんですよ」

関口は一軒の廃屋に近寄り、戸口に手を掛けた。

「此処には家があるでしょう。見えるだけでなくこうして触れるんですから、これは間違いなく存在するんですよ。この家で暮していたのが誰なのか、それは調べれば判ることなんでしょう。でも、此処での暮らしは、もう知る由もないですよ。生活していたご本人に尋いたって、判りはしない」

それはそうだろう。

当たり前のことだ。

時間は流れる。物体は残るが、過去と云う時は消えて行くものである。そう云った。

「そうなんですよ。その村は、過去と云う時に紛れるようにして消えていたんですよ」

関口はそう云った。

能く判らなかった。

「どうなったんです、その村は」

「ああ。再びこの現世の時間に戻って来たようですね。僕は結局行けてないのですが――ああ」

あれが診療所でしょうかと関口が指差した。

診療所には見えなかったが、他の家とは明らかに違っていた。間口が広いのだ。とは云うものの、看板が掲げられている訳でもなく、それらしい装いは何処にもない。

廃屋――である。

久住がそう云うと関口は廃屋は廃屋ですが、と煮え切らない返事をした。

「何か？」

「廃屋になってからの時間経過が浅いように思いませんか。他の家家はもう、殆ど朽ちている感じですが、彼処は未だ生活感が残っている——ように思うのですが」

どうも語尾が曖昧だ。自信が持てないのだろう。

だが、改めて観てみると慥かに関口の云う通りにも思えた。丑松夫妻の話した通りであるならば、この朽ち果てた家並は主を失って二十年から放置されていることになる。

一方こちらも丑松夫妻の言を信ずるなら、診療所は昨年まで人が住んでいたことになる。その差は大きいだろう。屋根や柱の傷み具合に大差はないのだけれど、何処とは云えぬまでも関口の云うように暮らしの残滓のようなものが見て取れる気がした。

とは云うものの、硝子も割れているし家の前が掃除されている様子もない。廃屋であることに変わりはないのだが。

「何か動きましたね」

関口はそう云って、伸びをするような姿勢になった。野良猫でも棲み付いているのじゃないですかと云って久住は診療所の残骸に近付く。

「昨年まで人が居たのであれば——そう、何か食べるものでも残っているとか——寒いですからね」

そんなことを呟き乍ら戸口から覗き込むと、予想に反して中には人が居た。

硝子の割れ目から小さな背中が窺えた。

一瞬、女児――に見えた。

しかし白衣のようなものを着ている。小柄な女性なのかもしれない。

久住の視線に気付いたのか、背を向けていた人影はすうと振り向いた。

矢張り子供か、と久住は思ってしまった。

顔の造りが稚い。どう観ても少女である。眉の辺りで禿に切り揃えられた前髪が、そのあどけなさを助長している。

久住は刹那、見蕩れてしまった。雛人形のように華奢で綺麗だ。でも、子供ではない。

少女――いや、その女性は、ほんの少しだけ眉を顰めて、何か御用ですか、と云った。

「ああ――」

久住は大いに慌てた。

「ひ、人を捜していまして」

嘘である。

否、嘘と云う程の嘘ではないのだが、少なくとも今は捜していない。無為にうろついていただけだ。

その人は戸を開けた。

久住は益々目の遣り場に困った。年齢は不詳だが明らかに子供ではない。ボブカットの小柄な女性なのである。間近で接接と値踏みでもするかのように見たりしてはいけないと、久住は二歩三歩退いた。

「この辺りの集落は無人のようですけど――迷子か何かですか？」

「迷子ではないです。その――村外れにあたる家のですね、何と云いますか」

背後から関口が近付いて来た。

「こちらの診療所の方ですか」

そうか。先ずその点を尋ねるべきだったか。

「そこの桜田――いや浅田か。浅田さんのお婆さんが、こちらの診療所で診察を受けていたようなんですけど、数日前に容体が急変したようで、その」

「患者さん？」

「いや、こちらの先生は、その、亡くなられたと云うことは聞いていたんですが、何と云いますか」

結局口籠ってしまうのだ。久住は関口の後を接いだ。質問する側に回るべきだったのだ。

「二十一日の夜に町の病院に運ばれたようなんですけどね、それ以来どなたもいらっしゃらなくて。連絡も付かないし、入院先の所在も含め、まるで判らないんですよ。それで、途方に暮れて、まあ」

「この診療所に？」

「ええ。何か当てがあった訳ではないんですけれども。失礼ですが、この診療所の関係者の方――ですか？」

「ええ。いえ、関係者と云えばそうですが――」

「あ、これは失礼」

久住は名乗り、それから関口を紹介した。

「関口――さん？」

「はい、小説家の関口巽さんです」

止して呉れ給え久住さんと云って、関口は襟巻きに顔を埋めるように下を向いた。雛人形のような女性は小首を傾げて関口を見詰めた。

「関口――君？」

「くん？」

どう云うことか。関口は落ち着きなく視軸を揺らせて関係のない方ばかり見ている。

「関口君でしょう」

「お、お知り合いですか？」

久住の問いは軽い笑顔で躱された。

「憶えてないか。十年以上前にほんの何回か会っただけで、多分、話もしてないし」

そこまで云われても未だ関口はその女の顔を見ようとはせず、含羞むように地べたを見ている。女は困ったような笑みを浮かべた。

「あら、相変わらずみたいね。小説家になったと云うことだけは、何となく聞いてたんだけど——あの頃と同じだね。そう、あの人——中禅寺君は」

そこで関口は顔を上げた。

「中禅寺君は——元気で居るの？　未だお付き合いはあるの？」

「え」

関口はやっと顔を上げ、少女のような女性の方に視軸を向けた。

「あなた——慥か」

緑川ですとその人は云った。

「緑川佳乃です。矢っ張り忘れてたか」

忘れてないです忘れてないですと、関口は慌てて云った。

「忘れてないですけど——」

「関口君、あの後引き籠っちゃったものね。それからはごたごたしちゃって、多分私、会ってない。だから、それ以来」

「ああ」

関口は左手を額に当て、何かを拭い去るように顔を撫でた。

「あ、京極堂は」

「京極堂？」

「いや、中禅寺は相変わらずです。今は古書店を」

「古本屋さん？　高等学校の先生になったとか聞いたけど」

「三年前——もう四年になるのかな。退職して、古本屋を——その店の名が、京極堂なんです。だから、ああ、今、彼奴（あいつ）もこの日光に来ていますよ」

少女のような女性は、瞳だけを空の方に向けた。

「近くに——居るんだ」

「居ます。僕は彼奴のお供で来ただけで——彼奴は仕事なんですよ」

「古本屋さんの？」

「調査の手伝いだとか——ここ二三日は東照宮だか輪王寺だかに泊まり込みで仕事をしていますよ。それよりも、その、緑川さんは」

「ちょっとね」

女性——緑川は莞爾（にこり）と微笑んだ。

聞く限り、この人は関口と同年代——と云うことになるのだろうか。ならば久住よりも齢上と云うことになるのだが、どう観てもそうは見えない。十は下に思える。小柄な所為（せい）だけではないだろう。

「この診療所で医者をしてた人は、私の大叔父なんだ。二十年以上音信不通で、もう会えないと思っていたんだけど、まあ亡くなってたからね」

「そんな」

「嘘っぽい話——って云いたい？　偶然だよね」

入る？　と緑川は問うた。

「何だか事情がありそうじゃない。寒いよ」

実際、身体は深深と冷えていた。

「そこら中が隙間だらけだけどストーブがある。多少は暖かいよ」

緑川は廃屋に久住達を招き入れた。

予想に反して中はかなり暖かかった。

「お茶も何にも出ないけど。その辺に座って。まあ私が勝手していいかどうか微妙なとこなんだけど」

「いや、有り難いですが——」

遺品整理よと緑川は云った。

「そのつもりだったんだけど、遺品なんか何もなくて。書類だのカルテだのだけ」

久住は見渡す。

慥（たし）かに殺風景な部屋だった。

棚には薬品が並んでいるし、病院らしい設備もあるにはあるのだけれど、どれも二昔くらい時代が古い感じがした。手洗い用の洗面器などは明らかに時代物である。机も椅子も古びている。久住は何故か通っていた北国の小学校を思い出した。

緑川は久住と関口に椅子を勧め、自分は寝台に腰を掛けた。

その、ぴょんと跳ねるような腰掛け方と云うか所作は、どう見ても幼子のそれなのだけれど、しかし緑川がただ子供っぽいだけの人なのかと云うと、決してそんなことはないのだった。この人は矢張り大人の女性なのである。

魅力的な人だと思った。久住の周囲には居ないタイプである、小柄で華奢であることは間違いないのだが、彼女を上手に云い表すだけの語彙を久住は持っていない。

関口は、思うに医者が座っていたのだろう椅子に浅く腰掛け、漸く襟巻きを外した。

小説家って大変なのと緑川は問うた。

「僕は——小説家と云っても、箸にも棒にも掛からない駆け出しの三文文士ですから、大変なのは生活の方ですよ。いや、書くのも大変なんだけども」

関口君全く変わってないと云って緑川はころころと笑った。

「あの、榎木津さんは？」

「榎木津も日光に居ますよ。と云うか、三人一緒に来たんです。ええと」

「もしかして、あの日光榎木津ホテルのオーナーって、あの榎木津さんなの？」

違いますオーナーは兄貴の方ですと、関口は何故かそこだけ明瞭な発音で云った。

「そうなんだ。あの人、経営者って感じじゃなかったもんねえ。それから、何と云ったかなあ、あの眼鏡かけた」

「大河内ですか？　藤野先輩かな。大河内は元気ですが——藤野先輩なら——亡くなりました」

関口はその時一瞬、頬や眼に陰鬱を湛えた。

「で、緑川さんは、その——」

「私？　私も医者の端くれ。でも、所謂お医者さんじゃなくって、地方の大学の、研究室の下っ端の助手。基礎の方だから患者診たりしないの。顕微鏡で組織覗いてるだけ」

凄いですねと久住が云うと、それは女だからってことでしょうと云って緑川は笑った。

「全然凄くないから。男性ならそんな人いっぱい居るしね。基礎医学は臨床に見下げられてたりする傾向もあるし。まあ、人間相手にして命の遣り取りするの、少し重くってさ」

腰が引けてるのね、私——と緑川は云う。

「命の遣り取りって、まるでやくざみたいな云い方ですよ」

「だって、医師の判断次第、処方次第で患者さんの命が削られたり、時にはなくなったりするんだから同じことでしょ」

「誤診——と云うことですか」

「そうだけど、誤診じゃなくてもそう云うリスクは常にあるの。だからそのリスクを減らすために基礎医学があるんだと、勝手に納得してるのね、私。基礎の研究成果は臨床の方のリスク軽減に繋がるんだから、一応正しい。でも、単に責任取りたくないだけかも。別に偉くも何ともないのに生殺与奪の権を握っちゃう――みたいなのが苦手だったの」

その辺は大叔父の影響ねと緑川は云った。

「いや、でも大叔父さんと云う方は、町医者と云うか、お医者さんだった訳ですよね？」

それが違うのよねえと云って緑川は左右の棚を眺めた。

「何か、変なプロジェクトに参加してたみたい。全然知らなかったけど。結局それが終わるかして、ただの医者として此処に残ったんだって、昨日聞いたのね。大叔父、何かを」

諦めたんだろうって。

「諦めた？」

プロジェクトってこの一帯を買い占めたとか云う件ですかねと久住は関口に問うたのだが、小説家は何故か上の空で、能く聴き取れない曖昧な返事をしただけだった。

「大叔父、身寄りがないのね。此処で亡くなって、一定期間は保管されるみたいだけど、無縁仏で処理される寸前に連絡が付いて――私、年度末の前後は大学が忙しいから、こんな半端な時期にお休み取って遺骨を引き取りに来たんだけど――そのまま帰ると云うのも、何でしょ。折角だから何処でどんな暮らしをしてたのか見に来た訳」

そしたらね、と云って緑川は部屋を見回した。

「鍵も掛かってないし、荒れ放題の放置状態。薬品なんかもある訳だから不用心でしょう。処分するものは処分しなくちゃ駄目でしょ」

「劇薬なんかもあるんでしょうしねえ」

「あるのよ。だから役所にそうご注進したら、そちらで処分してくださいとか云うのね。まあ、なら遺品くらい持って帰ろうかと思ったんだけど」

ない、と緑川は云った。表情は幼子のようである。

「書類とか、何だか判らないけどこのままでいいのかどうか判断出来ないし、カルテなんかは秘匿すべき個人の情報でしょ。だから、燃やした方がいいかなと考えてた」

「も、燃やす」

「持って帰れないでしょ。持って帰ったってその後どうすればいいのか解らないし、先ず私も覧ちゃ駄目な気がする。守秘義務があるのよ医者は」

だから燃す、と緑川は云った。

「暇なら手伝ってくれない？」

「ひ──暇ではあるんですよ」

関口の様子を窺う。船酔いでもしたような表情で小説家は脱力している。瞼が弛緩しているので、不似合いに長い睫毛が殆ど瞳を覆っている。

「まあ、その」

「御免ね」

「な、何です？」

「こっちの事情ばっかり捲し立てちゃって、あなた達も、訳ありなんだよね。云えないこと？」

「あ――」

関口に顔を向けると、小説家は今度は久住の方を向いていた。視線に力がない。それもその筈で、関口は久住が巻き込んだだけの第三者なのだ。訳ありの訳は、凡て久住の訳なのである。改めて自己紹介をし、久住は此処に到るまでの経緯を語った。

守秘義務などはないのだろうが、個人的かつ深刻な事情ではあるから語り難かった。緑川は真剣に聞いていたが、話し終わるや否や微笑んで、じゃあ燃やそう、と云った。

「ああ。はい？」

「でも、燃やすためには書類を棚から出さなくちゃならないし、そしたら厭でも見えちゃうし、困ったね。見えると読めてしまうから」

「はあ」

緑川はベッドからぴょんと飛び降りて棚に差してある書類を眺め、これは後、と云った。

それから関口の前まで進むと、関口君除けて、と云った。

「あ？　ああ」

関口は立ち上がった。

「こっちからやろう」

緑川は机の下の抽出を開けた。

「ここにカルテがあるのよね。五十音順じゃなくて日付順。普通は名前で管理するもんだけどね。最後に診療したのは浅田トヨさんか」

「浅田って」

覧ちゃうよねと緑川は云った。

「大掃除の時の畳の下の古新聞とか。読んじゃうでしょう。ああ——心臓ですね。腎臓もか。ご高齢だし、大きな病院でちゃんと手当てしないと——」

そこで緑川は顔を少し上げ、上目遣いで久住を見詰めた。

「あのね、精一杯小芝居してるんだけど、久住さんも関口君も汲んでくれない訳？」

「ああ」

久住は緑川の横に並んでカルテを覗き込んだ。

「ええと、じゃあ、桜田——さん、いや」

「桜田？　桜田妙子さんは、一昨年の十一月に亡くなられていますね。死亡診断書も大叔父が書いたようです。この方は——そうか。結節性甲状腺腫、甲状腺の癌ですね。いや」

それだけじゃないか――と云って、緑川は眉間に小さな皺を作った。

「辛かったろうなあ。もっと早くにちゃんとした医療機関で治療していればねえ」

この国は未だ誰もが十分な医療行為を受けられるような国じゃないのよね――と緑川は独り言のように呟いた。

「戦争止めただけマシだけど。で――桜田さん桜田さん――桜田裕一さん。昭和十九年の九月に亡くなられてます。心不全って、亡くなる人の心臓は九分九厘不全なんですけど――あら、これ卒中みたい。脳血管障碍だと思う」

殺されてないよと緑川は云った。

「この人がお父さんでしょ」

「いや――違います。その」

支那事変の頃だと丑松は云っていた。

「名前は――」

田端だと関口が答える。

「そうです。下の名は判りませんけど」

「支那事変って何年？」

「瞭然とはしないですけど、盧溝橋事件が昭和十二年じゃなかったですか。それから――」

どこまでを日中戦争とするのか、久住は解っていない。

その頃はずっと戦争をしていて、気が付けば太平洋戦争になっていた――そんな印象しかない。

「田端ねえ」

緑川はカルテを捲る。

「あら。昭和十三年三月。田端登和子さん」

「登和子？」

「男じゃないよ。しかも六歳」

「そ、それが――」

「それって？ 真逆この田端登和子さんがお父さんを殺したって云うの？ 六歳だよ。しかも――あら山棟蛇に咬まれたんだ。この子」

「山棟蛇ですか」

ずっと半端な処に立っていた関口が久住の横に付けた。何に反応するのか能く判らない。そう云えば何日か前、山棟蛇はあまり咬まないとか毒もないとか云っていたように思う。

「重篤だったみたいよ」

「重篤って」

「咬み傷が一箇所じゃないから何度か咬まれたってことなのかしら。それで毒が」

「毒って、山棟蛇ですよね。あれは無毒なんじゃないですか」

　緑川は関口の顔を見上げる。関口はおどおどと視線を逸らせた。

「私は蛇に詳しい訳じゃないけど、所見を覧るにそんなことないみたい。未だ小さかったからだろうけど、口腔内など粘膜部分からの出血、皮下出血、腎機能の低下――って、これ毒でしょう。一時的に視力の低下もあったみたいだし、これ」

　九死に一生を得たって感じだよと緑川は云った。

「快復するまで一月以上掛かってるし」

「山棟蛇でもそんなになるんですか？」

「だから私は蛇が専門じゃないから知らない。血液のサンプルでもあれば成分分析くらいするけど。でも、ただ咬まれただけでこんなにはならないよ」

　生物毒って未知なのよと緑川は云った。

「捕食した他種の持つ毒を蓄積しておく種だとかも居るみたいだし、毒自体も識られてないものもあるから。植物だってそう。毒だらけだよ」

　この世は識らないことで満ちているからねと、少女にしか見えない病理医は云った。

「いずれにしても、この子は昭和十三年に死にかけた。それは間違いないでしょう。医者が嘘を記載しても意味がないから、信じるしかない。まあ、自分の死後にこのカルテを盗み覧る不埒者を騙そうとして書いたんなら話は別だけど」

　そうなるとどうなるかなと関口は久住に尋いた。

「どうなるって」

「いや、登和子さんの言葉を信じるなら、彼女はその前後でお父さんを殺害した、と云うことになる訳でしょう。丑松さんが云っていた支那事変の時分と云うのは、時期としては迚も曖昧なんだけども。それは矢張り考え難いのじゃないかなあ」

「丑松さんが何か勘違いをしているのかもしれませんよ。もっとずっと——後だと云うことも」

前はないよねと緑川は云った。

「五歳じゃ流石に無理でしょう」

「当時六歳と云うことは、現在彼女は二十二歳くらいですよね。なら」

「久住さん」

関口が呼んだ。

「彼女の言葉を信じたい気持ちは判らないではないけれど、彼女自身の記憶が錯綜していると云う可能性は高いですよ。先ずはその、お父さんと云う人がいつ亡くなったのかを確認しないと」

流石小説家、と緑川が云う。

「変わってないかと思ったけど、関口君、何か頼もしい感じになったよね。もう——所帯持ち？」

　関口は何故か顔を紅潮させて、矢張り聴き取れないあやふやな返事をし、同時に首を突き出し肩を竦めた。肯定する意思表示なのだろう。

「そうだよね。榎木津さんや——中禅寺君は？」

「京——中禅寺は僕よりも先に。榎木津——さんは未だ独りです」

　そうなんだと云って緑川は一瞬表情を変えた。

「私も独身だよ。そうか。もういい齢だもんねお互いに。あれ？」

「どうしました？」

「これ矢っ張り名前の順番だね。浅田、桜田、田端って、五十音順だよね。でも、あ、こっから先は日付順なのか。変なの。もしかしたら、一般の患者とそれ以外——ってこと？」

「それ以外って」

「だからその怪しい何とか計画に参加してた人なんじゃ——あ」

　緑川の手が止まった。

「あるね。田端勲。この人かな？」

「あると云うのは、その、一、般じゃない方にあると云う意味ですか？」

「そうね。これ、カルテと云うより定期検診の結果みたいな感じなんだね。でも、ああ、週に一度やってるんだ。その」

　何だろうなあと云って緑川は華奢な手を握って顎に当てた。

「何ですか」

「この田端勲さんが、さっきの蛇に咬まれた女の子のお父さんなの？」

「名前は判りませんね」

関口も首肯いた。

「じゃあ同姓の他人かなあ」

「何故ですか」

「この人、昭和十三年の三月に亡くなってます」

「同じ時期――ですか？」

「日付は――登和子ちゃんが蛇に咬まれた日の三日後になってるけど」

「み、三日後ですか？」

殺せないよね、と緑川は云った。

「登和子ちゃんはかなり弱っていた筈。もしかしたら昏睡状態だったかも。無理ね」

「いや――その、勲さんと云う人の死因は何なんでしょう。書いてないですか」

「そうだねえ」

緑川は悩ましげに眉根を寄せた。

幼子のような面差しなので、何故か痛痛しく感じられる。書類を捲る。

「その人は何だって云ってるの？」

「何がですか」

「だって。父親を殺したって云ってるんでしょ、その人。子供だったんだろうし、誤って刺し殺しちゃうくらいしか思い付かないけど。後は事故」

絞殺のようですと久住は答えた。

「思い出すまでは、首を吊ったと信じていたとか」

「それはないですねえ。外傷はないです。これ、何だろうな。うん、あちこち傷んでるみたいね。まるで」

被曝したような感じ、と緑川は云った。

鵺（三）

鵺と云う鳥がどんな鳥なのか、緑川は知らない。

ヌエと云えば正体が知れないとか、能(よ)く判らないとか云う比喩で使われるものだろう。興味がないからそちらも能く憶えていないけれども、虎や蛇や猿などの部分を集めた怪物のことだとも聞いた。

そんなものは居ない。

そんな複合動物は存在しないし、作れもしない。

異る遺伝子情報を持った一個体——嵌合体(キメラ)は、植物などでは起り得るものだし、ある。接ぎ木で別種の木が育つような場合は、そう考えても良い。

動物の場合は、例えば血液などのレヴェルではあり得ることなのだけれど、免疫があるから成体で嵌合体を作ることは出来ない。

発生の過程でなら——例えば、双生児と云うのは二卵性であっても胎盤を共有している訳だから、胚の段階では一方の血液幹細胞が他方に移動して骨髄に定着してしまうようなことが起り得る。

そうしたことが起きた場合、二つの異った遺伝子情報の血液を持つ個体——血液嵌合体が発生してしまうことになる。しかし、それはそうだと云うだけのことだ。ＡＢＯ式と云う単純な分類で測るならＡとＯなどの異る血球を持った個体、と云うことになるのだが、そうしたことは輸血時の不具合などでも稀に起り得ることだし、それで何かが違ってしまうようなことはない。

鳥類などでは、複数の胚に由来する細胞集団から発生した個体が確認出来ているらしい。これは、例えば獅子と虎の交雑種であるライガーのようなものとは違う。混じり合うのではなく、異る遺伝子が両方あるのである。

そうでなければヌエのようなものにはなるまい。

どう考えても、頭が猿で尻から蛇が生えている虎だか狸だか——などと云う生物はあり得ない。それに、それは鳥ではない。

それは生物学的知識を持たなかった過去の人人にも判ることだったろうと思う。

あり得ないからこそ正体が判らないものの比喩にされたのだろうか。

——違うか。

正体が判らないからこそ、そんなありもしない妙な姿形が与えられたのか。

緑川は中禅寺のことを思い出す。多分、あの人ならそう云うことを詳細に識っている。詳しく教えてくれるに違いない。

聞いて識っても詮ないことなのだが。

廃屋のような診療所を出て、駅前の宿に向かう途中、緑川は鵺の声を聞いている。

いや、それが本当に鵺の声なのかどうかは判らないのだけれど。

——哀しくて淋しいぜ。

桐山老人はそう云っていた。

そう云う、啼き声だった。最初は和笛(わてき)——能管(のうかん)か竜笛(りゅうてき)のような横笛——かと思ったのだが、笛の音の訳はないのだった。悲鳴と云う程に強くもない。慥(たし)かに哀しげで、淋しげな声だった。

夕暮れと云うこともあったかもしれない。

寒かったからかもしれない。

でも鳥は、多分哀しくも淋しくもないのだ。緑川は鵺の生態を識らないけれど、鳥と云うのは求愛か威嚇か、そうした目的があって啼くのだ。

哀しく淋しく感じるのは、それを聞く人間の勝手なのである。

身勝手なものだ。

大叔父の耳にも哀しく淋しく届いていたのだとしたら、大叔父は哀しく淋しかったのかとも思う。

ひいい。ひょう。

耳に残る声である。いや、記憶に残ると云うべきなのだろうか。

関口との再会は予想だにしないことだった。

忘れていた訳ではないのだが、多分あの人達とはもう二度と会えないだろうと感じていた。縁が切れてしまったと思っていたのだ。大叔父の遠い記憶の残り香を探しに来て、何だか見付けてしまってはいけないもの——それでも酷く懐かしいもの——を見付けてしまったような、そんな感じである。

長い間何処かに置き忘れて放っておいた言葉にし難い感情が無性に掻き立てられて、緑川はそれなりに動揺もしたのだった。けれども、それでたじろいでしまう程、緑川は小娘ではない。必要以上に平静を装ったから、何かを気取られたことはないだろう。

——それにしても。

あの、久住と云う若者は、何を抱え込んでしまったのだろう。十分に動揺していた緑川よりも、ずっと揺れていたように思う。

自ら実父を殺害したと思い込んでいる娘——。

彼女と久住は旅舎のメイドと客と云うだけの関係だと云う。そして、関口に至っては何の関係もないのだ。会ったことすらないと云う。

何年前になるのだろうか。

十四年か、五年は経つか。

あの日。

関口は暗い、捨て犬のような眼をしていた。その後、彼は部屋に押し籠ってしまったから顔を見たのはそれ以来、と云うことになる。

凡そ、見ず知らずの他人が抱えた面倒ごとに首を突っ込むような真似をするタイプとは思えない。もしかしたらこの十数年の間に、何かがあったのかもしれない。そうなら。

緑川は軽く頭を振って、あの頃の切り取られた現実を追い出した。偶然再会しただけなのだ。偶然に意味はない。意味を求めるのは愚か者である。

だからこれから先の縁は――ない。

緑川の進む道と、彼等が歩いている道は、まるで別の道なのである。

来し方で一度だけ交わった幾筋かの道が、あの廃屋と云う点で偶かもう一度交わったと云うだけのことなのだ。行く末が異っている以上、点は線にはならない。

緑川はもう一度頭を振った。

――何を今更。

そうじゃない。当面の問題は、あの書類とカルテだ。あれは明らかに変だ。記述内容が変なのではない。在り方が変なのだ。

大叔父は何をしていたのだろう。

秘密の――何か。

スポンサーが付いていたことは間違いない。企業か、軍部か、それは判らない。ただ村の半分を買収するか接収するかしたことになるのだから、それなりの規模のプロジェクトではあったのだ。

——一種の裏切り行為。

桐山老人はそう云っていた。

理化学研究所に対する裏切り、と云う意味なのだろうか。理化学研究所のメンバーの誰かが行っていた研究に反旗を翻した、と云うことなのだろうか。

——この国のためにならねえとか。

——世界のためにならねえとか。

それは何だ。それから。

——虎穴に入らずんば虎児を得ずの心持ちだったんだが、穴に虎は居なかったそうだ。

どう云う意味だろう。

緑川は考える。

先入観を棄てて——棄て切ることなど出来ないのだけれど——平板に考えてみるなら。

大叔父は理研が行っている何らかの研究を危険なものと考え、その研究を止めさせるため、或いは否定するために、何者かが資金提供をする、その研究を無効化するようなプロジェクトに参加した。だがその計画は頓挫し、大叔父だけが残されて——。

——諦めた。

研究を止めさせることを諦めた、と云うことなのだろう。だが。

居なかった虎とは何だ。

大叔父がそれを求めたと云うのであれば、それは大叔父が考える危険な研究を止めるために必要なものだったと考えるのが妥当だろう。桐山老人の言葉を敷延するなら、大叔父はその研究が国益を損ねるもの、延いては人類にとって良くないものと考えていたようだ。

原子力——だろうか。

慥かに、当時理化学研究所では仁科博士を中心に原子力の実用化に関する研究を行っていた筈だ。その方面に興味を持っていなかった緑川でさえ知っているのだから、熱心に行っていたのだろう。

だが、それは国策の一環として行われていたのではなかったのだろうか。大叔父がそれを阻止しようとしたのであれば、つまりは国策に反抗したと云うことになる。そうすると、大叔父が関わった秘密のプロジェクトの支援者は、国や、当時の軍部ではない、と云うことになるのだろうか。

それも考え難いように思う。役場の大雑把な説明では、土地を買い上げたのは何処かの企業なのだと云う。ただ、買った直後に日光が国立公園に指定され、手が付けられなくなって放置、戦後になって国に返還された——と云うような話だった。

ありそうな話ではあるけれど、雑だと思う。緑川は国立公園の定義も、その範囲も知らない。だがそもそも彼処(あそこ)は居住区だったのだ。今も半分はただの村である。民家がある土地まで公園に指定されるとも思えない。もしかしたら裏山でも切り崩す予定があって、それが出来なくなったと云うことか。そうだとしてもあんな場所に何を作ると云うのか。

秘密の研究所だか工廠(こうしょう)だかを建てたと云われた方が、まだしも信憑性が高い気がする。

大体、企業が買い取ったのなら、何故大叔父はそんな場所で開業していたのかと云う話になる。

それに就いては、判りませんと云われた。

戦前のことであるし、どのような契約が交わされていたのか、当人が死んでしまった今となっては判らないのだと云う。

その企業とやらも土地を返還した後、解散してしまったのだそうだ。

都合の良い話である。

そう云う都合の良い話の裏には、大抵権力の臭いがするものである。だが、桐山老人の話から組み立てられる筋書きは正反対だ。

大叔父は裏切り者——反体制側に立ったと考えるべきなのではないか。

どうも、咬み合わない。

——それに。

田端と云う男の死因は、放射線障碍に極めて近いものだと思う。直接的な死因は多臓器不全——診断は慢性収縮性心膜炎とされていたが、消化管症候群も併発していたようだ。毎週行われていたらしい田端の検診の記録を覧(み)ると、脱毛、皮膚の紅斑などの記載もある。

田端が被曝していた可能性は高い。ならば心膜炎も放射線障碍性心膜炎なのだろう。

田端の最初の検診は亡くなる約一年半前。その段階ではほぼ健康体である。一年半かけて低線量被曝を続けていた——と云うことか。


——何で。


当然、秘密のプロジェクト絡みと考えるしかないのだろう。ならば、民間企業が主体と云うのは考え難(にく)い。でも。

どうも、その辺で緑川の思考は隘路(あいろ)に迷い込む。

どうでも良いと云えばどうでも良いことだ。

そんな大層な秘密なら、あのように放って置くことはないとも思う。況(まし)て遠縁の緑川に処分を一任することなど、あり得ないことだとも思う。

だから、大したことではないのだ。

だが——荒唐無稽な秘密云々(うんぬん)は置いておくとしても、廃病院に残されたカルテを遺族が勝手に処分して良いものかと云う問題は別にあるだろう。

百歩譲って処分するのは良いとしても、閲覧するのは正しいことではない。

――いいだけ覧たけど。

違法なのかもしれない。でも、口を噤んでさえいれば罰せられることはないのだ。これは道義的、倫理的にどうなのか、と云う問題なのだろう。

関口は果たしてどう思っていたのか。心の内はまるで量れない。中禅寺なら――。

――いや。

それはどうでも良いことだ。

それよりも、父親を殺したと云う妄想に取り憑かれているらしい娘のことが気になる。間違いなくそれは妄想だろう。だが、どのような経緯でそんな想念を抱いたものか、想像が付かない。

しかもその父親は――。

宿が見えた。もう三泊している。明日は帰ろうと思っていたのだが、無理かもしれない。結局緑川は何もしていないのだ。今日も危険と思われる薬品を始末しただけである。調度や器具類は放置しておいても構わないのだろうが、カルテや書類は矢張り処分すべきだろう。久住は明日も手伝いに来るようなことを云っていたけれど――。

宿に入ろうとする処で腕を掴まれた。

「何です」

見知らぬ男だ。

「申し訳ない。お伺いしたいことがありまして」

「人を呼びますよ」

「怪しい者じゃないと云う弁明はこの場合通用しないんでしょうが——こう云う時に警察手帳は楽なんだな。そうですね、身分を証明するものをお見せすれば、話を聞いて戴けますか」

低い声だ。言葉は丁寧だが目付きが悪い。

男は外套に手を入れ、定期券のようなものを抜き出して見せた。

「証票です」

桐の紋が印刷されている。この紋は——。

「法務省——じゃないですね」

「同じマークですけどね。まあ、いいでしょう。私は、公安調査庁の調査官です」

「公安——」

緑川はより訝しげな顔を作った。

「なら人違いではないですか。私は」

「緑川猪史郎博士のご親類の方ではないですか」

直ぐに返事をせず、緑川は男を睨んだ。

「公安調査庁って、秘密警察じゃないんですか。それなら色色とご存じなのでしょう」

男は不満そうに頬を攣らせる。

「それは誤解ですね。警察ならもっと楽ですよ。我我の仕事は刑事事件の捜査ではなく調査です。特別な権限を持っている訳ではない」

「それなら」

ご協力戴けませんかと男は喰い下がった。

「調査官は捜査官ではないので、裁判所に執行令状も申請出来ない。ですから、あなたのことも役所に問い質したりは出来ない。まあ、この証票をちら付かせて訊けば教えてくれるとは思うが、そう云うことは為たくないんでね」

つまり、何処かに網を張っていて、引っ掛かったから尾行したと——云うことか。

「これはあくまで調査です。我我は強権的に探りを入れたり協力を強要したりすることは為ないし出来ないんですよ。だから、こそこそ嗅ぎ回っているように思われるんだが——それは決まりを守っているだけのことでね」

緑川は決まりを守っていない。

だが。

こうなった以上、逃げることも誤魔化すことも出来ないだろう。

「慥かに、私は猪史郎の兄の息子の娘です。祖父も両親も他界していますから、多分、ただ一人の血縁者です」

「そうですか」

「簡単に納得されてますけど、これ自称ですよ。名前とか訊かないんですか？　と――云っても、私は今、身分を証明出来るようなものを何も持っていませんが。それとも、もう」

識っているのか。

それは結構ですと男は言った。

「あなたを調査している訳ではない。身許も名前も教えて戴かなくて結構です。云っておきますが、これは既にあなたの情報を持っていると云うことではない。調べれば容易に判ることですが、それも為ません。今は緑川博士との続柄さえ確認出来ればそれでいい」

つまり、緑川が身分を詐称していても構わないと云うことだろうか。それは――。

大体こちらの身分を明かした後に嘘を吐くような人は先ず居ないですよと云って、男は証票を仕舞い乍ら微かに笑った。

「するとあなたは、あの診療所跡に出入り出来る人物である、と考えていいですね」

監視していた――のだろうに。

「出入りは誰でも出来ます。施錠はされていませんでしたから。その状態で一年近く放置されていたんですから、その気になれば誰だって」

「それでも勝手に這入れば不法侵入なんですよ。公務員が違法行為を為ちゃいかんでしょう」

そうか。それが違法かどうかと云うことよりも、要は責任の所在を何処に持って行くのかと云う問題なのだろう。

権利を持っている者――持つと自称する者の諒解と云う大義名分が必要だと云うことか。

寒いんですけどと緑川は云った。

男は――たじろいだ。

「旅先で風邪をひいたりするのは厭ですし。此処で立ち話してるのは目立ちますよ。それにこの宿に迷惑じゃないですか。私には何も疚しいところはないので逃げたりはしませんから一旦」

部屋に戻っていいですかと緑川が云うと、男は言葉を詰まらせた。なる程、この人は普段、男社会で押し合ったり殴り合ったりしている人なんだ――と緑川は思った。

「着替えたら直ぐに戻りますよ。部屋に入って貰うのも変な具合ですから、何処かお店でも行きましょう。どうせ夕食を摂らなきゃいけないので」

「ああ――」

男は頭を掻いて左右を見た。

「この辺は――あまり旨い店がないな」

「別に食事の質はどうでもいいですよ。食通じゃないですから」

そう云って、緑川は男の顔から眼を逸らさずに宿の戸を開けようと手を伸ばした。

しかしその指先は戸ではないもの――どうやら人の指――に触れた。同じく戸を開けようとしていた誰かと搗ち合ってしまったのである。

男女の二人連れだった。宿の客だろう。

「おや、こりゃ失礼」

把手に手を掛けていた男の方が、まるで湯が沸いている薬罐にでも触ってしまったかのように、慌てて手を引っ込めた。滑稽な仕草だ。

襟足は刈り上げているのに前髪が長い。痩せ型だが下顎は確り（しっか）している。

「おや！」

何処となくあちこち尖った男は、少し離れて立っていた公安の男を確認して声を上げた。

「あ、あなた大磯でお会いしましたね。慥（たし）か――」

「お前――探偵か」

「探偵？」

緑川が見上げると、そうなんですと云ってその男は若気（にやけ）た。

「どうなってるんだよ。おい。お前達、そっちじゃ日光参りでも流行（はや）ってるのかッ」

公安は一変して態度も声音も改めたようだった。

一瞬にして鎧（よろい）を纏ったと云う感じである。

探偵の後ろにいた女性が緑川に視軸を向けて申し訳なさそうに会釈をした。苦笑しているように見える。同年代だろうか。緑川も会釈を返した。

探偵は、そりゃどう云うことですなどと云っている。どうも物腰が軽い。

「どうもこうもない。三文小説家に不良刑事、今度はへぼ探偵だ。いったい何が目当てなんだよ。目障りで仕様がないだろう」

「小説家に刑事？　流石に能くご存じですなあ。まあ関口さんがこっちに居るのは承知してましたが」

「関口――？」

緑川の呟きは聞こえなかったらしい。

「刑事ってのは――どの刑事ですよ。いや、不良ってことは木場さんですか？」

いやいや木場さんなんかが何で栃木に居るんですと探偵は問うた。

「それはこっちが訊きたいんだよ。偶然とは思えないだろう。観光だとか嘘八百並べてたがな」

「なら観光なんじゃないですか？　僕は仕事で来てるんですからね。あんな四角げな顔の人のこたァ知りませんよ」

「仕事なあ」

公安は女性に視線を向けた。

「そうですよ。僕はですね、こちらのご依頼で、ある人を捜してるだけですから。失踪人の捜索と云う立派な探偵の仕事してるんです。それにですね、因みに僕ァへぼ探偵じゃないですからね。主任です主任。主任探偵」

探偵の連れの女性はやや困ったような顔で、まあそうですと云った。

「立派かどうかは知りませんし、へぼかどうかも判りませんけど、私が依頼しました」

「人を捜すのも亀を捜すのも立派な探偵行為ですから。それよりそちらこそ仕事って、日光なんかで仕事あるンすか。公安さんですよね。テロリストでも潜伏してるてェんじゃないでしょうね」

公安であることは事実のようだった。

しかし、公安の男は探偵の言葉を否定した。

「俺はもう警視庁公安一課じゃないんだよ。公安は公安でも、別組織だ」

「え？　ええと郷嶋さんでしたか。じゃあ郷嶋さん公調に異動したんですか？　あら、それって栄転ですか？　左遷じゃあないでしょうけど。そんな人事あるんですか——って、何調べてんです！」

「何でお前なんかに云わなきゃいけないんだよ」

「そりゃそうでしょうけど、だって公安調査庁ですよね。そんなもん、並の事件じゃ——いや——」

探偵は女性に顔を向けて、

「こりゃ益々虎の香りがして来ましたねえ」

と云った。

「トラ？」

「いや、こっちのことです。木暮先輩の話と云いキナ臭いこと極まりないなあ。僕ァ暴力も嫌いですけど陰謀も好かんですよ。特高だの放射能だの、極めて避けたい」

「おいこら」

郷嶋――と云う名なのだろう、公安の男は探偵の胸倉を摑んだ。

「ぼぼ、暴力は」

「暴力なんか振るいたくないんだよ。あのな、何で人捜しに特高だの放射能が関係してくるんだよ。おい益田ッ」

「関係して欲しくないと心から願ってるってのが伝わりませんかね。虎穴に入ってもないのに虎の児の方が寄って来るんですよ。僕はその」

郷嶋は益田――と云うのか――を放した。

「も、もしかして事件（ヤマ）被ってます？」

二人とも落ち着きなさいと緑川は云った。

猨（四）

その日は土曜日で、作業も半休だった。

作業はそれなりに進展していたけれど、内容の確認が進んだと云うだけで、年代も、何者の手になる写本なのかも、写した理由も、勿論何故この一群だけが離れた場所に埋められていたのかも、皆目判らなかった。

築山は、手掛かりになると思しきは唯一の外典である西遊記ではないかと云う感触を持っている。それは仁礼も、そして中禅寺も同様のようだった。

だが、中禅寺はあまりそのことに就いては語らないのだった。

まだ確証が摑めていないからだろうと思う。ただ黙黙と作業を続けている。能く保つものだと築山は感心した。今も文書を睨んでいる。

「中禅寺さん、今日は帰りますよね。明日はお休みですわ」

仁礼がそう云うと、中禅寺は今日はと云うのはどう云うことだねと云った。

「だってもう四日も泊まってはるやないですか」

「君ねえ。僕は初日を除いてちゃんと旅舎に帰っているよ」

「そうですか？　だって帰る時は居残らはって、朝来たら居はるやないですか。出入りするとこ見てないんですから、ずっと居ると思うでしょうに」

「厭だなあ。何処に眼を付けているんだ君は。僕はこの通り、着替えているじゃないか。一応風呂だって入っているよ」

「あ、そうやったんですか」

築山も中禅寺はずっと居ると云うような錯覚を覚えていた。そう云うと、仁礼君は兎も角築山君までそんなことを云うのかと古書肆は眼を細めた。

「兎も角てどう云う意味ですか」

「君は古文書古記録以外のものは眼に入らないじゃないか」

「失礼ですね中禅寺さん。私は赤本漫画も少女小説も集めてるやないですか。歌劇も活動も能く観ますよ。この間も、戦前の少女雑誌やら赤本漫画、沢山買ったやないですか」

お得意様だと中禅寺は云った。

「赤本漫画の新刊、値上がりしてまって追い掛けるんが大変ですからね。あのね、中禅寺さん。私は、単に顔色の悪い博識な古書肆の着物の柄に興味がないゆうだけです。大体、帰ってるゆうても蜻蛉返りでしょう。ちゃんと寝台で寝ないかんですて」

今日は帰るよと中禅寺は笑い乍ら云った。

「調べたいこともあるし」

「結局働くんじゃないですか」

貧乏性なんだと中禅寺は答えた。

「それよりどうなんです。何やら資料取り寄せたりもしてはりましたけど、目処（めど）でも立ちましたか」

ううん、と唸って中禅寺は腕を組んだ。

「そこなんだよ。これが埋まっていたのは護法天堂の裏手——とか云っていたよね、築山君」

「そう聞いています。尤（もっと）も、現場を確認した訳ではないんですが」

「護法天堂と云うのは、この輪王寺東照宮の建物群の中でも最古——ではなかったかな」

「最古なんですかね。一度再建されていると思いますが——」

最古ですよと仁礼が答えた。

「建立は慥（たし）か一六〇〇年やったと思いますね。関ヶ原（せきがはら）の年ですから、時代区分では安土桃山（あづちももやま）ですな。で、その後十数年で再建された筈ですわ。江戸の初（しょ）っ端（ぱな）ゆうことになりますな。東照宮よりは古い。まあ、他はほら、明治に焼けたりしてますからね」

「そうか。常行堂も東照宮建設時に移されたんだったかな」

「ああ。真ん中にあったのと違いますかね」

「常行三昧（ざんまい）は天台の四種（ししゅ）三昧の中でも重要な行（ぎょう）ですからね。でも、当時の山内の伽藍配置が頭に入っている訳ではないので——私には判りませんね」

圓仁が建てたんですかねと仁礼が云う。

「来てますよね、日光に」

「謂い伝えはあるようだけどね。圓仁が日光に入山して常行堂を建てた——と云う」

矢張り来てはりますねと仁礼は云う。

「活躍してますなあ慈覚大師。弘法大師の次くらいに全国に出没してませんか」

圓仁開山の寺院は多いからねと中禅寺が云った。

「再興したものも含めれば東日本で五百以上あるだろう。まあ伝説稗史も含めてだがね」

「ええ。日光入山も伝説でしょう。天長期に入山したと謂われますが、その時期圓仁は唐に居た筈です。嘉祥入山説もありますが、帰国直後ですからね。いずれも時代が合いません。常行堂創建はずっと時代が下りますから、造ったのは圓仁じゃない」

「そうですか。圓仁と云えば常行堂、みたいな印象があったんですわ。そもそも常行堂って圓仁が発案した御堂やなかったですか？」

「まあそうだよ。唐から戻った圓仁が念仏三昧の行をするために比叡山に建てたのが常行堂のそもそもだ。圓仁なくして常行堂はない」

「延暦寺第三代の座主、山門派の祖ですからね。でも常行堂を建てたか否かは兎も角——天長と云えば平安も初期やないですか。その段階で、この日光はもう天台宗だった、と云うことですかね？」

「いや、それは違うと思うけれども。空海も入山したと云う巷説があるくらいだから」

「矢張り弘法大師も来てましたか」

「だから巷説だよ。稗史。年代的に空海が入山したとは考え難いからね。その時期、と云っても、いつからいつまでと明確に線引きは出来ないんだけれど、真言宗と天台宗が鬩ぎ合っていた期間と云うのはあったんだと思う」

「そうなんだろうけど——簗山君。そうすると常行堂の創建と云うのはそれなりに意味があることなのじゃないか？」

「ああ、そうですね。常行堂は天台のものですからね。慥か創建は久安の頃だったかと」

するとと平安も終りに近いですなと仁礼が受けた。

「天長と久安やと、三百年も開いてるやないですか。謂い伝えと云っても開き過ぎやないですか」

「まあそう云うものだよ仁礼君。いつか君も云っていたじゃないか。由来や縁起は都合良く書かれるものなんだ。天長期に圓仁が入山して常行堂を建てたとなれば、真言宗の入る余地はなくなるだろう」

「なる程。それで対抗して空海が来たことにした訳ですか。空海は、全国にどれだけ居るんやゆう話ですけどもね」

そんな風に云っちゃいかんよと中禅寺が云う。

「巷説では弘法大師の日光入山は弘仁十一年だ。日光と謂う地名の命名者とも謂われる」

「おや、天長より古いやないですか。錯綜してますなあ」

「まあ、久安と云う年代も複数の関連文書から導き出したものだと思うので、正しいのかどうかは私には解らないですね」

「しかし、そのくらいの時期だと」

もう鎌倉方面からの干渉もあったのじゃないかと中禅寺が問う。

「そうですね。平安末期から鎌倉初期に到る動乱期に、この日光はかなりダメージを受けてます。常行堂も焼失している可能性があるようです。まあ、その後も幾度も燃えているようですけど」

「ああ。何だかんだ云って日光は東国の要ではありますもんねえ。鎌倉幕府、日光の別当人事にまで口出ししてたようやないですか」

「そのようだけど——源頼朝は口出しもしたが寄進もしているからね。まあ鎌倉が任命した別当を追い返したりしているから、確執はあったと思うが」

「つまりその時期、既にこの日光に衆徒と云うものが確り形成されていた、と云うことだろうか。そうでなければ体制に反抗したり出来ないだろう？」

「そうですね。そうした確執は後を引いて、建長の頃にも衆徒と揉めた別当の放火で常行堂は燃えてしまったようです。文応には再建されていますが」

「まあ、そうしてみると燃えたり建てたり繰り返してるように聞こえますけど、建長と文応も十年は開いてますからね。じゃあ、それ以降は東照宮が出来るまで落ち着いてた、ゆうことですか」

「そうじゃないかなあ。建物自体は何度も建て替えられているけれど、今の常行堂のご本尊阿弥陀如来は平安末期の作らしいから、久安に創建と云うのは正しいんだと思うが――」

中禅寺は何か考えている。

「で、その常行堂の場所が何か」

「いや。僕が気になっているのは後戸の方でね」

「後戸――って、摩多羅神ですか？」

摩多羅神は常行堂に祀られる秘仏――秘神とすべきか――である。本尊とは別に、奥殿などに安置される。日光の常行堂には、阿弥陀如来像の他、四隅に菩薩像が安置され、摩多羅神は東北の神祠に収められている。阿弥陀如来を守護する霊験灼かな神である――とされるが、謎も多い。

「摩多羅神が何か？」

「いや、そうなんだが、どうも違うようだなあ」

中禅寺は顎に指先を当てた。

相変わらず何を考えているのか見当も付きませんねえと仁礼は呆れる。

「摩多羅神ゆうたら、広隆寺の牛祭に出て来る、あの奇妙な仮面の神さんのことやないですか？　私、目処が立ったんですかとお伺いしたんですがね」

見当違いかなあと中禅寺は唸る。

「見当――て。中禅寺さん、これ経典の写本ですよ。孫悟空と摩多羅神も無関係やと思いますけどねえ」

「それは無関係だろう。いや、輪王寺だとか東照宮だとか、そう云う舞台装置に囚われ過ぎて何か見逃しているのじゃないかと思ってね」

「囚われるも何も、これ輪王寺の境内に埋まっとったもんやないですか」

「そうなんだがね。天台宗も山王一実神道も外したところに答えがある――ような気がするのだよ」

仁礼は築山に顔を向け、肩を竦めた。

「中禅寺秋彦にしては珍しく煮え切らん感じですなあ。それ、宗派やら教義やら云うことですかね。そうは云っても、さっきの話じゃ平安後期には天台宗で落ち着いたゆう話でしたよね。その前、とかですか？　そう云えば築山さん、お山を開いた勝道上人ゆうのは、宗派は何やったんでしたかね？」

判らないと答えた。

「天台宗の訳はない――ですね」

「最澄が唐から戻ったのは延暦二十四年。勝道が男体山に登ったのが延暦元年だね。ずっと前だ」

「奈良時代ですな。古代やないですか。時代区分的には私の分野でしたね」

勝道上人が修行したのは下野薬師寺だと、中禅寺は同じ姿勢のまま答えた。

「あら、そうですか。下野の薬師寺と云えば弓削道鏡が晩年に別当務めた寺ですな。あ、それ、本朝三戒壇の一寺やないですか」

それじゃあ宗派と云ってもねえと仁礼は云う。

「華厳宗か――まあ天台ゆうても鑑真和上の時代ですからねえ」

「宗派はね」

結局後から乗るものだよと中禅寺は云う。

「それは作法や理論であって、本質なのかと云う問題でね。勿論、宗教が本質を欠くなどと云う話ではないのだけれど――まあ、いずれ目的地に行くための交通手段のような捉え方は出来るだろう」

「目的地って、悟りみたいなもんですかね」

「悟りは目的地ではないね。修行が手段、と云う話でもない。悟りは在ること自体だし、修行もまた然りさ。修行と悟りは不可分で、これは死ぬまで続けられるものだよ。まあ僧籍にある築山君の前で云うことじゃないが」

「中禅寺さんの方が」

余程僧侶のような口振りですよと築山が云うと中禅寺は迚（とて）も厭そうな顔をした。

「僕は俗物ですよ築山君。いずれにしてもね、仁礼君。真言だろうが天台だろうが、修験だろうが、山王一実神道であろうが、だ。行き着くのはあの」

中禅寺は壁を指差した。

「山なんだよ」

「は？」

「輪王寺のご本尊は千手観音、阿弥陀如来、そして馬頭観音だが、これは新宮、瀧尾（たきのお）、本宮の日光三所権現に対応している訳で、これはそれぞれ大己貴（おおなむち）だの田心姫（たきりびめ）だの味耜高彦根（あじすきたかひこね）だのに当てられる訳だけれども、それは正に権現、仮の姿でしかないだろう。判り易くするための聖像（イコン）、記号でしかない。本質は、男体山、女峰山、太郎山なんだ」

この地での目的地（ゴール）は山だよと中禅寺は云う。

「まあねえ。でも、東照大権現も居（お）りますやん」

「東照と云うのは東を照らす、と書く訳だろう」

「そうですが、それが？」

「土地の呪力と云うのは宗旨より強いのさ」

「東照に決まる前、素案の段階では東光、日本などが候補になっていたようですが」

「東に、照らす、光る、日の本——山王権現の本地が天照にされたことからも、矢張り日光と云う地名の影響がないとは云えないよ。天照大神は云うまでもなく皇室の祖神で、太陽神だ。大己貴は天照の弟神である須佐之男の子孫、または子。味耜高彦根はその大己貴と田心姫の子。田心姫は天照と須佐之男の誓約の子。日光の三つの山を包括するのに天照大神は相応しいと——天海は考えたのだろうが」

「結局日光と云う地名、ゆうことですか？」

「日光と云うのは、二荒の転訛なんだろう。ニコウは本来二荒なんだろうから、矢張り山なんだよ」

二荒山神社のフタラですなと仁礼は接ぐ。

「しかし、二荒山ゆうのは、男体山のこと——でいいんですかね？」

「男体山の古称と云う理解が一般的だが、男体山と女峰山の二山を指すと云う説もあるようだね」

「まあ、なら山なんですなあ」

我乍ら間の抜けた返しですねと仁礼は笑う。

「でもそうなんだよ。勝道上人はこのふたあら山を補陀落山と解釈した。観世音菩薩が降臨される、何処にあるのか判らない山だね」

「補陀落渡海の補陀落ですな」

「玄奘三蔵は『大唐西域記』で、布呾落迦山は南印度の秣剌耶山の東にある——と記しているが、特定は出来ないようだね。補陀落渡海と云うのは、一種の水葬だとか、海の彼方にまで行くものだとか思われがちだけれど、海を渡って補陀落山に行く、と云うのが本来なんだろう。目的地は山なんだ」

「山ですか」

「大体、勝道上人が開山する以前から、山には人が居たんだよ。二荒山は——開山される前から修行の場ではあったのだろうしね」

「山岳仏教ですか？　奈良時代より前に？　日光修験の成立は鎌倉以降やないですか？」

「仏教とは限らない」

「ああ」

「山には人が居たんだよ。ずっと。そして神も居たんだ。いいや、山そのものが神だったんだ。その神の懐に、人はずっと棲んでいた」

「山の民、ゆう奴ですか。柳田先生風に云うなら山人、三角寛風に云えば山窩ですかね」

それは乱暴かもなと中禅寺は云う。

「山窩の字は当て字だし、元は警察の隠語らしいからね。犯罪者であると云うことを前提にした、一種の蔑称だよ。山人の方も——柳田翁は先住民の末裔的な捉え方をするんだけれども、僕はどうかと思う。いや、けだものや化け物、そして神との線引きも難しい」

「そう云えば」

中禅寺さんは神の零落と云うのを認めてないんでしたねえと仁礼は云った。

「零落はしないと思うけどなあ。それはまあいいんだよ。問題は、山の民さ」

「どう問題なのか解りませんな」

「だから、山なんだよ。彼等は――まあ漂泊民でもあった訳だが、明治以降は結局、賤民として一纏めにされてしまった。転場者（てんばもん）、箕作り（みつくり）、ポンなど様様な呼び方や在り方は消えてしまった。今も通じるのはマタギくらいだろう」

熊撃ちですかと築山が問うと、まあそうだねと云われた。

「マタギにはね、流派があるんだ。高野派と、日光派だね」

「日光派？」

「そう。彼等はね、山で生き物を殺して良いと云う認可を貰っている――と云うことになっている」

「そんな認可誰が出しますか。狩猟許可証ってことですか。まあ今も許可なく猟銃撃ったら捕まりますけどね。そう云うことですか？」

「そうだね。彼等は山中の鳥や獣を獲って良し、と云う免状を所持している。でも発行するのは国じゃない。高野派のマタギに免許を出すのは――」

弘法大師だと中禅寺は云う。

「また空海！　って、僧侶やないですか。仏者が殺生認めてどうするんですか」

「昔からそう云うことになっているんだから仕様がないじゃないか。ま、空海は殺生を推奨しているのではなくて、殺生の罪を赦してやると云う立ち位置なんだよ。禽獣に引導を渡しても罪にならないようにしてくれる。一方で、日光派の狩猟を許可してくれるのは、日光権現なんだね」

「日光権現――ですか？」

「そう。三所に分かれる前の、と云うか三所全てを包括するこの日光の山そのものの――権現だよ。これは――」

蛇だと中禅寺は云った。

「蛇ですか」

「蛇だね。百足と戦うし」

蛇と百足は能く戦いますからねえと仁礼は云ったが、築山にはそれ程一般的な例とは思えなかった。

「それ、口碑ですか」

「まあそう云う口碑もあるんだが、縁起だね」

「社寺の縁起ゆうことですか」

「ほら」

中禅寺は何かを示すように顔を向けるが、四方は壁なのである。まるで壁の向こうが見えているかのようである。

「そこの――二荒山神社の縁起だよ。築山君は識っているだろう」

「日光二荒山神社の縁起は、まあ簡単に分けるなら二系統伝わっているようですね。『日光山（にっこうさん）縁起（えんぎ）』二巻と『補陀落山縁起（ふだらくさんえんぎ）』だったかと。中禅寺さんの云うのは『日光山』の方でしょうかね」

「そうだね。まあこうした社寺の縁起と云うのはその土地の口碑なんかと密接に結び付いている――ようでいて、そうでもないんだよ。パターンのようなものがある」

宣伝ですからなあと仁礼は云った。

「別に貶（おとし）めるつもりはないですが、創作捏造は多いですよ、縁起。系図やなんかもそうですけど、権威付けのために造られるもんですからね」

「まあそうだね。二荒山神社の場合も、お馴染みの譚（はなし）の寄せ集め――と云う感は否めないだろうな。僕は『日光山縁起』の成立年代を識らないけれど、御伽草子（おとぎぞうし）なんかの影響もあるのかもしれないね。『日光山縁起』の前半は、平たく云えば貴種流離譚だからね」

「流されがちですねえ。偉い人」

「まあね。上巻では、帝の怒りを買って追放された有宇中将（ありうのちゅうじょう）が、陸奥（むつ）の国で長者の娘である朝日姫（あさひひめ）を妻に娶（めと）るが、奇禍に遭って死ぬところまでが描かれている」

「死にますか」

「死ぬ。でも下巻では、死んだ有宇中将が蘇生し、朝日姫と再会する」

「生き返りますか。それって、御伽草子ゆうより説経節っぽい展開ではありますな。小栗判官やないですか」

「そう云うものなんだよ、縁起と云うのは。そして生還した有宇中将は、朝日姫との間に一子、馬頭御前を儲ける。その馬頭御前の子が、小野猿丸と云う」

「猿ですか」

光りますかと仁礼は巫山戯た。

「光らないし、人だ。弓の名人だね。これがね、日光権現と赤城明神との戦で武勲を示すのだな」

「ああ。赤城山は、百足ですな」

「そう。日光山は蛇なのさ。猿丸は、得意の弓で百足を退けるんだな」

「それ」

権現と明神の神戦になってますねと仁礼は云った。

「それもそうだしね。有宇中将を男体山、朝日姫を女峰山、馬頭御前を太郎山に見立てることも、出来ない訳じゃあない。と云うか、そうだろう」

「本宮の本地は馬頭観音ですしね」

「まあ、故事付けようと思えば何とでも出来るんだがね。その三所権現の上位に、日光権現が御座す形になっている訳だよ。で、その下に」

「猿ですか」

「だから人だよ。小野猿丸の子孫が代代日光権現を祀る神官となったんだ——と伝えられているんだから。そして、ここでの日光権現は蛇体、蛇なんだ。中禅寺湖にも蛇神が御座すと聞くしね。そもそも赤城明神との戦いも、中禅寺湖の取り合いが原因だと云う話もあるようだし——」

中禅寺さんは関係ないんですかと仁礼が問う。

「関係とは何だね」

「いや、中禅寺やから」

「僕は家系や血統と云ったものに一切興味がないからなあ。名前なんてものはただの記号だしな。辿ったこともないよ。何処まで遡れるのか知らないが、系図なんかは信用出来ないだろう」

「気になりませんか？」

「ならないなあ。先祖だの係累だのにどんな傑物が居ようが何の自慢にもならないし、逆に罪人や悪人が居たって恥じることはないだろう。そんなことは僕個人には何も関係のないことだろ」

「そうですけどね。猿丸の子孫が代代神職を務めてるゆうなら、中禅寺さんの処(とこ)もそうなのかと思ったもんですから。神職ゆうのは世襲なんやないんですか？」

　僕の父は宣教師だよと中禅寺は云った。

「僕は祖父から嗣いだことになるが、曽祖父は養子だったようだしね。血統なんかない。大体ね、親が偉いとか先祖が凄いとか口にする奴は、愚か者か無能だよ。そんなものに依り掛からなければならない程、中身がないとしか思えないけどな」

　辛辣ですねえと云って仁礼は笑う。

「当たり前のことじゃあないか。それに、関係ないだろう」

「まあそれはいいですわ。でも、蛇は水神みたいな印象がありますけど、山の神格化としての蛇ゆうのも珍しいもんやないでしょう。神話なら沢山ありますわ。太陽信仰も山岳宗教には付き物のような気がしますけどね。日光に特化したもんやないでしょ」

「その通りだね。でも、僕が気にしているのは、その蛇と百足の神戦の件(くだり)が、そのまま日光マタギの秘伝書に引き写されている、と云うところでね」

「秘伝書って何です？」

「さっき云った狩猟許可証さ。『山立根本(やまだちこんぽん)ノ巻(まき)』と云う。まあ、マタギの由来書きだね。日光権現に加勢して赤城の神を退治した見返りに、山で禽獣を獲ることを許して貰ったと云う運びだ」

「マタギが、ですか。猿？」

「猿じゃないって」

中禅寺は笑った。

「猿丸は一応人名なんだと云ってるじゃないか。それに、日光マタギの謂い伝えの方は名前が違っているからね。万事万三郎と云う名前で、この人が日光マタギの祖——と云うことになってる」

「摩多羅神の次はマタギですか。どう云う繋がりなんですか、それは。解りませんなあ。築山さんは解りますか」

「ああ」

何となく、解った。

解った気がしただけかもしれないが。

「現在に重なった過去——と云うことですよね」

一層に解らんですと仁礼は云う。

「上手には云えないんだけどね。現在、この輪王寺は天台宗の寺院で、東照宮は山王一実神道の祭祀施設だ。神仏判然令以降そうなっているけれど、近世に於てそれは一体化していた訳だね」

「それが？」

「今は分かれてしまったんだが、それでも、それ以前の作法や在り方が消えてなくなった訳じゃない。それは二重露光の写真のように重なって残っているんだと思う。同じように、中世に於て——つまり東照宮が出来る以前、この日光の行事の中心は明らかに常行堂だったんだと思う。常行堂のご本尊は阿弥陀如来だが、それでいて摩多羅神は絶対に無視出来ない特筆すべき神霊だ。常行堂の儀礼に摩多羅神は欠かせない。そしてその儀礼は秘事なんだ。摩多羅神は秘匿された神だ」

「そうなんですか？」

「どうして秘密にされるのか、理由は私にも判らないけれど、そうなんだ。やがて東照権現がこの地に鎮座し、常行堂は現在の場所に移転して、行事は途絶えた。平安から続いた大念仏会も行われなくなった。最も重要視されていた行事だったんだがね。同時に、常行堂に関わっていた堂僧も、結衆と呼ばれた行事の運営集団も解体された。でも」

それも。

「同じように残っているのじゃないか」

「多重露光のように、ですか？」

「そう。中禅寺さんは、そうやって遡って行ったのじゃないですか。勝道上人が開山する以前まで。違いますか」

中禅寺は未だ沈思している。

「この日光の山を霊場と為すに当って、元元そこに居た人人の協力は必要不可欠なものだった筈だ。でも、彼等にも信心はあった筈です」

「それも残ってるゆうんですか？」

「そうじゃないんですか？」

それは当然残っているさと中禅寺は云った。

「そんなん何重露光ですか。印画紙だか乾板だか知りませんけど、そんだけ露光したら真っ白になってしまうやないですか。そう云うもんは、看板掛け替えられるか、紙貼られるかして上書きされるもんと違いますかね」

「上に何を貼ったって下地が透けるんだよ」

中禅寺はそう云った。

「剝がして張り替えても同じことだ。だから何重にも重ねて貼ることになる。それでも」

「透けますか。まあ、解らんでもないですが——それ、天海を捲ったら圓仁が出て来て、圓仁を捲ったら勝道が、それ捲ったらマタギが出て来たみたいな話でしょ」

「だからそれは貼り紙で、その下さ。下地にあるのは紙じゃなくて石のようなものだろうから、一枚ずつ紙を剝がして行けばその石に刻まれたものが確認出来るかもしれないと、まあそう思ってね」

解りますけどね、と仁礼は云う。

「私は文献偏重と云う自覚を厭と云う程に持っとる人間ですからね、そう云う言語化し難いような、抽象的な話は苦手なんですよ。喩えるにしても——そう、蛇を祀ってる猿の処に久能山から狸がやって来て、儂を虎として祀れと命令したとか——そう云う話やったらまだ」

何だいそれはと中禅寺が笑った。

「それじゃあまるで鵼じゃあないか」

「でも、そう云うことやないですか？　天海は家康を、阿弥陀さんを祀れとゆうたんやけども、まあ結局山の神さんは蛇やった、と」

——そうか。

「宗派は後から乗るものだ、と云うのはそう云うことですか」

築山はこの期に及んで納得した。

「その、下地になっている部分が本質、と考えていいんでしょうか」

「正直に云えば、本質だの現象だのと云うような言葉は使いたくないんだけれどもね。哲学じゃないんだから。でも、巧く云い表す語彙がないのさ」

「中禅寺さんにない語彙が私にあるとは思えないんですが——そうですね、それは信仰そのもの、と云うようなことではないんですかね」

そっちの方が解りませんよと仁礼が云う。

「そのものって何ですか」

「そうだなあ。私も、例えばこの土地に家康公が祀られる前の天台の儀礼はどうだったのかとか、仁礼君にしても、勝道上人は何宗だったのかとか、それ以前から修験はあったのかとか、どうしてもそう云う見方、考え方をしてしまうだろう」

「いけませんか?」

「いけなくはないんだが、でも宗派も何もなくたって、信仰心と云うのはあるのじゃないかな。結局はそれが常に下地としてあると云うか――」

「宗派を問わず、ゆう意味ですか?」

「そう、例えば、寺院には本尊があり、神社には祭神がある。私達はそれを拝むだろう。でも、仏像だの鏡だのを拝んでいる訳じゃないだろう」

「そりゃそうですよ。像は像やし、依り代は依り代やないですか」

「だからね、神の本地が仏だろうと、その仏もまた権現に過ぎない訳で、そうしたものはみんな――これは不遜な云い方なんだけれども、中禅寺さんの言葉を借りれば記号に過ぎないのかもしれない。天台は天台の遣り方で、山王一実神道は山王一実神道の遣り方で、その何かを信仰しているだけな訳で」

「何か、って何ですか」

「それは――だからその、下地の部分だよ。どうも上手く云えないんだが、その、何と云うかなあ」

「超越者──ゆうことですか？」

「それは少し違うかなあ。もっとプリミティブな何か──かな。畏れ、崇め、敬うべき対象だよ。この土地では山──なのかもしれない」

「山ですか」

僕達はその山を見落としがちなんだよと、中禅寺は云った。

「上に紙が貼ってあるから、ですかね」

「そうだね。紙を剝がして行けば古層は見えて来るんだけれども、僕等は見えた古層を、どうしても民間信仰だとか土着宗教だとか云う枠組みに押し込めて理解しがちだろう。そうした理解は結局、既存の宗教と比較した理解に過ぎない訳でね」

「それだと拙いですかね」

「拙くはないさ。有効だろうと思うよ。でも、どの層にも透けている下地は見落とされがちだと云うことだよ。木を見て森を見ず、森を見ても」

山を見ずだと中禅寺は云った。

「山ありき、だと思うんだがね」

「そうですね。私は仏者だから、その山を仏教の作法で祀る。でもそうでない人は別の作法で祀っている。それだけのこと──なんでしょうか」

はあ、と仁礼は口を半開きにした。

「その遣り方や作法を信じることこそが所謂信仰と云うことになるんだろうが——作法自体は、信仰心そのものとはあまり関係ないのかもしれないと、ここ数日そんなことばかり考えていたんですよ。小峯さんは真摯に猿を拝んでいますが、彼はどこの檀家でも氏子でもないです」

「そう——ですけどね。築山さんの言葉とは思えんですな。暫く一緒に居たんで中禅寺さんに感化されましたか」

そうかもなあと築山が云うと中禅寺は止し給えと云った。

「まあ、お二人のご高説はある程度呑み込みましたがね、それはこの調査と具体的に関わって来ることなんですかね?」

「そうかもしれない、と考えているんだが」

「中禅寺さん、これ、どう考えたってそんなに古くないですよ。その、層で云えば狸やないですか」

「狸?」

「だから東照権現鎮座以降ってことですよ。天海蔵の蔵書の写本、ゆうのが前提でしょう」

「天海蔵には東照宮が出来る前の蔵書も含まれているだろう」

「そうですけどね。もしかして、西遊記が寄贈されたのがうんと昔で、写本が作られたのがその直後だとか、そう云う証拠でも——」

そんなものは出ないよと中禅寺は云った。

「それならもっと話は簡単じゃないか。そんな証拠が出たらいの一番に報せるよ。僕だって今頃旅舎に戻って寝てるさ。何も出ないから彼れ此れ考えているんだよ」

仁礼は首を傾げる。

「結び付きませんがねえ」

「物だけ覧ていればそうだと思うけどね。誰が何のために、と云うことさ。そして、何故あんな処に埋められていたのか——と云うことだよ」

「ああ。そう云えば内容確認にばかり気が向いてましたけど、それも調査の内ではありますなあ。でも、特定は出来ないでしょう。推理は出来ても」

「まあ、だから黙っていたんだよ。中身の精査の方は、後一箱なんだから、それこそもう目処が立っているだろう。だから別の角度から考えようとしている訳だよ」

「摩多羅神もマタギも、関係ないでしょう」

そうでもない——かもしれないんだよと中禅寺は云った。

「まあ、ここに居座って話していると安田さんが帰れないからね。取り敢えず引き上げようか。僕は調べものがあるしね」

「休まんのですか」

「仁礼君だって宿に戻ってから古文書読むのじゃないのか？」

「だろう。まあ、月曜までには何とか目算を立てたいと思っているんだがなあ——」

そう云って、中禅寺は立ち上がった。

「お疲れさまです」

築山は出て行く中禅寺の背中をただ眺めた。

「まあ、何か算段があるんでしょうけどねえ。出鱈目な方向に進むような人じゃないから、二歩三歩先に行ってるんでしょうけど、私にはサッパリ解りませんわ。あ、築山さん、どっかで昼飯でも喰いませんか」

「いや——そうしたいところなんだが、今日は人に会うことになっていてね。まあ、野暮用だ。君や中禅寺さん程、仕事中毒ではないもので」

——あの男。

寒川秀巳。

築山は、寒川のことを中禅寺に話していない。仁礼は三日前の朝に小峯荘の前に不審な男が現れて一悶着あったこと、そこに偶然築山が行き合わせたことは知っている。でも、それだけである。小峯にも警察沙汰にすることだけは止めて貰ったから、それ以上のことは仁礼も知らない。

隠していた訳ではないのだが、取り分け話題に上らなかったから黙っていたのだ。

一日経つと、今更話すことでもないと云う気になった。

結局は話しそびれた。それだけである。

――あの日。

小峯に仁礼への伝言を頼み、築山は寒川を伴ってその場を去った。本来は仁礼に直接伝えるつもりでいたのだが、寒川のことが気になったのだ。

喫茶店に入って話を聞いた。

寒川の述懐は、奇妙なものだった。

寒川が手に持っていたのは、何とガイガー＝ミュラー計数管、所謂放射線測定器だったのだ。寒川は驚いたことに日光各所で放射線を測定していたのである。錯乱している訳でも嘘を吐いている訳でもないようだったが、話の内容は能く伝わらなかった。

あの日築山は疲れていたのだ。だから。

築山は再度、会う約束をした。そう――今日これから築山は寒川秀巳と、会う。

貍（五）

迚（とて）も厭な気分だった。

似合わない。落ち着かない。尻の据わりが悪い。

小洒落（こじゃれ）ていて、透（す）かしていて、高級そうで、汚れていない。木場に通じる処がただの一つもない。

何よりもこの旅舎（ホテル）は。

――何だって此処なんだよ。

木場は凍った土を踏み締める。

この旅舎の経営者は木場の友人の兄である。友人と云っても付き合いが長いと云うだけの腐れ縁であり、仲が好いとか幼馴染みだとか、そう云う言葉は決して使いたくない。木場は自分が莫迦だと云う自覚を十分に持っているけれど、あの男――榎木津礼二郎は自分を上回る莫迦だと考えている。

郷嶋の話だと、同じく戦時中からの腐れ縁である関口や、その友人である中禅寺も日光に来ていると云う。ならばあの莫迦も居るに違いない。

嫌いな訳ではないのだが。

登和子の勤め先が日光榎木津ホテルなのだと聞いて、だから木場は随分と落ち込んだ。

今回、木場はまるで駄目である。駄目な方、駄目な方に転がって行く。そもそも、長門の近野だのに唆されてその気になった段階で、もう駄目だ。狸惑わしに遭った昔話の愚か者のように、最後は野壺にでも嵌まるのだろうと思う。

そんな中で、唯一の手掛かりらしい手掛かりと思えたのが――。

笹村倫子と云う名なのであった。

とは云え、姓が同じと云うだけである。

笹村姓の者など世の中にはごまんと居る。何の確証もない。

だが。

焼死したとされている笹村夫妻が日光に預けたと云う子供の一人は、生まれて間もなかったと云う。

年齢は――大体合う。

駄目な展開は勘も嗅覚も衰えさせるが、その衰えた勘や嗅覚がそれでいいと云っている。

何一つ取っ掛かりがない以上、当たってみるしかないと思った。

そして、その倫子もまた榎木津のホテルに勤めていると云うことに思い至り、木場の出鼻は挫けた。

登和子は、落ち着いていた。

登和子を仏具屋から田貫屋に預けた仏師とやらはその日も戻らなかった。材料の木材を選ぶのに手間取っているが一両日中には一度戻ると、田貫屋には連絡があったらしい。

木場は翌日、役場に行った。

キリヤマカンサクの情報を得ようと思ったのだが、無駄足だった。偽名か、然もなくば死んでいるか、転居したのか。

最初から戸籍も住民票もない――と、云う可能性もある。戸籍を持たない者は、昭和の世にもそれなりに居るのだ。

序でに登和子の実父に就いても調べた。

田端勲は、慥かに昭和十三年に死亡届が出されていた。死んではいるのだ。

登和子は六歳である。供述通りだ。

だからと云って登和子が殺したことにはならないし、殺したとは到底思えない。死因までは書いていないから判らないのだが。

だが――。

木場は疑っている。

死を偽装することは、出来る。

芝公園から消えた三つの遺体。

そのうちの二つが笹村夫妻の替え玉として使われたのなら。笹村夫妻は生きている、と云うことになる。死体を運び出したのが特高警察だとして——。

どう繋がっているのかはまるで判らないが、何かしら陰謀めいたものは感じられる。

同じように田端の死も偽装されたものだとしたら。

何か繋がっているのか。

郷嶋は田端の情報を集めているらしい。十六年も前に死んだ男のことを公調が調べるだろうか。田端が死んでいないとするなら——。

矢張り、きな臭いものを感じる。

二十年前の遺体消失と、登和子の実父の死は、そのきな臭さによって繋がっている。そしてその一見無関係な出来ごとの双方に——。

——笹村か。

昨日、木場は日光警察署に行った。

こちらも、ほぼ空振りだったと云っていい。事件の記録はなかった。二十年前にも十六年前にも、刑事事件は発生していない。執拗く粘って調べたがそれらしい事件はなかった。

二十年前、死体が消えたのと同じ日付で転落事故が起きている。事故であるから詳細な記録が残っている訳ではない。当時の関係者も殆ど——と云うより全員、現役を退くか死亡するかしていた。

これは仕方がないだろう。

県の警察部、自治体警察に国家地方警察と組織が何度も変わっている。間に戦争と占領を挟み、管轄だった内務省も解体されたのだ。更に変わる。

但し、気になることはあった。

その事故で死んだ男の遺族が、去年の年末、駅前交番に当時の担当警察官を訪ねて来たと云うのである。その遺族が憶えていた担当者は随分前に退官していたが、未だ元気で生きており、本人に確認の上で取り次いだのだと云う。

少し気になった。

十六年前にも何かあったのではないかと思ったので、残っている記録を具に覧てみたのだが、それらしい事件は何もなかった。田端が死亡する三箇月前に不審死が一件あっただけである。こちらも事件性はないと判断されている。勿論解剖などしていないから死因などは能く判らないのだが、泥酔した上で用水路に転落したと云うことらしい。ならば溺死、と云うことだろう。

そもそも三箇月も開いていたのでは身代わりにすることなどは出来ないだろう。

どうにも埒が明かない。

警察にあるのは捜査資料であり捜査記録だ。刑事事件として扱われ、捜査を行った案件以外の記録はない。それも完璧に保管されているものではない。

加えて何もかも自由に閲覧出来る訳でもない。

幸い、管轄内で起きた事件の関連捜査だと云う木場の出鱈目を疑う者はなかった。組織改編を目前に控えた時期でもあるし、わざわざ東京から事件化してもいない大昔の椿事の捜査にやって来る間抜けが居るとは誰も思わなかったのだろう。

手帳が役に立ったとも云える。

身分が証明出来ていなければ、当然乍ら門前払いであったろう。木場は念のために警視庁麻布署刑事課捜査一係係長近野諭の名前と連絡先も告げた。何か問題が発生した時は責任を取らせるつもりだったからだ。

責任を押し付けるつもりはない。木場が近野に命令されて動いているだけの木偶人形であることは、紛う方なき事実なのである。

結局警戒されることなく閲覧は叶った訳だが、それは木場が漁っている情報がどれもこれも立件もされていない、刑事事件でさえない屑情報ばかりだったから――ではあるだろう。

多分、秘匿されている書類は別にある。

隠蔽されていると云う意味ではない。

簡単に見せて貰えないのにはそれなりの理由があるのだ。ただ、この間抜けな事件がそうした重要案件に関わっているとは思えないし、関わっていたとしても何と関連しているものなのか一切判らないのだから、頼むことも探すことも不可能である。

例えば裁判にでもなっているのであれば、検察なり裁判所なりにもっとずっと詳細な記録が残っているのだろうが——その場合はふらりと訪れて見せてくれは通用しない。警察手帳も効かない。正式な手続きが必要だし、却下されれば閲覧は出来ない。

と——云うより、そんなものは存在しない。

東京の芝公園で死体が三つ消えてしまいましたなどと云う莫迦げた案件に関連した記録が警察や検察や裁判所や、況て栃木県にあるのだと思う方がどうかしているのである。

警察署を出た時点で既に暗くなっていた。

廉い飯を喰って、田貫屋に戻った時は夜九時を過ぎていた。登和子はもう休んでいるようだった。

仏師とやらも戻っているようだったが、別に話をすることもなかったので、寝た。

普段木場はそんな時間に寝ることなどはないのだが、やけに疲れていたのである。

安宿の布団は薄く、酷く寒かった。

早く寝たから早く目覚めるかと思ったのだが、結局木場が布団を抜けたのは朝八時を回っていた。

仏師は既に出掛けていて、登和子も仏具屋に戻ったようだった。田貫屋の親爺は、登和子が木場に大層感謝していたと云った。

木場には感謝などされる憶えがない。

直接礼を云いたいのでまた来ると云っていたそうだが、それはそれで——。

困ると思った。

場合に拠っては再度事情を訊きたいと思わないでもないのだが、そもそもあの娘の記憶は混乱しているのだし、六歳の頃の記憶など何処まで当てに出来るか判らない。聴取するにしても登和子本人ではなく、周辺の関係者を当たるべきだろうと思う。

関係者が誰と誰で、それが何処に居るのかも皆目判らないのだが。

もっと——要らない情報が必要だ。

図書館にでも行って古新聞でも漁る方がまだ有効な気がしたので、田貫屋の親爺に聞いてみたが、知らないと云う。そもそも図書館と云うものがどう云うものなのか田上は知らないようだった。今市の公民館にはそう云うものがあるようだと親爺は云ったが、今市まで行くのも面倒な気がした。

そして木場は足取り重く日光榎木津ホテルにやって来たのであった。

奇態な建物だと思う。

和風なのか洋風なのか判らない。和洋折衷と云う訳でもない。見た目は洋風建築なのだが意匠は和風である。結果的に無国籍な印象になっている。東南亜細亜の建物と云われればそうかとも思う。

出来るだけ虚勢を張って、肩で風を切るように建物に入った。

外国人が談笑している。十年くらい前、彼等は敵だった。だから木場は彼等に銃を向けていたのだ。狂っていると思う。

殺し合う理由などない。

国が殺し合えと命じただけだ。

そうだとしても、命じられてほいほい殺しに行っていたのだから自分も狂っていたのだ。

拒否権がなかったのだとしても、戦場での木場は何一つ疑問を持っていなかったのだ。勇猛果敢に闘っていた。

——撃ちてし止まん、か。

明らかに正常ではない。今はそう思う。人種だの国籍だの、そんなものはどうでもいい。

実際、今木場の視界に入っている外国人が、亜米利加人なのか露西亜人なのか、木場には判らない。怨みもないし憎しみもない。確執もない。機嫌良く笑っているし、楽しそうで好ましい。でも。

木場は目を逸らしてしまう。

多分——背徳いのだ。

思考停止で外国人を敵扱いし、殺そうとしていたのは、他ならぬ自分だ。

そしてその罪悪感のようなものは裏返る。そんな自分は外国人から攻撃されても仕方がない、いいや攻撃されるだろう——と。

加害者としての罪悪感を相殺するため必要以上に被害者意識を持ってしまうと云うことなのだろう。

臆病で、卑怯である。その臆病さが敵愾心を掻き立てる。そんな気持ちは理不尽なものだと承知してもいるから、結局目を逸らす。

同僚に亜米利加を嫌う男が居る。他国に原爆を落とすような連中とは生涯相容れないのだと、その男は云う。でも、例えば今横で笑っている男が亜米利加人だったのだとして、あの男が原爆を落とした訳ではないだろう。それでも同じことだとその男は云う。

その男は長崎の出身なのである。

気持ちは解る。そうした怨嗟や哀しみは、多分墓碑銘のように刻み込まれてしまうものなのだ。消そうにも消せないのである。人にそんなものを刻み付ける戦争は、まあろくなものではないのだ。

そして、それを云うなら亜米利加人に向け銃を撃ち手榴弾を投げていた木場は、原爆を投下した連中と同じだと云うことだ。規模が違うと云うだけだろう。人命を奪ったのだ。数の問題ではない。憎まれ嫌われても弁明は出来ない。だから木場は。

目を背けてしまう。

臆病者なのだ。

戦争は臆病者が起こすのかもしれない。

外国人で賑わうロビーを抜けて帳場——とは謂わないのだろうが——の前に立つ。

やけに鯱張った男が澄まし声で御予約で御座いますかなどとほざくので、黙って警察手帳を見せた。あまり使うなと云われていたのに、使い捲っている気がする。

「訊きたいことがある」

「はっ」

「は、じゃねえんだ。別に犯罪の捜査って訳じゃあないから気にするな。外聞が悪いてえなら場所変えてもいいぞ」

「ど、どのようなご用件で——」

「あのな、此処の仲居に笹村と云う娘が居るだろ」

「仲居？　ああメイドで御座いますか。ええ、まあ居りますが、笹村が何か」

「今ァ居るのか」

「今日は——お休みを戴いておりますので、不在で御座いますが」

「休みかよ」

登和子も休んでいるのだろうに。

「あのう、笹村が何か——」

「いや。その娘が何か為たとかでもない」

それで素性を教えろと云うのはどうなのか。

「その笹村さんは誰かの紹介なのかい。その、従業員を採用する際の責任者みたいなのは居ねえのか」

「はあ」

男は横に立っていた小娘に栗山さんを喚んで来てくださいと云った。暫くすると小洒落た恰好をした仲居――メイドが現れた。仲居頭と云うところか。

男はぼそぼそと何かを告げる。

「ああ。倫子さんはオーナーの」

「オーナー？　そうなのかい？」

「ええ。そう聞いてますけど。何か」

「いやあ。そうか。じゃあオーナーにお尋ねしないと判らないかなあ。オーナーは」

「昨夜お入りになられたのでしょう」

「それは判っているが、お出掛けになってはいないですね？」

「私はオーナーのスケジュールまでは存じ上げません。総支配人ならご存じでしょうけど」

「総支配人は先程出掛けられたから――」

「何をごちゃごちゃ云ってるんだ。そのオーナーってのは、榎木津総一郎と云うのじゃないのかよ」

「さ、左様で」

「俺は——あんまり云いたくねえが、その」

「おいこら四角」

一番聞きたくない声が背後から聞こえた。

「お前、トチギ県に来ても四角いなあ。後ろから見ても四角いから少し驚いたじゃないかこのトーフ男めッ！」

云うなり背中に何かが打ち当る。蹴られたのだ。

「何しやがるんだよコラ」

「こっちを向いても四角いな。おい、お前何でこんな処に居るのだ。白癬でも拗らせたのか？」

「相も変わらず何を云ってるのか判らねえな礼二郎。てめえの出る幕じゃねえんだよ。これ以上巫山戯ると頭カチ割るぞこの野郎」

「れ」

礼二郎様お知り合いですかと男が泣きそうな声で云った。

「わはははははは。こんな野蛮なサイコロ人間とは今更知り合いたくもないが随分昔に知り合ってしまったから知り合いだッ」

「何が野蛮だコラ。出合い頭に背中蹴るようなボケが語ってるンじゃねえよ。てめえの冗談に付き合ってる暇ァねえんだよ。おい、従業員」

「は」

「この、頭に虫が涌いてるお前さんとこの身内を何とかしろ。そうでねえと豪いことになるぞ。それからこのイカレ野郎の兄貴を喚べよ。居るんだろ？」

「え、ええと」

「お前、あの馬鹿なアニに会いに来たのか？」

「煩瑣えな。てめえン処の一家が莫迦揃いだってことは前前から承知しているがな、てめえに較べりゃ兄貴は全然マシじゃねえかよ。この宿屋の経営者だろうがよ」

「こんな館を経営しなければ生きて行けない程の小心者なのだ。その証拠に、いつ会ってもあまり愉しそうじゃないぞ。しかも、あれは吝嗇でみみっちいのだッ」

「てめえみてえな弟が居るから楽しくねえんだろうがよ。それにあの男は別に吝嗇じゃねえだろ。てめえの兄貴はその昔、俺にコロッケ蕎麦奢ってくれたぞ」

「愚か者。あの代金は僕が支払ったのだ。お前は出世払いだとか云って払わなかったじゃないか」

「奢るよう、とかお前の兄貴が云ったんだよ」

「アニは無能だから直ぐにそう云う調子の好いことを云うのだ。お前のような立方体の機嫌を取ったところで良いことなんかは一つもないと云うのに。わはははは」

「おい礼二郎ぉ」

情けない声がしたので眼を向けると、榎木津の兄貴が所在なげに突っ立っていた。

「お客様が居るんだから、あんまり大声を出すなよう。お前の笑い声は響くんだよ」

宇宙の声だからなと莫迦な弟は頭の悪そうなことを云った。

「刑事が来たと云うから誰かと思えば木場君じゃないか。どうしたんだよ。礼二郎が喚んだのかい」

「誰がこんな角切り人参を喚ぶものか」

「いいからてめえは黙っていろよ。その辺で関口でも苛めてればいいじゃねえかよ」

「猿には逃げられたのだ」

「けッ。どうでもいいんだよ。俺は総一郎さんに用があるんだからよ。コラ従業員。頼むからその人形面を俺から見えねえ処に隠してくれ」

「その細い眼は見えていたのか！」

そう云った途端に榎木津は黙った。

弟が静かになったからか、場所を変えましょうよと総一郎が云った。

帳場の男が先導し、応接室のような部屋に通された。何故か榎木津も付いて来た。暇なのだろう。そしてどう云う訳か総一郎も弟を止めなかった。

この兄弟は、成人と同時に父親から財産の一部を生前分与されるかして、以降は自立するように云われたらしい。

　兄はその金でジャズクラブを始め、そこそこ金を増やしてこの旅舎を建てた。他にも手広くやっているると聞いている。弟は何だか能く解らないうちに、いつの間にか私立探偵になっていた。

　部屋に通されて木場がソファに座るとその真向かいに総一郎が座り、莫迦な弟は何故だか一番偉そうな一人掛けの椅子に座った。

　総一郎と礼二郎は余り似ていない。眉毛の形だけやや似ているが、他に類似点はない。弟の方は作り物のような容貌であるが、兄は極めて普通の顔立ちで、だから木場は迚も落ち着く。

「で？　笹村君がどうかしたとか」

「ああ。いや、その娘がどうと云う訳じゃあないんですがね。もしかしたら俺が捜してる娘なのじゃないかと思いましてね。素性が判りゃな、とね」

　旧知の仲であるから、手帳をちら付かせなくても良いし、面倒な手続きも要らない。警戒されることもない。もしかしたら僥倖だったかもしれない。

「素性かあ」

「あんたの周旋だそうじゃないですか」

「そうだったかなあ」

　まあ、慥かに総一郎は弟の云う通りやや情けないところがあるのだ。

「捜してるって、どう云う？　名前が同じとか？」

「姓が同じ。年齢もほぼ合う。それしか判らねえ」

「笹村さんは——どうだったかなあ。未だ採用して何箇月と経ってないんだけども、迚も能く働くし要領も良くて、評判は大変に佳い子だよ」

忘れたんだなと弟が云った。

「忘れてないよう。でも」

「変な服を着た男だ愚かなアニ」

「変な服って何だよう。お前の云うことは解らないなあ。判るように云えよう」

この礼二郎と云う男は、何だか知らないが視えるのだそうだ。ただお化けが見えるとか未来が見えるとか、そう云うことではないらしい。仲間内の説明では他人の記憶が視えると云うことらしいが、いずれにしても与太話でしかない。縦んば真実だったとしても、この莫迦探偵は語彙が著しく少なくて偏っているので、視たものを他人に説明出来ないのである。だから誰にも通じないのだ。

「だからその、お祭のような人だよ。背中に印度とかの字が書いてある」

気の違ったようなこと口走るなよ莫迦探偵と木場は罵る。

同時に総一郎はああ判ったと云った。

「判ったのかよ」

「思い出した。それ梵字だろ。礼二郎」

「知らないね。サンスクリットとかウパニシャッドとか、阿比留文字とか、僕は一切読めないぞ」

「自慢するなよ。そんな妙ちきりんな文字を識ってる奴の方が少ねえだろうが。でも梵字ぐらいなら俺だって識ってるよ。読めねえがな。で、それが」

そのお兄さんの紹介だったと総一郎は云った。

「お兄さん？　兄貴が居るのか」

「そうそう。随分と齢は離れてるけども――でもほら、あの中禅寺君のところも妹さんとは十歳くらい離れてるんじゃないの？」

「彼処はそこまで離れてねえよ。それより」

十二歳違いだと云ってたけどねと総一郎は云う。

のんびりした男なのだ。

「歳はいいよ――って、良くもねえんだが、その兄貴ってのは何者なんだよ。あんたのお知り合いですかい」

「去年ね、仏像を彫って貰ったんだよ」

「仏像だあ？　何で」

「何でって、外国人が喜ぶんだよね。日本のもの」

「仏像って——それこそ印度とかじゃねえのか」

お前は無知だなと弟の方が云う。

「何だよ」

「印度は印度だ」

解らない。

「何でもいいの。彼等は東洋っぽければ喜ぶ。中国も日本も違いが判らないから。でも、だからと云って嘘ばっかりってのは気が引けるから、出来るだけ日本の意匠をね、心掛けました。飾ってあったでしょうに絵扇とか、羽子板とか」

まるで憶えていない。

「生け花も、あれはちゃんと毎月生け花の先生喚んで活けて貰ってるんだよ。廊下の橋だって、伝統的な橋を造れる職人に架けて貰った。そしたら、仏像がないと云われてね。でもお寺から貰って来る訳に行かないからさ」

仏師に頼んだと総一郎は云った。

「仏師。仏師と云ったかい」

「云ったけど。知らない？　武士じゃないよ」

「識ってますけどね。その仏師ってのは——」

「だから笹村さん」

「じれってえな。その仏師が変な服なのかい」

「別に変じゃないよ。和装でね。和装が変だと云うなら、お坊さんだって、中禅寺君だって変でしょうに。ただ、そう。変わってると云うならね、白い羽織を着てて、背中に梵字が一文字染め付けてあるんだよね」

「それが、その笹村倫子の兄貴か」

登和子の話だと、倫子と云うのは二十歳そこそこであるらしい。笹村の子供は二十年前生まれたばかりだったと云うから年齢は合う。すると兄は当時十二歳ぐらいだったと云うことか。しかし。

「これが腕の良い仏師でね。阿弥陀様と、馬頭観音と、千手観音を頼んだんですよ。この日光三山に因(ちな)んでね。後で観ておくれよ木場君も」

「遠慮しますよ。まるで解らねえから。それで」

「それでって――良く出来ていて、あまり評判が良いのでね、まあ今はですね、憾満ヶ淵に因んで、不動明王をお願いしてるんだよ。時間が掛かると云われてるけども」

「そう云う話はいいんですよ。俺が訊いてるな、妹の話だよ」

「だからさ。あれは、阿弥陀如来を納品してもらった時かな。去年の――秋頃。妹が此処で働きたいと云ってるからと――そう云う話だったような」

「瞭然(はっきり)しねえなあ」

詳しくは憶えてないんだよねえと兄は云い、馬鹿だからだと弟が接いだ。

「で、総一郎さんよ。その仏師は誰の紹介だね」

「ああ。欄干の金飾り造ってくれた錺職人がね、仏具屋に出入りしてて、そこから——違うな。逆だったかな」

「逆ってな何だい」

「旅舎が仏師を探してると云う話を聞き付けて向こうから売り込んで来たんだったかな。仏具屋から職人経由で。そうだったよなあ」

「仏具屋な。それ、寛永堂じゃねえのか」

「ああ。そんな名前だった。日光の駅の近くらしいけど僕は行ったことがないなあ」

——それなら。

何か必ず企みごとがある。

その仏師は、自死しようとした登和子を助けて田貫屋に預けた男——木場の向いの部屋に投宿している男ではないのか。

だが、登和子はそれが同僚の倫子の兄だとは一言も云っていない。隠しているのではなく知らないのだろうと思う。知っていたなら、木場が笹村と云う苗字に聞き覚えはないかと訊いた時、そう云っていただろう。それはつまり、仏師が登和子の勤め先を知らないか、意図的に倫子との繫がりを登和子に隠している——と云うことになるだろう。

「何を探ってるんだ枡は」

「鱒？　ああ。枡か。煩瑣えよ莫迦。てめえには関係ねえだろ」

「でもその娘はこの旅舎のメイドじゃないか。お前傍惚れして誘拐でもしたのか」

――その娘。

登和子のことか。いや、倫子のことだろう。

「だから黙っていろよ。それでその仏師か。それは日光に住んでるのかい」

東京だと思うと総一郎は答えた。

「日光へは能く来るようだけども。妹の方はずっと日光に居るらしいから」

「此処に通ってんなら当たり前だろ」

「そう云う意味じゃないよ。日光で生まれ育ったんだと云うようなことを云ってたけど」

「生まれ育った？」

「そう聞いた」

「親は」

知らない、と総一郎は素っ気なく答えた。

「頼りねえな総一郎さんよ。雇うにしたって身許が不確かじゃねえかよ」

「佳い娘だよ。さっきも云ったけども、評判は頗る良いから。それにお兄さんとも取引があるんだから別にそれ以上はねえ」

「兄貴の名前は」

「笹村さんだって」

「それは判ってますよ。東京に住んでるのかい」

「連絡先は——寸暇待って」

総一郎は立ち上がって部屋を出た。

知り合いでなくてはこうは行くまい。この莫迦探偵が居るのは癪に障るが、結果的には良かったのかと木場は思う。

しかし。

沈黙が訪れた。

「別に何でもないいんじゃないか」

突然榎木津がそう云った。

「何でもねえってのは——何だよ」

「何でもないと云うのはな、何でもないと云うことだ。多分、気にすべきことなどない。あるとするなら、もっと大きなことで、それはお前なんかが気にしたところでどうなるものでもないぞ」

全く解らない。

慥かに——。

何が起きているのか判らない。

何も起きていないのかもしれない。

「おい。お前、そんな四角い顔だと云うのに、それを押してこんな処までやって来たのだろう。折角だから庭球でもしないか？」

「あン？　何だよそれは」

木場はなるべくこの莫迦な友人を見ないように努めていたのだが、あまりにも間抜けな誘いだったのでつい顔を見てしまった。

榎木津は大きな眼を半眼にして、無表情で木場の頭の辺りを眺めていた。

「その娘。猿の友達の鳥も気にしてたぞ」

「あのなあ。猿ってのは——関口か。鳥ってのは何だよ。鳥口か」

鳥口と云うのは三流雑誌の編集者である。

あんな鳥頭がトチギに居るかと榎木津は云った。

「何かその辺で猿と知り合った屑入とか消炭とか云う変な名前の男だ。あれ、庭球は下手糞だが、猿よりは機敏に動く」

「どうせ名前は適当なんだろうがな。屑入と消炭は似ても似つかねえじゃねえか。その男がその」

登和子のことなのか。

それとも。

矢鱈と気にしているようだったぞと榎木津は云った。

「其奴は」

「猿と共に逃げた」

「何処に行ったんだよ。観光か」

「多分、人の居ない村外れに茶でも飲みに行ったのだろう。猿と付き合うと祟られると云ったのに」

「祟られてんなてめえじゃねえか。大体人の居ねえ処でどうやって茶を飲むんだよ。水筒に詰めて持ってってたのか」

「一昨日飲んで来たと云っていたから、きっと通り過りに茶を出す変質者でも居るのじゃないか。世の中には色んな変態が居るからね、実に愉しい。無人の荒れ地でもお茶が飲めるなんて素晴しいじゃないか」

「あのな」

「どっちにしても、お前は頭が悪いんだからな。庭球しないと云うんなら京極の真似なんかしないで、とっとと東京に帰って重たい石でも運べ」

「誰が古本屋の真似なんかしたって云うんだよ。てめえと付き合ったこの三十年を誰かに弁償して貰いてえくれえだよ」

「僕の助言を聞かないとは何と云う罰当たりなのだお前は！」

そこで。

ばたんとドアが開き、総一郎が戻った。

「領収書確認して来たよ。名前は笹村市雄、住所は下谷だね。これ、連絡先のメモ」

木場は——癪に障るが少しだけ復調した。

虎（六）

何かが交じり合ってしまったような、一種奇妙な感覚を御厨は覚えている。交じり合うとは云うものの、それは分離もしていて、完全に混じり合ってしまうことはない。

丁度それは墨流しの模様のような有り様なのだと思う。墨は墨、水は水なのに、同じ水面に渦を巻いたり滲んだりし乍ら、まるで野分を運ぶ黒雲のようにどろどろと、美しいけれど奇妙な模様を描いている。そんな印象だ。

御厨は寒川を捜しに来た。寒川が見付かりさえすれば、見付からずとも居所が判りさえすれば、それが判らなくても無事さえ確認出来たならば、それでいい。そう思う。

会いたいけれど、それはもう会いたくて仕様がないのだけれど、もし会えなくても、それでもいいと思っている。そんな気がする。

勿論、顔を見れば安心するだろう。涙の一つも溢れるかもしれない。御厨は、寒川が好きなのだ。

でもそれは、そう云う感情は、寒川を捜し始めてから芽生えたものなのである。薬局でただ帰りを待っていた時は、こんな気持ちではなかったと思う。

勿論、会いたいからこそ捜し始めたのだろうから、自覚がなかっただけなのかもしれないのだが。

行く先先で婚約者だの許嫁だのと紹介されて、それは強ち間違いではないのだろうとは思うのだけれども、そちらの方はいまだに自覚がない。

その辺は何だか能く判らない。

だから日光に来てからは、会いたいと云う気持ちが募るのと同じだけ、もう会えないだろうと云う予感も増している。

諦めてしまったのではない。

会いたい。だが、会えずともそれでいい——と云う不思議な気持ちなのだ。

それは融合することはないけれど、交じり合ってはいるのだ。

追い掛ければ追い掛ける程、寒川が追い掛けている得体の知れないものが、日に日に大きくなって行く——そんな気がする。寒川が何をしようとしているのかは依然茫洋としているのだけれど、そこに御厨の紛れ込む余地はないように思う。

それは好きだとか恋しいとか愛しいとか、そう云う感情とは全く相容れない何かなのだ。

寒川はその何かと対峙している。そんな気がするのだ。

そんなことを考えてしまうのは、今までに関わったことのない種類の人人と矢継ぎ早に出会った所為なのかもしれない。

尊王を掲げる元刑事だの、公安なんとかと云う役所の調査員だの、多分、ぼおっと暮らしていれば生涯交わることがない人達である。

彼等が見ている世界と御厨の観ている世界は、きっと違う。

同じなのだけれど、違う。

突き詰めて考えればみんな違っているのだろうとも思うけれども、それでも彼等の見ているものは御厨の安穏とした日常とは掛け離れ過ぎている。いや、それを云うならそう云う人達と極く自然に接している益田からして、御厨にとっては異質な人なのだ。少し慣れたと云う程度である。

その、今まで関わったことのない人達の世界が、矢張り墨流しのように御厨の世界に流れ込んで来たのだ。

交じるけれども混じることのない世界が――。

そして、緑川である。

緑川佳乃と云う人は不思議な人だ。初対面なのに前から識っているような、そんな気持ちになる。益田の懇意にしている人達の昔の知り合いと云う実に迂遠な関係なのであるが、多分ここ数日で出会った人人の中で一番御厨の傍に居る人のように思える。

でも――。

郷嶋に絡まれて宿に入ることも出来ずに居た御厨達を扶けてくれたのが、緑川だった。

緑川は、強い。

郷嶋と云う人は怖い。悪人かどうかは判らないけれど——多分違うのだろうけれど——目付きは剃刀(かみそり)の刃のように鋭い。言葉は鋏(はさみ)のように尖っている。

御厨などはそれだけで竦(すく)んでしまう。

でも緑川は普通に、実に普通にその怖い調査員をあしらっていた。

調査員はあしらわれて、そのまま姿を消したのだった。

郷嶋を追い払った緑川が最初に云った言葉は、

——お腹空いた。

だった。

それから、どう観ても少女にしか見えないのに強い女性は、一旦部屋に戻ってから何か食べに行きませんか——と云ったのだった。

そして、余り上等とは云えない居酒屋で、緑川と益田、そして御厨は情報を共有したのである。

益田は緑川の話を聞いて青くなったり白くなったりした。

「いや。そのですね」

関係ないとは思えないですよねと益田は御厨に同意を求める。

正直、御厨は能(よ)く判っていない。

「どの辺が関係あるんです？　その、放射能？　放射性物質？　とかですか？」

「あのね、御厨さん。放射性物質なんてものは、何処にでもポコポコあるもんじゃないですよ。で、木暮さんが云ってたじゃないですか、燃える碑てえのはチェレンコフ光なんじゃないかって」

「それが放射能？」

そうじゃないと思うと緑川が云った。

「私も能く識らないけど、電子が何かの中を移動する時、その何かの中で光が進む速度よりも電子が速くなっちゃった場合に放射される光――のことだったと思う」

全く解らない。

「緑川さん、何か凄く賢い感じしますよ。でも、解りませんけど。光より速いって、そんなものあるんですか？」

ないんじゃない、普通と緑川は云った。

「でも、電子だからねえ」

「電子が解りませんから」

「何か、加速器とか使うと、条件付きで光より速くなるんだ――とか聞いたけど。私はまるで専門じゃないからそれこそ能く判んないけど、その、核分裂とか核反応とか――」

「加速器って、サイクロトロンじゃないですか」

益田が厭そうに云った。

「ああ。あれはぐるぐる回すやつ。円形加速器」

ほら、と益田は御厨を見る。

「和寅さんが云ってたでしょ。造るんですよラジウムを。でもって、その緑川さんの大叔父さんが居た診療所ってのは、何でしたっけ。ええと、旧尾巳村にあるんですか？」

「あるわね」

「ほら」

「何ですか、ほらほらって」

「御厨さん。其処って、多分寒川さんのお父さんが事故に遭った場所の近くですよ。つまり寒川さんのお父さんが運び込まれた診療所、ってのが、緑川さんの大叔父さんの診療所なんでしょ」

「あら」

関係あるでしょうにと云って益田は前髪を掻き上げた。

「でもって、その秘密計画疑惑ですよ。木暮さんの荒唐無稽な推理が中たってくじゃないですか。困ったなあ。でも、だとしたら——ですよ。寒川さんもその診療所に行ってるんじゃないですか？」

私が行くまで空き家よと緑川が云う。

「半年以上誰も住んでなかったんだよね、彼処。鍵も掛かってなかった。だからまあ入り放題ではあったと思うけど」

「緑川さんはいつ？」

「私は二十三日に日光に来たから、彼処に行ったのは翌日の二十四日。水曜日かな。それから今日まで三日通ってる」

「じゃあ留守中に行ってるかもなあ」

ないと思うよと緑川は云った。

「ないですか？」

「私が行った時、直近で誰かが入った形跡はなかったと思う。屋内が荒らされてたような様子もなかったしね。ほら、戸を開け閉めしてたりすると、判るもんじゃない？　床なんかもう、埃が積もってて、誰か入ってたなら絶対に足跡が残るから」

「それはなかった、と？」

「なかったねえ。でも、戸口の前まで来た人は居たと思う。何日前かに、雪が降ったりしてたでしょう。私が行った日はまだ地面に雪残ってて、足跡があったのね。だから、さっきの公安の人が覗いたのかと思ってたんだけど、その――寒川さん？　その人が来たのかもしれない」

「なる程」

　でもみんなお行儀が好いのねと緑川は云う。

「鍵が開いてるんだから、入ろうと思えば入れるのに入らないの。公安の人なんか、平気で入るもんだと思ってたけどね」

「入らなかった？」

「決まりは守るんだって。何か意外。でもまあ、建前なのよ。弁明さえ出来ればいいみたいだし」

　どうやって追い返したんですと益田が問うた。

「別に。あの人は多分、私に用があるんじゃなくてあの診療所に残ってる書類かカルテが覧たいんだと思う。でも私にだって覧る権利があるのかどうか判らないんだし、役所に聞いてみると云ったのね。それで、場合に拠っては焼却するからって云った」

「はあ」

「ほんとは今日焼くつもりだったんだけど、何か焼きそびれちゃって」

　焼いとけば良かったと緑川は云う。

「どうするんです？」

「そのまんまよ。明日役所に寄って、多分、解らないから勝手にしろと云われるんだろうから、まあ勝手にする」

「勝手って」

「だって放っても置けないし、持って帰る訳にもいかないんだから、それなら焼くしかないでしょう。まあ、いつ焼くかは好きにする。どうしても覧たいなら焼く前に来いと云っておいたけど」

「それ、能く納得しましたね」

「そう云っておけばさ、明日焼いちゃうかもしれないんだし、何が何でも覧たいんだったら今夜にでも忍び込むんじゃないの？　まあ、不法侵入だけどそれは私の責任じゃないし、別に訴えないし」

何か達観した人ですねえと益田は云った。

御厨はそうは思わない。この緑川と云う人は、殆どのものごとを自分の目の高さで見ている人、なのではないだろうか。見上げも、見下げもしないで。

だから、大抵のことは普通のことなのだ。

自分を見下げがちな御厨なんかとは随分違うのだけれど、地に足が着いた感じが安心出来るのかもしれない。小難しい科学の話も高尚な哲学も、大根の値段の話と同じレヴェルで語る人――と云う印象を御厨は持った。御厨には大根方面しかない。

「まああの人が盗み見ても、先に私が焼いちゃっても、どっちでもそれで終りだからね。何を探ってるのか知らないけど、私には関係ないし」

恐れ入りましたと益田は前髪を揺らせて云う。

「でも公安調査庁がうろちょろしてるような案件ではある訳ですよ、いずれ」

「そうだけど、あの人は役人で、悪い人じゃないんでしょ？　悪事を働いているなら問題だけど、そうじゃないなら任せておけばいいんじゃないの？」

　仰せの通りと益田は答えた。

「虎の尾っぽは踏まぬが勝ちです。それにしても関口さんもなあ。何だってこんな処(とこ)まで来てそう云う難儀そうな話に首突っ込むかなあ。懲(こ)りないなあ」

「懲りないってどう云うこと？」

「あの人ぁですね、緑川さん。一昨年の夏からこっち、そんな面倒ごとに何度も何度も巻き込まれてるんですよ。そりゃあ、螢光燈に誘われちゃった蛾みたいに引き寄せられて、その巻き込まれ回数たるやもう両の手の指折っても足りん程です」

「へええ」

　緑川は眼を円(まる)くした。殆ど子供の顔である。

「それこそ意外ねえ。あの人、内気と云うか内向的と云うか、そう云う人だったよ。口下手だし、直(す)ぐ赤くなるし」

「そうなんです。しかも汗っかきでしょ。その辺は仰る通りで変わってないです。ただ面倒な事件の渦中に半ば望んで身を投じる、そうした癖(へき)がねえ、あるんですよ。仲間内では祟られてるんじゃないかと云われてるくらいで」

そうなんだ、と云って緑川は杯を飲み干した。

童顔だが割りとお酒に強いようだ。

「面倒ごとってどんな？」

「直近じゃあ何かな。去年の、大磯の連続毒殺事件識ってますか？」

「識ってるけど」

「じゃあ白樺湖の由良邸の事件とか」

「あんまり詳しくないけど、識ってる」

「みんなあの人巻き込まれてますよ。武蔵野の連続バラバラ事件も、箱根山の連続坊さん殺害事件も。こりゃ報道されてませんが、伊豆山中裸女殺害死体遺棄事件に至っては、被疑者として逮捕されてます」

はああ、と緑川は呆れた。

御厨は思う。

「それってみんな、益田さんの処の探偵長が解決した事件だって、事務所で云ってませんでした？」

「はあ。まあその通りではあるんですけどねえ」

「そうなんだ。その探偵長って、榎木津さんなんでしょ？　じゃあ関口君は榎木津さんに毎回助けられてるってことなの？」

「それはねえ。微妙です」

「微妙って」

嘘吐いたんですかと御厨が問うと、益田は激しく首を振った。

前髪が面白い程に揺れた。

「何を云うんですか。僕ァ卑怯者ですが正直なんですよ。誇張も潤色もしますが出鱈目は云いませんからね。嘘と丸髷は結うたことがない」

「なら、何が微妙なんです」

益田は腕を組んだ。

「あの人はですね、真相を見破ることに関してはまあ確実なんです。ほぼ見抜く。それをして解決と云うなら、解決はしてるんです。でもですね、事件なり揉め事なりを収拾する能力は皆無なんですね。根回しとか後始末とか大嫌いですから」

「それは昔からだ」

緑川はケタケタと笑った。

「そうでしょうねえ。三つ児の魂百までって奴ですよ。ありゃ生まれ付きで、一生変わらないです。あの人にあるのは粉砕と殲滅だけですから。謎解きすらしませんからね、あのおじさん」

人気があったけどね、と緑川が云った。

「もう女学生だとかが、少し離れて鈴生りになって見蕩れてたり、ぞろぞろ付いて歩いたりもしてたしね。男子学生にもモテてた。私なんか、普通に口利いたりしてたから、もの凄く嫉妬された」

「え？　その、真逆、緑川さん」

「何？　違うよ。ちょっと、勘違いしないで。あんな人と付き合ったりしないって。益田君の云う通り、その頃からそう云う人だったんだから。まあ何でも出来るし凄い人ではあったけども――」

「あの性格ですからね」

「そうよ。それを知らない子がきゃあきゃあ云ってたの」

見た目は好いですからねえと、益田と緑川は異口同音に云った。

一体どう云う人なのか。

「でも、じゃあ関口君は榎木津さんに助けられてた訳じゃないの？」

「箱根山では助けてましたがね。物理的に」

「物理的？」

「失神してるのを火事場から担いで運んだんですねえ。助けてます。まあ、ですからね、そうですねえ。大体のところ紛乱を収めるのは、主に中禅寺さんですね」

「中禅寺君――か」

「あの人はあの人で一筋縄では行かない人ですからね。僕ァあんな理屈の塊みたいな人は他に知りませんよ。もうぐっちゃぐちゃに縺れ捲った糸とかも解しちゃうでしょ。のみならず真っ直ぐに伸ばして並べたりすんですよあの人は」

するねえと緑川は何故か愉しそうに云った。

「関口さんはどっちかと云うと真っ直ぐ並んでるものを踏ん付けてぐちゃぐちゃにしたりする人じゃないですか。でも、ありゃどう云うんですか。関口さんだけは助けてる——ように見えますけどもね。まあ会う度に説諭してますし、頑として友達じゃないと云い張ってますけどね、中禅寺さん。まぁた弁が立つから。関口さんは弁が寝てます」

「そうか。仲良くやってんだ」

「さあ。仲、良いんですかねえ。僕は未だ一年と少少の付き合いですから能く解りませんけども。そんな訳で、関口さんと一緒に居ると、まあ大抵は酷い目に遭います。まあ榎木津さんと一緒にいても酷い目にゃあ遭いますが」

「じゃあ久住さんも大変ね。でも今回に関しては、関口君を巻き込んだのが久住さんみたいだけど」

「他人の不幸を我がものとする能力に長けておるんですよあの小説家は。しかしその、自分の父親を殺しちゃった娘さんと云うのも、面倒臭そうな案件ですねえ」

ありえないけどねと緑川は云った。

「六歳だよ。しかも蛇の毒で生死の境を彷徨ってたんだから、無理だよ。それに、お父さんは殺されてないから。多分、放射線障碍」

それだよなあと云って益田は酒を注ぐ。

「虎ですよ。虎」

「そうよねえ。嘘臭いけど」

「でも、どうするんです緑川さん。本当にカルテは焼いちゃうんですか？」

「まあね。明日、久住さんと関口君が午後から手伝いに来てくれるって云ってたし。午前中に一応役所に行って話してみるけど——まあ、役所としてはどうでもいいみたいな感触」

「いやいや、そんな秘密のプロジェクトなのに、ですか？」

「だって役所は関係ないでしょう。町村合併でそれでなくても混乱してるの。だから手続きだのも煩雑なのよ、引き継ぎとか出来てないし。そんな昔の秘密計画なんか、もう本当でも嘘でもどうでもいいんじゃないの？　と云うか秘密なんだから知らないでしょう、役場」

「そうか。国とか軍部とかか」

どんどん——。

話が遠くなって行く気がする。寒川はそんなものと関わっているのか。否、関わろうとしているのか。寒川秀巳は、町の薬局の経営者じゃないのか。国も軍も秘密も核物質とかも関係ない筈ではないのか。

この期に及んで、御厨は漸く益田が恐がっている理由を理解した。

鈍感にも程があると云うものである。そんな、一人では抱え切れないような恐ろしいものに向き合うのは――。

――怖い。

御厨は目を伏せた。

でも。何か視線を感じたので顔を上げて見た。

緑川が御厨を見ていた。

「見付かるといいね」

緑川はそう云った。

その一言で、御厨に伸し掛かっていた大きなものはふうと消えてしまった。そう、そう云うことなのである。見付かれば、いいのだ。

「そうだ」

益田が突然、妙に張り切った声を上げた。

「緑川さん。僕等も明日、診療所にお邪魔していいですかね？」

「え？　別に構わないけど」

「そこに、もしかしたら寒川さんのお父さんのカルテもあるんじゃないですか？」

「どうかなあ」

緑川は肩を窄めた。

照明が薄暗い所為もあるのかもしれないが、どうしても少女に見える。聞けば大正生まれだと云うから、御厨とそう変わりない筈なのだが。

「運び込まれた時、死体だった訳でしょ。解剖もしてないんだし——でも死亡診断書は書いてるか。私臨床じゃないから書いたことないんだ。あれって提出しちゃうんでしょ。控えとかあるのかな」

「あるんじゃないですかいい加減な謂いですけど」

「あったとしたって、頸が折れてたんでしょ。それならそれ以上のことは書いてないよ」

「そうでしょうが」

「死亡診断書って死んでますと云う証明書なんだから。解剖所見じゃないからね、検案調書も警察に渡す書類でしょ。カルテじゃないよ。もしかして、死因に何か不審な点でもあると考えてる？」

「いやあ」

益田は一瞬は張り切ったのだが直ぐに萎れた。

「不審なのは死因じゃないですからね。ご遺体の処遇です。木暮さんは特高警察の仕業だと云ってましたけども。確証はないですしね。でも、そうじゃないとすると、もう五里霧中ですよ」

「それはね、こっちもそうなのね。大叔父は国策に反対したんだか国策に協力したんだか判らないんだよね。反対してたっぽい話を聞いたんだけど、どう考えたってそんな嘘臭いプロジェクトは軍部か何かが関わってなきゃ出来ないでしょう」

「買収したならお金掛かってますしね」

「何がしたかったのかなあ大叔父さん」

緑川は居酒屋の煤けた天井を見上げた。

「生きてるうちに会いたかったけど、もう会えないんだよね」

そうか。この人は、会えなかったんだ。

「私は、別に大叔父を捜してた訳じゃないんだけどね。でも、捜してたのかな。何も行動しなかったけどね」

会えなかったんですねえと御厨が云うと、骨には会ったけどねと緑川は答えた。

「廉い壺に入ってた。割りと大きな人だったと云う印象を持ってたんだけど、こォんな小さいの」

何たって骨ですからねえと益田は調子の好いことを云う。

「まあ私はこの通り小さいし、二十年前はもっと小さかったから全部印象なんだけどね。愚痴を云ったり弱音を吐いたりするような人じゃないとも思ってたんだけど——」

そうでもなかったと緑川は云う。

「どうして判るんです？」

「人に聞いたの。伝聞だから本当かどうか判らないけどね。もう確かめようもないよね。何を尋いたって骨は返事しないし。骨は何にも語ってくれないからなあ」

「喋りませんからね、お骨」

「色色判るけどね。分析すれば。割りと雄弁だよ骨は。でも何考えてたのか、どんな気持ちだったのかまでは判らないから」

死ねばそれまでとは能く云ったものだよねと緑川は云う。

「だから御厨さん、その——寒川さんか。きっと見付けて」

「はあ」

「と云うか——益田君。君が見付けるんでしょ。何だっけ」

「主任です」

「主任ね。主に任せる、と書くのよね」

「主に、任されますよ。仕事ですから」

頼もしいねえと緑川は笑う。

「でもこの日光に居るんなら、まあ見付かるんじゃないか。見付けてあげなさいよ。寒川さんも、きっと淋しいんだと思うし」

淋しいですかねと御厨は聞いた。

それなら連絡をくれるのではないだろうか。

それ以前に戻って来るんじゃないだろうか。

「何か、戻れない理由があるんじゃない。でも、それは大した理由じゃないんだと思うけどな」

「そうですか？」

「いや——御厨さん——冨美さんか。冨美さんを大事に思ってないとか心変わりしちゃったとか、多分そんなことはない気がするよ。でもそう云う気持ちとは全く関係ないとこで、何かねえ。意地張っちゃうとか、あるんだよ。私もあるから」

「そうですか？」

御厨には能く解らない。

「凄く会いたい人が居て、別に連絡が取れないこともなくて、そんなに無理しなくても会えると云う状況なのに、何故か——そうしないのね。会いたくないんじゃないんだけど、寧ろ迚も会いたいんだけども、何もしないの」

それは何となく解る。

「ほら、何か棚に上げちゃって、下ろしたいんだけど下ろすには踏み台が必要で、踏み台も直ぐそこにあるのに、どうしてか踏み台を使うのに抵抗があって、でもって下ろすのが億劫になることとない？」

「それはあります」

「踏み台を棚の下に置くのなんか簡単なことなのに、しないのね。で、下ろせない。そんな感じ」

タイミングの問題ですかと益田は云う。

「何かしそびれることってありますよね。大した理由もないんだけど、出来なくなっちゃうこと。そう云う、そびれたことって、実は出来ますよね？」

「そうかもね。時機を逸しちゃうと出来ないことってあるんだけど、それって殆ど出来ないんじゃなくて、為たくない訳でもないのに為ないだけ、なんだよね。確証もなく適当なこと云うけど、寒川さんもそんな感じで連絡しそびれてるだけじゃない？」

そう――なのだろうか。

「世の中は知らないことばかりだから、怖くなったり辛くなったりするけども、大抵のことは大したことじゃないんだよ。稀に大したこともあるんだろうけど、そんなのには中中当らないよ」

好い言葉ですねえと益田は云う。

「虎に遭うことも、そんなにないですよね」

それは知らないと緑川は云った。

「でも寒川さんって、今一人で居るんでしょ、ならきっと淋しいだろうと思うけど」

特に、夕暮れは。

鵺が啼くから。

「ヌエって何です？」

「淋しくて哀しい声を出す鳥」

ヌエだとまるで化け物ですよと益田が云った。

「それ、虎鶫ですよ。ヌエだと、そりゃ中禅寺さんの領分です。あれでしょ、頭が猿、胴体が狸、手脚が虎で、尾が蛇ってヤツですよね」

そんなもんは居ないでしょ、と云って緑川は笑った。まあお化け全般が居ないと御厨は思うが。

「鳥だよ。ひょうひょうって物悲しいんだよね。淋しい哀しいって聞いてたから先入観でそう聞こえただけかもしれないけど――でも山に棲んでる人も淋しく感じるそうだから間違ってないよ」

「山に棲んでる人と、お知り合いで？」

「うん。診療所に偶に来てた人が居て、色色大叔父のことを聞かされた。近くの山に棲んでるそう」

「山に棲んでるって――林業系の人とかで？」

「マタギだって」

「はあ？　マタギですか？」

「何だっけ。桐山寛作さんって云うお爺さん」

「もも、もう一度云ってください」

居ました寛作、と益田は云った。

緑川はぽかんとした顔になって、それどう云うこと、と尋いた。

「寛作――さんがどうかしたの？　その桐山さんって、ただのお爺さんだよ。もう八十近いか、越してるかも」

益田は嬉しいのだか困ったのだか、どちらとも取れるような表情になって、何歳だろうが構いませんよと云った。

「僕達ゃその人をずっと捜していたんですよ。キリヤマカンサクと云う名前を追い求めて日光に来たようなもんでもあります」

ねえ、と益田は御厨に同意を求めた。

まあ、そうなのだけれど。

「どうやら、寒川さんのお父さんが行っていた調査の案内人と云うのが、そのキリヤマさんで、寒川さんは去年、その人の行方を突き止めて、会っている可能性が高い――ようなんですね」

あらまあ、と緑川は眼を円くした。

「そんなことってある？」

「あったんですから、あるんです。そんな条件ぴたりの同姓同名は居ないでしょ」

「居ないかな？　どうだろ」

「いやあ、結果的にあの宿にして良かったってことですよ御厨さん。緑川さんと出会えたのは、偶然とは云え大収穫で」

「偶然――なんだろうね」

「偶然じゃいかんですか」

「いけなくないけども。なんか――出来過ぎてると云う気もするよね」

不吉なこと云わないでくださいよ緑川さんと云って益田は顔を顰めた。

「去年の春に、偶然を操るおっかない事件があったんですよ。いや、操るって云うのとは少し違うんですが、何と云うかその――」

「まあ、私は私の都合で動いてるだけだし、益田君も御厨さんもそれはそうなんだろうから、今日其処で出会したのは偶然なんでしょうけども」

「でしょう」

そうよねえと云った後、緑川は御厨の方を見て、

「冨美さんお水でも貰う？」

と云った。

御厨が余りにもぼおっとしていたので、酔ったとでも思ったのかもしれない。そんなに飲んではいないし、御厨は平素からぼおっとしているのだが。

それよりも冨美さんと名前で呼ばれたことの方が新鮮だったから、御厨は一瞬返事をするのを忘れて緑川の方を見た。

その後ろ。

少し離れた席に、女性が一人座っていた。

何故だろう。初めは店の人だと思った。

でも、そんな訳はないのだ。従業員が奥の席に座って飲食している訳はない。ならば待ち合わせでもしているのだろうかと御厨は思い直す。居酒屋に女性独りと云う状況は、あり得ないことではないが、そう見掛けないように思う。

それに。

旅行者ではない——と御厨は思った。

何故そう思ったのか。

若い。未だ十代くらいに見えるのだけれど、酒を飲んでいるのだから二十歳は越しているのだろう。長く黒い髪を後ろで束ねており、抜けるように色が白い。切れ長の眼と小振りな唇。化粧気はないけれど、眼の縁がほんのり色付いているように見える。

何処か妖艶な感じさえ受ける。

提燈(ちょうちん)だの裸電球だの、あまり上等とは云えないふしだらな明りに照らされているからだろうか。

──そうじゃない。

手前の緑川は同じ光源の下に居ると云うのにどこまでも健全に見える。何故だろうと思い眼を凝らした途端、その女(ひと)は立ち上がった。帰るのだろうと眼を逸らした途端、御厨は思い出した。あれは──。

昨日、益田の後に付いて来ていた女だ。

どうしたの冨美さんと緑川が問う。

女は一度振り返って。

ほんの少し笑ったように見えた。

鵼（四）

その日の緑川は散散だったと云っていい。

朝一番に市役所に出掛けて、予想した通りの薄い反応しかなかったから、緑川はそのまま診療所に向かったのだ。午後には関口と久住が手伝いに来ると云っていたし、益田と御厨も来るようなことを云っていたから、早めに入って段取りの算段をしておかなければならないだろうと思ったのだ。人手が多ければ良いと云うものではない。

調子が良く脱線しがちな益田と口下手で要領の悪い関口の組み合わせは作業の遅延を招くだけと云う気がするし、御厨は人捜しが、久住は謎の解明が主眼にあるのだろうから、何か関係するものが出て来ればそこで作業は止まるだろう。

それぞれの思惑は別にあるのだ。

公安の男が来ないとも限らない。

もしかしたら先回りをして待っている――と云うこともあり得る。

大叔父の想い出の滓（かす）を拾うだけの独り旅だった筈が、僅か一日で随分と賑やかになったものだ。

旧尾巳村までは、それなりに距離がある。幸いに天気は良かったから、何も考えずにうかうかと歩いた。景色はそれなりに良いから、気分も悪くない。

そこまでは——良かった。

村に入った辺りで、何となく嫌な予感がした。

人の出入りがある。

これまではそんなことはなかった。

村に入る時間はまちまちだったが、一度も人と擦れ違ったことはない。

廃村エリアの入り口付近に、額に膏薬を貼った婦人が立っていたので、緑川は何かあったのかと問うてみた。

「あったあった。火事」

その人はそう云った。

「火事——って、何処です」

「その先さ」

「先って——人は住んでませんよね」

能く識ってるねあんたと婦人は云った。

「ところで誰さ。土地の人じゃないね？」

「私は——診療所に居た緑川の親類です」

あらあらと婦人は額に皺を寄せた。その所為で右側の膏薬が剥がれかけた。

「親類かい。先生死んじまったよ。去年さ」

「ええ。遺品整理に来てるんですけど」

「整理って――なら早く行きな。まあ小火だったようだけども、燃えたのは診療所だよ。遺品も何もあんた」

「ああ」

予感は当たった。

まあ、それ程の驚きはない。

どうせ書類は燃やすつもりだったのだし。

「あたしん家は此処だからね、一番近いだろ。未だ暗い時分にさ、宿六が便所に出たら、何だか向こうが明るいってから、出て見てみたら、火さ。まあ燃え移るって程に近くないけども、放っといて山火事にでもなったらねえ。乾燥してるから。慌ててその先の木島さん家で電話借りて消防呼んだの」

「何時頃ですか」

「明け方の四時とか五時とかそんなもんさ。消防は直ぐ帰ったけどね、その後に警察が来てさ、未だ居るのじゃないかねえ。あんな火の気のない処にさあ」

――公安だろうか。

しかし不法侵入さえ憚ると公言する遵法者が放火などするものだろうか。

勿論、法律遵守の姿勢は口だけだったと云う可能性はある。戦前の特高警察が、罪もない一般人を一体何人歯牙に掛けたのか、緑川とて知らぬ訳ではない。だが――。

それなら何故今まで侵入せずにいたのか。

「そう、見掛けない人が此処を通ったようなことはなかったですか？」

「番兵じゃないから判らんよ。まあ、一昨昨日（さきおととい）に東京の学士様だか文士様だかが人を訪ねて来たけどもね。昼間だよ」

それは関口と久住だろう。

いいから早く行きなと婦人は云った。

「責任者ってのかい？　そう云うのが居ないもんだから困ってたよ。警察」

「あ――はい」

拙い感じだ。

緑川は昨日も、一昨日もストーブを焚（た）いている。

勿論、退出時に火の始末は念入りにした。北国で暮らしたこともある緑川は、その辺りのことは周到である。しかし万が一と云うことはある。

そうでなかったとしても、火元が火の不始末であるかのように細工されていたなら弁明（いいわけ）は利かないかもしれない。

診療所には二名の警官が居た。

身分を説明すると、即座に事情を訊くから来いと云われた。やけに横柄である。

裡さえ見せてくれない。入り口の硝子は殆ど割れていたが建物自体は平気なようだった。

ただ室内がどの程度燃えているのかは判らなかった。

そうこうしているうちに刻限は午を過ぎていた。

遠からず関口達か益田達がやって来るだろう。だが説明は面倒だし、何を云ってもややこしくなるだけのような気がしたので、緑川は何も云わなかった。

下手に彼等を巻き込むのも厭だと思ったのだ。

でも警官一人は居残るようだったから、彼等も訪れたなら怪しまれるかもしれない。

警官に付き添われて派出所まで行き、彼れ此れと執拗に訊かれた。緑川には別に隠すことなどないから何もかもありのままに伝えたのだが、いちいち疑われた。しかし役所に問い質そうにも、勤め先に問い質そうにも、土曜なので何処も半休である。

何一つ確認出来ない。

とは云え、火元はストーブではないらしい。どうやら失火ではなく放火なのである。

そうなら、緑川に動機はない。

まあ書類は燃やそうと思っていたのだけれど、建物まで燃やす意味はない。燃やしても何の得もない。

そう云ったら余計に怪しまれた。

そもそもこの警官は緑川の年齢を信じていない。

会った時から子供扱いである。どう見ても緑川の方が齢上（としうえ）なのであるが、頭からそう信じ込んでいるようで、埒（らち）が明かない。誤魔化（ごまか）すにしても年嵩（としかさ）に鯖読（さばよ）むだろうか。年齢制限に下限が定められているようなケースを除けば、余りないように思うのだが。

童顔で小柄だと云う自覚はあるから誤解されることには慣れているが、だからと云って見下げられる謂われはない。縦（よし）んば本当に若年だったのだとしても、幼児でないことは明らかなのだから、扱いを変えることはないと思う。

加えて、性別の問題もある。

女性と云う属性と大学の医学部基礎医学科研究室の助手と云う肩書きは何も関係がない。もっと云うなら、それは肩書きではなく、単なる職種でしかない。仕事で為（し）ているだけである。

格だの箔（はく）だの、そう云うものを付けて判断しなければ人を見定めることが出来ないのだろう。何とも情けないことである。

子供っぽい女が医者の訳がないと云うのはただの偏見だろうし、子供っぽい女は見下げて良いなどと云うことになれば、もう以（もっ）ての外（ほか）だと思う。

どうも、この警官は以ての外なのだ。

何処まで信用していいか判らないいんだなあ、などと云う。そして本当のことを云いなさいよなどと云う。放火犯と思ってはいないけれども真実を云ってくれなければ放火犯も捕まえられないよと云う。

真実しか云っていないのだから早く犯人を捕まえてくれと云いたくなった。

こうした扱いは、まあ慣れてはいる。

慣れることが良いこととは思えないからその都度抗いはするのだが、抗ったところで世の中がくるりと変わってくれる訳ではない。対症療法ではもう駄目で、根本的な治療——と云うか体質改善が必要なのだ、この世の中は。

そうしてみると。

中禅寺や榎木津は、世間や社会が罹っている疾に罹患していなかったのかもしれない。だから構えることなく接することが出来たのだろうか。

——昔のことだけど。

今のことは知らない。

そんなことを考えていると、何だか肚が立って来た。幽かに残った大叔父の生の証しの多くが失われてしまったかもしれないと云う時に、何故にこんな煮過ぎた饂飩のような警官に見下げられていなければならないのか。

緑川が何か云おうとしたその時、戸が開いた。

逆光で影法師になってはいるが、輪郭に見覚えがあった。間違いなく、あの公安の男だった。

「何——かな」

「こう云う者ですが」

あの証票か。まるで見えない。

見えないよと云って警官は椅子から立ち上がり男に近付いた。

男は少し前に出て、男の耳許で何かを囁いた。声が低いので何も聞こえない。

「何だって？」

「疑うなら確認して貰ってもいいが」

警官は証票に顔面を近付けて匂いでも嗅ぐように確認した。

「いや、疑いませんが、それで」

「その人の身許はこちらが保証する。さっき現場で犯行時刻を聞いたが、その時間の不在証明もある」

「し、しかし」

「その人とあの診療所との関わりも、供述した通りだろう。疑うなら週明けに市役所にでも訊け」

「はあ。でも、ですな」

「だからこの人を足止めして尋問したところで何も収穫はないと云うことだ。それに、この人はあの診療所に居た医者の係累なんだから、寧ろ被害者の立場に近いのじゃないか。地所や建物の権利関係だって曖昧な状態なんだし、先ず被害状況を確認して貰う方が先じゃないのかな。それくらいのことは派出所勤務の巡査にだって判ることだろう。何なら上の方に話を通してもいいが」

「上ですか？」

電話を貸して貰うぞと男——郷嶋だったか——は云って、一歩踏み出した。警官は地団駄でも踏むように足踏みをしてそれを阻止した。

「い、いいえ、それには及びません」

「だがな。こっちもその人に調査協力をお願いしているんだよ。こんな処に拘束されていたんじゃ——」

「いいえ。ほ、放免致します。今直ぐ。た、ただ」

「ただ何だ」

「も、もう一度事情を訊くことになる可能性もありますので、その」

「この人は宿泊先も、自宅の住所も勤務先も、ちゃんと申告してるんだろうよ。してないのか？」

しておりますと警官は畏まった。

「なら何の心配もないだろ。連絡は付く。虚偽申告だとでも云うのか？　それとも逃亡するとでも思ってるのか？　何の理由もなく」

「それは」

どうなんだよと郷嶋は恫喝する。

「はあ」

「ならいいだろう。これからその人と一緒に現場に行って、なくなってるものがないかどうか検分して貰うんだよ。悪いが同行して貰うよ」

「げ、現場に？」

「いけないか。ただの放火じゃないかもしれないだろう。お前達何も調べてないじゃないか」

行きましょうと郷嶋は云った。

警官は最敬礼の姿勢で突っ立っている。

さっきまでぐずぐずの饂飩のようだったと云うのに。緑川はその横を抜けて、郷嶋も追い越して外に出た。冷たい空気が気持ち良い。昼を食べていないので空腹だった。

この男と会う時は大抵お腹が空いている。

「診療所に行くんですか？」

「行ってくれ」

強制はしない、ですかと問うとその通りだと云われた。

「さっき、私の身許を保証するようなことを仰ってましたけど」

「別に調べてないよ」

「なら」

「あんた警察に嘘は云ってないんだろう。警官の質問にぺらぺら虚偽の申告が出来る人間かどうかくらいは判るよ。この仕事も長いからな」

「ふうん」

取り分け信用していると云うことでもないようである。

「私が火を付けたとは思わなかったんですか？」

「思わないが」

見張っていたんでしょうと云うと想像に任せると返された。

「私はあなたが火を付けたのかと、一瞬だけ思いましたけど」

「一瞬なのか」

「一瞬ですね。それより診療所に行かれたんなら関口君達と会ってるんじゃないですか？」

「関口？　益田じゃなくてか」

「益田君も、依頼人の御厨さんも行きたいと云ってましたけどね。そもそも書類の処分を手伝ってくれる約束をしたのは、関口君とそのお友達ですから。監視してたんじゃないんですか？　昨日」

「四六時中張り付いてた訳じゃないよ」

「矢っ張り見張ってるじゃないですか」

「見張りだの監視だの人聞きが悪いだろう。調査してるんだよ。あんたは調査対象の関係者だと云うだけだ。それよりもあんた」

関口とどう云う関係だと郷嶋は尋いた。

「ご想像にお任せします」

「想像が付かない。まあどうでもいいが」

面倒だなと郷嶋はぼやく。

「連中が居るか」

「会ってないんですね」

「会ってない。俺はあんたと入れ違いだ。現場に居た警官に話を聞いて、そのまま派出所に行ったからな。なら今、連中は行ってるのか」

「話を聞いたと云うより、脅したんじゃないんですか。そのつもりはないのかもしれませんけど」

「そのつもりはないが、脅しになっていると云う自覚はあるよ。しかし、俺が顔利かせてなきゃあ」

「関口君も益田君も捕まっちゃうと云うことね」

そう云うことだなと郷嶋は云った。

「連中が関係しているとは思えないし、思いたくない。関口も益田も、後ろに面倒な連中が控えてるからな」

「榎木津さんと中禅寺君、ってことですか？」

「あんた」

何者だよと云って郷嶋は緑川に顔を向けた。

眼鏡の後ろの眼が少しだけ大きくなっている。

「身許は保証するんじゃなかったんですか」

「チッ」

郷嶋は眼鏡の位置を直し、襟巻きに顔を埋めた。

「中禅寺のことまで知ってるのか」

知ってるだけですよと答えた。

嘘ではない。

「それより、郷嶋さん――でしたっけ。あなた、現場をご覧になったんですよね？　私は見せて貰えなかったんですが、机は無事でしたか？」

「机って――診察室の机かな。何故そんなことを尋くんだ」

「当てずっぽうですけど――田端勲の定期検診票がご覧になりたいんじゃないんですか？」

郷嶋は歩を止めた。

「カルテ関係は、机の下の抽出に入っていましたから。それともカルテじゃなくて、あの設計図だとか計算式だとかの書類の方ですか。それなら棚の方ですけど」

「何処まで知ってる」

何も知りませんと答えた。

「何も知らないでいて、田端の名前は出て来ないだろう」

「別件ですよ、多分」

そう。多分、別件なのだ。

公安調査庁と云う機関がどのような案件を調査するものなのか緑川は知らないが、少なくとも十数年前の少女の妄想を調べるようなことはないだろう。益田に到ってはまるで別件だと緑川は思う。御厨の婚約者が何者なのか、緑川は知らない訳だが。

「油断してたよ」

郷嶋は内ポケットから外国煙草を出した。

「あんたがあの連中の身内ってことなら——もっと警戒しておくんだったよ」

「身内じゃありませんよ」

そんな訳はない。

「もう十年以上会ってないですし」

交流があった期間も、たった二年ばかりのことである。

これまでの人生を俯瞰するなら、十五分の一にも満たない、点に過ぎないだろう。

で、どうだったんですと緑川は尋く。

「何がだ」

「ですから裡の様子です」

「ああ」

郷嶋は煙草には火を点けず、咥えたまま吸い口の部分を嚙み潰した。

「細かく検分はしていない。多分、棚の書類を机の上に出して火を付けたんだろうと思う」

「机の上に？」

「放火と云うより焼却したって感じだったよ。ただ木造の小屋の中でやりゃあ放火と変わりがない。天井も焦げてたからもう少し発見が遅れれば全焼してただろう。机は、机の形だけはしていた、抽出の中までは判らない」

「そう」

なら――緑川が為ようとしていたことを誰かが代わりに為てくれたと云うことか。

ただ室内で燃やすと云うのはどうかしていると思うが。

「もう一度尋きますけど、田端さんの定期検診票が覧たかった――と云う私の推量は中たっているんですか？」

郷嶋は溜め息を吐いた。

「それだけじゃない」

「それ、個人の情報ですからね。医者には守秘義務があるんですよ。郷嶋さんに正当な理由があるなら開示することは吝かではないですが」

「不当な理由はない。ただ、秘匿されている情報収集に関しては正当な手段を持たないと云うだけだ。前にも云った通り、我我は秘密警察と勘違いされることが多いようなんだが、違う。警察と違って何かを強制する権限はない。執行権を担保する令状も取れない。だからと云って超法規的な活動をしている訳ではない。要するに民間人と同じだ。秘密なのは」

調査理由だけだと郷嶋は云った。

「正当だけど秘密なんですか」

「不用意に開示することで社会に不要な混乱を齎し兼ねない案件だ——と云うだけだ。陰謀なんかじゃないよ」

「そうですか」

「そうだよ」

郷嶋は立ち止まったまま不機嫌そうに何度か燐寸を擦ったが、その弱弱しい火は悉く寒風が消してしまった。

郷嶋は喫煙を諦め、歩き出した。

そのまま暫く歩いた。

「あの人達とは――」

付き合いがあるのですかと、緑川は問うた。

「あの人達？　ああ、別にない。榎木津は一部では有名だが、付き合いはないよ。中禅寺とは――以前一緒に仕事をしていた。戦時中のことだが」

他の連中は情報として関知しているだけだと郷嶋は云った。

「何奴も此奴も面倒で大きな事件に関わってるからな。面識はなくとも、厭でも識れる。こんな仕事をしていると、聞きたくなくても耳に入るんだよ」

「そう」

鳥が啼いている。

既に人家は疎らである。

「田端勲さんは放射線障碍だった可能性があります。一定期間低線量被曝をしていたか、或いは何処かの時点で一定量以上の放射線に曝されたかした疑いが」

「おい――」

「見えちゃったんですよ、整理していたら。眼を閉じて仕分けは出来ないですから」

郷嶋は眉間に皺を寄せた。

それでなくとも険しい顔付きだから、もう悪党にしか見えない。

「その定期検診票か。何人分くらいあったか覚えているか」

「数えてないですからね。それに個人カルテじゃなくて、一回の検診につき一枚ずつ書かれたものが日付順になっていた訳ですから——田端さんは昭和十一年の終り頃から昭和十三年の三月に亡くなるまでの分、凡(およ)そ一年半分の検診票が残っていました。ほぼ毎週検診は行われていたので、検診票は田端さんだけで八十枚くらいあったかな。そんなですから枚数から人数は計れないですねえ。だから——瞭然(はっきり)とは判らないです。人に依って検診回数も違ってたようですし」

「他の者の名前を覚えてるってことは」

ないですよと云った。

「そこまで都合良くは行きませんよね。田端勲さんは、別件で引っ掛かって来ただけですから。そうですねえ。ざっと覧(み)ただけの感触ですけど、十五人から二十人、但し途中で入れ替わりがあったみたい」

「入れ替わり？」

「昭和八年から敗戦の少し前くらいまではあったかなあ。六七年分くらいなんだと思いますけど——それで千枚くらいはあったと思う。なら、五人か六人分になるんでしょうけど、名前はもっとあったと思います。すると、二三年で人員の交代があったってことになるんじゃないんですか？」

聡明だなあんたと郷嶋は云った。

「焼け残ってればねえ。それって、ただの燃えさしでしょ。権利があるんだかないんだか判らない私は、閲覧を許可しますよ」

「どうかな。それに、現場には連中が居るのだろうしな」

彼等が居ると――拙いのか。

「あの場所で何が行われていたんですか」

こう云う手合いには単刀直入が一番だと思う。

郷嶋は一拍置いて、それを調査してるんだよと答えた。

「判らないんですか」

「判ったらこんな面倒なことはしない。まあ今更隠しても仕様がないから云うけどな、俺の仕事は塵芥を掃除することだ」

「ゴミ?」

「そうだ。戦争に負けて、帝国陸軍も帝国海軍もなくなった。内務省も解体された。占領も解けて、何もかもすっかり済んでしまったような空気になってるだろ。青天井だ。戦後さえ終わったとでも云うようなことを謳う。とんでもない話さ」

「意味が能く解らないですね。またあの愚かしい戦争を蒸し返そうと企んでる人達でも居ると云うんですか?」

「そうじゃないよ。軍も内務省もなくなったが、何もかもなくなった訳じゃないんだよ。降伏して武装解除したって彼方此方に何かは残ってる。解体されたのは組織だ。人も物も残ってる。人は恍惚けるし危ない物は隠される。逃げる時に後脚で砂掛けて埋めてしまったものは幾らでもあるんだよ。隠した連中が消えてしまったから、判らなくなってるものは多いんだ。何処にどんな危ない塵芥が埋まってるか判らないんだぞ」

「それを捜してるんですか？」

「捜して掘り出して綺麗にするのさ」

「今更ですか」

「今更だよ。講和が成って、主権が回復して、漸く体裁が整ったところじゃないか。公安調査庁が出来て警察法が改正されて、それで——今なんだよ。これでもな、平和憲法の下、民主主義国家を維持するために、澱のように溜った汚物を掬う——溝浚いをしてるつもりでいるんだよ」

「解らないでもないですけどね。そんな風に思ってる人は少ないですよ」

「目立たないようにしているからだよ。戦前の特別高等警察なんかは、まあ秘密警察だ。誰彼構わず市民を捕まえてたさ。でも俺は——違うよ。違うつもりでいるんだがな。俺は、戦前と云う死んだ化け物の、化け物の幽霊を捕まえる、そう云う仕事を任されてるんだ」

「化け物の幽霊って」

「そうなんだよ」

　損な仕事ですねと云った。

　これは緑川の本心である。多分、この郷嶋と云う男は真情を語っている。悪人に見えるのはそう云う顔付き物腰だからで、実はそう悪い人ではないのだろう。

「じゃあこの先に化け物の幽霊が居る、と云うことですか？」

「どうもそうらしいな」

「大叔父は化け物に手を貸していたんでしょうか」

「さあ。少なくとも役には立ってたようだが」

　すると――。

　その化け物が死んで、大叔父は何かを諦めたと云うことになるのか。何だかちぐはぐだ。矢張り体制側なのか反体制側なのか判らない。大叔父は体制側の秘密プロジェクトに潜入して、それを妨害しようとしたのか。そうなら、その化け物が死んだと云う以上、その目論見は成功したと云うことになる。だが。

　なら何を諦めたのか。

　虎児が居なかった、とはどう云う意味か。

　郷嶋は歩みを止めた。

「どうも妙な具合になってしまったが――緑川さんで、いいんだな？」

考えてみればきちんと名乗っていない。緑川猪史郎の縁者だと認めただけである。

結構ですと云った。

「矢っ張り俺は、関口達が居る処には行かない方が好いだろう。連中は——特にあの小説家は深読みしたり勘違いしたりする。ヘボ探偵が一緒だと余計に妙な方向に向かう。関係ないことに首を突っ込まれると迷惑する」

「逆もあるんじゃないですか？」

「逆って何だよ」

「郷嶋さんがうろうろしてることは二人とも承知してるんでしょ。今日、診療所に顔を出したことも警官から聞いてるかもしれない。なら、ちゃんと情報共有しないと勘繰るんじゃないですか」

「情報の共有は出来ない」

「秘密なんですよね。でも、多分秘密だと思ったら暴こうとしますよ、あの人達は。そして間違った解答に行き着いて、話はより面倒になる——ような気がするんですけど」

弁えてないからなと郷嶋は云った。

「中禅寺でも居れば別だが」

「中禅寺君は弁えてるんですか？」

郷嶋は鼻の上に皺を寄せた。

「こっちの事情を斟酌する程度の素養と経験は持っているだろうよ。あの男は。そう云う意味だ。間違えて敵に回したらあんな面倒臭い奴は居ないよ」

——まあ。

面倒臭いだろうとは思う。

「でも、行かないでどうするんです？　もう確認する意味はなくなった、と云うことですか？」

「そうじゃない。緑川さん、もし紙もので燃え残っているものがあったら——」

棄ててくれと郷嶋は云った。

「棄てるって」

「俺が拾う。燃えさしなんてものは普通は棄てるんだ。怪訝しなことはない」

「どうやって棄てるの？　そんなもの、建物の外に出しておいたらまた火を付けられるでしょう。それに、人目に曝し放題でしょ」

裏に穴でも掘って埋めなと郷嶋は云った。

「ヘボ探偵にでもやらせればいい」

「やらせるなら益田君だと思うけども。郷嶋さんはそれを掘り起こす訳？」

「そのくらいはするよ」

手続きばかり多い気がすると緑川は云った。

「遵法って骨が折れるものね。と云うか、それって遵法と云うより脱法じゃない？」

「違法行為や超法規的措置よりは数段マシだ」

「まあ、解るけども――結局、根回しして、裏から手を回してって、どっか反則感があるよねえ。まあ、こっちも色色誤解があったようだし、志やら仕事内容やら立場やらも理解したから、多くを聞かずに協力しますけど。ただ、行って覧てみるまでは何が燃え残ってるのか判らないから、丸ごと無駄になるかもしれないですよ？」

無駄の積み重ねが仕事だよと云って、郷嶋は立ち止まり、再び紙巻きを咥えた。

「行ってくれ。恩に着る」

「その言葉は一寸似合わないなあ」

そう云ってから緑川は郷嶋の方を見ずに小さく手を振った。

多分、郷嶋は困っているだろう。

別れ際に手を振られた経験など、この怖い男にはないのじゃないだろうか――と思う。

意地悪ではなく、これは一種の敬愛の念の表現である。自分を子供扱いしない人間を緑川は信用することにしている。

直ぐに村外れまで来た。

午前に話をした婦人が緑川を目敏く見付けて戸口から出て来た。

「あれ、あんた警察に捕まったかと思ったよ。警察はほれ、誰でも捕まえるだろ」

「釈放されました」

「ほんとに捕まってたのかい？」

婦人は眼も口も開けた。

「ほんとは事情を訊かれただけです」

ヤだねこの人と云って、婦人は何かを叩くような手振りをした。

「それよりも東京の学士様が診療所に行ったよ。あの人も怪しいから、捕まるんじゃないのかね」

「捕まってるかもしれませんね。見て来ます」

無人のエリアに入る。

人通りがない所為か、町中と違って未だ日陰に雪が残っている。余り綺麗とは云えない。

穢い雪に目を取られていると、緑川さあん、と云う素っ頓狂な声がした。

益田が右手を高く振り上げている。

こう云う出迎えはされたことがない。さっきの郷嶋もこんな気分だったかと思うと、緑川は少少申し訳ない気になった。

「釈放されたんですか」

「された。逮捕もされてないけど」

「そうですよね。関口さんじゃないんだし」

見れば診療所の前に関口と久住が所在なげに立っている。その横には何とも不可解な顔をした警官がより所在なげに立ち竦んでいた。

「あの状態です」

「冨美さんは？」

「ああ。その辺散歩してますよ。何しろ一時間くらいあの膠着状態ですからね。中には入れてくれないし、本来なら応援が来るまで拘束してるとこだとか云うし」

「応援？」

「いや、多分、あの郷嶋さんが来たんですよ。そんで、何か指示とかしたんでしょ、あの巡査に。で、まあ兎に角責任者が来るまでは待てと云うんですよ。色色尋いてみたら責任者はあなたですよ、あなた」

「ああ。私も郷嶋さんに助けて貰った」

「はあ？」

見掛けに依らず結構好い人だよと云って緑川は警官の前まで進んだ。

「すいません。責任者戻りました」

「あ――」

「此処の中のものの処分は市役所から依頼されていますから、入っていいですよね。この人達は私の手伝いです」

「ええと」

瞭然しない。

「私達五人は裡に入りますけど、お巡りさんは此処に立って見張っててください。因みに警察に依る内部の検分は済んでるんですよね？」

「あ、あの、はい」

本当にハッキリしない。

「手袋とかないですけど、昨日も来てますから私達の指紋はもうべたべた付いてますし。入りますね」

正確には益田と御厨は初めてなのだが、まあ細かいことはもうどうでも好い。

横に目を遣ると、関口がそれは恐ろしく情けない顔になって緑川を見ていた。

「硝子、危ないなあ」

熱で割れたのか。戸を開ける。濡れていてかなり開け難かったが、何とか開いた。内側に破片はあまり散らばっていなかった。先ず久住が、そして関口が続いた。関口が戸を閉めようとするので、開け放しで良いと云った。

どうせ硝子がないのだから無意味である。

益田は御厨を呼びに行ったのだろう。

「酷いなあ」

関口が珍しく口跡好く云ったので目を遣る。小説家は天井に顔を向けていた。見上げると天井は焦げており、煤で真っ黒になっている。

一方久住は机を検分していた。床は水浸しだ。

「机の上に書類を積んで、これ、多分油を掛けて燃やしたんですね。これじゃあなあ」

真っ黒である。

紙束は殆ど灰になっていた。動くたびに灰が舞う。

端の方は多少焼け残って散らばっているが、机の天板はもう炭になっている。

「抽出、開きますかね」

久住は屈んで、中段の袖匣に手を掛けた。

上段の袖匣と、真ん中の抽出は、もう消炭のようになっている。

「開くけども、あ」

把手が取れてしまったようだった。

「カルテが入ってるのは一番下でしたよね。こっちは開くかな。あ」

緑川が覗き込むと、中身は空だった。

「焼いてるねえ。まあ、手間が省けたかな」

「焼いたのかな」

関口がぼそりと云った。

「あの棚に並んでいた書類と、そこに入っていたカルテ全部にしては、灰の量が少ない気がする」

「そう――かな」

緑川は棚を確認した。そう云われれば慥かにそんな気もするが、紙類の体積が燃焼することでどれ程変わるものなのか見当も付かないから、正直能く判らなかった。

「もしそうだとしたら、どう云うこと関口君？」

「ああ。持ち出した――と云うことは考えられないかな。書類の一部を持ち出し、何を持ち出したのか判らなくするために残りを燃やした――とか」

「ああ。なる程」

久住が首肯く。

「そう考えれば、この妙な放火の仕方も意味が解るような気がしますね。家を燃やす気ならこんなことはしないような気がするし、書類だけ燃やすのであれば、まあ外で燃せばいい訳だし――」

「そんなことしますかね」

戸口に益田が立っていた。

「何を盗んだって判りやしないでしょうに。まあ、カルテの方はある程度覧たんでしょうけど、棚の書類はどうなんです、緑川さん」

「内容が判らないなら黙って抜いたって判らんですよ。問題なのは、何故今日の未明だったか、です」

「覧たけど判らなかった」

どう云うことだと関口が問うた。

「ですからね、緑川さんは今日、書類を焼いちゃうと云ってた訳です。そうでしょ。関口さんも――久住さん、か。久住さんも、その手伝いに来たのじゃないんですか？」

「そうだが」

「なら明日来ても無駄じゃないですか。チャンスは一晩ですよ。因みに、それを知っていたのはお二人の他に誰か居ますか？　榎木津さんとかに話してないですか？」

「話さないよ。昨日は久住さんと飯を喰ってそのまま寝たから。京極堂も戻らなかったし」

「すると――後は、郷嶋さんか」

「そうじゃないと思うけど――もしそうだったとしても抜いたりしないし、況て燃さないでしょ」

郷嶋ではない。緑川には確信めいたものがある。

「そうですねえ。公調なら証拠は残さないだろうしなあ」

君が知ってたのじゃないかと関口が云った。

どうも関口は益田に対してだけはやや高圧的に振る舞うようだ。

「佳乃さんから聞いていたのだろう」

「ああ。まあすると僕と御厨さん——って、誰にも云ってないですよ。僕ァ物腰は軽いですが口は重いですよ。探偵ですからね。御厨さんに到っては栃木県内に話すような知り合いが居ないでしょう」

——いや。

そう云えば。

「昨日、冨美さんが云ってなかった？　益田君を尾行してた女の人が居酒屋に居たって」

「ああ」

益田は何故かそこで前髪を掻き上げた。

「僕は探偵ですからね。尾行する方ですよ。何だって尾行されますか。そもそも僕を尾行して何の得があるんですよ。しかも若くて綺麗な人だとか御厨さん云ってたでしょ。自慢じゃないが僕はそんなにモテませんからね」

「まあモテないのは解る気がするけど。でも、旅先だと云うこともあって——割りと無防備に話してたよね、昨日。私も全く用心してなかった。明日燃やすと云ったし。近くで聞き耳立ててれば知ることは出来たと思うけど」

「そんなねえ、間諜みたいなのが居ますか栃木に」

郷嶋さんが居るじゃないかと関口が云った。

「郷嶋さんは、聞くところに拠れば陸軍中野学校の創立に関わった人らしいぞ。なら立派な間諜じゃないか。その郷嶋さんがうろちょろしてるんだ。他にも居るかもしれないだろう」

「どうかなあ。いや、でも」

虎だからなあと益田は解らないことを云った。

その探偵の背後に、御厨が立った。眉を八の字にして何か云いたげな顔をしている。益田がどうしましたと問うと、御厨は呆然とした表情のまま、

「寒川さんが」

と、云った。

猨（五）

迚も不安定だ。築山は揺れている。

寒川秀巳は、約束の時間より凡そ二時間遅れて現れた。もう来ないものと判じた築山が席を立とうとした正にその時、寒川はやって来たのだ。

寒川は倦み疲れているようだったが、昂揚もしているようだった。

そして酷く——汚れていた。

待ち合わせの場所はそれなりに人目のある小綺麗な店だったから、よれよれに汚れた寒川はかなり目立った。挙動も何処となく不審だったから、築山は座り直すことをせずにそのまま席を離れ、場所を移すことにした。

思案の末、築山は自分の下宿に寒川を招き入れることにしたのだ。

綺麗な部屋ではないが、来訪者は居ないし大家が来ることも滅多にない。それ以前に、他の場所が思い付かなかった。

寒川は拒むこともなく、諾諾と築山に従った。

見たところ相当疲弊している。

しかし充血した両眼は見開かれ、息も荒い。神経が昂ぶっているのだろう。寒川は朝から何も食べていないようだったから、道すがらの弁当屋に売れ残った弁当があったので、買った。簗山はもう済ませてしまったから寒川の分だと云うと、寒川は大いに恐縮した。

寒川が刻限通りに店に来ていたとしても多分簗山は午を奢っていただろうから、かなり安上がりではあったのだが。

下宿に上げ、弁当を喰わせ、茶を飲ませると寒川は漸く人心地付いたようだった。外套を着ている分には判らなかったのだが、寒川の汚れは土や泥ではなかった。ワイシャツの袖口には油が染みている。

「遅れて済みませんでした」

寒川は頭を下げた。

「いや、ただの口約束ですし、あなたにそれを守らなければならない理由もないですよ」

「それを云うなら、私の方こそ簗山さんにご親切にして戴く理由がない。あの時簗山さんが通り掛からなければ、警察に通報されていたでしょうし、拘束されたら今も檻の中です」

犯罪行為には当たらないでしょうと云うと、立派な不審者ですよと寒川は返した。

「あの宿屋のご主人の云う通りですよ。見ず知らずの家の前で、這い蹲っているんですからね。私の家の前にそんな男が居たら、私は間違いなく警察を喚ぶでしょうね。それに——」

私はもう犯罪者ですと寒川は云った。

「何を――為たんですか」

「犯罪行為ですよ。でも、後悔はしていません」

「寒川さん」

聞いて戴けますかと寒川は云った。

寒川秀巳は、東京で薬局を経営しているのだそうである。

若い頃は薬学で身を立てようと思っていたようだが、経済的な理由で研究者を諦め、戦争が追い討ちをかけて、結局は薬屋に落ち着いたのだと寒川は語った。

本人は挫折したかのように語るのだが、大したものだと思う。現在は薬剤師二名と経理係一名を雇っているそうだから、立派なものである。

そう思う一方、築山は寒川の気持ちが解らないでもない。

築山は、ちゃんとした僧になりたかった。

寺を持っているとか、教団の役職に就いているとか、そう云うことではない。信仰し、修行し、布教し、救済する――築山の考える僧侶としての理想の在り方は、ただそれだけのものだった。

実家の寺が経営破綻し、廃寺になって、その夢は潰えた。

信仰も修行も一切関係なく、結局は経済的な事情に左右されてしまったことになる。

勿論、寺などなくとも信仰は出来るし、修行も出来る。布教も救済も出来るだろう。

いずれ僧籍にはあるのだから、僧として振る舞い僧として生きることは不可能ではない。それ以前に、築山は仏者(ブッディスト)なのである。どのような環境下にあろうとも、如何なる境遇であろうとも、それは仏者であることの妨げになるものではない。

でも、結局築山は根っこの部分で挫折したのだと思う。

真の意味での信仰を、築山はいつの間にか見失ってしまったのだ。

所詮は無一物、何も持たず何もかも棄てて、それでも信仰は残る筈だった。否、それこそが信仰である筈だった。しかし、社会と切れた、真の意味での出家も、社会の方が許してくれなかった。

信仰で借財は返せないのだ。実家の寺院経営はかなり以前から破綻していたのである。

勿論、社会の所為(せい)ではない、己の所為なのだ。だから築山は、僧としては矢張り挫折している。

寒川も同じなのかもしれない。

寒川の父は、植物病理学者だったと云う。

斯界ではそれなりに名を馳せた研究者だったようだが、閥(ばつ)を嫌い、大学などの研究機関に所属することもなく、所謂(いわゆる)在野の学徒だったと云う。

寒川が薬学の道を志したのも、その父と云う人の在り方が少なからず影響しているそうである。

だが――研究には金が掛かる。

幸い寒川の家は代代の資産家であった。そのお蔭で寒川の父は就労することなく研究を続けることが出来たのだそうである。しかし、増やすことをせず遣うだけであるならば、どれ程富貴であろうと財は目減りし、やがて底を突く。だが、寒川の父は金に困ることはなかったと云う。人徳があったのか、その学績への評価が高かったからか、資金提供をする者は多く居たのである。

その、父が亡くなった。

莫大な借金が残り、寒川は相続した全ての財産を処分してそれを返済した。

学生だった寒川は、ほぼ無一文に近い状態になってしまったのだそうだ。それでも学業を放棄することをせず、所謂苦学生として学生時代を過ごしたのだそうである。

だが、時期が悪かった。

築山は寒川より十歳は齢下であるが、同じ時代を生きた者ではある。

日中戦争から太平洋戦争へと傾れ込む、あの時代の生き辛さと云うのは、身に沁みて知っている。

徴兵され、復員し、命あることに感謝はしたものの、それで何もかも元通りになるものではない。一から遣り直す気力を持てた者ばかりではないだろうし、それが持てたのだとしても、戦前と同じ道を歩めたかと云えば答えは否だろう。

築山は僧侶を罷めることは出来なかったが、既に信仰者ではないのだ――と思う。

僧と云う肩書きに恋恋と獅嚙み付いているだけのようにも思える。

それは未練なのだろうし、そうなら――。

ただの執着だ。

それは仏者の在り方としては失格だと思う。思うけれども、離れられない。

寒川が薬学の研究者と云う道を棄てて、それでも薬剤師となり薬局の経営者となったと云うその経緯に関して、だから築山は共感を覚える。

裸一貫から遣り直した努力も成果も称賛に値するものだろうし、世に恥ずるところは一つもないのだろうけれど、矢張りある部分で挫折ではあるし転向でもあるのである。

その。

挫折の契機となったのが、寒川の場合は父の死だったことになる。

彼の父の死に様は、聞くだに奇妙なものではあった。

彼の父――寒川英輔博士は、日光の国立公園選定の準備調査の最中、この日光で転落死しているのだそうである。それだけ聞けば、不幸な事故でしかなく、取り分け奇異なことはないのだけれど、前後の状況には何かしらの不整合が垣間見えた。

「当時、父の事故を担当した人――退職された刑事さんに話を聞いたんですがね」

不審はより増幅したと云う。

寒川英輔氏の遺体は、通報があった後、一度消失し、翌日未明に診療所に運び込まれているのだと云う。遺体が消えていた時間があることに関して当時説明はなかった。だから寒川は、父親は深夜に転落したものと二十年間思い込んでいた。

「信じ込んでいたと云うよりも、そう説明されたように記憶しています。嘘なんですが、そうだとしても事故であることに変わりはない訳ですから、そう云う意味では大した嘘ではない。でも」

怪訝しいと寒川は云う。

それは築山もそう思う。

「それから、遺留品です。当時、現場で遺留品は発見されなかったと説明された。鞄や帽子などは転落の際に何処かに飛ばされてしまったんだと云う説明でした。誰かが持ち去ったのだろうと」

「違ったんですか」

「その退職された刑事さんの話に拠れば、鞄なんかはあったんだと云う。私は受け取っていません。つまり、発見されたにも拘らず、秘匿されたと云うことでしょう」

「そう——なりますか」

「ただの事故なんですよ。遺品を遺族に渡さないと云う選択はないでしょう」

「そう思いますが——その、元刑事さんは何と？」

「その人は当然僕の手に渡っているものと思っていたようです。その人の話では、財布と名刺入れが先に崖下で見付かって、それで身許が判明したと云うのですが——これも返却されていない。私が遺留品はないと云う説明を受けたのは日光に着いて直ぐのことですが、その時点では未だ滑落した現場自体が特定出来ていなかったんです」

「ああ。ご遺体は現場からその診療所まで運ばれて来た——のでしたか」

「そうです。鞄が発見されたのは事故現場を特定するための現場検証中だったと云うことですから、つまり私が到着した後のことなんですね。それで、その刑事さんは当然鞄の中を確認している訳です。ところが、鞄の中には大したものが入っていなかったと云う。でもそれは——変ですよ」

「そうですか」

「手帳も筆記用具もなかった、と云うのです。その人の記憶では眼鏡ケエスとハンカチ、それから家の鍵が入っていただけだった——と、云うのですね。これは大いに不自然なんですよ。私はそう思う」

「疑問がありますか」

「それ、何も入っていないに等しいですよ。調査に行くのに何も入っていない鞄を持って行くでしょうか。標本を採取するにしても何かを描き写すにしても、道具は要る。記録も取らないなんて考えられません」

調査していたのであれば、慥かに不自然だろう。

「それに、父は植物の生育と放射線の関係に就いて着目していたので、必ずこれを持ち歩いていたんですと云って、寒川は脱いだ外套を指し示した。」

胸ポケットに放射線測定器が入っているのだ。

「こんなものが入っていたなら記憶にないと云うのは妙です。覚えていないのなら入っていなかったのでしょう。いや、入っていなかったんですよ。だからこそその元刑事さんは私の手許に返却されていないなどと考えてもいなかった訳です。そんな、何も入っていない鞄を隠匿する理由なんてないですからね。そもそも事故なんですから、遺族に渡さない理由は見当たらない。でも――鞄は」

「誰かが持ち去ってしまった、と」

「そうなるでしょう。しかも持ち去れるのは警察内部の人間だと云うことになる。これ」

陰謀めいた感触を持ちませんかと寒川は問うた。

感触だけならば築山も持たなかった訳ではない。

だが、どんな陰謀なのかまるで想像が付かない。

想像も付きませんと云った。

寒川は宜なるかなと云う顔をした。

「昨年、私は父の墓前である人に会いました」

「ある人と云うのは」

操觚者（ジャーナリスト）のご子息ですと寒川は云う。

「判りませんね。関連性が見えない」

「そうでしょうね。その人の父親と云うのは、小さな新聞社の主筆だったんですよ」

「地方新聞、ですか」

「明治期にお祖父さんが興された、まあ、小新聞（こ）ですね。大正に入ってからは反体制的な記事も多く書かれていたようで、まあ目を付けられていた」

それは当然のことだろう。

戦前の一時期は、思想信条が国体と異ると云うだけで問題視され、監視され、排除されたのである。

「彼の両親は、丁度私の父が死んだのと同じ日に亡くなっています。表向きは強盗放火事件とされているようですが、その人は納得していなかった。何者かに謀殺された可能性を疑っていた」

「それは」

ない、とも云い切れないのか。

不殺生戒を説いただけで非国民扱いされた時代ではある。活動家や運動家と判定された者は投獄されて、獄死した者も少なくない。

「亡くなったその人のお父さんは、その時、何か大きな事件を追い掛けていたようなんですよ。彼は当時十二三歳で、まあ何も解っていなかったようなんですが、後に遺品の手帳を見付けて強い疑団を持ったんだそうです。そして調べ始めた。手帳に書かれている日光と云う地名と、人名と思しき寒川と云うキイワードから、私の父に行き着いた。しかし父は彼の両親と同じ日に」

「亡くなっていた、と？」

「ええ。その日は父の命日でした。まあ、私は無信心ですから、本来こう云う物言いは好まないのですがね、亡き父の導きと云うか、縁のようなものを感じてしまいましてね」

それは――理解出来る。

偶然は時に奇瑞を齎す。それは奇なるが故に、必然の仮面を被されることになる。

小峯が光る猿を聖なるものとして捉えてしまったのも同じ理屈なのだろう。

猿は光るものではない。だから偶々光っていたとは思えない。光らないものが光っていたのであるから、光るべくして光っていたと思うよりない。

同じように、出逢う訳もない者と出逢ってしまったならば、出逢うべくして出逢ったと受け取ったとしても仕方がないだろう。

「その出逢いを契機にして、寒川さんはお父さんの死に疑問を持つようになったと――そう云うことでしょうか」

「そう云う訳でもないんです。それまでの私も、その人と同じように納得出来ない気持ちは持っていたんです。ただ、それは迚も朦朧としたものでしかなかったんですが——」

寒川はポケットから何かを出した。

折り畳んだ葉書のようだった。見たところかなり古いものである。

「ご覧ください」

黄ばんで折り皺が付いた葉書だった。几帳面そうな文字が並んでいる。

秀巳殿　日に日に暑くなるが、健勝で居るだらうか。父は頗る體調良し。但し仕事は餘り捗つてゐない。昨日、厄介な物を發見した。此れは大いに厄介である。當初、調査は一箇月で終へる目算であつたが、半月は延びると思ふ。留守の間、家の事等、宜しく頼む。日程が決まり次第連絡致します。
英輔拝

「これは？」

「父が死の前日に投函したと思われる葉書です。死後に届きました。東京に戻ったら着いていた、と云うべきでしょうか」

「厄介なもの、と記されていますが」

「ええ」

寒川は眼に力を籠めたように見えた。

「書いてあります。それは、ある意味死人から届いた葉書のようなものですから、手にした時は驚きました。だから何度も読み返した。そしてその、厄介なものと云う文言が気になった。当然父の死に関わるものなのだろうと思いました。でも、その時点で既に決着は付いていた訳です」

「事故、と云うことですよね」

「それだけではないです。私がその葉書を手にした時——それを書いた本人は既に小さな骨壺に納まって私の前に居たんですよ。この日光で荼毘に付したんですから。法的な手続きなども大方は済ませていましたし、改めて葬式法要を執り行う予定もありませんでした。後は菩提寺に持って行って、納骨すればそれで終りだった」

もう終わっていたんですと寒川は云った。

「あなたの中で、と云う意味ですか」

「それもそうなんですが——この、厄介なものと云う、恐ろしくあやふやな表現の文言だけを取り上げて警察の判断を翻すようなことになるとは、到底思えなかったんです。伝えたところで一笑に付されるだろうと思った。しかも、先方は日光の警察ですからね。何と云ったものか——報せる術もありませんでした」

そう云うものかもしれない。

築山でもそう判断しただろう。

でも。

「蟠り（わだかま）は残った。何しろ、骨になった父は何も答えてくれませんからね。しかし、そんなことに拘泥しているような余裕は——その頃の私にはなかったんですよ」

お察ししますよと築山は云った。

「私の父は、あなたのお父さんのように立派な人ではありませんでしたが——」

築山の父は寺院経営に失敗しただけではない。檀家から寺院再興のために集めた金を持って失踪したのだ。後始末を任されたのは築山だった。それでなくとも寺を閉めると云うのは簡単なことではないのだ。檀家にも金主にも誠心誠意謝罪し、出来る限りの手を打った。それでも地元には居られなくなった。決着が付くまでの間、築山の中には信仰も教養もなかった——ように思う。

それこそ余裕はなかった。

でも、なくしてしまった訳ではない。それはちゃんとあったのだけれど。

そうなんですと寒川は云った。

「その蟠りは——私の中からなくなった訳ではなかったんです。輪郭は暈（ぼや）けてしまったけれど、ずっと私はそれを温存して十数年生きて来た。そして、まあ生活が安定して来て、ふと思い出したんですよ。そうしたら気になってしまいましてね」

「どうしたんです」

「調べ始めたんですよ。まあ調べると云っても素人ですしね、どうしたら良いのか判りませんし、そもそも判ることは少ないですよ。もう十数年も経っていた訳ですから。でも、まあ父の足跡を辿るようなことをこつこつ為ていたんですよ。そんな最中でした。その人――笹村さんと云う名前の方なんですが――彼と出逢ったのは」

――そうか。

ならばその偶然は、余計に運命的なものとして受け取れるものとなったのだろうと、築山は思う。偶然――なのだろうが。

「その出逢いは、私の中に燻っていた蟠り――捉え処のない疑惑に、ある程度の輪郭を与えてくれたんです」

「なる程――それで」

「ええ。私は、その厄介なものが何なのかを求めてこの日光に来たんですよ。去年の秋のことです」

寒川は、何故か自嘲するかのように笑った。

「私は笹村さんから得た情報を足掛かりに、更に色色と調べ回った。そして矢張り日光に何かがあるんだと云う確信を持ったんです」

「日光に――ですか」

「ええ。その上で父が日光に調査に入った際に山内での案内役を務めたと云うご老人の存在を知るに到り、先ず彼を捜しに日光に入ったんですよ」

見付かったのですかと問うと見付かりましたと寒川は答えた。

「そうですか。しかし、二十年から昔のことなんでしょう。それだけ時が経っていると云うのに、能く見付けられましたね」

「まあ、出会えたのも謂わば偶然のようなものなんですがね。かなりのご高齢でしたが、お元気でした」

——偶然か。

「私はその人の案内で、父が滑落した現場に行くことが出来たんです。笹村さんも東京から駆け付けてくれた。其処で、見たんですよ」

燃える碑を。

「燃える——とは」

「そのままの意味です。碑が青白い炎のような光に包まれていました」

「想像が——出来ません。先ず、その碑と云うのは何なんです？　何かの道標ですか。それとも供養塔のようなものでしょうか。慥かに、日光にはそうした石碑や石塔は沢山ありますが——しかし、そうしたものは、人の暮らす場所にあるものです。其処は、山中ではないのですか？」

「山中と云うより崖の縁ですね。周囲に樹木が生い茂っていますから、下から見上げても確認することは出来ないと思います。尤も崖下は小さな沢で、人も住んでいない場所なんですが。そうですね、丁度私の背丈くらいの大きさでした。苔生した、古く、朽ち果てた石碑です。そう、五輪塔や墓石のようなものではなくて、自然石を石の台座の上に据えたような造りのもので——前面は削ってありましたが、そこに梵字——と云うのですか？　あれが一字彫ってありましたね」

「梵字ですか」

「ええ。でも、笹村さんが云うには、似ているけれどもそれは梵字ではないと云うことでした。彼は仏像を彫る仕事をなさっているので、そうしたことに詳しいのですよ」

「梵字に似た文字って——」

何だ。

そんな文字があるか。

「詳しくない私などの目には梵字にしか見えませんでしたが——そもそも梵字自体読めませんし、意味も解りませんから」

そう云う模様ですと寒川は云った。

慥かに梵字にはそれぞれに意味がある。

しかし梵字に似ている文字となると皆目見当が付かない。

「それが——そうですね、何と云うのでしょう、青白い——燐光と云いますか、そう云う自然界にはない光に包まれていたんです。見たこともない光景でしたよ。一種、神秘的と云うか、そう、荘厳な感じさえしました。それは間違いありません」

　築山は想像してみたが、どう頭を捻っても思い浮かべることは出来なかった。

「同行した笹村さんや案内してくれたご老人は、その燃える碑を神秘だと云った。特にご老人は、ミシルシだと云いましたよ」

　御験——霊験と云うことだろう。

「ご老人は、これは日光権現のお導きだ、山が顕した神威なのだから、これ以上はもう関わるな、触れるなと云った。山に忤うことは出来ない、忤えば畏ろしい祟りがある、だからあんたの探索はこれでお終いにしろ——と、ご老人は云った。笹村さんは、その忠告に従うと云った」

「その人は、じゃあ」

「ええ。ご両親の死の真相を探ることは止める、これ以上の深入りは山の意志に反することだと、笹村さんはそう云った。しかし」

　私には山の意志は伝わりませんでしたと、寒川は云った。

　——伝わらない、とは。

「それは、その、どう云う意味ですか」

「迷信だとか、前時代的だとか、そう云うことではないんです。山は、慥(たし)かに多くの生命の複合体としてあるのでしょう。そこに意志のようなものが発生したとしても——発生すると云う表現が非現実的だと云うのであれば、意志のようなものを人が感じ取ってしまったとしても、それは仕方がないことだと、私は思う。それをして日光権現と呼び習わし畏れ敬うことは、迷信でも非現実的なことでもない」

違いますかと寒川は問う。

「私は、こと信仰と云う領域に関しては凡夫と云うよりない。ですから、宗教者である築山さんに、宗教的素養を持ち合わせていない私がこんなことを語るのは失礼なことなのかもしれませんが——」

「いや、寒川さんの仰ることは理解出来ますよ。寧ろ能く解る。その上で私があなたにお尋きしたいのは、あなたが仰る、その、日光権現の霊験——山の意志が伝わらなかったと云うのは」

理屈では解っても感覚的には解らなかったと云うことなんですかと問うた。

寒川は首を横に振った。

「そうではないんです」

解つ、たんですよと寒川は云った。

「解った？」

「ええ。解らなかったんじゃないんです。私も何か大きな意志のようなものを感じていたんですよ。それ程に荘厳な光景だったんです。でも――私にはその山の意志とやらが、この先に進むことを禁じるものとして受け取れなかった、と云うことです」

「それは解釈の問題――と云うことですか？」

「そうなんでしょうね。彼等はあの燃える碑の神秘を、禁忌(タブー)の証しとして受け取ったんでしょう。そこで畏れてしまえば、それで終りだったでしょう。でも私は違っていたんです。私にとってあの青白い炎は、道標にしか見えなかった。お前は」

この先に行けと。

――そうか。

この寒川と云う人は、光る猿を神使として崇めた小峯源助とも、光ることを意に介さずに撃ち殺した石山嘉助とも違う道を選んだのだ。下から見上げるのでも、上から見下ろすのでもなく、真正面から見詰め直そうとしたのだろう。何故光るのか――。

それを探る道を選んだのだ。

「だから私は諦めなかった。いいえ、寧(むし)ろ余計に真相を知りたくなったんですよ。ですから笹村さんには何も云わず、東京に戻って調査を続けました。そして、ある着想に到った。それを確かめるために昨年末またこの日光に来たんです」

「着想――ですか」

「ええ。それは現在は確信に変わっています」

「何か——摑まれたんでしょうか」

「はい。実は先日——その碑が発していた青白い炎は、そう、チェレンコフ光じゃないかと云われたんですね。私もそうだと思います」

「チェレンコフ光とは何です？」

「ええ。私は物理学も門外漢なんですが、核分裂連鎖反応の際に放射されるもの——だそうです」

「か、核分裂？」

築山は耳を疑った。

「ええ。核分裂です」

「それは、あの原子爆弾の？」

「その通りです。私自身、理屈が正確に理解出来ているとは思えないんですが、その核分裂です」

「待ってください寒川さん。それは少少突飛過ぎませんか？　何故にこの日光の山中で、その——核分裂ですか？　そんなものが起きるんですか。結び付きがまるでありませんよ。碑が燃えていたと云うのは慥(たし)かに摩訶不思議な現象ではあるのでしょうが、だからと云ってその、チェレンコフ光でしたかね？　それは流石(さすが)にないでしょう。普通、考え付かない」

「ええ。そう思います」

「あなたは今、云われたと仰った。つまり誰かがあなたに吹き込んだと云うことですか？」

「お話を伺いに行った元刑事さんが教えてくれたのです」

寒川はそう云った。

「刑事が？」

「ええ。実を云うなら、私が調査から得た着想と云うのも、それに近いものではあったんですよ。ただその方面の知識が圧倒的に足りなくて、半信半疑ではあったんです。しかし、その元刑事さんと話したことで、その疑いは確信めいたものになりました。結論から云うならこの日光で核実験が行われていたのではないか――と、私は考えています」

「いや、待ってくださいよ寒川さん。どう考えてもその結論は飛躍に過ぎるのじゃないですか。あなたはその刑事さんの話を聞く前からそれに近い着想を持っていたと仰るが、その根拠が先ず私には解りません。青白い光と云う以外に何ら関連性がない。それだけで、そんな発想に到ることはないでしょう」

「これを――見てください」

寒川はもう一枚、内ポケットから畳まれた紙を出した。書類か何かのようだった。

「これは、その碑の下に落ちていたものです」

「下に？」

「ええ。落ちていたと云うのは適切な表現ではないですね。埋まっていたと云いますか、いや、挟まっていた――と云う方がいいでしょうか。表現が難しいです」

「穴を掘って埋めたと云うことではない、と云う意味でしょうか」

「ええ。碑の台座となっている岩と云うか、石――これは、そうですねえ。丁度、墓石の下台のような――もっと大きいですが、そう云う削られた石が重ねられている訳ですが、その石の下に挟まっていた、と云う感じですか。まあ上に土や枯れ葉が積もっていたので、判り難かったのですが――」

築山は紙を受け取った。

広げてみると、数字と記号が並んでいた。

「これが、二十年もそこに挟まっていたものだとあなたは考えているのですか?」

「そう思っています」

しかし。

「どうでしょうか。まあ数字と記号の羅列――数式なのかな。そうしたもののようではありますが、私こそ門外漢ですから、拝見してもまるで判りませんが」

「はい。私も同様です。なので、調べてみたのですが、正直云って判りませんでした。でも部分的には符合する式があったんです。そこから推し量るに核分裂反応に関する数式ではあるだろうと」

「これが？」

信じ難い。

「まあ、全体としては今も珍紛漢なんですが。昭和十四年に理化学研究所の仁科博士が発表した『高速中性子に依って生成された核分裂生成物』と云う論文を読んで、結果、それに似た式を見付けました」

「まあ――」

そうなのかもしれないが。そうだとして。

「しかし、これは――慥かに、紙自体は古いもののように思いますが、そんな、二十年も野晒しになっていたもののようには思えないですがね」

汚れているし古びてもいる。濡れて乾いてを繰り返したような痕跡もある。書かれた文字も滲んだり掠れたりしているし、処どころ擦り切れて破れてもいる。黴を拭ったような痕もある。屋外に放置されていたことは事実なのだろう。だが、そうした劣悪な環境下で紙がどの程度劣化するものなのか、築山には判らない。

紙は燃えるし、湿気にも弱い。しかし環境さえ良ければ、保つ。事実、天海蔵に収められている文書は数百年を経て猶、良い状態を保っている。現在調査中の文書類なども天海蔵よりもずっと悪い環境下にあった訳だが、保存状態はここまで悪くない。それも行李と倹飩箱に護られていたからである。

雨曝しで二十年も保つだろうか。腐敗したり風化したりするものではないのか。

――いや。

もしかしたら、こんなものなのかもしれない、と思わないでもない。

矢張り条件次第だろう。

だが。

「これが二十年前からあったものだとすると、妙な具合にはならないですか。事件当時、警察が現場検証をしている訳ですよね？　その時に見付かっていないと云うのは変ではないですか。二十年前であればもっと新しい状態だったんでしょうし、そうなら見落とすでしょうか。現場検証後に後から置かれたものではないんですか？」

私もそう考えたんですがと寒川は云う。

「警察は父の転落死を殺人事件や自殺ではなく、事故と判断したんですよ。殺人や自殺なら手掛かりを捜すでしょうが、事故と云う判断だった訳で」

「だから見落としたと？」

「いいえ。見付けたんだとしても、これは父の事故に対して何ら意味を成さないものだ、と云うことです。その、元刑事さんの話に拠れば、その碑の真後ろに、父が足を滑らせた痕が残っていたんだそうです。一方、父以外の足跡は一つもなかったし、先ず以て碑の背後に複数人が入れるような隙間はないから、突き落とされたとは考え難いと云う」

その場合——と云って寒川は人差指を立てた。

「石碑の下に埖のような紙切れが挟まっているのを発見したとしても、それは無意味なものでしかないと云うことになりませんか。私は二十年前の事件直後にはその現場を見聞していないのですが——もし行っていたとして、それでその紙を見付けていたとしても、矢張り何とも思わなかっただろうと思います。当時の私は、それがどんな場所なのか知りませんでしたし、父からの葉書も、未だ受け取っていなかったのですから。なら」

「そう——ですね」

それが疑う余地のない事故であるのなら、何が落ちていようと気にはするまい。

その所為で足を滑らせたと云うような場合を除いて、ではあるが。

「そうですよね」

某かの価値があると思って見なければ、これはただの紙屑である。勿論、書かれている内容は別にして、と云うことなのだが。ここに書き付けられている数式と、山の中で起きた事故の間に関連性は見出せないだろう。

ならば——紙屑だろう。

「紙屑くらいは何処にでも落ちていますからね」

「ええ」

町中ならね、と寒川は云った。

「あの場所は、山で暮らす人達も近寄らない一種の忌み地、入らずの場所なんです。用がないし、行く理由もないから誰も行かないだけだと案内してくれたご老人は説明してくれましたが——所謂魔所のようなものとして受け取られているのでしょうね」

彼処はそう云う場所なんですと寒川は云った。

——そう。

日光の山は——古来修行の場なのである。山自体が霊性を帯びた聖なる土地なのだ。

だからこそ、山は魔所ともなる。足を踏み入れてはならない聖域——禁足地は、聖なる場所であると同時に、この上なく恐ろしい場所でもあるのだ。だから、山には慥かに魔所がある。否、山そのものが魔所でもあるのだろう。

「警察は、そこがそうした場所だと云う認識を持って——」

「いませんよ。体制側にとって、凡百土地は国土の一部に過ぎないのでしょうし」

危険な地形と云うだけですと寒川は云った。

「でも、考えてみてください。そこは山で暮らす人人でさえ寄り付かない場所なんです。他の場所なら当たり前でも、人が行かない場所に紙屑が落ちているのは——怪訝しいですよね？」

それは、そうだろう。

そこは云わば概念の密室だ。

しかし。

「警察に禁足地の結界などは見えない、と云うことですか。だから見付けていたところでただの紙屑と判断した――と？」

「ええ。だって事実汚れた古い紙ですからね。あの時碑が燃えていたから、そして私が父の葉書を読んでいたから、だからこそ、関連性を見出すことが出来た、と云うことです」

関連性――はあると云えるのか。

慥かにそんな場所にこんなものが落ちているのは妙ではある。だが。

結界は概念の中にある。物理的に遮蔽されている訳ではない。警察にそれが通用しなかったのと同じ理由で、概念を理解しないものには無意味である。

鳥も獣も虫も――そこが魔所であろうと禁足地であろうと――容赦なく往還することだろう。雨も降るし陽も照る。風も吹く。だから植物も生える。そうであるからこそ、寒川の父は植物学者としてそんな場所に調査に入ったのだろうし。

つまり。

「しかし――いや、あなたの言葉を頭から否定するつもりではないですが、その推論は俄に是とはし難いものですよ。書かれている内容は兎も角、これはあなたの仰る通り、物としては云うまでもなく一枚の紙切れに過ぎないじゃないですか。こんなもの、何処からか紛れ込むくらいのことは簡単に――」

私もそう考えました、と寒川は云う。

「風で飛んで来て落ちたのかもしれない。いや、きっと、そうなのでしょう。しかし、そうだったとして、です」

「何故そんなものが、と云うことですか?」

「それも——あります。築山さんの言葉を借りるなら、この日光と、その紙に書かれた数式は、何の結び付きもないじゃないですか。飛躍と云うなら、その紙があること自体が飛躍なんです」

「そうでしょう。ですから——」

「ええ。それに、それが意図的に置かれたものでないことも間違いないでしょう。それは何枚もあるうちの一枚なんです。それ一枚だけ抜き出して、あんな処に挟む意味はないですからね」

「そうですよ。それに」

「解っています。その書類が、二十年前からあったものかどうかも、これは判らないことです。この二十年と云う短くない歳月の間の何処かで紛れ込んだものなのかもしれない。可能性としてそれは認めます」

「そうですよ。それなら」

いずれにしても偶然なのですよと寒川は云う。

「でも、偶然だったとして——ですよ。そんなものが飛んで来たのであれば、それは、その近くにそれを書いた人か、持っていた人が居る、と云うことになる訳でしょう。そしてそうなら」

——そうか。

碑は燃えていたのだ。しかも自然界で見ることの出来ない、神秘的な青い光に包まれて。ならば——。

寒川は首肯く。

「こんな書類が風で飛んで来てしまうような場所にあの燃える碑はあった、と云うことですよ。そしてそこで死んだ父は厄介なものを見付けたと報せて来た。そして、その父は」

放射線測定器を持ち歩いていたんですよと寒川は云った。

「凡て偶然の積み重ねではあるのでしょうが、そこから見えて来るものはある——と、思いませんか築山さん。付け加えるならその父は、その同じ場所で事故死しているんですよ。しかも、その死に様も事故死にしては」

不審なんですよと寒川は云った。

「偶然とは思えない、とは云いません。この紙が彼処にあったのも、それを私が発見したのも、その時に碑が燃えていたのも、偶然以外の何ものでもないでしょう。でも」

偶然とは思えないこともあるんですよと寒川は云う。

「積み重なった偶然を透かして見てみると、父の死も、笹村さんの両親の死も、ただの事故死や強盗とは思えなくなって来るように思います。笹村さんのお父さんは何か国策に関わるような秘事に関する取材をしていた。私の父は調査中に厄介なものを見付けたと云う。その二人が同じ日に——同じ日に死んでいるんですよ。勿論、それだって偶然なのかもしれませんが、偶然であったとしても」

無関係なのでしょうか。

無関係とは、何だろう。

築山は考える。この世の凡百(あらゆる)事象は、縁によって結ばれている。凡ての事象は何かの因となり、果を生む。そして凡ての果は悉(ことごと)く別の果の因となる。

そう云う意味では無関係なものごとなどないのだろう。それはそう思う。

だが。

「笹村さんのお父さんの遺したメモには日光の文字が記されていました。私の父はその日光で客死している。父が日光に入ったのは植生分布の調査のためです。笹村さんのお父さんが調べていた一件とは多分関わりがない。しかし、いずれ日光に何か、あることだけは間違いないだろう——と、考えました」

「それは、まあそうなのでしょうが」

何があると云うのだ。

築山には、どう考えてもこの日光で核実験のようなことが行われていたとは思えない。築山はそうしたことに詳しくないけれど、それでも日光がそれに適した土地柄だとは到底思えない。もっと相応しい土地は幾らでもあるだろう。

「それはまあ解りますが──」

「はい。築山さんの疑問は痛い程解ります。私も同じように考えましたから。何故日光なのか──と。理由が必ずある筈です。私は、もしかしたらこの日光の山にウランの鉱脈があったりするのではないか──とまで考えました」

「何ですって？」

「はい。勿論素人考えですよ。この日本ではウラニウムは採れない──と云うのが常識だそうです。でも、裏を返せば、もし採れるのであれば、それは日光である、日光でなければならない最大の理由にはなるでしょう」

「もしかして、あなたはその放射線測定器で、それを調べていたんですか？　そんなもので判るのですか？」

判らないでしょうねと寒川は云った。

「いや、判るのかもしれませんが、こんなちゃちな機械で測定出来るものなら、もうとっくの昔に測定されているでしょうし、日本中に知れ渡っていることでしょう。まあ、敢えて秘密にされるようなこともあるのかもしれませんが──」

寒川は外套からその奇妙な器具を出した。

「これは父が愛用していたものと同じ機械なんですよ。同じ業者に作って貰ったんです」

「日光を調査するためにですか？」

「いや――」

懐かしさの方が勝っていたかもしれませんと云って寒川は窓の外を見た。

「この国は――原子爆弾を落とされた国なんですからね。国産品だって、今はもっと精度の高いものが作られていますよ。輸入品も手に入る。でも、父と同じものが好いと思ったんですよ。だから特別注文をしたんです」

父に会いたかったんでしょうね。

「まあ、父は変わり者でしたし、可愛がって貰った記憶もないですが、私は父が好きでしたから。不惑を過ぎてからこんな気持ちになるとは思ってもいませんでしたが。まあ、結論から申し上げるなら、この土地にウランなんかはありませんよ。それは私の妄想だったと思います。でも、実験はしていた」

「していた――って」

「していたんですよ」

「断定――されますね」

「ええ」

寒川は窓の外を見詰め乍ら答えた。

「その元刑事さんも、疑っていたんですよ、ずっと。でもどうしようもなかった。まあ、そんなものを実験するのは軍部でしょうから、一介の警察官には何も出来ないでしょう」

「いや、待ってくださいよ。何か」

「証拠は何もないんだと、その人――元刑事の木暮さんは云っていました。ただ、木暮さんは二十年前からずっと怪しんではいたんですね」

「それ、あなた、その人に――」

「感化されたと仰りたいんでしょう。でも少し違いますよ。私はさっき云った通り、この日光にウランが埋蔵されていて、そのウランを利用して原子爆弾を作ろうとしていたのではないか、と考えていたんです。実際、この国も原爆を作ろうとはしていたようですからね」

「噂は耳にしたことがありますが」

「噂じゃないですよ。築山さんは私よりも若いから知らないかもしれませんが、戦前は原子力は夢の万能エネルギイだったんです。理化学研究所も、大学も、勿論軍部も、研究開発に余念がなかったようだし、喧伝もしてましたよ。木暮さんの話だと、実際に原爆製造計画はあったんだそうです」

「でも、ウランはないんでしょう」

「ないですね。必要ない」

「必要ないとは？　ウランと云うのは、その、原料なんじゃないんですか。それがないからこそ」

「人工の核物質を作る実験をしていたんです」

「人工？」

「間違いないと思いますよ」

「そんなもの――作れるんですか？」

「その紙。先程云いましたでしょう。式を解く契機になった仁科博士の論文は『高速中性子に依って生成された核分裂生成物』です。いいですか、核分裂生成物ですよ」

「それが核燃料になる――と？」

説明は出来ませんよと寒川は云う。

「私は原子物理学者ではなく薬学者崩れの薬局の経営者ですから。でも、その仁科博士が昭和十二年に開発に成功したサイクロトロンと云う機械は、人工ラジウム製造機と云う触れ込みだったんですよ。人工で放射性物質を作るんです」

その話なら――識っている。先日も話題になったと思う。

「原爆なんか作らなくたっていいんですよ。広島や長崎の例をみれば判るでしょう。慥かに原爆は恐ろしい破壊力を持った爆弾、破壊兵器です。しかしその爆発力をさっ引いても、放射性物質と云うのは人体に有害なんですよ」

「それも識っていますよ。でも」

放射線量の高い場所があるんですよと寒川は唐突に云った。

「何です？」

「木暮さんは実験が行われている場所の見当も付けていたんです。でも、私は丸呑みに信じることは出来ませんでした。感化された訳ではないと申し上げたのはそう云うことです。彼の話を聞いた後も、私は日光にウラン鉱脈があると云う着想も、原爆製造の疑惑も捨てていなかった。丁度、注文していたこの測定器が出来上がったので、取りに行って——三度(みたび)この日光に舞い戻って、それで彼方此方(あちこち)で測定してみたんですよ。莫迦げた話ですがね。それで何も反応がなければ、その木暮さんが見当を付けていたエリアに行ってみようと思っていたんです」

「それで——」

「概ねは無反応と云うか、まあ標準値の線量でした。でも」

「高い場所があったんですか？」

「ええ。あの——あなたが私を助けてくれた、ええと、小峯さん——でしたか。あの家の近くの、林の中ですよ。偶々(たまたま)そこで計測してみたところ、何箇所かで異常に高い数値を示したんです。だから——あの周辺を念入りに測っていたんですよ」

そう云うことだったのか。

「其処だけ、だったんですか」

「勿論、何処も彼処も測った訳ではありませんからね。統計が取れるだけの量のデータは集まっていません。それに、こいつはそれ程精度が高くないですからね。しかし、其処で反応したことだけは間違いない。こんな精度の低い測定器があんなに反応したんですから、放射性物質が埋まっていることは間違いないんですよ」

築山は測定器なるものを繁繁と観た。

「それは、まあ信じるとして、です。その、健康被害が出るくらいの量なんですか？」

判りませんねと寒川は云った。

「広範囲で高い数値が出た訳ではないんですよ。非常に小さいエリアです。まあ、その上にずっと立っていれば被曝するかもしれませんが、そんなことをする人は居ないでしょう。極めて数値が高かったポイントは林の中でしたからね」

「小峯荘の前は」

「それが、ほんの少し反応したんですよ。ですから細かく測っていた訳です。完全な異常者に見えたんじゃないでしょうか」

寒川は淋しそうに笑った。

「しかし、そう云うことは他の土地でもあることなんじゃないんですか。自然界にも放射線と云うのはあるんでしょう」

「ええ」

寒川は測定器を外套に仕舞った。

「私が――木暮さんが指摘した地域に真っ直ぐ赴くことをせず、日光の中をうろうろしていたのは何故か、お解りになりますか？」

「いや。解る訳がないですよ」

「そうですよね。私は、本当なら先ず、あの碑のある崖の上に行って放射線測定をするべきなんでしょうし、事実そうするつもりでいたんですよ。でもそれは難しかった」

「何故です」

行けないんですよと寒川は云う。

「道が判らない。案内人であるご老人に再度案内を頼む訳には行きませんしね。彼は、もうこれから先には進むなと私に警告したんですから。それは禁忌だ、と。今更連れて行ってくれとは云えません。ただ、父が落下したと思しき崖下までは行ける。木暮さんが指摘したのは正にその地域だったんです」

「その地域とは」

「ええ。昔の呼び方だと尾巳村――と云う処らしいですが。今は――と云うか当時から人は住んでいなかったようです」

「そこが実験場だとその刑事さんは云うんですか」

「ええ。それはつまり、私が」

父の遺体と対面した場所でもあるんですよ。

「どう云うことですか」

「父の遺体が運び込まれた診療所もそのエリアにあるんですよ」

「いや、其処は人が住んでいないと——云っていませんでしたか」

「ええ。二十年前はそんなこと聞きませんでしたし知りもしませんでしたが、その診療所はどう云う訳か住民が暮らすエリアから少しだけ離れた無人エリアの中にぽつんとある——極めて不自然な診療所だったんですよ」

「尾巳村ですか」

知らなかった。

「そんなこともあって——足を向ける踏ん切りがどうにも付けられずにいたんですよ。核心に触れるのが恐かったんでしょうね。でも、小峯さんに捕まって、こんなことをしている場合ではないと思い直しましてね。昨夜——行ってみたんです」

「その尾巳村に、ですか」

「先ず診療所に行きました。もう空き家のようでしたが、人の出入りはあるようでした。そこに」

証拠があったんですよと寒川は云った。

「証拠って――な、何の証拠です」

いけない。築山はいつの間にか寒川の語りに呑まれている。

燃える碑と光る猿が、寒川の生い立ちと己の境遇が二重写しになり、やがて融合して行くような、そんな酩酊感(めいていかん)のようなものが芽生え始めている。乗せられては――いけない。

「寒川さん。あなたは調査に当たって、努めて冷静であろうと心掛けていらっしゃる。そして客観的であろうともしている。それは解ります。しかし、それでもあなたは、結論ありきで都合の良い情報だけを組み合わせてしまっているのではないですか。それをして荒唐無稽とあなたは自省するが、聞く限りでは既に荒唐無稽の域を超えていますよ。日光で核実験など行われていない。どう考えてもあり得ないです。あなたはその、燃える碑を観たと云う神秘体験を契機(きっかけ)に、その――」

「ですから証拠があったんですよ」

寒川は築山の言葉に動ずることもなく、それでもどこか淋しげにそう繰り返した。

「な、何があったと云うんです」

「ええ。診療所は幸いにも施錠されていませんでした。ですから」

「入ったんですか？　寒川さん、それは幸いじゃないですよ。廃屋とは云え、それは」

「住居不法侵入――ですね。解っています」

「解っていてあなたは」

寒川は微笑んで、続けた。

「室温はそれ程低くなかったです。ストーブには余熱が残っていましたから、私が行くまで人が居たんですよ。ただ電気は通っていないようでした。電信柱は見当たらなかったですが、二十年前には電燈が点いていましたから多分、発電機があったんだと思いますが――判りません。ですから私は一度街の方まで戻って、ランタンと燃料を買って、急いで戻りました」

「何故」

「棚に大量の書類が収められていたからですよ。その中身を調べようと思ったんです。綴じられているものもあったしただ重ねられているだけのものもあった。帳面もありました。サイズが似ている紙束を調べてみたら――抜けていましたよ。一枚」

「何が」

「この」

寒川は数式が記された汚れた紙を抓む。

「この紙切れ――ですよ。これはあの診療所に保管されていた書類の一部だったんです。あの診療所が出所なんですよ。確認してみましたが、これは間違いなく核分裂反応実験に関する計算式やデータですよ。サイクロトロンの設計図もあった。それから机の抽出に並んでいたカルテには、被曝したらしき人達の健康調査票も収められていました」

「そんなもの――判るんですか」

解りますよと寒川は云う。

「私は医者でこそありませんが、それに近い職種ではあるんです。病院から出されたカルテや指示書に従って調剤するのが仕事ですから、基礎的な知識は持っていなければなりませんし、ある程度持っています。放射線障碍に就いても学んだ。付け焼き刃ですけれどね。あの診療所は――」

「そ、そんな小さな場所で設備もなく核分裂実験など出来ないでしょう！　莫迦莫迦しい」

「実験自体は別の場所で行われていた筈です。あの診療所の先――ずっと奥です。そう、丁度あの崖の下の、沢に沿った処ですよ。あの診療所は、其処で作業している作業員の健康管理をする施設だったんでしょう」

「臆測でしょう」

「いいえ。違います」

寒川は築山の目を見据えた。

「そうだったと仮定してみてください。父の死亡を確認したのはあの診療所の医者です」

「そう――でしょうが――」

「あの診療所は、その秘密の計画の一端を担う施設だったんですよ。彼処(あそこ)は、笹村さんのお父さんが調査し、私の父が行き遭ってしまった、核に関わる秘密計画の一部だった。それなら、そうだったなら」

隠蔽も改竄もし放題ではないですかと、寒川はほぼ初めて声を荒らげた。

「父の死は偽装されたんですよ。診療所への不自然な遺体持ち込みは、殺害場所や死因を偽装するための工作だったんでしょう」

「いいや、何故、そんなことをする意味があるんですか。亡くなった現場は警察に特定されて、捜査も検分もされているのでしょう」

「転落死ではなかったとしたらどうです。父は司法解剖も、行政解剖さえされてないんですよ。父の頸は折れ曲がっていましたが、それは死因を判り易く示すための工作じゃないんですかね」

「転落自体が偽装だと云うんですか」

「木暮元刑事の話に拠れば、実は診療所に父が搬入される半日以上前に、その崖下に遺体があると云う通報があったんだそうです。何度も云う通り、あの崖の下に人は住んでないんです。通り掛かる者だって居ない。本当にあの場所から落ちたのなら、簡単に発見される訳がないんですよ」

「それは――しかし、いや、何だかそれは」

――変だ。

「あの近辺で転落死に見せ掛けるならあの崖しかない。だから彼処から落ちたように偽装をした。しかしあんな場所ではいつまでも発見されません。だから通報はした」

そうじゃないですかと寒川は云う。

「いや」

――それは、何かおかしい。

「鞄の中身も、警察に見られては具合の悪いものを抜き去ったんですよ。でも、遺族である私が確認したなら、足りなくなっているものがあることに思い至るかもしれないと、気付いた。だから――回収した」

「警察が押収した後に、ですか？　変ですよ。それなら最初から押収なんかさせなければいいでしょう」

「彼処から転落したと警察に信じさせるための偽装ですよ。崖上の靴痕だけじゃ、説得力がない」

「ご遺体は。ご遺体はどうなるんですか。偽装したと云うのなら、その崖の下に移動させておく方が自然ではないですか。何故、わざわざ診療所になんか運んだんですか」

「これは想像ですが、他の病院や警察に搬送されてしまったのでは問題があったのではないでしょうか。検死は、何としてもあの診療所で行われなければいけなかったんですよ。きっと」

「寒川さん。寒川さん。それは慥かに、聞く限り筋が通っているように思えるけれども、あなた、無理に筋を通していますよ。それは牽強付会ですよ」

「そうでしょうか」

「いや、可能性としてはないとは云い切れないけれど――」

承知していますと寒川は云った。

「それは、凡て想像です」

「そうですよ。そんな――」

「ええ。もう、判らない。確かめようもないことですよ。でも」

「でも何です」

「悍(おぞま)しい核実験の証拠は――あったんです」

寒川はもう一枚、紙を出した。

「念のために一枚だけ持ち出して来たんですよ。これは、この一枚の、次のページに相当するものです」

寒川は畳の上に二枚の紙を並べた。

汚れ、掠れ、滲んだ、雨曝しになっていた紙。

もう一枚は、古びてはいるが汚れてはいない。

「較べてみてください。これは同じ紙ですよね。同じ筆記用具で書かれた、同じ筆跡の文字です。如何(いかが)ですか」

慥(たし)かに、そう見える。

「だが、寒川さん──」

「これだけじゃないんですよ。この書類は、何枚も何百枚もあったんですよ」

「そうかもしれませんが、それが核実験の証拠だと云う確証はないでしょう。何もない。あなたの仰るように、その書類が原子力や放射性物質の研究に関する書類であったのだとしても、実験を行っていたと云う証しにはならないでしょう。何もかもその、元刑事と云う人の妄想じゃないんですか。大体、この国は──原子爆弾を作れてないじゃないですか」

「ええ。原爆を作ろうとしていたんじゃ──なかったようですね」

「では」

「昭和九年のことですよ。未だ戦争は始まっていません。大量破壊兵器なんか必要ない。そのうえ二十年前は、放射線が人体に有害だと云う認識は未だあまりなかった時代ですよ。しかしどうです。放射性物質は、実際にはどんな毒よりも恐ろしいものですすよ。築山さんもご存じでしょう。被爆者の人達がどれだけ苦しんでいるか、知っているでしょう」

寒川は眼を見開いた。

「知っていますよね」

「識っていますよ。では──」

人体実験だと思いますと寒川は云った。

「人体実験？　何のです」

「放射線を人体に照射することでどのような変化が出るのか実験していたんじゃないでしょうか。私にはそうとしか思えない。彼等は核分裂反応に因って得られる巨大なエネルギイを求めていた訳ではないんです。当時、夢のエネルギイ、万能の科学錬金術として持て囃されていた原子力の、別な利用方法を模索していたのじゃないでしょうか」

「いや、百歩譲ってそうだとして、それは放射性物質の危険性をいち早く予見し、それが齎す災厄に対して手を打つべく研究していた――と云うことではないんですか」

「それなら隠す意味はない。日光の山裾の土地を買い占めて人知れず行うことではないですよ。否、そうであったとしても、目的はどうであれ、人体実験は非人道的なものでしょう」

「それは――そうだが」

「あの場所で開発されていたのは矢張り兵器だったんだろうと思います。ただ、火力として物理的な破壊を齎すような、原爆のような兵器ではなかったんですよ。材料になるウランもない訳ですから。目に見えない、放射線と云う、恐ろしい健康被害や死を齎すものを利用した、悍(おぞま)しい、忌まわしい何かを作っていたんですよ」

「さ、寒川さん」

「原子爆弾の、あの神をも畏れぬ威力が示されてしまった今となっては、もうそんな研究は意味がないですよ。それは、人が手を出してはいけない、極めて邪悪なものです。だから私は、その研究成果やデータを全部焼き捨ててやりました」

「焼いた？　あなたが勝手に？」

「そうです。凡て机の上に積み上げて、ランタンの燃料を振り掛けて、火を付けました」

「室内で燃やしたのですか。それは」

「ええ。放火ですよ。何もかも——全部燃やしてしまおうと思ったんです。類焼したとしても、周囲は皆空き家ですからね。でも、建物までは燃えませんでしたが。意外に早く発見されてしまった。でも、書類はほぼ燃えた筈です」

「あなた、あなたは」

「そうです。申し上げましたでしょう。私はもう犯罪者なんですよ。私は火が回るのをずっと眺めていたんですが、消防が来てしまったので——逃げたんです。廃屋ばかりですから隠れる処は幾らでもありました。やがて警察が来て、弥次馬なのか、人が来て、私はどんどんと奥の方——あの崖の方に逃げた」

そして。

そして見付けたんですよと、寒川は云った。

もう、常人の顔付きではなかった。否、対面している築山も同様だったかもしれない。

「何を見付けたのです」

サイクロトロンですよと寒川は云った。

貍（六）

旅先で通夜の手伝いをする羽目になろうとは、流石の木場も思っていなかった。

日光榎木津ホテルから田貫屋に戻った木場を待っていたのは、妙に傾いた主人の田上祥治だった。

木場は高級にも快適にも便利にも、何の魅力も感じない。低級で不快で不便でも一向に構わない。廉いのだから当然である。値段なりなのだし、寧ろ低級で不快で不便な方が自分に相応しいとさえ思う。思いはするものの、それにしたって――同じ宿泊施設だと云うのに田貫屋と榎木津ホテルに共通点はただの一つもなかった。

親爺も――着飾れとまでは云わないが、もう少し身綺麗にしたって罰は当るまいと思う身態である。

その親爺は薄汚れた帳場に三十度くらい傾いて座っていて、木場が戻るなりに、ああ帰って来たと汽笛のような声を発した。

余りにも奇天烈な声だったから、木場は人が発したものとは思わず、一度後ろを振り向いてしまった程である。

親爺は、傾いたままの姿勢で解り難(にく)いことを云った。

慌てている訳ではないのだが、どうも緊張はしているらしい。何度か聞き返し、木場は登和子の祖母が亡くなったと云うことを知った。

田上と云う男は、自分のことならあることないことぺらぺらと喋くる癖に、どうも伝言と云うのが苦手な性質であるようだ。どんなに簡単な内容であっても正しく伝えようとすれば僅かでも重圧(プレッシャー)は生まれる。伝えるまでの待機時間が長いと、その重圧がどんどんと増す。その重みが親爺の身体を傾けるらしい。

本来なら飛脚(ひきゃく)の仕事だったんだと親爺は何度か口走ったが、何のことかは解らなかった。どうも、この辺りには葬式は親族以外の者が行うと云うしきたりがあったようだ。葬式に身内は手を出すなと謂われていたらしい。殆どのことは集落の者——組内が行い、その際に関係者に死亡を報せる役目の者を飛脚と呼び習わしていたようである。

戦後は廃(すた)れてますよと親爺は云った。

まあ、そのしきたり通りにするのであれば、登和子の暮らしている村の組だかが葬式を仕切ると云うことになるのだろう。

だが、登和子の家がある地域は、既に村の態(てい)を成していない状態なのだそうだ。

昭和の初め頃に土地が買収され、集落の半分以上が転出しているのだ。しかし行政区分が変更になった訳ではなかったから、残った地域が隣村に編入されることもなかった。

そもそもその集落は他所から移り住んだ者が多かったようで、この地方の習俗も徹底されていなかったのだそうである。その後、町村合併なども幾度か行われた。その所為か、組だの朋輩だのと呼ばれる村の組織も明確には形成されなかったらしい。結果、村付き合いなどもおざなりになり、相互扶助関係も希薄になった。古来より続いていた共同体の在り方が其処ではいち早く崩壊していたのだ。

登和子が親しく交流していたのは、向いの家くらいだそうである。

何よりも、遺体は既に病院から仏具屋に運ばれている。これを登和子の家まで移動させることは憚られたのだ。それこそ人手も手間も掛かる。

結局、仏具屋の不幸と云うことで近所の者が仕切ることになったらしい。ただ、基本は親族だけで細やかに行うと云うことで落ち着いたのだそうだ。

と――云うようなことを、田貫屋の親爺は木場に伝えたかったらしいのだが、この土地の者なら当然知っているだろうことを木場は識らない訳で、親爺の重圧は並並ならぬものに肥大していたらしい。

それでも、取り敢えず木場には伝わったのだから傾きは直るかと思ったのだが、変わらなかった。田上は、仏師――笹村市雄への伝言も頼まれているようなのだった。

つまり。

疑惑の仏師は未だ戻っていないのだ。

木場は一度部屋に戻り、外套を着たまま煙草に火を点け、考えた。

笹村市雄には会わねばなるまい。しかし直接対面する前にもう少し情報が欲しいことも事実である。

木場は、戻ったら直ぐにでも仏具屋に行ってみるつもりではあったのだ。

熟慮と云う程考えもせず、木場は寛永堂に向かった。田上は未だ傾いていた。

表通りに出て、少し迷った。

店が閉まっていたからである。古びた屋根看板しかなかったから、見付け難かったのだ。

軒は閉ざされ、忌中の紙が貼ってあった。

御用聞きでもないのに勝手口に回るのは妙な気がしたから、戸を叩いて表から入った。

準備は整っていなかったが、先ず焼香をした。

登和子は、憔悴こそしていたが、一時期の混乱した状態からは明らかに脱却しているようで、落ち着いた様子に見受けられた。

そして木場は何度も礼を云われた。

祖母の死に目に会えたのは木場のお蔭だ——と云うことだった。木場が話を聞いていなければ登和子も寛永堂に戻ることはなかっただろうし、何より登和子自身が命を絶っていたと云う可能性もあった訳だから、まあ——それはそうなのだろうが。

感謝される覚えはない。

木場にしてみれば、当時の事情を知る唯一の証人を失ってしまったと云うだけの感想しかない。

登和子の祖母は枯れ枝のように痩せていた。遺体を直接見た訳ではない。木場は顔に掛けられた布も捲らなかった。ただ布団の膨らみが殆どなかったことと、僅かに覗いた喉頸が折れそうに細かったことから、それの窶れ具合は容易に知れた。

そのうち、商店街だか朋輩組だか、近所の者数名がやって来て、通夜の支度が始まった。

木場は力仕事を少し手伝った。

昔乍らの葬儀はしない、と云うことだった。

否、寧ろ出来ない、と云うべきなのだ。菩提寺は遠いらしい。この辺りが土葬なのか火葬なのか木場は知らないが、いずれにしても野辺送りの行列などは難しいのだろう。

寛永堂の主――浅田兵吉は、温厚を絵に描いたような、小太りで丸顔の男だった。三十半ばだと云うから齢は木場と変わらない。女房の多恵も矢張り丸い体形の女で、若く見えるが亭主より齢上だと云う。

少し話がしたいと申し出ると、次の間に通された。

忙しい時に済まないと頭を下げると、兵吉はとんでもないと畏まった。

「この辺じゃ身内は何もさせて貰えんのです。喪主は登和ちゃんですし、あたしは――謂わば場所を提供してるだけみたいなもんで」

「身内と云うか、親類なんだろ」

「ああ。昨年亡くなったあたしの親父が、婆ちゃんの甥なんです。つまり仏はあたしの大伯母、ってことですか。あたしの祖父母は早くに亡くなったもんで、小さい頃から面倒見て貰いましたよ」

愛想は好いが、淋しそうではある。

それよりもこの度はお世話になりましたと云って兵吉もまた頭を下げた。

「俺は別に何も為てねえ。困るよ」

「いや、登和ちゃんから聞きましたよ。偶々居合わせただけの東京の刑事さんだそうで、まあ、能くぞ思い留まらせてくださいました」

「思い留めるって——ああ、その」

あたしが悪かったんですよと兵吉は云う。

「あたしん処は子供が居ないんですよ。いや、一人居たんですけど、戦争中に亡くなりまして。あたしの兄と弟は戦死しましたしね。その後、直ぐに母親が逝って、一昨年には妙子さんが死んでね」

妙子と云うのは登和子の母であるらしい。

「親族がどんどん減ってく。去年、親父がぽっくり逝って、今度は婆ちゃんでしょう。まあ分家が今市の方に居ますがね」

「分家ってことは此処が本家かい」

「そうです。まあ、高が仏具屋に本家も何もあったもんじゃないですし、血筋なんてものはどうでもいいんですけどね。でも、まあ、ねえ。淋しくなっちまったし、まあ――うちはもう、子供は諦めてたんですわ。だから、行く行くは登和ちゃんの弟を養子に貰おうと――まあ、婆ちゃんには前から相談してたんですよ。で、この度、容体が悪くなって――医者の話だと、もう話すことも出来ないかもしれんちゅうことだったから」

云っちまったんですよと兵吉は云った。

「何を」

「ええ。下の子だけじゃなく、三人ともうちの子にならんかって」

「登和子――さんもか」

「はい。登和ちゃんはなあ、もう苦労してるんですよ。婆ちゃんは長患いだったし、妙子さんも病み付いちまって、あの娘一人で一家五人支えてたんですから。好い子なんですよ。だからせめて、うちから嫁に出してやろうと――いや、婿取って店嗣がせてもいいと思ってます。この店は小さいですが、ご一新前から営ってる、一応老舗ですから」

「その話を為たのかい」

悪い話とも思えない。

――否。

その時登和子は、何か良くないもの——死神に取り憑かれていたのか。

「云ってから、はっと気付いた。未だ婆ちゃんは生きてるんですからね。それでそんな話するのは、無神経ですよ。婆ちゃんが死ぬことを前提とした話じゃあないですか。案の定、登和ちゃんは興奮して」

「首——吊ったのか」

それは——この人の良さそうな仏具屋の所為ではないのだ。自死を望んだ原因は、登和子の中にこそあったのである。

「はあ。うちに出入りしてる仏師さんが見付けてくれなかったら、今頃は葬式二つ出してたところでしたよ。何とか宥めて、謝ったんですが、もう此処には居られないの一点張りでしたからね。仕方がないから田貫屋さんにお預かり戴いたんですが——まあ刑事さんが田貫屋さんに居合わせたのは、何よりの幸いでした」

有り難う御座いましたと云って兵吉はまた頭を下げた。

「止しなって。俺は何も為てねえから」

「いいえ。だって登和ちゃんは、戻って来るなりあたしに詫びてね、養子の件も承知してくれたんですよ。勿論、婆ちゃんの容体次第と云う話ではありますけどね。それもこれも刑事さんのお蔭だと」

「まあなあ」

そうなのかもしれないが、木場には何の自覚もないから只管(ひたすら)に尻の据わりが悪い。

「それはいいから――そう、あんた、登和子さんのお父っつぁんのこと、知ってるか」

「お父さんって――桜田さんですか。まあ真面目な人でしたがね。影が薄くって。病弱だったからねえ。徴兵検査にも落っこちましてね、十年がとこ前に亡くなってますが。戦争が終わる前ですよ。あたしが復員したらもう亡くなってた」

「いや、その前の、実父の方だ」

「ああ。勲さんですか。まあ、知ってはいます。でもね、あたしがまだ二十歳かそこらの頃に――」

「昭和十三年だろう」

「ああ。そのくらいかな。それがねえ」

「納屋で首を縊(くく)った――と、聞いたんだが」

そうですと兵吉は答えた。

「あの人は――元元は悪い人じゃなかったんですけどね。何だか――何が気に入らなかったんだか」

「本当に自殺だったのかい」

「本当にって――どう云う意味です？」

「いや――」

勲さんの話は親族の間では為ないことになってましてねと兵吉は小声で云った。

「俺も余り好い話は聞いてねえ。真面目な男じゃなかったのかい」

「大きな声じゃあ云えませんがね。まあ、あたしン処は代代仏具屋で、仏壇なんかも作ってた。先先代の時分にうちに出入りしていた塗師――漆塗る職人ですわ。その、孝治さんと云う人が、先先代の妹だった婆ちゃんを娶った。いや、戸籍上は婿養子なんですがね」

つまりその孝治は登和子の祖父と云うことか。

「その孝治さんの弟子だったんですよ、勲さんって人は。その弟子が、妙子ちゃんと一緒になったんで。ところが、云いたくはないんですが、勲さんは腕が悪かった。それで登和ちゃんが生まれた直ぐ後に孝治さんが亡くなって――代替わりしたんですが、正直仏壇なんかは頼めなかったようで」

「ああ」

取引き止めちゃったんですよと兵吉は云った。

「切ったのは先代――うちの親父なんですよ。でもねえ、親類ですしね。登和ちゃんも生まれたばかりだったしねえ。親父も、孝治さんには世話になってる訳だし、苦渋の決断だったんでしょうけどね。品質には換えられません。商売ですからねえ」

腕が悪いんじゃ仕方がないだろと木場は云った。

「精進が足りなかったのだろ」

「正に。不器用と云うより、雑なんですな。でもこの辺りは塗り物は盛んですからね、仕事がなくなった訳でもないんですよ。盆だの膳だのの塗りはあるから。でも、まあうちが一番の大口ですから、暮らし向きがねえ」

仕事が減った、と云うのはそう云うことだったのか。

勿論、それだけではないのだろうが。

「暫くはね、平膳塗りで営(や)ってたようですが、思うように儲からなかったようで」

「それで――酒や女に逃げた、と聞いたけどな」

「誰に聞いたんです？」

「登和子さんだよ」

恨んでるのかなあと兵吉は云った。

それは少し違うのだ。別に遺恨はないと云っていたよと伝えた。

「嫌いじゃなかったと云ってたぜ。まあ、乱暴はされたようだがな」

「そう云うことは一切云わないんですよ登和ちゃんは。みんな肚に溜(た)めてる。刑事さんが聞き出してくれたから、良かったんですかなあ」

「女が居たと云うのは？」

「ああ。それはどうなんですかね。派手な女の人と歩いていたと云うような話は風の噂に聞きましたけど、正直判りません」

女癖が悪いと云うこともなかったか。

「親父は、婆ちゃんから能く愚痴を聞かされてたようですが。そうですねえ、亡くなる、二三年くらい前辺りですか。職人仕事はすっかり止しちゃって、あれは——石山とか云ったかな。その人と一緒に、良からぬことをしていたようで」

「良からぬことなあ」

博打か。詐欺か強請か。窃盗か恐喝か。良からぬことなど星の数程ある。何だか怪しげな連中とも関わってたようでしたと兵吉は云う。

「地回りだのヤクザだのと関わってたかい」

「ああ。ヤクザの本場は上州でしょう。この辺りには——まあ居るんでしょうけどね。そう云うのじゃなかったですよ。ただ、何でしょうね、何か物資の横流しでもしてたのか、でも戦前ですからね。あたしには判りませんね」

「そうかい」

死んではいるのか。だが。

「まあ、何があったんだか、顔付きも変わっちまってねえ。亡くなる前は、刑事さんが云うように家族に乱暴働いたりしてたようで——性根まで変わっちまったんですよね。まあ、親父は、仕事切っちまった自分の所為なんじゃないかと、何かと意見したり世話したりしてましたけどねえ。最後もねえ」

行き詰まっちまったんでしょうかと兵吉は云う。

「まあ——何をどう意見しようとも聞く耳を持たなかったようですし、最後は親父も匙投げて——」

——そうか。

葬式だ。

「葬式は」

「は？　明日ですが」

「そうじゃない。その田端勲の葬式だよ」

「ああ」

出してませんと兵吉は云った。

「出して——ねえのか」

「出せなかったんですよ。朋輩組がねえ、あの集落にはなくて。いや、あるにはあったんだけども、勲さんは村仕事なんか一つもしてなかったから、嫌われてたんですよ。手伝いに来る人なんか居なかったですよ。桜田さんなんかは、戦時中だったけど手伝いが何人も来ましたからね。略式でしたが、ちゃんと昔乍らの葬式を挙げたんですけどねえ」

「そうかい」

なる程。そう云う事情なら登和子が覚えていなくとも仕方がないだろう。

——死んではいるのか。

偽装された死ではないか。

「墓には——入ってるってことだよな」

墓ですかと云って兵吉は妙な顔をした。

「葬式してなくたって埋めはするだろうよ」

「いや、勲さん、墓にも入れてないと思いますよ」

「入れてない？　そりゃどう云うことだい」

「はあ。勲さんは田端でしょ。浅田(うち)の墓には入れないですよ。でもって、田端の墓はないんですよ。ないんですから入れようがない。だから、どうしたんだろうなあ。近くの寺に持って行ったのかなあ。なら無縁仏なんかと同様ですよ。永代供養なんか頼んでないでしょうからねえ。いや桜田さんはね、浅田の墓に入れたんですよ。戦時中で燃料がなかったから、火葬も大変だったんですけど」

うちの菩提寺も遠いんですよと兵吉は云う。

「お骨にしなくちゃ運べないですよ。商売柄、葬儀屋さんとも付き合いがあるもんで、今は楽になりましたけど、当時はねえ。どうでしたかなあ。その昔はね、棺桶も組内で手作りでしたし、河原でね、石拾ってお棺の蓋に釘を打って、担いで墓まで運ぶんですよ。墓穴掘りも組の仕事でね。桜田さんの時はもう火葬でしたけども、一応葬列は組んだ」

勲さんは火葬したかどうかも判りませんなと云って兵吉は首を傾げた。

「そうかい。じゃあ、何処に埋めたのかも判らないのかい」

「どうでしたかねえ。あの頃は——未だ座棺だったんじゃないかなあ。まるで覚えてないですな。親父は手伝いに行ったけど、あたしは来なくていいと云われたからねえ」

疑惑は完全には拭えないか。

——後は。

「そう、こんな時に何だが、もう一つ聞かせてくれないか。その、登和子さんの——ナニを止めた」

「ああ。はい」

「笹村と云う人かい？」

「はいはい、笹村さんです」

「付き合いは長えのかい？」

「まあ、長いと云えば長いですがね。あの人は未だ三十そこそこでしょうから——戦後ですよ。最初の経緯は何だったか——誰かの紹介だったかなあ。そこは記憶にないですなあ」

「ないかい」

「瞭然しませんなあ」

「地元の人じゃないんだろ？」

「いや、今は違いますが、日光の人なんじゃないですかね？　三四年前に東京に宿替えすると云ってましたからね。それまでは近在に居た筈ですよ」

「なら住み処も知ってただろう。注文なんかするのじゃないのかい？」

「いや、便の悪い在の方だからと云ってました。勿論電話なんか引いてないですよ。電気も通じてるんだかどうだか。ですから、月に一度くらい向こうから通ってくれてたんです。今はね、東京の方ですけどもね、用事がある時は大家さんに電話が出来るんです。電話があるんですよ、大家さんの家に。まあ、電報打ってもいいですしね。連絡は、前よりずっとし易い。却って楽なんですわ」

「在の方――なあ」

どの辺りだろうと問うと、山の方でしょうなと云われた。山は幾つもある。山だらけである。木場は、笹村兄妹はキリヤマの家に引き取られ、そのまま育てられたのではないかと云う疑いも持っていたのだが――。

「まあ、あの人は腕が良い仏師でねえ。細工も細かいし、阿弥陀様なんかは抜群の出来でした。あの新しく出来た旅舎――登和ちゃんが勤めてる、え」

日光榎木津ホテルかと云った。

「そうです」

「あんたが紹介したそうだね」

「あたしが紹介したんじゃないんですよ。うちが頼んでる錺職人のね、郷田さんが――」

「向こうから売り込んで来たのじゃないのかい」

「はて」

どうも、常に肝心なところだけはあやふやだ。笹村と云う男は、探っても探っても擦り抜けて行くような、得体の知れないところがある。

「その笹村さんは」

未だ来ないなと云った。

「ああ。あの人はねえ。今も田貫屋さんに逗留してるようですが、日光じゃ山を巡ってることが多いようだから」

「山なあ」

木場が続けてキリヤマカンサクのことを問おうとした時、襖が薄く開いて、兵吉の女房が顔を覗かせた。

「あんた。丑松さんが来てくれた。それからホテルの人が」

「ああ。今行く。じゃあ刑事さん――あ、そうだ」

「何だい」

「丑松さんってのは、婆ちゃんの――登和ちゃんの家のお向かいさんなんですよ。勲さんのことならあたしより詳しいかもしれないですよ」

そう云うと、兵吉は腰を上げて出て行った。

笹村市雄――。

木場は襖を開けて、通夜の席を盗み見た。

いや、別に盗み見た訳ではないのだが、まるで知らない赤の他人の奥座敷であるから、何故か背徳い気になったのである。

支度は終わっているようだった。

無精髭を生やした五十絡みの男と、その連れ合いと思われる女が並んで座っている。野良着のような服装である。その背後には喪服を着た女が畏まっていた。

野良着の夫婦は頻りにお悔やみを述べているようだった。

登和子と兵吉は枕元に座って、何度も何度も会釈をしている。兵吉はあの時は息子さん達に大層お世話になって、などと云っている。登和子は深く辞儀をした。

あれがその、丑松と云う男だろう。

喪服の女は何処かで見た覚えがあった。

暫く眺めて榎木津ホテルの女中頭だと気付いた。

木場は、静かに襖を開け、目立たないように玄関の方に向かった。

目立たないようにと云っても到る処に人が居るから、まあ人知れずと云うのは無理な相談なのだが。兵吉や登和子に見られなければ良いだろうと云うような浅慮である。

笹村は、待っていても来ない気がした。ならば玄関先で待ち構え、帰りがけの丑松を捕まえて話を訊こうと考えたのだが――。

しかし玄関には兵吉の女房が居た。

「あら刑事さん、お帰りで御座いますか」

「いやあ、何と云うかね」

帰るつもりではなかったのだが。

「俺は他所者だしな。邪魔になるんじゃないかとな」

「そんなことは御座いませんよ。あの――」

「いや、明日も顔出す。旦那と、登和子さんにそう伝えておいてくれないか」

そう云った手前、玄関に居座る訳にも行かず、木場は成り行きで外に出た。

月が皓皓と輝いている。

此処で待っていようかと思ったのだが、流石に寒かった。風邪でもひいてしまえば元も子もない。

ただでさえ鈍っている勘が錆び付いてしまう。

それだけではない。木場は、自分と云うものはほぼ肉体で出来ているようなものだと思っている。考えることが出来なくなっても、動けるうちは未だ平気だ。しかし動けなくなったなら、もう自分は何の役にも立たない。

滅多に風邪などひくものではないのだが、用心に越したことはないと思った。丸一日何も喰っていないに等しいから何か喰おうかとも考えたのだが、店に入るのは億劫だった。

結局木場は取り敢えず田貫屋に戻って休むことにした。

親爺に頼めば握り飯くらいは呉れるような気もしたからである。

露地に入ると急に暗くなる。

更に曲がる。

月明かりが何かに遮られて、一気に如何わしさが増す。

遠い街燈の小さな光が忌まわしく見える。

一瞬、自分が何処に居るのか判らなくなった。

消えてしまった三つの死体と父親を殺した幻影に纏わり付かれた女の話が渾然一体となる。

——狸惑わしだ。

木場は頭を振る。

登和子が駆けて来た小道に到る。

人が。

人影が歩いて来る。

——何だ？

迚も奇妙に見えた。

角か。

耳か。

狸か狐か。違う。

被り物をしているのだ。

それにしても奇妙な景影（シルエット）である。

和服なのか。和服で尻端折りをしているのか。

そして、あの被り物は——布を頭に巻いているのだろう。二つの結び目が獣の耳のように突き出ている、独特の被り方だ。巡礼や修行者などがする、慥（たし）か——行者包みとか云う被り方だ。

顔は見えない。完全に影になっている。

男の背後、しかも遥か遠くに、あの忌まわしい街燈が瞬（またた）いている所為（せい）である。

男は一定の速度で近付いて来る。

木場も歩を休めずに進んでいる。

擦れ違うその刹那（せつな）。

月明かりが差した。

無表情な顔が見えた。そして。

行者包みの結び目の、その先が。

ひらりと、蛇のように木場の鼻先を掠めた――。

ように感じた。三歩程歩いて立ち止まる。

――あれは。

振り返る。

もう、離れつつある男の背中に――。

――梵字。

白い羽織に染め付けられた梵字。それは。

――笹村。

木場はそう声に出そうとしたのだが、何故か声が出なかった。口をその形に開いただけである。

男は遠ざかって、角を曲がった。

あれは、笹村市雄だ。八王子で焼け死んだことになっている笹村夫妻の息子だ。登和子の周りに纏わり付いている腕の良い仏師だ。追うか。

だが木場は――追うことが出来なかった。

木場修太郎は、そして軽い眩暈を覚えた。

蹌踉けそうになるのをぐっと堪える。

額に右手を当てる。

微熱でもあるのかと思ったのだ。だが指先が冷え切っているから能く判らなかった。

親指と人差指で顳顬を強く押さえる。冷えた掌が心地良い。矢張り少し熱っぽいのかもしれない。だが。

ここで己を疑ってしまえば却って病魔を呼び込むことになる。

未だ、体幹は確りしている。足腰の強さも信用出来る。下腹に力を入れて、胸を張る。

——大丈夫だ。

正に気の所為だ。

しかし木場は笹村を追うことを止めた。

普段の木場なら追っていた。否、これからでも追うことだろう。いずれ行き先は寛永堂なのだ。なら追い付かずとも待ち構えていれば捕まえられる。しかし、急いても余り意味はないのだ。俚諺にある通り、ことを仕損じることにもなり兼ねない。

笹村は田貫屋に逗留しているのだし、明日の葬儀に顔を出す可能性も高い。確保する機会は幾らでもある筈だ。何よりも、笹村は被疑者でも参考人でもないのだ。ただ、木場が不本意に嗅ぎ回っている木場とは関係のない事件の端端に顔を出す、怪しげな人物と云うだけのことである。

木場は田貫屋の前に立ち、もう一度二本の足で地面を踏み締めて、戸を開けた。

親爺は真っ直ぐになっていた。

「おや、刑事の旦那。お通夜じゃないの」

「俺は別に身内でも知り合いでもねえんだよ。大した縁はねえじゃねえか。何だって夜業してまで付き合わなきゃいけねえんだよ。あんたこそ、焼香ぐれえ行かねえのかよ。仏壇作ったんだろうが。娘も預かって、余程縁が深えだろ」

「いや、あたしはほれ、伝言がね」

「伝言伝言って駅の伝言板の方が役に立つじゃねえかよ。その禿げ頭に書いて貰った方が伝わり易いぞコラ」

悪態が吐けるうちはまだまだ平気だ。

禿げは遺伝ですよと、親爺は自慢げに云った。別に気にしている様子もない。気にすることではないと思うが、自慢にもなるまい。

「伝言板ってなら旦那の方が似てますよ。あたしゃ旦那くらい顔の四角い人は見たことがないよ。それよりも、その真四角なお顔が少ォし赤いようですがね。お神酒でも戴かれましたかね」

「飲まねえよこのタヌキめ。大体、通夜でお神酒ってな宗旨違いだろよ。せめて般若湯と云えよ。それよりもさっきの男——」

「ああ。仏師さん」

「矢っ張り仏師なんだな。ありゃ笹村ってんだろ」

「笹村——ああ、そうだったかね」

宿帳付けてるんだろうがと木場は凄んだ。

「指導があったんだろ」

「ありましたけどもね、あの人はもう三年がとこうちに通ってますからね。もうお馴染みですよ」

「馴染み客なら宿帳は要らねえって指導してるのか此処の警察は」

「そうじゃないですけど、おんなじこと書きますからね、毎度毎度。同じ人ですよ。人違いなんざしませんから、こっちで仏師さんと付けておけばいいかな——とね。住所だのは毎回同じでしょ。まあ、本人に書かせろと云うんですけどもね。信用してるから。丁度今、付けたとこですよ」

親爺は宿帳を開いた。

「何泊するか判らないから予め書いておけないんですよ。精算の後に書くんで。ええと、ほうら。一月どころじゃない、三十五日も連泊ですよ、今回。しかも、誰かさんのように値切りやしませんしね」

「誰が値切ったよ」

「寛永堂の娘さんの宿賃だって、結局泊まったなあ三日なのに十日分貰ってるしね」

余分は返せよと云うと、返すとは云いましたよと親爺は答えた。

「要らない、って云うんだから。迷惑賃だと云うんですよ、仏師さんが。大体、あの娘さんこそ宿帳なんか書いてないですからね。来た時は字が書けるような状態じゃあなかったんだから。つまり親切で部屋を提供してお礼を貰ったてえ体ですわ。お礼には相場も何もない」

　そこで親爺は顔を上げた。

「犯罪じゃあないね？」

「犯罪じゃねえが業突張りの証しではあるじゃねえかよ。って——おい田貫屋」

　何ですよと云って親爺はのけ反った。

「あのな、精算は済んでるのかよ。笹村の」

「済んでますよ。三十五日分、ちゃあんと貰いましたよ。あの人、外泊も多かったですけどね、あの人が借りてンですから、部屋に居なかった分を割引することァないでしょ？　犯罪じゃあないね？」

「だから、犯罪じゃねえけど吝嗇ッ垂れの証しだと云ってるんだよ。そうじゃなくて、だ」

　笹村は宿を引き払ったのかと木場は訊いた。

「だからそうですって。旦那が出てった一時間くらい後に戻って来て、伝言をばね、こう伝えましたらば、丁度今日で帰るつもりだったから、通夜には顔を出そうって。それで、まあさっき精算をば」

　——しまった。

もう捕まらないだろう。

――いや。

「おい。こんな時間に東京まで帰れるのか。夜行でもあるのかよ」

「はあ?」

田上は信楽焼の横に置いてある時計を見た。

「さあ。あたしゃ東京なんざ行ったことないから知らんけんども、もう無理じゃあないのかなあ」

「なら笹村はどうする」

「そんなことあたしが知る訳ないでしょう。もっと上等な宿取ったかもしらんし、通夜で夜明かしして朝帰るつもりなのかもしらんでしょ」

それは――そうだ。

笹村の東京の住所は総一郎から聞いているが、念のために宿帳を確認させて貰った。本来捜査でもないのに個人の情報を閲覧するのは問題行動なのだろうが、この親爺を見ている限りこの宿の中で職権濫用と云う言葉は無効な気がした。親爺も何一つ問題を感じていないようだった。多分、木場が刑事でなくても見せていただろう。

ただ、本人が宿帳を書いていたのは三年近く前のことだったようで、見付けるまでには少し時間が掛かった。

記されていた住所は総一郎が教えてくれたものと一緒だった。居所を偽るようなことはしていないようである。そして、自ら書いていないとは云うものの、宿帳は基本きちんと付けられているのだ。親爺が嘘を記す動機は見当たらないから、ほぼ正確なものなのだろう。

そこで、木場は息を吐いた。

「何だね。旦那、少し熱っぽいかね」

風邪感染されちゃ困るよと云って、親爺は口に手を当てる。木場を心配した訳ではないらしい。

「喰いものはねえか」

「は？　うちは素泊まり。ない」

「知ってるよ。何も喰ってねえんだよ」

「それがどうしたい。店だって閉まる時間さ」

「だから何か喰うものはねえかと尋いてるんじゃねえかよ。戦車だって自動車だって燃料がなきゃ動かねえんだよ。俺は——燃料切れだ」

困ったねえと親爺はまた傾いた。

「あたしはね、こう見えても食が細いから。ちょっと作って全部喰う、これが信条。女房が生きてた時からそうだから。独りになって、作る量も半分。余りものはないんだな」

「そうかよ」

この不調は空腹の所為だと思うのだが。

「通夜なんだから炊き出しくらいしてたろうに」

「だから、そんなに図図しくねえんだ俺は」

「武士は喰わねど高楊枝なんて柄には見えませんけどねえ。実際、喰いたがってるしね」

綽名が武士だとは云えない。

そうだと云って親爺は真っ直ぐになった。

「あたしゃこれから寛永堂に行って、お悔やみの一つも垂れて来ますよ。旦那の云う通り縁がないこともないから。気にはなってたんだよ。でも伝令のお役目がありましたからね。それは果たしたんだからもう自由だ」

「ずっと自由じゃねえかあんた」

「そんなことはないですわ。で、旦那が帰って来たんだから留守番も居るしね。寸暇お線香上げて、それで旦那のことを云えば、寛永堂は握り飯の二つや三つは呉れますよ。お香香の一つも添えてくれるでしょうや。何しろ」

感謝してたからねと云って親爺は大儀そうに立ち上がった。

「ああ、行く前に部屋の火鉢に火ィ入れときますからね。暖まるまでは、ほれ、此処に居たがいいですよ。安普請は寒いからね。此処はほれ、暖かい」

帳場の脇に火鉢があった。

親爺は一度二階に上がり、火の用心でお願いしますよと云って出て行った。

それなりに気は遣っているのだろう。

木場は親爺が座っていた場所に外套を着たままで座り込んだ。

慥（たし）かに、暖かいと人心地付く。

笹村のことを思い起こす。

一瞬見えたあの顔。取り立てて特徴のある顔付きではない。田貫屋の禿げ親爺だの寛永堂の丸顔だのは、まず忘れることはない。何処で会ったとしても判るだろう。名前を忘れてしまったとしても、顔形は覚えている。

だが笹村は、あの一種異様な装束を取り払ってしまったなら、ほぼ判らないと思う。

――変な服の男か。

なる程、榎木津の莫迦野郎に何が視えたのかは知る由もないが、あの男のことを云い表すなら、それしかないだろう。外見――衣装と云うより意匠――にしか特徴がないのだ。つまりは、それを脱ぎ捨ててしまえば、誰だか判らなくなってしまう――と云うことでもある。

登和子を助けたのは事実なのだろうが。店の裏で首を縊（くく）ろうとしていた、と云ったか。

――裏か。

あの店の裏と云うのは何処だ。木場が勝手口に回らなかったのは、勝手口から入るのが妙だと思ったからではあるのだが、勝手口が何処だか判らなかったからではないのか。

建物なのだから裏はある。裏に回れないなどと云うことはない。しかし、少なくとも大通りから裏は見えない。両側は別の店である。違う方向からなら行けるのだろうが、大通りから行こうとするなら店と店の間の隙間に入り込むしかないだろう。

そうなら、偶々通り掛かって首吊りを見付けると云うことは考え難いのではないか。

――いや。

笹村は客ではないのだから、表から出入りをしていなかったのかもしれない。或いは笹村は既に店の中に居て、室内から見付けたのだろうか。

そう云うこともあるのかもしれないが、木場にはどうもピンと来なかった。

――店の裏手はどうなっている。

見てみる必要はあるかもしれない。

笹村と云う男を媒介として木場の中で二つの事件は既に一つのものとして融合してしまっている。

――蛇も狸も一緒くたかよ。

訳も解らぬままに突撃を命じられた木場は、元より大した目的意識を持っていない。希薄な動機を奮い立たせるべく照準を定めた先に、偶か笹村が浮かび上がったと云うだけのことである。

但し、木場にはその自覚も、ない。

田上は三十分程で戻って来た。

禿げ親爺は予告通りに握り飯を持って来た。親爺はほうれ云った通りでしょうと胸を張った。自笊に載せられていた握り飯は三つで、親爺はほうれ云った通りでしょうと胸を張った。自慢するようなことではないが、有り難いことではある。

帳場に座ったまま喰った。握り飯は冷えた塩結びだったが、旨かった。添えられている山独活と牛蒡の醬油漬けも実に旨い。喰っていると親爺が熱い茶を淹れてくれた。

態度が慣れ慣れしいから通じ難いものの、気遣いはしてくれているのである。

親爺の話だと、笹村は既に寛永堂には居なかったらしい。

顔を出して挨拶をしただけで、直ぐに帰ったと云うことだった。

「月曜は友引だてえんで、明日のうちに納骨まで済ませるようだね。まあ、今時古式に則るような葬式はしないンだろうけど、四十九日くらいまでは置いておいてもいいと思うけどもねえ、骨」

どうなのだろう。

木場は握り飯を頰張り乍ら登和子の心中を量ったが、解るものではなかった。

腹が膨れると倦怠感は薄れたが、同時に眠気に襲われた。親爺に礼を云って部屋に戻った。

部屋は半端に暖まっていた。外套と上着を脱ぎ、未だ赤い炭を火消し壺に入れ、そのまま布団を被って寝た。

木場は余り夢など見ない。

見ても忘れる。だが、目覚めた時は何故か南方戦線で敗走している時の気分で、もしかしたらその時のことを夢に見ていたのかもしれない。

それ程良い気分ではなかったが、体調は回復していた。

下に降りると親爺は既に起きており、早く行かないと霊柩(れいきゅうしゃ)車が来ちまうよと云った。

「そんな上等なもんが来るのか。棺車(かんしゃ)牽いてくのかと思ってたがな」

「田舎だと思って莫迦にしてるでしょう旦那。寛永堂は仏具屋ですよ。葬儀屋たァ馴染みだろうさ」

「じゃあ葬式ってなあ、どうするんだよ。野辺送りの行列なんざしねえんだろうが」

「ですからね。坊さんが来てお経上げて、それから霊柩車で火葬場まで運んで、まあ骨揚げして、寺まで行って、納骨ですよ。寛永堂さんの菩提寺は遠いんだそうですよ。あたしの女房だってそうしたんですからね。うちの菩提寺は近いけどね。焼き場は遠いから。それが今(いま)様(よう)でさあ。ほら昨日も云ったじゃないですかね。それ一式、今日中に済ますって。旦那、焼き場まで行きますかね」

「だから俺は他人だよ」

しかし昨夕、女房に明日も来ると云ってしまった手前、行かぬ訳にはいかないだろう。挨拶もせず無愛想に戸を開けて外に出た。

少し暖かいか。

寛永堂の前にはそれなりに人集りが出来ていた。

順番を待っているようだった。外套を脱いで手に持ち、暫く待った。

なる程、坊主が読経をしているうちに弔問客が順繰りに上がり込み、焼香をしているのである。なら東京の葬式と変わらない。ただ、最近は自宅で葬儀を行う家が減っているようだから、こう云う光景を木場は余り見たことがなかった。

日光榎木津ホテルで木場の応対をした男も並んでいた。男は木場の姿を認めると妙な顔をして会釈をした。紫色の袱紗包みを持っている。

——香典か。

木場は何も用意していない。

今更仕方がない。

順番が来たので上がり込み、昨日作るのを手伝った祭壇の前で焼香をした。登和子は黙って、深深と礼をした。横には登和子に面差しの能く似た妹と半べそをかいたような顔の弟が座っていた。

寛永堂の夫婦はその後ろに控えている。

別に云うこともないし、こんな場所では何も訊けないから一礼して辞去した。

表に出ると、昨日の野良着の男——丑松が居た。

髭も当たっていたし多少は良い身形（みなり）になってもいたのだが、喪服と云う訳ではなかった。

――訊くか。

木場は、丑松が出て来るのを待つことにした。

こう云う場合、弔問客は出棺まで残って見送るものだと思っていたのだが、弔問を済ませた者は次次に帰路に就いている。そう云うものなのか、そうでないのか木場には判らない。出棺を見送るのは寺や斎場で行う場合なのかもしれない。慥（たし）かに、こんな町中でそれは出来ない相談である。

十五分くらい待った。

丑松が出て来たので、丑松さんかと声を掛けた。

姓を知らないのだから他に呼びようはない。丑松は首を竦（すく）めて三寸ばかり飛び上がった。

「丑松さんかい」

「あ？　まあ俺（おら）あ丑松だが。あんた誰？」

「ああ」

木場は手帳を見せた。

「え？　誰？　知り合いだったべか？」

「いや、だから――警察だよ」

「はあ？　警察だァ」

でかい声を出すなよと木場は云う。

「いや、俺別に何も為てねえよ。葬式に来ただけだから。ここの婆様ァ俺の」

向いに住んでたんだろと木場が云うと、そうだけどもと云って丑松は黙った。

「あんたが何か為たとはこれっぽっちも思ってねえから安心してくれ。そうなら、もっとでかい声で名乗るよ。警察と話してると世間に知れたら外聞が悪いと思ってよ」

「そら悪いわ。近所の目は兎も角、嬶ァに叩かれるわ。うちの嬶ァは人の弁明聞かねえからなあ」

「なら寸暇顔貸してくれ」

「いやあ、貸す程の顔はねえよ。金と顔は貸すなと」

「いいから来な」

木場は丑松の袖を引いて露地に入ったが、人目に付くのに変わりはなかった。思案の末に田貫屋まで引っ張って行くことにした。

戸を開けて部屋を使うぞと云うと、親爺は大して驚きもせず、捕物ですかいと云っただけだった。どうもこの田上と云う男は少し調子が外れている。

被疑者を連行でもするかのように丑松に階段を上らせ、部屋に入れた。木場が出た時のままだ。布団も畳まずに二つ折りにしてあるだけである。他には火鉢くらいしかないから、別に構うまい。

「何ですかい。俺をどうする気だ」

「どうもしねえって、話が訊きてえだけだよ」

まあ座れと云った。

「あんた本当に警察かね」

「手帳を見せただろうが。見なかったのか」

手帳持ってれば警察なのかいと丑松は云う。

何かと便利な手帳だが、まあ効き目がないこともあるのだ。

「別に大したことじゃあねえんだよ。あんたの向いの家のな」

「婆ちゃんは死んじまったよ。折角、息子どもが大八で病院まで運んだのになあ。その葬式に行ったんだって、俺は」

「だから知ってるって。俺も葬式に行ったんだからよ。そうじゃなくてな、昔其処に住んでた、田端勲に就いて訊きてえんだよ」

「田端？」

「知らねえのか？」

「田端——ああ、田端な。いいや、知ってる。こないだも尋かれたから。尋かれるまでは名前も忘れてたけんど、そん時に思い出した。浅田の家の先の婿だな」

「尋かれたって、誰に尋かれたよ」

郷嶋か。

「東京から来た二人連れの学士様だな」

「学士だぁ？」

「名前は忘れたな。菓子呉れた。昨日の火事の後も見物に来たと、うちの嬶(かか)ァが云ってたけども」

「火事？」

「それがなあ、近くで小火(ぼや)があったんだって。しかも放火さ。物騒なことでよ」

「放火だ？　で、その学士さんとやらは、田端のことを尋きに来たのかい」

違うよと丑松は即座に否定した。

「娘に用があったみてえだなあ。今思えば、仏具屋のこと教えれば良かったんだけど、気が回らなかったんだわ。会えたんだべか」

関口とその知り合い――屑籠だか消炭だか――だろうか。連中は登和子のことを気にしていると云うようなことを榎木津の莫迦が云っていた。こうなって来ると、あの探偵の偏った語彙が肚立たしい。

それよりも。

「俺は娘じゃなく親父の方――田端のことを尋いてるんだよ。思い出したんだろ？」

「田端な、田端。田端も死んだよ。もう随分昔だぞ。支那事変の頃だから」

「それも知ってんだよ。どんな男だった」

「どんなってあんた。ありゃ俺と同業でな。平膳の漆塗りしてたんだ。まあ、俺ぁもう、最初っからこれ一筋だけんど、あの男は——そうだなあ。膳だの下駄だのはあんまりやってなくて、元元漆塗りの職人ではあったんだけども——そうそう、俺が紹介してやったんだよ仕事。自分の仕事分けてやったんだから、俺も豪儀なもんだべ」

丑松は笑った。

仏壇の仕事がなくなった時のことか。

「それまでは先代が居たんじゃねえのか」

「先代って——ああ、死んだ婆さんの連れ合いのことかね。ありゃそう云う小物はやってなかったもんな。同じ渡世とは思ってなかったな。婿は、あれ手伝ってたんだべけんど、そうそう。婆さんの連れ合いが死んで、それで仕事がねえってよウ」

「腕は悪かったか」

「いや——腕は良かったと思うがな。ただ、どうも堪え性がねえ男でよ、文句ばっかり云ってたわ。丁度、ほれ、娘がさ。さっき居たべ？　あの娘がさ、生まれたばっかりだったから稼ぎたかったんだろうけんど。膳一つ塗ったって幾価にもならねえからなあ」

すると、仏壇を仕上げる腕がなかったと云うだけか。

「塗りが下手だった訳じゃねえのか」

「あのな、あんた。こんなもん、その気になれば誰にでも出来るさ。俺(おら)だって別に修業した訳でねえから。毎日毎日、朝から晩まで、お飯(まんま)喰うために塗るのよ。そしたら自然に出来るようになるもんだ」

「上手いも下手もねえってか」

「ねえさ。辛抱だよ。飽きたとか面倒だとか上手(じょうず)に出来ねえとか、儲からねえとか、そう云う気持ちになったら、やってられねえさ。でも手を止めちまったら、もう飢え死にするからね。少しぐらい出来が悪くたって押し付けっちまうぐれえの肝の太さがないと、こんだら渡世は続かんの。まあ」

上手に越したことはないけどなと丑松は云う。

「技が巧みなら依頼は来るさ。仕事が増えれば受け値も上げられるべし。上げなくたって数さ熟(こな)せばまあ儲かるべ。でも、そのためにゃまんず休まず働かねばなんねえのさ。巧く塗ろうとか思うから面倒になる。ただ塗るんだ。それが唯一のコツだべな。あの男——田端だっけか。あれは、そこが駄目だ」

「飽きっぽいのか」

一攫千金(いっかくせんきん)を狙う口だなと丑松は云った。

「楽して儲ける——憧れるけどもな。無理な相談だべな。でも、そうだなあ。博打はしてなかったと思うけんどね」

「女は」

「これか」

丑松は小指を立てた。

「ううん、噂はあったけどなあ。女郎買いなんかはしてなかったと思うな」

「女囲ってたと聞いた」

「囲えねえよ。彼奴に女囲う甲斐性があンなら、俺なんかは大奥拵えられてるわ。大体、妙子ちゃんてのは、うちの嬶ァと違って佳い女だったから、浮気なんざしたら罰あたるって」

——情婦は居ねえか。

日傘を差していて、綺麗な着物を着ていて。

色の白い、派手な柄の和服を着た。

迚も艶やかな感じの。

いや、具体的過ぎる。登和子は、それが誰であれ必ずそうした女の姿を見ている筈だ。

「あのな、あんた、日傘ァ差した派手目の女を見た記憶は——ねえか」

「日傘？　いや、十何年も前のこったろ。そんなもん覚えてるわ——いや、待てよ」

丑松は腕を組んだ。

「ああ。そう云えば居たなあ。別嬪が」

「居たのか」

居た居たと云って丑松は何故かにや付いた。

「居たよ。色がよ、抜けるように白くてな、外国の俳優かと思ったわ。まあ和服だったけどもな。居たわ。ああ、思い出した。何度か見掛けてる」

「田端と一緒か」

「ん――まあ、他所の女ァ誉めると嬶ァが怒るから俺ァ黙ってたんだけどな。扠、何処で観たんだったかなあ。つっても、俺はその頃から同じ渡世だから出歩くことなんかねえし、見たとしたら――栗山村か――違うな。あれは」

丑松は顎を引いて、それから突然上を見た。

「ああ、うちの近所だな。ええと、ああ判った」

「判ったかい」

「そうだ。田端――か。そうだわ。田端と一緒に居たよ」

「居たのか」

「うん。居たわ。でもなァ、あらァ情婦なんかじゃねえな。そうだそうだ。ありゃ――そうよ。買い取られた側からな」

「買い取られた?」

「村の半分買い取られたんだわ」

「誰に」

「能(よ)く判らねえの。嬶ァは軍人だと云うんだけんどもね。あんな処(とこ)は買わんでしょうや、軍隊」

「あんな処を知らねえんだよ」

「何もねえから。ただの村。一番奥は、一家皆殺しの化け物屋敷だしなあ。その後ろは山だし。沢と崖しかねえからな」

「一家皆殺しって何だよ」

「昔からそう謂われてる空き家があるんだわ。村外れに。外れって云うかね、集落からは少し離れてるから、もう殆ど山ン中だな」

「其処が買い取られたのか」

「その屋敷は豪(えら)く古いし空き家だったから、持ち主があったのかどうか判らんけどもな。その屋敷の方に行く側の、村の地べたが買い取られたんだな。まあ、買い取られただけで何もなかったけんど」

「立ち退かせただけ、ってことか？」

「大枚叩いてな。俺(おら)は貰い損ねたんだ。だから未(ま)だ膳さ塗ってる訳だ」

「能く解らねえな」

「俺(おら)も今だに解らねえから。で、俺(おら)ン家(ち)と浅田ン家(ち)は、その際(きわ)にあんだ。買って貰えなかった端っこな。今の村外れ。で、そっちから来たんだよ、その女は」

「何もねえのじゃなかったか」

「何もねえのでなくて、何も変わらなかっただけだわ。新しく建物を建てたりはしてねえけんど、まあ何かは為てたんだ。きっと。でもな、化け物屋敷がある方から来たし、まあ、最初は——そう、狸か狐か化け物かと思ったさ。そんくらい浮いてたわ。あんな綺麗な着物着た美人は俺が方には居ねえから」

「土地の者じゃねえんだな」

「村の者じゃねえさ。日光辺りじゃ見ねえ女だ。いいや——ありゃ都会の女だな」

「東京者ってことか」

「さあなあ。地べた買い取った連中の仲間——だべなあ。仲間ったって、何者なんだか判らんのだけどもね。まあ、買われて直ぐは大勢出入りしてたから何が出来るんかと思ったんだけんど、結局何も出来なくてな。まあ何かは為てたんだろうけど」

その辺が郷嶋の仕事と被って来るのか。

「その女も何か為てたのか」

「知らんって。俺は遠目から見てただけで口なんか利いてねえから。けんどお向いの——田端か。田端は何か話ィしてたなあ。声掛けたんだか掛けられたんだか、あンの野郎、それ程美男子じゃなかったけどもなあ」

俺よりゃマシか、と丑松は云った。

「出来てたって訳じゃあねえのかよ」

「そら違う。後でな、冷やかしたんだよ。まあ多少はな、妬(や)いたんだ俺(おら)も。羨ましくて。だから女房に云い付けるぞと。そしたらあの野郎——慥(たし)か」

　仕事の話してたんだとか云ってたな——と丑松は云った。

「仕事だと？」

「いや、莫迦こくなと云ったのよ。あんな別嬪がよう、塗り師の仕事なんか持って来る訳ねえべよ。来るなら先(ま)んず俺(おら)の処だべ。野郎、文句ばかり云ってるから、その頃は干されかけてたんだもの」

　——良くない仕事か。

「塗りじゃねえなら、どんな仕事だ」

「知らねえよ。俺(おら)、照れ隠しに嘘こいたんだべと思ってたから。ん、でも」

「何だ」

「あの男が塗りの仕事しなくなったのは、そのぐれえからではなかったかなぁ。なんせ嘘だと思ってたからよ、考えたこともなかったけんど、受けた仕事を俺方(おらほ)に投げて寄越して来るようになったのは」

　丑松は更に上を向いた。

「そうだ、その頃だ」

丑松は何度か自問自答するかのように呟（つぶや）き、何度か頷（うなず）いた。

「間違いねえ。そう——俺（おら）がな、おめえ、まぁたあの女といちゃ付いてたでねえかと揶（から）ったんだ。そしたら、そんな間柄でねえと必死で釈明してよ。その上に、仕事回すから黙っててくれや——と」

「黙っててくれ？」

「そう。そう云ったな。云ったよ。だから俺（おら）ァ余計に疑ったんだ。けどな——野郎、どう考えてもあんな綺麗な女引っ掛けるような度胸も度量もねえからさ。だから見栄張ってんだと思ったんだもの。まるで釣り合いが取れねえさ。月と鼈（すっぽん）だわ。だから嘘だなと」

どっちが嘘なんだよと木場は問うた。

「どっちって」

「だから。浮気してるのが嘘なのか、仕事の依頼が嘘なのかだよ。お前さんの話だと両方嘘みてえじゃねえかよ」

「ああ。だから全部嘘さ」

「全部って」

「あれが浮気してるなんて、俺（おら）も最初（はな）から思ってなかったと思うわ。あの女はあんなむさい男に引っ掛かるような玉ではねえって。だから本気で云ってねえの。揶（から）いよ」

「軽口かよ」

「そうさ。でもこっちは揶ってるのに、浮気じゃねえ仕事なんだと、必死こいて嘘臭え言い訳する訳だ。だからまあ、あれも疑われて満更ではねえのかなと、そう思った訳だ。だからその見栄に乗っかって冷やかしたんだな、俺は。そしたらさ」

「塗りの仕事回すと云ったかよ」

「云ったのよ。しかも口止めまでするからよ。こいつ、俺ん処と一緒で女房が怖えのか、然もなくばそこまでして見栄張りてえもんだべかと、そう思ったのを――思い出したわ。まあ何であれ、狭え村に妙な風聞が流れたら困るんだろから、黙ってたけどね。そのうち、塗りの仕事は全部こっちに投げて寄越して、止めちまった訳だけどもな」

「塗りの仕事を完全に止めたってことだな」

「そうよな。まあ、うちもそうだけんど、嬶ァが紬織してるからな。暮らしは何とかなってたんだとは思うけどもな。楽じゃあねえべ」

「仕事をしねえってだけならただのろくでなしだろうが、飲んだくれて暴れてたそうじゃねえか」

「まあ、かなり荒んでたみてえだけどなあ。思えば働かなくなってから――段段に目付きも悪くなってよ、愛想もなくなって、人が変わったみてえになっちまったような――覚えがあるな。今にしてみれば体調もかなり悪かったんでねえか」

「グレてた訳じゃねえのか」

「さあ。他人の家の裡のことは判らんて。そもそも俺ぁ完全に忘れてたんだから。ま。あれは思うように稼げなくて、気鬱ぎになって、八つ当たりしてただけなんじゃねえべかなあ」

「理由はどうあれ、子供にまで手を挙げてたと聞いたがな」

それは知らんがと丑松は考え込む。

「でも——まあ、元はそんなに悪い男でもなかったと思うわ。子煩悩な感じでもあったしなあ。俺なんかよりも、子供は可愛がってたと思うけどな。俺ァ自慢じゃないけど子育てに関しては役立たずよ。子にも、嬶にも悪いとは思うがのう。漆塗るだけの人生だ。でも、あれは——いや、結構遊んでたけどなあ、娘と。可愛がってるような覚えがあるなあ。大体そんなに焦って金稼ごうとしたのも、娘が生まれたからだったのじゃねえかな」

そうだとしたら。

本当に、田端勲はその女から何か仕事を請け負っていたのではないか。

漆塗り以外の仕事を知らない丑松は、仕事と聞いても他の職種を思い浮かべることが出来なかったのだろうが、その女が本当に仕事を斡旋したのであれば、それは勿論漆塗りなどではなかっただろう。

——良からぬこと、か。

良からぬこととは何だ。田端がその女との関係を口止めしたのは、請けた仕事が表沙汰に出来ない性質のものだったからではないのか。

秘密にすべきは寧(むし)ろその仕事のことだったのではなかったか。登和子も口止めされている。

母ちゃんには言うなよ。

菓子を遣るから黙っていろよ。

内証だぞ。指切りだぞ。約束破ると。

蛇が来るぞ。

「蛇——か」

「蛇？　ああ。登和ちゃんが蛇に咬まれたな、そう云えば、そんなことがあったな」

「覚えてるか」

「覚えてるってか、今思い出したんだ。そんな、向けえの家のことォずっと覚えてる訳ねえよ。家裡のことも知らねえしな」

「咬まれたことは知ってるのか」

「いや、大騒ぎだったからなあ。ありゃいつのことだったかな。そのな、買われた土地の中に診療所があったんだがな」

「何もねえと云ったじゃねえかよ」

「あったんだから仕方ねえだろう。あったと云うか元はなかったんだけんど、その頃に出来たんだ。ぽつんとよ。近くに病院なんかなかったから、良かったんだがなあ。でも、思えば彼処(あそこ)がなかったら、死んでたかもしれねえなあ。あの娘もさ」

「そんなにか？　蝮か何かか」

「何か毒蛇よ。あれ、未だ五つか六つかだったと思うな。あの娘はうちの下の子よりも二つかそこら下だから、そんなもんだわ。小さいからね、毒の回りも早かったんだと思うけどもね、一時は死にかけたんだもの。もう助からないかって云われててな。婆ちゃんも妙子さんも泣いてよう、もう、大騒ぎでなあ。俺も見舞いに行ったわ。でも、何てんだ、意識が、こん、こん」

「混濁か」

「それそれ。可哀想に一週間か十日ぐらいは生死の境を彷徨ってたんでなかったかな。全快するまでは結構かかったと思うなあ」

「その病院に入院してたのか」

違う違うと丑松は云う。

「入院なんか出来るような処じゃねえの。診療所だから。狭いのよ、俺ン家は丈夫だからかかったことなかったけどね、入院なんか出来るもんでねえからね。最初の処置だけして、後は往診だ」

「じゃあ登和子は家で療養してたのか」

「そうさ。作業場に寝かされてたな。その頃はもう仕事してねえから、空いてたんだな。そこに婆ちゃんと妙子さんが並んで座っててな。で」

「で、何だよ」

「親父は——あれ、そうそう、そうだよ！」

丑松は手を叩いた。

「何だよ」

「いやあ、覚えてるもんだなあ。あれな、その田端か。田端。親父。あの娘はな、親父と一緒の時に咬まれたんだ、蛇に」

「そうか。本当か」

「ホントだ。だってな、そうだわ。診療所に運び込んだのも親父だわ。で——もう駄目かもしれないとなってよ、で、田端は」

いい、いい。

それを苦にして死んだんじゃなかったか。

「何だって？」

「首吊ったんだよ田端」

「それは聞いてるがな」

自死した理由は——聞いていない。

「それで死んだってどう云うことだ」

「だから。娘が蛇に咬まれた時、居たんだって。お前が付いてて何だ、って話だべ。目の前で咬まれたんだから」

「責任を感じたってことか？　そんな殊勝な男なのかよ？」

「そうだべ。元は子煩悩なんだものよ。自分の見てる処で娘が蛇に咬まれて、もう死ぬるとなって、絶望したんでねえか。ま、本当の理由は本人じゃないと判らんのだけどさ」

「おい」

木場は片膝を立て、前屈みになって丑松の襟首を摑んだ。

「な、何するか」

「それは本当か。間違いねえな」

「俺の頭がイカれてねえならそうだったと思うけども、嬶ァの方がちゃんと覚えてるかもしんね」

「ならそのイカれてねえ頭の記憶振り絞ってもっと思い出せ。登和子が蛇に咬まれた時、田端勲と一緒に、その派手な女も居たのじゃねえのか」

「あ？」

丑松は見得でも切るように黒目を寄せた。

「居た――のかな。いや、そう云えば」

その時。

襖が勢い良く開いた。

バン、と大きな音がした。

榎木津が立って居た。

「何だ！　僕に隠れて何て面白そうな遊びをしているんだ四角人間。お前が竹馬の友として崇め奉るこの榎木津礼二郎様がわざわざこんな貧乏臭い狸の巣まで遊びに来てやったぞ！」

「じゃ、邪魔すんじゃねえこの乱心野郎がッ」

「面白そうだな。僕にもやらせろ」

「な、何が面白そうなんだよ」

「だってその熊と冬瓜を掛け合わせたような人を揺する遊びなんじゃないのか？　その人は揺すると何か面白いことになるのかい？」

「その気狂い染みた感覚を何とかしねえと、てめえの頭台座に載せて、その上に墓石置いて擂り潰すぞこの野郎。今、大事な話をしてんじゃねえかよ。帰れよ。遣ることねえなら東京帰れ。折角この野郎が思い出したってのに――」

「思い出した？　揺すると何かを思い出すのかその男。そいつは便利だなあ。なら僕の方が激しく揺すれるぞ。代われよ修ちゃん」

「修ちゃんじゃねえよこの野郎。巫山戯るにも程があるんだコラ。俺はその手の冗談は大嫌えなんだって。大概に」

「ん」

仁王立ちになった探偵は半眼になって丑松を凝視した。丑松は狼狽している。

「ふん」

　榎木津は鼻を鳴らした。

「手に蛇を握っているぞ！　何と気持ち悪いんだろう。棒かな。傘かな。そして何と云う不健康！　よたよたしてて走るのも大変そうだ！」

「何だ？」

「だからさ。ぐったりした子供を抱えている不健康そうな男を誘導して走っている派手な着物の女――なのかな。そして蛇はそれでも生きている！」

「あのなあ礼二郎。お前」

　そうだわ、と丑松が大声を出した。木場は握り続けていた襟首を放した。

「居た。居た居た居た」

「何だよあんたまで。莫迦が伝染したのかよ」

「そうじゃねえって。居たの、あの女。その時に。あの診療所まで田端を引っ張ってったのは、あの女なんだよ」

「おい。適当に話作ってねえだろうな。こんな頭の膿んだ莫迦男の妄言に惑わされてるんじゃねえぞ」

「探偵は真実しか云わないぞ」

「黙れって。おい丑松」

丑松は皺(しわ)くちゃになった襟を正して座り直した。

「それの何処が大事なんだか解らねえども、それは間違いねえわ。だってよ、刑事さん」

「何だよ」

「それまで彼処(あそこ)が診療所だなんて、知らなかったんだ、俺(おら)は！」

「わはははは。知らなかったのか」

榎木津は愉快そうに云う。木場は忌忌(いまいま)しくそれを見上げた。

「知らねえさ。買い取られた地所には何も造られなかったと云ったべ？　実際、人が誰も住んでねえってだけで、見た目も何も変わりがなかったんだもんよ。偶(たま)に人が出入りしてたようだけんどもな。そんな処(とこ)に診療所が出来ると思うか？」

「まあなあ」

「宣伝する訳でもねえ、看板出すでもねえ。大体人が居ると思ってねえからな。知らなくて当然だべ」

当然だと榎木津が云う。

「其処(そこ)は寧(むし)ろ鍛冶屋だ！」

「そうよ。元は鍛冶屋だ彼処は。能(よ)く判ったな、あんた。誰だか知らんけども。でも、あの女はちゃんと知ってたんだ。何たって、走ればうちから十分も掛からねえんだから。近いから。火事が見えるくらい近いから」

「何だと？　その、小火ってのは」

「診療所さ、燃えたの。まあ医者ァ老い耄れで、去年死んじまったから無人だけども」

どう云う——ことだ。

「ま、あの娘も後少し処置が遅けりゃ確実に死んでたって云う話だったと思うからなあ、なら命の恩人だわな。で、浅田の孫娘を治したって云う話が少しずつ広がって、それで彼処は診療所なんだと云うことが知れてよ、それからはぼつぼつ行く者も出て来たんだったと思うわ。病院が遠いんだわ。元元村にはなかったし」

「ふふふ」

榎木津は笑う。

「君だな。猿や鳥に茶を分け与えた変わり者は」

「は？」

そうか。関口——関口もうろついているのか。

何が——起きているんだ。

木場は再び悪寒を覚えた。

鵼（五）

迚も奇妙な気分だった。

緑川は、日光榎木津ホテルのロビーで珈琲を飲み乍ら新聞を読んでいる。本来なら、既に大学の研究室に居る筈の時間である。

緑川は帰らなかった。無理をすれば帰れたのだろうが、意味もなく帰りたくない心持ちになったから一日延ばそうと決めた。決めたのは土曜の夜で、日曜に戻れば何の問題もなかったのだが――。

既に月曜である。

二時間前、職場に連絡を入れた。火事のことを告げ、警察に足止めされてしまったので戻れないと伝えた。三月になったので雑事が増える。申し訳ないと謝ると、却って同情されてしまった。

嘘と云う程の嘘ではないのだが、気分的には半分くらい嘘である。緑川は別に足止めをされている訳ではないのである。ただ、場合に拠っては再度出頭要請があるかもしれないと云うだけだ。その可能性は低いと思う。

診療所の中にはろくなものが残っていない。棄てられるものは棄てたし、書類の燃え滓(かす)や灰は裏手に穴を掘って埋めた。

一応郷嶋との約束だったからだ。何の役にも立たないだろうと思うが、郷嶋は執拗(しつこ)そうだから、もしかしたら塵芥の中からも何か必要なものを掘り起こすかもしれないし。

いずれにしても、これ以上緑川に出来ることはないと思う。

あの診療所が今後どうなるのかは判らないが、緑川は建物にも地所にも何の権利も持っていないのだから、どうなろうとも関係はない。

もう終わっている。

——筈なのだけれど。

新聞に目を投じる。造船疑獄の参考人として、自由党(じゆうとう)の池田勇人(いけだはやと)が事情聴取を受けたらしい。それから昭和の辻斬りと云う凡(およ)そセンスのない連続殺傷事件の犯人が捕まったと云う。犯罪が時代錯誤なのか、報道が時代遅れなのか判らない。いずれにしても無差別殺人などあってはならないことだろう。そう思って記事を読むと、痴情の縺(もつ)れ的なことが書いてあって、能(よ)く判らなくなった。痴情が連続して縺れたのか。

そんなことを考えているうちに、珈琲が冷めてしまった。未(ま)だ半分くらい残っている。飲み切って新しい珈琲を注文しようとしたところに、関口が現れた。

相変わらず表情に乏しい。

「お早うと云う時間でもないね」

「ああ。佳乃さん仕事はいいんですか」

限りなくサボタージュに近いと答えると、僕も一緒ですと関口は云った。

「そもそも何もすることがない」

「小説書かないの」

「然う然う書けるもんじゃないから。それよりきちんと挨拶をしてなかったと思う。佳乃さん、お久し振りでした」

関口は中腰で半端に頭を下げた。緑川は笑った。

「まあ座って。初対面の時も同じ動きだったよ関口君。他の——人は？」

「ああ。京極堂——中禅寺は早くから出掛けた。榎木津は未だ寝てるんじゃないか。久住君はもう直ぐ来るだろうと思う」

「久住さんは大丈夫なの？」

「さあ」

関口は気怠そうな表情になる。

「昨日、榎木津が何か登和子さんの情報を得たようで、夜に僕の部屋に電話をして来たんだけど、例に依って何が何だか解らなくてね。どうも、お祖母さんが亡くなったらしいんだけど——」

「あら。大変じゃない。それ、久住さんには報せたの？」

関口は首を横に振った。

「生き死にのことだから、不確かなうちは報せ難いですよ。昼になったら榎木津を起こして直接話して貰おうと思うんだけども――」

通じるかなあと関口は云った。

「佳乃さんはどうするんです？」

「何も。私の用は済んでるから」

一番問題なのは益田君じゃないのと云った。

「ああ。まあねえ。益田君は臆病な割に無謀だからなあ。目算が立ってるかどうかは怪しいな」

「目算が立ってるとは思えなかったけどね」

「ああ。佳乃さん、宿が一緒なんでしたか」

「一緒なの。昨日も朝早くから遅くまで捜し回ってたみたいだし、今日も七時には出掛けたみたいだけど――失踪人って、当てもなくうろうろ捜し回って見付かるものなのかな？」

「さあ。日光に居るなら多少の望みはある――とは思いますけどね」

「それだって元刑事とか云う人の話を鵜呑みにしているだけのことでしょう」

「でも――居たじゃないですか」

一昨日。尾巳村の買収されたエリアの中で寒川を見掛けたのだと、冨美は云う。

だが、尋ね人と偶々行き合うと云うのはどうなのだろう。本当だったなら大変な偶然だと思う。益田の話だと寒川氏もあの場所に何かを見出していたようだから、見掛けたとしても怪訝しくはない——と思わないでもないが、どうも何もかもが作りごとめいているように緑川には思える。

「そもそも冨美さんが目撃したのだって——本当に寒川さんだったのかどうかは判らないよ」

見間違わないでしょうと関口は云った。

「婚約者だそうだし」

「そうかな」

だからこそ見間違うことはあると緑川は思う。

願望は時に目を曇らせる。人は見たいものを見るものなのだ。飢えた者は砂漠に水を幻視する。都合の良い情報だけが拾われて、それが都合の良い形で組み合わされて、都合の良い絵が出来上がる。そして人はそれを信じる。

都合が良いからだ。

でも。

それは——虚像なのだ。

蜃気楼のようなものだ。

どれだけ追い掛けても決して追い付かない、逃げ水のようなものなのだ。

「うん。まあ冨美さんを信じるとして、さ。結局は見失っちゃったんだし、それ以降の足取りも判らなければ手掛かりも皆無な訳でしょ。それで近くに居るんだから見付かるだろうって、隠れんぼじゃないんだよ。大体、益田君は寒川さんの顔知らないみたいじゃない？」

写真もないと云っていた。

「だから冨美さんも一緒に行動してる訳でしょ。それ、冨美さん独りだけで捜してるのと変わらなくない？　探偵のテクニックとかあるなら別だけど、それがないなら探偵雇う意味ない気がするけど」

「テクニックですか」

関口は苦いものでも嚙んだような顔をした。

「益田君の唯一誇れるテクニックと云えば——卑屈な姑息さですかねえ。その場凌ぎの技量は見事なものだと思うけれど——後はコツコツ地道に遣るだけの探偵ですね」

「あの榎木津さんの弟子なのに？」

緑川の知る榎木津礼二郎は、その場凌ぎなどとは縁がないタイプだと思うし、ものごとをコツコツやるような人間でもないと思う。

関口は身体を傾けて、少し笑った。

「ああ。ある意味、それは榎木津が全く持ち合わせない能力ではある訳ですよ」

「そうか――」

「まあ、榎木津には一つも必要のない能力とも云える訳ですけども。いずれ、日光の町を隈なく回るだけなら、観光してるのと変わらないですね」

「私なんか昨日は東照宮見物して、華厳の滝観瀑して、湯葉食べて寝たから。もう完全な観光ね。我乍ら好い身分だと思う。でも」

矢っ張り気になってね、と緑川は云った。

「そうは云ってもね、登和子さんの一件にしても寒川さんの失踪にしても、私はまるで部外者なんだけども」

異った複数の世間が絡み合っているような奇妙な感覚はある。まるで事件の嵌合体である。緑川にしても、やることだけは凡てやったのだけれど、大叔父が彼処で何を為ようと考えていたのかはまるで判らない訳だし、大叔父の気持ちなんかは一欠片も解っていない。

そこに久住が現れた。関口は腰を浮かせて、久住さん実は――と曇った声で云った。久住は悩ましげに眉を歪めた。

「ええ。たった今、フロントで聞きました。登和子さんのお祖母さんが亡くなった――そうですね。昨日お葬式だったそうです」

「そう――ですか。では」

「いや、お悔やみに行こうかとも思ったんですが」

少し筋が違うかなと思いましてと久住は云った。

「私なんかが立ち入るべき問題じゃないと思うんですよ。私はただの客で、縁は希薄だ。プライベートに立ち入れるような関係じゃないですから、却って迷惑だろうと。それに、私が行ったら——」

「ああ」

先ず座ればと緑川は云った。

「久住さん、気遣いの人だよね。遣い過ぎな気もするけど——」

「そうでしょうか」

「遣い過ぎて悪いってことはないけど」

そこで緑川は手を挙げて、珈琲を注文した。

「関口君は珈琲でしょ。久住さんは？　紅茶？」

「能く判りますね緑川さん」

「これはね、気遣いではなくて当てずっぽう。珈琲三つと云いかけて、ふと思っただけ」

そう。深く考えることと、思い悩むことは多分、違う。

思考は理に照らすことで深まり、時に解答へも導いてくれる。しかし懊悩は、理に照らすことで晴れるものではない。答えに到るまでの鍵は常に自分の中にある。その鍵と向き合えるかどうかこそが懊悩の本質だと緑川は思う。

平たく云うなら何が正しいかではなく、何を大事にするかと云う問題なのだ。大事にしたいもの、大事にしているものは幾つもあって、それらは往往にして並び立たないものであったりするのだ。だから人は悩むし、困る。

久住さんの役目は終わってると思う、と云った。

「終わって——ますか」

「勘違いしないでね。用なしだとか云ってる訳じゃないから。久住さん、その登和子ちゃんの話を聞いてあげたんでしょ？」

「はあ」

「あなたの言葉で云えば希薄な縁なのに。それでいて、とんでもなく深い話を聞かされたのよね？」

「そう——です」

「それで十分なんじゃない？　登和子ちゃんは聞いて欲しかったんだと思う。誰にも云えないでしょうそんなこと。で、あなたは聞いた」

「それから先は期待していないと」

「期待とかじゃないと思うよ。だって選択肢なんか幾つもないでしょう。どれか選ぶしかない。で、他人が何を云おうと決めるのは彼女。彼女は決めてくれとか教えてくれなんて云ってないでしょ？　その子、聞いて欲しかったんだと思うよ」

「聞いて欲しかっただけ——ですか」

「久住さんは聞いてあげたんだから、そう云う意味ではもう期待に応えてるんじゃない？」

「ああ」

「思うんだけど、彼女は事象の整理がしたかったんだと思うのね。独りでね、頭の中だけでぐずぐず考えてるのって、暗算してるようなものでしょう。それだと検算も出来ないし合ってるかどうかも判らないじゃない？　事象が整理出来ないと気持ちの落とし処も見えなくなるものなのよね。登和子ちゃんは久住さんに話すことで、先ず出来ごとを整理したんだと思うよ。十分役に立ってるじゃない」

　久住は泣きそうな顔をした。

「まあ、その結果、彼女がどんな選択をしたのかは判らないし、それが正しい選択なのかどうかはまた別の話なんだけどね。でもそれは彼女の問題なのであって、久住さんが責任を感じるようなことじゃないよ。だって」

　何も云ってないんでしょ、と緑川は云った。

「前向きになれとか忘れてしまえとか、そう云う薄ら寒い感じの助言した？　右へ行けとか上を見ろとか、役に立たない感じの指示をした？　宗教の勧誘とかしたの？　励ました？　貶した？」

「何も——云えなかったんです」

ならいいじゃんと緑川は云う。

「そう云うのは全部余計なお世話だからね。ただ聞いてあげただけなら、久住さんはその時点で彼女の期待に十分応えてると思うよ。結果彼女がどんな選択をしたとしても、感謝されることはあっても恨まれることなんかないでしょ。まあ、後は久住さん自身の——と云うか久住さんだけの問題だよね」

だから好きにするのでいいんじゃないと緑川は云う。軽い云い方だと自分でも思う。

「お悔やみに行きたければ行けばいいし。行きたくないなら行かなきゃいいし。あ——でもね、彼女が本当に殺人を犯したのかどうかと云う謎は、全く別の問題だからね」

「そう——でしょうか」

「そうだよ。だって、それは気持ちの問題じゃないじゃない。真実はどうであっても彼女はそうだと思い込んでるんだから。気持ちは殺人者なの。なら慰めたって励ましたって意味ないでしょう？　糾弾したって仕様がないよ」

だって久住さんは警察官でも裁判官でもないんだからと云った。

「捕まえることも裁くことも出来ないの。と、云うよりそんなことしちゃ駄目でしょう」

断罪は司法に委ねるべきだ。どんな形であれ一般人に罪科の決定権はないし、決定していない罪に斟酌することは無意味だ。こと刑事事件となれば、道徳や倫理で判断していいものではないだろう。

「彼女は罪を犯したと思い込んでいる。一方で、罪を犯したかどうか判らないと云う謎がある。これは別物」

「そうか」

「だから、彼女の苦悩を何とかしてあげようと久住さんが思うんだったら、彼女とどう向き合うかを悩むんじゃなくて、謎とどう向き合うかを考えるべきなんだよね。他人なんだし」

関口は久住の顔を眺めていたが、やがて緑川の方に向き直った。

「佳乃さん」

「おや。生意気なこと云った？」

「いいや。その通りかもしれない。僕なんかはどうも、そこのところを見誤る癖（へき）がある。だから、久住さんを変な方向に引っ張ってしまったのかもしれないと思って」

巻き込んだのは私ですと久住は云った。

「まあ関口君と一緒にいると祟られるって益田君が云ってたしね」

「関口さん――」

久住は関口を見た。

「ああ。僕は祟られてるんですよ」

「自覚があるんだ」

「ないこともないです」

色色あったんだねと云うと、関口は少し淋しそうに笑った。

「深い穴とか見付けると、わざわざ覗いて堕ちるタイプだよね関口君。どっちにしても久住さん、彼女の気持ちと自分の気持ちの板挟みになってる感じでさ。関口君もそうだけど、他人の懊悩を何でもかんでも引き受けて自分ごとにしてると、身が保たないよ」

慥かに混同していましたと久住は云う。

「彼女の気持ちと自分の気持ちを天秤に掛けていただけのような気がします。でも、彼女にしてみれば私の自尊心だの能力だのはどうでもいいことですよね。仰る通り、私が為べきことは——と云うか私に出来ることは、彼女をどうするかではなく、謎をどう解くか、ですよね」

久住がそう云った、その言葉尻が終わるよりも前に——。

「うはははははははははははは」

破壊的な喧騒。いや、昔聞いた覚えのある声。顔を向けると、何かが足を開いて立っていた。ロビーに居た客全員が注目している。

あれは——。

「僕だ！」

それは大股で近付いて来た。

「ナゾ。ナゾ。ナゾのトリ！」

「え――榎さん」

関口はまた中腰になる。榎木津は久住を指差す。

「その謎は、東京からやって来た煉瓦で出来たような顔の馬鹿が半分くらい解いたぞ！」

「解いた？　煉瓦って？」

久住は狼狽している。関口は落胆している。

「煉瓦を知らないのかね君。土を焼いた四角いものだ。まあ幾ら京極の真似ごとをしても所詮豆腐頭にはオカラしか詰まっていないので半分だ半分！」

全く解らない。

「ブラブラしている猿と鳥に茶を振る舞った奇特な親爺を揺すったら、半分くらい解ったのだ！　揺すれるものは豚でも揺すれと昔馬鹿な父は云っていたが、それに関しては正しかったなわははははは」

笑い乍ら麗人は緑川の真ん前にすっくと立ち、真向いに座っていた関口をぐいと横に除けて、テーブルにどんと手を突いた。

「おお！　ミドリちゃんじゃないかッ」

「ああ」

そう云えば昔もそんな風に呼ばれていた。

「何故君が此処に居るのだ。それに、まるで様子が変わってないじゃないかッ」

「お久し——振りです」

云うなり頭を撫でられた。これは普通なら怒るところなのだが、何故かこの人がするとどうでも好いような気になるから不思議である。肚が立たないのではなく、怒る気が失せるのだ。

「時間が止まっているとしか思えないぞ」

それはお互い様だと思う。真正面にある磁器人形(ビスクドール)のような顔も、十数年前とほぼ変わっていない。接接(まじまじ)と見るのが何故か気恥ずかしくなるくらい、整っている。

「それに較べて、この猿の衰え具合と云ったらどうだ。老けている！　顔面は弛緩しているし脂性(あぶらしょう)だし、猿の癖にまるで油蝙蝠(あぶらこうもり)みたいだぞ」

「あなた達が変なんですよ。十年も経てば誰だって老(ふ)けるでしょうに。京極堂だって」

あれは元から老けていると榎木津は云った。

「釣り堀屋は生まれた時から爺だし、骨董(こっとう)屋は生まれ乍(なが)らに不思議な獣だぞ。そう云うのこそを変と云うのだ。解ったか猿」

「今は猿なんだ」

そう云うと関口は昔からですよと答えた。

「そう？　前は関君とかセキとか呼んでた気がするけど」

「ああ」

そうかな、そう云えばそうだなと関口は自問自答の末に納得した。

「ふん。こんな猿は幾ら揺すっても何も有益なことを云わないだろう。今回はただ居るだけの置き物猿だ。置き物としての猿は、余りにも無能だ。居なくたっていいくらいだ」

「それは榎さんも同じでしょうに。庭球（テニス）して寝てるだけじゃないですか。大体、今回は、とか云いますけど――」

何が起きているんですと関口は真顔で云った。

そう、何が起きているのか。

何も起きていないのか。

榎木津はぐるりと回って緑川の隣に座った。

「そうだねえ。まあ、ジャンケンのようなものだと思うぞ。チョキはチョキだけでは何の意味もないVサインだが、パーに出合えば勝つ。で、グーに出合えば負ける。みんなが集まると、あいこだね」

解らない。見た目は殆ど昔と変わりがないのだけれど、解らなさのグレードだけは格段に上がっている――気がする。

「昨日は、狸のお蔭で蛇が半分判ったからな。狸は蛇に勝つのか。ん。そうか。ミドリ君はバカオロカとも出会ったんだな。するとあれも何か持って来たのだろう。犬かな？　猫かもしれない」

「毎度これですよ」

関口は久住と緑川双方に申し訳なさそうに云う。

「私は一応は慣れているから平気。それより榎木津さん、謎が半分解けたってどう云うこと？」

「説明は面倒臭いね」

榎木津は間髪を容れずに答えた。

「それに半分じゃ説明のし甲斐がないぞ。もう暫くすると、此処に世にも珍しい縦横奥行き同寸人間がやって来るだろうから、それに尋きなさい。馬鹿なアニに云って応接を空けておいて貰ったから、それはもう存分に尋くといい」

「それ、木場の旦那のことですか？　益田君の話だと日光に居るらしいとか」

「居るんだ。あんな武骨なものが汽車や電車に乗れるものなのかと憂慮していたが、乗れたんだね。何しに来たんだかは知らないが、彼奴もグーかパーかなんだ」

解らないってと関口が云う。

「何故普通に云えないんだよ榎さん」

「普通だと思うがなあ。まあグーパーチョキなんだからジャンケンのような場を作ると確実にあいこになって先に進まなくなると思うぞ」

「意味は解らないが、じゃあどうすればいいんだ」

「パーはパーしか出せないんだよ。グーもチョキも選べないのだ。ならトーナメントにするしかないだろう。最後に一つ残るけど、後は全部消える。せーの、でやると必ずあいこになる」

「うーん」

緑川は考える。

「ジャンケンって——その、謎が三竦み、ってことなのかな？」

「三とは限らないねミドリ君。四竦み五竦みかもしれない」

「勝ち負けの組み合わせが複雑になるじゃない？」

「そのトウリだ。単独のナゾのままだと解り易いが、組み合わせが悪いとより解らなくなるのだ。そう云うことだ。解ったか猿」

そう云うと榎木津は立ち上がった。

落ち着きがない。

「何だよ。何処か行くのか榎さん」

「行くさ。僕は何のナゾも持っていないからな。今日は、イギリス人とウマに乗るのだ。ウマには何のナゾもない！」

そう云った後、榎木津は緑川の方にその鳶色の瞳を向けた。

「そうか。鳥は君なんだなミドリ君。そっちの人は鳥ではなくて蛇だった訳だな。なら」

君のナゾは少しだけ解決が早いぞと云って、榎木津は関口の方に回り込み、ややこしいから君は猿を止せと云って、頭を小突いた。

「何をするんですよ。猿猿云うのは、榎さんだけでしょうに」

「だから君は隅の方で温順しくして居ろと云うことだ。ただ、ミドリ君やそっちの人はあの四角野郎を知らないんだからちゃんと仲介するんだぞ。あんな野蛮なものに会わせたくはないが、この際仕方がないからな。では、ウマだ！」

そう云うと麗人は颯颯と去って行った。入れ違いに珈琲と紅茶が届いた。

「激しい人ですねえ」

久住が呆れている。

「まあねえ。益田君なんかはあの男の部下なんだから大したものだと思うけども——」

「と、云うか、より酷くなってる気がする。学生の頃はもう少し意味が解ったんじゃない？」

「それは佳乃さんが女学校に在籍してた人だからですよ。僕等に対してはあんなもんでしたよ。僕は初対面で猿呼ばわりされてるんですからね」

「それより、その野蛮な人って何？」

東京の刑事ですと関口は答えた。

「それが、榎木津の幼馴染みで、僕の軍隊時代の戦友だった男で」

「じゃあ矢っ張り旧華族なの？」

榎木津は子爵家の次男だった筈だ。

「とんでもない。小石川の石屋の倅です。榎木津とはまるで関わりが見えないから何で幼馴染みになったのか、僕にも判りませんよ。まあ、そっちも何とも評し難い男ですが、榎木津よりは判り易いと思いますけど。しかし、部屋まで取ってるって——本当なのかな」

僕が尋いて来ますよと云って、久住はフロントに向かった。その背中に目を遣り乍ら、他の人はどうしているんです、と関口が問うた。

「他の人？」

「ほら。ええと——香澄さんとか。眞奈美さんでしたっけ」

「ああ」

緑川の学友である。

「学校出てから会ってない。近況の報告なんかは取り合ってるから音信不通って訳じゃないけど。離れてるからね。でも元気なんじゃない？」

「そうですか」

関口は薄く笑って下を向いた。

戻った久住の話に依れば、応接室は午後からずっとオーナーの弟が借り切っているのだと云う。使うのは関口と云う客で、更に、この間の刑事が来たらそっちに通せと命令されたのだそうだ。

「どうだろうね」

苦笑するしかない。聞いてなかったんでしょと関口に問うと、寝耳に水ですよと云う。

私も頭数に入っているのかと更に問うと、当然でしょうと云われた。

「厭ですか佳乃さん」

「別にいいけど。あの人、勝手なとこも変わってないね。だって、関口君にだって予定とかあった訳でしょ？」

「ないんですよ、予定なんて。あの人はそれを知ってるんです。しかも僕が何だか知らないけど泥濘（ぬかるみ）に嵌まってるってことも見抜いてるんでしょう。だからまあ、気を遣ってくれたんじゃないですか。あれはあれで」

「久住さんはいいの？」

「ええ。僕は――未（ま）だ『鵼』が摑めないし」

「ヌエ？　あの鳥？」

化け物の方ですと久住は云った。

「化け物の幽霊です」

それは、何処かで聞いた。

郷嶋の言葉だったろうか。

「それに、半分謎が解けたと云うのなら、私は」

「そうか。折角だから応接室に行こう。二人には話してないこともあるし。益田君から聞いてる話も伝えておいた方が――」

みんなが集まるとあいこだね。

確実に先に進まなくなる。

――そうか。

云わない方が良いのか。

「榎木津さん、あれで間違わないよね」

「間違う間違わないと云う以前に理解出来ないですからね。あの人の言葉は余り気にしない方が良いですすよ、佳乃さん」

そう――なのだろうか。

フロントの方に目を遣ると、図体の大きな男の背中が見えた。背が高い訳ではないが、何だか硬くて頑丈そうに見えた。

あ、本当に旦那だと云って、関口は慌てて立ち上がった。

木場修太郎と云う刑事は、胸板の厚い、頑丈そうな男だった。榎木津の云うように顔は四角くて怖いし、物腰や言葉遣いも含め一見粗暴そうに思えるのだが、多分それはそう云う鎧を纏っているだけだと緑川は思う。外側の厚みや硬さとは裏腹に、神経は濃やかなのだ。緑川はそんな印象を持った。

「莫迦は」

木場は応接室に入るなりそう問うた。

乗馬に行ったようですよと関口が答える。

「居ねえのか。なら話は早え。あんな莫迦は居るだけ無駄だからな。落馬して死んだ方が世のため人のためじゃねえか。で」

関口は先ず久住を紹介した。

「ああ。くずみ、さんかよ。それで判った。すっきりした。そっちの人は——」

「緑川と云います」

身の上を簡単に説明した。いつものように子供だとか何だとか云われるのかと思ったのだが、木場はただ、

「そりゃ面倒臭えことだったな」

と云っただけだった。

面倒でしたと答えた。

「役所ってのは面倒なもんだからな。その上に、あの探偵の小僧だのこの関口だのに纏わり付かれたんじゃさぞ災難だったろうよ。そっちの屑籠——じゃねえ、久住さんか。あんたもな、相談する相手を間違ったな」

登和子は人なんか殺してねえと木場は云った。

「矢張りそうですか」

木場は、登和子本人と話し、その後登和子の親類の仏具屋と、向いに住む漆塗り職人から話を聞いたのだそうだ。その職人と云うのはどうやら一昨日緑川が接触した婦人の伴侶であるらしかった。

「丑松さんって、あの人か」

「会ってるんだろ？　お前さん達はよ」

「ええ。でも、記憶は朧げと云う感じでしたが」

「最初は朧げだったよ。色色と不確かだったが、何度も反芻してるうちに段段と瞭然して来たって感じだったけどな。ま、そんなこたァ毎日の暮らしに関係ねえ。普通は覚えちゃいねえって」

「思い出した——と云うことですか」

「普段は気にしてなくても忘れてねえもんだろ。思い出すんだよ、そう云うこたァ」

久住と関口は顔を見合わせた。

「十五年以上も前のことを明確に覚えてて、訊くなりぺらぺら語られたなら、そっちの方が怪しいぜ」

木場の纏めに拠ると——先ず、登和子の実父である田端勲は昭和十三年の三月六日に死亡届が出されている。木場は午前中に確認して来たらしいから、これは間違いない。

検診票にあった日付とも符合する。

登和子が蛇に咬まれたのがその三日前。

これも木場の聴き取りと合致する。木場の話だと登和子は一週間近く昏睡状態だったと云う。それだけで疑惑は晴れる。

蛇は冬場は土中で冬眠しているものだが、三月には動き出す。三月初旬と云うのは微妙な時期ではあるけれど、縦んば冬眠していたのだとしても、刺激すれば逃げたり、咬んだりもする。

漆職人は登和子が咬まれた直後の現場を目撃していると云う。

登和子は――。

蛇を握っていたらしい。

登和子は襲われたのではなく、冬眠明けで動きが鈍くなっていた蛇を摑んでしまったのだろう。

そして咬まれても――放さなかったのだ。幼い登和子は何が起きたのか理解出来ずに、パニック状態に陥ってしまったのかもしれない。だから、何度も咬まれたのである。カルテにも咬み痕が数箇所あったと記されていたから、こちらも整合はとれている。

快復まで一月は掛かったらしい。

久住は何度も頷いた。

登和子は蛇の感触を知っていた筈だと云う、同僚のメイドとやらの言葉も裏付けられたことになる。

そして。登和子は眠っている田端勲の頸に巻き付いた帯の一端を引いた――と云っているらしい。片方の端は母が持っていたのだと云う。

状況としてそれは考え難いと木場は云った。また、仮令そうであったとしても、ならば同居していた祖母が気が付かないことはないだろうとも云った。登和子の言葉通りであるならば、それは即ち家族全員で放蕩婿を謀殺したと云う構図になる訳で、その後の登和子の生活を鑑みるにそれはないだろうと木場は云った。

説得力がある推理だと緑川は思う。何より木場は登和子と直接会っている。会って話したその感触を基盤として、それに訊き集めた情報を積み上げて判断しているのだ。

そこは信頼出来ると緑川は思う。

勿論、幼い子供に殺人の手伝いをさせ、その後も平気で暮らして行けるような者も存在するのだろうとは思う。でも、少なくとも木場は登和子からそうした匂いを嗅ぎ取っていないと云うことだろう。

――しかし。

一方、田端勲が納屋で首を吊っていたと云うのもどうやら本当のことと思われているようだ。仏具屋も漆職人もそこに関して疑いを持っている様子はなかったと云う。だが。

「死因は縊死ではないですよ」

緑川がそう告げると、木場はそんなことだろうと思ったと云った。

「どう云う意味ですか」

「登和子はな、家の作業場——板の間に寝かされてたんだ。ずっと。親父が死んだとされる日もな。そこで登和子は見た——のじゃねえか」

何をです、と久住が問うた。

「登和子はな、目の前に横たわっている親父の姿を覚えている。その頸に博多帯が巻き付けられていたことも覚えているそうだ。それで、その端っこを摑んで引っ張った、と云っている。明らかにその時田端勲は死んでいたんだと思う。そうでなければそんな状況は起き難いだろ」

「泥酔していたとか」

「だからよ。酔ってようが眠ってようが、頸絞められりゃ苦しむって。いいか、登和子はその時、意識不明に近い状態だったんだぞ。だが、そこまで具体的に覚えてるんだから、何かは見てる。混濁から醒めて、目の前に帯があって摑んだ。これは事実なんじゃねえのか？」

「蛇を摑んだまま意識不明になって、目覚めた時にその手の先にあった帯を——また摑んだと？　それなら蛇と帯を同一視してしまうことも」

関口の発言を木場は止めた。

「そう云うことを云ってるんじゃねえんだよ。その後、あの娘の精神状態がどうなったのかそれは知らねえし、専門家でもねえ俺には判らねえ。どうでもいいことだよ。俺が云ってるのは」

その時のことだ。

「意識が朦朧としてる子供が居てだな、縦んば目が醒めたとしたって――だ。元気にお目醒め、ってな具合にゃいかねえだろ。寝惚けてるようなものじゃねえのか。寝惚けて目の前にあったものを掴む――ここまではいいだろ。問題は、その帯の先に親父の頸があったってことじゃねえか。どう考えても親父は意識不明か、死んでるだろが」

「まあねえ」

関口は何とも云えない返事をした。

「殺している最中では――ないかな」

「だろ。死んでたとして――よ。母親と祖母ちゃんが共謀して殺したって線は、ねえと思うぞ。理由はまあ色色あるが、何よりよ、さっきも云ったが」

その後の家族の在り方ですねと緑川が云うと、そうだと木場は答えた。

「登和子の母親は直ぐに再婚してるしな。妹や弟も生まれてるし、婆さんも一昨日まで生きてた。十五年から普通に暮らしてるんだ。生活は苦しかったようだが、それでも普通に暮らしてたんだよ」

そう――なのか。

「人を殺しておいてそれは――いや、出来るのかもしれねえけどな。そうだとして、だ。そうなら尚更、登和子を放っておくとは思えねえ。登和子が殺人を目撃したのを知ってて放っておくか？　手伝わせたってなら余計に放っておかねえだろ」

記憶をなくしてたんでしょうにと関口が云う。

「だから。何で記憶がねえと判ンだよ。五つ六つの寝惚けた子供（ガキ）だと思って、嘗めてかかったか？　つったって、口の利けねえ赤ん坊じゃあねえんだぞ。何見て何覚えてるか知れたもんじゃねえ。でもな、口止めなんかしたらバレちまうんだぞ？　そんなもん戦戦恐恐じゃねえか。安穏と暮らせるかよ」

「なら何だって云うんですか」

「だからな、殺人じゃあねえ、ってことだよ。もし見られていたとしても、そもそも殺したりしてねえのなら、そこまで気にしねえだろうが」

「じゃあ何をしてたと云うんですか」

「偽装工作だと思う」

「何の」

死因のだよ、と木場は云った。

「田端勲は、絞殺でも縊死でもねえんだろ、緑川さんよ」

「大叔父の記述を信じるならね」

「なら自殺に見せ掛けたんだろ。田端勲は、その時かなり弱っていたようだ。窶れていただけじゃなく人格まで変わっていたらしい。家族に乱暴を働いていたと云うが、それは錯乱していただけなんじゃねえかと思う。登和子が蛇に咬まれた時もな、あんたの大叔父さんの処に連れてったのは田端本人だったようだ。虐待してたとも思えねえ」

「そう——ですか」

「向かいの親爺の話だとな、登和子が蛇に咬まれたその時、田端は傍に居たんだそうだ。自分が付いて居乍らそんなことになって、責任を感じて首吊ったんだと、あの親爺は思ってたようだ。慥かに、その時登和子は生死の境を彷徨っていたさ。でも」

死んでねえ。

「死んじまって跡を追う——これは判るよ。でも死にそうだから先に死ぬって、あるか？」

「助からないと思ったんじゃないか？」

「そりゃ関口お前、幾ら何だって諦めが早過ぎるだろうよ」

「大叔父は助からないなんて云ってはいない筈。事実、助かってるじゃない。カルテには山棟蛇と明記してあったから、蛇の種類は直ぐに特定出来てるのね。咬まれたままの状態で運び込まれたと云うのはその通りなんでしょうね。処置は最速で適切だったと思うから、快方には向かってたと思うよ」

「そうだろ。三日目には目を開けてんだよ。いいか関口。死ななくても一生残るような傷を負わせたとか、障碍が残るとかな、そう云うことなら責任取る気持ちにもなるかもしれねえが、そうじゃあないんだ。日に日に良くなってる娘見てて、首吊らないだろうよ」

だから自殺でも他殺でもねえと木場は云う。

「証拠はねえよ。ねえけどもな」

「死因は兎も角、田端勲さんは放射線障碍であった可能性がかなり高いです。勿論これも大叔父の記録を信じれば、ですが」

「そこだよな。そこ。その、死因を隠さなきゃならねえ事情が、誰かにあった——ってことだ。その誰かの依頼で、登和子の母と祖母は、田端の自殺を偽装したんだと俺は思う。それで、死んじまった旦那の頸に帯を巻いてたんだろ。丁度その時に——」

「桜田さんが目覚めた、と？」

久住が問う。

「そうじゃねえのかな。それならどうだ」

「どうだって」

「あのな、登和子はその時、母親が蛇のような顔になっていた——と云うんだがな」

「自分の伴侶を殺害してるんだから、怖い顔くらいしてるんじゃないですか」

「だからよ関口。もし母親が殺したんであれば、だよ。登和子が見た時は」

もう殺し終わってたと思うぞと木場は云った。

「それだって」

想像してみろと木場は云う。

「子供が意識不明で寝ててだな、その横で亭主が突然死んじまってよ、その死骸の頸に帯巻き付けてんだぞ」

「まあねえ」

普通の顔はしてないか、と緑川は云った。

「誰かに強要されたのか、買収されたのか、どんな理由があったのか知らないけど、伴侶とは云え死体に触るだけでも嫌がる人居るしね」

「そんな最中に子供が目ェ開けてよ、寝惚けて帯の端摑んで引っ張った——こりゃ、まあどんな貌(かお)していいもんか、俺は判らねえよ」

「まあ、どんな顔してたんであっても、子供の登和子さんには怖く見えた、ってだけのことでしょ。それって登和子さんの感想ね。そもそも顔付きなんか殺人の証拠にはならないからね。そんなもの何の判断材料にもならないから吟味するだけ無駄よ」

身も蓋もねえけどその通りだと木場は云う。

「それは判ったけども、でも旦那、それで——お祖母さんとお母さんが、二人で死体を納屋に吊したと云うのか？　出来るかなあ」

「吊す必要はねえと思うぜ。納屋まで運んで、警察喚んでだな、吊ってたから下ろしましたと云えばいいんだよ。まあ、頑張って吊したのかもしれねえがな。そこは重要なとこじゃねえだろうさ。寧ろ、誰がそんなことをさせたのか——ってことじゃあねえかな」

考え付かないねと関口が云った。

「慥かに、殺すのと、もう死んでる者を自殺に偽装するのじゃ罪の重みも違うかもしれないけど、そんな偽装は直ぐに判るんじゃないのかな。警察はもっと優秀だろうに。そんなことで誤魔化せるなら、殺し放題じゃないか？」

それは違うよ関口君、と緑川は云った。

「先ず、病死なんだから外傷はないの。しかも死亡診断書は多分大叔父が書いている。それでもう死亡届も出せるし埋葬許可証も取れる」

「でも佳乃さん」

「当時火葬だったかどうかは判らないけど、火葬許可証も取れると思うよ。変死として警察に届け出なくても埋葬は出来るのね。だから、思うに誤魔化さなきゃならなかったのは近所の目だけ——だったんじゃないのかな。大体、そんな非合法なことを遺族に依頼して来るような人達なら、後始末はしてくれるんじゃないの？」

葬式はしてねえらしいと木場が続ける。

「墓もねえらしい。だから、こちらの女医さんの云う通りなんじゃねえかな。あ」

女医ってのは駄目かと木場は云った。

「私は気にしないし、みんな普通に遣うけど内心嫌がってる人も居るかもね。木場さんも気遣いの人みたいね」

「気ィ遣いたくねえから尋くンだよ。去年面倒臭えのと絡んだもんでな。そもそも、あんたとは初対面で呼び方が判らねえんだ」

榎木津とは正反対の性質のようだ。

「何でもいいけどな、田端勲の自殺は偽装だ。そして登和子も母親も婆さんも、田端を殺してねえ」

久住は大きく息を吐いた。

「そうなんですか。それは——登和子さんは」

「細けえことは話してないけどな。もう落ち着いてるよ。通夜も葬式もちゃんと為てたぜ」

「そうですか」

有り難う御座いますと云って久住は木場に頭を下げた。

「私が礼を云うのもおかしな話ですけど——」

「久住さん。さっき榎木津さんが云ってたけど」

これは半分だよと緑川は云った。

「でも」

「あなたの懸念は晴れたのかもね。でもね」

「そうだ。あの莫迦が何を云ったか知らねえが、これは——半分ぐれえだな。問題なのは誰が何のためにそんなことをさせたか、だよ。いいか、田端は漆塗りの職人だ。しかも十六年も前に死んでる。にも拘らず、いまだに面倒臭えもんが纏り付いていやがるんだぞ」

「郷嶋さんのこと？」

知ってるのかと云って、木場は細くて小さな眼を見開いた。

「私も監視対象——参考人だったかな。何かそんなものらしいですよ」

「ああ、診療所絡みか。あんた、その診療所に就いてはどの程度——」

何にも知らないのと云った。

「寧ろ謎は深まっちゃったみたいね」

「そうかい。まあ、登和子の件に関しちゃな、気になる奴は何人か居る。先ず、女だ」

「女ですか？」

「登和子も、そして親戚の仏壇屋も、田端の囲ってる愛人だと思ってた。でも、どうやら違う。登和子が蛇に咬まれた時、その女も現場に居た。あんたの大叔父さんとやらの診療所に登和子と田端を連れてったのも、その女だそうだ」

「あら」

「診療所に女は居なかったか」

「だから何にも知らないの。看護婦ってこと？」

「派手な和服着て日傘を差した、垢抜けた美人の看護婦ってのは——あんまり居ねえと思うがな」

「垢抜けた美人ってだけなら居るんじゃない」

「そうかもしれねえけどな。兎に角、その女は診療所のことを知ってたんだ。それまで、そんな処に診療所があるなんて、あの辺の者は」

誰も知らなかったそうだぞと刑事は云った。

「一番近い丑松でさえ知らなかったんだぞ。でも、女は知ってたんだよ。村の者でもねえのに、だ。其処に医者が居ると近所に知れて、診て貰おうって連中がぼつぼつ行くようになったのは、蛇騒ぎ以降のことなんだそうだ」

——そうなのか。

桜田登和子が患者第一号だった、と云うことなのか。すると、それまで大叔父は彼処で定期健康調査だけを行っていた、と云うことになるのだろう。

つまり彼処は。

診療所ではなかったのか。

それにな——と木場は続ける。

「その女は、田端に良からぬ仕事を斡旋してた節がある」

「良からぬ仕事って何です？」

「知らねえよ。でも田端は密会してるところを丑松に見られて口止めしている。登和子も秘密にするように云われてる。秘密にしろと云われた直後に蛇騒ぎが起きたんだ。しかもその女はな」

木場は太い人差指を立てて、何故か緑川の方に向けた。

「買い取られた方から来る」

「え？　買収されたエリアに——住んでたってことですか？」

「住んでたかどうかは知らねえよ。こりゃ俺の当て推量なんだがな、それは八王子で焼け死んだことになっている夫婦の女房の方じゃねえかと」

「それ、脈絡が全く判らないですね。関口さん、久住さん、判ります？　榎木津さん以上に意味不明なんですけど」

あんな莫迦野郎と較べられちゃご先祖様に顔向け出来ねえだろうがと木場は鼻息を荒くした。

「そりゃ判らねえだろうよ。未だ話してねえんだからな。俺はな、そもそも桜田登和子のことを調べに来た訳じゃねえんだよ。俺は狸に化かされて消えた三つの死骸を捜しに日光まで来たんだよ」

そして木場刑事は——。

何とも奇妙な二十年前の怪事に就いて語った。

「ああ。それって——」

「何だよ」

「転落死したご遺体ですよね。一体」

「そうだよ。それがどうした？」

「多分、その一体は、益田さんが捜している寒川さんのお父さんじゃないでしょうか」

「何だと！」

木場は前のめりになる。

「ど、どう云うことだよ、その、あんた」

「緑川で良いですよ。その」

——話していいのか。

榎木津の忠告が気になる。

「寒川さんのお父さん、二十年前に転落死してるんですね」

「ああ。それは——慥か俺も警察で記録を覧たぞ」

「通報があって、見に行ったら死体はなくて、翌朝だったかな。あの診療所に遺体が運び込まれたんだとか。一時的に——」

遺体が消えてたんです。

「何だ？　つまり、転落して、その遺体が東京まで運ばれて、で――また戻って来たってのか？」

「益田さんが話を聞いた元刑事さんは、それは特高警察の仕業だと信じ込んでたそうですけども」

「特高か。公園の遺体盗んだのも特高だろうとうちの係長も云ってたぞ。いや、それにしても何だ、あの探偵の小僧は――何を探ってる」

「ですから寒川さんと云う薬局の経営者の行方を探しに来たんだそうです」

「日光にか」

「ええ。その――」

――いいのか。話して。

「寒川さんはお父さんの死の謎を解きに――」

その謎は別の謎じゃないのか。

「仏師の」

「仏師の笹村市雄じゃねえだろな」

「そうみたいですけど」

「笹村がどうしたって。詳しく話せッ」

――しかし。混じる。いや。

「あのなあ、笹村ってのはな、自殺しようとしてた登和子を引き止めた男だ。そして登和子がまやかしの殺人の記憶を呼び起こす契機を作ったこのホテルのメイド笹村倫子の兄だ。そして死体が消えた日に八王子で焼け死んだ笹村夫妻の息子なんだよ」

「どう云うことですかそれは？」

「それで——ま。真逆よ、桐山」

「寛作さんですか」

「知ってるのか！」

これで、あいこ、あいこなのかと緑川は思った。

猨（六）

山は、雄大だ。

築山は窓から日光の山山を、日光権現の雄姿を眺めている。なる程、人工物にも神仏は宿るが、山は神霊そのものなのだなと思う。

考える必要はない。

山と向き合い、山を受け入れる。

——違う。

山は、ただあるだけだ。人も、ただあるだけで良いのだろう。それで良い筈なのだ。

人は、生を三昧し五感を智慧として、戒を守り定を行い慧を学ぶ。仏に到る道を歩むためにはそうするしかないからだ。だから精進し、修行する。

道程は遠い。

だが修行などせずとも山は止観それ自体である。

山は山と云うだけで仏であり、神である。

築山は考える。考えている。

その段階で、築山は仏道から遠退いている。その思考は、観ではない。情動に根差した執着でしかない。執着は三昧を忘れさせる。それは生きていることを識ると云うことを蔑ろにさせるからだ。根本にあるのは、たぶん恐怖であり、不安なのである。築山公宣は寒川秀巳の抱いている疑団の虜になってしまっている。荒唐無稽で莫迦莫迦しい。あり得ない。

信じられない。信じたくない。だからこそ。

どうしたんですかと云う声が聞こえる。

「どうしたんですか築山君」

振り向くと中禅寺が居た。

「どうも様子が怪訝しいですね。体調でも悪いのだろうか。何なら今日の作業は僕と仁礼君で進めますから、休んだ方が良いのじゃないか」

「いや、平気ですよ。ただ」

話せない。荒唐無稽で莫迦莫迦しいからだ。

「少し疲れが出ただけでしょう。別に体調は悪くないですよ」

君は真面目だからなあと中禅寺は云う。

「いや、実は昨日一日かけて色色と調べてみたんですよ。今日は護法天堂の裏手——あれが埋められていた場所を検分しようと思っています」

「現場検証、と云うことですか？」

「裏手とだけ聞いていたから、山か何かと思っていましたが——奥の院でもあるまいし、護法天堂の裏は道ですよね。隣は大護摩堂でしょう。そんな処に埋まっていると云うのは、まあ変です」

「そう——ですけどね」

「検証していない倹飩箱も後一つです。今にして思えば、最初に其処を調べてみるべきだったんだと思うんだけれど——僕は文書の鑑定を頼まれた訳ですから、考えが到らなかったんですよ」

「いや——私こそ」

中禅寺が見ている。見透かされる。

「本当に様子が変ですね。築山君、君は真面目過ぎると仁礼君が云っていたが、その通りですよ。考えるのはいいですが、考え過ぎるのは良くない」

「そんな」

「いいですか。答えと云うのは、考える前から既にあるものなんです」

「そう——ですか」

「合っているか間違っているかは別にして、答えは用意されている。考えると云うのは、その答えの正否を検証することです。検証し、答えが間違っていれば改めればいい。否、改めるべきです。当たり前のことですが」

「それが――」

「築山君。問いと答えは等しいと云うことを人は忘れがちです。一足す一と云う数式は、二と云う解答とイクォールで結ばれる。同じものですね」

解答と問題は等号で結ばれるものなんですと中禅寺は云った。

「その二つに僅かでも差異があるなら、問題か解答か、いずれかが間違っていると云うことになる。単純な式であれば差異がどれだけ小さくても直ぐに判るけれども、複雑になると小さな差異は判り難くなるんですよ。だから検証に手間も時間も掛かる」

「何が仰りたいんですか」

「いえね。考え過ぎと云われる状態の多くは、その検証に時間や手間を掛けている状態ではない、と云うことが云いたいだけです」

「いや、それは解りませんね。そう云う状態こそを考え過ぎている、と呼ぶのではないですか」

「いいえ。時間を掛けて手間を掛けて答え合わせをしている状態のことを、考え過ぎているとは呼びませんよ。それは考え続けているだけで、考え過ぎている訳ではない」

「では」

「検証が中中終わらないので、検証の途中で問題や解答を変えようとする――考え過ぎと云うのは、そうした状態でしょうね」

「それは、先ず答えありき、と云うことですか。間違った解答を押し通すために都合良く問題を変えてしまうとか――」

「そうではないんですよ。答えありきで問いを変えると云う在り方は、論理的には間違ってはいないんです。解答と問題は等号で結ばれているべきなんですから、検証の結果齟齬があるなら、いずれかが修正されなければならない訳で。解答が正しくて問題が間違いだと云う判断もあるでしょう」

「そうすると――」

「ですから、検証の結果ではなく、検証が終わらないうちに問題を改変しようとする――検証が困難だから解答を変えようとする――考え過ぎとはそう云う状態です。それは、迷いであって思考ではない。正しいか正しくないかも判らなくなってしまう」

「ああ」

「それでも、一から遣り直すと云うのなら、何の問題もないでしょう。でも、そもそも検証が困難だからこそ、前提条件の変更をしようとしたりする訳ですからね。往往にしてそれまでの経緯(プロセス)だけは残そうとするものなんです。加法(たしざん)すべきなのに乗法(かけざん)をしているから正解に到らない、しかし検算が面倒だから答えが出る前に問題を差し替えてしまう。それでも乗法と云うところだけは残す。そうなればもう、問いも答えもないでしょう」

「それは――解る気がしますが、何故私に」

「あなたは宗教家だ。そして、信仰者であろうともしている。だから信じたいと云う気持ちは能く解りますが、考え過ぎると信じるものを見失う」

「そう――ですか」

「答えが見えずとも、問いを識っていれば答えは既にあるのです。問いが見えずとも答えを知っていれば問いは其処にある。惑わされることはない」

――いや。

既に惑わされているのだと築山は感じている。

誰に何の話をされたのですかと中禅寺は問うた。

「それは――いいえ、それは、信仰とも関係がないし、この仕事とも関係のないことですから」

「関わりのない事象を重ね合わせて理解しようとすると、より混迷の度合いは深まりますよ築山君。僕はここ数年、そうしたことには懲りている。まあ、老婆心で申し上げているだけですが」

「ええ」

核実験。何者かが放射性物質を生成し、人体実験を繰り返していた。この日光で――。

莫迦莫迦しい。荒唐無稽だ。いいや、その域を超えている。そんなことは――。

ないのだろうか、本当に。

中禅寺はその人を射竦(いすく)めるような眼を細めて、まあいいでしょうと云った。

「しかし、君は少し休んだ方が良いと思う」

そう云って、古書肆は作業室に入った。築山はそのまま、応接のソファに座った。

——寒川。

築山は寒川からあるものを預かっている。

封筒が四つ——うち三通は私信であり、そのうち一通は非常に厚い。三人の従業員に宛てたもののようだった。残る封筒は神戸の弁護士事務所の名入り封筒で、厚い封筒に書かれているのと同じ宛名が書かれており、中には書類が入っているようだった。

凡(すべ)てを纏め、築山名義で寒川薬局宛に書留郵便で送って欲しいと頼まれたのだ。

勿論(もちろん)中は見ていない。だが。

——寒川は。

もう、戻る気がないのだ。

薬局にも。

東京にも。

日常にも。

そして、此岸(しがん)にも。

多分、寒川秀巳はもう、何処にも戻るつもりがないのだろう。

そう思った。

寒川が何を為ようとしているのか、そしてこの先どう生きようとしているのか、簗山は知らない。何も尋かなかったからだ。尋けなかった、と云うべきだろうか。現実味のない話に興味を失ったからではない。それを一途に信じている様子に遠慮したからでもない。既にして狂気が宿りつつあるその瞳が恐くなったのか。

——違う。

今、残っているこの感情は。

憧憬に近いか。

慥かに、かなり疲労が蓄積しているのかもしれない。

そんな訳はない。何故に。簗山がそんな——。

そこに安田が顔を出し、おや先生お疲れだねえなどと云って、茶を出してくれた。茶を飲んでいると仁礼がやって来た。

「何だ簗山さん、先に来てはったんですか。私、宿の前に突っ立って暫く待ってたんですけど、いつもの時間に来はらへんから。時計遅れてたかな」

「ああ——申し訳ない。少しぼおっとしてしまってね。通り過ぎてしまって、気が付いたら此処に来てしまっていた」

何ですかそれはと仁礼は笑った。

すか？」

「恋煩いしてる中学生やないんですから。いや、その顔はもっと酷いなあ。何かあったんで

「そう——見えるかい」

「法難にでも遭ったんやないですか」

その通りかもしれないと云った。

「中禅寺さんは？」

「もう仕事をしているよ。あの人は、あんなに不健康そうなのに頑丈だな。私は駄目だ」

「普通の人間は具合くらい悪くなるもんやないですか。まあ、築山さんどう見ても調子悪そうですから今日は休まはったらどうです」

そう見えるのだろう。

「中禅寺さんにも帰って休めと云われたよ」

「ならその方がいいですって。それとも責任者居らんと拙いですか」

「いや、それはいいんだがね。中禅寺さんは今日これから護法天堂の裏手を検分すると云っていたからね。そしたら何か判るかもしれないだろう。気になるからね。帰りたくはない」

真面目ですなあと仁礼は云った。

「ま、作業やったら何とかなりますから此処で少し休んでた方がいいですわ。此処、どうせ誰も来ないでしょう」

そう云うと仁礼も作業室に入った。

その背中を見て思い出す。

寒川は何処へ行ったのか。

何故追わなかったか。止めなかったか。常識的に考えて、彼の言葉は妄言だ。彼の推理は妄想だ。どれだけ証拠があったとしても――。

――証拠か。

燃える碑。

謎めいた式が記された紙。

幾つかの、不審な死。

サイクロトロン。

その装置がどんなもので、何のために使われる装置なのか、築山には判らない。どれだけの価値があるのか、どれ程危険なものなのかも判らない。そんなことは、どうでもいい。

――妄想だ。

それが何であれ、そんなものがある訳がない。彼は妄想に囚われているだけだ。そう、そもそも燃える碑なんて――。

――あるのだろうか。

あるのだとしたら。

それは。

「築山君」

中禅寺の声が妄念を消した。

「僕は護法天堂の裏手に行きます。寺務職の人にも立ち合って貰えることになったから、君は来なくても平気だ。作業室には仁礼君が居てくれる。今、最後の倹飩箱の中を出しているが、検証は明日からでいいと思うから、君は帰った方が良いのじゃないか」

「いや、せめてあなたの報告を聞きたいです」

「そうですか。まあ無理強いはしないが——君こそ無理をしないように」

そう云って中禅寺は出て行った。

もう冷めてしまった残りの茶を飲み干し、築山は暫し放心した。口の中に茶葉の滓が残っている。吐き出すことも、飲み込むことも出来なかった。

作業室を覗いてみようかとも思ったが、腰が上がらなかった。

そうしていると、安田がやって来た。

「築山先生。あら、あんた大丈夫かね」

「はあ」

築山は茶葉を飲み込む。

「そうかね。いや、裏にね、お客さんが来てるんだけどもね。どうします？」

「客ですか？　誰です？」

「いや、こちらに築山と云う人は居るかってね。そう云うのさ。尋ねたいことがあるって」

「私の客？」

誰だ。もしや、寒川か。いや——。

「いいですよ。行きます。裏口って、通用口の方ですか？」

築山は立ち上がった。

動揺しているのは精神の方で、肉体が弱っている訳ではないから平気な筈なのだが、立ち上がった途端に立ち眩んだ。

洗面所に寄って顔を洗い、通用口に向かう。

廊下の奥の扉の向こうに人影が見える。何処か奇妙な影だった。

戸を開けると、和装の男が立っていた。巡礼のような出で立ち——に見えた。

「あの」

「築山——さんですか？」

能の小面のような顔の男だった。白木綿を宝冠巻きにしている。その所為で影が奇妙な形に見えたのだろう。

「築山は私ですが、あなたは？」

男は頭に巻いていた白木綿を解き、礼をした。

「私は寒川秀巳さんとご縁のある者で、笹村と云います。初めまして――」

「寒川さんの――」

行方を捜しているんですと笹村は云った。

「日光に来ているようなのですが、何処に泊まっているのか判らないのですよ。行方も知れない。それで心配になりましてね」

「あなた――二十年前に亡くなられた操觚者（ジャーナリスト）のご子息とか云う方ではないですか」

笹村は刹那（せつな）不穏な表情を見せたが直（す）ぐに穏やかな顔に戻り、寒川さんからお聞きですかと云った。

「詳しく聞いた訳ではないですが」

「つまり、築山さんは寒川さんをご存じ――と、云うことですね。そして最近お会いになられた」

「まあ――」

彼は日光に知人友人の類いが居ない筈なんですよと笹村は云った。

「ですから連絡を取ることも出来ず、手繰（たぐ）りようもなくて、困っていたんです。そうしたら一昨日――土曜日ですか。寒川さんらしい人を見掛けたと云う人が居ましてね。それが、酷（ひど）く汚れた身形（みなり）で、憔悴（しょうすい）していた風だったと云う。それでまあ、聞き回っていましたら、そう云う風体の人が喫茶店に入ったと」

待ち合わせの店か。

「そこで、その店に聞いてみたところ、剃髪した方と一緒に直ぐに出て行ったと云う。それで更に聞き回ったんですが、お弁当屋さんで、それは輪王寺のお坊さんじゃないかと」

「ああ」

あの弁当屋では何度か弁当を買っている。

築山は僧形ではあるが法衣を着ていないことも多いので身許を尋ねられたことがあったと思う。面倒臭いから輪王寺の坊主だと答えたのだ。

「しかし、一口に輪王寺と云っても、お寺もご坊も多いですから、途方に暮れていたんですが――取り敢えず寺務所の方にお尋きしたところ、それはこちらで調査をしている築山さんではないかと」

「ああ。半端な恰好をしていますからね」

内面が外見に反映されている。僧なのに、僧侶ではないのだ。

「そう云う訳で、失礼を承知で一面識もないあなたを訪ねてみた――と云う訳です。ご不審に思われたでしょうが」

他意は御座いませんと笹村は云った。

「こんな風体ですから正面からお訪ねするのは憚られたもので、裏から失礼致します」

笹村は再度低頭する。

「それで」

頭を下げたまま、笹村は築山を見上げた。

「寒川さんとはどう云う」

「いや、大した縁はないです。行きずりのようなものですから。笹村さんこそ――」

――この男は。

見ている筈だ。燃える碑を。

築山は言葉を止め、その能面のような顔面を見詰めた。

「いや、私は、半年くらい前ですか。寒川さんとは妙なご縁で知り合いましてね。その後も何度かお会いして、この日光でも一緒に山に分け入ったりしたことがありましてね」

「山」

そこで。

「見たのですか」

何を尋いている。そんなものは妄想だ。そうでなくても、築山には関係のないものだ。

「お聞きに――なられたのですか」

「いや、その」

「聞いたのですね、寒川さんから」

「ですから、あの」

「あの、畏ろしい神の岩のことを」

「燃えて——いたと」

「ええ。焔に、包まれていました」

「岩が、碑が燃えますか」

「あれは日光権現が顕した験です」

「いや、しかし」

「そんなものは迷信だ——とあなたは仰るのでしょうか。それでは、あなたが信仰されているものは何なのですか。千手観音、阿弥陀如来、馬頭観音——それはそれぞれ大己貴、田心姫、味耜高彦根、つまり新宮、瀧尾、本宮——即ち日光三所権現ではありませんか。それら神仏には霊験はないとお考えなのですか。ならば」

　あなたは何を信じている。

「私は」

　何を信じている。

「石が燃えるなど、あり得ないこと。でも、私もこの目で見た。碑は燃えていた。彼処は魔所です。足を踏み入れてはならぬ禁足地なのです。神意に背くことは出来ない。そうすれば神は——」

　祟る。

「た、祟る」

「祟りますよ」

「その場所に踏み込んだだけで、ですか」

「そうです。神に人の理屈は通じませんし、人の情も通じはしません。人に理解出来る理由などないんです。禁忌を破れば祟る。そう云うものではないですか」

「しかし、祟ると云うのは――」

「祟りなどないとお考えですか」

――それは。

どうなのか。判らない。しかし。

「この科学の御世に於て神秘などない、霊験などないとお考えなのでしょうか。あなたの信ずる仏教は信仰ではないのですか。哲学ですか。それとも倫理学ですか。科学なのですか」

「いや、私はあなたが仰るように仏者です。信仰を持っています。だから――」

――信仰を持てているのか。

「いや、しかし」

「信仰はおありになっても、山が祟ることは信じられないのでしょうか。ならば何故、あなたは仏を拝む。何故に――」

現人神が御坐す――と、その異人は云った。

「あの止んごとなきお方を、止んごとなきお方として崇め奉る根拠は、那辺にあると云うのですか。あのお方は万世一系の神の裔であらせられるのではないのですか。だからこそ、この国は、その天辺に彼のお方を戴いているのではないのですか。神などないと云うのでしたら——」

「そんなことは云いません。云いませんが」

　答えられない。

「『新日本建設に關する詔書』ですか。慥かに、陛下は人間宣言をされた。現御神は観念だと認められた。でも築山さん。この地には徳川家康公も祀られている。かの人も神になられたのでしょう。人も神になるではないですか。では神とは何です。何のために、家康公は神に祀り上げられたのですか」

「何のために——？」

　何のために。

「神は、人が創るものなのですか」

「いや——そんなことは」

「私は違うと思う。人が創れるのは神ではなく、神の形です。神に御名を付け、そのお姿を作ることは出来るでしょう。祀る作法、敬う仕組みを創ることも出来る。寺院や社宮も造れるでしょう。でも、それだけです。神は——創れない」

「それだけ、ですか」

「私の仕事は仏師です。仏尊のお姿を刻むことが仕事です。でも、私は仏を創っている訳ではありません。それは、予めあるものですよ」

「ある？」

「山にも。里にも。海にも川にも。家にも田畑にも神は御坐すのです。天にも地にも——ありと凡百（あらゆる）ものが神なのです。この洲（くに）は——太古（いにしえ）より数多（あまた）の神神が御坐す土地ではないのですか。ならば神は、矢張り人知を超えたものですよ。崇め、敬い、畏れひれ伏すべきものですよ。違いましょうか」

違わないだろう。

そうなら。否、だからこそ。

「そして——あの燃える碑は、正に人知を超えていた。あれは、これ以上踏み込んではならぬ、探ってはならぬと云う、神の意思表示としか思えない。なのに、寒川さんは」

「今も探っている——と」

心配なのですと笹村は云った。

「神秘の験（しるし）に依って禁じられたのですよ。ならばもう、辿ることも探ることも、何もしてはいけないんですよ。寒川さんは東京に帰って、今までの暮らしに戻るべきだった。二度とあの場所に行くべきではない。それなのに」

「あなたは彼を止めに来たのですか」

笹村は能面の顔を向ける。

「図らずも戸惑っていた彼の背中を押してしまったのは、私なんです。結果、この日光に導くことにもなってしまった。私には、責任があるのです」

彼はどうしたんですと笹村は問うた。

「寒川さんは今、何処に居るんですか」

「知りません」

「何か——いえ、何を語ったのです、彼は」

「燃える碑の話ですよ。ただ、彼はどうやらあなたとは違う神を信仰していたようですね」

何ですって、と云い、笹村は初めて表情らしい表情を露わにした。

「どう云う——ことですか？」

「別な託宣をされたのですよ、彼の神は」

「別の——」

能面の顔はやや色を罔くした。

「彼が何を為ようとしているのかは知りません。ただ彼は、もう」

こちら側に戻っては来るまい。

「真逆、もう一度あの場所に？」

「さあ。行きたがっているようでしたが」

案内がないと行けないのだ。道が判らないのだったか。崖下から登ることは出来ないのだろう。つまり、崖下までは行けるのだ。しかし簗山はそれを告げることをしなかった。

「いけない。それはいつのことです」

「一昨日の夜ですよ」

寒川が去ったのは午後十一時を回っていた。

引き止めなかった。引き止められなかった。

「あの人は――行ってしまった。何処へ行ったのかは、私には判らない」

笹村は僅かの間沈黙し、それから解りました、と云った。

「お忙しいところお呼び出しして申し訳ありませんでした。その上、どうでも好いことまで語ってしまいました。ご対応戴き有り難う御座いました」

笹村は丁寧に頭を下げた。

そして、また頭を上げる前に簗山を見上げた。

「簗山さん」

「何ですか」

「祟りは御座いますよ。あなたがそれに就いてどのようにお考えなのかは判りませんが、充分に」

お気を付けくださいと笹村は云った。

——祟りか。

祟られたのかもしれない。

風が少しだけ春めいて来たとは云うものの、決して暖かくはない。それなのに築山は汗をたっぷりとかいていた。

それなのに、倦怠感や疲労感は薄れていた。

応接に戻ると、人が居た。ソファに座っている。

後頭部しか見えないが、見覚えはない。

男女の二人連れのようだった。

築山を認めた安田が、早足で近付いて来て、小声で——と、云うより無声音で云った。

「あんた、築山先生。何か悪いことでもしたのかね」

「悪いこと？　何か——とは」

「またあんたにお客さんだよ」

「え？」

声を上げると男の方が立ち上がって築山の方に顔を向けた。矢張り見覚えがない。

「あ——築山さん、ですか？」

「そうですが」

「ああ。あの」

連れと思われる女性も立ち上がった。幾分不安そうな表情である。

地味な出で立ちだが、未だ二十代だろうか。男の方はやや若いように見えるが、それは落ち着きがないからか。

前まで進むと、男はぺこぺこと卑屈そうに頭を下げて、僕はこう云う者ですと名刺を差し出した。

「探偵？　探偵と云うと」

「はい。東京の薔薇十字探偵社の主任探偵を務めております、益田龍一と申します。本日は少少お伺いしたいことが御座いまして、非常識にも職場にまで押し掛けてしまいました。お仕事中に、その、大変失礼致しますがですね」

「まあ座ってください」

「では時間を割いて戴けますかね？　ま、その、直ぐに済むような話ではありまして」

「ですから、お座りください」

築山は向かいのソファに座った。こう捲し立てられても返事のしようがない。

「私は慥かに築山公宣ですが――何でしょう」

「はあ。実はその、人を捜しております。こちらは依頼人の」

御厨ですと云って女性が会釈をした。

「みくりや――」

「はあ。こちらの婚約者の方がですな」

待て。その名は。

「みくりや、と云うのは、御と云う字に厨房の厨とお書きになるのではないですか？」

「はあ。そうです。こちらは御厨」

「冨美さん――ですか」

それは。

何故御存じでと云って探偵――益田は眼を剝いた。

「いや――では、あなた方は、いや、御厨さん、あなたは寒川薬局の」

ひゃあと益田は声を上げた。

「知っていますか寒川さんを！　冨美さん、中りです。大中りです。どうですか」

「どうですかって――」

御厨は苦笑している。

「あなたは――」

婚約者と云ったか。

「寒川さんは昨年の暮れから行方が判らなくなっているんです。それで――」

「この人は寒川さんの婚約者なんですか」

「はあ。そうですが」

「それじゃあ」

――あの。

ぶ厚い私信。

そして弁護士事務所の名入り封筒。

封筒に書かれた宛名は御厨冨美様、とあった。

「私は、あなたに宛てた手紙と書類を寒川さんから託されています」

「何ですって？」

「あなた方は喫茶店と――弁当屋で私のことを聞いていらっしゃったのではないですか」

笹村と一緒だろう。

目立っていたのだ。

益田と御厨は顔を合わせた。

「私は一昨日、寒川さんと一緒でした。彼は――」

寒川はもう。

「益田君じゃないか――」

背後で声がした。中禅寺が戻ったのだ。

「日光に来ていることは耳にしていたが、それにしたって何故こんな処に居るんだね」

「あ——中禅寺さん！　そうか、中禅寺さんの仕事先ってなァ此処でしたか。いや、まあ何と云う偶然と——云いますか、輪王寺ですからね、当たり前のことなんですか、これは」

お知り合いですかと問うと、中禅寺は片眉を吊り上げて、肯定したくはないですが否定は出来ませんねと云った。

「何か——判りましたか」

「うん、まあ——大体は。仁礼君の方の具合を見て、もう一日——二日調べれば、確認が取れます」

「あの、中禅寺さん、実はこっちの方も大進展でして、お仕事の話は少しだけ後回しにして貰えませんかね。やっと繋がりそうなんです」

それは関係ないよと中禅寺は云った。

鵼（六）

鳥が飛んで行く。

大きな鳥だ。緑川はその猛禽を目で追う。広げた翼は優雅であり勇壮でもある。

鷹か、鷲か、種類は判らない。

帰りそびれて既に三日。

見知らぬ土地で桃の節句を迎えることになろうとは思ってもいなかった。まあ、雛祭りを祝うような齢ではないのだけれど。

勿論(もちろん)、何をした訳でもない。

関口と久住が木場と云う刑事と出会い、益田と御厨が築山と云う学僧に出会った。そして関口と久住は捜していた桜田登和子の、益田と御厨は同じく捜していた寒川秀巳の情報を入手した。

そして緑川は築山を除く全員と接触している。

その事実は、恐らく緑川を監視している郷嶋にも知れたことだろう。

これで――。

出揃った、と云うことなのか。

ならば確実にあいこになったと云うことか。

榎木津の言葉は、通じ難(にく)い。しかしあの人が間違うことはない。なかった。今もないだろう。

あいこ、とはどう云う状態なのか。

榎木津はジャンケンのようなものだとも云っていたと思う。だからこそあいこと云う言葉も出て来たのだろうが、ジャンケンの場合、あいこは単なる引き分けである。

——違うか。

そもそも闘っている訳でもゲームをしている訳でもないのだし、ルールもないのであるから、勝敗など決めようもないのだ。勝敗なくしては引き分けもない。

この場合。

勝敗に擬(なぞら)えるとするなら、どうなるだろう。

謎が解ける——が勝ち。

謎が解けない——が負け。

と——云うことになるだろうか。

すると、引き分けと云うのは——。

解らない。

謎は解けるか、解けないかの二択でしかない。その中間と云うのはないと思う。解けたような解けないような――などと云う半端な決着はないのだ。それは、解けていないと云うことだ。どれだけ正解に近い数値が出ていようとも検算の度に――僅かでも――誤差が出てしまうような場合は、間違っているとしか云いようがない。

榎木津は先に進まなくなるようなことも云っていたと思う。ならば。

――そうか。

ジャンケンは、決着が付くまでは終わらないものなのだ。あいこでしょ、は、あいこでないくなるまで繰り返されるのである。

――そう云うことなのか？

緑川は考える。

榎木津は、今回は、と云った。今回とは何か。

何が起きているのか。或いは起きていないのか。

緑川自身は、大叔父の遺骨を引き取りに来ただけなのであり、本来的に謎も何も抱えていない。ただ、大叔父が起居していた診療所が権利関係の曖昧な物件であったため、手続きなどが多少面倒になったと云うだけのことである。その結果、医薬品を始めとする危険物や個人情報が記載された書類などをどう処分するかを、半ば責任を放棄した役所から済し崩し的に依頼された訳である。法的に正当なのかどうかは知らない。

その作業も済んだ。

だからもうこの土地に用はない。

尤も、不審火——放火と云う予期せぬ犯罪が間に挟まっていることは間違いない。

犯人は未だ捕まっていないが、築山なる人物の話に拠れば、火を着けたのは自分であると寒川秀巳が告白したようだ。現場付近で御厨が寒川らしき人物を目撃していることからも彼が犯人である確率は高いと思う。

後は警察の仕事である。

緑川は一応損害を受けた側ではあるのだが、本当のところは放火されたお蔭で手間が省けたと云うことになる訳で、寒川が捕まっても捕まらなくても困ることなど何もない。寒川が犯人なのだとして、その動機にも興味はない。

だから、終わっている。

緑川の抱いている謎はと云うなら、それはこの地に於ける大叔父緑川猪史郎の、二十年に亘る生活そのもの、と云うことになる。

そして、その大叔父の——気持ちだ。

気持ちは判るまい。死人の気持ちなど測れる訳もない。生きている人間であっても、直接話が出来たとしても、どれだけ詳しく訊いたとしても、その心の中など知れるものではないのである。

況て死人の気持ちなど、どれだけ斟酌しても解る訳はない。所詮は想像である。だが。

大叔父がこの日光で何を為ていたのかは、判るかもしれないのである。彼が何故、何のためにこの地に到り、何を為て、そして最期を迎えたのか――。

居なかった虎の児とは何か。

大叔父は何を諦めたのか。

何を望んでいたのか。

それは、謎である。

その謎は――識ることが出来るのかもしれない。

識る必要などまるでない。でも、識れることであるならば、識りたい。そう思った。

だから緑川は帰らずに、今も日光に居るのだ。

関口の場合はどうだろう。

関口は今回、傍観者でしかない。彼は、偶然知り合った久住加壽夫の心中を慮っているだけだ。関口には関口なりに何か思うところがあったのだろうとは思うが、それも、過去に関口が体験したのだろう某かの出来ごとと、現在の久住の境遇とを重ね合わせた故に生まれた感傷――と云うだけのものだろう。関口は記憶や感情の追体験をしているだけで、今起きていることとは何の関わりもない。

関口には、抱えている謎など何もないのだ。

では、その久住はどうか。

久住は桜田登和子から聞かされた不穏な話に心を掻き乱されていただけである。彼自身には探らなければならない謎などない。

久住の懊悩は、登和子の告白を事実と仮定し、その事実に対処することは困難だろうと云う予測に起因している。それは久住の内面の問題であり、他者が立ち入れる類いの問題ではない。

敢えて云うなら、登和子の告白が事実か否かが謎だったと云うことが出来るだろう。

だが、それは木場の聴き取りと診療所に残されたカルテに拠ってほぼ否定された恰好になる。登和子自身も、それに就いてはある程度自覚したものと思われる。

久住の懊悩は既にして消えたも同然、と云うことになるか。

しかし。

登和子が何故、偽の記憶に支配されるに到ったかと云う問題は残る。しかもその偽りの記憶は父親殺しと云う、とびきり不穏なものなのである。

加えて、その登和子の父――田端勲の死には、不自然な点が多多見受けられる。カルテから識れる田端の死因は、病死である。しかし関係者が記憶する田端の最期は、自殺なのである。ならば登和子の母、そして祖母が、田端の死を自殺に偽装した可能性はあるのだろう。

謎の女の存在も無視は出来ないか。

御厨はどうか。

御厨は、失踪した婚約者の寒川を探しているだけだ。寒川の居所、或いはその安否だけが知りたいこと——判らないこと——謎なのである。

それ以外のことは、本来御厨にとってどうでも良かった筈である。

寒川に就いては、失踪の動機も含め不明な事項が多多あるが、それは見付けた後に本人に質せば良いことである。寒川本人を見付けてしまえば、何もかもが済むのだ。

益田はどうか。

益田は御厨に依頼され、仕事として寒川を捜しているだけである。寒川の行方のみが益田にとっての謎であり、それ以外のことは御厨以上にどうでも良いことであった筈だ。寒川が発見されれば益田の仕事はそこで終わる。

だが益田は、捜す手掛かりを求め歩き、寒川の軌跡を辿っているうちに、そもそも寒川の抱えていた謎を引き受けてしまったようなのである。

寒川秀巳の抱えていた謎とは、即ち彼の父の死に関わる様様な不整合であり、延いては彼の父が日光で何を為ていたか、何を見付けたか、と云うことでもある。緑川と同じく、死者の声が聞きたかったのだろうと思う。死人の気持ちが識りたかったのだ。

寒川は未だ確保されていない。だが寒川の失踪中の動向は、寒川と面会している元刑事の木暮と、そして同じく彼と面会した築山から齎されている。

寒川本人が抱いていた謎は、寒川の中では解けている。

それが正解なのか否かは別として、寒川はそれを正解と信じている。

そして、益田と御厨は、多分寒川の意志に引き摺られている。寒川に至るためには彼が探り当てた真実を擦(なぞ)らなければならない。それが嘘であろうと間違っていようと、寒川がそれを正解と信じて行動している以上、関係はないことになるからだ。

他方、木場の追っている謎は全く異質なものだった筈だ。木場は二十年前に芝公園から消えたと云う三つの遺体の謎を追って日光まで来たのだ。

だがその謎の解答の一部は、益田と御厨に依って齎されている。消えた遺体の一つは、寒川の父である可能性が高いようである。

それを事実と仮定するなら、木場に与えられた謎は絞り込まれるだろう。

残り二つの遺体の身許と――そして何故そのような奇行が為されなければならなかったのか、と云うことである。

――何故。

そこで、それぞれの謎は重なる。

あの場所で何が行われていたのか――。

それは登和子の父の死に関わる謎であり、寒川の父の死に関わる謎であり、そして緑川が求めている大叔父の半生に関わる謎でもある。

そして。

郷嶋が暴こうとしていることでもあるのか。

――そうなのか。

それでいいのだろうか。

凡(すべ)ての事象に関わる者。

桐山寛作。

そして笹村市雄と倫子兄妹。

緑川は桐山に会っている。築山は笹村に会っていると云う。

築山公宣――。

築山は僧侶である。輪王寺で仕事をしているらしいが、輪王寺の僧ではないと云う。境内から掘り出された古文書の調査を委託されているのだそうだ。

その調査には中禅寺も関わっていると云う。

緑川は築山と云う人物とは一面識もない。

だから築山が何を思い何を求めているのかは、一つも識らない。識りようもない。

普通に考えるなら、彼にとっての謎は、調査している文書そのもの、と云うことになるだろう。彼は偶然寒川と出会ってしまったと云う以外、この件には何の関わりもないのだ。ない筈だ。

しかし、益田の話を聞く限り、築山は明らかにおかしかったと云う。彼は、寒川から何かしら狂気めいたものを引き継いでしまったのだろうか。それは判らない。しかし、立ち位置としての築山は矢張り無関係である。築山と寒川の関係は、関口と久住のそれと相似形だと思う。

ならば、関口がそうであるように築山もまた関係のない人間、と云うことになるだろう。

ただ、笹村市雄が築山の許を訪ねている以上――最早、彼も無関係ではない、と云うことなのか。ならば、築山も今回の場に出される駒の一つなのだろうか。三竦みか五竦みかは知らないけれど。

その関わり方は未だ緑川には見えない。

無関係な、ただの偶然なのだとも思う。

――中禅寺は。

緑川は、中禅寺に会っていない。

こんなに近くに居ると云うのに。

また、鳥が飛んだ。

こうして整理してみると、所謂謎と呼ばれるものは、あの診療所から先のエリアで一体何が行われていたのかと云うことに収斂されてしまうような気がして来る。それさえ判ってしまえば、何もかもが明確になる――そんな気にもなる。

それでいいのか。

それこそが榎木津の云うあいこではないのか。

しかし益田も御厨も、関口も久住も、木場も、そして多分築山も、それを謎として捉えることに疑問を持ってはいない。郷嶋も、斯云う緑川もまた、それを謎に据える道を選んでいるのである。

人工的放射性物質の生成とその人体への影響を量るための実験――。

極めて尤もらしい推論である。そして極めて非現実的な戯言でもある。

緑川の日常にそんなものの入り込む隙間はない。

それが尤もらしく感じられるなら、それは矢張り何かを見失っている状態――と云うことなのではないのか。但し、否定するような材料は今のところなく、裏付けるような情報は彼方此方に顔を覗かせている。莫迦莫迦しくとも、荒唐無稽であっても、だからこそ。

――信じるのか。

人は信じられないものを発見してしまった時、信じたくないが故に信じてしまうものなのかもしれない。

人は、見たいものしか見ないと云う。見たいものだけを繋げ、自分が見たい、自分だけの世界を創ることで、人は何とか生きている。

見たくないものは見ないのではなく、見えないのである。

だから信じられないもの、信じたくないものが不意に見えてしまった時、人は混乱する。

それは見たくないものではなく、見えなかったものだからだ。見えないものが見えてしまうと云うことは、或る意味恐ろしいことなのだ。だから人はそれを否定しようとして——。

それに関わるものだけを捜してしまう。

そんなものは捜せば幾らでもあるのだ。

結果、それだけを見てしまうことになる。それだけを見て、それだけを繋げれば、別の世界が見えてしまうことだろう。そうすると、それまで見えていたものが今度は見えなくなってしまう。

そして勘違いをするのだ。

こちらが真実なのだ——と。

そんなことはないのである。

それは、いずれも真実などではない。

人は元元偏った世界を勝手に創って勝手に生きているだけなのだ。問題なのは、何かを契機(きっかけ)にして複数の人間が同じ偏りを信じてしまうようなケースがある、と云うことなのだろう。

そうしたケースに於(おい)ては時としてその背後に何者かの意志が介在していることもあるものなのだ。だから厄介なのである。根も葉もない妄説や箸にも棒にも掛からない珍説が、時に大勢の支持を得て罷(まか)り通ってしまったりするのも、同じ理由だろう。

日光の僻処に秘密裏に造られた帝国陸軍の放射性物質生成所があり、そこで長年に亘り人体実験が行われていた——などと云う陰謀めいた極め付けの妄言は、本来一笑に付されて仕舞いのものである。

でも。

結局。

緑川を含む今回関わっている者の多くが、その妄言を否定出来ずにいる。

それは、証拠が次次に出て来たから——では多分ない。慥かに手繰り、探れば、それらしいものや言説に行き当たるのだ。しかし、彼等は、そして緑川も、行き当たったものしか見ていないだけだ。それが見たいのだろう。だからそれ以外のものが——。

——見えていないだけだ。

それは、死人の声を聞きたいと云う、恐ろしく無為な動機に因る偏向、であるのかもしれない。

登和子の父、寒川の父、そして大叔父。

二度と会うことの叶わない者達。

過去と云う時間に棲む、亡霊。

記憶に巣くう懐かしいもの。

緑川は、彼等が暮らす場所を探している。

過去へ遡り、記憶を手繰り、欠けている何かを埋めようとしている。埋まる訳はない。過ぎ去った時はもう戻ることはない。そもそも持っていない記憶は補いようがない。

無駄だ。

でも。

会いたいのだろう。

その気持ちが何かを覆い隠している。

何が見えていないのか、緑川には判らない。

幽霊に逢いたいか。

――化け物の幽霊。

郷嶋が云っていた。

そして久住もそう云った。久住は、それはヌエのことだと云った。ヌエとはあの嵌合体の(キメラ)ような怪物のことなのか。それともあの哀しい声で啼く鳥のことなのか。

ホテルの門前で空を見上げる。

もう、鳥は飛んでいなかった。

緑川は、日光榎木津ホテルの前に立っている。

平日であるにも拘らず、敷地内は如何(いか)にも行楽地然とした空気に満ちている。外国人観光客にとって曜日はあまり関係がないのだろう。事実賑わっているのだ。

一昨日訪れた時には気付かなかったが、ロビーの横に段飾りの雛人形が設置されていた。大柄な米国人の男女が、満面の笑みを浮かべ乍ら何枚も写真を撮っている。実に平和な光景である。これが日常であるのなら――。

――違うな。

日常と非日常を切り分けて考えることは無意味だと思う。そんなものは概念の中にしかない。現実は常に現実でしかないだろう。非日常などと云う切り取りは言葉遊びの逃避でしかないのだ。非日常と云う状況があるとするならば、それは常に二重写しのように日常と共存してあるのだ。十年前であれば、こんな光景は非日常だった筈である。その頃は、互いに鬼畜米英と誇りジャップと罵り、殺し合っていたのだから。米国人が和やかに雛人形を愛でる絵面など、想像することさえ出来なかったのではないか。

変わったのではない。十年前にもこの人達には異国の人形を愛でる素養はあった筈だ。そして今も銃を手にすれば互いに撃ち合うようになるのかもしれない。何を見るかは見る者次第なのだ。過去を見詰める者に取っては、この平和な情景こそが非日常となるのだろう。

昨日。

緑川はずっと宿に籠っていた。殆ど何も為なかったと云っていい。幼い頃の大叔父との記憶や、榎木津や中禅寺と過ごした時間の想い出――それはいずれも僅かなものでしかなかったのだが――を反芻していただけである。

昨日の緑川は過去しか見ていなかった。

夕刻、意外にも関口が訪ねて来たので、一緒に夕食を摂った。

関口は各人の動向を報告してくれた。

益田は日光中を駆け回って寒川を捜していたようだった。少なくとも数日前まで寒川が日光に居たことが確実になったからである。そうなれば足取りを辿ることは簡単だと益田は張り切ったようだが、成果はなかったようだ。

ただ、どう云う訳か御厨は同行しなかったようである。御厨は宿に居たらしい。

緑川同様、昔を見ていたのだろうか。

久住もホテルから出ていないようだった。久住は既に識るべきことは識ってしまったのだから、当然のことだろう。ただ、戯曲はまったく書けなかったらしい。

木場は日光警察署や役場を巡って、一日調べものをしていたらしい。

関口の話に依れば、木場と云う男は、標的と定めたものが具体的であればある程その能力を発揮出来るタイプであると云う。そんな木場にとって、謎を解くことは目的たり得ないのだ。それは対象を明確にするための副次的な行為でしかないのである。

関口自身は、榎木津に乗馬に誘われた——と云うか乗馬することを強要された——のだそうだ。ただ、乗馬は無料ではなかったらしく、関口はただ鬱鬱(うつうつ)と馬上の榎木津を見学していただけだったらしい。

関口の前を通り過ぎる際榎木津は、高価(たか)くて乗れなァい、と何度も何度も小莫迦にしたのだと云う。

慣れていますと関口は笑った。

榎木津は——榎木津云うところの今回、確実に部外者のポジションを貫く気でいるのだろう。

中禅寺は——。

そう緑川が問うと、あれは何か判ったんでしょうね、と関口は答えた。何が判ったのかと重ねて問うと、関口は勿論調査中の古文書のことですよと答えた。なる程それはそうなのだろう。

そう。彼も関係ないのだ。

そして。

今日、緑川は関口に呼ばれた。

関係者が集まって情報交換をするのだと関口は云うのだが、関係者と云っても果たして何の関係者なのかが判然としない。彼(あ)れ此(こ)れ整理してみると残された謎はただ一つ、あの陰謀めいた戯言が真実か否か——と云うことになってしまう訳だから、つまり関口の云う関係者とは、あの買収されたエリアの謎に関わる者、と云う意味になる。

関係がないことはない。

少しだけ迷ったが、参加することにした。

フロントに問い合わせると今日も応接室が貸し切られていると云う。榎木津は兄のホテルを完全に私物化しているようである。

応接室には陰鬱な顔をした関口と、同じように冴えない表情の久住が差し向いで座っていた。深刻な様子ではあったが、どうやら話題は久住の仕事のことであるらしかった。

全く書けませんと久住は云った。

「筆が乗らないとか、進まないとか云う以前の問題なんです。まるで摑み所がない」

だってヌエでしょうと云った。

「正体不明で何が何だか判らないのがヌエなんじゃないの？　あれ、そう云う喩えに使うでしょ」

「まあそうなんですが、それだけじゃなくて、その訳の解らないものの幽霊なんですよ。亡心と云うのですから」

「ああ」

化け物の幽霊か。

「怪物の鵼と云うのは、夜な夜な現れては帝の健康を害した訳ですね。先ず、その理由が判らない。悪心外道の変化となって仏法王法の障りとならん——と云うのですから、まあ反体制、と云うか邪悪な意志を持っていたのでしょうが——」

「そうなんじゃないの？」

「幽霊って、思い残したことや遣り残したことがあるからこそ出るものなんじゃないでしょうか」

「まあ、一般的にはそうなんじゃない？　幽霊なんか居ないだろうけど」

「ならば、帝を害し奉り、仏法の妨げになろうと云う所期の目的が果たせなかったから化けて――まあ元元化け物なんですが、幽霊になって現世に留まっていると云うことではないのでしょうか」

「まあ、理屈から云えばそうなるけどね。退治されて改心したんじゃないの？」

「それなら」

成仏してるんじゃないかなと関口が云った。

「そんな化け物が成仏するのかどうかは識らないけれど、少なくとも遺念を残すとは思えないけど」

「鵺は退治された後、空舟（うつぼぶね）に乗せられて海に流されたとも云うんですよね。そのまま海原を漂い、芦屋（あしや）に流れ着いたと云うんですが――」

「芦屋に流れ着いたと云う謂い伝えだか古記録だかがあると京極堂から聞いた覚えがあるけど。墓があるらしいが」

「お墓？　そんな化け物にお墓があるの？」

「まあ墓と云うか、塚なのかな。明治になって碑が建てられたとか云っていたと思う」

「碑——ねえ」

そんなものでも供養した、と云うことなのか。

「人だとしたらテロリストじゃない。まあ人だったら犯罪者でも人権はあるし、死ねば仏とも云うから供養したり回向したりするのは解るけど、お化けでしょ？　そんな碑まで建てて後世に残す？」

「そこまでは僕には解らないけども——京極堂が云うんだから、事実なんだろうとは思うけど」

「そうなんでしょう。能では、鵼の亡霊は芦屋の浜で旅の僧に回向を頼むんですよ。事情を聞いた僧は読経し、鵼は海中——なのかな。虚空なのか、消えて行くと云うことになる。反省したとか改心したとか、そう云うことではないと思うんですよね。なら何なのか」

「それはねえ」

死人の声が聞けた、と云うことか。

「それ、人の理屈で考えちゃ駄目なのかもね」

「人の理屈？」

「仏教って、人を救うものなんでしょ？　それから何？　帝？　そう云う身分や位階だって人間だけのものじゃないの？　それ、関係ないんじゃないのかな、人外(にんがい)には」

「では――」

「そうだねえ」

緑川は考える。

「化け物は人の理屈では量れない。帝の命を狙おうが仏法に背こうが、それは悪意じゃない。

「ただそう云うものだと云うだけなんじゃやない。神様が祟るのだって同じでしょ。意思の疎通は出来ないんだよ。でも」

幽霊になれば。

――そうか。

「幽霊ってさ、生きてる人が見るんだよね？」

緑川が問うと、二人は顔を見合わせた。

何を当たり前のことを問うのかと思ったのだろう。

「でも、居ないでしょ？」

「さあ。まあ、そうなんでしょうけど――」

「幽霊って、怨みやら未練やらを残したから出て来ると謂われがちなんだけど、それ、違うよね、居ないんだから。あれ、生きてる人が死人とコンタクトを取るために創られた装置なんじゃやない？」

「と――云うと？」

「だからさ。死んだ人とはどうやったって言葉は交わせないんだよ、関口君。墓参りしようが仏壇拝もうが、そんな気になる――と云うだけで、何もかも全部、生きてる人の想像な訳でしょ。そう思いたいと云うだけ」

凄い割り切り方だなあと関口が云った。

「そうだろうと思っても、中中そう瞭然とは云えないと思うよ」

「だって――もし大叔父の幽霊が出て来てくれたなら、私達は悩むことも探ることもしなくていいんだよ。大叔父は、あの場所で二十年も暮らして居たんだから、何もかも知っている筈。謎の解答も、秘密も、全部知ってるんだから」

凡てが解る。

「しかし、佳乃さんの大叔父さんは」

「そうね。別に怨みなんか遺してないと思う。でも未練はたっぷりあったと思うけどね」

諦めたんだろうか、本当に。

「それでも――出て来ないでしょうね」

緑川はもう一週間も大叔父の遺骨を枕元に置いて寝起きしているのだけれど、線香一つ上げる訳でもないし、拝むこともしていない。

扱いが悪いと怒って出て来ても良さそうなものだが。

「普通出て来ないんだよ、幽霊。だから物凄い恨みを持ってるとか非業の死を遂げたとか云う条件を付けてハードル上げてるんじゃないの？　それでも大概酷い殺され方した人だって出て来たりしないじゃない。出て来てくれたら犯人なんか直ぐ判っちゃうし、そうでなくても犯人祟られるでしょ」

関口君は祟られてるのかもしれないけどと緑川が云うと、関口は何とも云えない声を発した。

「人は、死んだらもう意思の疎通は出来ない。死人の声は聞けない。でも幽霊になれば、話が出来るんだよね？　つまり、幽霊ってコミュニケーションを取ることが不可能なものとコミュニケーションを取るための装置――なんじゃない？」

「はあ」

「化け物とはね、そもそもコミュニケーションは取れないんだよ。だから、わざわざ幽霊にしたんじゃないのかな？」

久住は少し口を開けた。

「その、能って、私は観たことないんだけどね。その辺は渇いた生活してるから。でも、そう云うものが能く出て来る訳？」

「ああ」

関口が答えた。

「幽霊が出て来る曲は多いと思う。僕も詳しくはないんだけれど、今で云う能楽の大成者である世阿弥が作った演目にも幽霊が出て来るものは多かったのじゃなかったかな。大正時代くらいからは夢幻能と云う括りで語られるようになったみたいだけど」

「夢、幻なんだ。他のはどうなの？」

「まあ幽霊ではなくても――能狂言には植物やら無機物やらが出て来ると思う。後は――狂人とか」

「ならさ。その能楽って、通常コミュニケーションが取れない対象と、演劇と云う装置を利用することで対話する仕組み、なんじゃないかな」

単なる想像である。何の根拠もない。

鵼の幽霊は恨み言を云うのと問うと、主に来歴を語るだけですと久住は云った。

「憎いとか恨めしいとか、思いを遂げたいとか、そう云うことではなくて――でも何もかも繰り言と云えば繰り言なので、怨嗟と取れないこともないんですけど、只管哀れと云うか」

――哀れか。

「まあ、退治された側だからねえ。なら矢っ張りその鵼と云う訳の解んないもの自身が、自らの来歴を語る――ってところが大事なんじゃない？　仏教も、反逆も、どうでもいいと思う。退治した側の云い分は残るけど、された側の云い分は残らないでしょ。それ以前に判らないでしょ。だから」

死人に語らせる。

それが出来ればどんなに良いか。

「敗者の歴史を残す――と云うことでしょうか」

「ううん、そう云うのとは違うんじゃないかな。結果的にそうなることもあるのかもしれないけど、結局死人は語らないんだよ。死人が語ってる態にしてるだけでしょ。つまり、演劇と云う装置を利用して想像するしかないあやふやな過去を裏付ける、と云うかなあ」

上手に云えないと云った。

「証拠を作ると云うか――そう云うと捏造みたいだよね。そうじゃなくって」

気持ちの問題かなあと云った。

「善悪とか正否とか真贋とか――そう云うことじゃなくって、鵺はただ哀しいんでしょ。さぞや哀しかっただろうと云う想像を、哀しかったんだと本人に云わせる訳よね。真相を暴露するとか、出て来て恐がらすとか、そう云う感じはしないけど――」

「何か通じました」

久住はそう云った。何がどう通じたのか緑川には判らない。

「すると、この先考えるべきは、その鵺の哀しみと云うのが何なのかと云うことになるんですよね。退治されてしまったとか、帝を殺せなかったとか、何故そんな邪悪なことをしたんだとか、そう云うことじゃあ」

ないんだろうなあと云って久住は頭を抱えた。

同時に扉が開いた。

益田が立っていた。背後には御厨も居るようだった。

「ああ。お三方、お疲れさまです。何か判りましたか？」

「あのな益田君。僕達は何も探索してないから。君が意見交換したいと云うから集まっただけだよ」

そんな云い方はないじゃないですか関口さんと云い乍ら益田は久住の横に座った。御厨は一拍空けて緑川の横に座った。何だか元気がない。

「まったく、人一倍デリケエトな癖にデリカシーに欠けるんだからこの人。少しは御厨さんの気持ちも考えて発言してくださいよ。僕は昨日から足を棒にして日光中を駆けずり回ってるんですよ。迷惑を承知で築山さんにもまた会いましたよ。聞き漏らしがないか、微に入り細を穿って訊きました。それでも見付かりません」

「それは益田君の探偵能力の問題なんじゃないの」

「み、緑川さんまで」

「だって、益田君こそ冨美さんと距離があるように見えるんだけど。大丈夫冨美さん？」

「ああ。まあ大丈夫です」

御厨の心境は、初対面の時から確実に変化しているように思う。

「もう、捜さなくて良いって云ったんですけど」

またそんなことを云う――と、益田は不服そうに云った。

「何故皆さん僕の能力を」

「君の能力はこの際問題じゃないだろう益田君。君は依頼人の意向を無視してるじゃないか」

「む、無視なんかしてませんよ関口さん。僕ァ榎木津さんじゃないんですから。大体、何故ここで諦めますか。こんな際まで来て」

「際なの？」

「際です。キワッ際です。探偵の勘と云うか、経験上、もう手の届く処に――」

「なら僕等の意見を聴くことなんかないだろう。君は何を躊躇っているんだ」

「ですから」

虎の尾ですよと益田は云った。

「虎の尾って何なんだよ」

「危険物ですよ」

益田は眼の奥に瞬時陰鬱を湛える。

この一見軽薄に見える青年も、実は関口と同種の闇を抱えているのかもしれない。

「つまり、益田君は寒川さんが築山さんに話したことを或る程度信じている――ってことかな？」

「し――」

信じていると云うことではなくてですねと云って、益田は一度御厨を見た。御厨は下を向いた。

「そんな阿呆らしい話、頭ッから信用したりしやしませんよ。一方で、それは最初の段階からある程度予測してたことでもあるんですよ。だって、何処を捲っても突いても陰謀めいたもんが顔出すじゃないですか。僕は寧ろ、否定しよう否定しようと努めてたんですからね」

「でも否定するような事実は出て来なかった――訳ね？」

益田は秋刀魚の腸でも食べたような顔になった。

「このキワに至って、ですよ。それで寒川さん本人からもそう云う話が出てる訳ですよ。これ、もしも本当だったら相当危険じゃないですか」

「そう？」

「緑川さんの診療所だって燃えたでしょうに」

「私のじゃないけどね」

のんびりしてるなあと益田は云う。

「あのですね」

もういいんですと御厨が云った。

「私、手紙を読んだんです」

「そうだ。そうですよ。ですから、何か手掛かりは書かれていなかったかって、尋いて——」

そんなもの書いてないですと御厨は云う。

「僕は読ませては——貰えないんですよね？」

読ませる訳ないでしょうにと緑川は云った。

「婚約者に宛てた私信でしょ」

「正式には」

婚約してないですと御厨は云った。

「私、お返事してないですから」

「それだって求婚されたのなら大差ないよ。返事してないから婚約者じゃないって云うんなら、それって恋文ってことじゃない。何故他人に読ませるのよ」

「そりゃ寒川さんを」

際なんでしょうにと云うと益田は黙った。

「もう戻らない——と書いてあったんです」

「え？　お得意の、捜さないでください、ですか」

「そうは書いてありませんでした。でも、寒川さんは財産の処分と譲渡、それから、今後も薬局を続けて行くための方法だとか、手続きなんかを細かく記してくれていて」

「あなたに譲る、ってこと？」

「ええ。入籍していればもっと簡単だったみたいですけど、私がぐずぐずしていて——だからかなり複雑になっちゃう感じで——でも、事情は全部弁護士さんに伝えてあるから相談に乗って貰えって」

「それって」

「寒川さん、急いでたんです」

「何故」

「病気だったみたいです」

「病気って——冨美さん」

「私が覧(み)たって能(よ)く判らないんですけど、診断書も入ってました。緑川さんに覧て貰おうかとも思ったんですけど、今更詳しく識っても」

ちょ寸暇(ちょっと)待ってくださいよ御厨さんと、益田が慌てた。

「それって、その」

「ええ。あまり長くは生きられないって手紙に書いてありました。今思えば、だからこそ私に求婚されたんだと思います」

「冨美さんに——相続させたいから？」

「そうみたいです。でも、自分がそんなに生きられない以上、それを報せないで結婚するのは詐欺みたいなものじゃないですか。だからあんまり強くは云えなかったんだそうです」

煮え切らない私が悪かったんですよね、と御厨は淋しそうに云った。

「だからお父さんの死の謎解きも急いだってことなんですかね。いや、そうだろうな」

益田は頭を搔き毟る。

「でもねえ。この期に及んでそんなのはなあ。反則ですよ」

益田はそして泣きそうな顔になった。

「僕はですね、姑息な卑怯者ですが、純情でもあるんですよ。ここまで引っ張って、突然にそれは、そんなの、泣いちゃうじゃないですか」

「ですから黙ってたんですけど」

ご免なさいと云って御厨は頭を下げた。

「冨美さんが謝ることじゃないよ。でもねえ」

慥かに、益田にしてみれば気持ちの落とし処がない——と云う気もする。

益田は前髪を搔き上げ、じゃあ依頼は取り下げですかと、小声で云った。

「もう、捜さないんですか。際なのに。と、云うかそれでいいんですか御厨さん。それが真実だとしたらもう会えないんですよ。この近所に居るのに」

「それは——」

御厨は眉を八の字にして、黙った。

「会いたくないかと云えば、会いたいです」

「なら」

「でも寒川さんの方はそうじゃないみたいですし」

そんな訳ないですよと益田は云う。

「求婚してたんでしょ。籍を入れてなくても、財産を譲渡するって云ってるんじゃないですか。これは大変なことでしょう。しかもご病気なんでしょ。心細いでしょうに。会いたくない筈——ないですよ」

「そうかもしれませんけど。慥かに益田さんの云う通り、大変な決心をしたんだと思うんですよね。だからこそ気持ちは尊重しなきゃいけないかなって」

「そうですけど」

「東京に居た時は何が何だか解らなくて不安なだけだったけど、益田さんと日光に来たお蔭で、色色解りましたし。それに——」

手紙を貰えましたと御厨は云った。

「もし先に手紙を貰っていたなら、私、探偵事務所には行っていないと思うんです。納得しちゃってたかもしれないです」

そうですか——と云って益田は肩を落とした。

「じゃあ、今回は無駄だったってことですかね」

無駄じゃありませんよと御厨は大袈裟に云う。

「来て良かったと思ってます。寒川さんの乗ったかもしれない電車に乗って、寒川さんが歩いた街を歩いて、寒川さんが会った人に会って――探偵に依頼してなかったらこんな体験は出来なかったんですから、益田さんには感謝してます。勿論、探偵料も経費もちゃんとお支払いしますし――」

「そう云うことじゃないですよ」

どう思います関口さんと益田は縋るように問う。

「慥かに君の気持ちは解るが、御厨さんの意志を尊重するべきだろうなあ。ただ、一つ云えることはだな、君がもう少し早く寒川さんを見付けていれば」

「仮定の話は止してください」

「そうだけどさ、益田君。関口君が云いたくなる気持ちも解るって。益田君あなた、意図的に本丸避けてない？」

「ほ、本丸って」

「虎の尾だか蛇の頭だか知らないけど、築山と云う人の話を信じるなら、寒川さんはあの場所に行ったように思うんだけど、私」

「あの場所――ですか？」

もう他に謎はないでしょと緑川は云った。

ない――筈だ。

「まあ、判らないと云うならもう何もかも判らないんだけどね。あなたが畏れてる場所こそが、寒川さんにとっても本丸でしょうに」

大叔父の診療所の、更に奥。

寒川の父が死んだ処。

燃える碑の下。

化け物屋敷。

「それは——そうですが——でもですね、そこに触れると、その危険が」

「診療所燃やされたけど、私はどうにもされてないけどね。取り越し苦労じゃないの？」

「しかしですね、笹村さんの御両親だって」

死んでねえと思うぞ、と木場の声がした。

瀟洒なドアを半分開けて、武骨な男が顔を覗かせていた。旦那と関口が云う。

「そこの小僧は、笹村兄妹の両親も寒川てえ人の親御さんも、謀殺されたと思ってるんだろう。それで恐がってるのじゃねえのか」

木場はドアを全開にして、眼を細め部屋を見回してから入室すると、妙に丁寧にドアを閉めた。

「今日も礼二郎は居ねえな？」

珍しく朝から出掛けましたよと関口が答えた。

木場は、空いていたセンターの椅子に座った。

「調べた。八王子での笹村市雄と倫子兄妹の生活実態は、ねえ。戸籍はそのまんまだ。転出した記録もねえ。まあ戦争挟んでるから散逸した記録もあンだろうし、役所だって不手際はあンだろうからな、丸抱えで信用は出来ねえかもしれねえが、それでもねえものはねえ。市雄も倫子も、八王子で暮らしてた痕跡はまるでねえのよ」

「どう云うことです？」

「どうもこうもねえ。焼けた家は借家だったから地主が直ぐに別の建物を建てちまった。新聞社に勤めてた社員は職を失って散り散りだ。一人は出征して戦死してるが、後の二人は行方が知れねえ。焼け出された筈の子供(ガキ)は——何処にも居ねえ」

「何処にも居ないって」

居ねえもんは居ねえと木場は云った。

「戸籍だけはある。でも学校に通ってたような記録はねえ。徴兵されてもいねえ。赤紙届けたってその住所に居ねえんだからな。行方不明扱いだ。市雄は出征してねえだろうな」

「そんなことあるんですか？」

「まあ——あるだろう。いいか。この国ゃあ戦争してたんだぞ。死亡届が出されてねえ死亡者なんか星の数程居るぜ。戦災孤児だの浮浪児だのだって、十年近く経っても全部把握出来てるとは思えねえ。それ以前に元から戸籍がねえ連中だって居るんだよ」

うんと昔からな、と木場は云う。

「それからな、戸籍やら生活の記録が意図的に抹消されちまった連中だって――居るぞ」

「抹消？」

「名前も経歴も消して仕事してる奴等ってのは居るんだ。簡単に云やァ秘密工作員だよ」

子供の話だろうに、と関口が云う。

「何だか話がズレちゃいませんか旦那？」

「ズレてねえ。いいか関口よ。両親が死んだ時、市雄は十二歳ぐれえだ。十二なら未だ独りでも生きて行けるかもしれねえよ。でも妹は生まれたばかりだぞ。誰かが育てなきゃ、死ぬぞ」

「兄が――育てたんじゃないか」

「それも、まあ不可能じゃねえだろうが、乳飲み子だからな」

木場は腕を組んだ。

「俺は赤ん坊なんざ育てたことはねえがな、妹の子供が生まれた時には能く見に行った。ありゃ壊れ物みてえなもんだろう。俺はそう思ったが」

壊れ物ですよと御厨が云う。

「私、空襲の時に子供が死んだんです」

「そうか。そりゃ――」

「爆弾に当たったとか火事に巻き込まれたとか、そんなことではなくて、ただ背負って逃げていただけなんです。でも、冷たくなってました」

御厨の表情に変化は余りない。

でも、この人は深く哀しんでいるのだ。そうした負の感情を心の奥の方に仕舞って生きる癖が付いているのだろうか。

哀しい時は泣けばいいのにと、緑川は思った。

「戦争なんかなくって、それで大事に大事に育てても、それでも駄目な時はあるんです。ですから無理ではなくても簡単でもないと思います」

「そうだな。戸籍を信じるなら、笹村倫子が生まれたのは火事の二箇月前だ。市雄が誰の手も借りずに独りで育てたんだとしたら、そりゃ相当に難しかった筈だぞ。でも、市雄も倫子も――ちゃんと居る」

木場はフロントの方に顔を向ける。

「倫子はこの旅舎で働いてるし、市雄はこの間まで俺の泊まってる安宿の向かいの部屋に連泊してたんだ。存在してる。居るんだよちゃんと。なら、何処かで育ってるんだ」

何処で育ったと木場は云う。

「その前にな、考えてみろ。市雄と倫子はこの日光の、桐山寛作とか云う爺に預けられていたから火事に遭わずに助かったんだ――とされてる」

「それが何か？」

「事件当時新聞社の従業員がそう証言したんだな。俺の上司も聴き取りをしたようだが、矢張りそう証言したそうだ。だからこれは誰も疑ってねえ。でもよ、生後二箇月の赤ん坊を他人に預けるか？」

どうだろうなあと関口が云う。

「場合に拠るのじゃないですか。預けるだけの理由があれば預けるかもしれないし」

「どんな理由だよ。豆腐買いに行くのに隣の嬶ァや向かいの婆ァに預ける訳じゃあねえんだぞ。何だって汽車乗って栃木県の親爺に預けに来るよ」

木場は緑川に厳つい顔を向けた。

「あんた、桐山と会ってるんだな」

「会ってますよ。偶然に。お齢の割に矍鑠としてたと云う印象だったけど——年齢を尋いた訳じゃないからなあ——あ」

緑川は、そこであの、診療所での老人の語りを思い出した。

「桐山さん、娘さんが居るんだよ。別居して二十年くらいだそうだから、その頃は未だ居たんじゃない？」

「居た——んだろうな」

木場はそう云った。含みがある。

「まあ、あんまり大勢に影響はない情報だね。まあ老境に差し掛かった男一人より娘が居た方が、やや乳児を預け易い環境だろうとは思うけど——それでもこんな遠方に生後二箇月の乳児を預けに来る積極的な理由にはならないか」

「そうだ」

益田が声を上げた。

「その、笹村さんのお父さんが主筆をしていた新聞社って、国体を批判するような記事を載せてたって鳥口君に聞きましたけどね」

「そうみてえだな」

「なら、特高警察に眼を付けられてたんじゃないんですか？　戦前の特高なんてもなぁ、あれギャングより質（たち）が悪いですよ。小林多喜二が獄死したのはその前の年でしょう。なら、身の危険を感じてわざわざ子供を遠くに預けた、とか」

「俺もな、最初はそう思った」

もう思ってはいないってことですねと緑川が問うと、思ってねえと木場は即答した。

「笹村兄妹の親父——伴輔が親から引き継いだ一白新報ってなァ、その小僧の云う通り特高に目ェ付けられるような小新聞だった。でもな、芝公園の遺体を運んだのは九分九厘（くぶくりん）特高なんだ。寒川って人の親父さんの死体を運び込んだのも、特高なんだろ？」

「木暮元刑事はそう云ってましたけどね」

「遺体の移動は特高が行ったてことだな。で、三つのうち一つは、理由は不明だが日光から持ち出されて、日光に帰ってる。残り二つはどうなった」

「そんなこたァ知りませんよ」

「そりゃお前さんには関係ねェだろよ。でもな、関係ねえのか？　同じ日に、別の特高が為したことか」

「そりゃあ――ねえ」

「死体は二つ余ってるんだ。余った二つが八王子の火事場から出た焼死体――だと、俺は思う」

「つまり、芝公園に並んで寝かされてた三つの遺体は、寒川英輔博士と笹村伴輔夫妻だったと云うことですか？」

　木場は違うと云った。

「三つの死体は何かを偽装するために用意されたものだったと俺は考えてる」

「な、何の偽装ですか」

「三体の遺体のうちの二体は笹村夫妻の身代わりにされたんじゃねえのか」

「笹村夫妻は生きていると云うんですか？」

「そう考えねえと辻褄が合わねえよ。芝公園から日光まで死骸を戻したのが特高だてえんなら、八王子に運んだのも特高だろうよ」

「いや、だから、拷問して殺してしまったから焼死に見せ掛けたとかじゃあ——ないんですね？」

「ねえよ。もし笹村夫妻を特高が殺したんだったら、そんな偽装をする必要はねえだろ。殺しっ放しで何の問題もねえ。国賊だ非国民だと云やあいい。偽装するなら生かすためだろ」

木場は内ポケットから煙草を出して、吸うぞ、と云った。

久住がセンターテーブルの灰皿を木場の前まで押した。

「笹村伴輔とその女房は、内務省の工作員だったんじゃねえのか。小新聞の主筆ってのは何を探るにしても何かと都合が好いだろ。操觚者ってのは、取材するもんだ。反体制を掲げてりゃ無政府主義者（アナ）も共産主義者（ボル）も気を許すだろうしな」

「間諜（スパイ）だったと云うこと？」

「そう云うことだ。笹村伴輔は、特高の標的じゃあねえ、味方だったんだ」

「でも、鳥口君は、笹村さんは理化学研究所の調査をしてたんだろう——とか云ってましたけどね」

「なる程な。ありそうな話だ」

ありそうなんですかと関口が問う。

「体制側だって一枚岩じゃねえんだよ。陸軍に海軍に、内務省だって、がたいがデケえからな。兵器だって何だって、開発競争ってのはあるさ。予算の配分だって違って来るしな」

「理研は民間でしょうに」

「民間だから独立してるってのは建前だ。そんなことはねえよ。あの時代に公正中立なんて無理だよ」

そう云えば——と益田が云う。

「木暮さんの話だと帝国陸軍の原爆製造計画である二号研究の二は、理研の仁科博士の二だとか」

「なら理研の後ろ盾には陸軍が就いてたんじゃねえのか」

「え？　つまり——笹村夫妻の雇い主は理研や陸軍と対立している勢力ってことですか？」

「待って」

緑川は思い出す。

「私の大叔父は理化学研究所に居た人です。理研を飛び出して、その訳の解らない怪しげなプロジェクトに参加するために日光に来たんです。理研を出た理由は判らないけど、でも桐山老人の話だと」

——前の職場の。

——何とか云う人と反りが合わなかったと。

——学問的な見解だかが相容れねえと。

そりゃあんた。益々繋がったって感じじゃねえかよと木場は云った。

「笹村は理研に探りを入れ、あんたの大叔父は離反したってことだろ。そうだ。その寒川って人の親父さんは、理研との関わりは——」

ないみたいですよと益田が答えた。

「どうやら孤高の植物病理学者だったみたいですな。まあ、放射線には詳しかったみたいですけども」

「なる程な。なら——敵でも味方でもねえ、予期せぬ余計な闖入者ってことか」

「それはどう云う意味ですか旦那」

「寒川——英輔か。その人は調査中に何か見ちゃいけねえものを見ちまったんだろう。そう云う葉書を息子に出してるんだろ」

御厨が首肯いた。

「その調査か？　そりゃ国の調査じゃあねえ、県レヴェルか、もっと下の仕切りだろ。連中は、真逆そんな調査が入るとは思ってなかった筈だ。だから脇が甘かったんだろうぜ。しかも悪いことに、寒川博士は放射線の、何だ」

「放射線測定器」

「それだ。そんなものを持ってた。小僧の言種じゃねえが、虎の尾を踏んだんだろう。だから——殺された。そうじゃねえのか。殺したのは多分、笹村伴輔だと、俺は思う」

「は？　だって笹村は」

「笹村伴輔はその時、日光に居た。そう考えた方が収まりは良いぜ。女房と子供も――一緒に、だ」

「ああ」

まあ、その方が自然ではあるだろう。

「そこら辺の事情はな、不明だ。だから俺の当て推量だ。だが、何らかの理由で、笹村は戸籍上死んだことにしなくちゃならなくなったのじゃねえか、と思うが、どうだ」

そのくらいのことはやりそうですねえ特高と益田が云う。

「汚れ仕事をさせてりゃ身辺に危険が及ぶからな。引き換えに身を護ってやる――そう云うことじゃねえのか。だから身代わりを用意した。本当は一家全員取り換えたかったんだろうが、丁度良い子供の死骸が手に入らなかった。だから」

「市雄と倫子は戸籍上も生きていると？」

「日光に預けられてたってことにしてな」

「じゃあ、桐山寛作はどうなるんですか」

どうもならねえと木場は云った。

「そんな男は居ねえ」

「居たじゃないですか。会ってますよ緑川さんが」

「その爺ィがそう名乗ってるだけだろ？」

「でも――」

「それが――」

笹村伴輔なんじゃねえのか、と木場は云った。

「へ？」

益田は水を掛けられた犬のような顔になって全員を見回した。

「と、齢が合わなくないですか」

「そんなもなァ幾らでも誤魔化せるよ。女優なんか鯖読み捲りだろ。親爺が十やそこら老けるのは簡単なことじゃねえか。いいか。桐山寛作はその、寒川博士が参加した調査団とやらの、山岳案内人をしてたんだろ？」

「そうですけど」

「見張ってたんだろうよ。拙い処に踏み込まねえように、余計なもの見られねえように。でも、寒川は見付けちまった。だから――始末した」

「笹村伴輔はそのお役目のために調査団に送り込まれて、家族で日光に来ていたって云うんですか？」

「大した理由もなく栃木の爺に乳飲み子預けるよりはありそうな話じゃねえかよ」

「そうですけど――いや、そうですか？」

緑川はその人に会って、話もしているのだが――。

「それからな、笹村の女房。戸籍上の名前は澄代と云う。この女の素性が――判らねえ」

「判らないって」

「まあ、婚姻の日付、生年月日や父母の名前までは判るようだがな。そこから先が辿れねえんだ。女房の両親の戸籍は、ねえんだよ。出生地は」

木場は手帳を開いた。

「栃木県上都賀郡だそうだ。この辺よ」

「里帰り――だったと？」

「そうなのかもしれねえ。で、俺の考えじゃ、田端勲に良くねえ仕事を斡旋していた女ってのが、この笹村澄代なんじゃねえかと思うのよ。それなら、買い取られた側から来るってのも判る。緑川――さんだったな。寛作と名乗った爺があんたに云った娘ってのは、本当は女房のことなんじゃねえか」

「それは私には判断出来ないけど――」

「ううん」

益田は腕を組み、それから関口と久住を見較べるようにした。

「どう思いますか」

「まあ、破綻はしていないと思う。不自然な部分もないね」

「そうですけど。御厨さん――」

御厨は額に指を当てて斜め下を向いていたが、やがて顔を上げ、刑事さん、と云った。

「それじゃあ、寒川さんがお墓参りの時に出会った笹村市雄さんって、寒川さんが探してた案内人の桐山さんの、息子さんだったたってことですか？」

「俺の推量通りならな」

「じゃあ寒川さんは」

騙されてたってことですか——と御厨は云った。

「ああ。騙されてるな。笹村市雄は最初から騙すつもりで寒川秀巳に近付いたとしか、俺には思えねえ」

それ酷いですと御厨は云った。

「でも、何のために騙したんです？」

「それは判らねえ。ただ、嘘は吐いてるし、隠しごともしてるだろうよ。それにな、笹村市雄だけじゃねえんだ。妹の倫子も桜田登和子に近付いてる。登和子が父親殺しの妄想に取り憑かれた契機は——倫子が作ったんだ」

「それは本当ですか」

それまで黙って話を聞いていた久住が木場に向き直った。

「それはどんな——その」

それも判らねえがなと木場は云う。

「どんな暗示を掛けたのか、どうやって誘導したのか、催眠術だか何だか知らねえがな。倫子が一枚咬んでることだけは間違いねえよ。登和子が休み始めてから、ずっと倫子もこの旅舎に来てねえ。今日も無断欠勤だそうだ」

「しかし」

「いや、久住さん。人と云うものは、意外に簡単に操られてしまうものなんですよ」

関口はそう云った。

「操ってどうするんです。何がしたいんですか。彼女を悩ませて、何の得がある」

「あの女ァもう少しで死ぬところだったんだぞ」

「でも」

緑川は口を挟む。

「助けたのはお兄さんの方じゃなかった？」

それだって裏があるんだと木場は云う。

「大体、仏壇屋の裏手は表通りから見えねえ。裏道に回ったって見えねえ。何で登和子が首吊ろうとしてるのが判った？　吊るの知ってたとしか思えねえよ。大体その後、登和子は三度も死のうとしてるんだ。そっちの方は放置だ。郷嶋が止めてなきゃ、今頃あの娘は——祖母と並んで壺の中だぜ」

郷嶋が止めたのか。

「いいかい御厨さん。どうであっても、寒川さんが笹村に誑かされてることだけは間違いねえ。目的も何も皆目判らねえが、笹村市雄って狸は必ず何かを企んでいて、必ず人を謀っているぞ」

御厨は何故か悔しそうな顔になった。

結婚まで考えた相手から一方的に絶縁を云い渡されても、その人の命の燈火がそう長くは保たないと知っても、それでもこの人は何かを押し込めて堪えていた。なのに、その人が騙されることは我慢出来ないのだ。

「あのね、木場さん」

突然緑川が名を呼んだので、木場は少し驚いたようだった。

「昔の話はまあ解る。その、私の大叔父が参加していたらしい秘密のプロジェクトが過去にあって、秘密の漏洩を防ぐために殺人を犯したり非合法な諜報活動してたりしたと云うんでしょ？　笹村さんのお父さんが。でも、息子の方は何が為たいの？　寒川さんにしても登和子さんにしても、放っておけば関わって来ない人達でしょうに。わざわざ焚き付けるようなことを仕掛けるって、怪訝しいと思うけど。それとも、そうしなきゃいけない何かがあるのかな？」

「それはあるんだろうがな」

何かは判らねえよと木場は云った。

「ただ、一つ考えられるとすれば、二十年前の秘密計画が未だ終わってねえか、また発動したってことじゃねえのか」

結局そこか。

「ならさ」

緑川は思う。慥かに、これでは堂堂巡りだ。あいこでしょ、の繰り返しだ。

「もう、行くしかないんじゃないのかな」

「何処に」

「全員が抱えている謎の場所。旧尾巳村の買収エリアの奥。化け物屋敷だっけ。診療所は焼けたけど其処は未だ誰も足を踏み入れてないんでしょ。ずっと思ってたけど、何故さっさと行かないのかな？　益田君は臆病なだけだろうけど、木場さんは強そうだし、国家権力なんだから平気でしょう。それに、ほら、寒川さんが見付けたんでしょ。サイクロトロンあるなら覧たいし——と緑川は云った。

「見たいってお前さん——」

「能く知らないけど、仁科博士が造ったサイクロトロンって、GHQが全部破壊したか、投棄しちゃったたって聞いたよ。其処に本当にあるんなら、それ、日本で唯一残ったサイクロトロンじゃない」

「いや、物見遊山じゃねえぞ」

私はもう行楽で此処に居るのと緑川は云った。

「用事は済んでるから。ただ一つ心残りがあるとするなら、それは」

死人の声を聞くこと。

「大叔父がこの土地で何を為ていたのか、それが判らないと云うことくらい。そんなこと識る必要なんか全くないいんだけど」

でも、識りたい。幽霊と話がしたい。

「何故か、識っておきたい気分なのね。だから判るのなら行ってみたいと思う」

「でも緑川さん――」

私は行ってみるけどと緑川は云った。

「益田君は無理して行かなくていいよ。もう寒川さんを捜す必要なくなったんだから。久住さんも、登和子さんが落ち着いてる以上はもう心配ごとはない訳だし、関口君は最初から関係ないんだし。木場さんは気にしてるみたいだから――なら行くべきなんじゃない？」

「あんたな」

木場は細い眼を更に細め、鼻の上に皺を作った。

「遊びじゃあねえ――と、云いてえところだが、俺だって正式に捜査してる訳じゃねえ。俺だって名目上は休暇中、同じく行楽だ。立場ァ変わらねえ。別に今回は――刑事事件が起きてる訳じゃやねえし」

そう。

二十年前の事故と、不審な出来ごと——。

十六年前の妄想の殺人——。

それを除いてしまえば、何も起きてはいないのである。木場は幾つかの殺人を示唆するがそれも凡て過去の出来ごと、しかも公訴時効を過ぎている。

「ちょっと木場さん」

益田が腰を浮かせた。

「緑川さんも。慥かに今回は連続殺人事件でも猟奇殺人事件でもないですよ。探偵長が出るまでもない人捜しと、まやかしの記憶でしょうよ。でも」

「でも、何？」

「何が何だか訳が解らないってことでは特級じゃないですか。陰謀だの原爆だのなら僕等の手に負えるもんじゃないでしょうに。その、そうだ、中禅寺さんは何してるんですか、関口さん！」

「仕事してるんだろ」

ああ、と云って益田はまたソファに沈んだ。

「あの人はなあ。本だの書物だのの方が大事だからなあ。毎度のことですけど」

「だから益田君は行かなくていいって。私と、木場さんが行くから」

「私も行きます」

御厨が云った。

「冨美さん、あなた」

隣に座っていた冨美は緑川に顔を向けた。

「そこは寒川さんが行った場所なんですよね？」

「そうだね。築山さんとかの話を信じるなら。でも——其処にもう寒川さんは居ないでしょう。もう一度行ったんだとしても、築山さんが寒川さんに会ったのは先週の土曜でしょ。日が経ち過ぎてる」

「寒川さんに会いたい訳じゃないんです。それは」

もう——諦めているのか。

「ただ、私も識りたいから」

「行ったって何か判るかどうかは判んないよ。もし其処に、その陰謀だか秘密計画だかの証拠があったのだとしたって、より一層謎が深くなるだけ——のような気もするし」

いや。多分そうなのだろう。発生の過程で嵌合体(キメラ)となってしまった個体は、もう二度と分離することは出来ないのだ。ならば、いつまでも——。

いつまでもあいこを繰り返すのか。

以津真天

◎以津真天——

廣有
いつまで〳〵と鳴し
怪鳥を射し事
太平記に委し

——今昔畫圖續百鬼／巻之下・明
鳥山石燕（安永八年）

まだ夕刻と云うには早く、しかし薄曇りの陽光は既に世界の隅隅（すみずみ）を照らす程の力を持っていない。逢魔刻（おうまがとき）が近い。

日光の山は雄大と云うより荘厳で、深いと云うよりも、濃い。

黄昏（たそがれ）は万象の境界を曖昧にさせる。何もかもが微闇（うすやみ）に溶け出し始める。しかし山山だけは猶（なお）その輪郭を清澄に保っている。

聞けば、日光の山はそれぞれに神仏として顕現するのだと云う。

しかし山の姿を眺望していると、それは逆なのだと云う気がして来る。

神も、仏も、概念である。それが不敬と云うのであれば、現世に御坐（おわ）すものではない。

仏像もご神体も、寺社も、不可視である神仏やその威徳霊験を象徴し崇めるだけのものであり、神仏そのものではない。

でも、山は厳然としてある。

山はまた、人が造りしものではないし、人知の及ぶものでもない。象徴でも具現化でもない。神仏と云うこの世ならぬ霊妙なるものを現世に顕現する——それが山だ。

鳥が啼いた。

――鵺だ。

ひい、ひょうと啼く。

物悲しくて、淋しい。

でも、山はそんな人のちっぽけな感情など呑み込んでしまう。跳ね返すのでもなく癒すのでもない。山は、ただ有る。

輪郭が溶け出した町を過ぎる。人家らしきものが徐徐に数を減らして行く。既に空や大地と見分けが付かなくなっている村を通り過ぎる。

荒れ地に石の道標が立っている。

旧尾巳村の、村外れだ。

右手が徳山丑松の家だ。

左側には桜田登和子の家がある。

その先が――何者かが買い取った土地だ。

先頭を歩いているのは木場である。木場を弾除けのようにして益田が続く。緑川は御厨に付き添うように歩いている。そのつもりでいるのだが、身長差があるから、親子連れのように見えているかもしれない。後ろを見ると、矢張り陰鬱な顔付きの関口が居た。久住は登和子の家の前で立ち止まり、建物を眺めていた。

山が近い。この村は山の裾野にあるのだ。いや、この場所はもう山懐と云うべきなのか。

大叔父の過ごした場所である。

診療所が見えて来た。

割れた硝子は綺麗に片付けられており、入り口には板が数枚打ち付けられていた。

警察のしたことだろう。

少しだけ診療所の外観を眺めて、先に進んだ。廃屋。人が住まなくなれば、家は死ぬ。何もせずとも窓硝子は割れ、戸板は外れ、瓦は落ちる。診療所がそれ程荒廃していなかったのは、大叔父が去年まで生活していたからなのだろう。

更に進むと。

「この家は使ってる」

関口が云った。

「どう云うことですか」

久住が問う。

「これまでの廃屋と、傷み具合が違いますよ。此処までの家は、もう住めないですよ。壁も崩れているし屋根にも穴が開いている。既に完全な廃虚ですよね。でもこの辺のは、ほら」

関口は戸に手を掛けた。

「未だ戸が開く」

関口は玄関を覗き込んだ。

「とは云え、かなり長期間に亘って放置されている感じだけど」

「此処が買い取られたのは昭和八年だとか、徳山さんが云ってましたよね。二十年以上前ですよ」

「二十年放置されていたようには見えないな」

それは——。

「作業員か研究員か知らないけど、そう云う人達が使ってたんじゃない？　敗戦の前くらいまでは五六人は人が居たって、例の桐山さんが云ってたし。それでも十年以上は経つ訳だけど——」

緑川がそう云うと、関口は納得したようだった。

「そんなもの——かもしれない。そう変わらないかもしれないけど、十年と二十年じゃ倍違うよ」

「それって、この場所で」

何かが行われていた裏付けってことですねと久住が云った。

「村に近い方は使われていなかった——と考えていいようですね」

「この辺からは、もう村はまるで見えないからね。つまり、村からも見えない。あの診療所も——この辺からはもう見えないなあ。診療所を境にしてるって感じかなあ」

戦中は番人みてえに此処で何やらを守って——。

桐山はそう云っていた。

本当に番人だったのか。

前方を見ると屁っぴり腰の益田がこちらを向いていた。その先に木場の大きな背中が見える。立ち止まっている。木場越しに見えるのは。

山である。

「そんな家、ないですよ」

益田が情けない声を発する。

「これ見て下さい、緑川さん」

益田が路肩を指差す。

「何？」

「道標ですよ石の。それから何か、地蔵」

それは地蔵じゃないよと関口が云った。

「じゃあ何ですか」

関口は緑川を追い越し、その石仏のようなものに近付いて、屈んだ。

「道祖神(どうそじん)——いや、塞(さい)の神だなあ。何か元元此処にあったものじゃない感じだけど」

其処(そこ)にあったんじゃないですかと久住が益田の足許を指差した。

土に半分埋もれた石の台座の残骸のようなものが草の間から顔を出している。

「そうだな。つまり、此処が村の境界——旧尾巳村の村外れと云うことかな」

「じゃあないじゃないですか、屋敷」

益田は自分の足許を見て右足を上げた。

「こっちだな」

木場は右を向いてそう云った。

「そっちは山ですよ木場さん」

「いや。道はあるし、未だ結構平地だぜ」

木場は藪を漕ぐように歩き出した。

「平らだとか云う問題ですかね」

不平を垂れ乍ら益田が続く。緑川と御厨、関口と久住も後を追った。

「徳山さんはこの先を行った村のどん詰まり——みたいなことを云ってましたよね、関口さん。しかも大きな屋敷だとか」

「あの人は嘘を云わないでしょう。それに丑松さんは、慥かその屋敷はこの集落の続きでもない——と云っていたと思います。村からは少し離れているんだと。つまり」

「つまり——何です？」

「その屋敷は、いずれにしても村の外にあると云うことですよ」

関口は背後の塞の神を指差す。

「彼処が、村の終りなんですよ。丑松さんの話だとこの尾巳村の人達は土地に執着がなかったようですよね。近年入植した人が多かったと」

「ああ。代代住んでる人は少なかったとか」

人は居なかったんじゃないかなと関口は云った。

「徳山家も、あの家を買ったのは丑松さんのお父さんだと云っていたでしょう。つまり、精精大正時代と云うことでしょう。でも、その屋敷は明治になる以前からあったのじゃないかと云っていた」

「それって――」

「ですから、明治以前、この一帯は無人で、その屋敷しかなかったんじゃないのかな」

「そんな、山の中の一軒家じゃないんですから。そもそもそんな、江戸時代でも、そんな勝手が出来たんですか？　此処は」

「山――だったんじゃないかな、久住さん」

「山って」

あったと云う益田の声がした。

御厨が歩を早めたので緑川も続いた。

樹樹の間にそれは見えた。

大きい。民家――ではない。茅葺きなのか。緑川は建築様式に乏しいが、それでも百姓家や商家でないことだけは判った。

生け垣――だったらしいものに囲まれている。ただそれはもう、繁茂した雑多な植物の壁に過ぎなかった。その切れ目に木場が立っていた。

緑川は小走りになって、木場の横に出た。

建物の入り口の前に。

郷嶋が立っていた。煙草を燻らせている。

木場が睨み付けている。

「郷嶋。通せんぼかよ」

「違うよ」

「じゃあ律義に法律を遵守してるんですか」

郷嶋は顔を顰めた。

「誰かは来ると思ってたが、あんたも来たのか、緑川さん。残念だがそれも違うよ。俺は帰るところだ。もう、此処に用はない、なくなったんだ」

郷嶋はそう云って煙草を投げ捨てて踏んだ。

「そうですか。私達はこれから住居不法侵入をしようとしているんですけど、公僕が一緒なので――見逃してくれますよね」

「勝手にしろ。それに此処は住居じゃない。所有者は居ないよ」

「買収した企業だかが持ち主じゃねえのかよ」

「俺が報告を済ませれば凡ての権利は失効する。そうなれば此処は国に接収されることになる。今まではな、アンタッチャブルな場所だったんだ。ただ、その理由が判らなかった」

「判らねえ？　記録ぐらいあるだろ」

「ないんだよ。だから俺は調べてたんだ。でも、もう判ったよ。この建物は潰すしかないだろう。そして此処は——正式に国立公園の一部になるんだ。だから、見学するなら今のうちだぞ」

「意味が解らねえよ。おい」

「自分で確かめろよ。まあ、お前達が見ても判らないだろうが、中の男が丁寧に教えてくれるだろ」

——中の男？

誰か居るのかと木場が問うた。

「だから自分で確かめろ」

郷嶋は吸い殻を踏み躙ると木場の前に立った。

「通せんぼしてんのはお前だよ木場」

木場は素直に退いた。

郷嶋はそのまま進み、御厨に一瞥をくれた。

「寒川秀巳はもう此処には居ないぞ。あの男は」

判っていますと御厨は答えた。

「そうか。まあ――」

確りやれと云って郷嶋は関口に顔を向け、

「あんたは温順しくしてろ」

と捨て台詞のように云って、樹木の蔭に消えた。

木場は既に玄関に立ち入っていた。

「土足で構わねえよな」

誰に尋くでもなく云う。云い訳だろう。

武家屋敷みたいですねえと益田が呟く。どちらかと云うと書院造りに近いと関口が云った。

緑川は寺院のようだと思った。

ひい、ひょう。

鵺が啼いている。もう、日暮れは近い。

長い廊下。

何処までも続いている襖障子。

木場は一番手前の障子を開けた。

広い。そして、微昏い。仕切りが総て取り払われているのだ。畳ではなく、板間だ。大きな寺の本堂と云う感じだが、緑川の知るどの寺のそれよりも広いだろう。

そして——。

床には何かが落ちている。いや、落ちているのではない。これは——。

「ケーブル？」

「そうみてえだな。俺はこれと同じような床を見たことがある。板間じゃなかったがな。其処は陸軍の研究所だった」

何本もの黒い線が床を横断し、縦断している。とびきり太いケーブルが、広い板間を分断するように大きなカーブを描いている。

「関口。足引っ掛けるなよ」

木場はそう云った。

足許から視軸を上げる。

澄んでいるのに視界が奥まで届かない。

「誰だ」

人が居る。

部屋の中央に人が立っていた。

僧形——なのか。そう見えた。

僧は、背を向けて下を向いている。何かを見ているようだった。足許が朦朧と明るい。だから室内は均一に微昏いのに、逆光になっているのだ。でも法衣を着ていることは間違いないようだ。

「築山さん？」

益田が云った。

「築山さんですよね？」

益田は駆け寄ろうとしてケーブルに足を取られそうになったが、体勢を立て直して慎重に僧に近付いた。僧は身じろぎもせずに床を見下ろしている。

全員が真ん中に移動した。

どうやら板間が四角く切られているのだ。巨大な囲炉裏のようなものである。五メートル角くらいはあるだろうか。広い板間にうねうねと這うケーブルは、総てこの正方形の奈落の底に引き込まれているようだった。

僧――築山公宣はその縁に立って、下を見ているようだった。

「築山さん」

益田が幾ら声を掛けても築山は顔を上げない。

益田は結局、築山の視軸の先を追った。木場も前に出る。関口と御厨、そして久住は躊躇しているようだった。緑川は築山の横に出て、下を覗き込んだ。其処には――。

「機械？」

鉄。巨大な円。部品。歯車。縺れたケーブル。

巨大な鉦のようなものが中心に置かれている。

「これ、サイクロトロン――」

「の――残骸です」

奈落の底から能く響く声が聞こえた。

装置か何かの上に、闇が腰掛けていた。

顔が影になっている。でもそれ以外も黒い。築山の法衣よりも猶玄い。床下の薄闇よりもずっと暗い。

男の背後に明りがあるのだ。

いや――それだけではない。

黒い着物に黒い羽織。黒足袋に黒下駄。鼻緒だけが赤い。闇を纏った男は背後に置かれた手燭を黒い手甲を嵌めた手で取って、己の前に掲げた。

「出た」

緑川は思わずそう云ってしまった。

「中禅寺さん！」

益田が這い蹲るようにして穴の縁から顔を突き出した。

装置らしき匣の上には、中禅寺秋彦が腰掛けていた。

まるで地獄の底から這い出て来た魔物の如き悪相である。

「中禅寺君――なのね」

「緑川君。こんな処で再会することになろうとは僕も思ってもいなかった。お久し振りです」

「おい京極。てめえ何やってんだよコラ」

「憑き物落としですよ旦那」

「つ、憑き物だァ。いい加減にしろ。此処を何処だと思ってるんだよ。てめえ――」

此処が何処だか御存じなんですかと云って、中禅寺は立ち上がった。

「そりゃお前――」

「僕は、この築山君に取り憑いた悪いものを落としていたんですよ。彼はね、寒川さんからそれを引き受けてしまったようだ」

そう云った後、中禅寺は手燭で順繰りに穴の縁に並んだ者の顔を照らした。

「なる程。こいつは面倒だな。一つずつならどうと云うことはないが、こうなってしまうと」

少少厄介だなと中禅寺は云った。

「そもそも関口君は関係ないだろう。何故こんな処にまで来るんだ。聞く限り久住さんの一件も終わっていると思うのだが」

「京極堂。君は何を知っているんだ。今回の一件に何か関わっているのか？」

「あのなあ。今回の一件と云うのは何のことだね関口君。僕は日光に仕事のために来て、仕事をしていただけだ。そもそも何も起きていない」

「そんなことはないだろう。その——」

御厨さんですね、と中禅寺は云った。

関口は黙った。

「寒川秀巳さんの婚約者でいらっしゃるとか。築山君から聞きました。寒川さんは——」

判っていますと御厨は答えた。

「私、寒川さんを捜しに来た訳ではないんです。私は、その、寒川さんの辿った足跡を——」

「そうですか。大変残念ですが、僕は寒川さんから憑き物を落とすことが出来ませんでした」

「憑き物——ですか？」

「ええ。それ以前に、僕は彼に会うことすら出来なかった。気付くのが遅過ぎました。彼のことを知ったのは、築山君の異変に気付いた後だった」

「おい。相変わらず回り諄え上に解り難いな、てめえは。この坊さんに何が取り憑いたのか俺は知らねえがな、それで何だってこんな場所に居るのか尋いてるんだ。説明しろ」

「これを見せる必要があったんですよ。この不細工な装置を破壊したのは寒川さんだ。彼はこれが本物だと信じ、信じたからこそ壊して——」

山に分け入ったんですと中禅寺は云った。

「山に——ですか」

「そうです。この日光の山に。補陀落山にも喩えられた聖域に——入ってしまいました」

「山に行っちゃったんですか」

御厨はそう云って、床に座った。

「此処には——来たんですね」

「ええ。彼は——もう戻らないでしょう」

「中禅寺君」

緑川は呼ぶ。

「あなた、私が何故此処に居るのかも、識っているの？」

「榎木津から聞きましたが——例に依って何だか解りませんでしたよ。でも、郷嶋君に聞いて理解しました。こんな偶然もあるのかと驚いたけれど」

「そう——だよね」

「何でもいいから説明しろって。それがてめえの役割だろうがよ」

「仕方がないなあ。じゃあ」

纏めて落とすよりないなと云って、中禅寺は装置の上に乗り、穴の縁に手燭を置くと、縁に手を掛けて奈落から上がって来た。乱れた着物を直し、埃(ほこり)を払う。

「この奥に少しはましな部屋がある。そちらに行きましょう」

中禅寺はそう云って、大広間の先に進んだ。

廊下を進む。明りは先頭を行く中禅寺が手にした手燭だけなので、迚も心細い。どのような間取りなのかまったく判らなかった。築山は無言のまま、何か熱に浮かされたかのように歩いている。

中禅寺が板戸を開ける。矢張り板の間である。二十畳くらいの広さだろう。暗い。中禅寺は部屋の隅に屈んだ。やがて黒衣の男の影が部屋に広がった。

明りが点けられたのだ。

「これは――多分、寒川さんが買い求めたランタンですね。健康管理所――診療所の書類を確認するために買ったものでしょう」

中禅寺は手燭を吹き消し、ランタンを中央に置いた。

木場が中禅寺の向かいに胡坐をかき、その右横に益田が座った。関口と久住は壁際に、御厨は隅に座った。築山は半端な場所に立っている。緑川は少し考えて、木場の左側に落ち着いた。中禅寺は座らず、窓の障子を開けた。

外は未だ少し明るかった。岩肌が見える。山だろう。岩の上には木が茂っている。川が近いのか、せせらぎが聞こえる。

「平安の頃――」

中禅寺はその夕暮れの山を観乍ら、語り出した。

「都に黒雲が涌いた。それは清涼殿の上空に至り毎夜毎夜奇怪な声を上げ、帝を苦しめたと謂います」

「また——関係のねえ話か」

「ええ。関係ないんですよ」

全部、と中禅寺は云う。

「御所に御坐した二条天皇は遂に疾になってしまいます。そこで弓の名人、源頼政が召し寄せられ、この黒雲を祓うよう命じられた」

「弓でかよ」

「これは弓を使った呪術です。八幡太郎義家が弓を鳴らして怪事を退けたと云う故事に倣ったものと謂われます。弓を鳴らすと云えば、弦打、鳴弦なのでしょうが——頼政は違う呪法を使ったようです」

「中禅寺さん、それは——」

久住が声を上げた。

「それは、鵼の——鵼の逸話では」

「ええ、そうです。久住さんがずっと頭を悩ませている能、『鵼』の題材となった話です」

「そんなものは」

「ええ」

関係ありませんよと中禅寺は云った。

「頼政は、弓の名人です。四代前の豪傑、鬼退治で有名な源頼光より受け継いだ名弓、雷上動も持っていた。だから——鳴らすだけではなく雲に向けて矢を射たのでしょう。この場合は魔除けの矢——蟇目矢を放ったものと思われます」

「それで？」

それで終りですと中禅寺は云った。

「黒雲は晴れた。怪事は収まった。天皇の疾も癒えた。この逸話は、思うにただそれだけの話なのですよ、久住さん」

「そんな訳はないだろう」

関口が声を上げた。

「その話が今回のこととどう関わるのかはまるで判らないけれど、それで終りじゃない筈だぞ。頼政は射落としたのじゃないか」

「何を」

「慥か、頭は猿、胴は狸、手脚は虎、尾は蛇の怪鳥をさ」

いや、それが鵼じゃないかと関口は言った。

「そうかな。組み合わせは文献に拠って異同があるよ。尾は狐とするものも、背が虎とするものもある。まあ猿と虎の組み合わせはほぼ共通、後は蛇だな」

「そうだろう。それこそが肝心なんじゃないか。それをなくして鵼退治の話は成り立たないよ。頼政が射落とした怪鳥を、随行していた頼政の家来の猪早太（いのはやた）が、頼政より拝領した名刀骨食（ほねばみ）を突き立てて留めを刺したんじゃ」

「関口君。口下手な君の講釈など聞きたくはないんだよ。君は怪鳥怪鳥と云うが、そんな鳥が居るか」

「それは――まあお話だ。物語には化け物が出て来るものじゃないか」

物語にはね、と中禅寺は云った。

「実際に起きたことを考えてみ賜え。矢を射ることで天候が変わるかい。そんな訳はないんだよ。偶然そうなることはあるかもしれないがね。それに、雲の中に何か居たって下からは見えないんだから当る訳もないだろう」

「いや、気配を感じるだとか」

実際に起こったことを、と云っているだろうと中禅寺は云った。険のある云い方だ。

「怪しいものが飛んでいるから射落とせと云う命令じゃないんだよ。頼政に下されたのは鳴弦が怪事を退けた故事に倣い、弓を以て魔を祓え――と云う命なんだ。雷上動は名弓で頼政は弓の名人だが、優れた弓と云うのは、即ち矢を遠くに飛ばせる弓のことだろうし、弓の名人と云うのは、命中率も然（さ）ること乍（なが）ら、矢張（やは）り遠方に射掛けられるか否かが重要になるだろう。頼政はその腕を買われたんだろう。名弓に名人だから雲にだって届くだろう。大体」

蟇目矢では鳥を射ることも出来ないよと中禅寺は云った。

「そう——なのか」

「蟇目矢と云うのは、鏑矢の一種だからね。鏑と云うのは、木材や鹿の角を加工し、糸を巻き漆で塗り固めたもので、矢の先端に取り付ける。先に鏃を出す形になるから、まあ当たれば鳥ぐらいは落とせるのかもしれないが、殺傷用と云うよりも、合図に用いられるものだ」

「合図？」

「鏑は中が空洞に作られているから、射ると鳴るんだ。合戦の開始を知らせる矢だね。蟇目矢はこの鏑に四つの穴を開ける。これは、笛のように鳴る。その音が場を清め魔を祓うとして、主に魔除けに用いられるのだ。魔除けにするのだから通常蟇目矢に鏃は付けない。鏃を付ける場合もあるが、それも飾り矢だ。狩猟や戦闘には使用しない」

「その矢を使ったと云うのか？」

「だって頼政は狩りではなくて魔除けを命じられたんだよ関口君。何かを射止めるのが目的じゃないんだし、魔除けなら当然蟇目矢を使っただろう。そもそも空に向けて放った矢は必ず落ちる。黒雲は御所の真上なんだから、鏃なんか付けていたら危なくて仕方がないよ。清涼殿の屋根に突き立ててしまったりしたら、これは不敬と云うことになる。罰せられるかもしれない。そんなリスクの大きいことはしないだろうに」

「しかしだな、京極堂。なら——」

「なら何だと云うんだね。当然、鏃を持たぬ蟇目矢で鳥を射ることなど出来ない。仮にそんな変梃な怪物が居たとしたって射落とすことなんか出来る訳はない」

「それじゃあ何だって云うんだ」

関口は不服そうである。

「だからそれで終りだったんだと云ってるじゃないか。偶々雲が晴れたんだろう」

何も起きていないいいんだと中禅寺は云った。

「天候は人の自由に出来ない。偶か御所の上に雲は涌き、勝手に消えた。帝の疾との因果関係は殆どないだろう。気の所為か、気圧の所為か――」

「じゃあ怪鳥はどうなるんだ」

「鳥じゃないだろ」

「え？」

「猿だの虎だの蛇だの――そんなものは鳥じゃないと云っている。百歩譲ってそんな生き物が居たとして、久住さん。あなたは鳥だと思いますか」

久住は思いませんと云った。

「ずっと、そう思ってはいたんですよ。そんなものは鳥じゃない。せめて羽でもあると云うのなら別ですが、それはない。なら、ただの変わった獣ですよね。天から降って来たから鳥だ――と云うのなら、例えば雷獣なんかも鳥だと考えられても良い訳だし」

「ええ。鳥なんかじゃない。文政時代の儒学者、志賀理斎は頼政の魔除けを四方への奉射と考えた。そこで理斎は、南西の未申、南東の辰巳、北東の丑寅、北西の戌亥が、それぞれ猿、蛇、虎に宛てられて、足りない猪を補足するために猪早太が登用されたのだろうと推測しているが、無理がある」

「羊と龍と牛と犬が無視されてますね」

益田が云った。

「そうだね。方位神に宛てるのは如何にも牽強付会だし、それが本当なら、無理に猪早太なんかを出す必要はなく、胴は猪とでもすればいい。それに、御所を中心にして四方に奉射神事を行うのは少少難しい気もする。また頼政が用いた矢は水破と兵破と云う二本の鏑矢だったと云う説もある。なら四方には打てない」

「じゃあ何なんだよ京極堂」

「だから、何でもないのさ。何もなかったんだから何でも良いんだ。猿だの虎だの蛇だのがチョイスされた理由は判らない。ただ——鳥だけは判る」

「声——ですか」

久住が問うた。

「そう。声です。それは聞こえた。この逸話の初出である『平家物語』にも、鵺の声に似ていると書かれている。でもね、鵺なんて鳥は居ないんだ」

「居ないの？」

緑川は思わず声を発してしまった。

「私、聞いたよ。声」

「それは虎鶫ですよ、緑川君。まあ、ヌエは、古くは『古事記』や『萬葉集』にもその名を見ることが出来る鳥な訳だけれども、それが果たしてどんな鳥なのかは、判らない。古今伝授の三鳥なんかと一緒でね」

「古今伝授と云うのは、慥か『古今和歌集』の解釈ですよね。公卿が独占していて、代金を払えば正解を教えてくれると云う――」

「解釈ですからね、正解とは限らない。三鳥とは、喚子鳥、稲負鳥、百千鳥或いは都鳥だが、その正体は諸説乱立し、いまだ定説がない。三鳥には入らないが、産女鳥なんかも同じだ。喚子鳥は産女鳥と混同されるし、『徒然草』で吉田兼好は喚子鳥とは何だか判らないとされる鳥だけれども、これは鵺鳥のことだと述べています。判らないんですよ」

久住はゆっくりと立ち上がった。

「判らない――のですか。その、虎鶫のことではないんでしょうか」

「それも違うでしょうね。ヌエの正体が虎鶫だと云う言説は厳密に云えば間違いだろうと思います。寺島良安記すところの『倭漢三才圖會』には、ヌエは大きさは鳩の如く、黄赤色に黒彪、鵄に似る、とある。これは慥かに実在の虎鶫の特徴に合致します。でも――」

鳥は、名前と」

「それは虎鶫と云う鳥の説明なのであって、ヌエの説明ではないんですよ、久住さん。そうした虎鶫の外見や生態は、なんらヌエたり得る条件を充たしていません。何しろヌエと云う鳥は、名前と」

声しかないんですからと中禅寺は云った。

ひい。ひょう。

「いいですか。姿形を見て、ああヌエだと判る人など居なかったんですよ。多分——最初から。名を識っていたって、名しかないんですから。姿形はないんです。一方、声を聞くならヌエだと知れた。哀しげな——声です」

ひい。ひょう。

「それは現在、虎鶫の声だとされる。実際虎鶫はそう云う声で啼きます。では、虎鶫こそヌエなのかと問えば、答えは否ですよ。虎鶫とヌエは、声を共有しているだけです」

「共有——ですか」

「はい。啼き声を取り違えられていたと云う鳥の事例は他にも幾つもあるようです。鳥に限らず——そう、地方に依っては蚯蚓は鳴くと謂う。だが蚯蚓の声とされるのは実は螻蛄の出す音です。でも蚯蚓の正体は螻蛄だと云うことにはならないでしょう」

それは道理である。

「こうした対象を欠く呼称と云うのは、時に化け物を呼び込んでしまいます。いや、化け物に呼び込まれる、と云うべきかもしれない。鳥を取ってしまえば喚子も産女も妖怪(ばけもの)ですからね。ヌエも同じですよ。ヌエは、空に鳥と書くか、夜に鳥と書く文字を宛てますが、これも当て字です」

「そうなんですか？」

「鵼と云う漢字も鵺と云う漢字も、いずれも指し示す対象は幻獣幻鳥の類いです。現世に棲息している鳥類の中に該当するものはありません。鵼(コウ)も鵺(ヤ)も架空の鳥なんです。本邦のヌエと云う和語には、この架空の鳥を示す字が当てられた。夜に啼くから鵺と書くと云うのは後講釈ですよ。正体が判らなかったから、正体の判らない字を当てたんです。ですから『古事記』に載るのはただの正体不明の鳥です。声しかないんです。いや、この頼政の逸話を鑑みるに、その声さえもなかったのではないかと、僕は思う」

「どう云うことでしょう」

「蟇目矢を飛ばした時に鳴る音は、虎鶫の声に迚(とて)も能(よ)く似ているんですよ」

ひい。ひょう。

「え？」

「鳴く声は、鵼にぞ似たりける——似ているだけなんです。鳥など啼いていなかった。魔除けの矢が放たれ黒雲が晴れた。それだけだったのですよ」

「何も起きていない——と」

「それはそうでしょう。化け物など居ません。異常な気象現象はあったのでしょうし、天皇の体調不良も実際にあったのでしょう。だから魔除けの儀式を行った。結果、偶然に異常気象は収まり、帝の体調も回復に向かった。それ以外の部分は——この逸話から想起される気持ちを具現化した、お話です」

「お話ですか」

「お話です。化け物と云うのは、存在しないと云う形で存在するものなんです。頼政が退治したとされる魔物は、退治されたからこそ、退治されることによって、遡ってそれまでの生が生成された。化け物はこの世界の裏返し。拡散すべきエントロピーは収斂して行く。天然自然の理に忤うものなのです。だから、空舟に乗せられ、流されて芦屋の浜に流れ着いたのは、存在しないものの死骸です。死骸があれば、それを葬る塚も作られる。関連した神社も造られます。付いていなかった鏃を洗う池も出来る」

お話は——。

「そうやって現実になる。そして——増殖するんです。魔物の死骸はバラバラになって浜名湖に落ちたとも謂われ、地名の由来にもなっている。死ぬことで遡って生を得たものは祟ることもする。生きた主体がないのに祀った塚を壊せば祟る。馬に転生して頼政に飼われ、平氏に取り上げられて後、頼政を滅ぼして宿世の縁を晴らしたとも謂う」

本来居ないものは転生しようもないし、祟れる筈もないのに——。

ヌエの哀しみはそこにあると中禅寺は云った。

「猿も虎も狸も蛇もどうでもいい。姿形なんかは関係ないんですよ。それは死後に醸成された作りものです。そんなものが居る訳がない。唯一、聞こえた声も、似ていると云うだけなんです。そしてその、蟇目矢の音に似た声を出すと謂われている鵺には、猿や虎と違って実体がなかった。だから——それはヌエと呼ばれるようになった。それだけのことです。芝居や物語で描かれる鵼なんて妖怪(ばけもの)は」

居ないんです。

「名前も実体もなかった魔物がそんな理由で鵼などと云う名で語られ、祀られた。本当は」

居ないのに。

久住は口に手を当てて、静かに座った。

何かに思い至ったのか。

「扠(さて)、鵼の正体——退治される前の姿を語る異伝と云うのも存在します。愛媛(えひめ)県の久万(くま)郷には、その地こそが頼政の実母の故郷なのだと云う口碑が残っています。平氏が権勢を誇っていた時期、故郷久万郷に戻った頼政の母は、源氏である息子頼政の出世栄達を願うため、赤蔵ヶ池(あぞがいけ)と云う池に棲む龍神に祈念した。息子を思う強い意志と、平氏に対する憎悪の念が募(つの)り、頼政の母は異形に変じ、そのまま都に飛来した。これが鵼である——と、口碑は云う」

「どう云うことだそれは」

関口が云う。

「頼政は母親を退治したことになるぞ」

「そこがポイントなんだよ関口君。母親である鵺は帝を害し奉ろうと図った訳ではない。敢えて己を退治させることで、息子頼政の栄達を図ろうと云う企みなんだ、これは」

「それ」

何だかマッチポンプっぽいと緑川は云った。

「自ら火を着け自ら消す、と云う訳ではないので、正確にはマッチポンプではないんですがね。極めて作為的な行いではある。この場合、鵺は射落とされることなく赤蔵ヶ池まで戻るんだが、矢傷が元で死んでしまう。考えてみれば酷い話なんですがね。この話と同じようなことが——」

この場所で起きたんですよと、中禅寺は云った。

「何だと？」

「調べましたよ。郷嶋君にも伝えた」

「な、何だそれは」

「この場所で行われていた秘密計画は、寒川さんが推測した通りです。但しそれは、表向き、ですが」

「表向きって——どう云うことだ。そもそも秘密なんじゃねえのかよ。表も裏もあるか」

「そうです。秘密です。発案者は内務省の特務機関です。後を押したのは——陸軍のあの男です」

「それは——伊豆の騒動の時の、彼奴か」

緑川が見ると、木場は凶悪な面相になっていた。

「ええ。堂島静鎮大佐——戦時中僕が所属していた研究所を造った男ですよ。発案者は内務省の山辺唯継。いつぞやと同じ座組だ」

くっそうと云って木場は板の間を拳で打った。

鈍い音がした。

「そりゃ何です、その人工放射性物質を生成して人体への影響を——その」

「それは違うんだ益田君。そう、そこが違っているんですよ、築山君」

「どう違うんです」

築山が初めて口を利いた。

「慥かに、軍部には原子爆弾の製造と云っていた筈です」

「しかし、それは」

「解っています。それは無理ですよ。だからこれは嘘なんです。山辺さんは陸軍を、そして堂島を騙したんですよ」

「騙した？　何故です」

「この計画の首謀者である山辺と云う人はね、築山さん。信仰を持っていたんです」

「信仰――ですか」

「そうです。天台宗でこそなかったが、仏教徒ではあったようです。彼は、徹底した平和主義者――いや、明確な反戦主義者でした」

「そんな人が何故――」

「勿論、放射性物質が人体に与える悪影響を示して核開発を止めるためです」

「こんな、村半分買い占めてよ」

開発してんじゃねえかと木場が怒鳴った。

「してなかったんですよ」

「じゃあさっきのあれは何だ。その――」

「サイクロトロン」

緑川が補足する。

「あれはフェイクです。見てくれだけの鉄の張りぼてですよ。何の価値もない。此処に集められた人達は皆、核開発に強く反対する研究者や、それを支える職人達だったんですよ。勿論――」

緑川猪史郎博士もですと云って、中禅寺は初めて緑川に目を向けた。

「大叔父は」

「理化学研究所の仁科芳雄博士は、日本の原子科学の先駆者であり大成者です。彼は純粋に核物理学の発展に取り組んでいたんでしょう。でも、緑川博士はその危険性と弊害に強い懸念を持っていた」

「ああ」

——反りが合わなかったと。

——学問的な見解だかが相容れねえと。

「人間性の問題ではなかったと思います。学問的立場が相容れなかった。のみならず緑川博士は」

矢張り反戦主義者だったんでしょう。

——それは。

そうだろうと思う。大叔父は、人が死ぬことを厭うて医学を志したのだと云ってた。どう頑張ったっていつかは死ぬのに、と緑川は思ったのだ。そう云うと、それでも生きているうちは苦しまない方がいいだろうと大叔父は答えた。

医者は。

老病死苦から少しでも。

少しでも人を遠ざけるために居るんだ。

——ああ。思い出した。

死人の声が、聞こえた。

「仁科博士がどう考えていたのかは知りません。しかし、放射線が人体に及ぼす悪影響、そして核物理学の軍事利用——そうしたことは当時に於ても容易に予想出来ることではあったんです。メリットを上回るデメリットを感じた人達が、このプロジェクトに参加したんですよ、緑川君」

「だが——京極堂。そんなもの、いや」

「きちんと脅威を示すためには確実に騙さなけりゃならない。なら。ちゃんと造る振りをしなければならないんだよ、関口君。原子爆弾なんて、簡単に出来るものじゃない。ウランが採れないこの国に於ては、先(ま)ずは人工放射性物質の生成が必要不可欠ですよ。しかも仁科博士よりも先に造らなければならない。小規模な研究室でほいほい造れるようなものじゃないんだ。いいかい、米国のマンハッタン計画がスタートしたのが昭和十七年。ソ連の原子力プログラムが発動したのがその翌年だ。格段に早いんだよ、この——旭日爆弾(きょくじつばくだん)開発計画は」

「旭日爆弾？」

「このプロジェクトの名称だよ。この計画は完全な隠密進行だった。徹底的に隠された。帝国陸軍の中でも最高機密(トップシークレット)だったようだ。内務省でも山辺機関の数名を除いて、知る者は居なかった。当然だろう。昭和七年のことだ。開戦の遥か前だからね」

「軍部は大量破壊兵器が製造出来る——と、思ってたのか。本気で」

本気で騙したようだからねと中禅寺は云った。

「この場所が選ばれたのは足尾銅山の直ぐ近くだからだ。もし何かの形で近隣住民に健康被害が出たとしても、鉱毒の影響として誤魔化すつもりだったと云う建前だ。そんなことは起る筈もなかったんだがね。村を無人にしたのも同じ理由だ。この建物を起点として、放射線の影響があると予想される範囲で切り取ったんだ。幸い、半分以上は」

中禅寺は窓の外を示した。

もう、薄暗くなっている。

「山で、人家はない。尾巳村の約半分を無人にすれば安心だろうと——勿論、これもあの男を信じ込ませるための方便だ。機材も、それらしいものをちゃんと揃えた。本当に原子爆弾を造れるぐらいの予算を掛けなければ、嘘は吐き通せないんだ。当然巨額の予算が必要になる訳で」

「そんなもの出したのか軍は」

無理ですよと中禅寺は云う。

「極秘のプロジェクトですよ。僕の見たところ、どの程度上まで話が通っていたのかも疑問だ。通っていたとしても、捻出出来る額は限られているさ。内務省だって同じだ。だから足りない分はあの男が何処かの企業を引っ張って来たようだね」

「どうやって」

「それは何とかなったんじゃないか。完成すれば莫大な利益を生むことは確実だし、軍需産業で儲けようとしている企業なら先行投資もする。人材も隠密裏に一流を揃えたと——まあ思い込ませたんだ。実際は同じ隠密裏でも山辺の思想に賛同する者だけが集められた訳だけれども——」

実際一流ではあったんですよと、中禅寺は云う。

「緑川博士のような研究者は少なからず居た。ただどうも、緑川博士だけは他のメンバーとは少し違っていたんだと思いますが」

「どう違ったと云うの？」

「緑川博士だけは本当に此処で人工放射性物質が造られるんだ——と、考えていたのではないかと僕は思うのだが」

「何故」

「ちゃんとデータを取るつもりだったから——じゃないかな。勿論、人体実験なんかじゃあない。研究に携わるだけでも低線量被曝はするからね。そのデータをちゃんと取るつもりでいたんじゃないだろうか。しかし、そんなことはなかったんだ。あのサイクロトロンは見せ掛けだけの偽物だ。そして本物を造る気なんか、此処の連中は最初から全くなかったんだから——」

虎穴に入らずんば虎児を得ずの心持ちだったんだが、穴に。

——虎は。

居なかったのか。そう云うことか。

虎とはサイクロトロンのことなんだ。

「結果的に緑川博士はデータの捏造を持ち掛けられたのじゃないかと思う。開発を断念させるためには悪い結果を出さなくちゃいけないからだ。人工放射性物質の生成は成功したように見せ掛けなくちゃいけないが、それに因る人体への悪影響は悪く見せ掛けなくちゃいけない。緑川博士は辛かったのじゃないだろうか。幾ら大義のためだとしても、学者としての矜恃を棄てることになる」

「それは抵抗あったと思う」

そう云う人だった。でも。

「大義を立てたかな、とは思う」

立てたんですよと中禅寺は答えた。

「だから畑違いの物理学も学ばれたんでしょう。いい加減なことは出来ない。そうでなければ、あの場所に設計図や計算式の写しが大量にある訳がないですからね。必要ない」

そうか。そう云うことか。

「でも——まあアンビバレントだよね」

「しかしな、京極堂。僕には、そんな茶番が巧く行くとは思えないよ。それは詐欺じゃないか。しかも騙すのはこの国の官僚と、軍部と、企業ってことだろうに。内務省は押さえたとしても、そんなに目が節穴な連中ばかりとは思えないがなあ」

僕もそう思いますよと益田は云った。

「データだけ改竄するってことですよね？　それならこんな大掛かりな仕掛けは造らなくて好い気がしますけどねえ。造るだけ造って、後はやってる感を出せば好い訳じゃないですか」

「データだけじゃない。定期的に関係者を喚んで成果を覧せていたんだ」

「成果って何ですよ」

「放射性物質が出来た――と、知らしめればいいんだよ」

「だって出来ないでしょうに。さっきの機械は張りぼてだって言ったじゃないですか」

「そう」

だから猿は光ったんだと中禅寺は云った。

「何ですって？」

「そう云うことなんだ。築山君。あれを見賜え」

黒衣の男は開け放した窓の外を示した。

もう――すっかり夜の帳が降りている。

いや。

「何だあれは」

木場が立ち上がって窓敷居に手を掛けた。益田が這って木場の横から顔を出す。関口が伸び上がる。

緑川は目を凝らす。

窓と云う額縁で切り取られた、絵画のような夜。

星もない蒙い空。それよりも黒黒とした岩肌。

その黒き壁に、青白い光の筋が付いていた。

「あ、ありゃ何です？　目の迷いですか？」

隅で畏まっていた御厨も身を乗り出した。

「断崖の上の方を見てみ賜え。この時間ならもう見えるだろう」

「上？　岩の上って樹が――」

ひゃあと益田が声を上げた。

「樹と樹の合間に――何ですか、あれは。あれ、光ってますよね。お、お化けですかありゃあ。え？　その」

益田は木場に縋り付いた。

空と山の境界に、それはあった。

それは青白く発光する何か、であった。

樹木や草のようなものが邪魔している。

その所為で妖光は細かく分断し、瞬いている。

凡庸な言葉で云い表すなら、幻想的ではある。

それは即ち、非現実的と云う意味なのだろう。

岩肌を伝う光の筋は、巓にあるその妖光から続いているのだ。慥かに、凡そありそうもない光景ではあった。

緑川は緑川の肩先まで歩み寄り立ち竦んでいる築山を見上げた。僧は細かく震えていた。

「どうだね築山君。君にはあれが何に見える。阿弥陀如来か。不動明王か。それとも日光権現に見えるか。あれは何かの霊験か」

「そ」

そんなものじゃないでしょうと築山は云った。

「あれは——」

「そうですか。そんなものには見えないですか。つまり君は小峯源助とは別の道を選んだのだね。ならば——さあ、どうする築山君。君は石山嘉助が猿を撃ち殺したように、あれを破壊するのか。それとも寒川秀巳の轍を踏むのか」

築山は口を押さえた。

「京極堂。あれは、あれは何なんだ！」

関口が静かに叫んだ。

「あれこそが——燃える碑だ」

「え？」

御厨が前に出る。

「そうです御厨さん。寒川さんのお父さんは、彼処から転落したんですよ。丁度、あの光の筋に沿うようにして——」

「そう——なんですか」

「きょ、京極堂。あ、あれは——真逆」

「勿論、あれはチェレンコフ放射なんかじゃないよ関口君。それこそ、そんなものではないんだ。違うんだよ築山君。慥かにあれは異様な光景だろう。だが、君があの有り得ない異景に見るべきは、そんなものではないだろう。目を——覚ましなさい」

中禅寺は能く通る声で叱咤した。

「現代人たるもの科学的思考を以て世界を理解しようと云う姿勢を持つことは大事なことだろう。しかし、科学的思考と云うのは、それらしいことを丸飲みで信じ込むことではないんだよ、築山君。疑い、考え、徹底的に検証すること、そして証明が出来なければ解らないとする姿勢こそが科学的思考だ。あんなものがチェレンコフ放射である訳がない。そして」

黒衣の男は手甲を嵌めた手で燃える碑を示す。

「合理と云うのは、理に合うと書くんですよ。信仰や文化習慣を徒に迷妄として退けるような蛮行を指すものではない」

信仰にも理はあるでしょうと中禅寺は云った。

「あの光を凶兆として捉えようと瑞兆として捉えようと、それは非合理ではない。それは解釈の問題だし、それぞれに理があるからです。いずれが正しい間違っていると云うことにはならない。しかし、科学的であろうと欲するのであれば、科学的な理を通さなければならないんです。それを為ないのであれば科学信奉は寧ろ迷妄だ。築山君、君は――道を間違っている」

「中禅寺さん――」

「科学は宗教を否定するものでもないし、宗教も科学を否定するものではない。それはただ補完し合うものですよ、築山君。一方、宗教の理で科学を理解しようとしたり、科学の理で宗教を語ったりしてはいけないんです。それは、並び立つものではあるけれど、混じり合うものではないんです」

君は宗教者ではないのかと中禅寺は静かに築山を威嚇した。

「貫くべき道を見誤ると出られなくなりますよ。いいですか。信仰を持つ科学者は大勢居るし、学究的立場を取る宗教者も星の数程居るんです。それは並び立つものだ。君は社会と向き合い、己と向き合って信仰の道を辿って来た人でしょう。何を棄ててもいいけれど」

そこを棄ててしまうと。

魔境に到ってしまう――と、奈落から這い出て来た魔物は云った。

「魔境――ですか」

「魔境ですよ。寒川秀巳さんは、科学の理で信仰を語ったに過ぎない。君が感じ取ったように、彼は科学的であろう合理的であろうと懸命に努力していたようだが、根底にあるのは凡そ科学的なものではなかったんです」

「それは」

「人としての想い――でしょうか。それはこの上なく大事なものですが、科学的思考には必要のないものです。そこを切り分けることが出来なければ」

科学の目は曇る。

「どれだけ好きでも間違っているものは間違っている。好きだから正しいなどと云う科学はない。同じように、どれだけ間違っていようとも、間違っていることを承知で好きになるなら、それはいけないことではないんです。しかし、切り分けが出来ていないと履き違えてしまう。何も見えなくなってしまうんです。君は寒川さんの言葉に引き摺られて信仰者の理で科学を見てはいませんか。科学を信仰することこそ、してはいけないことです」

「ああ――」

簗山は口を押さえていた手を額に移動させた。

「何を迷っているんです。君はちゃんと君の信仰を持っているでしょう。寺がなくても、檀家が居なくとも、君は衆人と向き合って来たではないですか。戦禍の最中に不殺生戒を説いたあなたが、あんなもので」

燃える碑。

「揺れてどうする」

築山は。

やっと、座った。

「京極堂。あれは——何なんだ」

「あれか。あれはね、関口君。ただの石だよ。光っているのは——夜光塗料だ」

「何だって？」

子供騙しじゃねえかと云って木場が窓の地板を叩いた。

「何の意味がある」

「意味はあるんですよ旦那」

「まあ、光ってるがな。だが——いや待て京極。だからって、あんな——石光らせたり、山に光の筋なんか付けたりしてどうなるんだよ。そんなもん、本気で子供騙しの見世物じゃねえか」

そうじゃないんですよと中禅寺は云う。

「あの光は――二の次、いいや、光らせる必要なんてなかったんです。いいですか、このまやかしのプロジェクトは、先ずは人工の放射性物質を作れなければ、その先が成り立たないものなんですよ」

「そりゃそうだろうが」

でも作る気はなかったんでしょと緑川は云う。

「そう。しかし、作ったように見せ掛けなければ、何もかもがそこで終わってしまうんですよ。この場所を接収して丁度一年目――昭和九年の初夏に、このプロジェクトは、ちゃんと開発している振りをするため――いや、サイクロトロンが完成したと偽装するためのデモンストレーションを定期的に始めたもの、と考えていいでしょうね」

どうやって、と関口が問う。

「先ずは――回転させたんだろうね」

「おい。君はあの残骸――寒川さんが壊した鉄屑ははりぼてだと云ったじゃないか」

「そうだよ。あれは何も生み出さない無意味な機械だ。しかし、さっき見てみたところ、飛行機のプロペラの部品やら原動機めいた装置らしきものまで転がっていたからね。一応回転する仕掛(ギミック)にはなっていたんだろう。動いたんだよ」

「じゃあ――本気で造ってはいたのか？」

本気の訳はないだろうと中禅寺は云う。

「まあ、それらしい造りと云うだけで、回るだけのものだよ。そんな、ぐるぐる回すだけで簡単に放射性物質が出来るなら仁科博士だって苦労はなかったさ。そんなものなら、世界中で造られ放題だろうしね。要はそれらしければ良かったんだ。いいか、その時点では誰もサイクロトロンなんか見たことはないんだぞ。だから——」

「陸軍と内務省、そして出資した企業の関係者を集めて、回して見せたと云うことか」

それ、回せば音がしますかと久住が問うた。

「ああ、当然稼働音はするでしょう。発電機(ダイナモ)もフル稼働させることになるでしょうから、かなり大きな音がするのじゃないかな」

「それは、人が住んでいる地域——登和子さんの家や丑松さんの家辺りまで届くくらいの音なんでしょうか？」

届くでしょうねと中禅寺は答えた。

「僕はサイクロトロンが稼働する音など聞いたことはないし、そもそもあれは偽物だからどんな音が鳴るのか全く判らないけれど、あの大きさです。動かせばかなりの駆動音が、広範囲に響いたことは想像に難(かた)くないですね。しかも背後は——」

中禅寺は振り向いた。

「切り立った崖です。あの岩肌は音を跳ね返すのかもしれない。周波数にも依るのかもしれないが、音は村の方に流れるのじゃないだろうか」

それですよ関口さんと久住が云う。

「何です？」

「いや、丑松さんが聞いたと云う音」

関口は小さく口を開けた。

「え？　化け物屋敷から聞こえたとか云う？」

「そうですよ。慥か化け物屋敷からの音は土地の買収後に聞こえたんだと、丑松さんは云ってたのじゃなかったですか」

「なる程――」

中禅寺は多分先程の大広間の方に顔を向けた。

「偽の実験は行われたんですよ。そして、その場合ただ回るだけでは意味がないんだ。それによって放射性物質が生成されなくては、実験は失敗です。サイクロトロンは放射性物質を生成するための装置なんです。どれだけ回転したって、それは成功じゃない。放射性物質が出来た段階で、初めて完成と見做されるんですよ。だから――」

中禅寺は窓の外の夜に顔を向ける。

玄い岩肌を分断するような光の筋。

その上に瞬く燃える碑。

で、何だと木場が云う。

「さっきのあれを回して、あの山ァ光らせて騙したのかよ。とんだ猿芝居じゃねえかよ」

「ですから光らせることはないんです」

「何で」

中禅寺は築山に顔を向けた。

「築山君。この間話題になったから覚えているだろう。夜光塗料とはどんなものか」

築山は悩ましげな顔になった。

「夜光塗料の原材料は、自発光物質である硫化亜鉛です。自発光物質とはその名の通り、燃やしたりせずとも自ら発光する——光を発する物質のことですね。しかし、それは常態で発光する訳ではない」

「そうか——」

築山が顔を上げた。

「——思い出しました。慥か、発光させるためには放射線を当てなければならない——んでしたか」

「そうです。自発光物質に放射性物質を配合した顔料が、所謂夜光塗料です。つまり、夜光塗料にはそれなりの量のラジウムが含まれているんです」

「ラジウムだ？」

木場が濁声を張り上げた。

「ラジウムって、あのラジウムかよ」

あのラジウムですと中禅寺は云う。

「ラジウムは放射性物質です。放射能を持っている。ラジウムからは常に放射線が出ているんです。それに反応して硫化亜鉛が発光するんですよ。だから夜光塗料と云うのは暗い場所でも光るんです。あのように」

中禅寺は燃える碑を示した。

「じゃあ、夜光塗料を——人工放射性物質だと偽装した、と云うことですか」

「生成されたと思しき物質が放射線を発していることが証明されさえすれば、それで良かったんです。ラジウムは紛う方なき放射性物質ですからね。放射線測定器は、確実に反応します。軍か、内務省か、企業かに測定器を持ち込ませて測らせたんでしょう」

ペテンじゃねえかよと木場は云った。

「ペテンですね。大いなるペテンです。でもそうとしか思えません。この館の裏庭には、大きな発電機がありますが、その横には幾つもの一斗缶やドラム缶が放置されていました。燃料だろうと思ったのですが——違っていた」

夜光塗料だったんすかと益田が妙な声を発した。

「燃料缶はほぼ使い切られて空だったが、夜光塗料は残っていたよ」

くだらねえと云って、木場は憎憎しげに鼻の上に皺を寄せた。

益田が云う。

「何が神秘だって感じですよ。虎じゃないですよそれは。いや——いやいや、待ってくださいよ中禅寺さん。仰る通り、それなら光らせる必要なんかないですよね。僕ァ放射能測定器がどんなもんか知りませんけども、光らなくたって反応するんでしょ」

「するね」

「ならあの光は何なんですよ。寒川さんのお父さんはあの碑を観て、その」

見ていないよと中禅寺は云った。

「どうしてですよ。あ、昼間だったから？　慥かに転落したのは午前中みたいですけど、その前、最初に発見した時は——正確な時間は判りませんけど、陽は傾きつつあったんだ、と思いますよ」

「夕方でも夜でも無理だと思うよ。あの光の筋が出来たのも、あの石が光るようになったのも、もっとずっと後のことなんだよ益田君」

「後って」

「多分、本物のサイクロトロンの完成が近付いて来たので、焦ったのだと思うよ」

「それって」

「完成は昭和——十二年だね」

「なら、寒川博士が亡くなった——」

「三年後——と云うことになるのかな。だから寒川さんのお父さん、寒川英輔博士は、燃える碑なんか見ちゃいないんだ」

「そう——なんですか」

御厨も、築山も、呆然としている。

「その筈です。ですから、寒川博士はあの碑には何の神秘も感じなかったでしょうね。あれは、ただの石なんですから。勿論、科学的興味も持たなかったでしょう」

「だって中禅寺さん。寒川博士は、厄介なものを見付けたって、葉書にまで書いて送ってるじゃないですか。ただの石は別に厄介じゃないでしょうに」

「石が厄介だ、と書いてあったのかい？」

書いてませんと御厨が答える。

そうは云いますがね、と益田が喰い下（さが）った。

「見てくださいよ。あれ。こんな遠くから見たって厄介そうじゃないですか。夜光塗料だと種明かしされた今だって、厄介そうに見えることに変わりはないでしょうに。況（まし）て、寒川博士は、放射線測定器（ガイガーカウンター）を持ってた訳ですよ。十年も二十年も経ってあんだけ光ってるんですから、その時は文字通り燃えてたんじゃないですか？　測定器だって、ガーとかピーとか鳴ったんじゃないんですか？」

「鳴らないよ」

「何で？」

「時期的に考え難い。そもそもそんな状態だったなら、他の調査団の人達だって気付いていた筈だろう。寒川博士は植物を観察するために崖の縁まで進んだからこそ、厄介な物を見付けたんだよ。碑は関係ない」

「しかし、寒川博士はわざわざ独りであの碑を再訪しているんですよ、中禅寺さん」

「寒川博士は碑を見に来た訳じゃないんだ。彼が目撃したのは碑でも植物でもない。この館なんだと中禅寺は云った。

「何ですかそりゃ」

「いいかい。あの光――見えるね？　こちらから見えるんだから当然彼処に立てばこの館を見下ろすことが出来るんだよ。この部屋には何もないけれど、建物の裏庭には発電機を始め沢山の装置が設置されている。ドラム缶もある。地上からでは生け垣が邪魔で確認出来ないが、彼処からなら見えるんだ。無人だと云われている場所にそんなものがあったら」

「まあ――厄介なもの、だな」

「そうでしょうね。寒川博士は日光を国立公園に指定して貰う準備のために調査していたんだからね。社宮やら僧坊と云うなら兎も角、最新機材だよ。そんな極め付けの人工物を発見してしまったら――」

　厄介ですかね――と、益田も云った。

「それだけなんです。寒川博士は放射線測定器を持ち歩いてはいたようですが、それで測定していたのは、自然界にある放射線ですよ。此処の秘密に気付いた訳ではない」

「じゃあ博士は」

「あの一帯の調査をしていたとして、あの巓に行き着くまでにはそれなりに時間が掛かったものと思われます。そしてこの館は彼処からしか望めないんです。寒川博士は益田君の云う通り夕方近くにあの場所に到り、碑越しに此処を見付けたんでしょう。大いに不審に思ったに違いない。葉書まで認めているんですから、相当奇妙に思われたのでしょう。そこで日を改め、陽の高いうちに確認しようと、朝早くに宿を出てあの場所まで行った。そして此処を能く見るために碑の後ろに回り込んで、滑落した」

「事故——」

なんですねと御厨が問う。

「事故でしょうね。まあ、事故の処理に関しては或る意味で犯罪的ではあるんですが——寒川英輔氏の死、それ自体には犯罪性はない」

神秘性もなかったでしょうと中禅寺は云った。

「じゃあ通報したのは」

「此処で仕事をしていた人でしょうね。此処からしか見えませんからね」

「何故だよ」

木場が噛み付いた。

「隠蔽するなら黙って勝手に始末した方が」

「隠蔽する気なんかなかったんでしょうね」

「何だと？」

「彼処はただの崖下の沢ですよ。しかも対岸だ。それに、此処の人達は博士がこの館の機材を確認するために彼処に登ったとも思っていなかった筈だ。地上から装置なんか見えないんですからね。彼処から庭の機材が見えることにすら気付いていなかったと思いますよ。それなら——ただの事故ですよ」

「でも現場検証に登ったりするだろ。いや、実際に警察は登ったのじゃねえか？　なら」

現場検証した人には見えたでしょうねと中禅寺は云った。

「でも機材が見えたところで、事故とは関係ないでしょう。別に警察がこの屋敷を調べる理由はないですよね。そもそもその時点であの崖はこのプロジェクトとは何の関係もなかったんですから」

中禅寺はそう云うと、障子を半分閉めた。

「それにその時、此処は鑑査の真っ最中だったんだと思う。それどころではなかったでしょう」

「サイクロトロンが完成したと見せ掛けるための偽装工作、と云うことですね？」

「そう。偽装が露見してしまったら何もかもが台無しになるからね。このプロジェクトの真の目的は核開発を阻止することだった。阻止するためにはその危険性を証明する捏造データを本物だと信じ込ませなければならない。だから本当に開発している振りをしなければならない。その嘘を吐き通すための最初の関門がサイクロトロンの完成ですよ」

「それは——巧く行ったのかよ」

そうなんでしょうねと云って、中禅寺は開いていた半分の障子も閉めた。窓で切り取られた異界は見えなくなった。

「当時は一般人の原子力への理解度もかなり低いものだったでしょうし、知識を持つ者もまた少なかった。それでもそんな茶番がいつまでも保つとは思えませんね。ただ、そもそも原子爆弾を造るのを最終目的と定めたプロジェクトを装っているんですから、ならば人工放射性物質の生成など第一段階に過ぎません。時間稼ぎは或る程度は出来たんでしょうが——真の目的は、その過程で核開発の危険性を誇示することなんです。示さなきゃならない」

「何をしたんだよ」

「緑川博士に捏造させたデータだけでは不十分だったんですよ。緑川博士のことですからそれはかなり正確なデータだったんでしょうが、どれだけ正確に放射線被害が再現されていたとしても——説得力はない」

「だから、どうしたんだよ」

「クライアントの原子力に対する無知を利用して大嘘を吐いたんだと思います。それが、あの、燃える碑ですよ」

中禅寺は障子の桟を軽く叩いた。

「あの山際一帯に夜光塗料を撒いたんですよ。そして、サイクロトロンを回すだけでも、あんなに放射線が漏れるんだ――と示した」

「莫ッ迦莫ッ迦しい。そんな」

「戦前の原子力理解なんてそんなものだったんですよ、旦那。どれだけ精密なデータを示したって、そんなものに合わせなければ通じなかったんです」

「信じたと云うのか」

「放射線の脅威を十分に識っている筈の君達はあれを見てどう思ったんだ？　原子爆弾の洗礼を受けたこの国で暮らす君達でさえ、疑ったじゃないか。いや、一時は信じた筈だ。違うか関口君。益田君」

「ああ――」

「夢の未来エネルギイ、現代の錬金術、魔法の万能技術――原子力は、そう謂われ続けていたんだ。そんな喧伝の仕方、受容の仕方をすることこそが、科学を信仰すると云うことだろう。そんなものはない。メリットは必ずリスクを伴うんだ。リスク管理こそが何よりも肝要だろう。しかし信奉者にそんなものは見えないんだよ」

そうだろう築山君、と中禅寺は僧を呼ぶ。

「信仰はね、信じることだ。布教者は信じさせるために現世利益を謳う。でも、それは真の信仰に導くための——方便だ。でも、科学は違う。科学は信じるものじゃあない。疑い、検証するものだ。素晴らしさ——現世利益だけを謳うのは方便じゃなく、ただの嘘だ。その先にあるのは利権だよ。だから批判する者は敵になる。疑問を呈しても敵になる。欠陥を指摘することすら許されなくなる。批判や疑問を受け入れない科学は科学じゃない。戦前の原子力は信仰だったんだ」

黒衣の男はもう一度障子の桟を叩いた。

「だから、あんな見世物めいたものの方が効果は高かったんだよ。戦前の科学者は、誰しもがパフォーマンスで自らの成果をアピールしたんだ。それは本邦に限ったことじゃあないがね。そしてプレゼンテーションに優れた者の方を大衆は信じた。恰も手品師が隠秘学の一翼を担っていたようにね。あの」

中禅寺は指を差す。

「山稜は、今見えているよりもずっと強く光り燃え立って見えた筈だ。そんな奇異な光景は通常現出するものじゃない」

「そうか」

築山は顔を上げた。

「では、光る猿と云うのは」

「そうですよ築山君。あの日、冗談で云っていた通り、小峯さんが見たのは夜光塗料をたっぷりと浴びてしまった猿だ。その猿は石山さんに射殺され、森の中で朽ちた。寒川さんの放射線測定器が反応したのは、その猿の骸があった場所——でしょうね」

「十六年も経っているのに反応するのですか」

「ラジウムの物理的半減期は千六百年だとか」

小峯さんには云いませんと築山は云った。初めて見た時とはかなり様子が違っている。

「彼が信じているのは神使ですしね」

「それが好い——のだろうね。そう、小峯さんが光る猿を目にして神仏への畏れを感じたように、あの山の光を見たこの計画のクライアント達も、それなりに畏れを感じただろう、とは思う」

「じゃあ巧く行った、と云うことか」

「巧く行っていい、いたんだ。昭和十二年、仁科博士が本物のサイクロトロンを完成させてしまうまでは」

「ああ」

出来ちゃったのかと益田は云う。

「そっちは本物ですもんね。ちゃんと生成した訳ですね、放射性物質」

「さっき見た残骸よりはずっと小型のものだったようだがね。でも、そこに到って事態は逆転する」

「どう」

「そこまで放射線が漏れるのは、設計や施工に問題があるからだろうと、そう判断されてしまった。研究員に健康被害があるのは、放射性物質の管理が悪いからだろう、と云うことになったのさ。その上、仁科博士は生成した放射性ナトリウムを人間に飲ませて放射線量を計測する――なんて公開実験なんかまで始めてしまったんだ。何もかも――台なしだ」

それはそうだろう。

開発は隠密に進めていた訳だし、そもそも完成したこと自体が嘘なのだから、普通に完成してしまったとしてもこちらが先とは云えまい。研究する意味もなくなるし、隠密である必要さえなくなる。だからと云って、公開も出来ない。

何もかも嘘なのだから。

それでどうしたんだよと木場は云う。

「そこで田端勲さんがスカウトされたんですよ」

「ど、どう云うことだ」

「人体実験――なんでしょうね。唯一の」

「意味が――解らねえが」

「ラジウムを摂取することで起きる健康被害は古くから確認されているんです。大正時代に米国で発売されたラディトールと云う薬はラジウムを水に溶かしたと云う乱暴なもので、勿論医療効果などはない偽薬なんですが、十年近く売られていた。でも結局は死亡者を出している。明らかなラジウムによる放射線障碍です」

「だから何なんだよ」

「仁科博士は公開実験で人に放射性物質を飲ませているんですよ。そして大勢がそれを讃えている。国を挙げて喜んでいる。被験者から放射線が検知されると、歓声が上がる」

「異常だね」

ありなない——と思うのは、今の感覚なのか。

「それが如何に非常識で危険なことなのか、それを証明するためにデータが欲しかったんですよ、此処の人達は」

「じゃあ田端は」

「希釈した夜光塗料を飲まされたんでしょう。報酬を貰って」

「それが、奴の良くねえ仕事か」

「良くない——ですね」

「そうか」

木場は膝を打った。

「登和子の祖母ちゃんは耄碌してたんじゃねえのか。猿が光るだとか、あんなことしちゃいけねえだとかって——婆さん、感付いてたんだ。娘婿が良くねえことの実験台になってるのを知ってたんだな」

——なる程。

「それで低線量被曝してた訳ね。実験台にされてたんだ。それ、非人道的行為だよ。許されることじゃないね」

大叔父は、許したのか。

倫理より大義を優先したのか。

それとも科学的興味が勝ったのか。

「博士は治療したんですよ、緑川君」

「え？」

中禅寺は緑川を見ている。

「緑川博士に決定権はなかった筈だ。田端さんだって強制された訳ではない。報酬に釣られたんだとしても、田端さんは自分の意志で実験に参加しているんですからね。危険性を説いても、止めろと説得しても、聞かないのであればどうしようもない。治療する以外に出来ることはなかった——と思いますよ」

「そう云うとこは優しいよね中禅寺君。でも、いいんだ。そこは」

別にそこまで聖人じゃなくていい。大叔父はただの人間だから、打算も転向もあるだろうし、挫折も堕落もあるだろう。大叔父は多分、その辺で――。

――諦めたのか。

中禅寺は何故か淋しそうな顔をした。

「しかし、大方の予想より田端さんの消耗は早かったんでしょう。見る見るうちに症状は悪化して行った。しかし彼は毒液を飲むのを止めなかったんですよ。そして――死んだ」

「待て京極。あのな、お前さん、意図的に話ィ飛ばしてねえか。お前さんは寒川英輔の死も事故だと云うが、本当にそうか？　田端を唆した女だって居るじゃねえか」

「そんな女は居ませんよ」

「居たんだよ。その――」

それは別、、の話ですよ旦那、と中禅寺は云う。

「別だ？」

「狸の胴に猿の頭だの蛇の尾っぽだのをくっ付けると、訳の解らない化け物になってしまうんですよ旦那。しかも、まるで関係のない鵼なんて名前で呼ばれてしまうことになる。いいですか、鵼なんて化け物は居ないんですよ。鵼のお話は、凡て化け物が退治された後に醸造されたものです。一度混ざってしまえばもう分離は難しい。化け物の鵼の話からは鳥の鵺は汲み取れない」

陰謀なんかないんですよ――と、中禅寺は木場に云った。

「慥(たし)かに、この場所は軍や国を騙して造り上げた偽りの研究施設です。しかも秘密だ。でもそれをして陰謀とは謂わないでしょう。田端勲は病死です」

「だが――」

「ええ。隠蔽工作はあったようです。田端勲の遺体は、放射線が人体にどれだけ悪影響を及ぼすかと云う何よりの証拠なんです。だから――軍部に提供されたんでしょうね」

「そうか。所期の目的に沿った行いなのね」

「緑川君の云う通りです。迂闊(うかつ)に原子力に手を出すとこんなことになると云う証拠が、図らずも出来てしまったんですよ。だから、遺体はそのまま何処かに運ぶしかなかった。そこで浅田さんと桜田さんに死因の隠蔽と偽装を頼んだのでしょうね」

「それはその――」

「旦那の云う女性ではないでしょう。直接依頼したのは緑川博士だと思いますが――どうでしょう。博士は登和子さんの命の恩人です」

「医学の発展のため――とか云ったかもね。大叔父は、本気でそう思ってたかもしれないし救えなかったのだし。

「口止め料を出したのもこっそり運んだのも軍部でしょうけどね」

「だがなあ」

木場は納得出来ないようだった。

「工作員なんか居ないんですよ旦那。証拠こそないのですが、光る猿を撃ち殺した石山嘉助さんを殺害したのは、田端さんではないかと思います」

「な——何で！」

「良くない仕事の秘密を知られたからでしょう。田端さんは絶対に口外無用と云われていた筈です。光る猿から辿ったのかどうかは判りませんが、石山さんはその秘密を嗅ぎ出し、田端さんに話を持ち掛けたのじゃないでしょうか。いい稼ぎ口があるなら一口乗せろ——或いは口外されたくなければ分け前を寄越せ——と」

「慥かに石山と田端が何か為てたような話は聞いたがな。丑松は、物資の横流しか何かじゃねえかと云ってたが——未だそんな時期じゃあねえよ」

「揉めたんでしょう。田端さんが精神的な均衡を崩したのは、放射線障碍の所為だけじゃなかったのじゃないでしょうかね。子煩悩だったらしい田端さんが幼い娘にまで手を上げるようになると云うのは、尋常なことじゃないかと」

「そうかもな」

木場は黙った。

しかし——中禅寺は続ける。

「田端さんと云う極め付けの証拠も、大きな成果を上げるには到らなかったんですよ」

「何故」

「正式に発表された仁科博士の研究成果は正当に評価された。そして大衆も、それが提示する明るい未来の原子力の方を支持したんです。田端さんは——無駄死にですね」

「じゃあ——此処は閉鎖にでもなったのか」

なりませんよと黒衣の男は云う。

「この極秘研究施設は、旭日爆弾開発計画の一環として造られたんですから」

「そうか。仁科博士にしても放射性物質を生成しただけだものね」

「ええ。仁科博士はその時点で原子爆弾なんか造る気はなかったんでしょうが、こちらはそうは行かない。本当の目的は核開発を止めさせることだったにしても、そもそも爆弾を作ると云う大義名分で出来た場所なんです。此処は、仁科博士の研究成果も踏まえて、ただこっ、そり原爆を作るだけの処になってしまったんです。勿論、出来る訳もない。回るだけの鉄の塊と夜光塗料で造れる爆弾なんかないですからね。誤魔化すにも限界はある。一方、時局はどんどんと悪化して行く」

「厭な時代だったな」

「ええ。それまでは人員の入れ替わりもあったのでしょうが、それも止まった。既に核開発阻止と云う目的は」

「諦めたのね」

諦めたんだろう。

「そうですね、一人減り二人減り、スポンサーも降りた。いつ出来るとも判らない爆弾開発になんか関わっている余裕はなくなったんですよ。軍部も内務省も同じことです。情勢は日に日に緊迫の度合いを増している。予算は元よりないんです。軍の中でも省内でも、この計画は元から極秘進行だった訳ですからね。援助を打ち切ったって——誰一人気付かない。そのうちに」

「開戦か」

「ええ。開戦に合わせて、この館は、この計画は打ち棄てられたんです。極秘でスタートし誰にも知られないまま放棄された。そして」

緑川猪史郎だけが残った——そう云うことなんだ。慥(たし)かに、大叔父は虎の児を得るべくこの地に至ったものの、虎穴に虎は居なかったことになる。そして。

——何かを諦めた。

一種の裏切り行為だから。

元の場所には戻れねえ。

他の道も閉ざされた。

頓挫したんだか失敗したんだか。

番人みてえに此処で何やらを守っていたらしい。

物悲しくて。

遣り切れねえ。

「そして、戦争の幕を引いたのは――原爆だった」

「ああ」

そうなんだ。誰よりも先に予測していた、一番望んでいなかった結末を受け入れざるを得なかったのか。あの人は。なら、本当に諦めたのなら。

――帰って来れば良かったのに。

緑川は御厨を観る。寒川と云う人も。

――帰って来ないのか。

莫迦だねえと、緑川は云った。

「そうですね。僕もそう思う」

「おい」

木場は腕を組んだ。

「これで終りじゃねえな。光る猿だの、虎の尾っぽだの、それはいいよ。俺は狸どもに誑かされて此処に居るんだ。大体、てめえの話にゃ笹村も桐山も出て来ねえじゃねえかよ。寒川英輔の死体は何故一度持ち出されたんだ。何で戻された。笹村伴輔澄代夫妻の焼死は、偽装じゃねえのかよ。田端勲を唆した女は誰なんだ」

知ってるなら云えよと木場は云った。

「大体な、此処のなんたら計画だってな、お前さんは知り過ぎだろうよ京極よ。一枚咬んでたとか云うんじゃねえだろうな」

「二十年前なら、僕はまだ十二三ですよ。しかも未だ地方に居ましたからね。咬める訳がない。僕は調べたんですよ」

「だからよ。公調でも行き着けねえような情報に一日や二日で行き着けるかよ莫迦野郎」

「行き着けますよ」

中禅寺は不敵に笑った。

「郷嶋君と僕とでは情報源が違いますからね。勿論、彼は僕の識り得ないことも多く識っている。機密に接続出来る立場でもある。でも彼は、化け物のことは識らないでしょう」

僕の専門はそっちですよと中禅寺は云った。

「何だよそれ」

「いいでしょう。旦那。僕は、その築山君と一緒に輪王寺境内にある護法天堂の裏手から掘り出された行李の中にあった古文書の整理をしていました」

「何の関係があンだよ」

「築山君。未だ話していなかったが――あの一群の書物はね、輪王寺のものではない」

「な」

何ですってと云い、築山は躙り出た。

「どう云うことです中禅寺さん」

「僕は『西遊記』に騙された。寺院の書庫に『西遊記』が収蔵されているなんてあまり聞かない。外典を収める寺院としても珍しい。だからあの段階でまるで疑うことを止めてしまっていた」

「私は最初から疑っていませんでしたが——しかしそれは考え難いのではないですか」

「そうだがね。調査で確認された内典の殆どは、新しい古いを別にすれば、珍しいものではない。唯一例を見ないのが『西遊記』だったんだが——あれはね、天海蔵にある金陵世徳堂版『新刻出像官板大字西遊記』の写本では、なかった」

「そう——なんですか？」

「尤も、天海蔵の『西遊記』の中身を詳細に閲覧させて貰うことは出来なかったんですけどね。しかし実物は取り敢えず確認した。表紙は改装された丹表紙だったが、中身は間違いなく明刊本だった。でも今回掘り出された方は明刊本の世徳堂版を写したものではない。台湾に天海蔵のものとほぼ同じ版本があるようなので、苦心して連絡を取って調べて貰ったりもした。それでかなり時間を喰ってしまったんだが——原本の時代はずっと下るようだね。写本なんだから写した時期は不明だが」

「それは諒解しましたが、それで」

「考えてもみてください。あれは、天海蔵にあるのとは別の本を書き写したものだったんですよ。しかも、選り（よ）に選って（よ）『西遊記』ですよ。何処にでもあるものじゃないでしょう。そもそも、あんな外典を書き写しますか？　写すのだとしても何故、ちゃんと所蔵してあると云うのに、他の本を書き写したんです？」

「そうですが――」

「結論から云うと、あの行李の中の倹飩箱に収められている書物は、経典と仏教書が中心になってはいますが、系統立ったセレクトではないし、写された時期もバラバラ、要は寄せ集めです。古いものは江戸期の写本でしょうが、江戸期以前には遡り（さかのぼ）ません。そして、最後に記された文書は大正十一年――でした」

「た、大正ですって？」

「そして、彼処に埋められたのは、昭和八年」

「な、何を云ってるんです。たった二十一年前ってことですか？」

「そう。埋めたのは輪王寺の関係者ではないでしょうね。輪王寺にあったものではないんですから」

「いや、待ってくださいよ。何処の世界に、他所（よそ）の寺の境内に仏典を埋めて行くような者が居ると云うんですか」

「此処に」

中禅寺は足下を指差した。

「判るように云ってください」

「ですから、あの行李はこの館にあったものなんです」

「どう云うことだ、おい」

「旦那。此処はね、秘密の爆弾製造所として造られた建物なんかじゃないんですよ。元は化け物屋敷です。しかし、此処が化け物屋敷になったのは明治の中頃に尾巳村と云う集落が形成されて以降のことです。それまで此処は——山中にぽつんと建った建物だった。東北の方では、こう云う建物を」

迷い家と謂います。

「おい」

関口が声を上げた。

「それは昔話なんかに出て来る幻の家のことじゃないか京極堂。偶然辿り着いた者がその家の備品を持って帰ると長者になるが、二度とは行けないと云う」

能く識っているね関口君と、中禅寺は少しだけ莫迦にしたように云った。

「き、君に聞いたんだ。柳田國男の本か何かも読んだよ。そんなのは竜宮城だとか鬼ケ島と同じようなものじゃないか」

「違うよ」

「違わないだろう。そんな、お伽噺みたいな不思議なものがあって堪るか」

「――この世にはね、不思議なものなど何もないのだよ、関口君」

中禅寺はそう云った。

「迷い家と云うのはね、人の行かぬ山中にある大きな屋敷のことだ。勿論、誰かが何かの目的で建てたものだが、里とは無関係だ。村とも、藩とも、国とも無関係だ。だから、迷子になって偶然行き着くくらいしか行くことが出来ない。用がないからね。それ以前に関係ないんだ」

関係ないんだと中禅寺は云った。

「此処が――そうだと云うのか？」

「そうだ。迷い家は建てる者も建てた理由も様様だが、それはいずれも里人――柳田翁云うところの常民とは切れた形で存在するものだ。迷い家を使う者どもは、里で暮らしている者とは文化も信仰も習俗も何もかも違う。だから接触することも稀だし、接触しても知覚されないと云うだけだ」

「おい、見えないのか？」

「莫迦だな。見えるさ。あるんだから。あっても見ないんだよ。関係がないからね」

触れてはならぬものか。

「そうしたものは山中にあるものだ。此処も――以前は山の一部だったのだが、里に侵蝕されてしまい、山ではなくなってしまったんだよ。にも拘らず、此処はかなり最近まで使われていた。他のこうした建物は、殆どが明治維新前後に使われなくなり、廃虚となり消え去ったんだがね。此処はね、山の人達の」

寺だったんだと中禅寺は云った。

「て、寺って――」

「大正八年に制定された史蹟名勝天然紀念物保存法は、国宝保存法と共に文化財保護法に引き継がれた訳だけれども、その法律に則って、栃木県も大正末期に史蹟名勝天然紀念物調査会と云うものを立ち上げている。内務省及び県が保護対象と指定した物件の、実態調査のためだ。その際に、二荒山神社に保存されていた土器が男体山の山頂で発掘されたものであることが判明し、その結果山頂の踏査が行われることになった。山頂からは古鏡や青銅の鈷鈴をはじめ、大量の遺物が発掘されている。分析研究は未だ道半ばのようだから断言は出来ないが、少なくとも、勝道上人が日光山を開くずっと前から山岳信仰はあったし、それ以前もそこは祭祀場であった、と云うことだけは判る。山には人が居たんだよ」

「いや、だって京極堂、それは所謂、山人じゃないのか。だったら」

「君はこの間新聞に載っていたヒマラヤの雪男みたいなものを想像しているのじゃないだろうな」

「そうじゃあないが、君が文化も信仰も違うと云ったのじゃないか」

「それは勿論違うよ。しかしね、影響は受けるし変質もするんだ。修験が興り、神社が出来て、やがて仏教寺院が建ち並んでから、一体何年経っていると思っているんだ。日光は、山と里が隔絶した地域じゃない。重なっているんだよ。ただ、文化や信仰がどれだけ融合しようと、社会構造は別だ。檀家制度によって人が管理されていた時代、彼等は矢張り社会の外に居たんだよ」

「中禅寺さん。それであなた」

「そうだ築山君。摩多羅神の方は外れたけれど、マタギの方は当たっていたのだよ。此処はね、山に暮らす人達の寺だ。寺と云うのが適切でないのなら、彼等が寺のようにして使っていた建物だ。本来、山から山へ渡り歩く漂泊民であった彼等の拠点のようなものだったのかもしれない。あの長持に入っていたのは――この寺にあった書物だよ」

「それが何故にあんな場所に」

「彼処が埋め易かったと云う以外に解答はないと思うよ」

「いや、慥かに道に面しているし、こっそり埋めるのなら良いのかもしれませんけど、何故に寺の境内に埋めなければならなかったんです」

「それは、此処が接収されてしまったからさ」

「あ――」

「しかも無断でね。大正から昭和にかけて、この建物は化け物屋敷と呼ばれていた。一家皆殺しがあったのだと云う噂まであった。それは故意に流された噂だよ」

「故意に？　何で」

「近くに尾巳村が出来たからだよ。人払いのために意図的に忌まわしい話を広めたんだ。この屋敷は棲んでいる者こそ居なかったが、ずっと、昭和の初めまで使われてはいたんだ」

公民館みたいなものねと緑川は云った。

「正にそうですね。明治になって、山の者の多くは里に降り、漂泊の民も少しずつ定住するようになった。垣根はなくなり区別も出来なくなった。戸籍も作られた。しかし——そうしなかった者も居るんです。流石に山野を放浪し暮らす人は殆ど居なくなったのかもしれませんが、いまだに無戸籍の者は——居るようです」

「そう云う連中が使ってたと云うのか。此処を」

木場は見回す。益田は見上げた。

関口は不安そうに云う。

「そうか。徳山さん——丑松さんは無人だ空き家だと繰り返し云っていたけれど、奥さんは人は居たと云っていたな。どちらも正解だったと云うことなのか、でも——そうだ、久住さん、あの時、奥さんが化け物屋敷で働いていた人が居たと云うようなことを話していたと思うんだけど——」

「はい。自分が嫁に来た頃には、通いの娘さんだかが居たと云っていたと思いますが」

「そうですよね。云ってましたよね。丑松さんは否定していたけれど——それはどうなるんだ。奥さんの勘違いなのか？　まあ些細なことかもしれないけれど」

「些細なことじゃないよ関口君」

「些細じゃないのか。と云うことはその人は居たと云うことか？」

「勿論だ」

「慥か——」

考え込んでいた久住が云う。

「たまこ、とか、たま」

「珠代さん——ですね」

「知ってるのか？」

「知っているよ。昨日、お会いした」

「い、生きているのか。それは」

「笹村澄代さんの妹さんだ」

「何だとッ」

木場が片膝を立てた。

「てめえ、京極。何を隠してンだッ」

「何も隠してなんかいませんよ旦那。珠代さんは現在、お隣の今市で暮らしていらっしゃいます。戦時中に足を痛められて歩行には難があるが、お元気です。僕はその徳山さんの奥さんと云う人がいつ嫁がれたのかは知らないが、それが大正十一年から十二年の間のことなのであれば、それは間違いなく珠代さんのことでしょう」

「だから。どう云うことだよ」

中禅寺は片眉を吊り上げていい、いきる刑事を眺めた。その昔、能く目にした表情だ。

「何か勘違いをしていますね旦那。珠代さんは、大正十一年当時は未だ十代です。十七くらいかな。その当時、彼女はこの屋敷に通っていました。姉のお産の手伝いにね」

「お、お産だ？」

「ええ。笹村市雄さんは、此処で生まれた」

「解らねえ」

木場は頭を抱えた。

「別に不思議なことはないでしょう。笹村澄代さんはこの日光の山が故郷です。里帰りして子を産むことは、別に珍しいことじゃない。ただ、澄代さんの実家は粗末な山小屋で、お産には適さなかったんです。だからこの寺――いや、寺ではないんだなあ、そうすると、緑川君が云った通り公民館のようなものなのか――いずれ、彼女はこの館で市雄さんを出産したんですよ」

木場は口を半開きにした。呆然としている。

「里子に出されていた珠代さんはその手伝いに何箇月かの間、此処に通っていたんです。男手しかなかったようですから」

「澄代がこの辺りの出身だと云うこたァ判ってるんだ。だが、係累は辿れなかったぞ」

「それは無理でしょうね。澄代さんと珠代さん姉妹のご両親には、戸籍がない。ただ、二人とも生まれて直ぐに里子に出されてはいるようですが——里親になられた方も、元は山で暮らしていた方のようですしね。山を下りた同胞に預けたんですよ——」

桐山寛作さんが。

「何と云った！」

「桐山寛作さんです。彼は、今も無戸籍のようですね。日光マタギとして山で一生を終えるつもりでいらっしゃるようです」

「おい。その桐山は」

興奮するようなことではないでしょうと中禅寺は云った。

「戸籍がないと云うのは、慥かにこの国に棲む者としては問題なのでしょう。国民としての義務を一切果たしていないことになる。でも、同時に国民としての権利も放棄しているんですよ。寛作さんは税金も納めていないし、徴兵もされていない。村の課役も果たしていません。一方で彼は国からも村からも何の支援も得られない。何の恩恵も受けていません」

「そ、それだってよ」

「ルール違反であることは間違いないのですが、色眼鏡で見ることは間違いです。どんな人であろうとも、人権は等しくあると認めるべきですね」

「俺は——そんな色眼鏡で見たりしねえよ」

「あなたがそう云う人ではないと云うことは承知していますが、世間にはそうでない人も多いんです。明治以降、身分階級制度は廃された訳ですが、それでもその枠に収まらなかった人達と云うのは居て、彼等は多く排除されて来た」

「まあ——なあ」

「明治以来、国家権力は山の人達を山窩と云う蔑称で括り、時に犯罪者扱いして来たんですよ。いや、彼等を蔑視していたのは、寧ろ市井の人人、一般の生活者の方だったかもしれないですが」

「はあ。僕も山窩は魔法使うとか子供攫うとか、子供の頃に聞きましたね。殆ど信じちゃいませんでしたけど。先ず、居ませんでしたし」

益田はそう云った。

「居ないからね。いや、居たって見えはしないんだよ。この館と同じだ。そもそも普通の人間なんだから、外見で区別なんか付かないだろう」

区別するのは制度ですと中禅寺は云う。

「人は、自分と違うものを怖れる習性を持っています。外見が違う、言葉が違う——そうした判り易い差異だけでなく、別のルールで暮らす者、異る価値観を持った者もまた畏怖の対象になる。厄介なのは、そうした恐怖心はそのまま対象への憎悪へと掏り替わってしまうと云うことです。結果、怖れるのではなく攻撃するようにもなる。自分と違うルールや価値観を認めてしまうと、自分のルールや価値観が否定されてしまうように思ってしまうのでしょう」

——そう。

攻撃して来るのは大体恐がっている方なのだ。

緑川は身を以て知っている。

「ですから多様な在り方を受け入れようと口で云うのは簡単ですが、その実、受け入れるのにはかなりの努力が要るし、時間も掛かる。だから人は、受け入れる振りをして、同化させようとするんです」

「同化？」

「仲良くしようと云うのは、同じになろうと云うことではないんですよ。違うものを違うままに容認し合うと云うことでしょう。でも、これが出来ないと云う人は殊の外多いんですよ。違うのは間違っている、直せと云う。自分と同じにしろと強制する。出来なければ」

排除する。

「人は一人一人皆違う。個と個は対等です。でも何か基準を設け、それに当て嵌まるか否かと云う形で見るならば、それは数値化される——数として認識される。そうなると、個個の違いなんかは無視されてしまうんですよ。多数は少数に勝ると考えてしまうのでしょう。その方が楽だからです。そして少数派(マイノリティ)は同化を強いられるか排除されることになる。時に、人権までが蹂躙(じゅうりん)されることになる。多数派(マジョリティ)が常に正しいとは限らないんですがね」

「それは」

何だか身に沁みて判るよと関口が云った。

「四民が平等となり、国民と云う枠組みが圧倒的多数となって、そうでない者は、同化か排除かの二者択一を迫られたんです。桐山さんは排除される道を選んだんですね。それだけのことですよ」

——あの老人か。

緑川はその皺(しわ)の多い手を思い出す。

「そうしたことは、今に始まったことではありません。しかし、その昔は、そうした自分とは異なる者と共存するための文化的装置があった」

妖怪(ばけもの)ですと中禅寺は云った。

「それは解らない。そう云う人達を化け物扱いすると云うこと？　それって、余計に差別的じゃない？」

「違うんだよ緑川君。化け物は化け物なのであって、人間じゃない。人は人ですよ。化け物は、異った文化習俗を持つ他集団との間に生まれる恐怖、軋轢や齟齬そのものなんだ」

「そうした不具合をお化けに仮託した——と云うこと？」

「そう。化け物は、どんなに恐がってもいいんですよ。化け物なんですからね。無視して遣り過ごすことも、忌み嫌うことも出来るし、見下して莫迦にすることだって出来る。そして退治することも出来る。どれも人に為てはいけないことですよ。化け物は、人と人、文化と文化の間に置かれる緩衝材のようなものなんです。山男や山女は人間ではありません。でも山の人達は人間なんです。それは同じものなんだけれども、別物なんです。でも、そうしたお約束は——残念乍ら反故になってしまった」

「お約束なんだ」

「そうですよ。化け物は居ませんからね。居ないものを居ることにすると云う優れた文化はどうやら廃れてしまったようです。間にあった化け物は差っ引かれてしまい、人は、人として差別されるようになってしまった。人として忌み嫌われ、人として蔑まれ、罪を犯してもいないのに犯罪者扱いされると云うのは——如何なものか」

桐山寛作さんは——何の罪も犯していませんよと中禅寺は云った。

「ただ、無戸籍だと云うだけです」

「そうだとして、関わりがねえってことはないだろうよ。今回どう関わっている」

「桐山さんは、二十年前に上都賀郡が組織した日光山國立公園選定準備委員會の調査団に山岳案内人として参加されました。その後、訪ねて来た寒川秀巳さんに頼まれて当時と同じルートを辿り、お父さんが滑落した現場まで案内した。それだけです。付け加えるなら、若干交流があった緑川猪史郎博士の遺徳を偲ぶため、あの健康管理所を訪れ、遺族である緑川佳乃さんと会話を交わした」

「いや、お前それは――」

「それだけですよ」

「さ、笹村は」

「笹村伴輔さんは寛作さんの長女である澄代さんの伴侶です」

「それは判ってるよ。その――」

「伴輔さんはお父さんである笹村与次郎さんが興した一白新報と云う小新聞を引き継ぎ、主筆として活動していました。一白新報の一白と云う名は、与次郎さんの伴侶である小夜（さよ）さんの養父が晩年に使用していた雅号から採ったものだそうです。珠代さんの話だと、この小夜さんと云う人も世間師（ショケンシ）――山の民の娘さんだったようです。養父であるところの一白を名乗る人物は、小夜さんの祖父母に当たる人物に大層世話になったらしく、それが縁で小夜さんを引き取ったようですから、代代山の民とは縁があったのでしょう。まあ――」

江戸の昔の話でしょうがねと云って、中禅寺は遠くに視軸を投げ掛けた。

「一白新報は主に諸国の怪談奇談を載せる大衆娯楽紙でしたが、大正期に入って伴輔さんが主筆になってからは、体制に批判的な記事も多く載せるようになったようです。それも」

「体制から弾かれた連中と交流があったから、と云うことか」

「そうなのでしょう」

「特高と関係はねえのか。その——」

木場は笹村伴輔は特別高等警察の工作員ではないかと疑っていたようであるが——。

「取り分け目を付けられているようなことはなかったようです」

「本当か？」

「ええ。伴輔さん自身は特定の思想を持った運動家ではなかったようですし。ただ、監視対象者である共産主義活動家や無政府主義者とはコネクションがあったようですが」

「特高と通じてたってことは」

それはないでしょうと中禅寺は云った。

「確実に」

「確実——なのかよ」

木場は口を一文字に結んだ。

納得したのか。

どうやらこの猪突猛進型の刑事も中禅寺の言葉だけは素直に信じるようである。

　二人が果たしてどのような関係なのか、緑川は少し気になった。

「伴輔さんは新聞社を引き継ぐ前年に寛作さんの娘である澄代さんと結婚し、数年後に市雄さんが生まれます」

「此処で生まれたの――ね？」

「そうですね。寛作さんの次女である珠代さんが養女に出された先は日光町でしたから、彼女は其処からお産の手伝いに通っていたようですが――その頃は未だ尾巳村は全部あったんです。出入りすれば当然目に付く訳ですが、村の人は化け物屋敷に関わるものは――見ないし、見えない」

「お約束だからか」

「ええ。でも、嫁いだばかりの徳山さんの奥さんは何も知らずに声を掛けたんでしょう。だから化け物屋敷に出入りしている者だと珠代さんは答えた」

「お約束だと示したと云うことか」

「通じなかったようですがね」

　そう云って、中禅寺は少し笑った。

「そして、澄代さんは第二子を妊娠した。しかしその時、此処はもう――」

「そうか。もう此処は」

「使えなくなっていたんですよ。寛作さんも、澄代さんも驚いたでしょうね」

「驚いたって——知らなかったのか」

「棲んでいた訳ではないんですよ。いいですか、尾巳村が買収されたのは、昭和八年の八月だったようです。様様な状況から鑑みるに住民の退去完了から機材の搬入と設営に約二箇月は掛かったと思われます。たった二箇月、あっと云う間です。あっと云う間に、山の民の化け物屋敷は最新機材を備えた研究施設になってしまった。しかもそれは山の者達には一切報されていないんです。この屋敷は持ち主不在の空き家として、無断で接収されたんです」

報せようも——ないことだ。

「珠代さんはその時既に結婚されていて、大阪に居たそうですし、出産は寛作さんの山小屋でするしかなかった。東京に戻ることも考えたらしいと珠代さんは云っていましたが——結局は伴輔さんと市雄さんを呼び寄せて、山小屋で倫子さんは生まれたんだそうです」

そう云うことかよと木場は云った。

「いや——それにしたってよ」

「ええ。その時点では何もない。鳥口君が調べたようだが、その当時、伴輔さんは理化学研究所を調べていたんですよ。まあ情報（ネタ）の出元は友人の共産主義活動家だったようです」

「能（よ）く判ったな」

「一昨日、鳥口君に協力を仰いで一白新報の元社員を見付け出し、聴き取りをして貰ったんです」

「警察にはそんな供述はしてねえだろ」

「訊かなかったからでしょう」

「まあ強盗放火とは関係ねえか」

「ないでしょうね。鳥口君の報告に依れば、その情報提供者自身は、核開発そのものを道義的に問題視していて、特定企業や政治家、軍部などの癒着と原子力利権の構造を暴き出したかった――らしいですがね。伴輔さんはその時、そう云う取材をしていたんです。当然この屋敷の変貌を目にして大いに怪しんだことでしょう。だからその活動家に連絡を取って、二人で此処を調べることにしたんだそうです」

「特高の工作員じゃなかったのか」

「そんなものじゃないですよ。伴輔さんは操觚者です。二人は張り込んだ。そして――寒川博士が転落するのを、目撃してしまったんです」

「も、目撃って」

「彼等は其処――その沢の対岸から、この屋敷の様子を窺っていた」

中禅寺は窓の方を向く。

「そして、この窓が開いたので急いで身を隠した。丁度其処に――寒川英輔氏が転落して来たんですよ」

「そう――なのか」

「窓を開けた所員は慌てたでしょう。開けるなり人が落ちて来たんですからね。そこで一人は警察に、残りは救助に向かった。しかし落下地点は沢の対岸です。簡単には行けない。その上、遠目から見ても寒川博士が絶命していることは明らかだった」

「頸が折れていたと云っていました」

築山が云った。

「所員は已(や)むなく、警察の到着を待つことにして引き上げた。しかし警官が到着した時、遺体はもう――なかったんですよ」

「何でだ」

「伴輔さんが――」

「その活動家とやらと二人で運んだってのか？」

「ええ」

「何故」

「放射線測定器(ガイガーカウンター)が落ちて来たから――のようです」

「何だと？」

「それは鞄の中にもなかったらしい――と、寒川さんは云っていましたが」

「そうでしょうね。押収されたようです」

「解らねえよ」

「伴輔さんの協力者である活動家は、此処で隠密裏に核爆弾が開発されていると、確信していた。彼にはそれなりに原子力開発に関する知識があったのかもしれない。実際、此処の人達は核開発をしていると偽装していた訳ですから、そう見えるのも当然だったでしょう。そんな処に、男と放射線測定器が落ちて来たんです。男はもう死んでいる。怪しい屋敷からも人が出て来た。しかし助けるでもなく引き上げてしまった。申し上げた通り、その時、此処の人達はそれどころではなかったんです」

「夜光塗料の偽装工作ね」

「そう。一方二人は此処で陰謀的な極秘計画が進行していると予測していた訳ですから、よもや警察を喚んだとは思わなかったのでしょう。これは確実に隠蔽されると考えた。だから死体を背負って――」

山に登った。

「山って、何で」

「伴輔さんは山から来たんです。あの崖を登ることは出来ませんが、里人の知らない、山に通じる道は幾筋もあるんですよ。そうして、寒川博士の遺体は一旦寛作さんの山小屋に運び込まれた。更に其処から自動車で東京まで運ばれたんです」

「車なんてあったのかよ」

活動家が乗って来た車ですよと中禅寺は答えた。

「いいですか、その件に関して主導していたのは主に活動家の方で、伴輔さんじゃないんですよ、しかし、真っ昼間ですからね。監視対象の活動家が車に遺体を乗せて長距離を移動すると云うのは、極めて危険です。だからカムフラージュのために、笹村夫妻が同行することになったんだそうです」

「誰に聞いた」

「勿論寛作さんですよ」

「あ——会ったのかよ！」

「珠代さんの住所も知りたかったですから」

「どうやって——居所を捜したんだよ」

「山に棲んでいるご老人を知らないかと」

「そ、そんな簡単なことで判るのかよ、おい」

「戸籍だの住所録だの、記録だけで人は管理されている訳ではないんですよ。それに記録は失われればそれまでですが、記憶は——知る人が生きている限り残ります」

僕も聞き回ったんですけどねえ、と益田は情けない声を上げた。

「一方で、丁度その時この館には鑑査のため内務省特務機関の幹部が来ていたんですよ。ただの事故なら放っておけばいいのですが、遺体が消えてしまったとなれば問題ですよ。この場所で行われていることは極秘ですからね。早急に、隠密裏に緊急手配がなされた」

「まあなあ。特高は監視対象者の車の車輛番号くらいは押さえてるだろうしな。なら」

「いいえ。追い掛ける必要はなかった」

「何故だよお前さんの話だと、そのアカの活動家ってのも居た訳だろ。なら」

「違うんですよ。その活動家こそが特高の諜報員だったようなんです」

「あ？」

「その人物に関しては郷嶋くんが押さえていた。伴輔さんの同行者は特高に雇われ、共産主義活動家を装って様様な分派（セクト）に潜入して情報収集をしていた人物だった。もう亡くなっていますが、そもそも郷嶋君が今回の調査を開始したのはその人物の遺した情報が問題視されたからのようです。特別高等警察は内務省警保局の管轄、一方旭日爆弾開発計画は、同じ内務省でも特務機関の仕切りで、しかも帝国陸軍も一枚咬んでいる。その上極秘のプロジェクトです。その当時、国内的にも色色面倒なことになっていたようですから」

「二・二六事件はその頃？」

「帝都不祥事件はその二年後です。前前年には犬養（いぬかい）首相暗殺事件——五・一五事件が起きている。この国はその頃、軍政に舵（かじ）を切り、而（しこう）して内乱叛乱の芽も其処此処（そこここ）に芽吹いていたんですよ。そんな時期ですからね、こんな館は十分に怪しい。見付けられてしまったら標的（ターゲット）にされるでしょうね。それは、或る意味で正しかったんですけどね。この計画は——」

「反戦論者が企んだフェイク——だった訳だ」

「本当はね。表向きは違います。しかも、その時この館では、国内初の大型放射性同位体製造用円形加速器——サイクロトロンの実験が成功——したことになっていたんです。フェイクどころではない、大成功が装われていた。当然、機密は守られねばならない。云いましたでしょう。早急に手配はされたんですよ。但し、特別高等警察ではなく、内務省特務機関と帝国陸軍の秘密部隊に」

「それじゃあ——」

「笹村伴輔、澄代両人を殺害したのは、二人に同行していた特高の諜報員です。某かの証拠となるであろう寒川氏の遺体と所持品を特高警察に速やかに渡すためには、笹村夫妻は邪魔だった。遺体の受け渡し場所が何故芝公園だったのかは、知りません。其処に並べておけば後始末はしてくれる——予定だったんでしょうけども。それを」

「バタ屋が見付けちまったのかよ」

「そう。また悪いことに直ぐに弥次馬が集まって来て、警察まで到着してしまった」

「麻布署の係長は頑丈な癖に腰が軽いんだよ」

「その所為で特高警察の動きが一時的に止まったんですよ。情報をいち早く摑んだ特務機関は、直ぐに動いた。そして——目に見えないところで、死骸の争奪戦が行われることになったんです」

「じゃあ」

「笹村夫妻のご遺体を運び出したのは旦那の云う通り――と云うよりも、係長の慧眼なのかな。その目筋の通り特高警察でしょう。遺体はそのまま八王子まで運ばれ、強盗放火事件が捏造された。最初からそうする予定だったんでしょう。相手は監視対象でも何でもない一般人ですからね。拘束も拷問もしていない。非合法に雇った諜報員が――勝手に刺殺したと云うのが真相です。特高は、隠蔽しただけだ」

酷いですね、と御厨が云った。

「笹村夫妻は――死んでたのか」

「そうです。一方、寒川さんのご遺体は特務機関が奪還し、即座に日光へ送り返されたんです。ただの事故死に――戻すために」

「じゃあ、あのおっかない元刑事さん――木暮さんの云っていた、東京から出張って来た特高って」

「内務省特務機関の役人でしょうね。まあ、その時点で上の方では何らかの取引きなり攻防なりはあったんでしょうが――特務機関の山辺と云う人は警保局の、特に保安課とは仲が悪かったから、どう決着を付けたのかは判りませんが――何らかの形で手打ちにはなったんでしょう。事故は事故として、諜報員に依る殺人は強盗事件として、処理されることになったんでしょう。まあ――警察に通報さえされていなければ、寒川博士の事故も隠蔽され、失踪扱いになっていたのかもしれませんが」

鞄の中身はどうなったんですと築山が問うた。

「放射線測定器だけは諜報員から特高に渡され、後は崖下で回収され内務省に隠匿されたんです」

隠したところで無意味だったんですがねと中禅寺は云った。

木場は暫く右拳で左掌を打って考えていたが、そのうち矢張り解らねえ――と云った。

「笹村市雄の動きがまるで理解出来ねえよ。寒川には、自分の親の死の真相を探りてえとか云ったんだろう？」

「本心じゃないですか」

「あ？」

「今、僕が語った内容を、笹村市雄さんは知りませんでした。途中までは寛作さんもご存じだったようですが、伴輔さんが山小屋を出た後のことは知る由もない。伴輔さんも澄代さんも帰って来ない。連絡もない。確かめようもない。山小屋には電話もなければ新聞も届かないんです。住所すらない。二人が焼死したらしいと知ったのは、多分珠代さんが日光に帰って来てからのことでしょう」

「帰って来た？」

「そうです。ご主人が事故で亡くなり、寛作さんの処に戻って来たんです。昭和十二年のことです」

「でも、市雄は寛作が自分の祖父だと寒川に告げてねえだろう。寒川秀巳は自力で寛作に辿り着いたのじゃねえのか」

「そうでしょうね」

「作為的じゃねえかよ」

「そうですか？　父親が山小屋に運び込んだ遺体が誰なのか笹村さんは知らなかった。寛作さんにしても、自分が案内した調査団の中の一人だなんて思わなかったでしょう。市雄さんにとって手掛かりは父が遺した手帳だけだったんですよ」

「だが、途中で判ることじゃねえのかよ」

「判ったでしょうね。でも、それは実は自分の祖父なんだと——云えますか？」

「ううん」

云いそびれたのかなと緑川は云った。

「タイミングってあるし」

「そう云うことなのか？」

「敢えて云わなかったんじゃないですか」

「何故」

「寒川さんにしてみれば、捜し当てた寛作さんは唯一の手掛かりなんです。なのに、それは自分の身内であるから会ったところで無駄ですよと——云いますか？」

「だがよ」

「それに——その段階で初めて市雄さんは自分の父が運んだとされる死体が寒川さんのお父さんなのだ、と察したようです。でも、だからと云って、それを知った市雄さん自身も何も判らないんですからね。報せたところで何の進展もない。だから市雄さんは寒川さんが日光に行くと聞いて、自分も日光に入り、寛作さんに自分との関係に就いては語らないよう、口止めしたんです」

「どうしてだよ」

「どうせ——判らないんです。寒川さん自身の手で判らないと云う現実を摑み取った方が納得するだろうと考えたようです。でも——納得するどころか謎は深まってしまった」

燃える碑を——見てしまったのか。

「この——窓から見える山の稜線に夜光塗料が撒かれてから十数年が経過しています。土に染み雨に流され、樹木は葉を落とし新しい葉を付けて、殆どは見えなくなってしまっていました。放射線測定器が在れば反応するでしょうが、光って見えることはない。しかし、樹樹に囲まれたあの碑だけは」

残っていたのだなと関口は云った。

「そう。崖下の岩場にまで流れ出して筋を作る程に、それは大量に掛けられていたんだろうね。寒川さんはそして神秘を見た。市雄さんも寛作さんも——同じだった」

「彼等も知らなかったのか？」

「そう。彼処は、魔所だ。山の者も立ち入らない場所なんだよ。況て暗くなってから行くような場所じゃない。足場も悪いし危険だからね。それに昼間なら近寄ったって光は見えはしない。だから山で暮らしている寛作さんだって、あんな光景は見たことがなかった筈だ。だから――」

本気だったんだと、中禅寺は云った。

「そうですね」

築山が続ける。

「寛作さんと云うご老人は、あの光は日光権現のお導きであり、山が顕した神威だと寒川さんに云ったのだそうです。これ以上関わるな、触れるなと。市雄さんと云う方は、山の意志に反するならご両親の死の真相を探ることは止める、と云ったのだそうです。山に忤うことは出来ない、忤えば畏ろしい祟りがある。だから探索はこれでお終いにしろ――寒川さんにそう忠告した」

「本気って、そう信じたと云うことか」

「それが――お約束なんだよ関口君。信じると云うのは、正しいかどうか判ずることじゃない。それにあの場所は、多分魔所と云うだけじゃないんだ。この館が山の者達の寺であるのなら、あの碑は山の者達の」

墓石だ。

「墓——なのか」

「下に骨が納まっている訳じゃない。この山で亡くなった凡ての山の者の墓碑だ」

「梵字に似た文字が刻まれている——そうですが」

「それは——山の者達が使う文字でしょう。暗号のようなもので、僕にも読めない。あの場所は、あの碑は、山で生き山で死んだ者達の長い歴史そのものなんです。それが、光を発した。多分、最後の山の民である寛作さんがそれを山の意志と受け止めたとしても、それは当然のことだったでしょう。寛作さんは、それを禁忌として読み取った。ただ、寒川さんは違う読み方をしてしまった——訳ですね」

「ええ。私は彼に呑まれてしまいました。止めることも出来なかった。仮令、寒川さんがどのような苦悩を抱えていたのだとしても、それを受け止め、法を説き、癒すのが仏者としては正しい在り方だったでしょう。でも私は受け止めるどころか乗っ取られてしまった。御厨さん、申し訳ありません」

築山は御厨に向け深深と頭を下げた。

御厨は淋しげに首を横に幾度か振った。

木場は——自分を抱えるような恰好をしていた。

「未だ——納得出来ないようですね」

「ああ。それでもな、俺は、その後の市雄の行動が腑に落ちねえんだ。それにな、倫子もだよ。倫子は二十年前は生まれたてじゃねえか。どう――関わってるんだよ」

「市雄さんも倫子さんも、護っていたんです」

「何だと？」

「市雄さんは、燃える碑を目の当りにして寛作さんと同じような畏れを抱いた訳――ではないんだと、僕は思う。彼は寧ろ、寒川さんの中に芽生えた何かを察したのではないでしょうか。それが覚悟なのか諦観なのか、兎に角尋常ならぬ気配を感じ取ったんです。だから寛作さんの言に託つけて、それ以上の探索行を止めろと云ったんです。しかし――届かなかった。その遣り方では駄目だったんです」

「居場所が異なっていたのですか」

「そうですね。だから市雄さんは、寒川さんの動向を気にしてずっと日光に留まっていたんですよ。しかし寒川さんは中中捕まらない。神戸に行ったり、彼方此方動き回るので、抑えられなかった」

「寒川さんは、笹村さんに戒められたにも拘らず無視して行動しているのだから、合わせる顔がないと云っていました。笹村さんから逃げ回っていたようなものです」

「なる程。一方、市雄さんにはもう一人――気にすべき人間が居た。桜田登和子さんです」

「おい。何で登和子が出て来るンだよ」

「叔母である珠代さんが大変に登和子さんのことを気にしているからですよ」

「何でだよッ」

木場は拳で床を叩いた。

「姉のお産を手伝っただけなんだろ、その珠代とかはよ。で、嫁に行ったとか――ん。戻ってたのか」

「ええ。昭和十二年にね」

「ん――」

「ええ。戻った珠代さんは姉夫婦の死を知り、市雄さんと同じように不審を抱いた。しかしどうすることも出来ません。伴輔さんがあの日、何処に行って何をしたのかも判らなかったんですからね」

「寛作さんにも判らなかったの？」

「何も告げていなかったようですね。ただ、寛作さんは――この館を怪しんではいたんですよ。そして珠代さんも、また別な理由でこの館を調べようとしたんです」

別な理由とは何だと関口が問う。

「探し物だよ関口君」

「探し物？」

「そう。しかしこの館に潜り込むことは難しかったようだね」

「秘密――だもんねえ」

「ええ。食料品などの生活必需品は毎週届けられていたようですが、届くのは深夜、業者も決まっていたようです。しかし珠代さんは諦めなかった。珠代さんは、そして比較的出入りが自由そうな緑川博士の処に行ってみたんだそうです」

「あら」

「博士は拒まなかったそうです。その頃、博士は」

　諦めかけてたんだねと緑川は云った。

「そうなんでしょうか。珠代さん曰く、当時の博士は辛そうだったと云うことです。何しろその時、博士はデータ捏造の他に不本意な人体実験めいたことまでさせられていたんですからね」

「おい。じゃあ」

「そうです。田端勲さんの周りに見え隠れしていた和服の垢抜けた女性と云うのは、珠代さんです。ご本人に伺ったところ、真夏でもないのに日傘を差していた――そうです」

「そうか。丑松が女はこっちの方から来たと云ってたのは」

「山の方から降りて来ると、丁度――このエリアの無人になっている辺りに出るんだそうです。そして健康管理所――診療所に寄って山に帰るんですから、そう思われても仕方がないですね」

「でも、その——仕事を斡旋してたんじゃ」

「仕事を止めるように説得してたんですよ。このままでは必ず身体を毀す——いや、もう田端さんの身体はかなり傷んでいたんですよ。緑川先生からそれとなく事情を聞いていた彼女は、子供のためにもそんな危ない仕事は止せと、ことあるごとに忠告していたそうです」

逆かあ、と益田が云った。

「反対ですよ木場さん」

「それで」

「ええ。その日も、もうフラフラになっている田端さんを見て、いい加減にしないと死ぬと珠代さんは忠告した。田端さんは、俺はもう死んだ方がいいんだ、人殺しだからな、と云ったそうです」

「それは石山殺しのことか」

「そうでしょうね。こんな良い儲け口は他にないんだから。絶対に止めない——と、田端さんは云ったそうですよ」

「自暴自棄って感じだね」

「正にそうですね。どうせ露見すれば死刑になるんだから、それまで出来るだけ金を稼ぐんだ、この子のためにも——と彼は云った」

「この子って、近くに登和子ちゃんが居たの？」

「傍で土弄りをしていたそうです。珠代さんの話だと、登和子さんはいつも独り遊びをしている、温順しい、愛想のいい、可愛らしい子供だったんだそうです。既にかなり意識が朦朧としていたらしい田端さんは、最初は登和子さんが近くに居ることに気付いていなかったようですが、途中で気が付いたんですね。そして、ふら付くように屈むと」

——母ちゃんには言うなよ。

——菓子を遣るから黙っていろよ。

——内証だぞ。指切りだぞ。約束破ると。

——蛇が来るぞ。

「しかし、本当に蛇は居た。登和子さんは、冬眠から覚めたばかりの山棟蛇を——摑んでしまった」

「それで咬まれたのか」

「ええ。登和子さんは約束を破ってもいないのに蛇に咬まれた。パニック状態に陥った登和子さんはより強く握り締めた。蛇は苦し紛れに何度も何度も咬んだ。山棟蛇は一般に無毒種と思われているが、どうも違うらしいね。強い血液凝固作用を持つ毒があるらしい」

「それは良くないね。下手をすると死んじゃう」

「ええ。しかも、山棟蛇は牙の他に、頸腺にも毒があるようです。頸を圧迫すると毒が出るんです。これは目潰しのようなものらしい」

カルテとも符合するか。

「気付いたのは珠代さんだった。登和子さんはヘビヘビと泣き叫びはするものの、どうしても摑んだ蛇を放さない。珠代さんは何とか蛇を放させようと」

——これは蛇じゃない。

——ただの帯だからね。

——手を、離すんだよ。

「そう云って覗き込んだ珠代さんの顔を最後に、登和子さんの視覚は途切れて、意識も薄れた。次に意識が戻った時、登和子さんは本当に——博多帯を握っていたんでしょうか。そして、その向こうには亡くなっている田端さん、そして蛇のような形相になったお母さんの顔が見えた」

「登和子は引いて、引いてと云う母の声を聞いたと云ってたがな」

それはどうでしょう、と中禅寺は云った。

「登和子さんの意識は混濁していたし、時間感覚も麻痺していたと思われます。それは、多分、蛇を握り締めたまま意識を失ってしまった登和子さんの手から、蛇を抜き取ろうとしていた田端さんと珠代さんの会話ではないでしょうか。そもそも、田端さんの頸に帯など巻き付いていなかったと僕は思いますがね。別に状況まで偽装する必要はなかったんじゃないでしょうか」

それは俺もそう思うよと木場は云った。

「偽装は——してくれたんだろ」

「ただ、首を吊ったのだと云うことだけはある程度喧伝する必要があった筈です。覚醒しても暫くは意識が朦朧とした譫妄(せんもう)状態だったであろう登和子さんの横で、お母さんとお婆さんが繰り返しそう語ったと云うことは想像に難(かた)くないですがね。そうした記憶は——まるごと封印されたんです」

「まるごとって？」

「蛇に咬まれたところから、完全に快復するまでの記憶と云うことでしょうね。一連の記憶は折り畳まれ圧縮されて、封印された。そうすることで登和子さんは平常を取り戻した訳ですが——そこから漏れてしまった記憶もあった」

「蛇の感触——ですか」

久住が云った。

「一連の出来ごとと切り離されて、皮膚感覚のようなものだけは——残されていた、と云うことでしょうか」

「ええ。登和子さんは多分、蛇に触れれば何もかも思い出していたんでしょう。それを無意識に忌避するが故に、彼女は極端な蛇恐怖症(オフィオフォビア)——正確には蛇に形状が近いもの凡(すべ)てに対する恐怖症——になった」

「触れた記憶ではなく、触覚自体を封印していた、と云うことですか」

「似たものでも触れたくない。それは生涯封印を解きたくないと云う意識下の拘束です。しかし、形状は兎(と)も角(かく)、蛇のような肌触りのものはそう多くはありません。そちらから封印が解けることはなかった。でも、思わぬ穽(おとしあな)が、あった」

「他にも鍵のようなものがあったんですか？」

「あったんです。匂いですよ。嗅覚は、視覚や聴覚よりも記憶を呼び起こす作用が強いと考えられています。ただ、匂いと云うのは言語化し難(にく)いにも拘らず、実に複雑なものです。同じ匂いと云うのは何処にでもあるものではない」

「匂いって――そうか。ええと龍脳――だったか」

木場が云った。

「そうです。珠代さんが好んだ香りです」

「珠代――なのか」

「ええ。龍脳は樟脳に似た香りの香料ですが、古来樟脳よりも高級なものとされます。大阪に嫁いで以降、珠代さんはこの龍脳の匂い袋をずっと身に着けていた。勿論、蛇騒ぎの時も着けていたんです。それまで珠代さんは登和子さんに近付くことはなかったようですが、蛇騒ぎの時だけはかなり密着した筈です。咬まれてから意識を失うまで、登和子さんはずっと龍脳の匂いを嗅いでいた。それは封印された記憶の一部とセットになった記憶でした」

「それは封印されなかったんですか」

「味覚や嗅覚の記憶は、簡単に云えば格納される場所が違うんですよ。紐付けられてはいるものの、纏められはしなかったんでしょう。とは云え、登和子さんはそれを嗅ぐことなく十数年を過ごした。龍脳はそれ程珍しいものではありませんが、登和子さんの生活環境にはないものだったのでしょう」

「この辺に匂い袋着けた奴なんざ居ねえだろよ」

それは幸いだったのか。

不幸だったのか。

「倫子さんが日光榎木津ホテルに勤めたのも、別に他意はなかったようです。出来て間もない旅舎のメイド服に多少の憧れもあったのだそうです。倫子さんは幼少期を山で過ごしています。寛作さんは倫子さんが四歳——と云いますから、昭和十三年くらいでしょうか、丁度田端さんが亡くなった辺りでそれまで棲んでいた山小屋を壊し、今の小屋に移られたそうです。それを機に、倫子さんは珠代さんと暮らすようになった。珠代さんは、田端さんが亡くなったことを契機に探し物を諦めて、今市に家を借りていたんです」

「今市かよ」

「ええ。と——云っても、倫子さんは戸籍こそありますが住民票もない。まともに就学は出来なかったようです。でも非常に勉学熱心で聡明な人で、読み書きも独学で覚えたらしい」

「そうは云っても、その経歴で就職するのは難しくないか？」

「そうだね。簡単なことではない。だから兄を頼って、縁故採用して貰った——と云うことだろう。其処に、遠い昔に叔母と縁のある登和子さんが勤めていた。これは——偶然です」

「偶然なのか」

「偶然ですね。齢も近く気も合ったのでしょう。登和子さんと倫子さんは直ぐに仲良くなった。しかし倫子さんは」

「龍脳の匂い袋を着けていたのか」

「珠代さんから譲り受けたんですよ」

「それで」

封印が解けた。

「そう。ただ一度圧縮された記憶は混濁してしまっていて、凡そ正確なものではなかったんですよ。ただ恐怖と云う感情だけは、極めて明瞭に甦ったんです。登和子さんは困惑し懊悩して、心を病んでしまった」

久住は何かを呑み込んだ。

「倫子さんはそんな登和子さんを見て、酷く心配したんですよ。そして珠代さんから当時の出来ごとを聞かされた。しかし、真実が判ったところでどう伝えて良いか判らない。逡巡しているうちに、突然登和子さんは旅舎に来なくなってしまった」

久住が唸った。

「お祖母さんが危篤だとは聞かされていたが、心配であることに変わりはない。そこで倫子さんは、丁度日光に来ていた市雄さんに、登和子さんのことを頼んだ」

「だから首吊りも防げたのか」

「そうです。救けたまではいいが、どうも怪しい男が登和子さんの周りをうろついている」

「郷嶋──かよ」

「そうですね。郷嶋君は登和子さんを尾行していた訳だけれど、市雄さんはその二人を尾行していたんです。それ以降の登和子さんの自殺は郷嶋君が止めたようだけれども──これは明らかに怪しく思うでしょうね。何かあると思わない方が変だ」

「郷嶋さん、怪しいもんねえ」

「そう云う緑川君だって彼等にしてみれば十分怪しかったんだと思う。突然現れて、迷うことなく診療所に入って、何かを始めたんだから」

「そうか。それで寛作さんが──来たの？」

「別に見張っていた訳じゃないようだが、気になって寄ったら君が居たんだそうだ。そうしているうちに久住さんや関口君が妙な動きをし始めた」

「まあ──」

妙ではあったろうねと関口は云う。

「十分に妙だろう。市雄さんは登和子さんを監視するのと同時に寒川さんを捜していた訳だが、今度は矢張り寒川と云う人を捜しているらしい益田君や御厨さんが現れた」

「まあ。僕ァ到る処で訊き回りましたからねえ」

「しかも、桐山寛作を捜していると云う刑事を名乗る男までやって来た」

「来たくて来た訳じゃあねえよ」

「みなさんが彼等を疑っていたように、あちらも皆さんのことを疑っていたんですよ。いいですか、過去には多くのものごとが起きています。犯罪もあったし、陰謀めいた計画もあったでしょう。でも、それは過去のことなんです。今は——」

　何も起きていない。

「ただの莫迦騒ぎじゃねえか」

　木場は胡坐を組む足を組み替えた。

「そうです。まあ莫迦騒ぎと云うなら、もう直ぐ極め付けの莫迦騒ぎが来るでしょうが」

「何だと？」

「僕は築山君の憑き物を落とすために、一寸した余興を用意しておいたんですよ。間もなくその時間だと思うんだが——」

　ふふふ、と云う含み笑いが聞こえた。

　途端に板戸が音を立てて乱暴に開けられた。

「ははははは。実は、僕はもう此処で待っていたのだ！　揃っているな猿鳥蛇！　そして四角」

「礼二郎てめえ」

「榎木津さん――」

暗がりに榎木津が仁王立ちになっていた。

「そうだ僕だ。ミドリ君も居たのか。バカオロカも居るな！　僕は、今日だけは其処の陰気な本屋のお使いなのだ。君達がいつまでもあいこばっかり出してるから粉砕してやろうかと思っていたのに、もう終わったのかつまらない。大体、あの変梃な機械も壊れているじゃないか。壊すなら僕にやらせろ！」

少しは静かに出来ないのかと中禅寺が云った。

「あんたを喚んだ訳じゃないだろう。喚んで来てくれと頼んだんじゃないか。肝心の客人は何処に居るんだ」

「ふふふふ。僕を下僕のように使役するとは君も偉くなったものだな。僕に出来ないことがあるとでも思っているのか。君の依頼はちゃあんと果しているぞ。あの人達は、自分達は山の者だから場所を弁えるのだとか云っていた！」

「なる程な」

中禅寺はそう云うと、障子を開けた。

遠くに燃える碑。

そして窓の外には——。

三つの影法師が並んでいた。

頭に木綿を巻いた白羽織の男。

山仕事の装束のような若い娘。

毛皮の袖なしを着込んだ老人。

「笹村市雄さんと倫子さん、そして——桐山寛作さんです」

中禅寺はそう紹介した。室内に居た全員がのろのろと立ち上がる。市雄が半歩前に出た。

「築山さん、その節は、大変に失礼致しました。他の皆さんのご事情も、こちらから凡てお聞きしております。どうにも擦れ違いばかりだったようで、要らぬご迷惑をお掛け致しました。お初にお目に掛かります。僕が仏師の——笹村市雄です」

市雄は頭を下げた。

倫子と寛作も無言で礼をした。

中禅寺は暫く間を置いて云った。

「わざわざお出で戴き有り難う御座います。実はお渡ししたいものが一つ、そして、昨日申し忘れましたことが一つありますもので、わざわざご足労戴きました」

「ほう」

市雄は顔を上げた。

天に月はない。朔なのか。朔に近いのか。

ただ青白い陰火が遠くに瞬いているだけだ。

市雄はその冷たい光を背に浴びている。白羽織の輪郭が青く浮かぶ。

対する中禅寺は、黒い。その弱弱しい冷光を凡て吸収してしまう程に、黒い。

黒衣の男は一度頭を下げた。

「僕は昨日申し上げましたように、東京は中野で古書店を営む隠者ですが、同時に武蔵晴明社と云う小さな社を護る——宮守でもあります」

「そうでしたか」

市雄の表情は汲めない。

「神職でも——いらっしゃいましたか」

「そんな大層なものではありません。禰宜や宮司などと名乗るのは烏滸がましい身の上。精精がところ陰陽師のようなものとお考えください。扠、その宮守の先代——僕の祖父から聞いたことです。祖父は若い頃——明治の後半でしょうか。笹村与次郎様と仰る方から、縁あつて沢山の書物を託されたのだそうです」

「それは——」

市雄は妹の顔を一度見た。

「はい。あなたの祖父君である与次郎様です。その書物は、元元は戯作者の菅丘李山なる人物の蔵書だったのだそうです。それは凡て僕の古本の師匠筋に当たる人物が引き取ったのですが、その菅丘と云う人物は晩年、一白翁と名乗られていたそうです」

「一白――ですか」

「ええ。お父上が主筆を務められていた一白新報の紙名の元になられた御仁です。多分、記録上はあなた方ご兄妹の曽祖父に当たられる方かと」

「そうですね。しかし、聞くところに依れば祖母は養女だったようですが」

「そのようですね。恩人の血縁者を養子として引き取られたのだ、と聞いています。そしてその一白翁と云う方は、どうやら僕の曽祖父とも交流があった方なのだそうです」

「それはまた――奇縁と云うよりないですね」

「ええ」

正に奇縁――と中禅寺は云う。

「それもまあ大昔のこと。天保時代のことのようですから、僕とも、あなた方とも殆ど関わりのないことではありますがね。しかし」

聞いたのはそれだけではありませんと、中禅寺は云った。

「その一白翁なる人物は、若い頃、どうも化け物遣いと懇意にされていたのだ、と聞かされました」

「化け物遣いですか」

「そうです。化け物遣いです」

「それは、どのような者どもなのです」

中禅寺は窓に近付いた。

「祖父が曽祖父から聞かされた逸話のまた聞きですから、甚だ当てになりませんが――どうやらその化け物遣いと云う人人は、武士でも、百姓町人でもないのだそうです」

「身分のない者達――と、云うことですか」

市雄はやや姿勢を低くした。

「そうなのでしょうか。僕の曽祖父は、矢張り宮守でしたが、同時に憑き物落としの拝み屋でもあったようです。一方、彼等は、化け物を使役することで世の中の揉めごと困りごとを収め、哀しみ苦しみを鎮める――そうした者達だったと聞かされました」

「それはまた不思議な渡世で」

「いいえ。不思議ではありません。寧ろ、不思議を操ると云う意味なのでしょう」

「なる程。しかし、そうなると」

市雄は上目遣いに中禅寺を見据えた。

「あなたのご先祖は、その者達の天敵――と云うことになりますね」

「天敵ですか」

「化け物遣いが不思議を操るのならば、憑き物落としは不思議を消し去るのが身上。違いましょうか」

「そうかもしれません」

中禅寺は更に一歩進んだ。

「扨、僕はあなた方のことを、あなた方から聞いたままにこの人達に伝えましたが——本当にそれだけなのですかと、中禅寺は問うた。

「それはどう云う意味でしょうか」

市雄は懐に手を入れた。

「あなた方もまた、その者達の流れを汲む者ではないのかと、そう思ったものですからね」

市雄は笑った。

「お戯れを。縦んばそうであったとしても今の世に化け物など通用しはしないでしょう。通用したとしても、あなたが全部綺麗に消してしまうのではないんですか——中禅寺さん」

「ええ」

通じないでしょうねと陰陽師は云った。

「あの」

中禅寺は指差す。

「燃える碑は、結局神秘たり得なかった」

「そうですね」

市雄は一度、碑を顧みた。

「寒川さんは化け物では救えませんでした。残念です。登和子さんも——そうです」

「登和子さんは大丈夫です。立ち直った」

中禅寺は木場を窺う。

木場は毅然として市雄を見ている。

市雄は肩の力を抜き、少し笑ったようだった。

「彼女が立ち直ったなら、それは化け物の効力なんかではないでしょう。そちら側の叡知が有効だったんですよ。寒川さんだって、もしかしたらそちら側の作法でなら、救えていたのかもしれない」

中禅寺は眉間に皺を立て、酷く哀しそうな眼をして御厨を顧みた。

「化け物の効力なんか、疾うの昔に失効していますよ。時代はすっかり変わってしまったんです。それは中禅寺さん、あなたが一番能くご存じのことじゃないですか」

「ええ。能く知っています」

時代遅れなんですよと市雄は云った。

「既にして、化け物が化け物で居られるような世の中ではないでしょう。それはもう、太古の夢、幻ですよ」

「ええ」

「化け物は、もう死んだのです。もし――僕達があなたの仰るような者どもの末裔であったのだとするなら、そうなら、僕達は」

化け物の幽霊ですと市雄は云った。

「なる程――」

今度は中禅寺が少し笑った。

「幽霊ならば、お祓いをしなければなりますまい」

中禅寺は、懐から一枚の紙を取り出した。

そして築山君、と呼んだ。

「これはね、仁礼君が最後の倹飩箱から見付けたものだ。問題かとも思ったが、黙って持ち出して来てしまった。一度、覧(み)てくれませんか」

築山は前に出ると、そのペラペラの紙を受け取って眼を細め、部屋の真ん中まで進むと体を屈め、紙をランタンに近付けた。

「これは――」

どうですと中禅寺が問う。

「いや、中禅寺さん。揶(からか)ってますか？　これが？　いや、これは、幾ら何でもあり得ないでしょう。こんなものがあの倹飩箱に入っていたと云うんですか？」

「仁礼君が嘘を吐いていない限りは、そう云うことになりますね」

築山の顔が歪んだ。

「これはだって──日本語ではないですよ」

「独逸語です」

「独逸語？　私には読めませんが──」

「お礼の言葉が書いてあるんです。最後のサインも読めませんか？」

「え？　あ──」

築山の動きが止まった。

「Albert Einstein。アインシュタインですよ、それを書いたのは」

「な」

「何を云ってるんだ京極堂！」

「アインシュタインって、あの？」

「君達が慌ててどうするんだ関口君。益田君も。驚くなら築山君だろう」

「だってだな、余りにもその」

「アインシュタイン博士は大正十一年十一月に訪日し、十二月四日にこの日光を訪れて、二泊している。そのメモは、その際に書いたものだよ」

「そうだとして、ですよ。そんなものが何故、あの倹飩箱に──」

築山は紙を見直す。

中禅寺はその横に立った。

「それこそが、あの長持がこの館にあったものだと云うことを示す、何よりの証左なんですよ、築山君」

「どう云うことです？」

「アインシュタインは滞在二日目の朝、中禅寺湖に向かった。登山口までは自動車で登ったようなのだが、十二月だからね、雪景色だ。雪に包まれた日光の山は、それは美しかったろうと思う。だが、生憎天候が崩れた。一行は山頂で吹雪に遭ったのだそうです。彼は雪に足を取られて、転んだんだね。その時に手を貸してくれた親切な少女に向けた、それはお礼の手紙だ。まあ、手紙と云っても、ノートの頁を破り取ったものなんだが」

「少女——ですか？」

「そう。それは丁度、市雄さんが生まれた二箇月ばかり後のことだ。少女と云うのは、珠代さんだ」

「え？」

「その紙片は珠代さんに宛てた、ノーベル物理学者アルベルト・アインシュタインからのお礼の手紙なんですよ。珠代さんがずっと捜していたものと云うのは、それです」

「そんな——」

中禅寺は呆然とする築山から紙片を受け取ると窓際に向かった。

「これは――お返しします。珠代さんにお渡しください。築山君、いいですね？」

「いや、いいと云うか、私は」

「そもそもあの長持の中の書物は輪王寺のものではないのです。『西遊記』も、経典も、みんなこの館にあったもの。山の人達の持ち物だ。いつ何のために書かれたのかは判らないけれど、それだけは確実でしょう」

「そう云うことだったんですか」

「多分、この館を占領した連中が処分に困り、輪王寺の境内に埋めたのでしょう。何を考えて為たことかは判らないが、どうせ、お経だから寺にでも埋めれば良いだろう、程度の理由だったんでしょうね。ただ、僕の裁量ではお返しすることが出来ない。輪王寺が今後もきちんと管理してくれるだろうと思いますが――寛作さん」

宜しいでしょうかと中禅寺は問うた。

寛作はそうかい、と愛想なく答えた。

「別に構わねえよ。別に、俺のものじゃあねえ。それにあんなものは要らねえよ。経文なんか読めねえし、紙に書いたもんなんざ――永くは保たねえだろよ。もうこの屋敷も使うことはねえしな。いや、取り壊しちまうんだろ」

「ええ。取り壊すでしょうね」

「いいのさ。俺達は——と云うか、俺は、あんた等とは違うんだ。別に来し方に未練はねえし、行く末に何か遺してえとも思わねえしな。残るってえなら」

寛作は顔を後ろに向けた。

「あの碑ぐれえだろ」

碑は未だ青白く燃えていた。

榎木津が足を踏み鳴らした。

「おう。あれが燃える碑なのか。実に素晴しいじゃないか！　僕は見られて嬉しいぞ。歓喜日光と呼んでも良いぐらいだ！」

榎木津が実に愉しそうに云った。

てめえは黙れよ礼二郎と木場が云う。

「そうですね。今、僕に出来るのは、この手紙をお返しすることくらいですよ」

中禅寺は窓辺まで進み、外に向けて手を伸ばす。

倫子が窓に近寄ってそれを受け取った。

「どうも有り難う御座います。叔母も——喜ぶと思います」

倫子は会釈をする。

本当に綺麗な顔をしている。

「珠代さんに宜しくお伝えください」

中禅寺も深深と礼をした。

寛作が険しい顔を上げる。

「中禅寺さんとやら。この市雄と倫子は、未だ若えし、戸籍もあるからな、この先も何処かで生きて行くンだろう。なら、山ァ降りるしかねえだろうよ。だが俺は、この山からは出ねえ。出られねえ。だからそっとしといてくれねえかい。戸籍も何にもねえ者は、この国じゃ認められねえのだろ」

「記録の上では、あなたは居ないんです。この国はそう云う国になりました。でも、あなたの洲は違うのでしょう。記録も何もなくたって、あなたは其処に居る。まるで山が——其処にあるように」

「オウよな。緑川さん。あんたも達者でな。俺はあんたの大叔父さんって人が嫌いじゃあなかった。あの人は気持ちの好い人だったぜ」

そうなのか。

哀しくても、諦めてても、淋しくても。

気持ちが好いなら、それでいいか。

「中禅寺さんよ、あんたの云う通り、俺達は化け物だ。いいや、市雄の云うように、化け物の幽霊だろうな。なら」

もう——。

「居なくてもいいんだな」

寛作はそう云った。

「はい」

「もう会えねえぜ」

「はい。僕は——少し淋しいですが」

「ふん。人は大体淋しいもんだろよ」

ひい。

ひょう。

鵺が啼いた。いや、違うのか。

鵼なんて、居ないのか。でも、少し淋しい。

「それでは、我等時代遅れの化け物の幽霊、少しばかり古めかしい咒で、お暇致します」

市雄は懐から何かを出した。

三鈷鈴のようだった。

——りん。

碑が一際青く燃え立った。

その焰に目を取られているうちに。

三人の姿は消えていた。最初から居なかったみたいだ。

いや、居なかったのかもしれない。
中禅寺は、静かに障子を閉めた。
横には榎木津が威張っている。
関口は下を向いている。
木場は不機嫌だ。
益田も築山も久住も、御厨も立ち竦んでいる。
「お疲れさま――」
緑川はそう云った。

緑川が日光から自宅に帰ったのは、結局三月五日のことだった。

たっぷり十一日の休暇を取ったことになる。

考えるまでもなく、仕事は山と溜っていた。

ただ、警察に依る足止めと云う釈明はそれなりに効き目があったようで、叱られたり嫌味を云われたりすることはなかった。

逆に労われてしまったので緑川は少しだけ罪悪感を持った。

そんなだったから、本当なら直ぐにも青森の墓まで遺骨を持って行ってとっとと納骨を済ませてしまいたかったのだが、流石に気が引けたのだ。

大学職員の春休みなどあってないようなものだ。研究者には土日もない。納骨は夏休みになるまで延ばすしかないと云う気がする。

青森は遠いのだ。暫くは大叔父の遺骨と二人暮らしをすることになるだろう。

関口からの手紙が届いたのは、更に十一日後、三月十六日のことだった。

その日の新聞には、三月一日にビキニ環礁で米国に依る核実験が行われ、日本の漁船第五福竜丸が死の灰を浴びたと云うスクープ記事が大大的に載せられていた。死の灰と云うのは放射性降下物のことだろう。浴びれば確実に被曝する。

二十三名が原子病、二人は重症だと云う。

三月一日と云えば、緑川が日光で右往左往していた間のことである。

極めて複雑な気持ちになった。

新聞の見出しには原爆実験とあったが、聞けば水素爆弾と云う原爆よりも更に強力な破壊兵器の実験だったらしい。それにしても、そんなに何かを大量に破壊したいのだろうか。

それよりも、その環礁はどうなったのだろう。そんなことを考え乍ら一通り読んで、色色とがっかりして、それからポストを覗いてみたら手紙が入っていたのだった。

関口の手紙には、ひょろひょろとした独特の文字でその後のことが綴られていた。

寒川秀巳の行方は杳として知れなかったが、御厨冨美は落ち込むこともなく淡淡と財産の処分や薬局の引き継ぎ作業を遂行しているらしい。

それも、寒川が予め弁護士に相談し、細部に亘って綿密な委譲計画を策定していたお蔭だろう。留守中店を護っていた二人の従業員も、寒川からの書状を読んで納得していると云うことだから、今のところ大きな問題はないだろうと云うことである。

家庭裁判所に失踪宣告の申請をする時だけ御厨は少し泣いたと云ったらしい。

御厨にはまた会いたいと緑川は思った。

東京方面に行く用事も、機会も、当面はないと思うのだが。

益田は、全く変わりがないそうである。

相変わらず——と云っても益田の平素を緑川はまるで知らないのだが——素行調査をしたり動物を捜したりして、落ち度もないのに榎木津に責められているのだそうだ。

木場は、今回日光で起きた諸諸を上手に説明することが出来ずに、四苦八苦したと云う。

それはそうだろうと思う。緑川だって上手に説明なんか出来ない。それ以前に、そもそも何も起きていないのである。

木場が何より苦心したのは、笹村兄妹に関する説明だったようだ。

これもまあ、仕方があるまい。

築山と中禅寺が行っていた調査は、大きな成果を齎すことなく、三月十日で終了したと云う。護法天堂裏から発見された一連の文書は、書庫や経蔵ではなく、史料扱いとして宝物殿に格納することになったそうである。

中禅寺がそうするよう進言したのだそうだ。

関口は、能弁な古書肆からその内訳やら何やらに就いて、かなり詳しく聞かされたらしいが、何一つ理解出来なかったそうである。特に『西遊記』に関しての長広舌は半日に及んだと記してあった。

目に浮かぶようだ。

築山公宣は何か思うところがあったようで、何処その山に籠って修行をやり直すことにしたようである。関口の書き振りだと深山に分け入って座禅でも組んでいるかのような印象を受けたのだが——多分そんなことはないのだ。

天台宗だと云っていたから、延暦寺の門を叩いたと云うことなのだろう。

関口と榎木津のヴァカンスも、輪王寺の調査終了とともに終わったようだ。

元元中禅寺の仕事に託つけた旅行だったのである。

榎木津はあの夜口走った歓喜日光と云うフレーズがいたくお気に召したようで、以来ことある毎に口にしているらしい。殆ど莫迦だと書いてあったが、それなら昔からそうだろうと緑川は思う。

多少エスカレートしている気もするのだが。

当の関口は極度のスランプに陥り、全く小説が書けないと記してあった。

手紙は書く癖に、と思った。

郷嶋のことは当然乍ら不明らしい。

ただ、あの尾巳村の買収エリアの建物は、凡て解体されるそうである。

大叔父の暮らしたあの診療所も、これでこの世から消えることになる。勿論あの迷い家も解体されるのだろう。跡地はそこそこ広いと思われるが、分譲するでもなく、何かを建てる訳でもなく、植樹されることになるらしい。

山の一部となるのだろう。

元元山だったのだろうし。

否、国立公園の一部になるのか。

いずれにしろ徳山家は本当の村外れになるのだ。

桜田登和子は弟妹ともども仏具屋寛永堂の養子になることが正式に決まったようだ。

浅田登和子になると云うことか。

しかし、これまで住んでいた家も処分してしまうとなると、徳山家の辺りはかなり淋しくなるのだろうと——緑川はつまらない心配をした。

登和子は至極元気だそうである。

ただ——登和子と倫子と云う優秀なメイドを一度に失うこととなった日光榎木津ホテルは少少困っているようである。

久住加壽夫は、その後戯曲『鵼』を一気呵成（いっきかせい）に書き上げたのだそうだ。

パトロンにも一応は誉められたようなのだが、創作ノオトに記されたそれは戯曲と云うより朗読劇のようなものであったらしく、舞台には出来ないだろうと叱られもしたらしい。

久住は公演に間に合うように改稿を余儀なくされたと云うことである。

公演が決まったら是非皆さんを招待したいと云っているそうだ。

あの、朔のような夜に似た仕上がりになると云う。

——みんな。

何とかやっている。

もう会えないけれど——。

生きていれば会えないこともないよ。

緑川佳乃は、そう思った。
遠くで鳥が啼いていた。

（了）

◉主な参考文献

『鳥山石燕　画図百鬼夜行』　高田衛　監修／国書刊行会

※

『日光市史』上・中・下　日光市史編さん委員会編／日光市
『日光の風景地計画とその変遷』　手嶋潤一／随想舎
『日光　その歴史と宗教』　菅原信海・田邉三郎助編／春秋社
『日光修験　三峯五禅頂の道』　池田正夫／随想社
『明治維新と日光』　柴田宜久／随想社
『西沢金山の盛衰と足尾銅山・渡良瀬遊水地』　佐藤壽修／随想社
『谷中村滅亡史』　荒畑寒村／岩波文庫
『日光東照宮』　矢島清文／現代教養文庫
『東照宮の彫刻　資料編』　日光東照宮
『東照宮史』　平泉澄／日光東照宮
『アインシュタイン論文選』　青木薫訳／ちくま学芸文庫
『アインシュタイン』上・下　ウォルター・アイザックソン／二間瀬敏史監訳／武田ランダムハウスジャパン
『アインシュタインの旅行日記』　畔上司訳／草思社

『新興コンツェルン理研の研究』　斎藤憲／時潮社
『「科学者の楽園」をつくった男』　宮田親平／河出文庫
『原子爆弾の誕生』上・下　リチャード・ローズ／神沼二真・渋谷泰一訳／啓学出版
『核の誘惑』　中尾麻伊香／勁草書房
『マタギ聞き書き』　武藤鉄城／河出書房新社
『「西遊記」形成史の研究』　磯部彰／創文社
『「西遊記」資料の研究』　磯部彰／東北大学出版会
『近世修験道文書』　宮家準解題／柏書房
『能と近代文学』　増田正造／平凡社
『新定　源平盛衰記』　水原一考定／新人物往来社
『和漢三才図会』　寺島良安／島田勇雄・竹島淳夫・樋口元巳訳注／東洋文庫
『日本古典文學大系』　岩波書店
『新潮日本古典集成』　新潮社
『伝承文学資料集成』　三弥井書店
『日本の民俗』　第一法規出版

この作品は、作者の虚構に基づく完全なフィクションであり、登場する団体、職名、氏名、その他において、万一符合するものがあっても、創作上の偶然であることをお断りしておきます。

解説

小川　哲（作家）

本作『鵼の碑』の読了後に解説を読んでいる方なら、本作の謎が解決されたあとに抱く、「もう一つの謎」に心を悩ませているのではないのでしょうか。

つまり、京極夏彦という謎です。

これだけ複雑で長大な物語を京極夏彦はいかにして書いているのか。

本作の著者である京極夏彦は、インタビューや文学賞の選評などで作品について語るとき、よく「構造」という言葉を使います。小説には作品ごとに固有の「構造」があります。そういった「構造」を解体していく作業こそが読書である、という側面を持つのです。「構造」は「ストーリー」や「文体」と似ているようで、少し違います。

では、どういう意味なのでしょうか。僕が挑みたいのは、京極夏彦という謎に対して、ある種の「憑き物落とし」をしてみよう、という試みです。完全に僕の独断と偏見なのですが、再読のときの指針に困っている方などが「こんな解釈もあるのか」と参考にしてくれると幸いです。

「構造（structure）」の語源が「積み重ねる」「建てる」という言葉にあるように、もともと建築に使われる言葉でした。建築物は建物全体の重さを支えるために、計算された「構造」を持っています。「屋台骨」や「大黒柱」なども、「構造」に関する言葉です。建築物の中に入った僕たちは、往々にして内装や空間についての感想を持ちがちですが、内装や空間が存在しているのは、それを支える構造があるからです。僕たちが小説を読んだとき、どうしてもキャラクターやストーリーに目を向けることが多いのですが、建築物と同様に、そういったものの背後には作品全体を支えるための「構造」があるのです。

京極夏彦は「構造の人」です。同業者である僕にとっては「構造の人」という表現でもまだ足りなくて、もはや「構造そのもの」です。もちろん、キャラクターやストーリーを作りだす天才であることはみなさんもご存知でしょうし、本作でも中禅寺や関口、榎木津、木場の活躍を十分に楽しむことができます。ですが、彼らの活躍を支えているのは、京極夏彦という人間にしか設計することのできない、複雑で特殊な「構造」なのです。

では、この「構造」とは何でしょうか。

本作の構造を決めているのは、タイトルにもあるように「鵼」ではないかと思います。「鵼」とは頭が「猿」、手足が「虎」、体が「狸」、尾が「蛇」、声が「鵺（トラツグミ）」の架空の生物のことです（本作でも触れられていますが、この組み合わせには文献によって複数のパターンがあるようです）。

「鵼」とは何か、という点については、本書の重大なテーマでもあるので詳細な言及は控えますが、この「鵼」を表現するために、各視点人物は「猨」、「虎」、「貍」、「蛇」、「鵺」のパートを担当しています。それぞれのパートはそれぞれの動物を表現しており、すべてのパートをキメラ的に組み合わせることで「鵼」という生物が表現されているのです。

学生時代、豹柄の上着を羽織っていた知人がいて、近づいてよく見ると豹柄を構成している斑点がすべて小さな豹の絵だったことがありました。「これが本当の豹柄だ」と感心したことがあるのですが、この話と本作の「構造」には似たところがあるかもしれません。本作は「鵼」について扱った小説そのものが「鵼」になっている——というフラクタルな「構造」になっているのです。別の言い方をすれば、「このような構造でしか、鵼という摑みどころのない存在を表現できない」と言えるかもしれません。

実際にこの構造がどのように作られているのか、「貍」の章を例にして、もう少し具体的に踏みこんでみます。

「貍」の章では、三つのレイヤーによって「貍」が表現されています。

最も表層の「貍」は、文章レベルで表現された「貍」のことです。具体的に言うと、「古狸」こと長門や伊庭のことであり、「狸親爺」こと徳川家康のことであり、宿屋である「田貫屋」のことです。「貍」と題された章には、文字通り数々の「貍」たちが登場します。

二層目の「貍」は、章レベルで表現された「貍」のことです。つまり、「貍」の章で発生する、「貍」に化かされたような「死体消失事件」のことです。

そして三層目の「貍」は、作品全体レベルで表現された「貍」のことです。作品が進んでいくと「貍」の章に「蛇」や「虎」が混じってきて、最終的に「鵼」という本作のモチーフにおける「体」の役割としての「貍」を、章そのものが表現していたことが明らかになります。

「貍」の章で何が起こっているのかを端的にまとめると、「貍」たちが、「貍（田貫）」という場所で、「貍」について調べていて、調べているのは「貍」に化かされたような事件で、その事件を解決することが「鵼」という化け物を構成する「貍」になっている、ということです。言い換えると、三つの異なるレイヤー（文章レベル、章レベル、作品全体レベル）にちりばめられた「貍」が章全体の軸となっている、とも言えるでしょう。読者は文章レベルだけの「貍」を拾ってもいいし、章レベル、作品全体レベルまで汲みとっても楽しめるようになっています（ここでは「貍」を例にとりましたが、他の章でもまったく同じことが起こっていて、たとえば「蛇」の章では「蛇」が「蛇」で「蛇」について調べ、それが「鵼」の「蛇」になっています——なんということだ！）。

その上で、各章では前作までのシリーズ作品や、巷説百物語シリーズとの繋がりが仄めかされていて、本作は京極夏彦の他作品を組み合わせた小説のキメラ——つまり「鵼」——の構造にもなっています。これは作品外の（四層目の）レイヤーと呼べるかもしれません。

ああ、一体この小説は、いくつのレイヤーにまたがって「鵼」を表現しているというのでしょうか、数えるだけで頭が痛くなります（「レイヤー」や「レベル」といった言葉を使ってしまいましたが、難しく考える必要はありません。京極夏彦は「鵼」を用いて、圧倒的な教養に裏打ちされた高級なダジャレをやっている、と考えてもいいでしょう）。

読者は本作を通じて、ベタなレベルからメタなレベルまで、実にさまざまな「鵼」を体験します。読書体験のすべてのレイヤーに「鵼」を忍びこませる、という狂気的な趣向です。とはいえ、ここまで構造上の整合性にこだわってしまうと、複雑な構造を実現させるための知的で繊細な労働が必要とされます。この高度な労働、つまり「魅力的なストーリーを含んだ小説で、多層構造の鵼を表現するという労働」は凡百の作家にとって不可能なのですが、不可能を可能にしてしまうのが京極夏彦という作家です。だから僕はいつも、百鬼夜行シリーズを読み終わったあと、「面白い」よりも先に、「美しい」と思ってしまいます。綿密に計算された強固で美しい巨大建築物を見ているような、あるいは純粋な物理現象によって発生した夜空に浮かぶ銀河団を眺めているような、そんな気分になるのです。すべての文章に理由があって、すべての会話に必然性があるのです。

かつて文学作品を貶する言葉として「理に落ちる」という表現がされていましたが、百鬼夜行シリーズほど「理に落ちる」作品を僕は知りません。小説を構成するすべての文字に「理」が宿り、「理」が幾重にも折り重なって巨大な「理」を表現しているのです。百鬼夜行シリーズが「鈍器本」と呼ばれるほど長大なのは、この複層的な「理」を表現するためにそれだけの長さが必要だからでしょう。

とはいえ、百鬼夜行シリーズが多くの読者からこれだけ愛されているのは、ミルフィーユのように小説のレイヤーを重ねながら、どれか特定のレイヤーにだけ着目しても十分作品を楽しめるように構成されているからです。登場人物たちの蘊蓄から知識を拾うだけでも面白いし、蘊蓄そのものが作りだしている巨視的なメタファーに着目しても面白いのです。もっと言えば、蘊蓄を「なんか長々と難しそうなことが書いてあるなあ」と読み飛ばしても、「超常的な現象が絡んでいる（ように見える）謎」というストーリーから決して迷子になることがありません。中禅寺が日光の社寺の成り立ちに関する蘊蓄を語る場面を例にとると、端的に知識として学ぶこともできますし、中禅寺というキャラクターの博識さを伝えるシーンとして楽しむこともできますし、日光の社寺そのものが複数の神社と寺による、ある種の「鵼」であるというメタファーを読みとることもできるのです（さらに巨視的に見てみると、僕たちの生きる社会そのものが、さまざまな価値観が組み合わされた「鵼」のようなものである、という中禅寺のメッセージに繋がっているのです)。

小説全体に多層構造のレイヤーが仕込まれているおかげで、さまざまな楽しみ方が可能となる――という点が京極夏彦作品の特徴だと思います。シリーズを重ねるにつれて、魅力的で個性的なキャラクター同士の掛け合いを楽しむ場面も増えてきましたが、そういった何気ない会話や長台詞の蘊蓄がレイヤーとレイヤーを重ね合わせるための鍵になっていたりして、本当に油断のならない作品です。


「語りえないことについては、沈黙しなければならない」

いかにも中禅寺の台詞からの引用に感じられるでしょうが、これは哲学者ウィトゲンシュタインの『論理哲学論考』からの引用です。『論理哲学論考』はこれまで存在した哲学の問題すべてを解決する、という途方もない目的のために書かれたものです。ウィトゲンシュタインは世界には「語りえること」と「語りえないこと」の境界があることを示し、哲学のすべての問題は「語りえないこと」に属する――つまり、ナンセンスであるという主張をしました。

「構造」が作品を支える骨組みであるとすれば、その対になるのは作品が描こうとしている内実――つまり「テーマ」です。

本作を(あるいは百鬼夜行シリーズを)貫いている「テーマ」の一つは、この「語りえること」と「語りえないこと」とは何か、というものだと思います。言い換えれば、事実の総体としての「あるがままの存在」と、そこから人間が認識する「認知された現実」の境界を引くことです。そして、百鬼夜行シリーズにおいて、この境界に謎が生まれるのです。

この構造を小説に移し替えると、あるがままのテキストと、そこから読者が読みとる物語の違いが謎の正体です。一般的なミステリでは、謎が意外な形で解明されることに驚きが生まれますが、京極夏彦作品では多くの場合、僕たちが謎だと考えていたものが、真の謎ではなかったと判明することで驚きが生まれます。本作も同様で、「そもそも何が謎で、何が謎ではないのか」という点に気をつけないと、あっという間に「鵼」に絡めとられてしまいます。とはいえ、そうやって絡めとられることも、読書の快楽の一つなのですが（本作の謎も複数のレイヤーに分かれて表現されており、たとえば「存在するが、認知できないもの」として「放射能」や「忘却された記憶」が作中に登場し、「認知されるが、存在しないもの」としての「お化け」と対比されています。「存在」と「認知」のレイヤーに注目して本作を読み解くことも可能でしょう）。

中禅寺による「憑き物落とし」とは、「あるがままの存在」と「認知された現実」の差分を明らかにする行為であり、テキストからテキスト以外のものを読みとってしまっていた僕たち読者に対する一撃でもあるのです。一般的な探偵役の仕事は事件を解決し、犯人を見つけることですが、中禅寺の仕事はそれだけではありません。解決した謎を組み立て、作品の真の謎——つまり作品の構造をメタレベルで告発するのです。

「この世には不思議なことなど何もないのだよ」

これは間違いなく中禅寺の台詞からの引用です。「この世」をそのまま「この作品」と言い換えれば、京極夏彦が作品に仕掛けた「理」の秘密に迫ることができるかもしれません。すべての文字が複数のレイヤーにまたがって、有機的に物語を作りあげています。「理」によって構築された本作に、「不思議」が入りこむ余地は一切ありません。

講談社ノベルス版『鵼の碑』

デザイン＝坂野公一
（welle design）

カバー装画＝石黒亜矢子

単行本『鵼の碑』

デザイン＝坂野公一
（welle design）

●『鵼の碑』は2023年9月に単行本、講談社ノベルス版が
同時刊行されました。

|著者|京極夏彦　1963年北海道生まれ。'94年『姑獲鳥の夏』でデビュー。'96年『魍魎の匣』で日本推理作家協会賞受賞。この二作を含む「百鬼夜行シリーズ」で人気を博す。'97年『嗤う伊右衛門』で泉鏡花文学賞、2003年『覘き小平次』で山本周五郎賞、'04年『後巷説百物語』で直木賞、'11年『西巷説百物語』で柴田錬三郎賞、'16年遠野文化賞、'19年埼玉文化賞、'22年『遠巷説百物語』で吉川英治文学賞を受賞。

公式サイト「大極宮」
https://www.osawa-office.co.jp/

文庫版　鵼の碑

京極夏彦

2024年９月13日第１刷発行

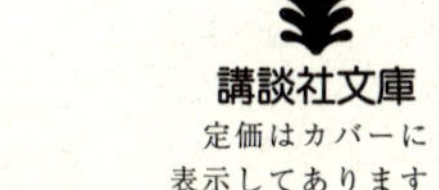
定価はカバーに
表示してあります

発行者――森田浩章
発行所――株式会社　講談社
東京都文京区音羽2-12-21　〒112-8001
電話　出版　(03) 5395-3510
　　　販売　(03) 5395-5817
　　　業務　(03) 5395-3615

Printed in Japan

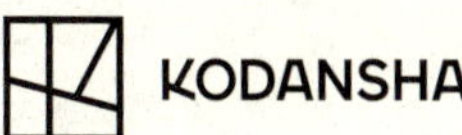

デザイン―菊地信義
本文データ制作―講談社デジタル製作
印刷―――TOPPAN株式会社
製本―――加藤製本株式会社

ISBN978-4-06-536243-3

講談社文庫刊行の辞

二十一世紀の到来を目睫に望みながら、われわれはいま、人類史上かつて例を見ない巨大な転換期をむかえようとしている。

世界も、日本も、激動の予兆に対する期待とおののきを内に蔵して、未知の時代に歩み入ろうとしている。このときにあたり、創業の人野間清治の「ナショナル・エデュケイター」への志を現代に甦らせようと意図して、われわれはここに古今の文芸作品はいうまでもなく、ひろく人文・社会・自然の諸科学から東西の名著を網羅する、新しい綜合文庫の発刊を決意した。

激動の転換期はまた断絶の時代である。われわれは戦後二十五年間の出版文化のありかたへの深い反省をこめて、この断絶の時代にあえて人間的な持続を求めようとする。いたずらに浮薄な商業主義のあだ花を追い求めることなく、長期にわたって良書に生命をあたえようとつとめるところにしか、今後の出版文化の真の繁栄はあり得ないと信じるからである。

同時にわれわれはこの綜合文庫の刊行を通じて、人文・社会・自然の諸科学が、結局人間の学にほかならないことを立証しようと願っている。かつて知識とは、「汝自身を知る」ことにつきていた。現代社会の瑣末な情報の氾濫のなかから、力強い知識の源泉を掘り起し、技術文明のただなかに、生きた人間の姿を復活させること。それこそわれわれの切なる希求である。

われわれは権威に盲従せず、俗流に媚びることなく、渾然一体となって日本の「草の根」をかたちづくる若く新しい世代の人々に、心をこめてこの新しい綜合文庫をおくり届けたい。それは知識の泉であるとともに感受性のふるさとであり、もっとも有機的に組織され、社会に開かれた万人のための大学をめざしている。大方の支援と協力を衷心より切望してやまない。

一九七一年七月

野間省一

講談社文芸文庫 

稲葉真弓

半島へ

親友の自死、元不倫相手の死、東京を離れ、志摩半島の海を臨む町に移住した私。人生の棚卸しをしながら、自然に抱かれ日々の暮らしを耕す。究極の「半島物語」。

解説＝木村朗子

いＡＤ１

978-4-06-536833-6

安藤礼二

神々の闘争 折口信夫論

解説＝斎藤英喜　年譜＝著者

折口信夫は「国家」に抗する作家である――著者は冒頭こう記した。では、折口の考えた「天皇」はいかなる存在か。アジアを真に結合する原理を問う野心的評論。

あＶ２

978-4-06-536305-8

2024年6月14日現在